KB168520

오만과 편견

오만과 편견

PRIDE AND PREJUDICE

다상출판

차례

제 1 부

1

재력 좋은 미혼 남성에게 아내가 필요하다는 것은 누구나 인정하는 진리다. 이러한 진리는 사람들의 머릿속에 확고하게 자리 잡고 있어서, 재력을 갖춘 남자가 자기네 동네로 이사 오기라도 하면 그 남자의 감정이나 생각을 전혀 모른다고 해도 동네 사람들은 그를 자기네 딸자식이 차지해야 마땅한 재산으로 여긴다.

"여보, 네더필드 저택을 임대하겠다는 사람이 나타났다는데, 당신 그 소문 들었어요?" 어느 날 베넷 부인이 남편에게 물었다.

베넷 씨는 못 들었다고 대답했다.

"글쎄, 나타났대요. 아까 롱 부인이 자세히 얘기해주고 갔어요." 베넷 부인이 대꾸했다.

베넷 씨는 묵묵부답이었다.

"누가 임대했는지 궁금하지 않아요?" 부인은 조바심을 치면서 목소리를 높였다.

"당신이 말하고 싶다면야 들어는 줘야지."

말해보라는 의미였다.

"글쎄, 여보, 당신도 알아둬야 해요. 롱 부인 말로는 네더필드 저택에 이사 오기로 한 사람은 잉글랜드 북부 출신의 청년이라는데, 굉장한 재산가래요. 지난 월요일에 사두마차를 타고 와서 집을 둘러보고는 몹시 만족해하며 바로 모리스 씨와 계약을 했다지 뭐예요. 미가엘 축일*에는 들어오기로 했고, 주말까지 하인 몇 명이 먼저 들어와 지낼 거라고 이르고 갔대요."

"이름이 뭐라고 합디까?"

"빙리라네요."

"기혼이요, 미혼이요?"

"나 참, 당연히 독신이지요. 굉장한 재산가에다, 연수입이 4,000~5,000은 된다지요, 아마. 우리 딸들에게 이런 일이 생기다니!"

"아니, 무슨 소리요? 그 일이 우리 애들과 무슨 상관이 있다고 그러오?"

"에이, 말귀를 못 알아들으시네. 그 사람이 우리 애들 가운데 하나랑 결혼할 수도 있다고요." 부인이 대꾸했다.

"그가 그럴 속셈으로 이리로 온답디까?"

"속셈이라뇨? 세상에! 어떻게 그런 말을! 하지만 내 생각엔 그 청년이 우리 딸들 가운데 하나와 사랑에 빠질 가능성이 농

---

* 9월 29일. 영국의 사분기 결산일 중의 하나로, 가을을 의미함.

후하다고요. 그러니 그 사람이 이사 오는 즉시 당신이 찾아가 봐요."

"내가 거길 꼭 가야 할 이유라도 있나? 당신이 애들을 데리고 가보구려. 아니면 애들만 보내든지. 혹시 그 청년이 당신에게 반하기라도 하면 큰일 아니오? 미모로 따지자면 당신이 애들보다 한 수 위니까."

"어머, 그렇게 치켜세우지 마세요. 제가 어디 내놔도 빠질 미모는 아니지만, 다 큰 딸자식이 다섯이나 있으니 미모야 접어둬야죠."

"그런 경우 접어둘 미모도 없는 경우가 대부분이지."

"아무튼 여보, 빙리 씨가 이사 오는 대로 당신이 꼭 인사를 다녀오도록 하세요."

"그런 약속은 못 지키겠으니, 그리 아시오."

"우리 딸들 문제잖아요. 우리 딸이 그런 데로 시집가면 얼마나 좋을지 한번 생각해보라고요. 윌리엄 경이랑 루커스 여사도 방문할 예정이라고 했어요. 순전히 그 이유로요. 당신도 아시잖아요. 그 사람들이 새로 이사 온 집에 좀체 방문하지 않는다는 것요. 그러니 당신도 꼭 찾아가 봐야 한다고요. 당신이 인사도 하지 않은 집을 제가 찾아갈 수는 없잖아요."

"이런, 당신이 그렇게 격식 따지는 분인 줄은 몰랐소. 빙리 씨는 틀림없이 당신을 반갑게 맞아줄 거요. 당신이 가는 편에 몇 자 적어주겠소. 우리 딸과 결혼하는 걸 진심으로 동의한다, 우리 딸들 가운데 누구를 택하든 그 결혼에 동의하겠다고 말이오. 거기에 우리 귀여운 리지(엘리자베스의 애칭)에 대한 칭찬도 한마디 적어둬야겠군."

"제발 그만해요. 리지가 다른 애들보다 나은 게 뭐가 있다고 그러세요? 인물은 제인의 반도 못 좇아가고, 싹싹하기로는 리디아 반만큼도 못한데. 그런데도 당신은 늘 그 애만 예뻐하는 게 문제예요."

"다른 애들은 내세울 만한 구석이 있기나 하오? 아이들을 보고 있으면 내 집 네 집 아이 할 것 없이 어쩌면 그리도 바보 같은지. 하지만 리지는 영리하잖소." 베넷 씨가 말했다.

"여보, 어쩜 자기 자식을 그렇게 마구 깎아내릴 수 있어요? 당신은 저를 괴롭히는 낙으로 살죠? 제가 얼마나 신경이 예민한 사람인데……. 오늘도 이렇게 긁어놓는군요."

"아니, 어떻게 그런 말을 하오. 내가 당신 신경을 얼마나 존중하는데 그러오. 당신 신경은 나의 오랜 벗이잖소. 지난 20여 년간 나는 당신의 예민한 신경 타령을 무던히도 들어왔잖소."

"오, 당신은 제 고통을 몰라요. 제가 얼마나 고통을 겪고 있는지 말예요."

"부디 그 고통을 이겨내길 바라오. 연간 4,000파운드를 버는 청년이 이 동네로 이사 올 때까지는 살아야지."

"그런 청년 스무 명이 온다 한들 무슨 소용이에요. 당신이 방문도 하지 않을 텐데."

"내 분명히 말해두겠소. 스무 명이 되면 한꺼번에 방문할 테니 걱정 말아요."

베넷 씨는 재치 있고 냉소적이고 내성적이면서도 충동적인 기질이 묘하게 섞여 있어 종종 예측할 수 없는 행동을 하곤 했다. 그래서 23년을 겪어본 아내조차 남편의 성격을 제대로 파악하지 못했다. 그에 비해 베넷 부인 쪽은 마음을 헤아리기 어려울 것이 없었다. 이해력이 떨어지는 데다 아는 것도 별로 없고, 변덕스러웠다. 게다가 못마땅한 일이 생기면 무조건 예민한 신경 탓으로 돌려버리곤 했다. 그녀의 인생 최대의 목표는 딸들을 좋은 집안에 시집보내는 것이었고, 유일한 낙은 이웃들과 만나 소문을 퍼뜨리는 것이었다.

2

베넷 씨는 빙리 씨네 집을 최초로 찾아간 방문객이었다. 아내에게는 끝까지 가지 않겠다고 고집을 부렸지만, 그는 진작부터 인사 갈 생각이었다. 하지만 베넷 부인은 남편이 빙리 씨네 집을 방문한 날 저녁때까지도 그 사실을 모르고 있었다. 방문한 사실이 알려지게 된 경위는 이렇다. 둘째딸 엘리자베스가 모자 장식을 손질하는 것을 보고 있던 아버지가 불쑥 말했다.

"리지야, 빙리 씨가 그걸 좋아할 것 같구나."

"만나보지도 않았는데 빙리 씨 취향을 어떻게 알아요?" 베넷 부인이 골이 나서 말했다.

"엄마, 설마 잊어버린 건 아니겠죠? 무도회장에서 곧 그 사람을 만나게 될 거예요. 롱 부인이 소개시켜준다고 했잖아요." 엘리자베스가 말했다.

"어리석기는, 롱 부인이 그럴 위인이야? 그 여자한테도 조카딸이 둘이나 있어. 이기적이고 위선적인 여자라서 난 그 여자 말은 믿지 않아."

"동감이오. 당신이 롱 부인 말을 믿지 않는다니 정말이지 다행이오." 베넷 씨가 말했다.

베넷 부인은 비아냥거리는 남편의 말을 애써 무시하려 했지만, 결국 분을 이기지 못하고 딸내미 하나를 향해 화풀이를 시작했다.

"키티(캐서린의 애칭), 제발 기침 좀 그만해. 네 기침 소리가 내 신경을 아주 긁는구나. 내가 예민하다는 걸 모르니?"

"키티, 기침할 때는 신중해야지. 기침할 데가 따로 있지." 베넷 씨가 또 나섰다.

"기침이 나오는 걸 어떻게 참아요?" 키티가 짜증을 내며 대꾸했다.

"다음 무도회는 언제지, 리지?" 베넷 씨가 물었다.

"보름 정도 남았어요."

"맞아, 그렇다고 했어. 롱 부인은 그 전날에나 온다던데, 무슨 수로 빙리 씨를 소개해주느냐고. 자기도 빙리 씨가 초면일 텐데." 베넷 부인이 소리쳤다.

"그렇다면 여보, 당신이 롱 부인에게 빙리 씨를 소개시켜주면 되겠구려."

"오, 그런 말도 안 되는 소리를! 저도 모르는 사람을 어떻게 소개해줘요? 당신은 어쩜 남 약 올리는 말만 골라서 하세요?"

"당신이 그토록 사려 깊은 사람이었다니, 알아서 모셔야겠소. 보름 정도 알고 지낸 거야 아무것도 아니지. 사람의 마음을 보름 만에 알 수는 없으니까. 하지만 우리가 안 하면 누군가 다른 사람이 할 거고, 결국 롱 부인과 그 부인네 조카들이 빙리 씨를 소개받을 것 아니오. 만약 당신이 그 일을 하지 않는다면 내가 나서야겠소. 롱 부인에게 친절도 베풀 겸."

순간 딸들의 눈이 휘둥그레져서 아버지를 바라보았다. 베넷 부인은, "말도 안 돼."라고만 되풀이했다.

"말이 안 된다는 건 무슨 뜻이오? 소개의 절차요, 아니면 그런 절차를 중시한다는 게 말도 안 된다는 거요? 내가 다른 건 다 동의해도 그것만은 동의할 수 없구려. 너라면 어떻게 하겠니, 메리야? 넌 생각도 깊고, 좋은 책도 많이 읽었고, 또 중요한 구절은 메모까지 하지 않니?" 베넷 씨가 말했다.

메리는 그럴듯한 말을 하고 싶었지만 아무것도 머릿속에 떠오르지 않았다.

"메리가 생각에 잠겨 있는 사이, 우린 빙리 씨 이야기로 돌아갑시다." 베넷 씨가 말을 이었다.

"빙리 씨 얘기라면 신물나요." 베넷 부인이 소리쳤다.

"그것 참 유감이군. 왜 진작 그 말을 안 해줬소? 그 사실을 오늘 아침에만 알았더라도 빙리 씨를 찾아가지 않는 건데. 하지만 이미 방문해버렸으니 무를 수도 없는 노릇이고……."

식구들을 놀래주려던 베넷 씨의 작전은 그대로 들어맞았다. 베넷 부인이 누구보다 놀란 눈치였다. 여자들 사이에서 한바탕 환희의 소용돌이가 일었고, 베넷 부인은 진작부터 그럴 줄 알았다고 소리쳤다.

"역시 내 남편이라니까. 끝내 당신을 설득하게 될 거라고 믿었어요. 아이들을 그토록 사랑하는 당신이 그런 기회를 놓칠 리가 없죠. 정말 기분 좋아요. 오늘 아침 빙리 씨를 방문하고도 입도 벙긋 않았다니, 당신은 정말 기분 좋게 사람을 놀라게 하는 재주가 있다니까요."

"자, 키티! 이제 마음껏 기침해라." 베넷 씨는 아내가 기뻐 날뛰는 모습에 넌더리를 치며 방에서 나갔다.

문이 닫히자 베넷 부인이 말했다. "얘들아, 너희들은 참으로 좋은 아버지를 뒀어. 이렇게 자애로운 아버지의 은혜를 무슨 수로 갚니? 그런 점에서는 나 역시 마찬가지지만 말이야. 사실 우리 나이가 되면 낯선 사람을 만나 사귀는 게 그리 유쾌하지 않거든. 하지만 자식을 위해서라면 두 팔 걷어붙이지. 리디아, 네가 제일 어리긴 하다만 내가 보기엔 다음번 무도회에서 빙리 씨는 너하고 춤을 추고 싶어 할 거다."

"당연하죠. 나이는 어리지만 키는 제일 크잖아요." 리디아가 자신만만하게 말했다.

그날 저녁, 가족들은 빙리가 언제 답례 방문을 올 것인지 추측해보았고, 그에게 점심 식사를 하고 가라고 해야 할지에 대해 이야기했다.

3

베넷 부인은 다섯 딸의 도움을 받아 빙리 씨가 어떤 사람인지 아무리 물어보아도 남편에게서 만족할 만한 대답을 듣지 못했다. 노골적인 질문, 기발한 가정, 빙 돌려서 떠보기도 했지만 베넷 씨는 여자들의 계략에 말려들지 않았다. 그래서 결국 이웃에 사는 루커스 부인에게서 간접적인 정보를 듣는 것으로 만족해야 했다. 루커스 부인이 전해준 소식은 매우 기대할 만한 것이었다. 윌리엄 경이 빙리 씨를 무척 좋게 보았다는 것이다. 빙리 씨는 젊고 잘생긴 데다 성격까지 사근사근하다고 했다. 게다가 여자들의 구미를 당기는 기가 막힌 소식이 있었는데, 다음번 무도회에는 많은 사람을 데리고 올 작정이라는 것이었다. 이보다 신나는 일이 있을까! 춤을 좋아한다는 것은 사랑에 빠지는 길에 한 발짝 들여놓는 것이나 진배없으니 말이다. 이리하여 베넷가 자매들은 빙리 씨의 마음을 사로잡겠다는 희망으로 부풀어 올랐다.

"우리 딸들 가운데 하나가 네더필드에서 행복한 가정을 꾸리고, 다른 아이들도 그에 못지않은 신랑감을 구한다면 더 바랄 게 없겠어요." 베넷 부인이 남편에게 말했다.

며칠 뒤 빙리 씨가 베넷 씨의 답례 방문을 와서 십 분가량 베넷 씨 서재에 머물렀다. 그는 베넷 집안의 딸들이 예쁘다는 소문을 들은 터라 기대를 걸고 왔지만 부친만 만나고 발길을 돌려야 했다. 아가씨들 쪽은 운이 좋았다. 위층 창으로 검은 말에 올라

탄 푸른색 코트 차림의 청년을 확인할 수 있었으니까.

그에 이어 빙리 씨에게 정찬 초대장을 보냈다. 그리고 베넷 부인은 자신의 살림 솜씨를 뽐낼 수 있는 식단까지 짜놓았으나 빙리 씨의 답장으로 그 일이 연기되었다. 다음날 런던에 가야 해서 영광스러운 초대를 받아들일 수 없다는 것이었다. 베넷 부인은 불안해졌다. 빙리 씨가 하트퍼드셔에 오자마자 런던에 무슨 볼일이 있다는 것인지 도무지 이해할 수가 없었기 때문이다. 그가 네더필드에 눌러 살지 않고 이곳저곳 돌아다니기만 하면 어떡하나 걱정이 되기 시작했다. 마땅히 눌러 살아야 하는데 말이다. 이때 루커스 부인이 전하길 그가 런던에 간 것은 무도회에 참석할 친구들을 모으기 위해서일 것이라고 하자 그제야 마음을 놓았다. 곧 이어 빙리 씨가 여자 열두 명과 남자 일곱 명을 데리고 올 것이라는 소식이 뒤따랐다. 베넷가의 딸들은 그렇게 많은 여자들이 들이닥친다는 소식에 상심했으나 무도회 전날 그가 런던에서 데려온 사람은 열둘이 아니라 여섯 명인데, 그 중에 다섯 명은 누이고 한 명은 사촌이라는 소문을 듣고서야 안심했다. 그러나 정작 무도회 당일 집회장에 나타난 사람은 빙리와 그의 두 누이, 매부, 그리고 또 다른 젊은 남자가 전부였다.

빙리 씨는 과연 소문대로 준수한 외모의 남자로, 호감 가는 얼굴에 편안하고 가식 없이 행동했다. 또한 빙리 씨의 누이들은 상류층 여성 특유의 분위기를 물씬 풍기는 여자들이었다. 그러나 매부인 허스트 씨는 잔뜩 차려입은 것만 빼면 그냥 보통의 남자였다. 빙리 씨의 친구인 다아시 씨는 훤칠한 키에 수려한 이목구비, 귀족다운 거동으로 사람들의 시선을 한눈에 사로잡았다. 그가 집회장에 들어선 지 채 5분도 지나지 않아 연수입이 1만 파운드라는 소문이 파다했는데, 그것 역시 시선을 끄는 데 한몫했다. 남자들은 그의 인물이 출중하다고 했고, 여자들은 빙리 씨보다 훨씬 미남이라고 대놓고 말했다. 다아시 씨는 무도회 날 저녁 시간이 절반 정도 지날 때까지는 찬탄의 시선을 한몸에 받았으나 얼마 지나지 않아 사람들은 그에게서 등을 돌리기 시작했다. 남을 무시하는 까다로운 성격의 오만한 사람으로 밝혀졌기 때문이다. 더비셔에 아무리 방대한 영지를 갖고 있다 해도 역겨울 정도로 불쾌한 표정을 짓고 있는 사람에게는 아무 도움이 되지 않았다. 결국 다아시 씨는 자기 친구와 비교할 가치조차 없는 인물로 전락하고 말았다.

집회장에 들어선 빙리 씨는 그곳에 있던 주빈들과 활기차고 진솔하게 인사를 나누며 안면을 텄고, 춤은 단 한 차례도 놓치지 않았다. 이윽고 무도회가 끝나자 아쉬워하면서 네더필드에서 무도회를 한번 열겠다고 말했다. 이런 인간적인 성품은 저절로 드러나는 법이다. 자신이 데리고 온 친구와 얼마나 대조적인지! 다아시 씨는 허스트 부인과 한 번, 빙리 양과 한 번 춤을 추었을 뿐, 다른 아가씨를 소개받는 것조차 거부했다. 그러고는 나머지 시간에는 쉴 새 없이 방을 왔다 갔다 하면서 자기네 일행에게만 몇 마디 말을 건넸을 뿐, 그 누구하고도 말을 섞지 않았다. 그는 따져볼 것도 없이 세상에서 가장 오만하고 기분 나쁜 남자였다. 모두가 다아시 씨를 두 번 다시 보고 싶어 하지 않았다. 다아시 씨를 가장 싫어하는 사람 중 하나가 베넷 부인이었는데, 그의 태도가 싫기도 했지만, 자기 딸들 중 하나가 그에게 무시당하는 것을 보고는 완전히 냉담해지고 말았다.

그날 저녁 엘리자베스는 남자의 수가 부족해 두 곡이나 춤을 추지 못한 채 앉아 있어야 했다. 그런데 어쩌다 다아시 씨 가까이 앉는 바람에 그와 빙리 씨가 나누는 대화를 엿들을 수 있었다. 빙리 씨는 잠시 춤추는 무리들 속에서 빠져나와 친구에게 함께 춤을 추자고 권하던 차였다.

"이봐, 다아시, 함께 춤을 추자고! 자네 혼자 멍하니 서 있으니 어째 그래. 차라리 춤추는 게 좋지 않겠나?" 빙리 씨가 말했다.

"춤을 추고 싶지 않아. 내가 춤추는 걸 싫어한다는 것 알잖아. 파트너와 어지간히 친한 사이가 아니면 춤추는 게 고역이야. 게다가 자네 누이들은 이미 파트너가 있잖은가. 그렇다고 모르는 아가씨랑 춤을 춘다는 건 나에겐 형벌이거든."

"까다롭기는. 나처럼 편하게 즐겨봐. 지금껏 살아오면서 오늘만큼 괜찮은 아가씨를 많이 본 적이 없는걸. 게다가 보기 드문 미인도 몇 명 있다니까." 빙리가 소리쳤다.

"이 방에서 미인이 자네가 춤추는 아가씨밖에 더 있나?"

"그건 그래. 내가 지금껏 봐왔던 사람 중에 가장 예쁜 아가씨지. 그런데 자네 바로 뒤에 그 아가씨의 동생이 있어. 언니 못지않게 예쁘고 성격도 좋아 보이는걸. 괜찮다면 내 파트너에게 소개시켜달라고 할게."

"누구 말이야?" 다아시 씨는 몸을 홱 돌려 엘리자베스를 잠시 바라보았는데, 그녀와 눈이 마주치자마자 얼른 눈길을 돌려버리고는 냉정하게 말했다. "뭐 그럭저럭 봐줄 만하지만 춤추고 싶을 정도는 아니야. 게다가 난 다른 남자들이 거들떠보지도 않는 여자를 괜히 우쭐하게 해주고 싶은 생각도 없어. 자네는 저리 가서 파트너의 미소나 감상하시지그래. 괜히 나랑 시간 낭비하지 말고."

빙리 씨는 친구의 충고를 따랐다. 다아시 씨는 자리를 옮겨버렸고, 뒤에 남은 엘리자베스는 다아시 씨에게 좋지 않은 감정을 갖게 되었다. 엘리자베스는 잠시 후 가족들에게 조금 전에 있었던 일을 유쾌하게 들려주었다. 우스꽝스러운 일을 당하면 참지 못하는 그녀는 활기차고 장난기 많은 아가씨였다.

베넷가의 저녁은 대체로 유쾌했다. 베넷 부인은 네더필드 사람들이 자기 맏딸 제인을 무척 좋아한다는 것을 알게 되었다. 그도 그럴 것이 제인은 빙리 씨와 두 번이나 춤을 추었고, 그의 누이들도 제인에게 유독 친절하게 대했기 때문이다. 드러내고 좋아하지는 않았지만 제인 역시 어머니만큼이나 만족스러워했다. 엘리자베스는 언니의 일을 자기 일인 양 기뻐했다. 메리는 누군가가 빙리 양에게 자신을 이 근처에서 가장 교양 있는 여자라고 소개하는 걸 들었고, 캐서린과 리디아는 파트너가 없었던 적이 없는 행운을 누렸다. 지금까지 이 두 아가씨가 무도회에서 주의할 점이라고 배운 것은 파트너가 끊겨서는 안 된다는 것뿐이었다. 이렇게 해서 베넷가의 사람들은 기분 좋게 롱본으로 돌아왔다. (베넷가는 롱본이라는 마을의 중심에 있었다.) 가족들이 돌아왔을 때 베넷 씨는 아직 자지 않고 있었다. 책을 손에 잡으면 시간 가는 줄 모르고 읽는 데다, 이번 무도회가 굉장한 기대를 불러일으켰기 때문이다. 그는 새로 이사 온 사람에 대한 아내의 기대가 깡그리 무너졌길 바랐는데, 예상치 못한 이야기를 들어야 했다.

"아유! 여보, 정말 재미있었어요. 훌륭한 무도회였다고요." 베넷 부인이 방으로 들어오면서 말했다. "당신도 갔더라면 좋았을 텐데. 다들 제인의 미모에 탄복하지 뭐예요. 하여간 최고였어요. 모두가 입을 모아 제인이 예쁘다고 한마디씩 했으니까요. 빙리 씨도 제인을 얼마나 예쁘게 봤는지 제인이랑 두 번이나 춤을 췄다고요. 그게 다 무슨 뜻이겠어요. 글쎄, 정말 두 번이었다니까요. 그 사람이 춤을 두 번 신청한 사람은 제인밖에 없었어요. 처음에는 루커스 양이랑 춤을 췄어요. 그 애하고 춤을 추려고 나란히 서 있는 걸 보고 어찌나 애가 타던지! 그렇지만 좋아하거나 뭐 그런 건 아닌 눈치였어요. 하긴 누가 그런 애를 좋아하겠어요. 그러다 제인이 춤추는 것을 보고는 그 사람 눈이 번쩍 떠지는 것 같더라고요. 사람들한테 저 아가씨가 누구냐고 묻더니, 소개를 받은 다음 춤을 신청했어요. 그러고 나서 세 번째는 킹 양과, 네 번째는 머라이어 루커스와, 다섯 번째는 다시 제인과, 그리고 여섯 번째는 리지와 췄고, 불랑제는……."

"그 사람이 나를 가련하게 여겼더라면 좀 쉬어가면서 추었을 텐데!" 남편이 참지 못하고 소리쳤다. "제발 부탁이니 그 사람 파트너를 더는 읊어대지 마시오. 에이! 첫 번째 곡에서 발목이라도 삐었더라면 좋았을걸!"

"아유, 여보! 그 사람 정말 마음에 들었다니까요. 얼마나 인물이 좋던지! 누이들도 근사했어요. 내 평생에 그이들보다 잘 차려입은 사람은 본 적이 없어요. 허스트 부인의 드레스에 달린 레이스는……." 하고 베넷 부인이 계속했다.

이쯤에서 그녀의 수다가 제지당했다. 베넷 씨가 옷차림 이야기를 더 이상 하지 못하게 막았기 때문이다. 그래서 베넷 부인은 화제를 다른 쪽으로 돌릴 수밖에 없었다. 이는 다아시 씨가 저지른 무례한 행동에 대한 분개였다. 상당한 분노가 담겨 있었고, 과장까지 섞어 이야기했다.

"하지만 이건 확실해요." 베넷 부인이 덧붙였다. "리지가 그 사람 마음에 들지 않았다고 해서 손해 볼 건 없다는 거죠. 아주 기분 나쁘고 고약한 사람이니, 그런 사람 마음에 들어서 좋을 게 뭐 있겠어요. 어찌나 고고하고 잘난 체하는지, 두 눈 뜨고 못 봐주겠더라고요. 자기가 대단한 인물이나 되는 것처럼 어찌나 왔다 갔다 어슬렁거리는지! 같이 춤추고 싶을 만큼 잘생기지도 않은 주제에! 여보, 당신이 그 자리에 계셨더라면 그 인간 코를 납작하게 해줬을 텐데. 그게 당신 특기잖아요. 난 정말 그 남자 마음에 안 들어요."

4

제인은 빙리 씨를 드러내놓고 칭찬하지는 않았지만 엘리자베스와 단둘이 있게 되자, 빙리 씨가 정말 마음에 들었다고 말했다.

"젊은 남자의 귀감이 될 만해. 분별력 있고, 성격 좋고. 활기차고 말이야. 지금까지 그렇게 매너 좋은 남자는 만나본 적이 없었다니까. ……어쩌면 그렇게 소탈하고 교양 있게 행동하는지." 제인이 말했다.

"게다가 미남이기도 하잖아. 젊은 남자의 귀감이 되려면 인물도 중요하다니까. 사실 누구나 원한다고 그런 미남이 될 수 있는 게 아니잖아. 그러니 완벽한 인물이라는 거지." 엘리자베스가 대꾸했다.

"그 남자가 두 번째로 춤을 청했을 때는 정말이지 기분이 좋았어. 그런 특별대우는 기대하지 않았거든."

"그래? 난 그분이 언니한테 그럴 거라고 생각했는데. 그게 바로 우리 두 사람의 차이야. 남다른 대우를 받으면 언니는 놀라지만 난 그러지 않거든. 그 남자가 언니에게 같이 춤을 추자고 한 것보다 더 당연한 일이 어딨어? 그 사람이 보기에도 다른 여자들에 비해 언니가 다섯 배쯤 예쁘게 보였을 테니까. 예쁜 여자한테 잘해주는 걸 가지고 그렇게 감사해할 건 없어. 아무튼 그 사람 꽤 서글서글해 보였어. 그러니까 언니가 그를 좋아해도 된다고 허락할게. 사실 언니는 그보다 멍청한 사람도 여럿 좋아했잖아."

"얘, 리지!"

"쳇! 언니도 인정하잖아. 언니는 세상사람 모두를 다 좋아하는 경향이 있다는 거. 하여튼 누굴 비난하는 걸 본 적이 없다니까. 언니 눈에는 세상사람 모두가 다 선하고 좋아 보이지? 난 평생 언니가 남 욕하는 걸 본 적이 없어."

"성급하게 남을 비난하고 싶지 않은 것뿐이야. 나는 늘 내가 생각하는 대로 말해."

"나도 알아. 그래서 놀랍다는 거야. 언니 정도의 양식 있는 사람이 어리석고 터무니없게 행동하는 걸 어떻게 까맣게 모를 수 있냐고! 순진한 척하는 사람은 흔해. 사방에 널려 있지. 하지만 아무 가식 없이 상대방의 장점을 발견해서 칭찬해주고, 나쁜 점에 대해선 한마디도 안 하는 사람은 언니뿐이야. 그래서 말인데, 언니는 그 사람 누이들도 좋게 생각하겠지? 그 남자와는 다르게 교양 없어 보이던데."

"물론 그렇게 생각할 수도 있어. 하지만 직접 얘기해보면 좋은 사람이라는 걸 알게 될 거야. 빙리 양은 오빠하고 살면서 안주인 노릇을 할 작정이래. 그녀는 앞으로 멋진 이웃이 될 거야. 내가 크게 잘못 보고 있는 게 아니라면 말이야."

엘리자베스는 말없이 듣고 있었지만 언니의 말을 수긍할 수가 없었다. 무도회에서 그 여자들은 전혀 남을 배려하지 않았기 때문이다. 언니보다 예리하고 성격도 더 깐깐한데다 아무런 배려를 받지 못하고 자란 탓에 늘 날카로운 판단력을 발휘했던 엘리자베스는 그 여자들을 좋게 봐줄 마음이 별로 없었다. 빙리 씨의 누이들은 매우 세련된 숙녀들이었다. 기분이 좋을 때는 싹싹했고, 마음만 먹으면 언제라도 상냥해질 수 있었으나 평소에는 거만하고 잘난 체했다. 미인이라고 할 만한 얼굴에, 런던의 ·일류 사립여학교에서 교육을 받았으며, 2만 파운드의 재산이 있었고, 분에 넘치는 소비 생활을 하며 지체 높은 사람들하고만 어울리는 것이 습관이 되어 있었으니, 어느 모로 보나 자신은 귀하고 남은 천하게 여길 자격이 충분했다. 그들은 잉글랜드 북부의 지체 높은 집안 출신이라는 사실이 자기들 남매가 물려받은 재산이 장사로 벌어들였다는 사실보다 더 깊이 뇌리에 박혀 있었다.

빙리 씨는 아버지에게서 10만 파운드에 달하는 재산을 물려받았다. 그의 아버지는 시골에 토지를 구입할 예정이었으나 뜻을 이루지 못하고 세상을 떠났다. 빙리 씨는 아버지의 뜻에 따라 토지를 사들일 생각으로, 어느 주가 좋을지 고민해왔다. 그러나 좋은 집을 마련하고 수렵권까지 확보하자 빙리 씨의 낙천성을 잘 아는 사람들은 그가 여생을 네더필드에서 보내고, 토지 구입 건은 다음 세대에 넘겨버리지 않을까 의심하는 눈치였다.

빙리 씨의 누이들은 오빠가 토지를 매입하기를 간절히 바랐다. 빙리 양은 오빠가 세입자로 정착했을 뿐인데도 식탁의 안주인 노릇을 자처했다. 허스트 부인 또한 재산보다 지위를 보고 결혼한 탓에 네더필드를 제 집처럼 드나들 생각이었다. 빙리 씨는 성년이 된 지 2년이 지났을 때 우연한 기회에 네더필드가 좋다는 말을 듣고 한번 방문해야겠다고 생각했다. 그는 반시간 동안 그 집 안팎을 둘러보고는, 건물의 위치도 적당하고, 주로 사용하는 방들도 마음에 들었으며, 집 주인의 자랑에 도취되어 즉시 그 집을 얻었다.

빙리와 다아시는 완전히 상반된 성격이었지만 끈끈한 우정을 이어가고 있었다. 다아시가 빙리를 좋아하는 것은 그의 시원스럽고 솔직하고 유연한 성격이 마음에 들어서였다. 그렇다고 다아시가 빙리와 전혀 다른 자신의 성격에 불만이 있는 것은 아니었다. 한편 빙리는 다아시와의 우정을 신뢰했으므로, 그의 판단력을 존중했다. 지적인 면에서는 다아시가 더 뛰어났다. 빙리도 결코 부족하지는 않았으나 다아시는 명민했다. 다아시는 콧대가 높고 점잖고 까다로웠으며, 매너도 훌륭했지만 친근감은 없었다. 인간적인 면에서 두 사람을 평가한다면 빙리가 훨씬 나았다. 빙리는 어딜 가나 사람들의 호감을 샀지만, 다아시는 끊임없이 사람들의 기분을 상하게 했다.

두 사람이 메리턴 무도회를 회상하는 모습에서도 그런 점이 그대로 드러났다. 빙리는 친구에게 여태까지 이렇게 기분 좋은 사람들과 아름다운 여자들을 만나본 적이 없다고 말했다. 모든 사람들이 친절하고 따뜻하게 배려해주었으며, 격식을 차리거나 어색하게 굴지도 않아 오래 알고 지낸 사람 같은 느낌이 들었다고 했다. 그리고 베넷 양*의 경우 천사라도 그만큼 아름답지는 않을 것이라고 했다. 반대로 다아시는 하나같이 인물도 그저 그렇고 촌스러워 관심이 가는 여자는 한 명도 없었으며, 친절하거나 유머러스한 사람도 보지 못했다고 말했다. 베넷 양은 예쁘기는 하지만 웃음이 헤프다고 했다.

---

* 여기서는 제인을 지칭. 대개 딸이 여럿인 경우 맏이나 손위에게 '양'이라는 호칭을 붙인다.

허스트 부인과 빙리 양은 다아시의 말을 인정했다. 다만 베넷 양에 대해서는 좋게 말했으며, 사랑스러운 아가씨이므로 사귀고 싶다고 말했다. 그리하여 베넷 양은 사랑스러운 아가씨로 낙착되었으므로, 빙리는 이런 찬사에 힘입어 그녀를 얼마든지 좋아해도 된다고 인정받았다고 여겼다.

5

롱본에서 걸어서 얼마 안 되는 거리에 베넷 집안과 각별하게 지내는 루커스네 가족이 살고 있었다. 윌리엄 루커스 경은 왕년에 메리턴에서 장사를 해 꽤 많은 돈을 벌어들였다. 돈을 모으자 시장이 되었고, 임기 중에 왕에게 청원을 올려 기사에 봉해졌다. 그러나 그는 그 영광을 너무 자랑스럽게 여긴 나머지 사업이 싫어졌고, 작은 장터 마을에 사는 것도 싫증났다. 그래서 메리턴에서 약 1마일가량 떨어진 저택으로 이사를 했다. 이때부터 이 저택은 '루커스 별장'이라고 명명되었다. 그곳에서 그는 자신의 지위에 자부심을 느끼며 세상사람 모두에게 예의를 차리는 일에만 매진했다. 그는 작위를 받고 우쭐해하긴 했지만 거만하게 굴지는 않았다. 오히려 누구에게나 예의를 차렸다. 원래 다정하고 자상한 성격이었는데, 세인트 제임스 궁에서 국왕을 알현한 후로는 늘 궁정 예의를 갖추어 행동했다.

루커스 부인은 선량하긴 했으나 그다지 영리하지는 못한 탓에 베넷 부인의 소중한 친구가 될 수 있었다. 그녀에게도 자식이 몇 명 있었는데, 스물일곱 살인 큰딸 샬럿은 센스 있고 똑똑한 처녀로 엘리자베스와 둘도 없는 친구였다.

무도회가 끝난 뒤에는 늘 루커스 집안의 딸들과 베넷 집안 딸들이 만나 무도회 이야기를 나누었다. 이번 무도회가 끝난 이튿날 아침에도 루커스 집안의 딸들이 베넷 집안으로 건너왔다. 보고 들은 것을 전하기 위해서였다.

"어제 네 시작은 참 좋았어, 샬럿. 빙리 씨의 첫 상대가 바로 너였잖니?" 베넷 부인이 시치미를 뚝 떼며 루커스 양에게 말했다.

"그래요…… 하지만 빙리 씨는 두 번째 파트너를 더 좋아하는 것 같던걸요."

"아, 제인 말이구나. 하긴 그래. 빙리 씨가 제인이랑 춤을 두 번이나 추었으니 말이야. 내가 보기에도 제인에게 호감을 품고 있는 것 같긴 했어. 게다가 거기에 대해 들은 말도 있고—그렇지만 나도 구체적으로는 잘 몰라—로빈슨 씨 어쩌고 하는 얘기였는데……."

"제가 빙리 씨와 로빈슨 씨가 이야기하는 걸 들었는데요, 그 말씀 안 드렸던가요? 로빈슨 씨가 그분한테 우리 메리턴 무도회가 어떠냐, 또 이 무도회장에 미인들이 유독 많다는 생각이 들지 않느냐, 이 중에서 누가 제일 예쁘냐고 물었더니 마지막 질문에 그분 대답이 바로 나왔다는 것 아니겠어요. 아! 그야 말할 것도 없이 베넷 씨 댁 첫째 따님이죠. 그 점에 대해서는 이견이 있을 수 없겠지요."

"세상에! 그렇다면 그건 확실하네. 그게 혹시……그렇다고 해서 반드시 무슨 일이 일어나란 법은 없지 뭐……."

"일라이자(엘리자베스의 또 다른 애칭), 내가 엿들은 말이 네가 엿들은 말보다 쓸모가 있구나. 빙리 씨에 비하면 다아시 씨의 말 같은 건 귀 기울일 가치조차 없어. 안 그래? 가엾은 엘리자베스! '그럭저럭 봐줄 만한 여자라니!'" 샬럿이 말했다.

"얘, 그런 괘씸한 녀석 말을 들먹여서 리지 속 좀 긁지 마라. 그런 밉살스러운 인간한테 호감 사는 것 자체가 기분 나쁜 일이니까. 롱 부인이 그러는데, 어젯밤에 그 인간이 30분이나 옆에 앉아 있었으면서 입도 벙긋하지 않았다지 뭐니?"

"확실한가요? 잘못 아신 것 같아서요. 다아시 씨가 아주머니에게 말을 거는 걸 제 눈으로 똑똑히 봤는걸요." 제인이 말했다.

"그래. 그야 롱 부인이 참다못해 네더필드가 마음에 드느냐고 물어보자 마지못해 대답을 한 거겠지. ……하지만 롱 부인 말로는, 자기가 말을 시켜서 아주 불쾌해하는 것 같았다던걸."

"빙리 양이 그러는데, 그 사람은 모르는 사람한테는 말을 잘 붙이지 않는대요. 하지만 자기와 친한 사람들한테는 무척 사근사근하다고 했어요." 제인이 말했다.

"난 한마디도 안 믿기는구나, 얘야. 그 사람이 그렇게 사근사근한 사람이라면 롱 부인에게 말을 걸었어야지. 대충 짐작이 가는구나. 오만으로 똘똘 뭉쳤다더니만, 롱 부인이 마차가 없어서 임대마차를 타고 왔다는 걸 어디서 들었겠지."

“저는 다아시 씨가 롱 부인에게 말을 걸지 않은 거야 그냥 넘어갈 수 있어요. 하지만 일라이자와 춤을 추지 않은 건 좀 그렇네요.” 루커스 양이 말했다.

“리지, 내가 너라면 다음번에는 그딴 남자하고는 절대 춤을 추지 않을 거다.” 베넷 부인이 말했다.

“그 남자하고는 영원히 춤 같은 건 추지 않을 테니 걱정 마세요, 엄마.”

“다른 경우와 달리 그 사람이 오만하게 군 건 그리 신경 쓰이지 않아. 오만할 만하니까 오만한 거니까. 멋진 외모에 집안 좋겠다, 재산 많겠다, 뭐 하나 부족한 게 없는 청년이 스스로를 대단하다고 평가한다고 해서 이상할 건 없잖아. 이런 표현을 써도 좋다면, 그 사람은 오만할 권리가 있어.” 루커스 양이 말했다.

“나 역시 동감이야. 그 남자가 내 자존심을 건드리지만 않았다면 그의 오만을 쉽게 용서했을 거야.” 엘리자베스가 말을 받았다.

“오만은 인간의 가장 흔한 결함이야.” 메리가 자신의 탄탄한 사고력을 뽐내며 말했다. “내가 지금까지 읽은 책의 내용으로 미루어볼 때 오만은 가장 일반적인 감정으로, 인간은 본성상 쉽게 오만해진다는 거야. 실제건 상상이건 자신이 지닌 이런저런 자질에 대해 자만심을 품지 않는 사람은 거의 없다고 봐야 해. 허영과 오만은 동의어로 쓰이기도 하지만 그 뜻은 전혀 달라. 허영심 없이도 오만해질 수 있어. 오만이 스스로를 어떻게 생각하느냐의 문제라면, 허영은 다른 사람이 자신을 어떻게 생각해주기를 바라는 것과 관계가 있어."

"내가 다아시 씨처럼 부자가 된다면 오만 따위에는 신경 쓰지 않을 거야. 여우 사냥용 개나 기르면서 날마다 포도주 한 병씩을 마실 거야." 누나들과 함께 온 루커스 댁의 사내아이가 큰 소리로 말했다.

"그렇게 술을 마셔대면 안 되지. 술 마시다가 내 눈에 띄기만 해봐라, 당장 술병을 뺏어버릴 테니깐." 베넷 부인이 말했다.

소년은 그러면 안 된다고 항변했고, 베넷 부인은 그러겠다고 계속 을러댔다. 결국 그 논쟁은 루커스 사람들이 집으로 돌아감으로써 막을 내렸다.

6

롱본 여자들이 곧 네더필드의 여자들을 방문했다. 답례 방문도 적절하게 이루어졌다. 허스트 부인과 빙리 양은 베넷 양의 붙임성 있고 예의 바른 태도를 보고 그녀에게 호감을 가졌다. 베넷 양의 어머니는 참아줄 수 없을 정도로 경박하고, 어린 동생들은 말을 섞을 가치도 없다고 생각했지만, 제인과 엘리자베스만은 가까이 지내고 싶다는 의사를 표시했다. 제인은 그들의 관심을 매우 기쁘게 받아들였으나 엘리자베스는 그들 자매가 사람들에게 거만하게 대한다는 느낌을 받았고, 심지어 언니까지도 거기서 예외가 아닐 거라고 생각했으므로, 두 여자를 도저히 좋아할 수가 없었다. 제인에게 그 정도나마 친절한 것은 빙리 씨의 칭찬에 영향받았을 가능성이 컸다. 빙리 씨와 제인이 만날 때마다 신사분이 숙녀분을 각별히 생각하고 있다는 것이 눈에 보였다. 한편 엘리자베스의 눈에는 제인의 마음이 그대로 읽혔다. 제인은 처음부터 빙리에게 호감을 품고 있었는데, 어느새 감정과의 싸움에 굴복해 어느 정도 사랑에 빠져들기 시작한 것 같았다. 그러나 다행스러운 것은 사람들이 제인의 마음을 눈치채지 못한다는 것이었다. 제인은 누구보다 풍부한 감성의 소유자였지만, 그것이 침착하고 쾌활한 태도와 결합되어 사람들의 입방아에 오르는 일은 없었다. 엘리자베스는 친구인 루커스 양에게 자신의 생각을 털어놓았다.

그러자 샬럿이 대답했다. "이런 경우 사람들이 눈치채지 못하게 한다는 건 재미있는 일이야. 하지만 그런 행동이 불리해질 수도 있어. 감정을 그렇게 꽁꽁 숨기다가는 자칫 연인을 붙잡을 기회마저 놓칠 수 있기 때문이지. 사랑하는 남자를 잃고 나서 자기의 마음을 눈치챈 사람이 아무도 없었다고 생각하는 것이 무슨 위안이 되겠냐고. 애정이라는 감정에는 감사나 허영심이 차지하는 비중이 매우 높기 때문에 아무리 열렬한 사랑이라도 그것이 혼자 크도록 내버려두는 것은 안전하지 못해. 모두들 별 부담 없이 시작이야 하지. 약간의 호감은 저절로 생길 수도 있고. 그러나 그 호감이 전혀 북돋워지지 않는데도 진정한 사랑을 키울 수 있는 용기를 가진 사람은 우리 가운데 몇 없을 거야. 여자는 자기가 느끼는 감정 이상을 상대에게 보여줄 필요가 있어. 빙리가 네 언니를 좋아하는 건 의심할 여지가 없어. 하지만 그 사람이 계속 좋아하도록 제인이 북돋우지 않으면 그저 좋아하다 끝날 수도 있어."

"하지만 언니도 자기가 필요한 만큼은 응해주고 있어. 언니가 빙리 씨에게 호감을 갖고 있다는 건 내가 봐도 알겠는데, 빙리 씨가 모른다면 그거 바보 아냐?"

"하지만 일라이자, 빙리는 제인의 성격을 너만큼 잘 알지 못한다는 점을 기억해야지."

"여자가 남자한테 호감을 갖고 있고, 그걸 애써 숨기려 들지 않는다면 남자가 그걸 모를 리 없지."

"남자가 여자를 자주 만난다면 당연히 그렇겠지. 하지만 빙리와 제인은 자주 만나기는 해도 몇 시간씩 함께 있지는 않잖아. 게다가 늘 사람들 무리 속에 섞여 있기 때문에 함께 이야기를 나누는 시간은 정말 짧아. 그러니 제인은 자투리 시간을 최대한 활용해 그 사람의 관심을 끌어야 해. 일단 그의 애정을 확보하고 나면 여유 있게 사랑할 수 있을 거야."

"좋은 계획이야. 오로지 시집 잘 가고 싶은 욕심밖에 없다면 그렇게 하는 게 좋겠지. 돈 많은 남자를 붙잡겠다거나, 어떻게든 시집을 가야겠다고 생각한다면 그런 방법을 택해야겠지. 하지만 언니의 감정은 그게 아니야. 결혼할 속셈이 있는 건 아니라고. 언니는 아직까지 자신이 얼마만큼 그에게 호감을 갖고 있는지, 과연 그를 좋아해도 되는지 확신을 못하고 있어. 빙리를 안 지 보름밖에 안 되었으니까. 언니는 메리턴에서 빙리와 네 번 춤을 추었고, 그의 집에 가서 아침에 한 번 보았고, 그 후로 네 번 식사를 같이했어. 그 정도 가지고 언니가 그의 성격을 파악하기는 어렵겠지." 엘리자베스가 응수했다.

"그런 식으로 말한다면 네 말이 맞아. 제인이 빙리와 식사만 했다면 그 사람의 식성 외에 뭘 더 알 수 있었겠어? 그러나 네 번의 저녁 시간을 함께 보냈다는 것을 생각해야지. 네 번의 저녁이면 많은 일이 일어날 수 있으니까."

"그래, 네 번의 저녁 시간을 함께 보내면서 둘 다 코머스보다 벵텅*을 좋아한다는 것을 확인했겠지. 그러니 두 사람이 서로의 성격을 파악했을 것 같지는 않아."

"글쎄." 샬럿이 말했다. "난 진심으로 제인이 잘됐으면 좋겠어. 내 생각에는 제인이 내일 그 남자와 결혼해서 행복해질 확률이 열두 달 동안 그 사람 성격을 연구한 뒤에 결혼해서 행복해질 확률이나 별 차이가 없을 거라고 생각해. 결혼 생활에서 행복을 얻는 건 순전히 운에 달렸거든. 서로의 취향을 잘 안다고 해서 행복한 것도 아니고, 서로 성격이 비슷하다고 해서 행복이 더 커지는 것도 아니니까. 일단 결혼하면 성격이 비슷했던 부부도 점점 달라지게 마련이야. 그러니 결혼하면서 자신이 세상의 고통을 충분히 느끼지 못할까봐 걱정할 필요는 없어. 평생을 같이 살 사람의 결점은 되도록 모르는 게 나으니까."

---

* 둘 다 카드 게임의 종류이며, 당시 영국의 몇몇 지방에서 코머스가 크게 유행했다.

"정말 웃기는구나, 샬럿. 하지만 그건 정상이 아니야. 그렇다는 건 너도 잘 알걸. 또 너 자신도 그렇게 처신할 리가 없고."

엘리자베스는 빙리 씨가 언니에게 얼마나 관심을 쏟는지 지켜보느라 정작 자신이 빙리 씨 친구의 관심의 대상이 되었다는 사실은 짐작도 못했다. 무도회에서 엘리자베스를 처음 본 다아시는 그녀가 예쁘다는 생각은 못했다. 두 번째 그녀를 만났을 때는 반드시 흠을 찾아야겠다는 생각뿐이었다. 마침내 엘리자베스의 얼굴에 예쁜 구석이 거의 없다는 결론을 내린 그는 주위 사람들에게 그렇게 공표했다. 그런데 바로 그때 그는 새로운 사실을 발견했다. 엘리자베스의 검은 눈동자에 어린 독특한 분위기가 무척이나 지적이라는 사실을. 그 점을 깨달은 데 이어 그에 못지않게 체면이 상하는 다른 깨달음이 뒤따랐다. 엘리자베스의 몸매에서 균형을 깨뜨리는 결정적인 요인을 한 군데 이상 찾아냈으나, 그것이 오히려 그녀를 발랄하게 보이게 한다는 사실을 인정하지 않을 수 없었다. 뿐만 아니라 엘리자베스가 상류사회의 예절을 지키지는 않았지만 오히려 주변 사람을 편안하게 하는 위트에 끌리고 말았다. 그러나 그녀는 그런 사실을 전혀 모르고 있었다. 그녀에게 다아시는 어딜 가나 불쾌하게 구는 남자이자 자신을 춤 상대로 여길 만큼 예쁘다고는 생각하지 않는 남자일 뿐이었다.

다아시 씨는 엘리자베스를 좀 더 알고 싶었다. 그래서 말을 걸어봐야겠다는 생각으로 그녀가 사람들과 나누는 대화에 귀를 기울였다. 그런 다아시 씨의 행동은 엘리자베스의 눈에도 띄었다. 윌리엄 루커스 경의 집에 많은 사람이 모였을 때였다.

"다아시 씨가 왜 저러지? 내가 포스터 대령과 나누는 이야기를 왜 계속 엿듣는 걸까?" 엘리자베스가 샬럿에게 물었다.

"그건 다아시 씨만이 대답할 수 있는 질문인걸."

"뭔가 꼬투리를 잡으려고 그러겠지. 계속 저러면 얼쩡거리지 말라고 해야겠어. 저 거만한 눈초리 좀 봐. 내 쪽에서 먼저 선수를 치지 않으면 안 될 것 같아."

그 말이 끝나기가 무섭게 다아시 씨가 두 사람 쪽으로 다가왔다. 하지만 말을 걸 생각은 없는 듯했다. 루커스 양은 엘리자베스에게 도발을 부추겼고, 이에 자극을 받은 엘리자베스는 마음을 다잡았다.

엘리자베스는 다아시 씨를 돌아보며 말했다.

"다아시 씨, 제 말 들었어요? 제가 방금 포스터 대령한테 메리턴에서 무도회를 열어달라고 졸랐는데."

"열의가 대단하시군요. 하긴 숙녀분들은 무도회라면 언제나 열심이니까요."

"저희한테 가혹하시군요."

"이번에는 여자분에게 졸라야겠네요. 일라이자, 피아노 뚜껑을 열 테니까, 그다음엔 뭘 해야 되는지 알고 있겠지?" 루커스 양이 말했다.

"넌 참 이상한 친구야. 사람들 앞에서 연주를 하라고 하질 않나, 노래를 하라고 하질 않나! 나에게 음악적 허영심이 있었다면 넌 너무나 소중한 존재였을 텐데. 하지만 내 실력을 뻔히 알고 있는데, 최고 수준의 연주를 듣는 데 익숙한 분들 앞에서 연주를 한답시고 여기에 앉기는 싫어." 그래도 루커스 양이 계속 권하자 엘리자베스는 이렇게 덧붙였다. "좋아. 꼭 그래야 한다면야." 그리고 다아시 씨를 엄숙한 눈빛으로 힐끗 보고는 말했다. "멋진 속담이 생각나네요. 여기 계신 분들은 물론 다 아실 거예요. '죽을 식히려면 숨을 죽여라.' ……그러니 저도 목청을 틔우려면 숨을 죽여야겠지요."

엘리자베스의 연주 실력은 그리 뛰어나다고 할 수는 없었지만 그만하면 훌륭했다. 한두 곡 연주하고 나자 여기저기서 한 곡 더 연주해달라는 요청을 했다. 그러나 그녀가 미처 대답을 하기도 전에 동생 메리가 나서서 언니의 자리를 물려받았다. 메리는 식구들 가운데 유일하게 얼굴이 못생긴 편이라 지식과 교양을 쌓는 데 열심이었고, 그 실력을 과시하고 싶어 안달이었다.

하지만 안타깝게도 메리에게는 재능도 소양도 없었다. 그녀를 부추기는 것은 오로지 허영심뿐이었다. 허영심 때문에 아는 척하고, 잘난 척했다. 그런 태도는 아무리 연주 실력이 뛰어나다 해도 청중 입장에서는 들어주기 곤란했다. 사실 엘리자베스는 연주 실력은 메리보다 못했지만 편안하고 꾸밈이 없어서 듣기가 좋았다. 메리는 긴 협주곡을 마치고 동생들의 청에 따라 스코틀랜드와 아일랜드 민속음악을 연주하여 비로소 찬사와 감사를 얻는 데 성공했다. 그새 동생들은 루커스 집안의 자녀들과 두세 명의 장교들과 어울려 한쪽 구석에서 열심히 춤을 추고 있었다.

다아시 씨는 그들 가까이에 서 있었는데, 말은 안 했지만 이런 식으로 제대로 이야기도 나누지 못한 채 저녁을 보내게 되자 화가 났다. 그는 자기 생각에 골몰한 나머지 윌리엄 루커스 경이 말을 걸어오기 전까지 그가 바로 옆에 왔다는 것도 몰랐다.

"젊은이들이 즐기기에 얼마나 매력적인 유희입니까, 다아시 씨! 알고 보면 춤만큼 매혹적인 놀이도 없지요. 나는 춤이야말로 사교계에서 최고로 세련된 오락이라고 생각합니다."

"물론이지요. 좀 덜 세련된 사회에서도 통하는 게 춤의 이점이니까요. 야만인들도 춤출 줄은 알잖아요."

윌리엄 경은 미소만 지을 뿐이었다. 그는 잠시 뜸을 들였다가 빙리 씨가 춤추는 사람들 틈에 끼이는 것을 보고 덧붙였다. "친구분이 춤추는 게 보기 좋군요. 다아시 씨 춤 솜씨도 친구 못지않을 것 같은데요."

"제가 메리턴에서 춤추는 걸 보셨겠지요, 아마."

"보다마다요. 덕분에 적잖이 즐거웠답니다. 세인트 제임스 궁에서도 자주 추십니까?"

"아뇨, 전혀요."

"춤이야말로 그곳에 바치는 가장 어울리는 찬사라고 생각지 않으십니까?"

"피할 수만 있다면 그런 찬사는 하고 싶지 않더군요."

"런던에 저택이 있으시지요, 필시?"

다아시 씨가 고개를 숙였다.

"저도 한때는 런던에 정착할까 고심했습니다. 제가 고상한 사교계를 좋아하거든요. 하지만 런던의 공기가 루커스 여사의 건강에 해로울 것 같아 그만뒀지요."

윌리엄 경은 상대의 답변을 기대하며 말을 멈추었으나 상대는 별로 그럴 의사가 없는 듯했다. 그때 엘리자베스가 다가오자 그는 불현듯 기사다운 사명감에 사로잡혀 그녀를 불러 세웠다.

"일라이자 양, 왜 춤을 안 추는 거지? 다아시 씨, 이 매력적인 아가씨를 당신의 파트너로 소개할까 합니다. 이렇게 아름다운 미인이 곁에 있는데, 설마 춤을 거절하지는 않겠지요?" 그러고는 엘리자베스의 손목을 덥석 잡아 다아시 씨에게 건넬 태세였다. 다아시 씨는 윌리엄 경의 갑작스러운 행동에 놀라긴 했지만 그녀의 손목을 잡는 것이 싫지는 않았다. 이때 당황한 엘리자베스가 얼른 손을 빼며 윌리엄 경에게 말했다.

"저는 정말 춤출 생각이 없어요. 제가 파트너를 구걸하려고 여길 왔다는 생각은 말아주세요."

다아시 씨가 짐짓 근엄한 표정으로 그녀와 춤을 추고 싶다고 정중히 요청했지만, 엘리자베스의 단호한 거절에 뜻을 이루지 못했다. 윌리엄 경까지 나서서 설득했지만 그녀의 고집을 꺾지는 못했다.

"일라이자 양, 그렇게 탁월한 춤 솜씨를 가졌으면서 춤추는 걸 사양하겠다니 정말 무정하구먼. 여기 이 신사분은 춤추는 걸 별로 좋아하지 않지만, 이번만은 반시간 정도 우리를 기쁘게 해주기로 한 것 같은데."

"다아시 씨는 워낙 예의 바른 분이니까요." 엘리자베스가 미소를 머금은 채 말했다.

"그야 그렇지……. 그런데 일라이자 양, 파트너가 정중하다는 건 이미 아는 사실 아닌가. 이런 파트너를 거절하다니, 너무한 거 아냐?"

엘리자베스는 짓궂은 표정으로 윌리엄 경을 쳐다보고는 이내 자리를 떴다. 이렇게 당했지만 다아시 씨의 눈에는 엘리자베스가 나쁘게 보이지 않았다. 오히려 흡족한 마음으로 그녀를 생각하고 있을 때 빙리 양이 다가왔다.

"무슨 생각을 하고 있는지 짐작이 가요."

"모르실 텐데요?"

"허구한 날 이렇게 지내다니……이런 사람들과 어울리다니……견딜 수 없다, 이런 생각하고 계셨겠지요? 사실 저도 짜증이 나네요. 따분한데다 시끄럽기까지 해서요. 게다가 하나같이 별 볼일 없는 주제에 잘난 척을 해대니 말이에요. 가차 없는 비난의 말씀, 기꺼이 들어드리겠어요."

"추측이 빗나갔습니다. 저는 즐거운 생각을 하고 있었거든요. 맑은 눈빛을 가진 아가씨의 매력이 얼마나 큰 기쁨을 주는지 말이에요."

빙리 양은 즉시 그의 얼굴을 쳐다보면서 그런 생각을 하게 한 장본인이 누구인지 말해달라고 했다. 다아시 씨는 대담하게 이렇게 대답했다.

"엘리자베스 베넷 양입니다."

"엘리자베스 베넷 양이라니!" 빙리 양이 되뇌었다. "정말 놀랍군요. 언제부터 그 아가씨를 특별하게 생각하셨어요? 이제 축하드릴 일만 남은 건가요?"

"그렇게 말씀하실 줄 알았습니다. 여자분들의 상상력은 아주 대단하니까요. 호감에서 사랑으로, 사랑에서 결혼으로 순식간에 건너뛰니 말이에요. 축하해주실 줄 알았습니다."

"아니, 축하까지 예상하셨다니, 그 문제는 완전히 결정이 났군요. 조만간 매력적인 장모님도 생기실 테죠. 물론 그분은 펨벌리(다아시 소유의 대저택)에서 당신과 같이 지내겠군요."

빙리 양이 자신을 놀리는 동안 다아시는 시종일관 담담하게 듣고 있었다. 다아시 씨가 담담한 표정을 짓고 있는 것으로 보아 걱정 없겠다고 판단한 빙리 양은 한동안 재치를 뽐내느라 정신이 없었다.

7

베넷 씨의 재산이라고는 연간 2,000파운드의 수익을 거두는 토지가 전부였다. 그나마 아들이 없는 탓에 남자 쪽의 먼 친척에게 한정 상속*하기로 되어 있었다. 베넷 부인의 재산은 자신에게는 충분했지만 남편의 부족분을 메우기에는 턱없이 부족했다. 베넷 부인의 아버지는 메리턴의 변호사로 일했었고, 딸에게 물려준 재산은 4,000파운드였다.

베넷 부인의 여동생은 필립스라는 성을 가진 남자와 결혼했는데, 그 남자는 장인의 서기였다가 나중에 장인이 하던 일을 물려받았다. 그리고 베넷 부인의 남동생은 런던에 정착해서 사업을 하고 있었는데, 사업 수완이 좋았다.

메리턴은 롱본에서 약 1마일가량 떨어져 있어 베넷 집안 여자들이 산책 삼아 걷기에 적당한 거리였다. 그래서 아가씨들은 1주일에 서너 번은 그리로 가 이모 댁을 방문하거나 모자 가게에 들르곤 했다. 특히 넷째인 캐서린과 막내 리디아가 메리턴을 자주 찾았다. 언니들보다 분별력이 떨어지는 두 자매에게 메리턴까지의 산책은 아침나절을 즐겁게 했고, 저녁나절의 화젯거리를 제공받는 데 필수였다. 시골의 새 소식이라고 해봐야 그렇고 그런 이야기였지만, 이 두 자매는 어떻게든 이모에게서 새로운 이야깃거리를 끌어냈다. 특히 이번에 갔을 때는 새로운 소식과 즐거움을 잔뜩 안고 돌아왔다. 최근 근처에 새로운 군부대가 도착했다는 소식이었다. 군부대는 겨울 동안 주둔하기로 되어 있었고, 메리턴이 본부라고 했다.

두 아가씨는 필립스 부인을 방문할 때마다 흥미진진한 소식을 접할 수 있었다. 매일 새로운 장교들의 이름이라든가 신상에 관한 걸 알아냈다. 오래지 않아 그들의 처소도 알게 되었고, 마침내 장교들을 직접 만나게 되었다. 필립스 씨는 모든 장교들에게 인사를 갔는데, 이것이 조카들에게 전에 없이 큰 행복을 선사했다. 두 조카는 언제나 장교들 이야기만 했다. 그녀들은 어머니

---

* 재산을 상속시킬 때 상속받은 사람의 의사와 관계없이 그 재산의 원소유자가 다음 세대의 상속인을 지정해놓은 제도.

를 열광케 하는 빙리 씨의 막대한 재산도 소위의 군복에 비하면 아무런 가치도 없었다.

어느 날 아침, 장교들 이야기에 열을 올리던 캐서린과 리디아를 본 아버지가 정색을 하고 말했다.

"너희들 말하는 본새를 보니 이 동네에서 가장 멍청해 보이는구나. 혹시나 했는데 역시나야."

순간 캐서린은 당황해서 아무 말도 못했지만, 리디아는 아버지의 말은 아랑곳없다는 듯이 카터 대위가 멋있다고 쉴 새 없이 떠들어댔다. 그가 내일 런던으로 떠난다니 오늘 중으로 만나야 되겠다면서.

"어이가 없군요. 어떻게 자기 자식들에게 멍청하다고 하세요! 그렇게 흉을 보고 싶으면 다른 집 아이들이나 흉보라고요!" 베넷 부인이 말했다.

"우리 집 아이들이 어리석다면 그걸 알고는 있어야 하니까 그렇지."

"그렇긴 하지만 우리 집 아이들은 하나같이 똑똑한데 뭘 그러세요."

"여보, 우리 사이에 이 문제에서만큼은 의견 차이가 분명히 있는 것 같소. 나는 무슨 일에서건 당신과 의견이 일치하기를 바랐는데 말이오. 내가 보기엔 아래로 두 딸이 멍청이 중의 상멍청이인 것 같거든."

"여보, 아직 어린 아이들한테서 우리 어른과 같은 분별력을 기대해서는 안 돼요. 저 애들도 우리 나이가 되면 장교 따윈 거들떠보지도 않을 거예요. 저도 붉은 제복을 정말 좋아했던 시절이 있었다고요. 사실 마음속으로는 아직도 그래요. 연수입이 5,000~6,000정도 되는 말쑥한 대령이 찾아와 우리 딸과 결혼하겠다고 하면 난 대환영이에요. 그날 밤 윌리엄 경 댁에서 보니까 포스터 대령의 군복 입은 모습이 얼마나 멋졌는지 몰라요."

"엄마." 하고 리디아가 큰 소리로 말했다. "이모가 그러는데, 포스터 대령하고 카터 대위가 처음처럼 그렇게 자주 왓슨네 집을 찾지는 않는대요. 이모 말로는 그 사람들이 클라크 도서관 앞에 서 있는 걸 자주 봤대요."

베넷 부인이 뭔가 대답을 하려고 할 때 마침 하인이 베넷 양에게 전하는 쪽지를 가지고 들어왔다. 그것은 네더필드에서 온 것이었고, 하인은 답장을 받아가려고 기다렸다. 베넷 부인의 눈동자가 기쁨으로 반짝이며 딸이 쪽지를 읽고 있는 내내 안달을 하며 소리쳤다.

"얘, 제인, 누구한테서 온 거니? 용건이 뭐야? 그 남자가 뭐래? 제인, 어서 말해봐. 어서 얘야."

"빙리 양한테서 온 거예요." 제인이 대답하고는 큰 소리로 읽기 시작했다.

친애하는 친구에게,

루이자와 제 처지를 가련하게 여긴다면 제발 우리 집으로 와서 함께 점심 식사를 해주세요. 만약 오시지 않으면 루이자와 저는 평생토록 서로를 미워하게 될지 몰라요. 두 여자가 하루 종일 머리를 맞대고 있다 보면 결국 싸움으로 끝날 테니까요. 이 편지를 받는 대로 가능한 한 빨리 오세요. 저희 오빠와 남자들은 장교들이랑 점심 식사를 하러 나갈 예정이에요. 그럼 이만 총총.

— 캐럴라인 빙리

"장교들이랑!" 리디아가 소리쳤다. "이모가 어째서 그걸 말해주지 않았는지 모르겠네."

"식사하러 나갈 거라니, 참 운도 없구나." 베넷 부인이 말했다.

"마차를 타고 가도 될까요?" 제인이 조심스레 물었다.

"그건 안 된다. 비가 올 것 같으니 말을 타고 가는 게 좋겠어. 비가 오면 그 집에서 자고 와야 하니까."

"좋은 계책인걸요. 그 댁에서 언니를 집에 데려다주지 않을 게 확실하다면 말이에요." 엘리자베스가 말했다.

"아, 그렇지. 하지만 남자들은 빙리 씨 마차로 메리턴까지 갈 것 아냐. 허스트 부부에게는 따로 마차가 없으니까."

"저는 마차로 가고 싶은걸요."

"하지만 얘야, 아버지가 말을 여러 마리 내주진 못할 거다. 너도 알다시피 농장에서 필요하니 말이야. 여보, 농장에서 써야 하지요?"

"농장에서야 내가 못 내줄 정도로 말들이 필요하지."

"아버지가 오늘 말을 쓴다고 하면 엄마의 목적은 달성되는 거지 뭐." 엘리자베스가 말했다.

엘리자베스는 결국 아버지에게 노는 말이 없다는 걸 인정하게 만들었다. 그리하여 제인은 마차 대신 말을 타고 네더필드로 가야 했다. 베넷 부인은 날씨가 나빠질 징조를 죽 나열하면서 현관까지 딸을 배웅했다. 어머니의 소망은 이루어졌다. 제인이 집을 나선 지 얼마 지나지 않아 비가 퍼붓기 시작한 것이다. 동생들은 언니를 걱정했지만 어머니는 오히려 기뻐 날뛰었다. 비는 저녁 내내 쉬지 않고 내렸고, 결국 제인이 집으로 돌아오지 못할 것이 분명해졌다.

"내 생각이 맞아떨어졌어." 베넷 부인은 비가 온 것이 자기 공이라도 되는 양 몇 번이고 되풀이했다. 그러나 다음날 아침이 될 때까지는 그녀도 자신의 계책이 얼마나 기가 막히게 적중했는지는 몰랐다. 아침 식사가 채 끝나기도 전에 네더필드에서 온 하인이 엘리자베스에게 다음과 같은 쪽지를 전달했다.

사랑하는 리지에게,

아침에 일어났더니 몸이 좋지 않구나. 어제 비를 흠뻑 맞아서 그런 것 같아. 인정 많은 이곳 친구들이 몸이 회복되기 전에는 절대 집으로 가서는 안 된다고 하는구나. 게다가 존스 씨에게 진찰을 받아야 한다고 했어. 존스 씨가 나한테 다녀갔다고 해서 걱정할 건 없어. 목이 조금 따갑고 머리가 아픈 것만 빼면 괜찮으니까.

— 언니로부터

엘리자베스의 편지 낭독이 끝나자 베넷 씨가 말했다. "여보, 만약 제인이 중병에 걸려 죽기라도 한다면 원인을 알고 있어서 다행이오. 그 이유가 당신 명령을 따르느라 빙리 씨를 쫓아다녔기 때문이니 말이오."

"참 나, 그 애가 죽기는 왜 죽어요! 감기 같은 병으로 누가 죽는다고 그래요. 그 집에서 간호를 잘 받을 테니 오래 머물수록 좋다고요. 마차만 있다면 내가 보러 갈 텐데."

이때 언니가 걱정된 엘리자베스가 마차가 준비되지 않았다 하더라도 언니를 보러 가야겠다고 결심했다. 그녀는 말을 탈 줄 몰랐기 때문에 걷는 것이 유일한 대안이었다. 엘리자베스가 자신의 결심을 밝히자,

"어쩜 넌 그리도 생각이 짧니? 이런 진창길을 걸어서 가겠다고? 그곳에 도착하면 네 꼴이 볼 만할 텐데?" 어머니가 소리쳤다.

"언니를 보러 가는데 다른 사람 생각이 뭐가 중요해요?"

"리지, 마차를 타고 가고 싶니?" 아버지가 말했다.

"아니에요. 걷는 게 어때서요? 그럴 만한 이유가 있는데, 거리가 문제냐는 말도 있잖아요. 그래봐야 고작 3마일인걸요. 정찬 때까지는 돌아올게요."

"작은언니가 큰언니에게 보여주는 우애는 높이 사주고 싶지만 자고로 충동적인 감정은 이성으로 통제되어야 해. 그리고 노력은 필요에 비례해야 한다고 생각해." 메리가 한마디하고 나섰다.

"메리턴까지 우리가 같이 가줄게." 키티와 리디아가 말했다. 엘리자베스는 동생들의 제안을 받아들였고, 결국 세 자매가 함

께 출발했다.

"서둘러 가면 카터 대위가 떠나기 전에 잠깐 볼 수 있을 것 같아." 같이 걸어가면서 리디아가 말했다.

엘리자베스는 메리턴에서 동생들과 헤어졌다. 두 동생은 어느 장교 부인의 숙소로 갔다. 혼자가 된 엘리자베스는 조금이라도 빨리 당도하기 위해 거의 달리듯이 들판을 가로지르고, 울타리를 뛰어넘고, 웅덩이를 건너뛰었다. 마침내 도착했을 때는 다리에 힘이 풀렸고, 양말은 더러워져 있었으며, 얼굴은 열기로 달아올랐다.

엘리자베스는 곧바로 조찬실로 안내되었는데, 거기에는 제인을 제외한 모든 사람들이 모여 있었다. 엘리자베스의 출현에 모두들 굉장히 놀라워했다. 이렇게 이른 시각에, 이렇게 험한 날씨에, 더욱이 혼자서 3마일을 걸어왔다는 것이 빙리 자매로서는 믿을 수 없는 일이었다. 엘리자베스는 한눈에 두 여자가 자기를 경멸하고 있음을 느꼈다. 그렇기는 해도 겉으로 내색은 않고 점잖게 행동했다. 한편 빙리 씨의 태도에는 정중함을 뛰어넘는 친절함이 있었다. 다아시 씨는 거의 말이 없었고, 허스트 씨 역시 한마디도 하지 않았다. 다아시 씨는 엘리자베스의 홍조 띤 얼굴이 예쁘다는 것과 과연 혼자서 그렇게 먼 길을 달려올 정도로 지금의 상황이 다급한지 생각하고 있었고, 허스트 씨는 아침 식사에 대해서만 생각하고 있었다.

엘리자베스는 그들에게 언니의 몸 상태를 물었지만 신통한 대답을 듣지는 못했다. 언니는 간밤에 잠을 제대로 못 자 아침에 일어나서도 열이 있고 몸이 좋지 않아서 방에서 나오기가 어렵다는 것이었다. 빙리 양이 엘리자베스를 언니 방으로 안내해주었다. 제인은 동생이 들어오는 것을 보고 몹시 기뻐했다. 동생이 와줬으면 좋겠다고 간절히 바랐지만 괜스레 가족을 놀라게 하고 부담 줄까봐 편지를 쓸 때와는 달리 말을 할 수는 없었다. 동생을 만났지만 오랜 시간 대화를 나누기는 무리였다. 빙리 양이 두 사람만 남기고 나간 다음에야 가까스로 한마디했다. 사람들이 친절하게 대해줘서 얼마나 고마운지 모른다고 했다. 엘리자베스는 말없이 언니 곁을 지켰다.

아침 식사가 끝나자 빙리 자매가 찾아왔다. 엘리자베스는 그녀들이 제인을 진심으로 걱정해주는 것을 보자 한순간 살갑게 느껴졌다. 약제사가 와서 환자를 진찰한 후 예상했던 대로 심한 감기라면서, 몸조리 잘하라고 했다. 제인에게는 누워 있으라고 충고하고는 약을 지어주겠다고 했다. 제인은 열이 높고 머리가 심하게 아팠기 때문에 약제사의 당부를 따랐다. 엘리자베스는 잠시도 언니 방을 떠날 수가 없었고, 빙리 자매도 환자의 방을 지키고 있었다. 하긴 남자들이 외출한 뒤로 달리 할 일이 없기도 했다.

시계가 세 시를 치자 엘리자베스는 내키지는 않았지만 그만 집으로 돌아가야겠다고 말했다. 빙리 양이 마차를 내주겠다고 해서 엘리자베스가 거의 응낙하려는 참이었는데, 제인이 동생과 헤어지는 것을 몹시 싫어하는 바람에 빙리 양은 마차를 제공하겠다는 말을 접고 네더필드에 좀 더 머물러달라고 부탁할 수밖에 없었다. 엘리자베스는 그녀의 제안을 감사하는 마음으로 받아들였고, 네더필드의 하인은 롱본으로 가서 두 자매의 체류를 알리고 옷가지를 가져왔다.

8

다섯 시가 되자 빙리 자매는 옷을 차려입기 위해 제인의 방에서 나갔고, 여섯 시 반에는 엘리자베스에게 정찬에 참석하라는 전갈이 왔다. 엘리자베스가 식당에 들어서자 환자의 몸 상태를 묻는 질문이 쏟아졌다. 그 가운데서도 빙리 씨가 유독 걱정하는 것 같아 흐뭇했지만 좋은 소식을 전할 수는 없었다. 언니가 전혀 차도가 없다고 하자 빙리 자매는 안타깝다느니, 독감에 걸리는 건 너무나 끔찍하다는 둥 입에 발린 위로를 서너 차례 늘어놓더니, 더 이상 그 일에 신경을 쓰지 않았다. 엘리자베스는 언니가 면전에 없을 때, 그녀들이 보이는 무관심을 목격하고는 다시 미운 감정이 솟구쳤다.

엘리자베스에게 그나마 마음의 의지가 되는 사람은 빙리 씨뿐이었다. 빙리 씨는 언니를 진심으로 걱정해주었고, 자신을 불청객 취급하지 않았다. 빙리 씨를 제외하면 그 누구도 엘리자베스에게 관심을 보이지 않았다. 빙리 양은 다아시 씨에게 열중해 있었고, 허스트 부인 역시 마찬가지였다. 엘리자베스 옆에 앉은 허스트 씨로 말하자면 오로지 먹고 마시고 카드놀이를 하기 위해 살아가는 한량으로, 엘리자베스가 라구(고기, 야채, 향료를 섞어 만드는 프랑스 식 스튜 요리의 일종)보다는 담백한 요리를 더 좋아한다고 하자 입을 다물어버렸다.

정찬을 마치자마자 엘리자베스는 곧바로 언니에게로 갔다. 엘리자베스가 자리를 뜨기가 무섭게 빙리 양이 그녀의 흉을 보기 시작했다. 매너가 없고, 오만한 데다 무례하며, 건방질 뿐 아니라 대화다운 대화를 나눌 능력이 부족하고, 미적 감각도 없으며, 인물도 보잘것없다고 말했다. 여기에 질세라 허스트 부인도 동생의 말에 맞장구를 치며 덧붙였다. "한마디로 말해 싸돌아다니는 데 선수라는 걸 제외하면 봐줄 만한 건 아무것도 없어. 오늘 아침에 본 그 모습은 평생 잊지 못할 거야. 완전히 미친 것 같더라니까."

"그러게 말야. 아무렇지도 않은 척하느라 얼마나 힘들었는지 몰라. 여긴 왜 온 거야? 언니가 아픈데 자기가 왜 깡충거리며 들판을 쏘다녀? 머리는 산발을 해가지고 말이야!"

"맞아. 페티코트는 또 어떻고. 너도 봤겠지만 진흙에 빠져 6인치 정도는 진흙투성이더라니까. 내가 확실히 봤어. 그게 드레스를 내려 감춘다고 감춰지냐고!"

"네 말이 틀렸다는 건 아니야. 하지만 오늘 아침 엘리자베스 베넷 양이 이 방에 들어왔을 때 난 정말이지 멋지다고 생각했어. 내 눈에는 더러운 페티코트 같은 건 보이지도 않았어." 빙리가 말했다.

"다아시 씨, 당신은 그걸 보셨겠지요? 설마 당신 여동생이 그런 꼴을 하고 돌아다니는 걸 바라지는 않을 테죠?" 빙리 양이 말했다.

"당연하죠."

"3마일이나 되는 거리를, 아니 4마일, 아니 5마일이나 발목이 빠지는 흙탕 길을 혼자서, 진짜로 혼자서, 대체 뭘 어쩌려 한 거야? 나한테는 자립심을 과시하는 독한 여자로밖엔 안 보였어. 촌뜨기라 격식이 뭔지도 모르는 거지."

"내가 보기엔 언니를 아끼는 마음이 느껴져 보기가 좋던걸." 빙리가 말했다.

"다아시 씨, 그 아가씨의 아름다운 눈에 반한 당신이 이번 일로 다소 실망한 건 아닌지 염려되네요." 빙리 양이 반쯤 속삭이는 어조로 말했다.

"천만에요. 운동을 해서인지 두 눈이 더욱 밝게 빛나더군요." 다아시가 대답했다. 잠시 침묵이 이어지다가 이윽고 허스트 부인이 말문을 열었다.

"나는 제인 베넷은 괜찮아. 정말이지 사랑스러운 아가씨니까. 그녀가 좋은 데로 시집갔으면 좋겠어. 하지만 그녀의 천박한 부모며 친척들 때문에 좋은 데로 시집가긴 쉽지 않을 것 같아."

"그 아가씨들 이모부 되는 사람이 메리턴에서 사무 변호사*를 한다고 들은 것 같은데."

---

* 법정 밖에서 법률 서비스를 하는 사람.

"맞아. 게다가 외삼촌은 런던의 칩사이드* 근처 어디에 산다던걸."

"정말 대단한 집안이야." 빙리 양이 덧붙이자 두 자매는 신이 난 듯 한바탕 웃어댔다.

"그 아가씨들 삼촌이 칩사이드를 채울 만큼 많다고 해도 그 아가씨들의 매력이 줄어들지는 않아." 빙리가 큰 소리로 말했다.

"하지만 현실적으로 사회적 지위를 어느 정도 갖춘 남자와 결혼할 가능성은 크지 않지." 다아시가 대답했다.

빙리는 더 이상 아무 말도 하지 않았다. 그러나 빙리 자매는 다아시 씨의 말에 동의한다면서 새로 사귄 친구의 너절한 친척들을 신나게 비웃었다.

잠시 후 빙리 자매는 제인과의 우정이 되살아났는지 환자의 방을 찾았다. 그녀들은 커피가 준비되었다고 부르러 올 때까지 제인 곁을 지켰다. 언니의 상태가 여전히 나빴기 때문에 엘리자베스는 저녁 늦도록 언니 곁을 지켰다. 마침내 언니가 잠든 것을 지켜본 엘리자베스는 즐기기 위해서라기보다 예의를 지키느라 아래층으로 내려갔다. 엘리자베스가 응접실로 들어서자 모두들 루(카드놀이의 일종)를 하고 있다가 그녀더러 함께 하자고 청했다. 그러나 엘리자베스는 판돈이 너무 크다는 생각에 언니에게 언제 또 가봐야 할지 모른다는 핑계를 대고는 잠시 책이나 읽어야겠다고 말했다. 허스트 씨가 놀라워하며 그녀를 바라보았다.

* 런던의 평범한 사람들이 살던 주거 지역.

"카드놀이보다 책 읽는 게 더 좋으세요? 그것 참 신기하군요." 허스트 씨가 말했다.

"일라이자 베넷 양은 카드놀이를 경멸한다고요. 굉장한 독서가여서 독서 말고는 특별히 즐기는 게 없답니다." 빙리 양이 비아냥거렸다.

"저는 그런 칭찬을 들을 자격도, 비난을 들을 이유도 없는걸요. 왜냐하면 엄청난 독서가도 아닌데다가 독서 말고도 즐기는 게 많으니까요." 엘리자베스가 큰 소리로 말했다.

"간호하는 짬짬이 즐길 만한 걸 찾으시는군요. 언니가 빨리 완쾌되어 그 즐거움이 한결 커졌으면 좋겠습니다." 빙리가 말했다.

엘리자베스는 빙리에게 진심에서 우러나온 감사를 표한 뒤 책이 몇 권 놓여 있는 탁자를 향해 걸어갔다. 빙리는 즉시 다른 책들, 즉 자기 서재에 있는 책들을 모두 가져다주겠다고 말했다.

"제게 책이 더 많았더라면 당신도 좋아했을 테고, 저도 자랑스러웠을 텐데 말입니다. 제가 워낙 게으르거든요. 아무튼 책이 얼마 되지도 않은데, 제가 읽은 책이라고는 손가락으로 꼽을 정도예요."

엘리자베스는 응접실에 있는 책만으로도 충분하다고 안심시켰다.

"나도 정말 놀랐어. 아버지가 물려주신 책이 얼마 안 돼서 말이야. 펨벌리에 근사한 서재를 갖고 계셔서 좋으시겠어요, 다아시 씨!" 빙리 양이 말했다.

"그 서재야 자랑스럽지요. 몇 대에 걸쳐서 내려온 거니까요." 다아시 씨가 말했다.

"게다가 당신도 꽤 많은 책을 거기에 보탰잖아요. 언제나 책을 구입하던걸요."

"요즘 같은 때에 집안의 서재를 소홀히 한다는 건 이해가 안 가는 일이죠."

"소홀히 하다니요? 당신은 그 멋진 집을 더욱 멋지게 꾸미는 일이라면 몸을 사리지 않으실 게 분명해요. 오빠도 집을 직접 짓게 되면 펨벌리 반만큼이라도 꾸몄으면 좋겠어요."

"나도 그랬으면 좋겠구나."

"하지만 나라면 펨벌리 근처에 땅을 구입해 펨벌리를 본뜬 집을 지으라고 충고하고 싶어요. 잉글랜드 지역에서 더비셔만한 곳도 없다고요."

"물론이지. 다아시가 펨벌리를 팔기만 한다면 아예 그걸 사버릴 용의도 있어."

"가능성이 있는 얘기를 하라고요, 오빠."

"그렇지만 캐롤라인, 펨벌리와 똑같은 곳에 살고 싶다면 모방하는 것보다 구입하는 것이 낫지 않을까?"

엘리자베스는 그들의 대화에 정신이 팔려 자신이 집어든 책에 집중할 수가 없었다. 그래서 아예 책을 내려놓고 카드 테이블로 다가가 빙리 씨와 허스트 부인 사이에 자리잡고 앉아 카드놀이를 구경하기 시작했다.

"다아시 양은 봄에 봤을 때보다 많이 자랐겠는걸요? 나중에 나만큼 클 것 같죠?" 빙리 양이 물었다.

"그럴 것 같아요. 지금도 엘리자베스 베넷 양만큼, 아니 더 클지도 모르겠군요."

"다아시 양이 정말 보고 싶네요! 그렇게 마음에 꼭 드는 사람을 만나기도 쉽지 않은데. 얼굴도 예쁘고, 행실도 나무랄 데가 없던걸요! 그 나이에 어쩜 그렇게 교양이 몸에 배어 있는지! 피아노 연주 실력도 뛰어나던데요."

"정말 놀라운 일이야. 젊은 아가씨가 그런 교양을 갖추려면 인내심이 있어야 할 텐데. 요즘 세상에는 교양 없는 아가씨를 찾는 게 훨씬 힘들어." 빙리가 말했다.

"젊은 아가씨들이 모두 교양이 있다니! 세상에 오빠, 그게 무슨 소리야?"

"맞잖아. 내가 보기엔 모두들 화판에다 그림 정도는 그릴 줄 알고, 수놓기, 손지갑 짜기 등 못하는 게 없던걸. 그런 걸 못하는 아가씨를 거의 본 적이 없어. 아가씨를 처음 소개할 때면 굉장한 교양을 갖추고 있다는 말을 반드시 하잖아."

"자네가 말한 교양의 목록이 요즘 아가씨들의 핵심적 교양이라고 할 수 있겠지. 손지갑이나 짜고 수를 놓는 것 말고 아무것도 갖춘 게 없는 수많은 여성들에게도 교양이 있다고들 하니까. 하지만 난 아가씨들 전반에 대한 자네 평가에는 동의하지 않아. 내가 아는 아가씨들을 다 따져봐도 진정으로 교양을 갖춘 사람은 다섯 손가락 안에 꼽을 정도니까." 다아시가 말했다.

"그건 나도 마찬가지예요." 빙리 양이 말했다.

"그렇다면 당신이 말하는 교양 있는 여성에는 상당히 많은 것이 내포되어 있겠군요." 엘리자베스가 말했다.

"맞습니다. 물론 상당히 많은 것이 내포되어 있지요."

"당연히 그렇죠." 다아시 씨의 충실한 조수인 빙리 양이 외쳤다. "진짜 교양 있다는 평판을 들으려면 보통 사람들의 수준을 훨씬 뛰어넘지 않으면 안 돼요. 음악, 노래, 춤, 그리고 외국어 한두 가지는 능통해야 해요. 그리고 그 이외에도 맵시 있는 걸음걸이, 목소리의 톤, 말투와 어법에 품위가 있어야 해요. 그런 걸 갖추지 못하면 교양 있다고 할 수 없으니까요."

"그 모든 것을 갖추는 것은 물론 다방면에 걸친 독서를 통해 지성을 쌓고 내실을 다질 필요가 있죠." 다아시가 덧붙였다.

"그 말씀을 듣고 보니 교양 있는 여자가 손에 꼽을 정도라는 말이 이제야 이해가 가네요. 오히려 그런 여성을 한 사람이라도 알고 계신다는 게 신기하군요."

"그 모든 요건을 갖춘 여성의 존재 가능성을 의심하다니, 동성인 여성에 대해 너무 가혹한 것 아닌가요?"

"저로서는 한 번도 그런 여성을 본 적이 없는걸요. 적어도 그런 능력에다 그런 취향, 그런 학구열에 그런 품위까지 모두 갖춘 사람은 한 번도 본 적이 없어요."

빙리 양 자매는 교양 있는 여자가 없다는 말은 오해라고 소리치며 자신들은 그런 여자들을 많이 알고 있다고 항변했다. 이때 허스트 씨가 빙리 자매에게 카드놀이에 주의를 기울이지 않는다고 투덜대는 바람에 논란은 잠잠해졌다. 이로써 모든 대화는 중단됐고, 곧 이어 엘리자베스가 방에서 나갔다.

엘리자베스가 나가고 문이 닫히자 빙리 양이 말했다.

"일라이자 베넷은 남자들한테 잘 보이기 위해 다른 여자들을 깎아내리는 아가씨네요. 물론 그런 게 통하는 남자도 있겠죠. 하지만 내가 보기엔 그건 하찮은 수작이자 비열한 꼼수예요."

"나도 같은 생각이에요." 다아시가 대꾸했다. 빙리 양이 다아시를 상대로 이야기했기 때문이다. "아가씨들은 남자들의 관심을 끌기 위해 갖은 술책을 다 쓰지만, 그런 술책은 뭐가 되었든 비열해요. 교활한 행위는 경멸당해 마땅하니까."

빙리 양에게는 다아시의 대답이 전적으로 만족스러운 것은 아니라서 대화를 더 이상 잇지 않았다.

엘리자베스는 다시 응접실로 내려왔다. 이번에는 언니의 상태가 악화되어 언니 곁을 떠날 수 없다는 말을 전하기 위해서였다. 빙리 씨가 바로 존스 씨를 불러오자고 하자 빙리 씨의 누이들은 시골 의사가 뭘 알겠냐며 런던에 급전을 보내 유명 의사를 불러오자고 말했다. 엘리자베스는 그럴 것까지는 없다고 단호하게 거절했지만, 빙리 씨의 제안에는 반대하지 않았다. 그래서 베넷 양의 상태가 내일도 그대로라면 아침 일찍 존스 씨를 불러오기로 합의를 봤다. 빙리 씨는 안절부절못했고, 그의 누이들도 정말 걱정이 된다고 말했다. 그러나 빙리 씨가 할 수 있는 일은 하녀장에게 환자와 그 여동생을 최대한 잘 모시라고 분부하는 것밖에 없었다.

9

엘리자베스는 언니 방에서 그날 밤을 꼬박 새우다시피 했다. 빙리 씨가 다음날 아침 일찍 하녀 편으로 언니의 안부를 물어왔고, 조금 지나자 빙리 자매에게 놀러 온 세련된 여자 둘이 안부를 물어왔는데, 엘리자베스는 그럭저럭 괜찮다고 대답했다. 그런 와중에 그녀는 롱본으로 편지를 전달해달라고 부탁했다. 어머니가 네더필드로 직접 와서 언니 상태를 보고 어떻게 해야 할지 판단해달라는 내용이었다. 편지는 바로 전달되었고, 어머니는 즉각 편지의 내용을 실행에 옮겼다. 빙리가의 아침 식사가 끝난 지 얼마 되지 않아 베넷 부인이 넷째와 다섯째를 데리고 네더필드에 도착했다.

제인의 상태가 정말로 위중했다면 베넷 부인은 몹시 괴로웠을 것이다. 하지만 심각한 상태가 아닌 것이 분명했기에 그녀는 딸이 제발 더디 회복되기를 바랐다. 제인이 건강을 회복하면 네더필드를 떠나야 했기 때문이다. 베넷 부인은 집으로 데려가 달라는 딸의 부탁을 외면했다. 하긴 베넷 부인과 거의 동시에 도착한 약제사도 아직은 몸을 움직여서는 안 된다고 말했다. 어머니와 세 딸은 얼마 동안 제인을 지켜본 뒤 빙리 양의 청에 따라 다 함께 조찬실로 자리를 옮겼다. 빙리 씨는 손님들에게 베넷 양의 병세가 심각한 상태가 아니기를 바란다고 말했다.

"예상했던 대로 좋지 않아요." 이것이 베넷 부인의 대답이었다. "상태가 안 좋아서 집에 데려갈 수가 없네요. 존스 씨도 데려가지 말라고 하고요. 염치없지만 신세를 좀 더 져야겠군요."

"데려가다니요!" 빙리가 소리쳤다. "그런 생각은 하지도 마세요. 따님을 데려가신다고 하면 제 누이가 가만히 있지 않을 겁니다."

"걱정 마세요, 부인." 빙리 양이 예의를 갖춘 냉정한 태도로 말했다. "베넷 양이 여기 머무는 동안 저희가 최대한 잘 돌봐드리겠습니다."

베넷 부인의 감사 인사가 쏟아졌다.

"세상에! 이렇게 좋은 친구분들이 있었기에 망정이지, 안 그랬으면 큰일을 당할 뻔했지 뭐예요. 몸이 많이 안 좋은지 끙끙 앓더라고요. 그나마 참을성이 있으니까 견디는 거지요. 우리 애는 늘 그래요. 난 지금까지 살아오면서 제인같이 착한 애는 본 적이 없어요. 나는 애들한테 틈만 나면 말해요. 큰언니 본 좀 받으라고요. 어머, 방이 너무 예쁘네요, 빙리 씨. 자갈길이 내려다보이는 정원의 전망도 멋지고요. 제가 아는 한 이 근방에서 네더필드에 필적할 만한 곳은 없을 것 같군요. 설마 이곳을 갑자기 떠나는 일은 없겠죠? 제가 듣기로 단기 계약을 하신 걸로 알고 있습니다만."

"저는 마음먹은 일은 뭐든 금방 해치우는 버릇이 있습니다. 제가 네더필드를 떠나기로 작정하면 떠나는 데 5분도 채 안 걸릴 겁니다. 하지만 당분간 네더필드에서 지낼 것 같아요." 빙리가 대답했다.

"역시 제가 짐작했던 대로네요." 엘리자베스가 말했다.

"제 속을 꿰뚫어보기 시작하셨군요. 그렇지요?" 빙리가 엘리자베스를 향해 돌아서며 말했다.

"물론이지요. 저는 빙리 씨를 거의 완벽하게 이해하고 있는걸요."

"칭찬이라면 좋겠습니다만, 이렇게 마음을 쉽게 들키다니, 제 자신이 한심하다는 생각이 드는군요."

"딱히 그렇다고 단정할 수는 없어요. 엉큼하고 복잡한 성격의 소유자와 빙리 씨 중에 어느 쪽이 더 훌륭하다고 단정 짓기는 어려우니까요."

"리지, 여기가 어디인 줄 알고 그렇게 함부로 지껄이는 거야?" 어머니가 소리쳤다.

"미처 몰랐어요. 당신이 사람의 성격을 연구하고 계신 줄은. 그거 아주 재미있는걸요." 빙리가 엘리자베스의 말을 즉시 받았다.

"맞아요. 사실 재미로 따지면 복잡한 성격을 가진 사람이 훨씬 재미있어요. 그런 성격을 가진 사람들은 최소한 재미있다는 이점이 있으니까요."

"하지만 시골에서는 그 같은 연구를 할 만한 대상이 매우 제한적일 테죠? 가깝게 지내는 사람이 한정되어 있는 데다가 워낙 변화가 없으니까요." 다아시가 말했다.

"하지만 사람들 자체가 계속 변화하기 때문에 늘 새로운 연구거리가 생겨나지요."

"그렇고말고요." 시골 사람이 어떻다는 다아시의 말을 듣고 기분이 나빠진 베넷 부인이 큰 소리로 말했다. "그런 일이라면 시골도 런던 못지않게 많답니다."

베넷 부인의 말에 모두들 깜짝 놀랐다. 다아시는 잠시 베넷 부인을 바라보더니 아무 말 없이 돌아섰다. 베넷 부인은 다아시의 코를 납작하게 만들었다고 착각하고는 의기양양해서 말을 이었다.

"런던이 시골보다 어떤 면이 특별히 더 나은지 모르겠더라고요. 가게와 공원 등을 빼면 말이에요. 살기야 시골이 훨씬 더 좋죠. 안 그래요, 빙리 씨?"

"저는 시골에 있을 때는 시골이 좋고, 런던에 있을 때는 런던이 좋아요. 시골이든 런던이든 제각기 장점이 있어서 어디에 있더라도 똑같이 행복해요." 빙리 씨가 대답했다.

"그렇군요. 그건 빙리 씨 성격이 좋아서 그래요. 하지만 저분은 시골을 별 볼일 없는 데라고 생각하는 것 같군요."

"사실은 엄마, 엄마가 오해하신 거예요." 엘리자베스가 얼굴을 붉히며 말했다. "다아시 씨 말을 잘못 들으신 거라고요. 다아시 씨는 그냥 시골에서는 런던에서만큼 다양한 사람을 만날 수 없을 거라고 말했을 뿐이에요. 그건 인정하셔야지요."

"얘, 누가 뭐랬어? 우리 고장에서는 다양한 사람을 만날 수 없다니까 하는 말인데, 난 우리 고장보다 다양한 이웃이 사는 곳도 드물다고 생각해. 우리랑 식사를 함께 하는 집안이 스물넷이나 되니까 말이야."

이 말에 빙리가 웃지 않은 건 순전히 엘리자베스를 배려했기 때문이었다. 오빠만큼 배려심이 없는 자매들은 의미심장한 미소를 띤 채 다아시 씨 쪽으로 눈길을 돌렸다. 엘리자베스는 어머니의 관심을 다른 데로 돌려보려고 자신이 여기로 온 뒤 샬럿 루커스가 롱본을 방문했는지 물어보았다.

"그래, 어제 아버지와 함께 들렀었어. 윌리엄 경은 정말이지 좋은 분이시죠! 그분 알지요, 빙리 씨? 멋쟁이에다 품위 있고 소탈하죠. 누굴 만나든 상대방의 눈높이에 맞는 화젯거리를 찾아내신다니까요. 내 생각엔 그건 타고난 교양의 증거라고 생각해요. 나는 대단한 사람이니까, 하고 입을 꾹 다물고 있는 사람은 교양에 대해 크게 오해하고 있는 거라고요."

"샬럿은 저녁 식사를 하고 갔어요?"

"아니, 집에 가야 한다고 했어. 민스파이를 만들어야 한다고. 빙리 씨, 우리 집 하인들은 자신이 해야 할 일을 잘 알고 있답니다. 나는 우리 딸아이들이 직접 요리를 하도록 기르지는 않았어요. 하지만 사람은 제각각 생각이 다르겠죠. 루커스네 딸들 정도면 괜찮은 아가씨들이죠, 뭐. 예쁘지 않다는 게 흠이긴 하지만. 내가 샬럿의 인물이 딸린다고 한 건 그 아이가 우리랑 허물없이 지내니까 한 말이에요."

"아주 좋은 분 같다는 인상을 받았습니다." 빙리가 말했다.

"아이! 저런, 그렇고말고요. 하지만 그 아이가 인물이 좀 딸린다는 건 인정해야지요. 모친인 루커스 부인도 자주 딸 이야기를 하면서 제인이 예뻐서 좋겠다고 부러워한다고요. 자식 자랑은 하고 싶지 않지만 우리 제인만큼 예쁜 아이도 흔치 않다니까요.

모두들 그렇게 얘기해요. 제가 어미라고 이러는 건 아니에요. 제인이 겨우 열다섯 살 때 런던에 사는 제 남동생 가디너네 집에 한 남자가 머물렀었어요. 그런데 그 남자가 제인한테 완전히 반해서 제 올케는 우리 가족이 자기네 집에서 떠나기 전에 제인한테 청혼할 게 틀림없다는 거예요. 하지만 실제로 청혼하지는 않았어요. 너무 어리다고 생각했겠죠. 그 사람이 제인을 주제로 시를 몇 편 지었는데, 얼마나 근사했는지 몰라요."

"그렇게 사랑도 끝났죠. 그분처럼 시를 써서 사랑을 이겨낸 사람도 더러 있을 것 같아요. 시로 사랑을 몰아낼 수 있다는 걸 누가 발견했는지 궁금해요." 엘리자베스가 참다못해 말했다.

"저는 항상 시가 사랑의 양식이라고 생각해왔는데요." 다아시가 말했다

"탄탄하고 굳건하며 유익한 사랑의 경우에는 그럴 수 있겠죠. 사랑이 강해지면 뭐든 흡수해서 자양분으로 삼을 테니까요. 하지만 얄팍하고 일시적인 기분에 불과하다면 훌륭한 소네트를 한 편 짓고 나면 모조리 고갈되고 말겠죠."

다아시는 아무 말 없이 미소만 지었다. 침묵이 흐르자 엘리자베스는 어머니가 계속해서 사람들의 웃음거리가 될까봐 조마조마했다. 그녀는 무슨 말이든 하고 싶었지만 아무 생각도 떠오르지 않았다. 잠시 후 베넷 부인은 빙리 씨에게 제인에게 잘해줘 고맙고, 리지까지 신세를 져서 미안하다는 말을 하고 또 했다. 빙리 씨는 가식 없고 공손한 태도로 괜찮다고 대답했으며, 누이들에게도 공손하게 인사를 하라고 했다. 실제로 빙리 양은 주어

진 역할을 그리 성실하게 수행하지는 않았지만 베넷 부인은 흡족해했다. 곧 이어 마차를 준비시켰다. 그러자 막내가 나섰다. 넷째와 막내는 이곳에 도착한 내내 뭐라고 속닥거렸는데, 결국 속내를 밝히기로 한 모양이었다. 그녀는 빙리 씨에게 처음 이사 왔을 때 네더필드에서 무도회를 열겠다고 한 약속을 지켜달라고 졸랐다.

리디아는 고운 피부와 상냥한 얼굴의 발육 좋은 열다섯 살짜리 아가씨로, 어머니가 가장 애지중지하는 딸이었다. 덕분에 어린 나이에 사교계에 나오게 되었다. 리디아는 이모네에서 장교들에게 베푸는 저녁 만찬에 자주 참석했는데, 장교들의 관심을 얻게 되자 눈에 보이는 게 없을 정도로 건방이 도를 넘어버렸다. 그런 아가씨였기에 빙리 씨에게 무도회 얘기를 불쑥 꺼낸 것도 무리는 아니었다. 리디아는 덧붙이기를 만일 빙리 씨가 약속을 안 지킨다면 세상에 그보다 수치스러운 일은 없을 것이라고 말했다. 갑작스러운 공격을 받은 빙리 씨의 대답은 베넷 부인의 마음에 꼭 들었다.

"약속을 지킬 거라고 분명히 말씀드립니다. 언니가 회복되는 대로 무도회를 열 테니까, 아가씨가 날짜를 잡아봐요. 리디아 양도 언니가 저렇게 누워 있는데 춤추고 싶지는 않겠죠?"

리디아는 만족했다. "아이, 물론이죠. 언니가 나을 때까지 기다려야죠. 그때쯤이면 카터 대위도 메리턴으로 돌아올 테니까요. 그리고 빙리 씨가 무도회를 열게 되면 그분들에게도 다음 무도회를 열라고 조를 거예요. 안 그러면 정말 수치스러운 일이라고 포스터 대령에게 말해야겠어요."

이윽고 베넷 부인과 두 딸이 집으로 돌아갔고, 엘리자베스는 가족들의 몰상식한 언행을 빙리 자매와 다아시 씨의 화젯거리로 남겨놓은 채 제인에게로 갔다. 빙리 양이 다아시가 말한 엘리자베스의 맑은 눈빛이라는 표현을 두고 온갖 기지를 발휘해 놀려댔지만 다아시 씨는 엘리자베스를 험담의 대상이 되게 하지는 않았다.

10

다음날도 전날과 다름없이 지나갔다. 환자는 비록 느리긴 했으나 꾸준히 회복되고 있었다. 빙리 양 자매는 오전에 환자와 몇 시간을 보냈고, 저녁나절에는 엘리자베스가 응접실로 내려갔다. 그날은 루 게임이 없었다. 빙리 양은 편지를 쓰는 다아시 씨 가까이에 앉아서 그가 편지를 써내려가는 모습을 지켜보았다. 빙리 양은 다아시 씨의 누이동생에게 이런저런 소식을 전해달라는 말을 읊조렸는데, 그것이 주위를 산만하게 만들었다. 허스트 씨와 빙리 씨는 피케*를 하고 있었고, 허스트 부인은 이를 지켜보고 있었다.

엘리자베스는 뜨개질거리를 집어 들었는데, 다아시와 빙리

---

* 카드 놀이의 일종.

양 사이에 오가는 대화를 듣는 것만으로도 쏠쏠한 재미를 느꼈다. 여자 쪽에서 남자의 필체가 좋다느니 줄이 반듯하다느니 하며 쉼 없이 칭찬을 늘어놓았고, 남자 쪽에서는 여자의 칭찬에 무관심하게 대응했다. 두 사람의 기묘한 대화 방식은 엘리자베스가 생각했던 것과 정확히 일치했다.

"이런 편지를 오빠에게 받다니, 다아시 양은 좋겠어요."

묵묵부답.

"편지를 정말 빨리 쓰는군요."

"잘못 보신 거예요. 저는 아주 느리게 씁니다."

"연중 때맞춰 쓸 편지가 얼마나 많으실까. 게다가 사무적인 편지도 있을 텐데. 생각만 해도 끔찍하네요."

"이런 편지를 써야 할 사람이 빙리 양이 아니라 저라서 다행이죠."

"여동생에게 제가 보고 싶어 한다고 전해주세요."

"이미 그렇게 썼습니다."

"펜이 안 좋은 것 같네요. 제가 손봐드릴게요. 펜을 손질하는 데에는 일가견이 있거든요."

"고맙습니다만, 제 스스로 손질해가며 쓰는 게 습관이라서요."

다시 침묵.

"다아시 양에게 하프 솜씨가 늘었다는 소식을 듣고 기뻐한다고 전해주세요. 그리고 그 앙증맞은 탁자 도안에 완전히 반했다는 것과 그랜틀리 양 도안과는 비교할 수 없을 정도로 뛰어나다는 것도 전해주세요."

"다음 편지에서 당신의 심정을 전하면 안 될까요? 쓸 공간이 부족해서요."

"어머! 별로 중요한 얘기도 아닌걸요. 1월에 만날 건데요 뭘. 여동생에게 언제나 그렇게 정성들인 긴 편지를 쓰나요, 다아시 씨?"

"제 편지가 대체로 길기는 합니다만, 늘 정성을 들이는지는 저도 잘 모르겠군요."

"긴 편지를 쉽게 쓰는 사람은 글솜씨가 나쁠 수 없다는 게 제 지론이에요."

"캐롤라인, 그건 다아시의 칭찬으로는 안 맞아." 빙리 양의 오빠가 큰 소리로 말했다. "다아시는 편지를 쉽게 쓰는 사람이 절대 아니거든. 네 음절짜리 단어*를 쓰려고 아주 노심초사한다고. 안 그래, 다아시?"

"나와 자네는 글 쓰는 방식이 완전히 다르잖아."

"아유, 세상에 오빠만큼 멋대로 글을 쓰는 사람도 없을 거야. 단어를 반쯤은 빼먹고, 쓴 것도 잉크 자국으로 얼룩덜룩하다니까요." 빙리 양이 소리쳤다.

"그건 생각이 너무 빨리 흘러나오는 바람에 그런 거야. 그래서 편지를 받는 사람이 무슨 내용인지 모르는 수가 있지."

"겸손하게 대응하시니까 비난이 무색해지네요." 엘리자베스

---

* 라틴어 투의 어려운 단어를 말함.

가 말했다.

"겸손한 척하는 것보다 더 기만적인 행위도 없죠. 겉모습이 겸손해 보이는 것도 알고 보면 옳고 그름에 신경 쓰지 않는 태도이거나 우회적인 자기 자랑일 때가 종종 있으니까요." 다아시가 말했다.

"그렇다면 조금 전에 내가 보여준 겸손은 어느 쪽이라고 생각해?"

"우회적인 자기 자랑이라고 해야겠지. 자네는 글을 아무렇게나 쓰는 걸 자랑스러워했어. 빠르게 흘러나오는 생각을 표현하다 보니 결함이 있을 수밖에 없다는 거지. 무슨 일이든 신속하게 처리하는 사람은 그 같은 능력을 자랑하지만 결과가 얼마나 불완전한지에 대해서는 신경 쓰지 않아. 오늘 자네는 베넷 부인에게 네더필드를 떠나기로 마음만 먹으면 채 5분도 안 걸릴 거라고 말했어. 서두른다는 것이 대단한 자랑거리라도 되는 것처럼 말이지. 하지만 서두르다 보면 중요하게 처리해야 할 일들을 대충 지나칠 수 있어. 그러면 스스로는 물론이고 남에게도 중대한 손실을 입힐 수 있지."

"아이고! 이건 너무하잖아. 아침에 오갔던 시답잖은 말들을 저녁까지 기억하다니. 하지만 내가 틀린 말을 했다고 믿지는 않아. 지금 이 순간에도 마찬가지고. 그러니까 숙녀들에게 잘 보일 목적으로 괜스레 서두르는 건 아니란 말이지." 빙리가 소리쳤다.

"나도 자네가 소신껏 말했다고 생각해. 하지만 내가 볼 때 자네는 그렇게 황급히 떠나지 못해. 자네의 행동도 다른 사람과 마찬가지로 우연에 영향받을 수 있으니까. 자네가 막 말에 올라타려는데 친구가 '빙리, 다음 주까지 머물러주게나.'라고 하면 십중팔구 친구의 말을 들을 거야. 만약 친구가 한 달만 더 있어달라고 하면 한 달이라도 머무를 테고."

"그 말씀을 듣고 보니 빙리 씨는 자신의 성격을 스스로 폄하하셨다는 거네요. 빙리 씨가 자신의 성격에 대해 자화자찬했다기보다 다아시 씨가 치켜세우신 거잖아요." 엘리자베스가 큰 소리로 말했다.

"대단히 고맙습니다." 빙리가 말했다. "제 친구의 말을 제 성격이 좋다는 칭찬으로 들어주셔서. 제가 보기엔 저 친구의 말을 완전히 곡해하신 것 같은데요. 사실 다아시는 제가 그런 상황에서 친구의 권유를 단호히 거절하고 부리나케 말을 달려 떠나야만 더 높이 평가했을 테니까요."

"그렇다면 저는 더더욱 다아시 씨의 말이 이해가 안 되네요. 처음에는 빙리 씨가 급히 떠나려 했다고 경솔하다고 지적하시더니, 이번에는 그것을 만회하기 위해서는 빙리 씨가 급히 떠나기로 했던 애초의 계획을 고집스레 밀고 나가야 한다고 하니 말이에요."

"저로서는 이 문제를 명쾌하게 설명할 능력이 없습니다. 다아시에게 직접 말해달라고 해야겠어요."

"내가 언제 그런 말을 했지? 내가 하지도 않은 말을 자기 멋대로 내 의견이라며 설명하라니! 베넷 양, 설사 제 말이 베넷 양이 지금 말씀하신 것과 같다고 쳐도 잊어서는 안 될 것이 있습니다.

그의 출발을 미루기를 바랐던 친구는 그에게 떠나지 말라고만 했을 뿐 붙잡은 이유를 설명하지는 않았으니까요."

"다아시 씨는 친구의 설득에 선뜻 응하는 것을 미덕이라고 생각하지 않는 것 같군요."

"친구 말이라면 무조건 따른다면 양측 모두의 사고에 문제가 있다는 거죠."

"제가 보기에 다아시 씨는 우정이나 애정의 영향력을 전혀 인정하지 않으시는 것 같군요. 자신이 좋아하는 사람이 뭔가 부탁을 해온다면, 때로는 타당한 이유를 찾기 전이라도 요청을 들어줄 수 있지 않은가요? 이건 당신과 빙리 씨의 관계에 국한되는 문제는 아니에요. 빙리 씨의 행동이 옳은지 그른지의 여부를 논하려면 실제로 그런 상황이 발생할 때까지 기다려야 할지도 모르니까요. 하지만 일반적인 경우 누군가가 친구에게 그리 중요하지 않은 결심을 바꿔달라고 요청했을 때, 요청받은 친구가 이유도 듣지 않고 즉각 그걸 들어주었다면 부탁을 들어준 친구를 나쁘게 봐야 할까요?"

"논의를 진행하기 전에 친구의 요청이 얼마나 중요한지, 또 그 두 사람이 어느 정도로 가까운 사이인지 명확하게 해야 하지 않을까요?"

"당연하죠." 빙리가 외쳤다. "그럼 어디 세부 사항을 조목조목 따져보기로 합시다. 두 친구의 키와 체격 차이가 어느 정도인지도 빠뜨려서는 안 되겠죠. 사실 그게 베넷 양, 당신이 생각하는 것보다 훨씬 중요하답니다. 솔직히 다아시의 키가 저보다 저렇게 크지만 않았더라면 저는 다아시를 지금의 반만큼도 존경하지 않았을 거예요. 분명히 말씀드리지만 때와 장소에 따라서, 특히 다아시의 집에서 다아시가 아무런 할 일도 없는 일요일 저녁엔 다아시만큼 무서운 상대도 없다고요."

다아시 씨가 미소를 지었다. 그러나 엘리자베스는 다아시 씨가 불쾌해하는 것 같다는 인상을 받았으므로 웃음을 자제했다. 빙리 양은 오빠가 다아시 씨를 모욕했다고 펄쩍 뛰었다. 말도 안 되는 소리 말라면서.

"자네가 무슨 속셈으로 그런 말을 했는지 다 알아, 빙리. 토론을 싫어하니까 이런 논쟁을 중단시키려는 거겠지." 다아시 씨가 말했다.

"그 말이 맞아. 사실 토론과 논쟁은 너무나 닮았거든. 다아시, 그리고 베넷 양, 내가 이 방에서 나갈 때까지 토론을 미뤄준다면 대단히 고맙겠습니다. 내가 나간 다음에 나를 두고 무슨 말을 해도 상관없어요."

"그 부탁을 들어드리는 건 어렵지 않아요. 다아시 씨도 편지를 마저 끝내셔야 할 테고요." 엘리자베스가 말했다.

다아시 씨는 그녀의 충고를 받아들여 편지 쓰기를 끝마쳤다.

편지 쓰기를 끝낸 다아시 씨는 빙리 양과 엘리자베스에게 노래를 들려달라고 요청했다. 빙리 양은 기다렸다는 듯이 피아노 앞으로 향하더니 엘리자베스에게 먼저 연주를 해달라고 정중히 청했는데, 엘리자베스 역시 정중하게 사양하자 빙리 양은 어쩔 수 없다는 듯이 피아노 앞에 앉았다.

허스트 부인과 빙리 양이 노래를 불렀다. 그동안 엘리자베스는 피아노 위에 놓인 악보를 뒤적이고 있었는데, 어쩐지 다아시 씨의 눈길이 자꾸 자신을 향하는 것처럼 느껴졌다. 그녀는 자신이 그렇게 대단한 남자의 관심을 받는다는 사실이 믿을 수 없었다. 그렇다고 자신을 싫어해서 쳐다본다는 것도 있을 수 없는 일이었다. 얼마 후 그녀는 자신이 다아시 씨의 주의를 끄는 이유를 마침내 찾아냈는데, 그것은 그 남자의 기준으로 봤을 때, 자신에게 뭔가 잘못된 점이 있다는 것이었다. 그럼에도 기분이 나쁘지는 않았다. 그녀는 다아시를 좋아하는 마음이 전혀 없었으므로, 그가 자신을 어떻게 생각하든 별 관심이 없었다.

빙리 양은 이탈리아 가곡 몇 곡을 연주한 뒤 스코틀랜드 춤곡을 연주하기 시작했다. 이때 다아시 씨가 엘리자베스 곁으로 다가오며 말했다.

"베넷 양, 릴*을 출 수 있는 기회가 왔는데, 어때요?"

엘리자베스는 미소를 머금은 채 아무런 대답도 하지 않았다. 다아시 씨는 그녀의 침묵에 조금 당황해서 한 번 더 요청했다.

"아, 아까 말씀하신 건 들었어요. 하지만 뭐라고 대답해야 좋을지 모르겠네요. 당신은 제가 '네'라고 대답해줬으면 좋겠죠? 그래야 저를 마음껏 경멸할 테니까요. 하지만 저는 상대방의 그런 의도를 무시하는 데서 기쁨을 느껴요. 저는 릴을 추고 싶은 마음이 전혀 없다고 대답하고 싶군요. 자, 이제 실컷 저를 경멸

---

* 두 쌍이 마주보고 숫자 8을 그리듯 추는 춤.

해보세요." 엘리자베스가 말했다.

"전혀 그러고 싶지 않은걸요."

엘리자베스는 자신의 말에 다아시 씨가 기분이 상했을 것이라고 생각했는데, 정중한 태도를 보여 조금 놀랐다. 엘리자베스의 장난기 어린 사랑스러운 매력에 빠져든 다아시 씨는 도저히 성을 낼 수 없었던 것이다. 더구나 그는 지금처럼 여자에게 끌려본 적이 없다고 느꼈다. 만약 그녀의 신분이 자신과 비슷했다면 당장 불같은 사랑에 빠질 것 같다는 생각이 들 정도였다.

빙리 양은 질투심을 느끼기에 충분할 만큼 많은 것을 목격했고, 어느 정도 예감이 왔다. 그래서 엘리자베스가 빨리 사라져 주기를, 아니, 제인이 빨리 회복되기를 바라는 마음이 더욱 커졌다.

빙리 양은 다아시의 자존심을 건드려 엘리자베스를 싫어하게 만들려고 했다. 그래서 두 사람이 아무래도 결혼할 것 같다, 그럴 경우 당신이 행복해지려면 이러저러해야 한다고 말하면서 다아시의 속을 긁었다.

다음날 관목 숲을 걷고 있을 때, 빙리 양이 다아시에게 말했다. "제 생각엔—그런 경사가 있게 되면 말이에요—당신의 장모님께 입을 다물고 계시라고 일러드리는 게 좋을 것 같네요. 그리고 가능하면 어린 처제들의 버릇도 좀 고쳐주세요. 장교들 뒤를 졸졸 따라다니는 버릇 말예요. 그리고 제가 이렇게 민감한 주제를 건드리는 건 뭣하지만, 사모님의 우쭐해서 잘난 체하는 성격도 어떻게 좀 해보세요."

"제 가정의 행복에 대해 더 하실 말씀이 있으십니까?"

"아 참, 그래요! 펨벌리의 회랑에 처이모와 처이모부 되시는 필립스 부부의 초상화를 걸어놓으세요. 판사를 지내신 당신 증조부의 초상화 바로 옆에 말예요. 같은 종류의 직업이잖아요. 계열이야 다르지만. 엘리자베스의 초상화는 주문하지 마세요. 어떤 화가가 그토록 아름다운 눈을 그리겠어요?"

"사실 그런 눈빛을 표현한다는 게 쉽지는 않겠지요. 정확한 색깔과 모양, 그리고 기막히게 아름다운 속눈썹 등을 똑같이 그리는 거야 가능하겠지만."

바로 그 순간, 다른 산책로를 걸어오던 허스트 부인과 엘리자베스가 나타났다.

"산책하실 줄 몰랐네요." 빙리 양이 자신이 한 말을 엘리자베스가 들었을까 봐 당황해하며 말했다.

"산책 나온다는 말도 없이 우리만 남겨놓고 빠져나오다니 너무해."

그러고는 허스트 부인이 다아시 씨의 비어 있는 한쪽 팔에 자신의 팔을 끼우며 엘리자베스가 혼자 걷도록 만들었다. 길은 세 사람이 간신히 걸을 수 있는 너비였다. 다아시 씨는 엘리자베스에게 무례를 범한다고 느끼고 즉시 말했다.

"이 오솔길은 모두 함께 걷기에는 좁지 않나요? 저쪽 가로수길로 나가자고요."

그러나 그들과 함께 있고 싶은 마음이 전혀 없었던 엘리자베스가 웃음 섞인 목소리로 대답했다.

"어머, 아니에요. 계속 거기 계세요. 그렇게 함께 계시니 정말 잘 어울려요. 구도도 좋고요. 거기다 네 사람이 되면 그림을 망칠 거예요. 저 먼저 갈게요."

그러고 난 뒤 엘리자베스는 가볍게 뛰어 달아났다. 이제 길어도 하루나 이틀 뒤면 귀가할 수 있다는 희망에 부풀어 한가하게 산책을 즐겼다. 제인은 꽤 많이 회복되어 그날 저녁에는 두어 시간 정도 응접실 모임에 합류할 예정이었다.

11

정찬 후 여자들이 물러갈 때가 되자 엘리자베스는 언니 방으로 뛰어올라 갔다. 그녀는 언니에게 따뜻한 옷을 입게 해서 응접실로 데려왔다. 빙리 자매는 건강이 회복되어 기쁘다는 인사를 여러 번 반복하며 제인을 환영했다. 엘리자베스가 빙리 자매에게서 이렇게 유쾌한 모습을 본 것은 처음이었다. 이는 남자들이 합류할 때까지 계속되었다. 빙리 자매의 말솜씨는 보통이 아니었다.

남자들이 들어오자 제인은 더 이상 빙리 자매의 관심을 끌지 못했다. 다아시를 발견한 빙리 양은 즉시 그에게 눈길을 돌렸고, 서둘러 그에게 말을 붙일 기세였다. 그러나 다아시 씨는 베넷 양 쪽으로 다가가 정중하게 환영을 표했다. 허스트 씨 또한 그녀에게 가벼운 목례를 하며 '굉장히 기쁘다'고 말했다. 그러나 장황하고 열렬한 환영의 인사는 빙리 몫이었다. 그는 기뻐 어쩔 줄 몰라 하는 와중에도 따뜻한 배려를 아끼지 않았다. 그녀가 추위를 느낄까봐 장작을 높이 쌓아 불을 지피느라 반시간이나 소요했으며, 되도록 벽난로 쪽에 앉으라고 당부했다. 그러고는 제인 곁에 앉아 그녀하고만 이야기를 나누었다. 엘리자베스는 뜨개질거리를 들고 반대편 구석에 앉아 이 모든 광경을 흐뭇하게 지켜보았다.

차를 마신 뒤 허스트 씨는 처제에게 카드놀이를 하자고 귀띔했으나 그녀는 못 들은 척했다. 빙리 양은 다아시 씨가 카드놀이를 싫어한다는 정보를 남몰래 확보하고 있었다. 그래서 형부에게 카드놀이를 하고 싶어 하는 사람이 아무도 없을 것이라고 말했는데, 모두들 침묵을 지킴으로써 그 말의 타당성이 증명되는 듯했다. 이제 허스트 씨가 할 일이라고는 소파에 기대앉아 잠을 청하는 것밖에 없었다. 다아시 씨가 책을 집어 들자 빙리 양도 따라 했다. 허스트 부인은 팔찌와 반지들을 만지작거리며 이따금씩 동생들의 대화에 끼어들었다.

빙리 양은 자기 책을 읽는 것보다 다아시 씨와 그가 읽고 있는 책에 더 관심이 많았다. 그녀는 다아시 씨에게 질문을 하기도 하고 그의 책을 넘겨다보기도 했다. 하지만 다아시 씨를 대화로 끌어들이는 데는 실패했다. 다아시 씨는 그녀의 질문에 간단히 대답한 뒤 계속 책만 읽었다. 빙리 양은 자신이 들고 있는 책에 집중하려고 고군분투하느라 결국 녹초가 되고 말았다. 크게 하품을 하며 그녀가 말했다. "저녁을 이렇게 보내다니, 얼마나 기분이 좋은지 몰라요. 책만큼 기쁨을 주는 것도 없으니까요. 이다음에 내 집에 서재가 없다면 정말 견디기 힘들 것 같아요."

그녀의 말에 아무도 대꾸하지 않았다. 그러자 빙리 양은 책을 옆으로 치운 뒤 다른 오락거리를 찾아 방 안을 이리저리 둘러보다가 오빠가 베넷 양에게 무도회 이야기를 하는 걸 듣고 불쑥 돌아보며 말했다.

"말이 난 김에 말이지만 오빠, 정말 네더필드에서 무도회를 열 생각이에요? 결정을 내리기 전에 여기 모인 사람들의 의향을 들어보라고 충고하고 싶어요. 우리 중에 몇 명은 무도회를 형벌처럼 느낀다고요."

"다아시 얘기라면 무도회가 시작되기 전에 자러 간다고 해도 말리지 않겠어. 하지만 무도회를 연다는 건 이미 정해졌어. 니콜스가 화이트 수프를 다 만들면 초대장을 돌리려고 해." 빙리 씨가 큰 소리로 받았다.

"무도회를 조금 다른 방식으로 진행한다면 훨씬 즐거운 모임이 될 텐데. 보통의 파티는 너무 지루하잖아요. 춤추는 것 대신 대화를 위주로 진행한다면 훨씬 더 이성적인 모임이 되지 않을까요?" 빙리 양이 말했다.

"훨씬 더 이성적인 모임이 될 것 같다만 캐롤라인, 그게 어떻게 무도회라고 할 수 있니?"

빙리 양은 아무 대답도 하지 않았다. 그러고는 곧 일어나 방을 왔다 갔다 했다. 그녀의 자태는 우아했고, 걷는 맵시도 좋았다. 그러나 이 모든 것을 봐주어야 할 다아시는 여전히 책에만 몰두해 있었다. 그녀는 새로운 방법을 시도하기로 결심하고 엘리자베스를 향해 돌아서면서 결사적으로 말했다.

"일라이자 베넷 양, 방금 제가 한 것처럼 이 방을 한 바퀴 돌아보시는 게 어때요? 오래 앉아 있다가 걸으면 정말 상쾌하거든요."

엘리자베스는 그녀의 제안이 다소 엉뚱하다고 생각되었지만 즉시 일어섰다. 결국 빙리 양의 목표가 달성되었다. 다아시 씨가 고개를 들고 쳐다보았기 때문이다. 빙리 양이 엘리자베스를 배려하는 일이 좀체 없었기 때문에 다아시 역시 빙리 양의 제안이 뜬금없다고 여겼지만 무의식적으로 책을 덮었다. 빙리 양은 다아시에게도 함께 걷자고 제안했지만 그는 거절했다. 다아시는 그녀들이 자신과 함께 방 안을 왔다 갔다 하자고 한 이유는 두 가지 목적밖에 없을 텐데, 자신이 함께 걸으면 그 두 가지 목적에 방해가 될 것이라고 말했다. "도대체 무슨 말이야? 궁금해 죽겠네." 빙리 양은 엘리자베스에게 다아시의 말이 무슨 뜻인지 아느냐고 물어보았다.

"전혀요. 틀림없이 우리를 비난하는 말일 테죠. 다아시 씨를 실망시키는 가장 확실한 방법은 아무것도 묻지 않는 거예요." 엘리자베스가 대답했다.

그러나 어떤 일이 있어도 다아시 씨를 실망시킬 수 없었던 빙리 양은 그 두 가지 이유를 설명해달라고 졸랐다.

"기꺼이 설명해드리지요." 다아시가 말했다. "두 분이 함께 걷기로 한 건 은밀하게 논의하고 싶은 일이 있거나 아니면 두 분이 본인들의 자태가 걸을 때 가장 아름답다는 걸 의식했기 때문이겠죠. 만일 첫번째에 해당한다면 저는 방해꾼이 틀림없겠죠. 그리고 두 번째 경우라면 제가 난롯가에 앉아 두 분의 자태를 감상하는 게 훨씬 나을 테고요."

"아이 망측해! 그렇게 매스꺼운 말을 하시다니요. 어떤 벌을 주면 좋을까요?" 빙리 양이 외쳤다.

"벌을 주고 싶다면 그보다 쉬운 일도 없잖아요. 남을 괴롭히거나 혼내주는 건 누구나 할 수 있는 일이니까요. 약을 올리거나 비웃어도 좋겠죠. 두 분은 친한 사이니까 어떻게 하는 게 가장 좋은 방법인지 잘 아시겠네요." 엘리자베스가 말했다.

"아뇨, 저는 잘 몰라요. 아직 그 정도로 가까운 사이는 아니거든요. 저렇게 냉정하고 침착한 사람을 약 올린다고요! 아이, 못해요. 그래 봤자 콧방귀도 안 뀐다고요. 그리고 비웃어주고 싶지만 비웃음거리가 없으니 우리만 웃음거리가 될 뿐이에요. 다아시 씨만 좋은 일 시키는 거라니까요."

"다아시 씨는 비웃음의 대상이 될 수 없다고요?" 엘리자베스가 외쳤다. "그건 흔치 않은 장점이죠. 언제까지나 그런 사람으로 남기를 바랄게요. 하지만 그런 사람을 알게 된 저로서는 막대한 손해예요. 저는 비웃는 걸 아주 즐기거든요."

"빙리 양께서 과도한 칭찬을 하신 겁니다. 제아무리 훌륭한 사람의 행동도 비웃는 걸 목표로 삼는 사람한테는 웃음거리가 될 수 있으니까요." 다아시가 말했다.

"세상에는 남을 비웃는 일로 일생을 보내는 사람도 있지만,

저는 그런 사람은 아니에요. 저는 현명하고 지혜로운 사람을 비웃어본 적은 없으니까요. 어리석고 터무니없는 행동을 하거나 변덕을 부리고 모순된 행동을 하는 걸 보면 물론 재미야 있지요. 그건 인정할게요. 그리고 그런 기회를 놓치지는 않고요. 한데 다아시 씨에게는 그런 결점이 없는 것 같은걸요." 엘리자베스가 대답했다.

"세상에 결점 없는 사람이 어디 있겠어요. 머리가 좋은 사람의 경우 그것이 되레 웃음거리가 될 수도 있으니까요. 그런 상황을 피하는 것이 저의 평생의 과제라고 생각합니다."

"허영심이나 오만 같은 것을 말씀하시는 건가요?"

"맞습니다. 허영심은 확실히 큰 약점입니다. 하지만 자만심은…… 진정 뛰어난 지성의 소유자라면 그것을 적절하게 잘 통제해야겠지요."

엘리자베스는 순간 미소를 감추기 위해 돌아섰다.

"다아시 씨에 대한 연구가 끝난 것 같은데 결과를 말씀해주세요." 빙리 양이 말했다.

"검토 결과 다아시 씨에게는 아무런 결점도 없다는 사실을 확인하게 되었습니다. 다아시 씨 스스로도 감추지 않고 인정하고 계시고요."

"아닙니다. 그 사실을 인정한 적은 없어요. 저도 물론 결점이 있습니다. 그러나 그게 지적 능력과 관계된 것이 아니기를 바랄 뿐이죠. 제 성격은 감히 좋다고 할 수 없습니다. ……너무 고집이 세니까요…… 세상을 살아가기에 불편할 만큼 말입니다. 사람들이 바보같이 행동하거나 무례하게 굴면 빨리 잊지 못해요. 그러니 제게 한 번 잘못 보이면 영원히 가는 거죠." 다아시가 말했다.

"그거야말로 진짜 결점이네요. 누군가를 미워하는 것은 확실히 인격에 그늘을 주니까요. 그러나 그런 성격은 어떻게 비웃어야 할지 모르니까 안심하셔도 돼요." 엘리자베스가 말했다.

"어떤 성격이든 극단은 피하는 게 좋을 것 같아요. 약점이 되니까요. 아무리 좋은 교육을 받는다 해도 타고난 결함을 없앨 수는 없어요."

"그러니까 당신의 결함은 모든 사람을 미워하는 것이군요."

"그렇다면 당신의 결함은 모든 사람의 말을 일부러 곡해해서 듣는 것이고요."

"자자, 그만하고 음악 좀 듣자고요." 빙리 양이 소리쳤다. 자신이 끼어들 수 없는 대화가 지속되자 지루했기 때문이다. "언니, 형부를 좀 깨워도 괜찮죠?"

허스트 부인이 상관없다고 하자 빙리 양이 피아노 뚜껑을 열었다. 잠시 마음을 가다듬은 다아시는 대화가 중단된 것에 미련을 두지 않기로 했다. 엘리자베스에게 너무 관심을 보이는 게 아닌가 걱정되었기 때문이다.

12

다음날 아침, 엘리자베스와 제인은 긴긴 논의 끝에 어머니에게 편지를 보내 그날 중으로 마차를 보내달라고 했다. 그러나 베넷 부인은 제인이 다음 주 화요일까지는 네더필드에서 지낼 것이라고 생각했으므로 그 이전에 딸들이 돌아오는 것이 달갑지 않았다. (화요일은 제인이 네더필드에 간 지 딱 1주일째 되는 날이었다.) 어머니의 답장은 하루라도 빨리 집으로 돌아가고 싶어 초조해진 엘리자베스의 입장에서는 기쁜 소식은 아니었다. 어머니는 화요일 전에는 마차를 보낼 수 없다고 했으며, 추신에 만일 빙리 씨와 그의 누이가 더 있으라고 하면 그냥 눌러 있으라고 했다. 하지만 엘리자베스는 떠나야겠다고 결심했고, 빙리네 쪽에서도 더 있어달라고 붙잡지 않을 것 같았다. 지나치게 오래 남의 집에 얹혀 지내는 사람으로 여겨질까 봐 두려웠던 그녀는 언니를 재촉해 빙리 씨의 마차를 빌리자고 설득했다. 그리하여 마침내 자매는 그날 아침 빙리 씨에게 네더필드를 떠난다는 사실을 알리고 마차를 빌려달라고 했다.

두 자매가 떠난다고 하자 우려의 말들이 쏟아졌다. 적어도 하루는 더 머물러야 한다고 권하는 바람에 제인의 결심이 흔들렸고, 결국 출발은 다음날로 연기되었다. 그러자 빙리 양은 하루 더 머물러달라고 요청한 걸 후회했다. 엘리자베스에게 느끼는 질투와 미움이 제인에 대한 애정보다 훨씬 강했기 때문이다.

집주인인 빙리 씨는 제인에게 그렇게 서둘러 돌아가다니 정말이지 섭섭하다며, 그러다가 건강이라도 해치면 어떡하느냐고 걱정했지만 제인의 결심을 꺾을 수는 없었다. 제인은 자신이 옳다고 생각하는 일에 대해서는 단호했다.

그러나 다아시 씨는 더없이 기뻤다. 그는 네더필드에서 엘리자베스를 충분하게 봤다고 생각했으며, 그녀에게 더 이상 마음을 빼앗겨서는 안 되겠다고 결심했기 때문이다. 게다가 빙리 양이 엘리자베스에게 함부로 대했고, 자신에게는 지나치게 치근덕거렸다. 현명한 다아시는 이제부터 엘리자베스에게 호감을 품고 있다는 사실을 암시할 만한 행동을 자제해야겠다고 생각했다. 그녀가 자신의 행복에 영향을 끼치는 존재인 것을 알고 의기양양해서는 안 되었기 때문이다. 만일 그녀가 그런 희망을 품게 된다면 마지막 날의 자신의 행동이 이를 확인시켜주거나 좌절시킬 수 있었다. 그래서 다아시는 토요일 내내 엘리자베스에게 채 열 마디도 건네지 않았다. 달랑 두 사람만 남게 되었을 때도 책에서 눈을 떼지 않았다.

일요일의 아침 예배 후 드디어 작별의 시간이 왔다. 마지막 날 빙리 양은 제인에게는 친밀감을 표시했지만 엘리자베스에게는 정중하게 대했다. 헤어질 때 제인을 다정하게 껴안으며 롱본에서든 네더필드에서든 다시 만난다면 더없이 기쁠 것이라고 말했고, 엘리자베스와도 악수까지 나누는 열정을 보였다. 엘리자베스는 날아갈 듯 명랑한 기분으로 모든 사람들과 작별 인사를 나누었다.

어머니는 돌아온 딸들을 그리 반기지 않았다. 딸들이 너무 빨리 돌아온 것에 놀랐고, 빙리 씨한테 마차를 빌린 건 큰 폐를 끼친 것이라면서 불평했다. 덧붙여서 제인의 감기가 다시 재발할 것이 틀림없다고 투덜거렸다. 반면 베넷 씨는 간결하게 기쁨을 표했지만 그 속에는 진정성이 묻어났다. 두 딸이 집안에서 얼마나 소중한 존재인지 새삼 깨달았기 때문이다. 제인과 엘리자베스가 없는 동안 저녁 대화가 사라졌고, 분위기도 많이 가라앉은 데다가 하나같이 말 같지 않은 말만 해댔기 때문이다.

메리는 평소처럼 통주저음과 인간 본성에 대한 연구에 깊이 몰두해 있었다. 그리고 몇 가지 새로운 인용문을 언니들에게 보여주며 감탄하길 기대했고, 뒤이어 진부한 교훈이 담긴 설교를 들려주었다. 캐서린과 리디아는 다른 종류의 소식을 마련해놓고 있었다. 지난 수요일 이래 연대에서는 많은 일들이 일어났고, 많은 말들이 돌았다. 예컨대 몇몇 장교들이 이모부와 식사를 했고, 졸병 한 명이 매질을 당했으며, 포스터 대령이 곧 결혼할 거라는 소식이었다.

13

다음날 아침 베넷 씨는 식사를 하면서 아내에게 말했다. "여보, 오늘 정찬 메뉴도 나무랄 데 없겠지? 우리 집 식구 말고 올 사람이 있을지 모르니 말이오."

"누구 말이에요, 여보? 샬럿 루커스가 우연히 들른다면 모를까, 따로 방문할 사람이 누가 있다고요. 평소 우리 집 정찬 정도면 그 애한테 과분할걸요. 자기 집에서는 그런 구경도 못할 테니까요."

"내가 지금 말한 사람은 남자에 외지인이오."

순간 베넷 부인의 두 눈이 반짝 빛났다.

"남자에 외지인이라고요? 그럼 빙리 씨네. 제인, 왜 너는 이런 이야기를 귀띔해주지 않은 거야! 요런 앙큼한 것 같으니라고. 아유, 빙리 씨가 온다면 최고지요. 맙소사! 이거 야단났네. 오늘은 생선 한 토막 없으니. 리디아, 어서 종을 울려. 당장. 힐에게 얘기해야 하니까."

"빙리 씨가 아니오. 여태 한 번도 만나보지 못한 사람이오." 그녀의 남편이 말했다.

이 말에 가족 모두 놀랐고, 베넷 씨는 아내와 다섯 딸의 질문 공세를 한꺼번에 받는 호사를 누렸다.

베넷 씨는 그들의 호기심을 부추겨 잠시 기쁨을 누린 뒤 다음과 같이 설명했다. "한 달 전쯤 편지 한 통을 받았소. 그리고 보름 전쯤 답장을 보냈소. 사안이 다소 민감한 데다, 빠른 회답을 요하는 것이기도 했거든. 편지를 보낸 사람은 집안 친척인 콜린스 씨요. 그는 마음만 먹으면 내가 세상을 떠나는 즉시 우리 집에서 당신과 아이들을 내쫓을 권리가 있소."

"세상에, 여보!" 베넷 부인이 놀라서 외쳤다. "저는 그 얘기라면 가만히 듣고 있을 수가 없어요. 제발 그 가증스러운 인간 이야기는 더 이상 꺼내지 말아요. 자기 재산을 자기 자식이 아닌

남에게 한정 상속시켜야 하는 것보다 더 가혹한 일이 어딨어요. 제가 만일 당신이라면 오래 전에 무슨 수를 썼을 거예요."

제인과 엘리자베스는 어머니에게 한정 상속의 성격상 무슨 수를 쓰기가 불가능하다는 사실을 설명하려고 시도했다. 전에도 종종 설명해주려 했지만 베넷 부인으로서는 한정 상속이라는 제도를 도저히 이해할 수가 없었다. 그녀는 다섯이나 되는 딸을 둔 부부에게서 재산을 빼앗아 생판 남에게 물려준다는 것이 얼마나 잔인한 일인지 모른다고 쉴 새 없이 원망을 늘어놓았다.

"물론 고약한 일이오. 게다가 콜린스 씨가 롱본을 상속받는 죄악을 모면할 길도 없소. 그런데 그가 편지에 뭐라고 썼는지 들어보구려. 그러면 당신 화가 좀 누그러질지도 모르니 말이오." 베넷 씨가 말했다.

"천만에요. 절대 그럴 리가 없어요. 그리고 그 사람이 당신한테 편지를 쓰다니, 그런 주제넘고 위선적인 짓을 하다니요. 난 그렇게 속 다르고 겉 다른 위인은 정말 싫어요. 왜 자기 아버지가 하던 대로 당신하고 계속 다투지 않는 거죠?"

"글쎄, 사실은 그 사람도 이 문제에 대해서는 아들로서 다소 부담을 느끼는 것 같소. 자, 읽어볼 테니 들어봐요."

켄트 주 웨스터햄 근교 헌스퍼드

10월 15일

친애하는 베넷 씨께,

아저씨와 돌아가신 제 선친의 견해 차이로 저는 늘 불편했습니다. 선친이 돌아가신 뒤, 저는 줄곧 두 집안의 불화를 불식시켜보려고 노력해왔습니다. 하지만 마음의 갈등 때문에 참아왔습니다. 제가 선친이 소원하게 지냈던 분과 잘 지낸다면 선친의 뜻에 누가 될 것 같았기 때문입니다. ―"바로 이 부분이오, 여보." ―그러나 지금은 그 문제에 관해 결심을 굳혔습니다. 다름이 아니라 지난 부활절 날 목사 서품을 받은 뒤, 제가 운이 좋은 사람이라 생전에 준후작이셨던 루이스 드보어 경의 미망인 되시는 캐서린 드보어 여사의 은덕에 힘입어 교구의 값나가는 목사직에 발탁되었습니다. 이제 제가 해야 할 일은 그분께 감사와 존경심을 바치며, 분수에 맞게 처신하고, 국교회에서 제정한 의례와 형식을 기꺼이 수행하는 일입니다. 나아가 저는 성직자로서의 의무라고 생각되는 일, 즉 제 영향권 아래에 있는 모든 가족들이 평화와 축복을 누릴 수 있도록 노력할 것입니다. 이런 이유로 화해의 손길을 내미는 저의 제안은 매우 바람직한 일이라고 자부하고 있습니다. 그러니 아저씨께서도 제가 롱본의 유산 상속인이 되었다는 사실을 너그러운 아량으로 인정해주시고, 평화의 표시로 보내는 올리브 가지를 뿌리치지 않으리라 믿습니다. 그리고 제가 아저씨의 따님들에게 피해를 입힌 장본인이라는 사실을 가슴 아프게 생각하오니, 저의 사과를 받아주셨으면 합니다. 추후에 더 말씀드리겠지만, 어떤 방법으로든 따님들께 그 문제와 관련해 보상할 용의가 있음을 알려드립니다. 만일 저를 댁으로 맞아들이는 데 아저씨의 반대가 없다면 11월 18일 월요일 네 시에 아저씨 댁을 방문하는 행운을 누렸으면 합니다. 아마 그다음 주 토요일까지 폐를 끼치게 될 것 같습니다. 캐서린 여사님께서는 제가 주일에 자리를 비우는 동안 제 대신

임무를 수행할 성직자를 찾아 조치를 취한다면 아무 문제가 없을 것이라고 하십니다. 아주머님과 따님들에게 삼가 경의를 표합니다.

— 윌리엄 콜린스 올림

"그러니까 오늘 네 시에 이 평화의 전도사가 올지 모른단 말이오. 양심적이고 점잖은 청년인 것 같으니 알아두면 도움이 될 거요. 우리 집에 와도 될는지는 캐서린 여사께서 관대하게도 허락하실 경우의 얘기지만." 베넷 씨가 편지를 접으며 말했다.

"우리 아이들 일을 언급한 부분은 그런대로 일리가 있네요. 우리 애들한테 어떤 식으로든 보상하겠다면 굳이 말릴 생각은 없어요."

"그가 어떤 방법으로든 우리한테 보상하겠다는 의지가 있다는 것 자체가 놀라운 일이에요." 제인이 말했다.

그 편지가 엘리자베스에게 준 인상은 콜린스 씨가 캐서린 여사에게 유별나다 싶을 정도로 존경을 표한다는 사실과 당연한 의무인 자기 교구에서 세례며 결혼식, 장례를 주관한다는 것이었다.

"제가 보기엔 좀 이상한 사람 같아 보여요. 굉장히 거들먹거린다는 느낌이 드네요. 게다가 자신이 상속자라서 사죄드린다니, 대체 이게 무슨 뜻이죠? 만일 정말 그렇다면 상속을 포기하는 게 마땅한 것 아닌가요. 도대체 상식이 있는 사람일까요?" 엘리자베스가 말했다.

"글쎄다, 얘야. 부디 모자라는 사람이었으면 좋겠구나. 이 편지를 보면 비굴함과 자만심이 섞여 있으니 모자라는 사람일 가능성에 대해 기대를 걸어도 좋을 것 같구나. 얼른 보고 싶다."

"작문 수준을 보자면 흠 잡을 데는 없어 보여요. 올리브 가지 비유는 별로 독창적이지 않지만, 제가 보기엔 이만하면 웬만한 수준은 되는걸요." 메리가 말했다.

캐서린과 리디아는 그 편지는 물론이고 편지를 쓴 사람에 대해서도 전혀 관심이 없었다. 사촌이 진홍빛 제복을 입고 올 가능성이 없었기 때문이다. 베넷 부인은 편지의 내용을 듣고 콜린스 씨에 대한 불쾌감이 많이 가셔서 담담하게 손님맞이 준비를 했다. 이에 남편과 딸들은 놀란 눈으로 그녀를 바라보았다.

약속한 시간에 정확하게 도착한 콜린스 씨는 가족들로부터 대단한 환영을 받았다. 물론 베넷 씨는 거의 말이 없었다. 그러나 숙녀들은 얼마든지 대화를 나눌 용의가 있었다. 콜린스 씨의 경우 부추기지 않아도 침묵을 지킬 의향은 없어 보였다. 그는 키가 크고 육중해 보이는 체격의 스물다섯 살의 청년으로, 엄숙하고 장중해 보이는 분위기에 몹시 격식을 차리는 사람이었다. 그는 자리에 앉아마자 베넷 부인에게 이렇게 훌륭한 따님들을 두셔서 얼마나 행복하냐고 치켜세운 뒤, 따님들을 만나 보니 소문으로 들었던 것보다 훨씬 미인이라고 칭찬의 포문을 열었다. 뒤이어 사촌 모두가 적기에 결혼하리라는 걸 의심치 않는다고도 말했다. 이런 정중한 인사는 몇몇 사람들의 취향과는 잘 안 맞는 구석도 있었지만 칭찬이라면 무조건 환영하는 베넷 부인은 선뜻 대답했다.

"정말이지 감사드립니다, 콜린스 씨. 저도 그렇게 되기를 진심으로 바란답니다. 그러지 않으면 저 애들이 얼마나 궁하게 살겠어요. 일이 너무 꼬여버렸네요."

"롱본 땅이 한정 상속되는 것 때문에 그러시는군요."

"아유, 맞아요. 가엾은 우리 아이들에게는 가혹한 처사지요. 그렇다고 그쪽 잘못이라는 건 아니에요. 살다 보면 별일을 다 당한다는 걸 나도 잘 아니까요. 재산이 한정 상속되기로 일단 정해지면, 그게 어떻게 될지는 아무도 모르는 일이니까요."

"저도 아름다운 사촌들이 곤란을 겪게 될까봐 안타깝습니다. 그 문제와 관련해 드릴 말씀이 있는데, 제가 너무 나서는 것처럼 보일까봐 조심이 되는군요. 아무튼 저는 사촌들에게 찬사를 드릴 마음의 준비를 하고 왔습니다. 지금으로서는 더 이상 드릴 말씀이 없습니다만, 우리가 조금 더 잘 알게 되면……."

식사를 하러 오라는 말에 그의 말은 중단되었다. 자매들은 서로를 바라보며 미소를 지었다. 콜린스 씨의 찬사의 대상은 아가씨들만이 아니었다. 그는 현관, 식당, 그리고 그곳에 있는 모든 가구까지도 샅샅이 칭찬했다. 여느 때 같으면 이 같은 칭찬에 감동했을 베넷 부인이었지만, 콜린스 씨가 그것들 모두를 미래의 소유물로 여길지도 모른다고 생각하자 분했다. 저녁식사가 시작되자 이번에는 요리가 감탄의 대상이 되었다. 콜린스 씨는 이 탁월한 요리를 만든 주인공이 누구인지 궁금하다고 말했다. 그러자 베넷 부인은 다소 퉁명스러운 목소리로 우리 집은 훌륭한 요리사를 고용할 정도의 여유는 있으며, 딸들에게 부엌일은 시키지 않는다고 대꾸했다. 그러자 콜린스 씨가 마음을 상하게 해 드려 죄송하다고 용서를 구했고, 베넷 부인은 다소 누그러진 목소리로 화가 난 것은 아니라고 대답했다. 하지만 그는 그 뒤로도 15분 동안이나 거푸 사과를 했다.

14

정찬 시간 내내 침묵을 지키고 있던 베넷 씨는 하인들이 물러나자 손님과 대화를 해야겠다고 생각했다. 잠시 손님의 이야기를 들어본 베넷 씨는 후원자를 아주 잘 만난 것 같다며 그가 돋보일 만한 화제를 꺼냈다. 캐서린 드보어 여사가 콜린스 씨에게 각별한 관심을 갖고 많은 편의를 봐주는 것 같다고 말했는데, 사실 그보다 적합한 화제를 찾기도 힘들 것 같았다. 콜린스 씨는 캐서린 여사를 칭송하느라 입에 침이 마를 지경이었다. 그는 조금 전보다 한층 엄숙해져서 그렇게 지체 높은 분이 아랫사람에게 그리도 친절을 베푸는 것은 일찍이 본 적이 없다고 열을 올렸다. 자신은 이미 그분 앞에서 두 차례나 설교를 하는 영광을 누렸는데, 두 번 모두 칭찬을 받았다, 또한 로징스에서 함께 식사하자고 두 번이나 초대받았고, 바로 지난 토요일 저녁에는 카드리유를 할 사람이 모자라 자신을 부르러 보내셨다, 많은 사람들이 그분을 오만하다고 하지만 적어도 자신에게만큼은 오만하게 군 적이 없다, 캐서린 여사께서는 자기에게 여느 신사분을 대하듯 하신다, 자신이 이웃 사람들과의 모임에 합류하는 것에 반대하지 않으신다, 친척을 방문하느라 한두 주일 교구를 비우는 것도 흔쾌히 동의해주신다, 심지어 신중히 선택한 신붓감을 골라 가능한 한 빨리 결혼하는 게 좋겠다고 충고해주셨다, 그리고 한 번은 보잘것없는 그의 목사관까지 왕림하시어 이곳저곳 수리한 곳을 보면서 매우 잘했다고 해주셨다, 더구나 몸소 이층 벽장의 선반 몇 개를 손보아야겠다고 제안까지 했다는 것이었다.

"그분은 격식과 예법을 철저하게 지키시는 분 같군요. 지체 높은 부인들이 다 그분 같지 않다는 게 안타까울 뿐이지요. 콜린스 씨는 그분 가까이에 사세요?" 베넷 부인이 물었다.

"제 보잘것없는 처소를 둘러싸고 있는 정원과 여사님의 저택 사이에는 오솔길이 하나 있습니다."

"여사님은 남편을 여의셨다고 들었는데, 다른 가족은 있나요?"

"무남독녀 외동딸 한 분을 두셨는데, 그분은 로징스의 상속녀로, 아주 많은 재산을 상속받으실 것입니다."

"저런!" 베넷 부인이 머리를 가로저으며 외쳤다. "그렇다면 다른 아가씨들보다 훨씬 상황이 좋네요. 그 아가씨는 어떤 사람인가요? 미인인가요?"

"대단히 매력적인 아가씨이십니다. 진정한 미라는 측면에서 볼 때 드보어 양은 그 누구와 비교해도 뒤지지 않는다고 캐서린 여사님 스스로도 말씀하십니다. 그분 얼굴에는 좋은 집안에서 태어난 아가씨만이 가질 수 있는 귀티가 있어요. 불운하게도 건

강한 체질을 타고나지 못해 많은 재주를 익히지는 못하셨습니다만. 그동안 아가씨의 교육을 담당해왔고, 지금도 그 댁에 함께 머물고 있는 숙녀분께 듣기로는 건강만 나쁘지 않았다면 어떤 교양도 습득하지 못하실 분은 아니라고 했습니다. 하지만 정말 친절하셔서 가끔 작은 말이 끄는 쌍두 사륜마차를 타고 저의 보잘것없는 처소에 잠깐씩 들른답니다."

"폐하를 배알하신 아가씨인가요? 궁정을 출입하는 귀부인들 사이에서 이름을 들은 기억이 없는데요?"

"불행히도 건강이 나빠서 런던에는 못 가신답니다. 바로 그런 이유로 영국 궁정은 최고로 빛나는 장식품 하나를 잃고 말았지요. 제가 캐서린 여사님께 그렇게 말씀드렸더니 만족해하시는 것 같더군요. 짐작하시겠지만 저는 기회 있을 때마다 이 같은 소소하고 세심한 찬사를 바쳐 귀부인들을 즐겁게 해드린답니다. 저는 몇 차례 말씀드렸지요. 매력적인 따님은 공작부인이 되기 위해 태어나셨으니, 따님의 부군 되실 분은 따님 덕분에 돋보이게 될 거라고요. 이런 말들은 사소하지만 그분을 무척 기쁘게 해드렸는데, 그런 일은 제가 그분께 해드려야 할 마땅한 의무기도 하지요."

"판단력이 뛰어나군요. 남의 비위를 맞추는 세심한 능력도 재주지요. 그런 달콤한 배려는 단순한 순발력인지, 아니면 심사숙고한 결과인지 물어봐도 되겠소이까?" 베넷 씨가 말했다.

"보통은 상황에 따라 떠오르는 대로 이야기합니다. 그리고 흔하게 써먹을 수 있는 사소하면서도 우아한 칭찬 문구를 미리 준비하는 취미가 있지만, 실제로 말할 때에는 자연스럽게 하려고 노력합니다."

베넷 씨의 예상은 그대로 맞아떨어졌다. 예상했던 대로 친척은 대단히 우스꽝스런 인물이라는 사실이 확인되었다. 베넷 씨는 몹시 즐거워하며 친척의 말에 귀를 기울였다. 그는 자신의 속마음을 전혀 내비치지 않았고, 가끔 엘리자베스에게 눈길을 주는 것 외에는 그런 재미를 나눌 친구를 필요로 하지도 않았다.

그러나 다과를 나누는 시간이 되자 쾌감에 질리기 시작한 베넷 씨는 그를 거실로 안내했다. 차를 다 마신 다음 베넷 씨는 손님에게 딸들을 위해 책을 낭독해달라고 부탁했다. 콜린스 씨가 선뜻 좋다고 하자 그에게 책 한 권이 건네졌다. 그러나 그는 책을 보는 순간 놀라 물러서며(어느 모로 보나 순회도서관에서 빌려온 책이 틀림없었다), 자신은 소설은 읽지 않는다고 양해를 구했다. 그러자 키티는 그를 빤히 쳐다보았고, 리디아는 놀라 탄성을 내질렀다. 잠시 후 다른 책들이 건네졌고, 약간의 심사숙고 끝에 그는 포다이스의 설교집 『젊은 여성을 위한 설교』를 골랐다. 그러나 리디아는 그가 책을 펼치자마자 길게 하품을 하더니 총 세 페이지를 읽기도 전에 낭독을 가로막으며 말했다.

"엄마, 그거 알아요? 필립스 이모부가 리처드를 해고할까 생각 중이래요. 만일 그렇게 되면 포스트 대령이 그를 채용하기로 했대요. 토요일 날 이모한테서 들었어요. 내일은 메리턴으로 산책 가서 데니 씨가 언제 런던에서 돌아올 것인지 물어봐야겠어요."

언니들이 리디아에게 입을 다물라는 신호를 보냈으나 이미 기분이 상할 대로 상한 콜린스 씨는 책을 소리 나게 탁 덮고는 탁자 위에 내려놓으며 말했다.

"아가씨들이 자신들에게 도움이 되는 진지한 주제의 책을 얼마나 싫어하는지는 익히 봐와서 잘 압니다. 세상에 배움보다 더 이로운 것은 없는데 말이지요. 하지만 어린 사촌을 더 이상 괴롭히지는 않겠습니다."

그러고는 베넷 씨에게 주사위놀이를 하는 게 어떠냐고 제안했다. 베넷 씨는 그의 제안을 받아들이면서 아이들이 자기들끼리 놀도록 배려해준 것은 현명한 처사라고 말했다. 베넷 부인과 딸들은 리디아의 무례를 정중히 사과하면서 책을 계속 읽어주신다면 다시는 그런 일이 없도록 하겠다고 다짐했다. 그러나 콜린스 씨는 어린 사촌의 행동을 모욕으로 받아들여 분개하는 일은 결코 없을 것이라고 안심시킨 뒤, 다른 테이블로 옮겨 앉아 베넷 씨와 주사위놀이 준비를 했다.

15

콜린스 씨는 분별력이 없는 사람이었다. 교육을 받거나 사람들과의 교제를 통해 타고난 결점을 개선할 기회도 없었다. 무식한 아버지의 지도를 받고 자랐고, 대학을 다니기는 했지만 졸업에 필요한 학점만 땄을 뿐 유익한 친구 하나 사귈 위인이 못 되었다. 그의 아버지는 아들을 무조건 복종하도록 가르쳤는데, 그것이 그를 비굴한 인간으로 만들었다. 머리가 나쁜 사람이 비사교적으로 살아가면서 생겨난 자만심에다 예기치 않게 일찍 성공한 사람에게 나타나는 거드름이 합쳐지는 바람에 그 비굴함은 일정 부분 상쇄되었다. 콜린스 씨는 헌스퍼드의 목사 자리가 비었을 때 운이 좋게도 캐서린 드보어 여사의 눈에 들게 되었다. 이렇게 해서 그는 여사의 높은 지위에 대한 존경심과 후원자로서의 그녀를 향한 숭배, 자신에게 성직을 허락한 여사를 공경하는 마음, 성직자로서의 권위 의식, 그리고 교구 목사로서의 권리 등이 마구 뒤섞여 오만과 아첨, 교만과 비굴함의 혼합물이 되고 말았다.

그는 이제 일정한 수입이 생기고, 좋은 집을 갖게 되자 결혼해야겠다고 결심했다. 잘만 하면 결혼으로 베넷 집안과 화해할 수 있는 계기를 마련할 수도 있었다. 만일 그 집안의 딸들이 소문처럼 예쁘고 상냥하다면 그들 중 한 명을 선택해 결혼해야겠다고 결심했다. 그 결심이 바로 이 집안의 땅을 상속받는 것을 보상할 용의가 있다고 말한 의미였다. 그는 자신의 계획이 적절하고 바람직할 뿐 아니라 더할 나위 없이 관대하고 공평하다고 생각했다.

딸들을 만나본 콜린스 씨는 애초의 계획을 밀고 나가기로 했다. 베넷 양의 아름다운 얼굴을 본 그는 자신의 결심을 완전히 굳혔다. 어떤 경우에도 서열을 엄격하게 지켜야겠다고 다짐한 그는 첫 번째 맞이하는 저녁에 아리따운 제인을 신붓감으로 점찍었다. 그러나 이 선택은 이튿날 베넷 부인과 이야기를 나누던 중 변경되었다.

그와 베넷 부인은 아침 식사 전에 15분간 대화를 주고받았다. 목사관 이야기로 대화를 시작한 콜린스 씨는 자연스럽게 그곳의 안주인을 롱본에서 찾고 싶다고 대화를 발전시키자 베넷 부인이 미소를 띠며 격려하는가 싶더니, 그가 마음속으로 정한 제인은 안 된다고 주의를 주었다. "다른 딸들에 대해서는 아직 뭐라 말할 수 없지만, 첫째에 대해서는 꼭 알려드려야 할 것이…… 그 애가 곧 약혼할 것 같아요."

콜린스 씨로서는 그렇다고 문제될 것은 없었다. 제인에서 엘리자베스로 대상을 바꾸기만 하면 되었으니까. 그 일은 베넷 부인이 장작불을 지피는 동안 결정되었다. 태어난 순서로 보나 미모로 보나 엘리자베스가 제인의 뒤를 승계하는 것은 당연했다.

베넷 부인은 콜린스 씨가 넌지시 비친 속내를 되새기며 행복한 꿈에 빠져들었다. 곧 두 딸을 여의게 될 거라고 생각하자 그 전날까지 말을 거는 것조차 싫었던 이 남자가 사뭇 정겹게 느껴졌다.

그날 아침, 리디아는 메리턴으로 산책 나갈 계획을 잊지 않고 있었다. 리디아를 제외한 나머지 자매들도 리디아와 함께 외출하겠다고 했다. 이때 베넷 씨의 부탁으로 콜린스 씨도 동행하게 되었다. 베넷 씨가 그를 딸들과 함께 딸려 보낸 것은 조용히 서재를 차지하고 싶어서였다. 콜린스 씨는 아침 식사 후 바로 베넷 씨를 따라 서재로 들어와서, 독서를 하겠다는 핑계를 대며 좀처럼 나갈 기미를 보이지 않았다. 명목은 2절판 장서를 읽는다고 했지만, 실제로는 헌스퍼드에 있는 자기 집과 정원에 대해 쉴 새 없이 떠들어댔다. 베넷 씨는 서재에서만큼은 한가롭고 평온하게 지내온 사람이었다. 언젠가 엘리자베스에게도 이야기했듯, 비록 집안의 다른 방에서는 바보 같은 헛소리를 감내할 자신이 있었지만 자기 서재에서만큼은 어떤 방해도 받고 싶지 않았다. 그가 콜린스 씨에게 자기 딸들의 산책길에 동행해달라고 정중하게 청한 것은 바로 그런 연유에서였다. 콜린스 씨는 실제로 독서보다는 걷는 것이 훨씬 적성에 맞았던 까닭에 대단히 만족해하며 베넷 씨의 큰 책을 덮고 나갔다.

메리턴에 들어설 때까지 콜린스 씨는 별 시답잖은 일에 대해 크게 떠벌렸는데, 그의 사촌들은 그에게 공손히 동의를 표시했다. 그러나 메리턴에 들어서자 그는 더 이상 어린 두 사촌의 관심을 끌지 못했다. 그녀들의 눈은 즉시 장교들을 찾아 거리를 두리번거렸는데, 지나치는 맵시 있는 모자나 가게의 진열장에 내걸린 최신 모슬린 정도가 아니고는 그 무엇도 그녀들의 마음을 붙잡지 못했다.

얼마 후 이들 다섯 자매의 시선은 길 건너편에서 장교 한 사람과 함께 걸어가고 있는 청년에게 쏠렸다. 한 번도 본 적이 없는 청년이었는데, 대단히 신사다웠다. 장교는 바로 리디아가 런던에서 언제 돌아오는지 궁금해했던 데니 씨였다. 데니 씨는 그녀들이 지나가는 것을 보고 목례를 보냈다. 처음 보는 그에게 강렬한 인상을 받은 아가씨들은 그가 누구인지 궁금해했다. 키티와 리디아는 궁금증을 해소할 심산으로, 반대편 가게에서 구매할 물건이 있다는 핑계를 대고 길을 건너갔다. 그녀들이 막 도착했을 때, 두 남자가 가던 길을 되돌아와 같은 장소에 막 도착해 있었다. 데니 씨가 키티와 리디아에게 말을 걸며 친구인 위컴 씨를 소개해드리고 싶다고 말했다. 친구는 어제 자기와 함께 런던에서 돌아왔는데, 놀랍게도 자기와 같은 부대에 임관되었다는 것이었다. 그것은 너무나 바람직한 소식이었다. 그 청년이 갖추지 못한 것은 군복밖에 없었으니까. 그는 누구에게나 호감을 줄 만한 외모의 소유자였다. 미남이라고 불릴 수 있는 최상의 조건, 즉 조각 같은 얼굴에 균형 잡힌 몸매, 듣기 좋은 말투 등 상대방을 즐겁게 해줄 모든 조건을 갖추고 있었다. 그는 소개가 끝나자 바로 대화를 시도하는 성의를 보였는데, 경우 바르고 주제넘지 않았다. 이렇게 해서 다 함께 둘러서서 기분 좋게 대화를 나누고 있을 때 말발굽 소리가 들려왔다. 다아시와 빙리가 말을 타고 내려오는 중이었다. 두 남자는 아가씨들을 알아보고 곧바로 다가와 정중하게 인사를 건넸다. 말을 하는 사람은 주로 빙리였고, 베넷 양이 주된 상대였다. 빙리는 제인의 건강이 어떤지 알아보기 위해 롱본으로 가는 길이었다고 했다. 다아시 씨는 고개를 숙이는 것으로 그 말을 시인했는데, 엘리자베스에게서 눈길을 피해 고개를 돌리다 문득 위컴과 눈이 마주쳤다. 순간 두 사람의 심상치 않은 기류를 알아챈 엘리자베스는 몹시 놀랐다. 한 사람의 얼굴은 백지장처럼 창백해졌고, 다른 한 사람은 붉게 달아올랐기 때문이다. 몇 초가 지난 뒤 위컴 씨가 모자에 가볍게 손을 없어 인사를 했고, 다아시 씨도 마지못한 듯 답례를 했다. 도대체 어떻게 된 일일까? 추측할 방법이 없었지만 궁금증은 증폭되었다.

방금 일어난 일을 눈치채지 못한 빙리 씨는 여자들에게 작별 인사를 고하고는 다아시 씨와 함께 말을 타고 떠났다.

데니 씨와 위컴 씨는 아가씨들을 필립스 씨의 집 문 앞까지 바래다주고 돌아가려 하자 리디아가 들렀다 가라고 조르듯이 청했다. 심지어 필립스 부인까지 거실의 창문을 열어젖히고 큰 소리로 그러라고 했음에도 작별 인사만 하고 돌아섰다.

필립스 부인은 언제나처럼 조카딸들을 크게 환영했다. 첫째와 둘째 조카딸은 최근 집을 비웠던 탓에 더 큰 환영을 받았다. 그녀는 두 조카딸이 갑작스럽게 집으로 돌아왔다는 소식을 듣고 깜짝 놀랐다며 호들갑을 떨었다. 너희가 남의 집 마차를 타고 오는 바람에 돌아온 줄도 모를 뻔했는데, 존스 씨 가게 점원을 만난 덕에 사정을 알았어. 베넷 양 자매가 집으로 돌아가서 가게에서 더 이상 네더필드로 약을 보내지 않을 거라고 말해주었거든. 어쩌고저쩌고……. 잠시 후 제인으로부터 콜린스 씨를 소개받은 그녀는 최대한 예의를 갖춰 인사를 했다. 콜린스 씨도 필립스 부인 이상으로 정중하게 답례를 했다. 초면에 이렇게 불쑥 찾아와 죄송하다, 하지만 젊은 숙녀분들의 친척이니 용납될 것으로 믿는다고 말했다. 필립스 부인은 콜린스 씨의 예의 바른 태도에 순간적으로 압도되었지만, 이 새로운 인물을 오래 생각하고 있을 틈이 없었다. 그녀의 조카딸들이 낯선 인물에 대해 감탄을 퍼부으며 질문을 해댔기 때문이다. 그러나 필립스 부인도 데니 씨가 새로운 사람을 런던에서 데려왔고, ○○부대에 중위로 임관하게 될 거라는 것—조카들도 이미 알고 있었다—외에는 더 전해줄 소식이 없었다. 필립스 부인은 한 시간 동안이나 그 남자가 거리를 왔다 갔다 하는 것을 지켜보았는데, 만일 키티와 리디아가 있었다면 그녀들도 그렇게 했을 것이라고 말했다. 하지만 불행하게도 그때 창밖을 지나가는 사람들은 위컴 씨에 비해 훨씬 '멍청하고 못난 사람들'이었다. 그들 중 몇몇 장교들이 이튿날 필립스 부부와 정찬을 들 예정이니, 조카들이 오겠다면 위컴 씨도 초대하겠다고 약속했다. 조카들은 이모의 제안을 받아들였고, 필립스 부인은 떠들썩하게 복권 놀이를 한바탕하고 나서 따끈한 밤참이나 들자고 했다. 모두들 내일 즐거운 시간을 보낼 것이라는 기대에 차서 화기애애한 분위기 속에서 헤어졌다. 콜린스 씨는 응접실에서 나서면서 다시 사죄의 말을 되풀이했고, 필립스 부인은 그럴 필요 없다고 정중하게 대답했다.

집으로 돌아가는 길에 엘리자베스가 제인에게 두 남자 사이에 일어났던 일을 이야기했다. 만약 그들 중 한 사람에게 잘못이 있다고 생각했다면 제인이 기꺼이 나서서 변호했겠지만, 두 사람의 행동에 감춰진 비밀을 알아낼 수는 없는 노릇이었다.

집으로 돌아온 콜린스 씨는 베넷 부인에게 필립스 부인이 예의 바르고 공손하다고 칭찬해서 그녀를 흐뭇하게 했다. 콜린스 씨는 캐서린 여사님과 그녀의 딸을 제외하고 이 세상에 필립스 부인보다 우아한 여성은 한 번도 본 적이 없다고 단언했다. 자신을 극히 정중하게 맞았을 뿐 아니라, 다음날 저녁의 손님 명단에 생전 처음 만난 자신을 포함시킨 것만 봐도 그렇다는 것이었다. 자신은 베넷 집안 덕분에 특별한 배려를 받았다고 짐작하지만, 어쨌든 이제까지 살아오면서 이처럼 특별 대우를 받기는 처음이라고 말했다.

16

베넷 씨 부부는 딸들이 이모네 집에서 만찬을 즐기는 것에 아무런 이의를 제기하지 않았으며, 두 분을 남겨두고 나가기가 신경 쓰인다는 콜린스 씨에게도 누차 괘념치 말라고 했다. 콜린스 씨와 다섯 자매들은 다음날 저녁 시간에 맞춰 마차를 타고 메리턴으로 떠났다. 응접실로 들어선 아가씨들은 위컴 씨가 이모부의 초대를 받아 이미 도착해 있다는 소식에 기뻐했다.

모두 응접실에 자리를 잡고 앉자 콜린스 씨는 천천히 주위를 둘러보며 찬사를 늘어놓기 시작했다. 훌륭한 가구로 채워진 응접실을 보고 감명받은 그는 마치 로징스의 여름용 응접실에 와 있는 느낌이라고 말했다. 필립스 부인은 처음에는 누군가와 비교당하는 것이 몹시 기분 나빴다. 그러나 콜린스 씨가 로징스 저택의 위용과 그 주인이 어떤 사람인지 알려준 뒤, 로징스 응접실 중 하나를 설명하면서 벽난로 장식 하나에 800파운드나 나간다고 하자, 그제야 콜린스 씨의 찬사가 얼마나 대단한 칭찬인지 깨달았다.

콜린스 씨는 다른 남자들이 합류할 때까지 필립스 부인을 상대로 캐서린 여사가 얼마나 대단한 분이며, 그분의 저택이 얼마나 웅장한지 설명하며 뿌듯해했다. 이따금 자신의 보잘것없는 처소를 얼마나 멋지게 개조했는지 자랑하느라 옆길로 새기도 했지만 말이다. 필립스 부인은 콜린스 씨의 이야기에 주의 깊게 귀를 기울였다. 그녀는 그와 대화를 나눠본 뒤 그를 더욱 높이 평가했고, 자신이 들은 이야기를 가능한 한 빨리 이웃에 퍼뜨려야겠다고 다짐했다. 그러나 콜린스 씨의 말을 계속 들어줄 참을성이 없었던 아가씨들은 피아노가 없는 것이 아쉬웠다. 그녀들은 벽난로 위에 놓인 자신들이 만든 변변찮은 도자기를 감상하는 것 외에는 아무 할 일이 없었기에 지루했다. 마침내 기다림의 시간은 끝이 났고, 남자들이 들어왔다. 엘리자베스는 위컴 씨가 걸어 들어오는 모습을 보면서, 어제 그를 처음 본 이후 줄곧 멋지다고 생각했던 것은 당연하다고 느꼈다. ○○부대 장교들은 대체로 평판이 좋았는데, 그 자리에 모인 사람들은 그중에서도 가장 나은 축에 속했다. 위컴 씨는 외모와 체격, 행동거지며 걸음걸이 등에서 다른 손님들과 확실한 차별이 느껴질 만큼 눈길을 끌었다. 그가 다른 장교들에 비해 멋진 정도는, 오늘 초대받은 사람들이 맨 뒤에서 포트와인 냄새를 풍기면서 들어온 너부데데하고 지루한 얼굴의 필립스 이모부보다 뛰어난 정도가 비슷했다.

위컴 씨가 거의 모든 여성의 시선을 사로잡은 행복한 남자였다면 엘리자베스는 그의 옆자리에 앉기로 되어 있는 행복한 여자였다. 위컴 씨는 앉자마자 이야기를 시작했는데, 화제는 밤에 비가 올 것 같다는 둥 드디어 장마가 시작되었다는 둥 별 시답잖은 내용이었다. 그럼에도 엘리자베스는 그의 사근사근한 말투를 듣는 동안, 화제가 아무리 평범하고 낡아빠진 것이라 해도 화술만 좋으면 얼마든지 이목을 끌 수 있다는 사실을 깨달았다. 콜린스 씨는 막강한 경쟁자들—이를테면 위컴을 비롯한 여러 장교들—사이에서 아무런 관심을 받지 못했다. 실제로 아가씨들은 콜린스 씨를 무시했다. 그러나 필립스 부인만은 친절하게 그의 이야기를 들어주었고, 커피와 머핀이 떨어지는 일이 없도록 신경을 써주었다.

잠시 후 여기저기서 카드 판이 벌어지자 콜린스 씨는 휘스트 놀이에 끼이기로 함으로써 그녀의 배려에 보답할 기회를 잡았다.

"아직은 어떻게 하는지 잘 모릅니다마는," 콜린스 씨가 말했다. "그러나 기꺼이 배울 용의가 있습니다. 왜냐하면 저 같은 처지에는……." 필립스 부인은 휘스트를 배우겠다는 그의 말에 대단히 감사하다고 인사했으나 그가 이유를 설명하는 것까지 다 듣고 있을 여유는 없었다.

휘스트 놀이에 끼이지 않은 위컴 씨는 자기를 반기는 다른 테이블로 가서 엘리자베스와 리디아 사이에 자리를 잡았다. 처음에는 리디아가 위컴의 관심을 끄는 것처럼 보였으나, 그녀가 카드놀이에 깊이 빠져들면서 특정한 사람에게 주의를 기울일 여유가 없었다. 그래서 위컴 씨는 카드놀이를 그럭저럭 따라 하면서 엘리자베스에게 말을 건넬 기회를 잡았다. 엘리자베스는 위컴 씨의 이야기라면 반갑게 들어줄 용의가 있었다. 물론 자신이 정말 궁금해하는 다아시 씨와 어떻게 아는 사이인지 알 수 있으리라고는 기대하지 않았지만, 예기치 못한 방식으로 궁금증이 풀렸다. 위컴 씨 스스로가 그 문제를 화제로 삼았기 때문이다. 위컴 씨는 네더필드가 메리턴에서 어느 정도 떨어져 있는지 물었다. 그녀의 대답을 들은 그는 망설이는 태도로 다아시 씨가 그곳에 얼마나 오래 머물렀는지 물었다.

"한 달쯤 됐을걸요." 엘리자베스가 대답했다. 그녀는 이 화제를 오래 끌고 싶어서 덧붙였다. "다아시 씨는 더비셔에서 상당한 재산가라던데요?"

"맞아요." 위컴이 대답했다. "어마어마한 재산을 소유하고 있지요. 아마 연소득이 1만 파운드는 될 겁니다. 그 부분에 관해서라면 저보다 더 정확한 정보를 제공할 수 있는 사람을 만나기 쉽지 않을걸요. 저는 태어나면서부터 그쪽 집안과 특별한 인연이 있었거든요."

엘리자베스는 위컴의 말을 듣고 깜짝 놀랐다.

"제 말에 그렇게 놀라는 것도 무리가 아닙니다. 어제 저와 다아시 씨 사이에 흘렀던 싸늘한 분위기를 간파하셨을 테니 말입니다. 베넷 양, 다아시 씨를 잘 아십니까?"

"어느 정도는요. 한 집에서 나흘을 같이 보냈는데, 아주 불쾌한 사람이었어요." 엘리자베스가 흥분해서 외쳤다.

"저는 그 사람이 유쾌한 사람인지 불쾌한 사람인지 판단할 자격이 없습니다. 그와 너무 오랜 시간을 함께 보냈기 때문에 공정한 판단을 내릴 수 없기 때문입니다. 하지만 사람들은 그에 대한 당신의 견해를 들으면 깜짝 놀랄 겁니다. 여기서야 친척 집이니까 편하게 속마음을 털어놓았을 테지만, 다른 데서는 그처럼 솔직하게 말하지는 않을 테죠?" 위컴이 말했다.

"아니에요. 네더필드는 예외겠지만 저는 어디서든 그렇게 말할 수 있어요. 하트퍼드셔에서는 인기가 하나도 없었어요. 너무 오만해서 모두들 불쾌해했답니다. 그렇게 오만한 사람을 누가 좋아하겠어요?"

게임 때문에 잠시 끊겼던 대화를 위컴이 다시 이었다. "그분이든 누구든 실제보다 높이 평가받지 못한다 해서 제가 안타까워할 까닭은 없지요. 하지만 그 사람에 관한 한 실제보다 낮게 평가되는 일은 드문 것 같더군요. 그 사람의 재산과 신분에 눈이 멀었는지, 아니면 그 사람의 고압적인 태도에 지레 겁을 먹었는지는 모르지만, 그 사람에 대한 평가는 나쁘지 않거든요. 사람은 누구나 대상이 보여주고 싶어 하는 방향으로 보는 경향이 있으니까요."

"저는 다아시 씨를 정확하게는 잘 모르지만 성격이 고약한 사람인 것만은 확실해요." 위컴은 고개를 가로저었다.

다시 이야기할 기회가 오자 위컴이 말했다. "다아시 씨가 이 고장에 오래 머물 건지 궁금하군요."

"모르겠어요. 하지만 제가 네더필드에 머무는 동안 그 사람이 떠난다는 얘기는 한번도 못 들어봤어요. 그 사람이 근처에 있어서 ○○부대에 체류하려는 당신의 계획이 변경되는 건 아니겠죠?"

"그럴 일은 없어요. 제가 다아시 씨 때문에 쫓겨날 일은 없다는 의미죠. 다아시 씨가 저와 만나고 싶지 않다면 그가 떠나야지요. 껄끄러워 마주치고 싶지 않지만, 제가 피해 다닐 이유는 없다고 봐요. 저는 세상을 향해 떳떳이 말할 수 있어요. 부당한 처사를 당했지만 그 사람 그릇이 그것밖에 안 된다는 사실이 안타깝다고 말입니다. 그의 선친인 고 다아시 씨는 누구보다 선량한 분이셨지요. 제가 만난 사람들 중 그토록 제게 잘해주신 분도 없습니다. 그래서 그분의 아들인 다아시 씨를 만나면 따뜻한 추억이 끝없이 떠올라 뼈에 사무친답니다. 다아시 씨가 제게 했던 소행은 정말이지 치사했어요. 그가 자기 선친의 바람을 저버리고, 고인을 욕되게 하지만 않았어도 그가 무슨 짓을 했건 용서했을 것입니다."

화제는 점점 흥미진진해졌고, 엘리자베스는 위컴 씨의 이야기를 열심히 경청했다. 그러나 워낙 민감한 문제였던 만큼 나서서 캐물을 수는 없었다.

위컴 씨는 좀 더 일반적인 주제—메리턴과 이웃, 사교계—에 대해 이야기하기 시작했는데, 지금까지는 모든 것이 그런대로 만족스러워 보였다. 특히 사교계에 대해 말할 때는 점잖으면서도 빤한 관심을 표명했다.

"제가 ○○부대로 오기로 결정한 가장 큰 이유는," 그가 덧붙였다. "이곳 사람들과 꾸준하게 교제할 수 있을 것 같아서였습니다. 이쪽 부대가 평판이 좋아서 관심을 갖고 있던 차에 친구 데니가 주둔지에 대해 이야기해줬거든요. 데니가 말하길 메리턴은 이러저러한 곳인데, 장교들에게 많은 관심을 보여주는 데다가 좋은 분을 만날 수 있을 것이라고 했습니다. 솔직히 제게는 사교가 필요해요. 워낙 큰 좌절을 겪은 뒤라 외로움을 견딜 기운이 남아 있질 않거든요. 저는 일자리와 사람들이 필요합니다. 처음부터 군대 생활을 하려 했던 건 아니지만, 이런저런 일을 겪다보니 군대만한 곳이 없다는 생각이 들더군요. 사실 저는 성직에 있어야 할 사람입니다. 교회 목사가 되기 위해 교육을 받았거든요. 그리고 방금 얘기했던 그 사람만 허락했어도 성직자로서 안정된 고정 수입을 확보했을 겁니다."

"세상에!"

"그래요. 고 다아시 씨께서는 당신께 권한이 있는 성직록 중 최고로 값나가는 자리의 차기권을 저에게 물려주라고 유언하셨습니다. 저의 대부셨던 그분은 저를 무척 아끼셨습니다. 이루 말할 수 없이 친절한 분이셨지요. 그분은 평소의 바람대로 저한테 넉넉한 재산을 남겨주었음을 믿고 돌아가셨지요. 그러나 자리가 났을 때, 그것은 다른 사람의 차지가 되었습니다."

"맙소사! 어떻게 그런 일이 가능하죠? 그분의 유언이 무시되었나 보죠? 법적으로 보상받을 생각은 해보지 않았나요?" 엘리자베스가 흥분해서 외쳤다.

"유언에 분명하게 명시된 게 아니라서 법의 도움을 받기는 어려웠어요. 명예를 존중하는 사람이라면 고인의 의도를 의심하지 않았겠지만, 다아시 씨는 의심했어요. 말하자면 그걸 고인의 조건부 권고 사항 정도로 취급하며 제가 조건 미달이라고 하더군요. 무절제하고 무분별한 생활을 했다면서 말이죠. 이유야 갖다 붙이기 나름 아닌가요. 제가 2년 전에 받기로 한 자리가 비었고, 때마침 저는 목사가 될 수 있는 나이였는데, 그 자리가 엉뚱한 사람에게 넘어가버린 겁니다. 그리고 분명한 사실은 저는 그 자리를 잃을 만큼 큰 죄를 저지른 적이 없습니다. 다만 쉽게 흥분하는 성격 탓에 그분에 대한 제 생각을 솔직하게 털어놓은 적은 있습니다. 그러나 선을 넘어 나쁜 짓을 한 기억은 없습니다. 중요한 건 저와 그는 너무나 다른 종류의 사람이고, 그가 저를 끔찍이 싫어한다는 사실입니다."

"세상에! 충격 그 자체네요. 다아시 씨를 좋게 본 적은 없지만 그렇게까지 나쁜 사람이라고는 생각지 못했어요. 그런 사람은 공개 망신을 당해야 마땅해요."

"언젠가 그렇게 될 겁니다. 다만 제가 나서서 망신을 줄 수는 없습니다. 돌아가신 분의 은혜를 생각해서라도 절대 그와 다투어서는 안 되고, 그의 만행을 폭로해서도 안 됩니다."

엘리자베스는 위컴의 사려 깊은 마음에 존경심이 들었으며, 그가 어느 때보다 멋져 보였다.

"그는 도대체 왜 그런 행동을 한 걸까요? 무엇 때문에 그렇게까지 잔인한 짓을 저질렀을까요?" 엘리자베스가 잠시 후에 물었다.

"저를 철두철미하게 싫어하기 때문입니다. 저를 미워하는 이유 중 질투심을 빼놓을 수 없지요. 돌아가신 부친께서 저를 조금만 덜 사랑해주셨더라면 그분 아들이 저를 이토록 미워하지는 않았을 겁니다. 고인께서는 저를 특별히 사랑하셨는데, 그게 그 아들을 아주 어렸을 때부터 화나게 했던 것 같습니다. 그 사람은 성격상 우리 사이에 있었던 일종의 경쟁관계, 아니 제게 주어졌던 부친의 편애를 용납할 수 없었던 거죠."

"다아시 씨는 정말 나쁜 사람이군요. 그 사람을 좋게 본 적은 없지만, 그렇게까지 나쁜 사람이라고는 생각지 못했어요. 그가 사람들을 우습게 여긴다고는 느꼈지만 그렇게 악의에 찬 복수를 하는 치사한 사람이라고는 짐작도 못했어요."

엘리자베스는 2~3분 정도 생각에 잠겨 있다가 덧붙였다. "그러고 보니 그 사람이 네더필드에서 했던 말이 생각나네요. 자신은 일단 화가 나면 절대 누굴 용서 못하는 성격이라고 단언했는데, 알고 보니 무서운 사람이네요."

"그 문제에 관한 제 입장을 밝히기가 좀 그렇군요. 그 사람한테 공정해지기가 힘들어서요." 위컴이 대답했다.

깊은 생각에 잠겨 있던 엘리자베스가 소리쳤다. "아버지의 대자이자 벗이었으며, 아버지께 특별한 사랑을 받았던 사람을 그런 식으로 내치다니!" 생각 같아서는 '게다가 당신처럼 얼굴만 봐도 좋은 사람임이 분명한 젊은이를!'이라고 덧붙이고 싶었지만 그냥, "게다가 당신이 말한 것처럼 어린 시절부터 가장 가깝게 지냈던 친구를!"이라고 말했다.

"우리는 같은 교구, 같은 집에서 태어났고, 어린 시절 많은 시간을 함께 보냈어요. 같은 지붕 아래 살면서 고인의 품에서 함께 자랐습니다. 제 부친은 당신의 이모부인 필립스 씨와 같은 일을 했습니다. 고 다아시 씨를 위해 평생을 펨벌리 재산을 지키는 데 바치신 거죠. 고 다아시 씨는 저희 아버지의 능력을 대단히 높이 평가하셨고, 허물없는 친구로 신임하셨습니다. 그분은 제 아버지가 성실하게 재산 관리를 해주신 것에 대한 보답을 해드려야 한다고 입버릇처럼 말씀하시곤 했답니다. 그리고 제 아버지가 돌아가시기 바로 직전에 그분께서 나서서 제 생계를 보장해주시겠다고 약속하셨지요. 그것은 저에 대한 애정 표현이기도 했지만 제 부친의 노고에 대한 보답이었지요."

"어떻게 그럴 수가! 다아시 씨같이 거만한 사람이 왜 그런 행동을 했을까요? 특별한 동기가 없더라도 자존심 때문에라도 사람들은 올바르게 행동하잖아요. 그는 분명 잘못을 저질렀네요." 엘리자베스가 소리쳤다.

"참으로 놀랍죠. 그 사람이 하는 모든 행동에는 거만함이 깔려 있답니다. 거만함은 그 사람의 둘도 없는 벗이지요. 그 사람에게 미덕이 있다면 그것은 거만함에서 비롯된 것일 겁니다. 그러나 어느 누구도 한결같이 일관된 행동을 하지는 않습니다. 그가 제게 한 행동 뒤에는 거만함보다 더 강한 다른 동기가 깔려 있었고요." 위컴이 대답했다.

"그 사람의 거만한 모습을 보고 있으면 얼마나 기분이 나쁜지 몰라요. 그 사람은 그런 행동을 해서 무슨 덕이라도 봤나요?"

"그럼요. 그 사람은 거만함 때문에 인심 좋고 후한 사람으로 통하지요. 아낌없이 나눠주고, 따뜻하게 대접하고, 소작인들을 돕고, 빈민들을 구제해주지요. 가문에 대한 긍지와 자부심을 지키기 위해 그런 일을 하는 거죠. (그 사람도 자기 부친이 생전에 했던 일에 대해서만큼은 자부심이 대단하니까요.) 가문의 명예를 실추시키는 것처럼 보여서도 안 되고, 사회의 일반적인 관행에 어긋나서도 안 되며, 펨벌리 하우스의 영향력을 상실해서도 안 된다는 것, 이런 것들이 그의 행동의 강력한 동기라 볼 수 있죠. 여동생에 대한 자부심도 대단해요. 동생을 유난히 사랑하기 때문에 아주 친절하고 사려 깊은 보호자로 통합니다. 사람들은 그처럼 생각이 깊고 훌륭한 오빠는 본 적이 없다고 떠들어대지요."

"다아시 양은 어떤 사람인가요?"

그는 고개를 내저었다. "상냥한 아가씨라고 말씀드리고 싶지만 그럴 수가 없네요. 다아시네 집안사람을 나쁘게 이야기하는 게 저로서는 고통스럽지만요. 그 아가씨도 오빠와 비슷하답니다. 굉장히, 아주 굉장히 오만하지요. 어렸을 때는 다정하고 붙임성도 있고, 저를 무척이나 따랐어요. 저도 그 아이와 몇 시간이고 함께 놀아주곤 했고요. 그러나 이제 저하고는 아무 상관없는 사람입니다. 나이는 열대여섯쯤 되었고, 기품 있고 교양 있는 아가씨라고들 하지요. 부친이 돌아가신 뒤에 런던으로 거처를 옮기고 나서는 함께 사는 분이 그 아가씨의 교육을 맡고 있어요."

여러 차례 말을 멈추기도 하고 옆으로 새기도 했지만, 엘리자베스는 다시 한 번 최초의 화제로 돌아가 말했다.

"그 사람이 빙리 씨와 친구 사이라는 걸 듣고 놀랐어요. 어떻게 빙리 씨처럼 착한 사람, 아니 마음씨가 고운 사람이 그와 친구로 지낼 수가 있을까요? 어떻게 서로 마음이 맞을 수가 있지요? 빙리 씨를 아세요?"

"전혀 모릅니다."

"그분은 누구한테나 상냥하고 다정한 분이지요. 한데 빙리 씨는 다아시 씨의 실체를 모르는 것 같네요."

"아마 모를 겁니다. 다아시 씨는 마음만 먹으면 누구든 자기 편으로 만들어버리는 재주가 있거든요. 필요하다고 생각되면 자신의 본성을 얼마든지 바꿀 수 있는 인물이지요. 같은 신분의 사람들과 함께 있을 때는 서민을 만날 때와 완전히 달라져요. 오만한 성격이 어디 가겠습니까만, 그래도 부자들을 상대할 때에는 관대하고 공정하며, 성실하고 합리적이며, 명예를 중시하고, 사근사근하기까지 합니다. 그는 상대방의 재산과 지위를 참작해서 행동하는 사람입니다."

잠시 뒤 카드놀이를 끝낸 사람들이 테이블 주위로 몰려들었고, 콜린스 씨는 엘리자베스와 필립스 부인 사이에 자리를 잡았다. 필립스 부인이 콜린스 씨에게 돈을 많이 땄냐고 의례적인 질문을 건네자 그는 별로 신통치 않았다, 매번 잃기만 했다고 대답했다. 그러자 필립스 부인이 괜찮으냐고 묻자 진지하고 엄숙한 얼굴로, 자기는 그 정도의 일은 전혀 개의치 않고, 그 정도 돈은 대단찮은 액수라고 말하면서, 제발 미안하게 생각지 말아달라고 간청했다.

“부인, 일단 카드놀이를 하게 되면 잃을 수 있다는 걸 각오해야 합니다. 저는 다행히 5실링을 큰돈으로 생각하지 않아도 될 만큼 여유가 있습니다. 저는 캐서린 드보어 여사님 덕택에 단돈 몇 푼에 노심초사해야 할 정도는 아니니까요.” 하고 콜린스 씨가 덧붙였다.

그러자 위컴 씨가 바짝 긴장하기 시작했다. 그는 나지막한 목소리로 엘리자베스에게 콜린스 씨가 캐서린 부인의 집안과 잘 아는 사이냐고 물었다.

“캐서린 드보어 여사님이 최근 저분께 목사 자리를 임명해주셨다나 봐요. 콜린스 씨가 어떻게 그분의 눈에 들게 됐는지는 모르지만, 그렇게 오래 알고 지낸 것 같지는 않았어요.” 엘리자베스가 대답했다.

“캐서린 드보어 여사님이 앤 다아시 부인과 자매간이라는 건 알고 계시지요? 그러니까 그분은 다아시 씨의 이모예요.”

“아니, 전혀 몰랐어요. 캐서린 여사님의 집안에 대해선 아무것도 몰라요. 그런 분이 계시다는 것도 엊그제야 알았어요.”

“그분의 따님인 드보어 양은 막대한 재산을 물려받기로 되어 있습니다. 사람들 말로는 그녀가 이종사촌인 다아시 씨와 결혼해서 두 집안의 재산을 합칠 거라고 하던걸요.”

엘리자베스는 위컴의 이야기를 들으며 슬며시 미소를 지었다. 그가 다른 사람과 결혼하게 되면 빙리 양의 희망이 수포로 돌아갈 것이었기 때문이다. 그의 여동생에 대한 찬사며 칭찬 역시 의미 없는 것이 될 터였다.

“콜린스 씨는 캐서린 여사님과 그분의 딸을 아주 좋게 말씀하셨습니다만, 그분의 이야기를 가만히 들어보면 고마운 마음에 판단력이 흐려진 것 같더라고요. 캐서린 여사님이 콜린스 씨에게는 은인이겠지만, 제가 보기에 거만하고 안하무인이 아닌지 의심스럽던걸요.” 엘리자베스가 말했다.

“실제로 그런 분이지요. 그분을 못 뵌 지 여러 해가 되지만 저는 한 번도 그 부인을 좋아해본 적이 없어요. 오만불손한 태도가 기억에 또렷이 남아 있어요. 사리 판단이 뛰어나고 머리가 탁월하게 좋다고 알려져 있지만, 판단력이 뛰어나고 머리가 좋다는 것도 알고 보면 그 부인의 능력, 지위와 재산, 권위적인 태도에서 비롯되는 것이거나 아니면 조카 다아시 씨의 거만함에서 비롯되는 것이 아닌가 해요. 다아시 씨는 자기네 혈육은 모두 최고의 지능을 가졌다고 생각하거든요.” 위컴이 대답했다.

엘리자베스는 그의 설명이 매우 타당한 것 같다고 말했다. 그들은 카드놀이 내내 상대방의 이야기에 깊은 흥미를 보였다. 마침내 밤참을 들기 위해 자리를 옮기면서 위컴 씨의 관심은 다른 아가씨들에게 쏠리게 되었다. 그러나 시끌벅적한 밤참 파티에서는 더 이상 대화를 나누기가 어려웠다. 모두들 위컴의 예의 바른 태도에 호감을 가졌다. 그의 말에는 설득력이 있었고, 태도에도 품위가 있었다. 이모 댁을 떠날 때 엘리자베스의 머릿속에는 위컴에 대한 생각으로 가득 차 있었다. 그런데 리디아와 콜린스 씨가 잠시도 입을 다물지 않았기 때문에 위컴 씨의 이야기를 꺼낼 수가 없었다. 리디아는 끊임없이 복권놀이에서 자신이 얼마나 잃고 땄는지에 대해 떠들어댔다. 콜린스 씨는 필립스 부부가 정말로 공손했다고 묘사한 뒤, 자신이 휘스트에서 잃은 걸 별로 마음에 두고 있지 않다고 힘주어 말했다. 또한 밤참에 나왔던 요리를 하나하나 열거하면서, 자신이 끼이는 바람에 사촌들을 번거롭게 하지는 않았는지 거듭 염려를 표하느라 마차가 롱본 저택에 도착할 때까지도 할 이야기가 남아 있을 정도였다.

17

다음날, 엘리자베스는 전날 저녁 위컴과 나누었던 이야기를 언니에게 들려주었다. 제인은 간간이 놀라기도 하고, 걱정스런 표정을 짓기도 하면서 동생의 이야기에 귀를 기울였다. 제인은 빙리 씨가 좋아하는 다아시 씨가 못난 남자라는 사실을 좀처럼 받아들이기 힘들었지만, 위컴 씨처럼 착해 보이는 사람의 말을 의심할 수도 없었다. 위컴 씨가 그렇게 모진 고난을 당했다는 것만으로도 그녀의 동정심을 유발시키기에 충분했다. 이제 그녀에게 남겨진 유일한 해결책은 두 사람을 모두 두둔하고 그들의 행동을 옹호하되, 달리 설명할 수 없는 일에 대해서는 우연이나 실수 탓으로 돌리는 것뿐이었다.

"내 짐작에는 그 사람들이 우리로서는 알 수 없는 어떤 이유 때문에 속고 있는 것 같아. 아마 어떤 사람들이 자기들의 이해관계 때문에 두 사람을 이간질하고 있는지도 모르지. 그러니 내 말은 두 사람 사이를 갈라놓은 원인이나 사정을 추정하다 보면, 어느 한쪽에 책임을 지우지 않고는 이 두 사람이 무슨 이유에서, 어떤 상황 때문에 소원해졌는지 추측하기란 불가능하다는 거야." 제인이 말했다.

"맞아. 그렇다면 언니, 자신들의 이해관계 때문에 두 사람을 갈라놓은 사람들에 대해서는 어떻게 변호해줄 거야? 그 사람들도 변호해줘야 하잖아? 그렇지 않으면 우리가 나쁘게 봐야 하는 사람들이 생겨버리는걸."

"날 비웃고 싶으면 얼마든지 비웃어도 좋아. 그런다고 내 생각이 변하지는 않으니까. 얘, 리지, 생각 좀 해봐. 다아시 씨가 선친이 생계를 책임져주기로 약속했던 사람을 그렇게 함부로 내친 게 사실이라면 파렴치한 인간이 확실하겠지. 게다가 돌아가신 아버지가 특별히 아꼈던 사람이었으니 말이야. 하지만 다아시 씨가 그럴 리가 없어. 적어도 인간이라면, 자기 인격을 존중하는 마음이 조금이라도 있다면 그럴 수는 없어. 다아시 씨의 친구들이 사람을 그렇게 잘못 볼 수 있을까? 그럴 수는 없어."

"내 생각엔 어젯밤 위컴 씨가 꾸며낸 이야기를 털어놨다고 믿는 것보다는 빙리 씨가 친구에게 속았다는 것이 훨씬 현실적인 일이야. 사람 이름이나 사실 관계에 대해 얼마나 거침없이 이야기했는지 몰라. 위컴 씨의 말이 거짓이라면 다아시 씨가 밝혀내겠지. 게다가 위컴 씨의 표정은 진실해 보였어."

"정말 어려운 문제구나. 너무 안타깝기도 하고. 어느 쪽이 옳은지 알 수가 없으니."

"이렇게 말해서 미안하지만, 내가 보기엔 어느 쪽이 옳은지 답이 나오는걸."

그러나 제인이 확실히 알 수 있는 것은 오직 하나, 빙리 씨가 정말 속았다면 진실을 알고 나면 몹시 고통을 겪으리라는 사실이었다.

두 아가씨가 관목 숲에서 이야기를 나누고 있을 때, 집에서 찾는다는 전갈이 왔다. 그들의 대화에 등장했던 몇 사람이 찾아왔다는 것이었다. 손님은 빙리 씨와 그의 누이들이었다. 네더필드 무도회에 와달라는 말을 전하기 위해서 직접 찾아온 것이었다. 다들 고대하던 네더필드 무도회의 날짜가 다음 주 화요일로 잡혔다고 했다. 빙리 씨의 누이들은 제인에게 소중한 친구를 다시 만나 반갑다고 말하며, 지난번 헤어진 뒤 정말 오랜만이라며 안부를 묻고 또 물었다. 그러나 다른 식구들에게는 거의 관심을 보이지 않았다. 베넷 부인의 옆자리에 앉는 것은 가급적 피했고, 엘리자베스에게는 형식적인 인사만 건넸으며, 나머지 가족들에게는 아예 말도 붙이지 않았다. 그녀들은 빙리 씨가 깜짝 놀랄 정도로 갑작스럽게 자리에서 일어났는데, 베넷 부인의 정중한 인사말을 피하고 싶어 안달이 난 듯 황급히 집을 떠났다.

네더필드의 무도회는 베넷 집안의 모든 여성들을 설레게 했다. 베넷 부인은 이번 무도회가 제인을 염두에 두고 열린다는 생각에 기쁨을 주체하지 못했다. 특히 의례적인 초대장 대신 빙리 씨 본인이 직접 집으로 찾아와 초대했다는 사실에 우쭐했다. 제인은 그날 저녁 두 친구와 만나고 빙리 씨의 관심을 한몸에 받으며 즐거운 시간을 보내는 상상을 했다. 엘리자베스는 위컴 씨와 여러 차례 춤을 추리라는 것과 다아시 씨의 표정과 행동을 직접 보면서 궁금증을 해소할 수 있으리라고 기대했다. 캐서린과 리디아가 기대하는 기쁨은 어떤 한 가지 일이나 특정인에 달려 있는 것은 아니었다. 그녀들 또한 엘리자베스처럼 그날 무도회의 반은 위컴 씨와 여러 번 춤을 출 작정이긴 했지만, 위컴 씨가 그녀들을 만족시킬 유일한 파트너는 아니었다. 무도회는 그런 것이니까. 심지어 메리조차도 이번 무도회에 가는 게 싫지 않다고 말할 정도였다.

"아침나절을 내 마음대로 보낼 수 있다면 그걸로 충분해. 저녁에 가끔 파티에 가는 걸 희생이라고 보지는 않으니까. 게다가 모두에게 사교의 의무가 있다고 생각해. 난 사람에게는 오락과 놀이가 필요하다고 생각하는 사람이니까." 메리가 말했다.

엘리자베스는 무도회에 대한 기대로 흥분한 나머지, 가급적 대화를 피해오던 콜린스 씨에게 빙리 씨의 초대를 받아들일 것인지, 만일 그렇다면 그도 다른 사람들처럼 무도회의 여흥을 즐기는 게 옳다고 생각하는지 물어보았다. 콜린스 씨는 아무 거리낌없이 춤을 좀 춘다고 대주교님이나 캐서린 드보어 여사님이 야단치지는 않을 것이라고 대답해 엘리자베스를 놀라게 했다.

"분명히 말씀드리지만 저는 인품 좋은 청년이 점잖은 분들께 베푸는 무도회니만큼 나쁠 까닭이 없다고 생각합니다. 그리고 저 역시 춤추는 걸 나쁘게 생각하지 않는 사람이니 그날 무도회에서 베넷가의 아리따운 사촌들 모두와 춤추는 영광을 누리기를 원합니다. 그리고 이 기회에 엘리자베스 양, 처음 두 곡은 당신과 출 수 있는 영광을 베풀어주시기를 청합니다. 제가 제인 양을 제쳐두고 당신께 춤을 청하는 이유는 그분께는 대단히 잘 어울리는 분이 있다고 들었기 때문입니다." 콜린스 씨가 말했다.

엘리자베스는 완전히 궁지에 몰린 기분이었다. 처음 두 번은 무슨 일이 있어도 위컴 씨와 춤을 추고 싶었기 때문이다. 그런데 위컴 씨 대신 콜린스 씨와 춤을 춰야 하다니, 발랄한 기질이 아주 폭상 망한 꼴이었다. 그러나 지금으로선 어쩔 수 없이 위컴 씨와 자신의 행복은 잠시 미뤄둘 수밖에 없었다. 그녀는 최대한 상냥하게 콜린스 씨의 청을 수락했으나, 그의 은근한 태도에 뭔가 다른 꿍꿍이속이 있을 것 같다는 생각이 들면서 갈수록 기분이 나빠졌다. 그녀는 그제야 자신이 자기네 자매들 가운데 헌스퍼드 목사관 안주인으로, 그리고 로징스에서 카드리유의 머릿수를 채우기 위해 불려가야 할 사람으로 선발되었다는 예감이 들었다. 게다가 콜린스 씨가 최근 자신에게 유난히 친절하게 굴면서, 활기찬 모습이 보기 좋다고 했던 말을 기억해내면서, 그 예감은 어떤 확신으로 굳어졌다. 자신의 매력이 가져온 이 같은 참사에 어쩔 줄 몰라 하고 있을 때, 어머니로부터 두 사람이 결혼한다면 자기로서도 대찬성이라는 암시를 받았다. 엘리자베스는 어머니의 말을 못 들은 척했다. 아무 말이나 마구 내뱉었다가 심각한 논쟁에 휘말릴 수 있었기 때문이다. 게다가 콜린스 씨가 청혼을 하지 않을지도 모르는데, 미리 그 문제로 속 썩일 필요는 없다고 생각했다.

네더필드 무도회 덕분에 준비할 것들에 대해 이야기할 거리가 있었으니 망정이지 그것마저 없었다면 키티와 리디아는 자칫 처지가 딱할 뻔했다. 초대받은 날부터 무도회가 열리는 날까지 연일 비가 내려 메리턴으로 갈 수 없었기 때문이다. 이모나 장교들을 만날 수가 없었으므로 새로운 뉴스거리도 얻을 수 없었다. 네더필드에 신고 갈 구두를 장식할 장미꽃 모양의 리본을 사기 위해 하인을 보내야 했다. 심지어 엘리자베스조차도 날씨 때문에 자신의 참을성이 시험당하고 있다고 생각될 정도였다. 위컴 씨와 친분을 쌓는 일이 날씨 때문에 중단되었으니 말이다. 그러니 화요일에 무도회라는 대사건이 없었다면, 키티와 리디아가 그처럼 끔찍한 금요일과 토요일, 일요일과 월요일을 참아낼 수 없었을 것이다.

18

엘리자베스에게 위컴 씨가 무도회에 오지 않을지도 모른다는 예감이 처음으로 든 것은 네더필드의 응접실에 들어서서 빨간 군복을 입은 장교들 틈에서 위컴 씨가 보이지 않는 것을 확인하고서였다. 그와 나눴던 대화를 돌이켜봤을 때, 그런 상황은 얼마든지 가능했는데도 무도회에 가면 위컴 씨를 만날 거라는 사실을 한번도 의심하지 않았다. 그날 그녀는 평소보다 훨씬 공들여

옷을 입으면서, 위컴 씨가 자신에게로 완전히 기울지 못한 부분을 그날 중으로 정복하리라는 각오를 다졌다. 그러나 바로 그 순간, 빙리 씨가 다른 장교들은 초대하면서도 다아시 씨의 기분을 고려해 위컴 씨를 명단에서 제외한 게 아닐까, 하는 의구심이 고개를 쳐들었다. 리디아가 흥분해서 위컴 씨의 친구인 데니 씨에게 친구분은 왜 안 보이냐고 물었더니, 위컴은 오지 않을 것이라고 했다. 볼일이 있어 바로 전날 런던에 가서 아직 돌아오지 않았다고 대답하면서 의미심장한 미소를 지으며 덧붙였다.

"여기 있는 어떤 사람을 피하고 싶지 않았다면 굳이 이럴 때 런던으로 가지는 않았을 겁니다."

리디아는 그 말을 듣지 못했지만 엘리자베스는 놓치지 않았다. 위컴이 오지 않은 이유가 자신의 처음 생각과는 달랐지만 다아시 씨 때문이라는 건 분명했다. 다아시 씨에 대한 불쾌감이 위컴 씨가 오지 않았다는 실망감으로 극에 달해 있을 무렵, 다아시 씨가 그녀에게 다가와 인사를 건넸을 때는 기본적인 예의조차 차리기 어려웠다. 다아시 씨의 말에 귀를 기울이며 자제심을 발휘한다는 것은 위컴 씨를 모욕하는 일이었기 때문이다. 그래서 그녀는 다아시 씨와는 어떤 대화도 나누지 않기로 결심하고 다소 언짢은 표정으로 그에게서 돌아섰다. 이런 기분은 빙리 씨와 대화하는 동안에도 누그러지지 않았다. 다아시 씨에 대한 맹목적인 신뢰를 생각하자 빙리 씨마저 싫어졌기 때문이다.

그러나 엘리자베스는 나쁜 감정을 오래 담고 있는 성격이 아니었다. 자신의 기대가 어그러지기는 했지만 그 때문에 낙심하지는 않았다. 1주일 동안 한 번도 못 만난 샬럿 루커스에게 속상한 이야기를 모조리 털어놓고 난 뒤, 곧 화제를 바꾸어 자신의 집을 방문한 사촌 콜린스 씨의 기이한 언행에 대해 이야기했다. 그녀에게 저기 있는 저 사람이라고 콜린스를 가리키며 확인시켜주기까지 했다. 그러나 춤을 춰야 할 때가 되자 그녀는 다시 기분이 우울해졌다. 두 번의 춤은 고행이었다. 콜린스 씨는 근엄한 얼굴로 마음 가는 대로 스텝을 밟았으며, 종종 실수를 범하면서도 자신이 무얼 잘못했는지 깨닫지도 못했다. 콜린스 씨는 두 차례 춤을 추는 동안 파트너에게 창피함과 참담한 기분을 흠씬 맛보게 해주었다. 엘리자베스는 콜린스 씨에게서 해방되는 순간 황홀함이 느껴질 정도였다.

엘리자베스는 콜린스 씨에 이어 장교 한 사람과 춤을 추었고, 그에게서 위컴이 사람들로부터 호감을 사고 있다는 말을 듣고 어느 정도 기분이 풀렸다. 음악이 끝나고 샬럿 루커스에게 되돌아가서 이야기를 나누고 있을 때, 느닷없이 다아시 씨가 말을 걸어왔다. 엘리자베스는 자기와 춤을 추자는 다아시 씨의 제안에 엉겁결에 승낙하고 말았다. 다아시 씨는 즉시 자리를 떴고, 그녀는 자리에 남아 자신이 순간적으로 평정을 잃었다는 사실에 화가 났다. 샬럿이 엘리자베스를 위로했다.

"그분 알고 보면 괜찮은 사람일지도 몰라."

"그건 안 될 말이야! 세상에 이런 불행도 없어. 싫어하기로 마음먹은 사람한테 호감이 생길 거라니! 어떻게 그런 악담을!"

그러나 춤의 대형이 갖춰지면서 다아시가 파트너와 춤을 추기 위해 다가오자 샬럿은 엘리자베스에게 바보같이 굴지 말라고 속삭였다. 위컴을 좋아한다고 해서 그보다 사회적 지위가 열 배 이상 높은 사람에게 불쾌한 인상을 주어서는 안 된다고 말하면서. 엘리자베스는 아무 대꾸도 없이 샬럿 옆을 지나 춤추는 사람들 사이에 자리를 잡았다. 그녀는 다아시 씨와 마주 서게 되면서 얻은 격상된 지위에 스스로도 깜짝 놀랐으며, 주위 사람들의 얼굴에서도 놀란 기색을 읽을 수 있었다. 두 사람은 아무 말 없이 춤을 추었다. 엘리자베스는 그런 침묵이 두 번의 춤을 추는 내내 지속될 것 같다는 예감이 들었다. 그녀는 처음에는 자신이 먼저 침묵을 깨지는 않겠다고 결심했으나 불현듯 대화할 생각이 없는 사람에게 말을 하게 하는 것이야말로 더 큰 벌이라는 생각이 들자, 춤과 관련된 의례적인 말을 몇 마디 건넸다. 다아시 씨는 그녀의 말에 짤막하게 대꾸한 뒤 다시 입을 다물어버렸다. 몇 분 동안 침묵이 흐른 뒤 그녀가 재차 말을 건넸다.

"이젠 당신이 뭔가 말씀하실 차례네요. 제가 춤에 대해 이야기했으니, 이번에는 무도회장의 크기라든지 춤추는 사람의 숫자에 대해 한마디 해보세요."

그러자 다아시 씨는 미소를 지으며 뭐든 그녀가 시키는 대로 이야기하겠다고 말했다.

"좋아요. 당분간은 그 대답으로 족해요. 조금 이따가 제가 저택 무도회가 집회장 무도회보다 더 재미있다고 말할지도 몰라요. 그렇지만 지금은 우리 둘 다 아무 말 말아야겠어요."

"춤추실 때 규칙에 따라 말씀하십니까?"

"때로는요. 어느 정도는 말을 해야 되잖아요? 반시간 동안 함께 춤을 추면서 내내 입을 다물고 있는 것도 이상하게 보일 테니까요. 하지만 사람에 따라서는 대화할 내용을 미리 정해놓아 답답한 분위기를 풀어나가는 수고로움을 피하기도 하지요."

"지금의 경우는 말하는 수고를 최소화한 건가요, 아니면 제 성향에 맞추고 있는 건가요?"

"둘 다예요." 엘리자베스가 장난기 어린 표정으로 대답했다. "왜냐하면 우리는 취향이 비슷한 것처럼 보이거든요. 둘 다 사교적이지도 않고 말하기를 좋아하지도 않잖아요. 또 주변 사람들이 놀라서 아우성칠 만한 이야기를 하지도 않고, 자자손손 전해질 정도의 명언이 아니면 입을 닫고 있잖아요."

"제가 보기에 당신의 성격을 정확하게 묘사한 것 같지는 않아요. 제 성격에 대해서는, 글쎄, 제가 뭐라 말하기는 그렇군요. 당신은 그 말이 제 성격을 충실하게 묘사했다고 생각하시는 것 같지만 말예요." 다아시 씨가 말했다.

"제 말이 정확한지에 대해서는 제가 이렇다 저렇다 할 문제는 아닐 것 같네요."

다아시는 아무런 대답도 하지 않았고, 두 사람은 말없이 계속 춤을 추었다. 한참 후 다아시가 베넷가의 따님들이 메리턴에 자주 산책을 가느냐고 물었다. 그녀는 그렇다고 대답하면서, 유혹을 이기지 못하고 덧붙였다. "지난번 그곳에서 다아시 씨가 저희를 보았을 때는 막 어떤 분을 소개받았을 때였어요."

즉시 그 말의 효과가 나타나 다아시 씨의 얼굴에 오만함이 퍼져나가며 입을 다물어버렸다. 엘리자베스는 자신에게 용기가 부족한 것을 속상해하면서도 더는 말을 잇지 못했다. 이윽고 다아시가 거북함을 그대로 드러내며 말했다.

"위컴 씨는 워낙 재주가 좋아서 친구를 잘 사귀기는 합니다만, 우정을 유지하는 데도 그만큼 재주가 있는지는 모르겠네요."

"그분은 당신과의 우정을 잃어 몹시 괴로워하시던데요." 엘리자베스가 힘주어 말했다.

다아시는 아무런 대꾸도 하지 않았지만, 화제를 바꾸고 싶어 하는 기색이 역력했다. 그때 마침 반대편으로 가기 위해 춤추는 사람들 사이를 통과하던 윌리엄 루커스 경이 다아시 씨를 발견하고는 잠시 멈춰 서서 정중한 목례를 보냈다.

"정말 기분이 좋군요, 다아시 씨. 이토록 멋진 춤 솜씨를 자주 볼 수 있는 건 아니니 말이오. 외람되오나 아름다운 파트너 분도 당신에게 정말이지 잘 어울리는군요. 앞으로도 자주 이런 기쁨을 누렸으면 좋겠습니다. 일라이자 양, 앞으로 무슨 경사라도 생긴다면(그녀의 언니와 빙리를 힐끗 바라보며) 기회가 있을 거라고 생각합니다. 그렇게만 된다면 얼마나 큰 경사겠습니까? 다아시 씨도 같은 생각이지요? 이제 더는 방해하지 않겠습니다. 매혹적인 아가씨와 교제를 나누는 중에 방해하고 말았군요. 일라이자 양의 빛나는 눈동자도 저를 비난하는 것 같고요."

다아시는 윌리엄 경이 나중에 한 말은 거의 듣지 못했다. 그러나 윌리엄 경이 자기 친구를 두고 했던 암시에 약간 충격을 받은 듯, 춤을 추고 있는 빙리와 제인을 진지한 눈빛으로 바라보았다. 그러나 곧 마음을 가다듬고 파트너를 바라보며 말했다.

"윌리엄 경이 방해하는 바람에 우리가 무슨 이야기를 나누고 있었는지 잊어버렸군요."

"뭐 대단한 이야기는 아니었어요. 윌리엄 경께서 방해할 사람을 잘 고르신 거지요. 여기 있는 사람 중에 우리만큼 이야깃거리가 궁한 팀도 없을 테니까요. 이미 두세 가지 화제를 올렸지만 진척이 없었으니 앞으로 무슨 이야기를 해야 좋을지 모르겠네요."

"그럼 책 이야기를 할까요?" 다아시 씨가 미소를 지으며 말했다.

"책이라고요? 세상에! 당신과 제가 같은 책을 읽지도 않았을 거고, 혹 같은 책을 읽었다 하더라도 책을 읽은 느낌은 전혀 다를 거라고 생각해요."

"그렇게 생각하신다니 유감이군요. 그렇다면 적어도 화젯거리가 달라지지는 않겠네요. 서로의 견해를 비교할 수 있을 테니까요."

"사양하겠어요. 무도회에서 책 이야기는 어울리지 않으니까요. 머릿속이 다른 생각으로 가득 차 있는걸요."

"이런 장소에선 언제나 눈앞의 일에만 몰두하신다, 그런 말씀인가요?"

"그래요, 언제나요." 엘리자베스는 대화 내용과 관계없는 생각을 하느라 무의식적으로 대답했다. 그녀가 딴생각을 하고 있었다는 것은 다음의 외침에서 드러났다. "다아시 씨, 지난번에 당신은 화가 나면 좀처럼 풀어지지 않는 성격이라고 하셨어요. 그렇다면 화를 낼 때는 신중하실 필요가 있겠는걸요?"

"물론입니다." 다아시 씨가 경직된 목소리로 말했다.

"그리고 절대 편견으로 판단을 그르치는 일도 없어야 할 것 같고요."

"그래야겠지요."

"자신의 견해를 절대 바꾸지 않는 사람들은 처음에 판단을 잘 내려야겠군요."

"어떤 의도로 이런 질문을 하시는지 물어봐도 될까요?"

"그냥 당신의 성격을 알아보기 위해서예요. 연구 중이거든요." 그녀는 자신의 말투에서 진지함을 떨치려고 애쓰며 말했다.

"연구는 잘되고 있나요?"

그녀는 고개를 저었다. "아무런 결론도 얻지 못했어요. 당신에 대한 평가가 너무 엇갈려서 좀체 갈피를 잡을 수가 없어서요."

"저에 대한 평가가 상반될 수 있다는 건 인정합니다. 하지만 베넷 양, 지금 당장 저에 대한 성격을 규정짓지는 말아줬으면 해요. 지금의 결론은 연구 대상과 연구자 모두에게 좋을 게 없을 테니까요." 다아시 씨가 말했다.

"하지만 지금이 아니면 영영 기회가 오지 않을지도 모르는걸요."

"정 그러시다면 말릴 생각은 전혀 없습니다." 다아시 씨는 냉랭하게 대답했다. 그들은 말없이 두 번째 춤을 춘 뒤 헤어졌는데, 두 사람 모두 기분이 좋지 않았지만, 그 정도는 달랐다. 다아시는 엘리자베스에게 상당한 호감을 품고 있었던지라 이내 그녀를 용서했다.

얼마 후 빙리 양이 엘리자베스에게 다가와 경멸을 띤 공손함으로 말을 걸었다.

"일라이자 양, 듣자하니 조지 위컴을 아주 좋아한다면서요? 제인이 위컴에 대해 많은 것을 물어보더군요. 그런데 들어보니 그 청년이 다른 이야기는 다 한 것 같은데, 빠뜨린 게 있더라고요. 자기 아버지가 고 다아시 씨 아버지를 모시던 집사였다는 사실 말이에요. 친구로서 충고하는데, 그 사람의 말을 무조건 신뢰하지 말라고 권하고 싶군요. 다아시 씨가 잔인하게 대했다는 건 거짓말이에요. 오히려 위컴 씨가 다아시 씨에게 파렴치한 짓을 저질렀어요. 자세한 내막은 모르지만, 다아시 씨가 비난받을 이유가 전혀 없다는 것만은 정확히 알고 있어요. 다아시 씨는 조지 위컴이라는 이름만 들어도 질색을 해요. 그리고 오빠는 장교들을 초대하면서 그만 빼놓을 수 없다고 생각하고 있었는데, 그 사람이 알아서 피해줘서 얼마나 기뻐했는지 몰라요. 그 사람이 이 고장에 나타난 것부터가 파렴치한 짓이에요. 감히 그런 짓을 저지르다니, 기가 막힐 뿐이죠. 일라이자 양, 당신 마음에 꼭 드는 사람의 죄상이 낱낱이 밝혀져서 안타깝군요. 하지만 그의 혈통을 생각하면 더 나은 행동을 기대하기는 힘들 거예요."

"당신은 그와 그의 집안을 싸잡아 비난하는군요." 엘리자베스가 화가 나서 대꾸했다. "당신이 그를 하찮게 보는 이유는 그가 다아시 씨 집안의 집사 아들이라는 사실밖에 없군요. 그러나 그 점에 관해서라면 그분이 이미 말해줘서 알고 있어요."

"죄송하군요. 공연히 참견해서요. 나쁜 뜻은 없었어요." 빙리 양이 경멸 어린 미소를 띠며 말했다.

"건방진 계집애! 고작 그 정도의 비난에 내 생각이 바뀔 줄 알았다면 오산이야. 그런 비난으로 밝혀지는 것은 너의 고집과 무지, 그리고 다아시 씨의 심술밖에 없을걸." 엘리자베스는 혼잣말을 했다. 그러고 나서 그녀는 빙리에게서 그와 관련된 내용을 알아보기로 한 언니를 찾아갔다. 그러나 방금 일어난 일을 알 턱이 없는 언니는 더할 수 없이 달콤한 미소를 짓고 있는 게 아닌가. 언니의 얼굴만 봐도 지금 얼마나 만족스러운 저녁을 보내고 있는지 알 수 있었다. 그래서 엘리자베스는 그 순간만큼은 위컴을 걱정하는 마음이나 그의 적들에 대한 적개심을 거두며 언니의 일이 잘 풀렸으면 좋겠다는 생각을 했다.

"위컴 씨 이야기가 궁금해. 하지만 둘만 있는 시간이 너무 즐거워서 다른 사람의 일은 생각할 겨를이 없었겠지. 그렇다고 해도 언니에게 뭐라 그러지 않을게." 엘리자베스는 언니 못지않게 활짝 웃는 얼굴로 말했다.

"아니야. 잊지 않았어. 하지만 네 궁금증을 풀어줄 이야기는 별로 없어. 빙리 씨는 그 배경에 대해서는 전혀 알지 못한대. 그리고 위컴 씨가 어쩌다가 다아시 씨의 노여움을 샀는지 그 정황은 잘 모른다고 했어. 하지만 다아시 씨가 빈틈없고 정직하고 명예를 존중한다는 사실은 보증할 수 있대. 그리고 위컴 씨가 다아시 씨의 눈밖에 난 건 자업자득일 거라는 거야. 빙리 씨나 그의 누이들이 말하는 걸 미루어볼 때 안타깝지만 위컴 씨는 괜찮은 사람이 아닌 것 같았어. 경솔하게 처신해서 다아시 씨의 신뢰를 잃은 게 아닌가 싶어." 제인이 대답했다.

"빙리 씨가 위컴 씨를 모른다고?"

"그래. 며칠 전에 메리턴에서 처음 봤대."

"그렇다면 언니가 빙리 씨한테서 들은 말이라는 건 다아시 씨가 빙리 씨한테 전해준 말이 전부겠네. 그런데 성직록에 대해서는 아무 말 안 했어?"

"성직록에 대한 이야기는 정확히 기억이 안 난대. 다아시 씨한테서 여러 번 듣기는 했지만, 그 자리를 물려받는 데는 조건이 있었던 것 같다고 했어."

"빙리 씨의 말을 의심하지는 않아. 하지만 그 사람의 의견만 가지고 내 생각을 바꿀 수는 없어. 빙리 씨가 잘 알지 못하는 부분이 많은 데다, 아는 것도 다아시 씨한테 들은 게 전부일 테니. 그러니 위컴 씨와 다아시 씨에 대한 내 생각은 변함없어." 엘리자베스가 흥분해서 말했다.

그러고 나서 엘리자베스는 언니와 견해 차이가 없는 화제로 옮겨갔다. 이때 언니가 빙리 씨가 자신을 좋아하는 것 같다고 조심스레 고백하자, 엘리자베스는 언니가 자신감을 갖도록 북돋워주었다. 잠시 후 빙리가 그들의 대화에 끼어들자 엘리자베스는 슬그머니 자리를 피해 루커스 양에게로 갔다. 루커스 양이 엘리자베스에게 파트너가 어땠냐고 물었다. 엘리자베스가 미처 대답도 하기 전에 콜린스 씨가 다가와 대단히 흥분한 어조로 방금 운이 좋게도 굉장히 중요한 사실을 알아냈다고 말했다.

"아주 우연한 기회에 이 방에 제게 성직록을 주신 분의 가까운 친척이 계시다는 걸 알게 되었습니다. 정말 우연히 그 신사분이 사촌인 드보어 양과 캐서린 여사님의 이름을 이곳 안주인 아가씨에게 언급하는 걸 들었습니다. 오, 어떻게 이런 일이! 제가 이곳에서 캐서린 드보어 여사님의 조카분을 만날 줄 누가 상상이나 했겠습니까? 덕분에 인사를 드릴 수 있어 얼마나 다행인지 모릅니다. 진작 인사드리지 못했다고 양해를 구해야겠어요." 콜린스 씨가 말했다.

"설마 다아시 씨에게 직접 자신을 소개할 생각은 아니겠지요?"

"아뇨. 그럴 겁니다. 진작 인사드리지 못한 걸 용서해달라고 말해야지요. 그분이 캐서린 여사님의 조카인 게 틀림없으니 여사님께서 지난주까지 잘 지냈다는 걸 알려드리면 반가워하겠지요."

엘리자베스는 제발 그러지 말라고 만류했다. 그렇게 나서서 인사를 올릴 경우 다아시 씨가 무례하다고 생각할지 모른다, 서로 인사를 나눠야만 할 필연적인 이유가 없다, 그리고 설령 그럴 필요가 있다손 치더라도 신분이 높은 다아시 씨가 먼저 알은체하는 것이 순서라고 말했다. 그럼에도 콜린스 씨는 자신의 계획을 밀고 나갈 것을 분명히 하면서, 엘리자베스가 말을 마치자마자 다음과 같이 대답했다.

"친애하는 엘리자베스 양, 당신은 지금 세상에서 가장 훌륭한 판단을 내린다고 믿어 의심치 않을 겁니다. 그러나 평신도의 예법과 성직자의 예법 사이에는 엄청난 차이가 있습니다. 이런 말씀을 드려도 좋다면, 저는 성직자의 존엄은 우리 왕국 내 최상의 지위와 맞먹는다고 봅니다. 물론 지위에 맞는 겸손함을 갖추어야겠지만 말입니다. 그러니 이번 일에서는 제 양심이 명하는 선에서 의무를 다하도록 허락해주십시오. 다른 모든 문제에서는 당신의 충고를 제 앞길을 밝히는 등불로 삼겠습니다. 하지만 이번 일에서 옳고 그름을 판단하는 데는 젊은 여성보다는 교육의 정도로 보나 경험에서 얻은 식견으로 보나 제가 더 적임자라고 생각합니다." 그러더니 고개를 숙여 엘리자베스에게 절을 한 다음 다아시 씨를 공략하러 갔다. 엘리자베스는 다아시 씨가 콜린스 씨를 어떻게 대하는지 유심히 관찰했다. 역시나 콜린스 씨 앞에 선 다아시 씨의 표정은 당황한 기색이 역력했다. 콜린스 씨는 그에게 정중하게 고개를 숙인 뒤 인사에 들어갔는데, 비록 한마디도 들을 수는 없었지만 그의 입 모양을 보고 유추하자니, '죄송하다'느니 '헌스퍼드'라느니 '캐서린 드보어 여사'라느니 하는 말들을 쏟아낸다는 걸 알 수 있었다. 이를 지켜보던 엘리자베스는 어쩔 줄 몰라 했다. 다아시 씨는 황당한 표정을 감추지 않은 채 그를 빤히 바라보고 있다가 마침내 공손하지만 냉담하게 그의 물음에 대꾸했다. 하지만 콜린스 씨는 꿋꿋하게 말을 이어갔고, 그의 말이 길어질수록 다아시 씨의 경멸감은 더욱 커지는 것 같았다. 콜린스 씨가 말을 마치자 다아시 씨는 간단한 목례를 보내고 다른 쪽으로 향했다. 그제야 콜린스 씨가 엘리자베스에게로 돌아왔다.

"다아시 씨의 태도에는 제가 불만을 가질 만한 구석은 전혀 없었습니다. 제가 인사를 드렸더니 대단히 기뻐하셨습니다. 여사님의 안부를 전하자 공손하게 대답하셨고, 심지어 캐서린 여사님이 신중하시니 그분이 호의를 베푸셨다면 제게 그만한 자격이 있을 거라고 칭찬까지 하셨답니다. 정말 적절한 말 아닙니까. 정말이지 만나 뵙길 잘한 것 같습니다. 저는 다아시 씨가 아주 마음에 듭니다."

엘리자베스는 자기 자신과 관련된 일이 더 이상 남아 있지 않았기 때문에 언니와 빙리 씨를 관찰했다. 두 사람을 바라보며 즐거운 생각을 떠올리다 보니 어느새 언니 못지않게 행복해졌다. 그녀는 언니가 파티가 벌어지고 있는 이 집에 정착하여, 진실한 애정에서 출발한 결혼이 선사하는 행복을 누리며 사는 모습을 상상해보았다. 그런 상황이라면 빙리의 두 누이를 좋아해보려고 노력할 수도 있을 것 같았다. 보아하니 어머니도 비슷한 생각을 하는 것이 분명했다. 그래서 어머니 가까이 가서는 안 되겠다고 생각했다. 어머니의 입에서 무슨 말이 나올지 몰랐기 때문이다. 잠시 후 밤참 식탁 앞에 앉았을 때, 어머니가 바로 옆의 옆자리에 앉아 있는 것을 발견한 엘리자베스는 자신의 불운을 한탄했다. 어머니가 바로 옆에 앉은 루커스 부인에게 제인이 빙리와 결혼할 것 같다는 이야기를 거리낌없이 쏟아놓는 것을 보고는 곤혹스러웠다. 베넷 부인은 신이 나서 빙리를 사윗감으로 맞아들임으로써 얻을 수 있는 이득을 수없이 열거했다. 빙리가 자상한 데다 돈이 많다는 것, 겨우 3마일 거리에 살고 있다는 것이 이 결혼을 자축하는 첫 번째 이유였다. 이어서 베넷 부인은 사윗감의 두 누이가 제인을 몹시 좋아한다는 것, 제인이 좋은 남편감을 만나게 되면 동생들도 돈 많은 집안의 청년을 만날 기회가 많아질 거라고 말했다. 마지막으로 지금의 나이에 벌써 어린 딸들을 큰딸에게 딸려 보내고 자신은 참석하고 싶지 않은 모임에는 더 이상 가지 않아도 되니 얼마나 좋으냐고 말했다. 사실 그 말은 진심이 아니었지만, 이런 경우에는 그것이 상례였기 때문에 그런 식으로 말했던 것이다. 베넷 부인의 경우 아무리 나이를 먹는다 해도 집 안에 머물기를 좋아할 사람은 아니었다. 그녀는 여러 차례 루커스 여사도 자신과 같은 행운을 얻기를 빈다고 말했으나, 속으로는 그런 일이 있을 리 만무하다고 믿고 있는 것이 눈에 보였다.

맞은편에 앉은 다아시 씨가 어머니의 이야기를 듣고 있다는 것을 알게 된 엘리자베스는 견딜 수 없이 짜증스러웠다. 그래서 어머니의 말하는 속도를 늦춰보려고도 해보고, 목소리를 낮추라고 주의도 주었지만 허사였다. 어머니가 보인 유일한 반응은 말도 안 되는 소리라며 딸자식을 나무라는 것이었다.

"나 원 참, 다아시 씨가 뭐 그리 대단한 사람이라고 내가 겁을 먹니? 그 사람이 싫어할지도 모르니까 조용히 하라고? 내가 보기에 우리가 그 사람을 그렇게 떠받들 필요는 없을 것 같구나."

"엄마, 제발 좀 조용조용히 말씀하세요. 다아시 씨의 기분을 상하게 해서 무슨 이득이 있다고 그러세요? 그래봤자 저이의 친구가 안 좋아할 게 뻔하잖아요."

그러나 아무리 말해도 쇠귀에 경 읽기였다. 어머니는 주위 사람이 듣거나 말거나 큰 소리로 떠들어댔다. 엘리자베스는 창피한 마음에 얼굴을 붉히며 다아시 씨 쪽으로 눈길을 돌렸는데, 그는 어머니를 보고 있지는 않았으나 어머니의 말에 귀를 기울이고 있는 것이 분명했다. 다아시 씨는 처음에는 분노와 경멸이 담긴 표정을 짓더니 점차 진지하고 심각한 표정으로 변해갔다.

마침내 베넷 부인의 이야깃거리가 바닥났다. 베넷 부인이 자신과는 아무 상관없는 이야기를 되풀이하는 동안 루커스 부인은 하품만 해대다가 다 식어빠진 햄과 닭고기를 겨우 맛볼 수 있었다. 엘리자베스는 그제야 한숨 돌렸지만 평온한 시간은 너무나 짧았다. 밤참을 먹고 노래를 듣자는 의견이 나오면서 엘리자베스에게 또다시 굴욕의 시간이 찾아왔다. 메리가 다짜고짜 노래를 하겠다고 나섰기 때문이다. 엘리자베스는 동생에게 노래를 부르지 못하게 하려고 의미심장한 눈빛을 보내며 제지했지만 소용이 없었다. 메리는 언니의 눈치를 받아들일 생각이 없는 것 같았다. 자신의 실력을 뽐낼 절호의 기회를 놓칠 수 없었던 메리는 곧 노래를 시작했다. 엘리자베스는 메리의 노래가 4, 5절 계속되는 것을 지켜보며 애를 태웠다. 노래가 끝나고 사람들이 감사를 표하는 가운데 노래를 한 곡 더 해주면 고맙겠다는 소리가 언뜻 나오자 30초나 쉬었을까, 또다시 노래를 시작했다. 메리의 노래 솜씨는 남 앞에서 뽐낼 만한 실력은 못 되었다. 소리는 약했고 태도는 과장되어 있었다. 엘리자베스에게는 고통의 시간이었다. 언니가 어떻게 견뎌내고 있나 보려고 제인 쪽을 바라보자 침착하게 빙리와 이야기를 나누고 있었다. 엘리자베스가 빙리 씨의 두 누이들 쪽을 바라보자 그녀들은 서로 조소의 눈짓을 교환하면서 다아시에게도 은밀한 눈짓을 보내는 것이었다. 다아시는 속내를 알 수 없는 얼굴을 하고 있었다. 메리가 저녁 내내 노래를 부르려 하자, 엘리자베스는 하는 수 없이 아버지에게 좀 말려달라는 신호를 보냈다. 그녀의 의중을 알아챈 아버지가 메리의 두 번째 노래가 끝나자 큰 소리로 말했다.

"노래를 잘하는구나, 얘야. 아주 잘 들었다. 그러니 이제 다른 아가씨들한테도 재주를 뽐낼 기회를 줘야 하지 않겠니?"

메리는 못 들은 척했지만 다소 당황스러운 표정이었다. 엘리자베스는 메리도 안쓰럽고, 아버지가 꼭 그런 식으로 말을 해야 했을까 생각하자 속이 상했다. 이제 사람들은 다른 사람에게 노래를 청하기 시작했다.

"만일 제가 노래에 소질이 있었다면 기꺼이 한 곡 들려드렸을 겁니다. 음악은 매우 순결한 오락이기 때문에 목사라는 제 직업과도 썩 어울린다고 생각하거든요. 물론 그렇다고 성직자가 노래 부르는 일에 너무 많은 시간을 할애해도 안 되겠지요. 교구 목사는 다른 할일이 많기 때문입니다. 우선 십일조의 협정을 잘 맺어서 교회에 도움이 되면서도 후견인이 불쾌하지 않도록 해야 합니다. 게다가 설교용 원고를 써야 하고, 남은 자투리 시간에는 교구민을 위한 의무를 수행하거나 목사관을 가꾸고 개량

하는 데 힘써야 합니다. 본인의 거처를 안락하게 만드는 일에 소홀해서는 안 되니까요. 그러니 늘 시간이 부족하답니다. 게다가 목사는 모든 사람에게, 특히 성직록을 하사하신 분께 배려와 협조의 태도를 보이는 것도 절대 소홀해서는 안 되지요. 저는 그것도 교구 목사에게 부여된 중요한 의무라고 생각합니다. 성직록을 하사하신 가문과 친척 되시는 분들께 존경을 표하지 않는 사람을 저는 높이 평가하지 않습니다." 콜린스 씨가 말했다. 그러고 나서 다아시 씨에게 목례를 보내는 것으로 연설을 마감했다. 그의 목소리는 그곳에 있던 사람들 중 절반이 들었을 정도로 컸기 때문에 많은 사람들이 그를 빤히 쳐다보았고, 슬그머니 웃는 사람까지 있었다. 이를 두고 가장 재미있어 한 사람은 베넷 씨였던 반면 그를 칭찬한 사람은 베넷 부인이었다. 베넷 부인은 콜린스 씨의 궤변에 크게 공감했고, 루커스 부인에게는 결코 작지 않은 목소리로, 아주 영리하고 훌륭한 젊은이라고 칭찬했다.

엘리자베스의 생각에 그날 저녁은 자기네 집안사람들이 똘똘 뭉쳐서 망신을 당하기로 작정한 날 같았다. 각자가 맡은 우스꽝스러운 배역을 어찌 그리도 잘 소화해내는지 놀라울 지경이었다. 빙리가 그런 어리석은 구경거리를 목격하더라도 그다지 신경 쓰지 않으리라는 것이 그나마 언니에게는 다행이라고 생각되었다. 그러나 빙리의 두 누이와 다아시 씨에게 자기 가족의 약점을 공개했다는 것은 크나큰 고통이었다. 다아시 씨의 조용한 경멸과 빙리 누이들의 무례한 미소 중에 어느 쪽이 더 참기 힘든지는 판단하기조차 어려울 지경이었다.

남은 저녁 시간 역시 불쾌하기는 마찬가지였다. 콜린스 씨가 엘리자베스의 옆에 찰싹 붙어 앉아 끈질기게 치근댔기 때문이다. 엘리자베스는 콜린스 씨와 춤을 출 생각이 없었으므로 다른 사람과도 춤을 출 수 없었다. 엘리자베스는 그에게 다른 아가씨를 소개해주겠다고 했으나 막무가내로 싫다고 했다. 그는 자기는 춤 자체에는 관심이 없다, 자신의 진짜 목표는 엘리자베스 양에게 성의를 다하여 좋은 감정을 얻는 것이다, 그러니까 자신은 그녀의 곁을 떠날 생각이 없다는 것이었다. 이때 최고의 구원자는 친구인 루카스 양이었다. 그녀는 수시로 두 사람 사이에 끼어들어 콜린스 씨를 기분 좋게 상대해주었다.

다아시 씨가 자신의 가족에게 더 이상 관심을 보이지 않는 것을 보고 엘리자베스는 겨우 안도의 한숨을 내쉬었다. 다아시 씨는 그녀 가까이에 앉아 있었지만, 이야기를 할 수 있을 만큼 가까이 오는 일은 없었다. 엘리자베스는 위컴 씨 이야기를 들먹였기 때문인가 보다고 생각하며 회심의 미소를 지었다.

롱본의 가족은 그날 가장 마지막까지 남아 있었는데, 베넷 부인이 꾸며낸 교묘한 계책 때문에 다른 사람들이 떠난 뒤 15분이나 더 남아 마차를 기다려야 했다. 그로 인해 네더필드 사람들이 마지막 손님이 떠나기를 얼마나 간절히 바라는지 알고 말았다. 빙리 자매는 노골적으로 피곤하다고 불평했다. 베넷 부인이 여러 차례 그녀들에게 대화를 시도했지만 번번이 거부하면서 전체적인 분위기를 권태롭게 만들었다. 여기에 콜린스 씨가 끼어들어 빙리 자매에게 품위 있는 무도회였다느니, 손님들을 정중하게 대하는 모습이 인상적이었다며 장황한 찬사를 늘어놓았지만 분위기는 더욱 가라앉았다. 다아시 씨는 입을 꾹 다물고 있었다. 베넷 씨도 마찬가지로 침묵을 지켰는데, 그는 그 모든 걸 은근히 즐기는 것 같았다. 빙리 씨와 제인은 다른 사람들과 약간 떨어진 곳에서 자기들끼리 이야기를 나누고 있었다. 엘리자베스는 빙리 양 자매 못지않게 끈질기게 침묵을 고수했다. 심지어 리디아마저도 너무나 지쳐버린 나머지 이따금씩 "아휴, 정말 피곤하네!"라고 말하며 입이 찢어지게 하품만 해댈 뿐이었다.

마침내 모두들 자리에서 일어섰을 때, 베넷 부인은 뻔하고 지루한 인사를 한바탕 늘어놓은 뒤 롱본에서 만날 날을 고대한다고 공손하지만 강요하듯 말했다. 그리고 빙리 씨를 향해서는 공식적인 초대를 받지 않더라도 가족끼리 하는 정찬에 언제든지 와도 좋다고 힘주어 말했다. 빙리 씨는 정말 고맙고 기쁘다면서 다음날 볼일이 있어 잠시 런던에 가는데, 돌아오면 제일 먼저 찾아뵙겠다고 약속했다.

베넷 부인은 더할 나위 없이 흡족했다. 새 마차, 결혼식에 입을 옷 따위를 마련하는 데 필요한 시간을 고려해서, 앞으로 서너 달 후면 제인이 네더필드의 안주인이 될 거라는 즐거운 확신에 차서 그곳을 떠났다. 그녀는 둘째딸의 결혼 역시 첫째딸 못지않게 확신을 가졌다. 비록 제인만큼은 아니더라도 나름대로 만족스러웠다. 베넷 부인은 엘리자베스를 다른 딸들보다는 덜 위했다. 그래서 콜린스 씨가 빙리에 비해 부족하긴 했지만, 그 정도면 둘째딸의 남편감으로 과분하다고 생각했다.

19

다음날 롱본에서는 새로운 볼거리가 마련되었다. 콜린스 씨가 엘리자베스에게 정식으로 청혼한 것이다. 휴가가 다음 토요일에 끝나기 때문에 시간을 허비하지 않기로 결심한 그는 청혼을 하는 바로 그 순간까지도 머뭇거리거나 두려워하는 마음이 없었다. 그는 그런 일을 행할 때 반드시 따라야 할 순서를 차근차근 밟아 나갔다. 아침 식사 후 베넷 부인과 엘리자베스, 그리고 여동생이 함께 있을 때, 콜린스 씨가 베넷 부인에게 조심스레 용건을 꺼냈다.

"아주머님, 제가 오늘 오전 아름다운 엘리자베스 양과 긴히 개인적인 이야기를 나누고 싶은데 괜찮으십니까?"

놀란 엘리자베스가 얼굴을 붉힌 채 아무 말도 못하자 베넷 부인이 재빨리 대답했다.

"아이고, 그럼요. 되고말고요. 리지도 좋아할 거예요. 거절이라니, 있을 수 없는 일이죠. 키티, 너는 위층에 올라가 있거라." 그러고는 뜨개질거리를 챙겨 서둘러 자리를 뜨려는데, 엘리자베스가 다급하게 만류했다.

"엄마, 가지 마세요, 제발요. 콜린스 씨도 양해해주셔야겠어요. 다른 사람이 안 들어도 되는 말이 뭐가 있겠어요. 저도 나가겠어요."

"아니, 안 된다. 리지야, 넌 그대로 앉아 있으라니까, 그러네." 그러고는 거북스러워하며 나가려는 딸에게 말했다. "리지, 여기

앉아 콜린스 씨가 하는 이야기를 들어보도록 해라."

어머니의 명령을 도저히 거역할 수가 없었던 엘리자베스는 이런 일은 신속하고 조용하게 마무리짓는 편이 현명한 처사라고 판단되었다. 자리에 앉은 그녀는 속상하고도 우스꽝스러운 감정을 감추기 위해 열심히 뜨개질을 했다. 베넷 부인과 키티가 나가자마자 콜린스가 용건을 꺼냈다.

"진심으로 말씀드립니다만 엘리자베스 양, 당신이 수줍어하는 모습이 전혀 나쁘게 보이지 않네요. 그런 모습이 오히려 다른 장점을 더욱 돋보이게 하는군요. 조금 주저하지 않았다면 당신이 이렇게 사랑스러워 보이지는 않았을 겁니다. 제가 드리는 말씀은 존경하옵는 당신 어머니께서도 허락하신 일입니다. 제 의도를 모른 체하시는 것이 우아하신 당신 성품에 맞는 일이기는 하겠지만, 그렇다고 제 말의 취지를 모르는 체하시지는 않겠지요. 당신을 처음 본 순간 단박에 당신을 저의 미래의 반려자로 점찍었습니다. 감정에 휩쓸리기 전에 제가 하트퍼드셔에서 아내를 선택하려는—사실이 그렇습니다—이유를 먼저 말씀드리는 것이 선결 과제일 것 같습니다. 맞습니다. 제가 여기 온 것은 아내를 고르기 위해서입니다."

엘리자베스는 이 근엄하고 점잔 빼기 좋아하는 콜린스 씨가 감정에 휩쓸려 있는 모습을 상상하는 것만으로도 웃음이 터지려는 것을 참느라 상대의 말을 중단시키는 기회를 놓치고 말았다. 콜린스 씨는 말을 계속했다.

"제가 결혼하려는 첫째 이유는 저처럼 안정적인 생활이 확보된 성직자라면 당연히 훌륭한 가정의 모범을 보여야 한다고 생각했기 때문입니다. 둘째는 결혼이 저의 행복을 증진시켜줄 것이라는 믿음 때문입니다. 그리고 세 번째는, (좀 더 일찍 말씀드렸어야 했는데) 영광스럽게도 제가 후견인으로 모시는 귀부인께서 결혼하라는 충고와 권고를 해주셨기 때문입니다. (더욱이 여쭈어보지도 않았는데 말입니다.) 헌스퍼드를 떠나기 직전의 토요일 밤이었습니다. 카드리유를 잠시 쉬는 동안 젠킨슨 부인이 드 보어 양이 사용하는 발판을 놓아드리고 계실 때 말씀하셨습니다. '콜린스 씨, 당신 같은 성직자는 결혼을 해야 하네. 격에 맞는 상대를 고르게. 내 체면도 있으니까. 그리고 자네의 처지에도 맞아야 하네. 일 잘하고 유능하되 너무 고상하지 않고, 적은 수입으로도 살림을 꾸릴 수 있는 알뜰한 여자여야겠지. 이것이 내가 하고 싶은 말이네. 그런 여자를 될 수 있는 한 빨리 구해서 헌스퍼드로 데리고 오게. 그러면 내가 만나러 갈 테니.' 말이 나왔으니 말이지만, 엘리자베스 양, 캐서린 드보어 여사님께서는 저와 결혼할 사람까지 보살펴주실 텐데, 그 정도면 저와 결혼했을 때 누리게 될 배우자의 혜택이 결코 적지는 않다고 생각됩니다. 당신은 제가 말로 다 형용하지 못할 정도로 품위 있는 분입니다. 그분께서도 당신의 재기발랄함을 용납하실 겁니다. 그분같이 높으신 분 앞에서는 존경하는 마음이 저절로 우러나 당신의 재치와 발랄함이 순화될 테니 걱정할 것은 없습니다. 지금까지는 제가 결혼하려는 이유에 대해 말씀드렸고, 이제부터는 제가 왜 제 이웃에도 괜찮은 아가씨들이 많은데, 굳이 롱본으로 주의를 돌렸는지 말씀드리겠습니다. 솔직히 말씀드리자면 당신의 훌륭하신 부친이 돌아가시면—물론 오래 사실 수도 있지만—따님들이 입을 손실을 최소화하기 위해서입니다. 물론 아까도 말씀드렸다시피 그런 일이 당장 일어나는 것은 아닙니다. 바로 그런 이유로 롱본에서 신붓감을 구하기로 한 것입니다. 제 속사정을 말씀드렸으니, 당신은 저에 대해 이전보다 너그러운 평가를 내리실 것으로 생각합니다. 아름다운 사촌 엘리자베스 양, 이것이 제가 당신께 청혼하는 동기입니다. 이제 제가 얼마나 당신을 열렬하게 사모하는지 고백해 제 애정의 강도를 확신시켜 드리는 일만 남았군요. 저는 돈에는 관심이 없으며, 당신 부친께도 재산과 관련하여 어떤 요구도 하지 않을 것입니다. 그분은 그런 요구를 들어줄 능력이 없으실 테고, 당신의 재산이라고 해봤자 연 4퍼센트 이율의 1천 파운드짜리 공채가—그나마 어머니가 고인이 되신 후에 당신의 것이 될 테지만—유일한 재산입니다. 저는 이 문제와 관련해 영원히 침묵을 지킬 것을 약속드립니다. 결혼하게 되더라도 이 문제로 당신을 비난하는 옹졸한 짓은 하지 않겠습니다."

이제 정말이지 콜린스 씨의 입을 막을 필요가 있다고 생각한 엘리자베스가 큰 소리로 말했다.

"왜 이렇게 서두르는 거죠? 제가 아직 아무런 답변도 드리지 않았다는 사실을 잊고 계시는군요. 더 이상 시간을 허비할 것 없이 제 의사를 밝히겠습니다. 저를 높이 평가해주신 것에 감사드리고, 콜린스 씨의 청혼을 영광스럽게 생각합니다만, 저로서는 부득이하게 거절할 수밖에 없네요."

"다 알고 있습니다." 콜린스 씨가 자못 정중하게 손을 내저으며 대답했다. "아가씨들은 청혼을 받았을 때 받아들이고 싶어도 일단 거절부터 한다고 하더군요. 한 번 거절하는 건 당연하고, 두 번, 세 번까지도 이유 없이 거절한다고 하더군요. 그런 만큼 당신이 하신 말씀 때문에 낙심하지는 않을 겁니다. 그리고 머지않아 당신을 결혼의 제단으로 인도할 것이라는 희망의 끈을 놓지 않겠습니다."

"제가 거절한다고 분명히 밝혔는데도 희망을 갖겠다니, 다소 뜻밖이네요. 다시 한 번 말씀드리지만 저는 재차 청혼받을 가능성에 저의 행복을 맡길 만큼 무모한 사람이 아닙니다. 그런 아가씨들이 있다면 말이지만요. 저는 지금 진심으로 거절하는 것입니다. 콜린스 씨는 저를 행복하게 해줄 수도 없고, 저도 콜린스 씨를 행복하게 해드릴 수 없습니다. 게다가 캐서린 여사님도 저를 탐탁지 않게 여기실 것입니다." 엘리자베스가 소리쳤다.

"캐서린 여사님께서 그렇게 생각하실 수도 있겠지요…… 하지만 여사님께서 당신을 못마땅하게 여기실 리가 있겠습니까? 제가 여사님을 만나 뵙는 영광을 누리게 되면 당신의 겸손함과 알뜰함, 그 외에 다른 좋은 점들을 말씀드릴 테니 그 점은 염려하지 않으셔도 됩니다." 콜린스 씨가 몹시 심각한 어조로 말했다.

"아, 콜린스 씨, 그렇게까지 저를 칭찬하실 필요가 없다니까요. 부디 제 일은 저 스스로 판단하게 해주세요. 그리고 저를 좋게 봐주셨으니, 제발 제 말을 좀 믿어주세요. 저는 콜린스 씨가 아주 행복하고 부자로 살기를 진심으로 바라는데, 그걸 위해 제가 할 수 있는 일이라고는 이 청혼을 거절해드리는 것밖에 없네요. 저한테 청혼을 하셨으니 더 이상 저희 가족에게 미안한 감정을 안 느끼셔도 되고, 훗날 롱본의 재산을 소유하게 되시더라도 자책하실 필요가 없습니다. 그러니 그 문제에 대해서는 더 이상 이야기하지 말아주세요." 그녀는 말을 끝내며 자리에서 일어났다. 그리고 막 방을 나가려는데 콜린스 씨가 다시 말을 시작했다.

"다음에 이 문제를 이야기할 때는 좀 더 긍정적인 답변을 주십시오. 그렇다고 당신을 비난하는 건 아닙니다. 청혼을 거절하는 게 여성들에게 요구되는 관습이라는 걸 잘 아니까요. 그리고 당신은 여성다운 섬세함을 지키면서 제 청혼에 격려를 아끼지 않으셨습니다."

"세상에, 콜린스 씨! 저를 몹시 난처하게 하시네요. 제가 지금까지 말씀드린 것을 격려의 말로 받아들였다면, 도대체 어떤 말로 거절해야 할지 모르겠군요." 엘리자베스는 가볍게 열을 내며 말했다.

"친애하는 엘리자베스 양, 나는 당신의 거절이 관습적인 것이라고 생각합니다. 제가 그렇게 믿는 이유는 당신은 제 청혼을 받아들일 만한 가치가 있기 때문입니다. 달리 표현하자면 저와 결혼할 분이 누리게 될 수입과 지위가 그리 보잘것없는 것이 아니라는 뜻입니다. 저의 사회적 지위, 저와 드 보어 가문과의 관계,

저와 당신 집안과의 관계, 이런 것들은 대단히 유리한 조건들입니다. 그리고 당신이 염두에 두어야 할 점은 당신에게 많은 매력이 있음에도 불구하고 당신이 앞으로 영영 청혼을 못 받을지도 모른다는 사실입니다. 불행하게도 상속받을 유산이 너무나 적어 당신의 사랑스러움을 비롯해 당신이 가진 모든 장점이 묻힐 위험이 있습니다. 그런 연유로 당신이 저를 거부하시는 것은 진심이 아니라고 생각합니다. 그러니 교양 있는 여성들이 보통 그러하듯 조바심을 일으켜 상대의 사랑을 더욱 고조시키려는 소망 때문에 제 청혼을 거절하신다고 생각할 겁니다."

"진심인데요, 콜린스 씨. 저는 멀쩡한 남자를 고문하는 그런 식의 교양에는 관심이 없습니다. 저를 교양 있는 여자라고 칭찬하기보다는 차라리 제 진심을 믿어주세요. 제게 청혼해주시는 영예를 베풀어주신 것은 거듭 감사드립니다만, 당신의 청혼을 받아들일 수는 없습니다. 제 감정이 그걸 허락지 않으니까요. 좀 더 분명하게 말씀드릴까요? 이제부터는 저를 당신을 괴롭히기로 작정한 고상한 여성으로 생각하지 마시고, 가슴속에서 우러나오는 진심을 전하는 이성적 존재로 생각해주세요."

"당신은 무슨 말씀을 하셔도 매력적이십니다! 당신의 훌륭하신 부모님께서 부모의 권위로 제 청혼을 허락하셨으니, 당신도 제 청혼을 받아들일 것이라고 확신합니다." 그는 신사다움을 잃지 않으려는 은근한 태도로 외쳤다.

자기기만적 외고집을 상대할 필요가 없다고 판단한 엘리자베스는 더 이상 그의 말을 듣고 있을 수가 없어서 방에서 나와버렸다. 계속해서 자신의 거절을 기분 좋으라고 하는 격려로 받아들인다면 이제는 아버지께 도움을 청할 수밖에 없겠다고 생각했기 때문이다. 아버지가 단호한 태도로 거절한다면 적어도 고상한 여성의 가식과 애교로 오해하지는 않을 테니까.

20

콜린스 씨가 자신이 획득했다고 생각한 사랑을 떠올리며 조용히 사색에 잠겨 있었던 시간은 그리 길지 않았다. 면담 결과를 알아보기 위해 현관을 서성이던 베넷 부인은 조찬실 문을 열고 나온 엘리자베스가 잰걸음으로 자기 앞을 지나 계단 쪽으로 가는 걸 보자 곧장 안으로 들어왔다. 베넷 부인은 콜린스 씨에게 다가가 머지않아 가족이 될 것을 생각하니 몹시 기쁘다면서 열렬한 축하의 인사를 건넸다. 콜린스 씨 역시 얼마나 기쁜지 모른다고 호들갑을 떨었다. 그런 뒤 자신과 엘리자베스 사이에 있었던 회담 내용을 시시콜콜 늘어놓기 시작했는데, 사촌의 한결같은 거절이 숫기 없고 겸손하며 섬세한 성격에서 비롯된 것이라고 믿기 때문에 지금의 결과에 충분히 만족한다고 말했다.

베넷 부인은 콜린스 씨의 말을 듣고 깜짝 놀랐다. 딸이 거절한 이유가 상대방의 애정을 북돋우려는 데 있었다면 기뻐했겠지만, 그게 아니라는 것이 너무나 분명했기 때문이다.

"너무 걱정하지 말아요. 리지도 틀림없이 정신 차릴 테니까요. 제가 잘 이야기해볼게요. 그 애는 워낙 고집이 세고 답답해서 어떻게 행동하는 것이 자신에게 이로운지 모른답니다. 그러니 제가 가르쳐주어야겠군요."

"말씀 중에 죄송한데요. 엘리자베스 양이 정말로 고집이 세고 답답하다면 바람직한 아내가 될 수 있을지 생각해볼 문제군요. 만일 엘리자베스 양이 제 청혼을 거절한다면 억지로 결혼하고 싶지는 않습니다. 그런 여자를 신부로 맞아서 과연 결혼생활이 행복할 수 있을까요?"

"콜린스 씨, 전혀 그런 뜻이 아니에요." 베넷 부인이 화들짝 놀라며 말했다. "리지는 이럴 때만 고집을 부려요. 다른 일에는 더할 나위 없이 부드러운 아이라고요. 지금 당장 그이한테 말해서 우리가 이 문제를 매듭지을게요."

베넷 부인은 콜린스 씨가 대답할 겨를도 주지 않고 곧장 서재로 달려갔다. 서재로 들어선 그녀는 큰 소리로 외쳤다.

"오! 여보, 난리가 났으니 당신이 좀 도와주셔야겠어요. 어떻게든 리지가 콜린스 씨와 결혼하게 만들어야 해요. 그 애가 그 사람과 결혼하지 않겠다고 고집을 부리고 있지 뭐예요. 만약 당신이 서두르지 않으면 그 사람 마음이 변할지도 몰라요."

베넷 씨는 책을 읽고 있다가 고개를 들어 아내의 얼굴을 뻔히 바라보았는데, 아무 말도 못 들은 듯 무심한 얼굴로 이렇게 말했다.

"안타깝게도 나는 당신이 무슨 말을 하는지 알 수가 없구려. 대체 뭐가 문제요?"

"콜린스 씨와 리지 일 때문에 그래요. 리지가 콜린스 씨와 결혼하지 않겠다고 선언하자, 콜린스 씨도 리지와 결혼할 생각이 없대요."

"그래서 나더러 어떡하라는 거요? 가망 없는 일인 것 같은데."

"당신이 그 애에게 알아듣게 설득 좀 해봐요. 아버지로서 그 사람과 결혼하라고 명령하라고요."

"그 애를 불러요. 내 생각을 알려줄 테니."

베넷 부인이 종을 치자 엘리자베스가 서재로 불려왔다.

"어서 오너라, 얘야." 그녀가 나타나자 아버지가 큰 소리로 말했다. "중요한 일로 너를 불렀다. 콜린스 씨가 너에게 청혼한 걸로 아는데, 그게 사실이냐?" 엘리자베스는 그렇다고 대답했다. "그랬구나. 그런데 네가 그의 청혼을 거절했다고?"

"네, 거절했어요, 아버지."

"잘했다. 자, 지금부터 중요한 얘기를 해야겠구나. 네 어머니는 네가 그 청혼을 받아들였으면 하신단다. 여보, 내 말이 맞소?"

"그래요. 리지가 내 말을 듣지 않으면 다시는 얘를 보지 않을 거예요."

"너는 참으로 난처한 선택을 해야겠구나, 엘리자베스. 오늘부터 부모 가운데 한 사람과 의절해야 하니 말이다. 네 어머니는 네가 콜린스 씨와 결혼하지 않으면 다시는 너를 보지 않겠다고 하고, 나는 네가 그와 결혼하면 다시는 너를 안 볼 테니 말이야."

엘리자베스는 아버지의 말을 듣고 얼굴이 환하게 밝아졌다. 하지만 남편이 이 문제를 자신과 똑같이 생각할 것으로 믿었던 베넷 부인은 몹시 실망한 눈치였다.

"도대체 무슨 생각을 했기에 그런 식으로 말씀하시는 거예요? 그 남자와 결혼시키기로 약속했잖아요."

"여보, 당신에게 두 가지 부탁할 게 있소. 첫째, 이번 일에 내 판단력을 내 마음대로 사용하게 해달라는 것이고, 둘째, 내 방을 내가 자유롭게 사용하고 싶다는 것이오. 그러니 당신은 내 서재에서 가능한 한 빨리 나가주시오." 베넷 씨가 말했다.

베넷 부인은 실망스러운 남편의 견해에도 불구하고 자기주장을 굽힐 생각은 없었다. 그녀는 딸의 마음을 돌려보려고 달래도 보고 윽박지르기도 했다. 그러는 한편 맏딸 제인을 우군으로 만들려고 노력했으나 제인은 이 문제에 개입하고 싶지 않다며 완곡하게 거절했다. 엘리자베스는 어머니의 공격에 때로는 진지하게, 때로는 장난스럽고도 유쾌하게 저항했다. 이처럼 다양한 모습을 보였으나 그녀의 결심만큼은 확고했다.

한편 콜린스 씨는 방금 일어난 일을 곰곰이 생각해보았다. 스스로를 대단한 존재라고 자부하는 그는 무슨 이유로 엘리자베스가 자신의 청혼을 거절했는지 이해할 수가 없었다. 이해할 수 없었기에 자존심은 좀 상했지만 고통은 없었다. 게다가 가만히 생각해보니 그녀에 대한 호감도 단순히 상상력일 뿐이었다. 그녀가 어머니의 말대로 고집이 세고 답답하다면 꾸지람을 들어 싸다는 생각이 들면서 안타까운 마음조차 생기지 않았다.

온 가족이 혼란에 빠져 있을 무렵, 샬럿 루커스가 베넷 집안으로 놀러왔다. 샬럿과 현관에서 마주친 리디아는 쏜살같이 달려나와 반쯤 속삭이는 목소리로 말했다. "언니가 와서 다행이야. 우리 집에 재미있는 일이 벌어지고 있었거든. 오늘 아침에 무슨 일이 있었는지 알아? 콜린스 씨가 리지 언니한테 청혼을 했는데, 리지 언니가 퇴짜 놨어."

루커스 양이 미처 대꾸도 하기 전에 키티가 나타나서 다시 같은 소식을 전했다. 세 아가씨는 조찬실로 향했는데, 그곳에 혼자 있던 베넷 부인은 루커스 양을 보자마자 같은 이야기를 하기 시작했다. 베넷 부인은 부디 자신을 생각해서라도 엘리자베스의 마음을 돌려 가족 모두의 소망이 이루어지게 도와달라고 간청했다. "제발 그렇게 해줘. 샬럿, 내 마음 좀 알아줘. 아무도 내 마음을 몰라주는구나. 내가 신경이 예민하다는 걸 말이야." 베넷 부인이 구슬프게 말했다.

샬럿이 막 대답을 하려던 차에 제인과 엘리자베스가 들어왔다.

"마침 본인이 오네." 베넷 부인이 계속했다. "아주 시치미를 딱 떼고 가족 같은 건 안중에도 없다 이거잖아. 우리가 어디 요크에라도 가 있어? 바로 자기 코앞에 있는데. 리지 아가씨, 내가 한 말씀 드리는데, 이런 식으로 청혼이 들어오는 족족 거절한다면 절대로 시집 못 갈 줄 아세요. 그러면 아버지가 돌아가신 다음에 누가 아가씨를 먹여 살릴 건지 생각이나 좀 해보라고요. 난 아가씨를 계속 데리고 있을 능력이 없으니까, 그런 줄 아세요. 지금 이 순간부터 너와 나는 아무 상관도 없는 남남이야. 너도 들었지? 내가 서재에서 다시는 너와 말을 섞고 싶지 않다고 했다는 거. 내가 한번 입 밖에 낸 말은 지키는 사람이라는 걸 보여줄게. 부모 말 안 듣는 자식과 무슨 재미로 이야기를 하겠니? 그렇다고 내가 사람들하고 수다 떠는 걸 좋아하는 것도 아니고. 나처럼 신경이 약해서 고생하는 사람은 수다 떠는 걸 좋아하지 않는단다. 내 고통이 얼마나 큰지 아무도 모를 거다! 하긴 뭐 항상 그런 식이긴 하지. 불평을 안 하는 사람은 아무도 동정해주지 않으니까."

딸들은 베넷 부인의 넋두리를 말없이 듣고만 있었다. 이럴 때 이성적으로 설득하려 하거나 진정시키려 들면 오히려 화만 돋울 뿐이라는 걸 알았기 때문이다. 덕분에 베넷 부인이 어느 누구의 방해도 받지 않고 끝없이 불평을 늘어놓고 있을 때 콜린스 씨가 엄숙한 얼굴로 안으로 들어왔다. 그러자 베넷 부인이 딸들에게 말했다.

"자, 이제부터 입 좀 다물어. 콜린스 씨와 잠깐 이야기를 나눠야 하니까."

엘리자베스는 조용히 방에서 나갔고, 제인과 키티도 그 뒤를 따랐다. 그러나 리디아는 끝까지 남아 있었다. 샬럿은 처음에는 콜린스 씨가 공손하게 자신과 가족들에 대해 세세하게 물어와서 붙잡혀 있었는데, 나중에는 약간의 호기심이 발동해 나가지 않았다. 대신 창문 쪽으로 걸어가 짐짓 관심 없는 척 서 있기로 했다. 베넷 부인은 자신이 계획했던 대화로 끌어들이기 위해 애처롭게 말문을 열었다. "오, 콜린스 씨!"

콜린스 씨가 대답했다. "친애하는 아주머님, 이제 이 문제는 더 이상 언급하지 말기로 해요." 그는 불쾌한 기색이 역력한 목소리로 말을 이었다. "저는 따님의 태도 때문에 기분이 나쁜 것이 아닙니다. 피할 수 없는 악이라면 체념하는 게 우리 모두의 의무라고 생각하니까요. 특히 저처럼 운이 좋아 일찍 출세한 젊은이라면 더더욱 체념의 의무를 다해야겠지요. 저는 완전히 포기했습니다. 엘리자베스 양이 제 청혼을 받아들이는 영광을 베풀어주었다 해도 제가 과연 행복했을까, 의심하게 됐던 것도 단념하는 데 도움이 되었을 것입니다. 내가 얻지 못한 행운이 별 것 아니라고 생각하는 순간 비로소 제대로 체념할 수 있거든요. 아주머님과 아저씨께 중재해달라고 요청하는 수순을 밟지 않고 따님에 대한 제 청혼을 철회한다고 해서 제가 아주머님 가족에게 보여야 할 존경심을 접었다고 생각지는 마십시오. 아주머님의 대답을 기다리지 못하고 따님의 거절을 받아들인 제 행동에 이의를 제기할 수도 있을 것입니다. 그러나 누구나 실수할 수 있는 법입니다. 제가 시종일관 좋은 의도로 이 일을 추진해왔다는 것만큼은 자신 있게 말씀드릴 수 있습니다. 제 목표는 베넷가의 이익을 충분하게 고려하는 동시에 착한 신붓감을 얻는 것이었습니다. 제 태도에 비난하고 싶은 점이 있다면 이 자리에서 용서를 구하는 바입니다."

21

콜린스 씨의 청혼을 둘러싼 논란은 시간이 지나면서 차츰 잦아들었다. 엘리자베스를 괴롭히는 것은 이 문제에 불가피하게 따를 수밖에 없는 거북한 감정과 그 일로 골이 난 어머니의 짜증 정도였다. 청혼했던 당사자가 감정을 드러내는 방식은 당혹스러운 표정을 짓거나 풀이 죽은 모습, 혹은 그녀를 피하려 노력하기보다는 분노의 침묵을 지키는 것이었다. 콜린스 씨는 엘리자베스에게 향했던 끈질긴 관심을 루커스 양에게 보이기 시작했다. 그녀의 온순한 성격 덕분에 온 베넷 집안, 특히 엘리자베스는 불편한 심기에서 탈출할 수 있었다.

다음날도 베넷 부인은 심기가 불편했다. 콜린스 씨 또한 자존심이 상해 골이 난 얼굴이었다. 엘리자베스는 콜린스 씨가 불쾌해서라도 일정을 단축하기를 바랐는데, 그의 계획은 감정의 영향을 전혀 받지 않았다. 처음부터 토요일 날 떠날 예정이었는데, 결국 토요일까지는 눌러 있을 눈치였다.

아침식사를 마친 베넷 집안 아가씨들은 메리턴으로 산책을 나섰다. 위컴 씨가 돌아왔는지 알아보고, 그가 왜 네더필드 무도회에 오지 않았는지 속내를 들어보기 위해서였다. 그들이 메리턴에 들어서자마자 위컴 씨가 나타나 자매들과 함께 이모 댁까지 동행했다.

이모 댁에 도착한 자매들은 무도회에 위컴 씨가 오지 않아 얼마나 속상했는지 모른다고 말했고, 위컴 씨 역시 무도회에 참석하지 못해 안타까웠다는 말을 여러 차례 반복했다. 하지만 그는 엘리자베스에게만은 런던에 갔던 것은 자리를 피하기 위해 꾸며낸 구실에 지나지 않는다고 솔직히 인정했다.

"무도회 날짜가 가까워지자 아무래도 다아시 씨를 만나지 않는 게 좋겠다는 생각이 들었습니다. 그와 긴 시간을 함께 있을 자신이 없었거든요. 그렇게 되면 다른 분들에게 불쾌감을 줄 수 있을 것 같았으니까요." 위컴 씨가 말했다.

엘리자베스는 위컴 씨에게 무도회에 참석하지 않은 것은 백번 잘한 일이라고 말했다. 롱본으로 돌아갈 때는 위컴 씨와 다른 장교 한 명이 자매들을 롱본까지 데려다주었다. 이때 엘리자베스는 위컴의 결정에 대해 오래 이야기를 나누었고, 서로 정중한 찬사를 주고받기까지 했다. 위컴과의 동행에는 이중으로 좋은 점이 있었다. 우선 자신에게 경의를 표한다는 사실을 분명히 느낄 수 있었고, 부모님께 그를 소개할 수 있는 좋은 기회도 얻었다.

자매들이 집에 도착하자 베넷 양 앞으로 편지 한 통이 도착해 있었다. 네더필드에서 온 편지는 바로 개봉되었다. 봉투 안에는 조그맣고 우아한 광택지가 들어 있었는데, 아가씨 특유의 아름답고 매끄러운 필체가 눈길을 끌었다. 편지를 읽는 제인의 얼굴빛이 점점 변해갔는데, 특히 특정 구절을 천천히 뜯어 읽고 있다는 것이 엘리자베스의 눈에도 띄었다. 그러나 이내 마음을 다잡은 제인은 편지를 치운 뒤 여느 때처럼 밝은 모습으로 사람들과의 대화에 참여하려고 애썼다. 언니에게 심상치 않은 변화가 있다는 걸 알아차린 엘리자베스는 위컴마저도 눈에 들어오지 않았다. 위컴과 장교들이 떠나자 제인은 엘리자베스에게 위층으로 따라오라는 눈짓을 보냈다. 방으로 들어간 제인은 편지를 꺼내 보이며 말했다.

“캐럴라인 빙리에게서 온 거야. 이걸 읽고 얼마나 놀랐는지 몰라. 가족들이 네더필드를 떠나 런던으로 가고 있다고 했어. 그들은 돌아올 계획이 없대. 뭐라고 썼는지 들어봐.”

그러고 나서 그녀는 편지의 첫 번째 문장을 소리 내어 읽었다. 그들은 지금 오빠를 따라 런던으로 가기로 결심했으며, 허스트 씨 소유인 그로스브너가에서 저녁을 먹을 계획이라고 적혀 있었다. 편지는 이렇게 이어졌다.

‘솔직히 말씀드려 하트퍼드셔를 떠난다고 해서 섭섭하지는 않아요. 다만 나의 가장 친한 벗인 당신을 만날 수 없다는 사실이 슬프긴 하네요. 언젠가 기회가 되면 다시 만나 예전처럼 즐거운 시간을 갖기를 바랄 뿐입니다. 그때까지는 서신으로 이야기를 나누며 쓸쓸함을 달래기로 해요.’

이런 겉치레 인사는 엘리자베스에게 냉담한 불신을 불러일으켰다. 그들이 갑작스럽게 떠난 것이 놀랍기는 했지만, 그리 애석한 일은 아니라는 게 그녀의 입장이었다. 빙리 자매가 네더필드를 떠났다고 해서 빙리 씨가 돌아오지 않는다고 볼 수는 없으니 말이다. 그리고 제인이 빙리 자매를 만날 수 없게 된 슬픔은 빙리 씨를 자주 만남으로써 상쇄될 것이라고 말했다.

잠시 후 엘리자베스가 뒤이어 말했다. “그 사람들이 떠나기 전에 언니가 못 만난 건 안타깝긴 해. 하지만 빙리 양이 편지에서 쓴 것처럼 자주 왕래하게 될 날이 좀 더 빨리 올지도 모르잖아. 그리고 언니와 빙리 양이 좋은 친구 사이이자 시누이 올케라는 한층 더 친밀한 관계로 발전할지도 모르는 일이고. 누이들 때문에 빙리 씨까지 런던에 있어야 하는 건 아니니까."

"캐롤라인은 이번 겨울에 아무도 하트퍼드셔로 돌아오진 않을 거라고 했어. 내가 읽어줄게. '어제 오빠가 런던으로 떠날 때는 사나흘 내로 볼일을 마칠 것으로 예상했어요. 그러나 실제로 와서 보니 그 일이 예상 외로 오래 걸릴 것 같네요. 게다가 오빠는 서둘러 런던을 떠날 생각이 없는 것 같아 우리가 오빠를 따라 런던으로 가기로 했답니다. 안 그러면 오빠 혼자 호텔에서 적적하게 지내야 하니까요. 제가 아는 사람들 중에도 겨울을 나기 위해 이미 런던에 도착해 있는 사람이 많아요. 나의 소중한 벗, 당신이 그들 무리에 끼여 있다는 소식을 들을 수 있다면 좋으련만. 하지만 그럴 가망은 전혀 없겠지요. 하트퍼드셔에서 맞이하게 될 당신의 크리스마스가 여느 때처럼 활기 넘치기를! 그리고 그대의 숭배자가 차고 넘쳐서 우리가 빼앗아가는 친구 하나를 잃었다는 상실감에서 빨리 빠져 나오시기 바랍니다.' 이걸로 봐서는 빙리 양이 이번 겨울에 돌아오지 않을 게 분명해." 제인이 말했다.

"여기서 분명히 알 수 있는 것은 빙리 양이 자기 오빠가 이곳으로 돌아와서는 안 된다고 생각하는 것뿐이야."

"무슨 근거로 그렇게 단정을 하니? 돌아오고 싶어 하지 않는 것은 그 사람일 텐데. 그 사람이 여동생 말에 휘둘릴 이유가 없잖아. 게다가 아직 네가 모르는 일이 있어. 이번에는 나를 괴롭힌 대목을 읽어줄게. 너한테는 숨길 이유가 없으니까. '다아시 씨는 여동생을 무척 보고 싶어 한답니다. 그리고 진실을 말하자면 우리 역시 다아시 씨 못지않게 그녀를 만나고 싶어 해요. 미모와 기품, 재능 면에서 조지아나 다아시 양에 견줄 만한 여자는 세상 어디에도 없으니까요. 그리고 언니와 저는 다아시 양이 우리 올케가 되었으면 하는 소망을 품고 있어서 그 아가씨에 대한 애정이 각별하답니다. 제가 그와 관련해 전에 말씀드린 적이 있는지 모르지만, 떠나는 마당이니 고백하겠어요. 터무니없는 이야기라고 생각하지는 말아주세요. 오빠는 다아시 양을 몹시 흠모하고 있기 때문에 앞으로 만날 기회가 자주 있을 것 같아요. 다아시 양의 친지들과 우리 쪽 친지들 모두가 두 사람의 결혼을 원하고 있어요. 찰스 빙리라는 남자는 세상 어떤 여자의 마음이라도 사로잡을 만큼 매력적이니까요. 이처럼 모든 조건이 우호적인데, 두 사람을 행복하게 해줄 경사를 바라는 게 잘못일까요?' 리지야, 이 문장 어떻게 생각하니?" 제인이 물었다. "이것으로 분명해지지 않았니? 캐럴라인은 내가 자기 올케가 되는 걸 원치 않는다고 분명하게 밝히고 있잖아. 또 그녀는 내게 아주 친절하게 경고하고 있는 거야. 내가 자기 오빠에게 호감을 품고 있다면 일찌감치 포기하라고 말이야. 이 편지에서 다른 해석이 있을 수 있을까?"

"그럼, 당연히 다르게 생각할 수 있지. 내 생각 들어볼래?"

"물론 기꺼이."

"몇 마디면 충분해. 빙리 양은 자기 오빠가 언니를 사랑한다는 사실을 알고 있지만, 자신이 바라는 건 오빠가 다아시 양과 결혼하는 거야. 그래서 오빠를 붙잡아두려고 런던으로 간 거야. 그리고 언니에게 편지를 보내 자기 오빠가 언니에게 관심이 없다고 믿게 만들려 하고 있어."

제인은 머리를 절레절레 흔들었다.

"정말이야, 언니. 내 말을 믿어. 두 사람이 함께 있는 모습을 본 사람이라면 누구도 언니에 대한 빙리 씨의 사랑을 의심하지 않았을 거야. 내가 보기엔 빙리 양도 분명히 그걸 알고 있어. 그걸 모를 정도로 바보는 아니니까. 만일 빙리 양이 다아시 씨의 마음을 절반만 확신할 수 있었다면 벌써 웨딩드레스를 주문했을걸. 하지만 현실적인 문제는 있어. 우리 집의 재산이나 사회적 지위가 마땅찮을 수 있다는 거지. 게다가 빙리 양이 자기 오빠가 다아시 양과 결혼했으면 하고 바라는 더 중요한 이유가 있어. 일단 두 집안 간의 혼사가 성립되면 두 번째 혼사는 훨씬 쉬워지기 때문이야. 확실히 좀 교활한 계산이야. 성공할 가능성이 있는 계산. 만일 드보어 양만 방해하지 않는다면 빙리 양의 계획은 일사천리로 성사될 수도 있어. 그렇지만 언니, 빙리 양은 자기 오빠가 다아시 양을 숭배하고 있다고 말하지만, 언니를 흠모하는 빙리 씨의 마음이 벌써 식지는 않았을 거야. 헤어진 게 화요일인걸. 게다가 빙리 양이 아무리 용을 쓴다 해도 언니에게 반한 사람을 다른 사람에게 반하게 만들 수는 없지 않겠어? 언니도 설마 빙리 양의 말을 곧이곧대로 믿지는 않겠지."

"만일 너와 내가 빙리 양에 대한 생각이 같다면," 제인이 대답했다. "네 예측만으로 내 마음이 아주 편안해질 수 있었겠지만, 네 예측이 완전히 옳다고 할 수는 없어. 캐롤라인은 누군가를 고의적으로 속일 사람은 아니니까. 그러니까 내 유일한 희망은 그녀 자신이 뭔가 잘못 알고 있다고 믿는 수밖에 없어."

"그래. 내 말로는 위안이 안 된다면 차라리 그렇게 생각하는 편이 나아. 나도 그 여자가 뭔가 잘못 알고 있기를 기원할게. 그러면 그녀를 나쁘게 생각하지 않아도 되니까. 그러니 더 이상 고민하지 마."

"하지만 엘리자베스, 모든 일이 원하는 대로 된다 하더라도 남자의 누이들과 친구들이 반대하는 결혼이 과연 행복할 수 있을까?"

"그건 언니가 알아서 결정해야지. 신중하게 생각해보고 판단은 언니가 해야 해. 그 남자 누이들의 뜻을 거역했을 때 겪게 되는 불행이 그 남자의 아내가 되었을 때 얻게 될 행복보다 크다고 생각되면 그 남자를 포기해야 한다고 충고하고 싶어." 엘리자베스가 말했다.

"그런 말이 어디 있니?" 제인이 보일 듯 말 듯한 미소를 지으며 말했다. "그의 누이들이 반대하는 게 고역스럽기야 하지만, 그것 때문에 그이를 만나는 걸 어떻게 주저하겠니?"

"내 말이 그 말이야. 그러니 언니의 처지가 그리 딱한 건 아니라는 거지."

"하지만 그이가 이번 겨울에 여기 오지 않는다면 선택해야 할 일도 없겠지. 6개월이면 많은 일이 일어날 수 있거든."

엘리자베스는 빙리가 돌아오지 않을 거라는 걱정은 안 해도 된다고 말했다. 그것은 캐럴라인의 '불순한 소망이 반영된 추정'일 뿐이라고 생각했기 때문이다. 엘리자베스는 누구의 구속도 받을 이유가 없는 빙리 같은 젊은이가 그런 말에(공공연히 표현하건 위장해서 표현하건) 휘둘릴 수 있다고는 꿈에도 생각하지 않았다.

엘리자베스는 자신의 생각을 최대한 강력하게 언니에게 피력했고, 그 효과가 좋은 방향으로 나타나는 것을 보고 기뻤다. 제인은 사서 걱정하는 성격은 아니었으므로, 빙리가 네더필드로 돌아와서 자신의 소망을 충족시켜줄 것이라는 희망을 버리지 않았다. 더러 사랑에 빠진 사람 특유의 수줍음 때문에 희망을 잃기도 했지만 말이다.

어머니에게는 네더필드네 식구들이 당분간 그곳을 떠나 있기로 했다는 말만 전했다. 괜히 빙리의 이름을 입에 올려 어머니를 놀라게 할 필요는 없었기 때문이다. 그러나 어머니는 부분적으로만 알린 소식에도 걱정이 태산 같았다. 마침 두 집안이 화합을 도모하려는 순간에 그들이 런던으로 가야 할 일이 발생하다니, 재수가 없다면서 우는 소리를 했다. 그러나 잠시 슬퍼한 뒤 빙리 씨가 다시 돌아와서 롱본에서 식사를 하게 될 것이라고 생각하며 마음을 달랬다. 그리고 이 모든 소란은 그녀가 빙리 씨를 가족 정찬에 초대하면 두 가지 풀코스를 준비할 작정이라고 선언하는 것으로 끝이 났다.

22

베넷 집안 식구들이 루커스 집안 식구들과 정찬을 하기로 한 날, 루커스 양은 식사를 하는 내내 콜린스 씨의 말에 귀를 기울이는 친절을 베풀었다. 엘리자베스가 기회를 틈타 샬럿에게 진심으로 고맙다는 말을 전했다. "샬럿 덕분에 그 사람의 기분이 좋아졌어. 정말 너무너무 고마워." 샬럿은 도움이 되어 기쁘다고 했다. 자신이 시간을 낸 것이 도움이 되었다면 앞으로 얼마든지 도와줄 수 있다고 말했다. 그러나 샬럿이 베푼 친절은 엘리자베스로서는 꿈에도 생각하지 못했던 것에 목적이 있었다. 샬럿의 목적은 콜린스 씨가 자신에게 청혼하도록 만드는 것이었다. 모든 일이 그녀의 계획대로 착착 진행되는 것처럼 보였다. 루커스 양은 그날 밤 콜린스 씨와 헤어질 때쯤에는, (그가 그렇게 빨리 하트퍼드셔를 떠나야 하는 사정만 아니었다면) 자신의 계획이 거의 성공을 거두었다고 확신했을지도 모른다. 그러나 그 점에 관해서는 샬럿이 콜린스 씨의 열정과 줏대 있는 성격을 과소평가했다고 봐야 한다. 다음날 아침 콜린스 씨는 놀라울 정도의 교활함을 발휘하여 롱본을 빠져나와서 루커스 별장으로 돌진한 걸 보면 말이다. 그는 루커스 양의 발밑에 아주 자신을 던질 생각이었다. 그는 롱본을 빠져나오는 동안 사촌들이 눈치채지 못하게 하려고 매우 조심했다. 집을 나간 일이 잘 됐다는 것을 알릴 수 없다면, 왜 나가는지도 알리고 싶지 않았으니까. 그러나 샬럿이 그런대로 호의적인 반응을 보였으므로 틀림없이 잘될 것이라고 확신했다. 그런데도 수요일의 사태로 인해 이전에 비해 자신감이 많이 떨어져 있었다. 다행히 그를 맞이하는 샬럿의 태도는 더할 나위 없이 만족스러웠다. 루커스 양은 2층의 창가에 서서 콜린스가 오고 있는 것을 지켜보고 있다가 오솔길에서 우연히 마주치는 것처럼 꾸미기 위해 적절한 시간에 집을 나섰다. 그러나 그녀도 엄청난 사랑의 열변이 자신을 기다리고 있을 줄은 꿈에도 생각지 못했다. 콜린스 씨는 그녀를 보자마자 길고 지루한 사랑의 열변을 토해냈고, 샬럿은 그의 청혼을 망설임 없이 받아들였다.

콜린스 씨의 장황한 연설이 끝나기가 무섭게 모든 일은 신속하게 결정되었고, 두 사람 모두 만족했다. 콜린스 씨는 루커스 양과 집 안으로 들어서면서 자기를 이 세상에서 가장 행복한 남자로 만들어줄 날을 언제로 정할 것인지 알려달라고 간청하기에 이르렀다. 아직 그런 문제를 결정하기에는 너무 이른 게 사실이었지만, 사실 숙녀 편에서도 밀고 당기고 할 생각은 별로 없었다. 우둔함을 타고난 콜린스 씨인지라 그의 구애는 황홀함과는 거리가 멀었지만, 여자 쪽에서도 그다지 아쉬워하지 않았다. 루커스 양의 경우는 순전히 안주인이 되고 싶다는 소망으로 콜린스 씨의 청혼을 받아들였으므로, 그 시기가 언제가 되었든 상관없었다.

그들은 서둘러 윌리엄 경 부부에게 결혼을 허락해달라고 청했다. 양친은 흔쾌하고도 기꺼이 두 사람의 결혼을 허락했다. 콜린스 씨 정도의 남자라면 별다른 재산을 물려줄 형편이 못 되는 딸에게 과분한 결혼 상대였기 때문이다. 게다가 그는 지금도 괜찮았지만 장래가 더 유망했다. 베넷가의 상속자가 바로 그였기 때문이다. 루커스 부인은 곧바로 베넷 씨의 수명을 진지하게 계산해보기 시작했다. 윌리엄 경은 콜린스 씨가 언젠가 롱본을 소유하게 되는 날에는, 즉시 아내와 함께 세인트 제임스 궁에 들어가서 국왕을 알현해 마땅하다는 의견을 피력했다. 요컨대 온 가족은 각기 다른 잇속을 생각하며 둘의 결혼을 기뻐했다. 여동생들은 언니의 결혼 덕분에 한두 해 먼저 사교계에 나갈 수 있었다. 그리고 남동생들의 경우 누나가 노처녀로 평생 자기들에게 얹혀살 거라는 부담감에서 해방되었다. 당사자인 샬럿은 비교적 침착했다. 목적을 달성한 터라 그에 대해 생각할 여유가 생겼기 때문이다. 그리고 그 결과는 대체적으로 만족스러웠다. 콜린스 씨는 똑똑한 사람도 아니었고, 함께 있기에 즐거운 사람도 아니었다. 콜린스 씨와 함께 있으면 넌더리가 날 정도로 지루했고, 자신에 대한 그의 애정도 상상 속에나 존재하는 것임에 틀림없었다. 그러나 어찌 됐건 남편이 생긴다는 것은 확실했다. 남자를 대단하게 생각하지도 않았고, 혼인관계 자체를 중시한 것은 아니었지만 결혼은 언제나 그녀의 목표였다. 좋은 교육을 받았지만 재산이 없는 아가씨에게 결혼만큼 확실한 노후 대책도 없었다. 결혼이 가져다줄 행복 여부가 아무리 불확실하다 해도, 결혼이야말로 가난을 피하는 가장 쾌적한 선택임이 분명했다. 이제 그 예방책을 손에 넣었으니, 스물일곱 살이 될 때까지 한 번도 예뻤던 적이 없었던 샬럿으로서는 이번만큼은 정말 운이 좋았다고 생각했다. 이번 일로 마음에 걸리는 것은 소중한 친구인 엘리자베스 베넷이 놀라 까무러칠 것이라는 사실이었다. 샬럿에게 엘리자베스와의 우정은 비할 데 없이 소중했다. 엘리자베스는 분명 깜짝 놀랄 테고, 샬럿을 비난할지도 몰랐다. 물론 엘리자베스가 비난한다고 해서 자신의 결심이 흔들리지는 않겠지만 친구의 반대와 맞닥뜨리면 불편해질 것은 불을 보듯 뻔했다. 샬럿은 엘리자베스에게 자신의 결혼 소식을 직접 알리기로 했다. 그래서 저녁 식사 시간에 맞추어 롱본으로 가는 콜린스 씨에게 오늘 일에 대해 절대 발설하지 말라고 신신당부했다. 물론 콜린스 씨는 충실한 연인답게 비밀을 지키기로 약속했지만 비밀을 지키는 일이 그리 쉽지는 않았다. 베넷가에서는 그가 오랜 시간 안 보인 까닭에 몹시 궁금해하던 차에 그가 돌아오자 어디 있었느냐고 바로 물어왔기 때문에, 직접적인 대답을 피하느라 딴에는 약간 재치를 발휘해야 했다. 그의 입장에서는 자신의 순조로운 사랑을 자랑하고 싶어 안달이 나는데 참으려니 엄청난 자제력이 요구되었다.

그는 다음날 아침 조금 이른 시간에 떠날 예정이라서 고별 행사는 숙녀들이 잠자리에 들러 가기 전에 거행되었다. 베넷 부인은 매우 다정한 태도로 나중에 다시 롱본을 방문한다면 언제라도 환영하겠다고 말했다.

"친애하는 아주머님, 초대해주셔서 얼마나 기쁜지 모릅니다. 초대받기를 진심으로 바랐으니까요. 가능한 한 빨리 그런 기회를 만들 것을 약속드립니다." 콜린스 씨가 대답했다.

모두들 깜짝 놀랐다. 이때 신속한 재방문을 전혀 바라지 않았던 베넷 씨가 서둘러 말했다.

"뜻은 좋지만 캐서린 여사님께서 승낙하지 않을 텐데? 후견인의 비위를 거스르기보다 친척들을 소홀히 하는 편이 낫지 않겠소?"

"아저씨, 자상하게 신경 써주셔서 진심으로 감사드립니다. 그리고 그렇게 중요한 일은 여사님의 동의 없이 행하지 않는다는 것을 믿으셔도 좋습니다." 콜린스 씨가 대답했다.

"돌다리도 두드려보고 건너라고 했소. 여사님의 노여움을 사는 일은 되도록 삼가는 게 좋지요. 그리고 우리를 재방문함으로써 그분을 불쾌하게 할 수도 있다고 판단되면—내 보기에 그러고도 남을 것 같으니 하는 말이지만—댁에 가만히 있는 것이 낫지 않겠소. 그런다고 우리가 섭섭해하지는 않을 테니."

"다시 한 번 말씀드리지만 아저씨, 이렇게 애정 어린 염려를 해주셔서 대단히 감사합니다. 이 자리에서 분명히 말씀드리지만 곧 염려해주신 것에 대한 감사와 이곳에 머무는 동안 베풀어주신 것에 대한 감사의 편지를 신속히 올리겠습니다. 아리따운 사촌들께도 인사드립니다. 저의 부재가 이런 인사를 드려야 할 만큼 길지 않을지 모르지만, 엘리자베스 양을 포함해서 모두가 건강하고 행복하시길 비는 것으로 인사를 마칠까 합니다."

숙녀들도 예를 갖춰 인사를 하고 물러났다. 하지만 콜린스 씨가 다시 올 생각을 하고 있다는 사실에 모두들 깜짝 놀랐다. 이때 베넷 부인은 콜린스 씨가 아래의 딸들 중 하나를 고를 작정일 거라고, 이미 메리를 설득해놓았을지도 모른다는 생각이 들었다. 평소 메리는 다른 딸들에 비해 콜린스 씨의 능력을 높이 평가했으며, 종종 그가 현실적인 생각을 한다는 것에 감명받았는데, 비록 자신만큼 똑똑하지는 않았지만 독서를 독려하고, 자기계발에 힘쓰게 한다면 얼마든지 유쾌한 동반자가 될 수도 있겠다는 생각을 했다. 그러나 이런 희망은 다음날 아침 허무하게 무너지고 말았다. 아침 식사 직후 그들을 찾아온 루커스 양이 엘리자베스와 단둘이 있을 때, 전날 있었던 사건의 전모를 밝혔기 때문이다.

엊그제, 어쩌면 콜린스 씨가 샬럿을 사랑하고 있다고 상상하는 게 아닐까, 하는 생각이 엘리자베스의 머릿속을 얼핏 스쳐간 적이 있었다. 그러나 그녀는 샬럿이 콜린스 씨의 구애를 부추긴다는 것은 자신이 콜린스의 애정에 응하는 것만큼이나 있을 수 없는 일이라는 생각이 들었다. 그러니 샬럿의 고백을 들었을 때는 최소한의 예의도 지킬 수 없을 만큼 놀라 자신도 모르게 소리 지르고 말았다.

"콜린스 씨와 약혼했다고? 세상에, 샬럿…… 말도 안 돼!"

이야기하는 내내 평정을 유지하고 있던 루커스 양은 이 같은 직접적인 비난이 날아오자 순간적으로 허물어져 어찌할 바를 몰랐다. 그러나 예상하지 못한 반응은 아니었으므로 그녀는 금세 냉정을 되찾고 침착하게 대답했다.

"일라이자, 콜린스 씨를 네가 거절했다고 해서 다른 여자의 호감을 못 살 거라고 생각하는 거야?"

최대한 이성적으로 대처하기로 결심한 엘리자베스는 샬럿에게 앞으로 친척이 될 것을 생각하니 기쁘다는 것과 행복하게 살기를 진심으로 바란다고 말했다.

"나도 네 기분이 어떻다는 건 알아. 콜린스 씨가 최근 너와 결혼하고 싶다고 했던 게 바로 엊그제니까. 하지만 시간을 두고 생각해보면 너도 내가 잘했다고 생각할 거야. 너도 알지만 나는 낭만적인 사람이 아니잖아. 그렇게 타고났는걸. 내가 원하는 건 그저 안락한 가정이야. 그리고 콜린스 씨의 성격과 사회적 배경, 지위 등을 감안한다면 우리는 누구 못지않게 행복할 거라고 믿어." 샬럿이 대답했다.

그러자 엘리자베스가 조용히 대답했다. "물론이지. 네 생각에는 나도 동감이야." 한동안 어색한 침묵이 흐른 뒤 그들은 다른 가족들이 있는 곳으로 자리를 옮겼고, 샬럿은 잠시 머무르다 돌아갔다. 그녀가 떠난 뒤에야 엘리자베스는 비로소 샬럿이 한 말을 곰곰이 되새겨볼 수 있었는데, 그처럼 어울리지 않는 결합을 현실로 받아들이는 데는 한참이 걸렸다. 콜린스 씨가 사흘 만에 두 번이나 청혼한 것도 이상했지만, 그런 청혼을 받아들인 샬럿의 행동도 납득할 수 없기는 마찬가지였다. 결혼에 대한 샬럿의 생각이 자기와 꼭 같지는 않으리라는 건 평소에도 느끼고 있었다. 그러나 샬럿이 세속적인 이익을 위해 더 중요한 것들을 희생시킬 수 있으리라고는 상상도 못했다. 샬럿이 콜린스 씨의 아내가 되다니, 정말이지 치욕스러웠다. 그리고 친구가 창피스러운 일을 함으로써 자신을 실망시켰다는 것도 가슴이 아팠지만, 마음을 더 무겁게 한 것은 샬럿이 스스로 선택한 운명 속에서 웬만큼이라도 행복하게 살 수는 없을 거라는 확신이었다.

23

엘리자베스는 어머니와 언니, 동생들과 함께 응접실에 둘러앉아 샬럿에게서 금방 들은 일을 곱씹으며 자신이 그 소식을 전할 권한이 있는지 생각하고 있었다. 바로 그때, 다름 아닌 윌리엄 루커스 경이 자기 딸의 결혼 소식을 전하기 위해 베넷가에 나타났다. 그는 이쪽 가문에는 온갖 찬사의 말을, 그리고 이 가문과 맺어질 자기네 가문에는 온갖 자축을 말을 늘어놓은 후, 문제의 소식을 전했다. 그러자 소식을 들은 이들은 단지 놀라는 것으로 그친 게 아니라 아예 믿으려 들지 않았다. 베넷 부인은 예의가 아니다 싶을 정도로 계속해서 완전히 잘못 알고 있는 것이 틀림없다고 말했다. 언제나 제멋대로인데다 버릇없는 리디아는 큰 소리로 호들갑스럽게 외쳤다.

"하느님 맙소사! 윌리엄 아저씨, 어쩜 그런 얘기를 다 지어내세요? 콜린스 씨가 리지 언니하고 결혼하고 싶어 하는 거 모르세요?"

사실 윌리엄 경이 궁정 신사의 정중한 태도가 몸에 배어 있었기에 망정이지 보통 사람이었다면 그런 대접을 받고 화를 참기가 불가능했을 것이다. 윌리엄 경은 자신이 한 말을 믿어달라고 부탁하는 한편, 베넷가 사람들이 쏟아내는 온갖 무례한 말을 관대하고 정중하게 경청했다.

이렇게 불쾌한 상황에 처한 윌리엄 경을 구해주는 것이 자신의 의무라고 느낀 엘리자베스는 얼른 자기도 샬럿에게서 이 소식을 들었다고 확인해주었다. 그러고는 어머니와 동생들의 아우성을 그치게 하기 위해 윌리엄 경에게 열렬한 축하의 인사를 건넸다. 뒤이어 그녀는 콜린스 씨의 훌륭한 인품과 헌스퍼드가 런던에서 지근거리에 있다는 사실 등을 거론하며 진심어린 축하의 인사를 건넸다. 제인도 곧바로 이에 동참했다.

베넷 부인은 너무나 큰 충격을 받아서 윌리엄 경이 머무는 동안 제대로 말을 하지 못할 정도였다. 그러나 윌리엄 경이 돌아가자 감정이 폭발하고 말았다. 처음에는 모든 것이 거짓이라고 우겨대다가 다음에는 콜린스 씨가 계략에 넘어간 게 틀림없다고 우겼다. 그리고 잠시 후에는 그들의 결혼은 결코 행복할 수 없을 거라고 확신에 차서 말했다가, 다시 얼마 후에는 그 혼인은 파기될 것이라고 장담했다. 그리고 이 모든 일은 결국 두 가지 사실로 귀결되었는데, 하나는 엘리자베스가 이번 불상사의 화근이라는 것이고, 다른 하나는 모두가 자신을 너무나 학대한다는 것이었다. 베넷 부인은 이 두 가지 내용을 종일 되씹었다. 그런 그녀에게는 그 무엇도 위로가 되지 않았고, 그 어떤 말로도 그녀의 화를 달랠 수가 없었다. 그녀의 화를 누그러뜨리기에는 그날 하루로는 부족했기 때문이다. 엘리자베스가 눈에 띌 때마다 1주일째 잔소리를 해댔고, 윌리엄 경이나 루커스 부인에게 무례하지 않게 이야기하게 되기까지는 한 달이 걸렸으며, 샬럿을 용서할 수도 있다고 생각하기까지는 여러 달이 걸렸다.

베넷 씨는 이번 일을 누구보다 담담하게 받아들였다. 오히려 매우 통쾌한 일이라고 생각했다. 왜냐하면 꽤 지각 있는 아가씨라고 생각했던 샬럿이 자기 아내나 딸보다도 더 어리석다는 걸 알았으니 말이다.

제인은 이 두 사람의 결혼에 다소 놀랐다고 말했다. 그러나 놀랐다는 말보다는 그들의 행복을 진심으로 기원한다는 말을 많이 했다. 엘리자베스는 이번 일에서만큼은 제인을 설득할 수 없었다. 키티와 리디아는 자기들은 루커스 양이 조금도 부럽지 않다고 했다. 일개 목사와 결혼하는 것이 뭐가 좋으냐는 것이었다. 그들에게 이 사건은 메리턴으로 퍼뜨려야 할 새로운 소식일 뿐이었다.

루커스 부인은 베넷 부인에게 보복할 기회를 놓칠 사람이 아니었다. 그녀는 딸이 시집을 잘 가게 되어 기쁘다는 걸 자랑하기 위해 평소보다 더 자주 롱본을 방문했다. 베넷 부인의 시무룩한 표정과 심술궂은 대꾸만으로도 그녀의 행복을 쫓아내기에 충분할 정도였는데도 말이다.

한편 엘리자베스와 샬럿은 되도록 이 일을 입에 올리지 말자는 암묵적 동의를 했다. 엘리자베스는 이제 샬럿과의 진실한 우정을 회복하는 일은 요원하다는 생각이 들었다. 샬럿에 대한 실망 때문에 언니에게는 전보다 더한 애정과 존경심을 보였다. 언니의 정직함과 배려 앞에서는 자신의 신뢰가 흔들리지 않을 거라는 걸 깨달았기 때문이다. 요즘은 언니의 행복을 바라는 마음에 하루하루가 조바심이 났다. 빙리가 네더필드를 떠난 지 1주일이 지났건만 아무런 소식이 없었기 때문이다.

제인은 캐롤라인에게 바로 답장을 보낸 뒤, 다시 답장이 올 날을 손꼽아 기다렸다. 화요일에는 콜린스 씨가 약속한 감사의 편지가 베넷 씨 앞으로 도착했다. 편지에는 열두 달 정도 식객 노릇을 했던 사람의 편지에서나 봄직한 정중한 감사의 말들로 가득 차 있었다. 그런 식으로 감사의 의무를 다한 콜린스 씨는 이어 온갖 열정적인 표현을 동원해 자신이 베넷가의 다정한 이웃인 루커스 양의 애정을 쟁취했다는 사실을 알렸다. 이어 롱본을 방문하기를 바란다는 친절한 초대에 자신이 응했던 이유는 오로지 루커스 양을 만날 수 있다는 기대 때문이었다고 해명하면서, 2주일 후 월요일에 다시 방문하고 싶다는 희망을 드러냈다. 그러면서 덧붙이기를, 캐서린 여사님께서 자신의 결혼을 쾌히 승낙하시면서 가능한 한 빨리 식을 올리라고 하셨는데, 다정한 샬럿이라면 자신을 세상에서 가장 행복한 남자로 만들어줄 날짜를 늦추지는 않을 것이라고 했다.

콜린스 씨의 하트퍼드셔 방문은 베넷 부인에게 더 이상 기쁜 소식이 아니었다. 이제 그녀도 콜린스 씨의 방문을 남편 못지않게 싫어했다. 콜린스 씨가 루커스 별장으로 가지 않고 롱본으로 온다는 건 말이 안 된다, 너무 불편하고 힘들다, 건강도 좋지 않은데 손님이 찾아온다니 정말 싫다, 게다가 연인들이란 세상에서 제일 못 봐줄 족속들이라는 둥 온갖 불평을 늘어놓았다. 불평을 하지 않을 때는 그보다 더한 걱정거리, 즉 빙리 씨가 아직도 돌아오지 않는 것에 대해 심란해했다.

제인도 엘리자베스도 그 일 때문에 마음이 편치 않았다. 빙리 씨의 소식을 전혀 모르는 상태에서 하루하루가 지나갔다. 메리턴에는 빙리 씨가 이번 겨울에 네더필드로 돌아올 계획이 없다는 소문이 파다했다. 이런 소문은 베넷 부인의 화를 더욱 부채질했는데, 소문을 들을 때마다 그녀는 말도 안 되는 중상모략이라고 반박했다.

이제 엘리자베스도 슬슬 걱정이 되기 시작했다. 빙리가 언니를 잊었을지도 모른다는 우려가 아니라, 그의 누이들이 두 사람 사이를 떼어놓는 데 성공한 게 아닐까 싶어서였다. 그렇게 되면 언니의 행복은 무너질 수밖에 없었고, 빙리 씨에게는 불성실한 사람이라는 낙인이 찍힐 우려가 있었다. 엘리자베스는 그럴 리가 없다고 마음을 다잡았지만, 어쩌면 그럴지도 모른다는 생각이 머릿속을 맴돌았다. 냉정한 두 누이와 영향력 강한 친구가 함께 공작을 펼치는 데다 다아시 양의 매력과 런던의 여흥까지 더해지면 언니를 향한 애정이 아무리 강하다 해도 당해내지 못할 것 같았다. 이런 상황에서 가장 고통받는 사람은 제인이었다. 속내를 잘 드러내지 않는 제인은 동생과 이야기할 때 빙리라는 이름을 되도록 입에 올리지 않으려고 노력했다. 하지만 눈치 없는 어머니는 틈만 나면 빙리 이야기를 꺼내며 조바심을 쳤다. 심지어 빙리가 안 온다면 제인을 갖고 논 것밖에 더 되느냐며 앞으로 어쩔 것이냐고 다그치기까지 했다. 제인처럼 온순하고 인내심 강한 성격이 아니었다면 어머니의 그런 막무가내식 공격을 참고 넘기기는 어려웠을 것이다.

콜린스 씨는 롱본을 떠난 지 정확히 2주째가 되는 월요일에 다시 롱본을 방문했는데, 첫 방문 때만큼 환대받지는 못했다. 그러나 그는 자기 행복에 취해 있어서 주변 일에 별 관심이 없었다. 그리고 연애 사업 때문에 그가 롱본 식구들과 함께 보내는 시간은 거의 없었다. 콜린스 씨는 루커스 별장에서 대부분의 시간을 보냈는데, 더러는 롱본 식구들이 잠자리에 들기 전에, 너무 오래 집을 비운 것을 사과할 시간만 겨우 남겨놓고 돌아왔다.

베넷 부인은 비참했다. 콜린스 씨와 루커스 양의 결혼과 관련해 누군가가 한마디만 해도 기분이 극도로 나빠졌는데, 이제 어딜 가나 이 두 사람이 화제였다. 베넷 부인은 이제 루커스 양이라면 이가 갈렸다. 그녀가 장래에 자기 집을 물려받는다고 생각하자 견딜 수가 없었던 것이다. 샬럿이 롱본으로 놀러 올 때면 그녀가 롱본을 소유할 날만을 고대하고 있는 것처럼 여겨졌다. 그리고 샬럿과 콜린스 씨가 나지막이 속삭이는 것을 보면 그들이 분명 롱본의 저택과 토지에 대해 이야기하고 있는 것이라며, 남편이 세상을 떠나면 바로 자신과 딸들을 내쫓을 모의를 한다고 생각했다.

그녀는 남편에게 자신의 모든 생각을 털어놓으며 불평했다.

"여보, 샬럿 루커스가 우리 재산을 통째로 차지한다고 생각하면 견딜 수가 없어요. 그 애가 나를 쫓아내고 이 집을 차지할 날을 보게 된다니, 생각도 하기 싫다고요."

"여보, 너무 비관적으로 생각하지 맙시다. 당신보다 내가 더 오래 살지도 모르잖소."

이 말은 베넷 부인에게 별 위안이 되지 못했기 때문에 그녀는 남편의 말에 대꾸하는 대신 하던 말을 계속했다.

"그 사람들이 우리 땅을 통째로 차지하다니, 어떻게 그럴 수가 있어요? 한정 상속만 아니라면 이렇게 신경 쓰지는 않았을 텐데."

"뭘 신경 쓰지 않는다는 거요?"

"뭐가 됐든 신경 안 쓴다고요."

"한정 상속 덕분에 당신이 그렇게 무신경하지 않게 된 것에 감사해야겠군."

"한정 상속에 감사하다니, 여보, 우리 딸들에게 돌아갈 몫이 콜린스 같은 인간한테 넘어가는 데도 감사하라고요? 도대체 왜 그 사람이 우리 재산을 차지하냐고요."

"그 문제에 답을 찾는 일은 당신에게 맡기겠소." 베넷 씨가 대답했다.

제 2 부

1

그즈음 빙리 양의 편지가 도착함으로써 모든 것이 명백해졌다. 편지는 겨울 동안 런던에 눌러 있기로 했다는 내용으로 시작되었고 마지막 문장은 오빠가 하트퍼드셔에서 떠나오기 전 친구들에게 인사를 못해 유감스러워한다는 말로 끝났다.

희망은 사라졌다. 완전히 사라진 것이다. 제인이 정신을 차리고 편지의 나머지 내용을 살펴보자 사랑하는 제인 운운하는 입에 발린 치렛말을 제외하고는 다아시 양 칭찬이 대부분을 차지했다. 캐롤라인은 다아시 양의 매력을 다시 언급하면서 자신들의 친분을 과시하며 우쭐거렸고, 지난번 편지에서 털어놓았던 소망이 이루어질 것 같다는 예견까지 덧붙여져 있었다. 이어 오빠가 다아시 씨 집에 머물고 있어서 더할 나위 없이 기쁘고, 새 가구를 들여놓기로 한 다아시 씨 계획의 일부를 황홀해하며 언급했다.

제인이 편지의 내용을 들려주자 엘리자베스는 입을 다문 채 분노를 삭였다. 그녀는 언니를 염려하는 마음이 컸던 만큼 나머지 사람들에 대한 분노도 상당했다. 빙리 씨가 다아시 양을 좋아한다는 빙리 양의 말은 애초부터 믿지 않았다. 대신 빙리 씨가 언니를 좋아한다는 사실은 한 순간도 의심해본 적이 없었다. 언제나 그를 호의적으로 생각했지만 그의 순해빠지고 우유부단한 성격을 생각하자 경멸감 섞인 분노가 치밀었다. 바로 그 우유부단한 성격 때문에 주변 사람들의 계략의 노예가 되어 자기의 행복을 걷어차 버렸다는 생각이 들었기 때문이다. 걷어차 버린 것이 단지 자신의 행복뿐이라면 아무 상관이 없었다. 문제는 그것이 언니의 행복과 연관되었다는 사실이었다. 엘리자베스는 빙리도 그 사실을 알고 있을 것으로 생각했다. 요컨대 이 문제는 아무리 머리를 굴려보아도 신통한 결론이 나오지 않았다. 그녀는 이 문제 말고 다른 생각은 아무것도 할 수가 없었다. 빙리의 애정이 실제로 식었든, 아니면 주변의 방해 때문에 억압되었든, 빙리 씨가 자신에 대한 제인의 마음을 알고 있든 모르고 있든(그것이 어느 쪽인가에 따라 빙리에 대한 엘리자베스의 판단이 크게 달라지겠지만) 언니의 처지가 달라지는 것은 아니었다. 이제 엘리자베스의 마음의 평화는 깨져버렸다.

제인이 엘리자베스에게 자신의 감정을 털어놓기까지는 하루이틀이 더 필요했다. 어머니가 네더필드와 그 주인에 대해 유난히 짜증을 낸 뒤 자리를 뜨고 둘만 남게 되자 마침내 입을 열었다.

"제발 어머니가 좀 자제했으면 좋겠어. 그분 이야기를 계속하는 것이 얼마나 내게 고통을 주는지 모르고 계셔. 하지만 불평은 안 할래. 오래 저러지는 않겠지. 그분은 잊힐 거고, 우리 모두 예전으로 돌아갈 테니까."

엘리자베스는 회의 반, 걱정 반이 담긴 얼굴로 언니를 바라보았지만 아무 말도 하지 않았다.

"괜찮아질 거라는데 내 말을 안 믿네." 제인이 살짝 얼굴을 붉히며 목소리를 높였다. "나는 그를 한때 호감을 품었던 사람 정도로 기억할 거야. 정말 그게 다야. 더 이상 바라는 것도 겁나는 것도 없어. 그가 욕먹을 짓을 한 것도 없어. 천만다행이야. 배신의 고통 같은 건 없으니까. 이제 시간이 지나면 괜찮아지겠지. 극복하려고 노력이야 해야겠지만."

잠시 후 제인이 목소리에 더욱 힘을 주며 덧붙였다. "정말 다행인 것은 내 쪽에서 착각하고 혼자 좋아했던 것뿐이고, 나 자신 외에는 어느 누구도 상처받은 사람이 없다는 거야."

"언니! 언니는 너무 착해. 천사같이 마음씨가 곱고 순수해. 무슨 말로 위로해야 할지 모르겠네. 언니가 이렇게 착한 사람이라는 건 몰랐어. 내가 언니한테 좀 더 잘했어야 하는데." 엘리자베스가 큰 소리로 말했다.

베넷 양은 그 말이 터무니없는 과찬이라며 오히려 동생의 따뜻한 마음 씀씀이를 칭찬했다.

"아니야. 이건 불공평해. 언니는 세상사람 모두를 좋은 사람이라고 생각해. 내가 누군가를 나쁘게 말하면 싫어하잖아. 그런데 지금 언니를 아주 좋은 사람이라고 말했을 뿐인데 아니라니, 너무하지 않아? 그렇다고 내 생각이 극단으로 흐른다고 걱정할 필요는 없어. 사실 내가 진정으로 좋아하는 사람은 몇 안 되고, 훌륭하다고 생각하는 사람은 그보다 더 적어. 살아갈수록 세상이 못마땅해. 사람들의 성격은 일관성이 없고, 겉으로 드러난 미덕이나 양식이란 것도 믿을 것이 못 된다는 사실을 날마다 확인하고 있어. 최근 일어난 두 가지 일로 더욱 그런 생각이 굳어졌어. 한 가지는 말하지 않을 거고, 다른 하나는 샬럿의 결혼이야." 엘리자베스가 말했다.

"얘, 리지, 자꾸 그 생각 하지 마. 그러면 불행해져. 사람마다 상황도 다르고 성격도 다르다는 걸 고려해야지. 콜린스 씨의 사회적 지위와 샬럿의 신중하고 무던한 성격을 고려해봐. 샬럿네가 대가족이라는 것도 고려하고. 재산으로 따지면 샬럿에게 콜린스 씨는 안성맞춤의 신랑감이야. 그러니 샬럿에게 애정이나 존경심 같은 감정이 생겨날 수 있다고 믿어야지. 모두를 위해서 말이야."

"언니를 기쁘게 해주기 위해서라도 언니 말대로 믿고 싶어. 하지만 내가 그렇게 믿는다고 해서 누구에게 도움이 될지는 모르겠어. 나는 지금 샬럿의 가슴 쪽을 별로라고 생각하는데, 언니 말을 믿게 되면 살럿의 머리 쪽을 더 나쁘게 생각해야 할 것 같거든. 언니, 콜린스 씨는 터무니없이 우쭐대고, 잘난 척하며 편협하고 우둔한 사람이야. 언니도 그 정도는 알고 있잖아. 그러니 그런 남자와 결혼하겠다는 여자가 생각이 제대로 박혔을 리 없다는 거야. 샬럿을 변호할 생각은 마. 누굴 옹호하기 위해 원칙과 성실성의 의미마저 저버릴 순 없잖아? 이기심을 신중함이라고 하고, 계산된 결혼으로 인한 위험을 감지하지 못하는 데도 그걸 행복의 보증수표라고 나를 설득하지는 못할걸."

"두 사람한테 너무 심한 것 아냐?" 제인이 말했다. "너도 두 사람이 행복하게 지내는 것을 보면 샬럿을 이해할 수 있을 거야. 하지만 이제 그 이야기는 그만하자. 아까 네가 최근 두 가지 일로 마음이 상했다고 했잖아. 네가 무슨 생각을 하는지 나도 알아. 하지만 리지, 그 모든 걸 그 사람 잘못이라고 생각하지도 말고, 실망했다고도 말하지 말아줬음 해. 그런 말을 들으면 괴로울 뿐이니까. 우리는 타인이 자신에게 고의로 상처를 입힌다고 상상하기 좋아하지만 그래서는 안 돼. 리지, 원기 왕성한 청년에게 언제나 조심스럽고 신중하길 기대한다는 건 무리야. 우리를 속이는 것은 단순한 허영심일 때가 자주 있으니까. 여자란 아름답다고 칭찬받으면 이내 그 이상의 의미를 생각하기 쉽거든."

"그렇게 만드는 건 남자들이야."

"그게 만일 계획적인 거라면 정당화될 순 없겠지. 하지만 난 세상엔 계획해서 되는 일이 사람들의 생각처럼 그렇게 많다고는 여겨지지 않아."

"나도 빙리 씨 행동이 계획적인 것이라고는 생각지 않아. 하지만 타인의 감정을 헤아리지 못하고 우유부단하게 행동하는 것만으로도 상대에게 불행을 줄 수 있어." 엘리자베스가 말했다.

"그래서 넌 이번 일이 그것들 가운데 하나라는 거니?"

"응, 가장 나중 것이 그 이유야. 하지만 이야기를 계속하면 언니가 좋게 생각하는 사람들을 내가 어떻게 생각하는지 말하게 될 거고, 그러면 언니 기분만 나빠지지 않을까? 그러니 지금이라도 멈추라면 멈출게."

"그렇다면 넌 그 사람이 누이들의 영향력에서 벗어나지 못할 거라고 생각하니?"

"응. 그 사람의 친구도 결탁해서 말이야."

"그건 말이 안 돼. 그 사람들이 왜 그런 짓을 하겠어. 그 사람이 행복하기만을 바랄 텐데. 그리고 만일 그 사람이 나를 사랑하고 있다면 다른 여자가 그의 사랑을 차지할 수는 없잖아."

"언니의 첫 번째 가정은 잘못됐어. 사람들은 그 사람의 행복 말고도 다른 많은 것들을 바랄 수도 있다는 걸 알아야 해. 그의 재산이 증대되고 사회적 지위가 높아지기를 바랄 수도 있고, 그 사람이 돈과 연줄과 거만함까지 두루 갖춘 여자와 결혼하기를 바랄 수도 있어."

"그 사람들이 빙리 씨가 다아시 양을 선택하기를 바란다는 것은 틀림없지만, 그건 네 짐작처럼 그렇게 나쁜 동기가 아닐 수도 있어. 그들은 나보다는 그 아가씨를 훨씬 더 오래 알고 지냈으니까. 그러니 그녀를 더 좋아한다 해도 놀랄 일은 아니지. 그러나 그 사람들이 무얼 바라든 빙리 씨의 뜻을 거스르지는 않았을 거야. 그럴 만한 중대한 이유가 있다면 모르지만, 그렇지 않은 다음에야 어떤 누이가 감히 그런 짓을 자청하겠니? 누이들이 보기에 빙리 씨가 나를 진심으로 사랑하는 것 같았다면 우리를 떼어놓으려 들진 않았을 거야. 그 사람이 나에게 마음이 있다면 누이들 때문에 마음이 바뀔 리도 없고. 너는 그가 나를 사랑한다고 생각하니까 모두가 몰인정하고 비도덕적으로 보이는 거야. 대신 나는 몹시 불행해 보이는 거고. 그런 생각 하지 마. 그건 나를 슬프게 하니까. 내가 오해했다는 건 부끄럽지 않아. 아니, 적어도 그 사람이나 그 사람의 누이들을 나쁘게 생각할 때 느끼는 것에 비하면 아무것도 아냐. 내가 이 일을 최대한 긍정적으로 받아들이도록 도와줘. 그 사람들을 이해하고 싶으니까." 제인이 말했다.

엘리자베스는 언니의 그 같은 소망에 맞설 수는 없었기 때문에 이후부터 언니와 둘이 있을 때는 빙리 씨의 이름을 되도록 입에 올리지 않았다.

한편 베넷 부인은 빙리 씨가 왜 돌아오지 않느냐며 쉴 새 없이 투덜거렸다. 엘리자베스는 어머니에게 거의 매일 그 이유를 또박또박 설명했지만 어머니의 태도는 변함이 없었다. 엘리자베스는 자신도 확신하지 못하는 이야기를 어머니에게 믿게 하려고 애를 썼다. 제인을 향한 빙리 씨의 관심은 일시적인 것에 불과했고, 제인이 더 이상 보이지 않자 호감도 사라져버린 거라고 설득했다. 그러면 어머니는 그 자리에서는 그럴 수도 있겠다고 인정했다가, 이튿날이면 또다시 똑같은 말을 되풀이했다. 베넷 부인에게 그나마 위안이 되는 것은 빙리 씨가 여름에 다시 올 것이라는 기대감이었다.

베넷 씨는 그 문제를 아내와는 조금 다르게 바라보았다. 어느 날 베넷 씨가 말했다. "리지야, 언니의 사랑이 깨졌다지? 축하할 일이구나. 아가씨들이 결혼 다음으로 좋아하는 게 실연당하는 거니까. 실연은 생각할 거리도 만들어주고, 친구들 사이에서 특별한 존재로 부각시켜주기도 하지. 네 차례는 언제냐? 제인이 앞질러 가도록 네가 오래 놔둘 애는 아닌데. 메리턴에는 이 동네의 모든 아가씨들을 실연시킬 만큼 많은 장교들이 있다지? 네 상대로 위컴이 어떠냐? 그만하면 널 확실하게 차줄 수 있을 것 같던데."

"고맙습니다, 아버지. 저는 그렇게 멋진 남자를 원하지는 않아요. 언니 같은 행운은 아무나 기대할 수 있는 건 아니니까요."

"맞는 말이다. 어떤 남자가 너를 차든 네 엄마가 그걸 최대한 우려먹을 거니, 그걸 위안 삼아라." 베넷 씨가 말했다.

최근의 궂은일들로 침울해 있던 베넷가에 위컴은 햇살 같은 존재였다. 그들이 위컴 씨를 자주 만나면서 위컴 씨의 여러 장점에 스스럼없는 태도가 추가되었다. 이제 가족들 사이에서는 그가 다아시 씨에게 당한 부당한 처사가 공공연하게 거론되었다. 그들은 그 일을 알기 전부터 다아시 씨를 얼마나 싫어했는지 모른다고 떠들어대면서 그를 천하의 나쁜 인간으로 몰아가며 시원해했다.

하트퍼드셔 사람들 가운데 제인만이 다아시 씨에게 남모를 사정이 있을 수도 있다고 생각했다. 어떤 일이 생겨도 절대 남을 함부로 판단하지 않는 온화한 성격의 소유자인 제인은 계속 그럴만한 이유가 있을 것이라고 다아시 씨를 두둔했다. 하지만 다른 사람들은 하나같이 다아시 씨보다 나쁜 인간은 세상에 없을 것이라고 비난했다.

2

토요일이 되자 콜린스 씨는 사랑을 고백하고 행복을 설계하며 보낸 1주일을 마감하고 교구로 돌아가야 했다. 그는 신부를 맞이할 준비를 하는 것으로 이별의 고통을 달랠 수 있었다. 다음번에 하트퍼드셔로 돌아왔을 때는 세상에서 가장 행복한 남자로 만들어줄 날짜가 잡힐 것이라는 언질이 있었기 때문이다. 콜린스 씨는 롱본의 친척들에게 지난번 못지않게 엄숙한 작별 인사를 했다. 다시 한 번 사촌들에게 건강과 행복을 기원했고, 그녀들의 아버지에게는 또다시 감사의 편지를 보내겠다고 약속했다.

다음 월요일에 베넷 부인의 남동생 내외가 베넷가를 방문했다. 동생 부부는 예년처럼 크리스마스를 롱본에서 보내려고 찾은 것이었다. 동생인 가디너 씨는 타고난 천성으로 보나 교육 수준으로 보나 누나보다 월등히 뛰어난 사람으로, 지각 있고 신사다웠다. 네더필드의 빙리 자매들이 가디너 씨를 보았다면 자기네 점포만 왔다 갔다 하는 장사꾼이 그토록 예의 바르고 반듯하게 행동한다는 사실을 이해할 수 없었을 것이다. 베넷 부인 자매보다 네댓 살 아래인 가디너 부인은 상냥하고 총명하며 우아했으므로 롱본의 조카들은 하나같이 그녀를 따랐다. 특히 제인과 엘리자베스는 외숙모와 각별한 사이로, 런던의 외삼촌댁에서 머무는 일이 자주 있었다.

롱본에 도착한 가디너 부인은 준비해 온 크리스마스 선물을 조카들에게 나누어준 뒤 최근 유행하는 런던의 패션 이야기를 들려주었다. 이야기가 끝난 뒤에는 비교적 수동적인 자세를 취했다. 이쯤에서 이야기를 들어줄 태세였다. 베넷 부인은 원망할 일도, 하소연할 일도 많았다. 지난번에 올케를 만난 이후로 자기 가족 모두가 지독히 몹쓸 인간 취급을 당했다고 하소연했다. 두 딸이 결혼 직전까지 갔지만 결국 아무런 소득 없이 끝났다는 이야기도 했다.

"올케, 제인을 책망하고 싶은 마음은 없어. 제인은 할 수만 있었다면 빙리 씨를 붙잡았을 거야. 하지만 리지는 진짜 아니야. 아, 올케! 그 애가 성격만 그리 고약하지만 않았어도 지금쯤 콜린스 부인이 되어 있었을 텐데! 생각하면 속상해서 미칠 것 같아. 그 사람이 바로 이 방에서 리지에게 청혼했는데 리지가 거절했지 뭐야. 결국 루커스 부인이 나보다 먼저 딸을 시집보내게 생겼어. 게다가 한정 상속이니 뭔지에 걸려 롱본 땅이 모조리 그 인간한테 넘어가게 생겼다니까. 올케, 루커스 집안사람들은 정말이지 교활해. 붙잡을 수 있는 건 무슨 수를 써서라도 낚아챈다니까. 그 사람들에게 이런 말을 해서 안됐지만 그게 사실인 걸 어떡해. 그러니 내 신경이 예민해질 수밖에 없지. 식구라는 인간들이 이렇게 뒤통수를 치고, 이웃은 자기 생각만 하니 내가 배겨

낼 수가 있어야지. 올케가 때마침 와줘서 얼마나 다행인지 몰라. 그리고 올케가 아까 했던 긴소매 얘기 말인데, 유행 이야길 들으니 마음이 풀려."

가디너 부인은 이미 제인과 엘리자베스의 편지를 통해 대충 소식을 들었으므로 시누이에게는 적당히 대답해 넘기고, 조카들의 입장을 고려해서 말머리를 돌렸다.

잠시 후, 가디너 부인은 엘리자베스와 단둘이 남게 되자 제인 이야기를 꺼냈다. "제인에게는 좋은 혼처였던 것 같은데, 그렇게 끝나버렸다니 안됐네. 하지만 그런 일은 비일비재해. 이야길 들어보니 빙리 씨는 예쁜 여자하고 너무 쉽게 사랑에 빠졌다가, 두어 주 떨어져 있게 되면 또 너무 쉽게 잊어버리는 타입인 것 같은걸. 그런 일은 너무나 흔한 일이야."

"훌륭한 위로의 말씀이긴 하지만 우리한테는 아무 도움이 안 돼요. 어쩌다 당하는 일이 아니거든요. 자기 몫의 재산을 갖고 있는 멀쩡한 청년이 며칠 전만 해도 한 아가씨를 열렬하게 사랑했는데, 주변에서 끼어들어 그 아가씨를 더 이상 생각하지 못하도록 하는 건 그리 흔한 일이 아니잖아요." 엘리자베스가 말했다.

"열렬한 사랑? 글쎄, 난 잘 모르겠구나. 진실하고 강렬한 사랑에 그런 말을 붙이기도 하겠지만, 반시간 만에 생겨난 감정에 그런 말을 붙이는 경우도 있으니까 말이야. 그래, 빙리 씨와의 사랑이 얼마나 열렬했는데?"

"빙리 씨가 그렇게 티나게 호감을 표시하는 경우는 처음 봤어요. 언니한테 완전히 마음이 빼앗겨 다른 사람한테는 눈길도 주지 않았다니까요. 만날 때마다 그게 분명히 보였어요. 그 사람 집에서 연 무도회에서는 그 사람한테 춤 신청을 받지 못해 기분이 상한 아가씨들도 몇 있었어요. 제가 그 사람한테 말을 걸었는데 거의 알아듣지 못하는 것 같았다니까요. 이보다 분명한 증거가 있을까요? 한 사람을 제외하고 다른 모든 사람에 대한 예의를 잊어버리는 것이야말로 사랑에 빠졌다는 확실한 증거가 아닐까요?"

"그래, 맞아! 그게 바로 그 사람이 제인에게 느꼈을 사랑의 본질이야. 가엾은 제인! 정말 안타깝구나. 제인의 성격으로 봐서 쉽게 극복하지 못할 텐데. 리지, 차라리 너한테 그런 일이 있었더라면 나았을 텐데. 너라면 가볍게 웃어넘겼을 수도 있었을 테니까. 런던으로 돌아갈 때 제인더러 함께 가자고 하면 어떨까? 장소가 바뀌면 기분 전환이 되니까, 집을 떠나 있는 것도 좋아."

엘리자베스는 외숙모의 제안을 받고 매우 기뻐하며, 언니가 흔쾌히 동의할 거라고 확신했다.

가디너 부인이 덧붙였다. "제인이 그 사람 때문에 런던 가는 걸 망설이지 않았으면 좋겠구나. 같은 런던이라도 빙리가 머무는 곳은 우리 집에서 멀고, 또 우리와 전혀 다른 부류의 사람들과 어울릴 테니, 그를 만날 가능성은 거의 없다고 봐. 그 사람이 일부러 제인을 만나러 오지 않는 한."

"그 사람이 일부러 찾아오는 일은 없을걸요. 그 사람은 지금 친구에게 감시를 받고 있을 테니까요. 게다가 다아시 씨는 그 사람이 제인을 찾아가도록 절대 허락하지 않을 거예요! 아이, 외숙모, 그런 생각을 하다니요? 다아시 씨가 그레이스처치가*라는 동네를 들어본 적은 있을지 모르지만, 그 동네에 한 번 갔다가는 아마 한 달을 씻는다 해도 그 불결함을 떨치지 못할걸요. 그리고 빙리 씨는 그 사람과 함께가 아니면 꼼짝도 안 할 게 틀림없고요."

"그렇다면 더 잘됐네. 두 사람을 아예 만나지 않는 게 좋을 테니까. 그런데 제인이 그 사람 여동생과 편지 왕래를 하고 있다지? 그렇다면 제인 편에서 방문을 안 할 수는 없을 텐데."

"언니는 그 교제를 완전히 끊을 거예요."

엘리자베스는 빙리 양이 찾지 않을 것은 물론이고, 그보다 중요한 인물인 빙리 씨도 찾지 않을 것이라고 단언하면서도 반신반의했다. 그러나 다시 생각해보니 그 반대의 가능성이 전혀 없지도 않다는 생각이 들었다. 빙리의 사랑이 다시 살아나면서 제인의 매력이 주변 사람들의 반대를 제압할 가능성도 꽤 높다는 생각이 들었기 때문이다.

제인은 외숙모의 초대를 흔쾌히 받아들였다. 그녀 생각에 빙리 양이 오빠와 한 집에 사는 것이 아니므로 그와 마주칠 염려는 없다고 보았다.

가디너 부부는 1주일 동안 롱본에 머물렀다. 그동안 베넷가는 필립스 이모네가 되었든 루커스 집안사람들이 되었든, 아니면

* 런던의 상업 지역 근처의 서민 주택가.

장교들이 됐든 늘 사람들로 북적였다. 집에서 모임이 있을 때면 언제나 장교들 몇이 함께했고, 그때마다 위컴 씨는 어김없이 참석했다. 가디너 부인은 엘리자베스가 자주 위컴 씨 이야기를 하자 단번에 이상기류를 감지했다. 두 사람이 심각한 사랑에 빠져 있는 것 같지는 않았지만 서로 호감을 느끼고 있는 것이 명백해서 다소 걱정이 될 정도였다. 그녀는 하트퍼드셔를 떠나기 전에 엘리자베스에게 그런 남자에게 기대를 갖는 것이 얼마나 경솔한 일인지 모른다고 말해주기로 결심했다.

위컴은 모든 사람에게 호감을 살 만한 특출한 매력이 있었지만, 그것과 별도로 가디너 부인을 즐겁게 해줄 밑천을 하나 더 가지고 있었다. 그녀는 미혼 시절 더비셔 주에서 살았는데, 그곳은 바로 위컴의 고향이기도 했다. 그런 연유로 두 사람은 공통으로 아는 지인이 많았다. 위컴은 5년 전 다아시 씨의 부친이 작고한 이후 고향에 간 적이 거의 없었다. 그럼에도 위컴은 가디너 부인의 옛날 친구들의 최근 근황을 비교적 많이 알고 있었다.

가디너 부인은 펨벌리를 구경한 적이 있었고, 세상을 떠난 다아시 씨의 평판에 대해서도 익히 들어 알고 있었다. 그래서 두 사람 사이의 대화는 끊이지 않았다. 가디너 부인은 자신이 기억하는 펨벌리와 위컴이 들려주는 이야기를 비교하기도 하고, 이미 고인이 된 저택 주인의 인품에 찬사를 보내는 동안 그녀 스스로도 즐거웠고, 상대도 즐겁게 해주었다. 그의 아들인 청년 다아시 씨가 위컴을 어떻게 대우하고 있는지 알게 되자 그녀의 기억 저편에서 '피츠윌리엄 다아시가 매우 오만하고 심술궂은 아이'

라는 말을 분명히 들은 것 같다고 말했다.

3

가디너 부인은 엘리자베스와 단둘이 이야기할 기회가 생기자 조카에게 알아듣도록 충고했다.

"리지, 넌 분별력이 있으니까 사랑에 빠지지 말라는 경고를 받았다는 이유만으로 사랑에 빠지는 일은 없겠지. 솔직히 이야기할 테니 진지하게 들어줬으면 좋겠어. 재산이 전혀 없는 남자와 경솔하게 사랑에 빠져서는 안 돼. 상대를 사랑에 빠지게 해서도 안 되고. 그 사람만 놓고 보면 나무랄 데가 없어. 게다가 재미있기도 하고. 그가 받기로 한 재산만 받았어도 그보다 좋은 혼처도 없겠지. 하지만 상황이 어려우니 감정에 휩쓸려서는 안 돼. 너는 지혜로운 아이니까 분별 있게 행동하리라 믿어. 네 아버지를 실망시키지 마라."

"어머나, 외숙모! 이거 정말 심각해지네요."

"그래, 너도 나처럼 심각하게 생각했음 해."

"그렇다면 외숙모, 조금도 놀라실 필요 없어요. 제가 저도 챙기고 위컴 씨도 챙길 테니까요. 위컴 씨한테 저를 사랑하지 말라고 부탁할게요. 굳이 사랑하겠다면 할 수 없지만."

"엘리자베스, 제발 좀 진지하게 들어줘."

"외숙모, 다르게 표현해볼게요. 위컴 씨를 사랑하지 않아요.

확실하다고요. 하지만 지금까지 만난 남자들 중에서 위컴 씨만 한 사람도 없었어요. 그리고 만일 그이가 저를 진짜로 사랑하게 된다고 해도……. 저도 안 그러는 게 낫다는 걸 알고 있어요. 그건 경솔한 짓이니까요. 어휴, 저 가증스러운 다아시라는 인간 때문에! 저는 아버지가 저를 신뢰한다는 사실을 매우 자랑스럽게 생각해요. 만약 아버지의 신뢰를 잃는다면 정말 슬플 거예요. 하지만 아버지는 위컴 씨를 좋아하는걸요. 외숙모, 제 문제로 어른들을 불행하게 만들고 싶진 않아요. 하지만 사랑에 빠진 젊은이들이 재산이 없다고 당장 관계를 끊는 일은 드물어요. 그러니 저 역시 유혹을 받게 될 경우 이성적이고 현명하게 처신하겠다고 약속드릴 수가 없네요. 아니, 제 감정에 저항하는 게 지혜로운 일인지 아닌지조차 자신할 수가 없군요. 그러니까 외숙모한테 약속할 수 있는 건 서두르지 않겠다는 것뿐이에요. 그 사람이 가장 좋아하는 여자가 저라고 섣불리 생각하지 않을게요. 그 사람하고 함께 있을 때에도 관심을 끌려고 노력하지 않을 거고요. 어쨌든 최선을 다할게요."

"그 사람이 지금처럼 너희 집에 자주 오지 않도록 하는 것도 좋은 방법일 텐데. 최소한 어머니께 그를 초대하자고 상기시켜 드리지는 말아야지."

"지난번 제가 그랬던 것처럼 말이죠." 엘리자베스가 무슨 말인지 안다는 의미의 미소를 띠며 말했다. "맞는 말씀이에요. 그런 일은 삼가는 게 현명할 것 같네요. 하지만 그 사람이 그렇게 자주 저희 집에 온다고 생각하시면 오해예요. 이번 주에 그이를 자주 초대한 건 외숙모 때문이었거든요. 어머니는 친지들이 우리 집에 머물 때면 항상 손님이 있어야 한다고 생각해요. 하지만 명예를 걸고 말씀드리는데, 앞으로는 현명함을 잃지 않도록 노력할게요. 자, 이만하면 만족하셨겠죠."

외숙모는 알았다고 말했다. 그러자 엘리자베스는 외숙모에게 걱정해주어 고맙다는 인사를 잊지 않았다. 이토록 민감한 사안을 상대방이 기분 상하지 않게 하면서도 적절한 수위의 충고를 한다는 것은 매우 훌륭한 본보기였다.

가디너 부부와 제인이 하트퍼드셔를 떠난 뒤 콜린스 씨가 찾아왔다. 그러나 그는 루커스 댁에 머물렀으므로 베넷가에 불편을 끼치지는 않았다. 그의 결혼이 코앞에 다가오자 베넷 부인도 마침내 그를 포기했다. 심지어 빈정대는 어조로, "그들이 행복했으면 좋겠어요."라는 말을 되풀이했다. 콜린스 씨의 결혼식은 목요일로 정해졌고, 수요일이 되자 샬럿이 작별 인사차 베넷가로 찾아와 인사를 나누고 돌아가면서 엘리자베스에게 말했다.

"편지 자주 해야 해, 일라이자."

"그거야 걱정 마."

"부탁이 또 있어. 나 만나러 우리 집에 와줄 거지?"

"하트퍼드셔로 자주 와. 여기서 만나면 되잖아."

"당분간 켄트 주를 떠나지 못할 거야. 그러니까 헌스퍼드로 오겠다고 약속해줘."

엘리자베스는 거기에 무슨 즐거운 일이 있을까 싶었지만 차마 싫다고는 할 수 없었으므로 그러겠다고 했다.

"우리 아버지가 3월에 머라이아를 데리고 오실 거야. 그때 함께 오겠다고 약속해줘. 꼭이야. 일라이자, 널 만나면 아버지나 머라이아 못지않게 반가울 것 같아." 샬럿이 덧붙였다.

결혼식이 거행되었다. 신랑 신부는 교회 문을 나서자마자 곧장 켄트로 향했고, 늘 그렇듯이 그 결혼에 대해서도 이런저런 이야깃거리가 많았다. 엘리자베스는 얼마 안 있어 샬럿에게서 편지를 받았다. 두 사람의 편지 왕래는 예전처럼 꾸준하고 빈번했으나 그다지 솔직하지는 않았다. 엘리자베스는 샬럿에게 편지를 쓸 때마다 서로에게 위안을 주는 친밀함이 사라졌다는 것을 깨달았다. 그러나 편지 쓰기를 게을리하지 않았는데, 이는 현재보다는 과거의 좋았던 관계를 유지하기 위해서였다. 샬럿이 처음 편지를 보내왔을 때는 상당한 호기심도 있었다. 그녀가 새롭게 꾸린 가정에 대해 어떻게 생각하는지, 캐서린 여사를 어떻게 생각하는지, 그리고 결혼 생활이 행복한지 등이었다. 그러나 편지를 읽고 나면 샬럿이 스스로가 정한 규정에서 벗어나는 일에 대해서는 단 한 줄도 쓰지 않는다는 사실을 깨달았다. 그녀의 편지는 활기찼고, 좋은 일만 가득했고, 한마디 한마디가 감탄 일색이었다. 집이며 가구, 이웃과 도로 등은 하나같이 그녀의 취향을 만족시켜주었고, 캐서린 여사의 태도도 격의 없고 친절하다고 했다. 그것은 헌스퍼드와 로징스에 대한 콜린스 씨의 묘사를 그럴 듯하게 완화시킨 모습일 뿐이었다. 엘리자베스는 실제 상황이 어떤지 알기 위해서는 자신이 직접 그곳을 방문할 때까지 기다려야 할 것 같았다.

제인은 짤막한 편지를 동생에게 보내 런던에 무사히 도착했음을 알렸다. 엘리자베스는 언니가 다음 편지에는 빙리 집안사람들에 대해 쓸 말이 있기를 바랐다.

이 두 번째 편지에 대한 엘리자베스의 애타는 기다림은, 그런 일이 언제나 그렇듯 실망만 안겨주었다. 제인은 런던에 도착한 지 1주일이 다 되도록 캐롤라인을 만나지 못했고, 그녀로부터 어떤 소식도 듣지 못했다는 것이었다.

그러나 제인은 자신이 롱본을 떠나기 전에 마지막으로 캐롤라인에게 보낸 편지가 어쩌다가 분실되었을지도 모른다는 식으로 되도록 좋게 이해하려 했다. 편지는 이렇게 이어졌다. '외숙모가 내일 시내의 그쪽 지역으로 가실 예정이니 나도 이 기회에 그로스브너가를 방문하려고 해.'

그녀는 빙리 양의 집을 다녀온 후 편지를 보내왔다.

'캐럴라인은 그동안 기분이 별로 좋지 않았나봐. 하지만 나를 보고 매우 반가워하며 런던에 온 것을 미리 알리지 않았다고 화를 냈어. 그러니까 내 생각이 맞은 거야. 내가 마지막으로 보낸 편지를 받지 못했던 거야. 물론 빙리 씨의 안부를 물어봤지. 빙리 씨는 사람들을 만나느라 너무 바빠서 자기도 얼굴을 볼 수 없다지 뭐니. 게다가 그날은 다아시 양이 저녁 식사를 하러 오기로 되어 있다고 했어. 그녀를 한번 보고 싶어. 빙리 자매가 외출을 해야 해서 그리 오래 머물지는 못했어. 조만간 외삼촌댁으로 답방을 와주겠지.'

엘리자베스는 편지를 읽고 고개를 가로저었다. 지금과 같은 상황이라면 빙리 씨는 언니가 런던에 있다는 사실을 절대 알 수 없을 것 같았기 때문이다.

제인은 런던에 온 지 4주가 지났는데도 빙리의 코빼기조차 볼 수 없었다. 그녀는 섭섭한 기분을 떨치려고 애썼으나 빙리 양의 무관심에 대해서는 더 이상 모른 척할 수가 없었다. 보름 동안 매일 아침 그녀를 기다렸고, 저녁마다 뭔가 이유가 있어서 못 오겠지, 라며 거듭 그들을 두둔한 끝에 드디어 기다리던 방문객이 나타났으나 잠시 얼굴만 내밀고 돌아가 버렸다. 더욱이 그녀의 태도가 눈에 띄게 달라졌기 때문에 제인은 더 이상 스스로를 기만할 수가 없었다. 그녀가 다녀간 직후 동생에게 쓴 편지에는 그녀의 기분이 그대로 드러나 있었다.

사랑하는 리지,

그동안 네가 빙리 양을 잘못 판단한 것 같다고 한 말은 옳았어. 하지만 너는 내 심정이 어떤지 아니까, 네 판단이 옳았다고 의기양양해하지는 않겠지. 리지, 비록 네가 옳았다는 게 입증되긴 했지만 나의 신뢰도 너의 의심만큼이나 당연한 것이었어. 이렇게 말한다고 해서 날 고집쟁이라고 몰아붙이지는 말아줘. 빙리 양이 왜 나와 친하게 지내고 싶어 했는지 이해할 수가 없어. 같은 상황이 다시 벌어진다 해도 난 여전히 기만당할 거야. 캐럴라인은 어제야 찾아왔어. 그동안 편지 한 장, 메모 한 장 보내지 않았고, 답방을 와서도 탐탁지 않다는 기색이 역력했어. 진작 찾아오지 못해 미안하다고 형식적인 사과를 했을 뿐, 다시 만나러 오겠다는 말도 없었어. 완전히 딴사람처럼 굴어서 그녀가 외숙모 댁을 나설 때는 더 이상 그녀와 교제를 지속하지 않기로 결심했어. 그녀를 비난해야 마땅하겠지만, 나는 오히려 딱하다는 생각이 들어. 물론 그녀가 나를 특별하게 대했던 건 아주 잘못한 거야. 나와 친하게 지내려고 애쓴 건 항상 그녀 쪽이었다는 건 누구도 부인할 수 없을 테니까. 어쨌든 나는 빙리 양이 안 됐다고 생각해. 빙리 양도 자신의 행동이 잘못됐다는 걸 느끼고 있을 게 틀림없고, 잘못을 한 것도 분명 오빠를 염려하는 마음이었을 테니 말이야. 그러니 내 생각을 더 이상 설명할 필요는 없겠지. 빙리 양이 자기 오빠 때문에 걱정했다면 왜 나에게 그렇게 대했는지 쉽게 설명이 되니까. 물론 우리야 그게 전적으로 불필요한 걱정이라는 걸 알고 있지만 말이야. 그녀가 누이로서 오빠를 위하는 마음이야 인지상정이니, 빙리 양이 오빠를 염려한다면 (그게 어떤 염려든) 당연하고 자연스러운 우애라고 해야겠지. 하지만 그녀가 아직도 그런 일로 마음을 졸이고 있다는 것은 아무래도 좀 이상해. 만일 빙리 씨가 나를 좋아하는 마음이 조금이라도 남아 있다면 진작 나를 찾아왔어야 하지 않을까. 그녀의 이야기로 미루어볼 때 빙리 씨는 내가 런던에 있다는 걸 아는 것 같아. 빙리 양도 그렇게 말했고. 빙리 양은 자기 오빠가 다아시 양을 좋아하고 있다고 하는데, 그 말을 하는 자신도 그 사실을 믿지 못하는 눈치였어. 그게 좀 이상해. 이번 일에는 뭔가 속임수가 있는 것 같다고 말하고 싶지만, 그렇게 말하게 되면 가혹한 비난이 되겠지. 그렇지만 고통스러운 생각을 몰아내기 위해 노력할 거야. 앞으로 나는 나를 행복하게 해주는 것들, 예컨대 네 사랑과 외삼촌과 외숙모의 한결같은 배려만을 생각할 거야. 속히 소식 전해줘. 빙리 양은 오빠가 다시는 네더필드로 돌아가지 않을 거라면서 그 집을 해약할 거라고 했어. 하지만 그 말에도 확신이 없는 것 같았어. 이런 얘기는 더 이상 하지 말자. 그나저나 헌스퍼드에서 즐거운 소식을 받았다니 정말 기뻐. 윌리엄 경과 머라이어가 갈 때 꼭 함께 가서 그들을 만나보도록 해. 거기 가서 아주 마음 편하게 지낼 거라고 믿어.

— 언니가

엘리자베스는 편지를 읽고 마음이 조금 아팠다. 그러나 최소한 더 이상 빙리 양에게 속는 일은 없을 것이라고 생각하자 기운이 났다. 빙리 씨에게 걸었던 기대도 이제 완전히 무너졌다. 빙리 씨의 관심이 되살아나는 것도 바라지 않았다. 따져볼수록 그의 사람됨에 신뢰가 가지 않았다. 그가 조만간 다아시 씨의 여동생과 결혼식을 올리기를 진심으로 바랐다. 그것이야말로 빙리 씨에게는 응징이고, 언니가 돋보일 수 있는 기회라고 생각되었다. 위컴이 말하기를 '다아시 양은 상대로 하여금 자신이 버린 것을 사무치게 후회하게 만들 만한 여자'라고 했기 때문이다.

그즈음 가디너 부인은 엘리자베스에게 위컴에게 너무 마음을 빼앗기지 말라고 한 지난 약속을 상기시키면서 근황을 알려달라는 편지를 보내왔다. 엘리자베스가 전할 소식은 외숙모가 좋아할 만한 내용이었다. 이제 위컴은 더 이상 그녀에게 관심이 없었다. 다른 여성에게 구애 중이었기 때문이다. 엘리자베스가 위컴의 변화를 눈치챌 수 있었던 것은 그만큼 관심 있게 지켜보고 있었기 때문이겠지만, 그런 상황을 알았을 때나 편지로 전하는 지금도 큰 고통은 없었다. 처음부터 그에게 호감이 컸던 것도 아니었고, 재산이 걸리지만 않았다면 당연히 자신을 택했으리라고 생각하자 허영심은 충족되었다. 지금 위컴이 잘보이려고 노력하는 아가씨의 가장 두드러진 매력은 최근 1만 파운드라는 거액을 손에 넣었다는 것뿐이었다. 하지만 엘리자베스는 샬럿의 사례에서 보여준 바 있는 날카로운 판단력이 무뎌졌는지 위컴의 욕망을 비판적으로 보지 않았다. 오히려 그보다 더 당연한 행동은 없다고 생각했다. 위컴이 자신을 포기하기까지 두어 차례 갈등을 겪었으리라고는 짐작되었지만 서로를 위해서 현명하고 바람직한 선택이었음을 인정할 용의가 있었고, 위컴의 행복을 진심으로 빌었다.

엘리자베스는 이 모든 것을 외숙모에게 전해주었다. 그리고 편지는 이렇게 이어졌다. '외숙모, 그러고 보니 제가 굉장한 사랑에 빠졌던 건 아닌 것 같아요. 만일 제가 순수하고 고결한 열정을 갖고 있었다면 저는 지금 그 사람의 이름을 듣는 것조차 싫었을 테고, 세상의 증오란 증오는 다 퍼붓고 있어야 할 테니까요. 그러나 저는 그 사람은 물론 킹 양에 대해서조차 전혀 분노를 못 느껴요. 그 아가씨를 미워한다거나 그녀가 괜찮은 아가씨가 아닐지도 모른다는 생각은 해본 적도 없어요. 사랑했다면 이럴 수는 없겠지요. 조심하길 잘했네요. 그리고 제가 그 사람에게 푹 빠졌더라면 주변 사람들에게 흥미로운 존재는 되었겠지만, 관심을 받지 못해 유감스럽다고 말할 수는 없네요. 중요한 인물이 되기 위해 때로는 너무 비싼 대가를 치러야 하니까요. 그의 변절에 저보다는 키티와 리디아가 더 상심해 있어요. 그 애들은 아직 세상물정을 몰라 못생긴 남자뿐 아니라 잘생긴 남자도 먹

고살 만한 재산이 필요하다는 진실을 받아들이지 못하고 있는 실정이에요.'

4

1월과 2월이 다가도록 롱본에는 특별한 사건이 없었고, 진창일 때도 있고, 추울 때도 있는 메리턴까지의 산책로를 오가는 것 외에는 별다른 재미도 없었다. 엘리자베스는 3월에는 헌스퍼드를 방문하기로 했지만, 처음에는 이를 반드시 지켜야 할 약속이라고 생각하지는 않았다. 그러나 샬럿이 자신의 방문을 간절히 바라고 있었고, 자신도 친구를 방문한다는 사실이 즐거웠다. 오랫동안 만나지 못하다 보니 샬럿이 보고 싶은 마음은 커졌고, 콜린스 씨를 싫어하는 마음은 수그러들었다. 어머니나 동생들과는 말이 안 통해 집에 있는 것이 그리 즐겁지 않았으므로 이런 변화는 반길 만한 일이었다. 게다가 가는 길에 런던에 잠시 들러 언니를 볼 수 있었다. 그녀는 여행 날짜를 기다리는 동안 좀 더 지체된다면 갑갑하게 여겨질 정도가 되었다. 모든 일은 순조롭게 진행되었고, 일정은 샬럿의 처음 계획대로 되었다. 엘리자베스는 윌리엄 경과 그의 둘째딸과 함께 떠나기로 했다. 이어 런던에서 하룻밤을 지내자는 안이 추가됨으로써 계획은 나무랄 데 없이 완벽했다.

다만 한 가지 아쉬운 부분은 아버지를 남겨두고 떠난다는 것이었다. 아버지는 그녀가 없으면 허전해할 것이 분명했다. 떠날 때가 닥치자 베넷 씨는 너무나 아쉬운 나머지 딸에게 편지를 보내라고 했고, 곧장 답장을 하겠다는 약속까지 할 뻔했다.

위컴 씨하고는 기분 좋게 헤어졌는데, 위컴 씨 쪽에서 유난히 다정하게 대해주었다. 현재 그는 다른 아가씨한테 구애하는 상황이었지만, 엘리자베스는 한때 자신의 관심을 불러일으켰고, 또 관심받아 마땅한 첫 여성이었다. 그녀는 자신의 이야기에 귀를 기울여주었고, 동정했고, 흠모했던 여성이었기에 잊을 수가 없었다. 위컴 씨는 엘리자베스와 작별 인사를 하면서 아무쪼록 즐거운 여행이 되기를 바란다고 했다. 덧붙여 그녀에게 캐서린 드보어 여사가 어떤 사람인지 다시 한 번 일러주면서, 그녀 역시 자신과 똑같은 생각을 하게 될 것이라고 단언했다. 위컴 씨의 태도에서 자신에 대한 깊은 배려와 관심을 느낀 그녀는 그가 진심으로 잘되었으면 좋겠다고 생각했다. 엘리자베스는 위컴 씨와 헤어지면서 그가 결혼을 하든 독신으로 남든 항상 다정하고 기분 좋게 상대할 수 있는 남성의 모범으로 기억될 것으로 확신했다.

다음날 엘리자베스와 동행한 사람들은 위컴에 대한 그녀의 관심을 약화시킬 만한 사람들은 아니었다. 윌리엄 경의 딸인 머라이아는 성격은 좋았지만 자기 아버지 못지않게 멍청한 구석이 있었다. 이들 부녀는 들을 만한 가치가 있는 이야기는 한 마디도 하지 않았으므로 마차가 덜컹거리는 소리만큼이나 이야기가 지루했다. 엘리자베스는 터무니없는 이야기를 듣는 것을 즐기기는 했지만, 윌리엄 경의 말은 너무 케케묵은 것이었다. 그는 국왕의 알현식이며 기사 작위 수여식 같은 고리타분한 이야기를 되풀이했고, 이야기의 형식 역시 그 내용만큼이나 낡아빠진 것이었다.

그날 그들이 달린 거리는 24마일이 채 되지 않았다. 그들은 아침 일찍 출발해 정오경에 그레이스처치가에 도착했다. 마차가 가디너 씨 댁의 문을 향해 다가가자, 응접실 창문으로 지켜보고 있던 제인이 달려나와 반갑게 맞아주었다. 언니의 얼굴을 찬찬히 살펴보던 엘리자베스는 예전과 다름없이 건강하다는 사실을 확인하고는 안심했다. 계단 위에는 한 무리의 사내아이들과 계집아이들이 옹기종기 모여 있었는데, 그들은 사촌을 빨리 만나고 싶은 마음에 밖으로 나오기는 했지만, 열두 달 동안이나 만나지 못했기 때문인지 수줍어서 더 이상 아래로 내려올 생각을 못하고 있었다. 기쁨과 사랑이 가득한 하루가 유쾌하게 지나갔다. 낮에는 부산스럽게 쇼핑을 다녔고, 저녁에는 연극을 보았다.

극장에서 엘리자베스는 용케 외숙모 옆자리에 앉을 수 있었다. 두 사람의 첫 번째 화제는 제인이었다. 엘리자베스가 이런저런 이야기를 자세히 물어보자 외숙모는 언니가 밝게 보이려고 애쓰지만 자주 깊은 슬픔에 빠져 지낸다고 말했다. 외숙모 이야기를 듣고 엘리자베스는 가슴이 아팠다. 다만 그 기간이 길지 않기를 바랄 뿐이었다. 외숙모는 빙리 양이 그레이스처치가에 왔을 때의 일에 대해 조카에게 자세히 들려주었다. 외숙모가 판단하기로 언니는 빙리 양과의 교제를 완전히 그만둔 것 같다고 했다.

다음 화제는 위컴이었다. 엘리자베스가 위컴이 1만 파운드를 상속받은 여자와 교제를 시작했다는 이야기를 하자 외숙모는 그에게 걷어차인 것 아니냐고 놀려댔다.

"그런데 엘리자베스, 킹 양은 어떤 아가씨야? 우리와 가까이 지냈던 위컴 씨가 돈만 아는 속물이라고 생각하고 싶지 않아서 말이야." 외숙모가 말했다.

"외숙모, 결혼할 때 신랑감의 재산 상태에 대해 신중하게 고민해야 한다고 했잖아요. 그렇다면 신중함이 끝나는 지점은 어디이고, 탐욕이 시작되는 지점은 어디쯤이에요? 지난번에는 제가 그 사람과 결혼하게 될까봐 걱정하셨잖아요. 경솔하다면서요. 그런데 지금은 겨우 1만 파운드를 가진 아가씨와 결혼하려는데, 그를 돈만 밝히는 사람 취급하시네요."

"먼저 킹 양이 어떤 사람인지 말해주면 내가 판단할게."

"상당히 좋은 아가씨예요. 나쁘다는 얘기는 못 들어봤어요."

"하지만 그녀가 할아버지의 재산을 상속받기 전에는 위컴이 아무런 관심도 보이지 않았잖아. 상속받자마자 그 아가씨에게 관심을 갖기 시작한 게 문제지."

"그건 맞아요. 관심 가질 이유가 없었죠. 그 사람이 제 마음을 얻으려고 하지 않은 것이 제게 돈이 없어서였는데, 좋아하지도 않는데다 저처럼 돈도 없는 여자에게 구애를 할 이유가 없었던 거죠."

"하지만 재산 상속 직후 그렇게 빨리 그 아가씨한테 관심을 보이다니, 좀 천박한 것 같네."

"궁핍한 처지에 있는 사람은 다른 사람들같이 우아한 예의범절을 지킬 여유가 없어요. 그 아가씨가 괜찮다는데, 우리가 왜 문제 삼아야 하나요?"

"그 아가씨가 괜찮다고 그의 행동이 정당화되는 건 아니야. 킹 양이 그 남자를 거절하지 않은 걸 보니, 그녀에게 분별력이 없거나 감성이 무딘 게 틀림없어."

"그렇다면 외숙모 마음대로 생각하세요. 그 사람은 돈만 아는 사람이고, 그 아가씨는 바보 같은 여자라고요." 엘리자베스가 소리쳤다.

"아니야, 리지, 나도 그렇게 생각하고 싶진 않아. 더비셔에서 그렇게 오래 살았던 젊은이를 나쁘게 평가하는 게 기분 좋지는 않으니까."

"아! 단지 그게 문제라면, 저는 더비셔에 살고 있는 청년들을 별로 좋지 않게 생각하는걸요. 하트퍼드셔에 살고 있는 더비셔 주 청년의 친구도 별반 나을 게 없고요. 그 사람들 모두 넌더리가 나요. 다행스럽게도 제가 내일 가는 곳에 사는 남자에게도 무엇 하나 건질 게 없어요. 매너도 지각도 내세울 게 없어요. 결국 알고 지낼 가치가 있는 남자는 우둔한 남자들뿐이라니까요."

"말조심해라, 리지. 아주 낙담했다는 뜻으로 들리니까."

연극이 끝나기 바로 전 외숙모는 엘리자베스에게 자기 부부가 계획하고 있는 여름 여행을 함께 떠나자고 제안했다.

"얼마나 멀리 갈 것인지는 아직 정하지 않았어. 하지만 아마 호수 지방까지 가게 될 것 같아." 가디너 부인이 말했다.

엘리자베스에게 어떤 계획도 이보다 더 반가울 수는 없었다. 그래서 그녀는 외숙모의 초대를 아주 기꺼이, 그리고 감사하는 마음으로 받아들였다. "어머나, 외숙모, 정말 기뻐요. 이렇게 좋을 수가! 외숙모 덕분에 새로운 활력을 얻게 되었어요. 실망스럽고 울적한 날은 이제 안녕. 바위와 산들에 비하면 남자들이란 하잘것없죠! 아, 얼마나 황홀할까요! 우리가 여행에서 돌아올 때는 다른 여행자들과는 다르겠죠. 어디에서 뭘 봤는지 정도는 기억하고 있을 거예요. 호수와 산과 강이 우리들의 상상력 안에서 마구 뒤섞이게 하지 않을 것이고, 경치를 묘사할 때도 무엇이 어디에 있었는지를 가지고 입씨름하지 않도록 해야겠지요. 우리가 처음으로 터뜨리는 기쁨의 탄성도 다른 여행자들보다는 그 근거가 확실한 것이어야 해요."

5

다음날 여행길에 오른 엘리자베스는 즐거운 일을 받아들일 마음의 여유가 있어서인지 모든 것이 신선하고 흥미로웠다. 언니가 건강하다는 것을 확인해 한시름 놓았고, 북부 지방으로의 여행 계획도 기분을 들뜨게 했다.

간선도로를 빠져나온 마차가 헌스퍼드에 이르는 좁다란 도로로 들어서자 일행은 목사관을 찾아 두리번거렸다. 로징스 정원의 울타리가 오솔길의 한쪽 경계였다. 엘리자베스는 로징스 식구들에 대해 들었던 이야기가 생각나 미소를 지었다.

마침내 목사관이 모습을 드러냈다. 길가에 면한 비탈진 정원이며 월계수로 둘러쳐진 울타리가 그들이 목적지에 도착했음을 알려주었다. 현관 앞에 콜린스 씨와 샬럿이 모습을 드러냈고, 마차는 문 앞에 멈추어 섰다. 일행은 문 입구에서 집으로 연결하는 짧은 자갈길을 사이에 두고 눈인사를 나누었다. 이윽고 마차에서 내린 일행은 집 주인과 반가운 마음을 나눴다. 콜린스 부인은 친구를 만나자 반가워서 어쩔 줄 몰라 했고, 엘리자베스는 친구의 환대에 친구 집에 오길 정말 잘했다고 생각했다. 이어 엘리자베스는 콜린스 씨의 태도가 결혼 이후에도 변한 게 없음을 확인했다. 정중하게 격식을 차리는 태도는 여전해서, 그녀를 문 앞에 한참 동안 세워놓은 채 온 가족의 안부를 물었다. 그러고 나서 일행은 콜린스 씨로부터 깔끔하게 정리된 현관 자랑을 경청하느라 잠시 지체했다가 곧 집 안으로 안내되었다. 그들이 응접실로 들어서자마자 콜린스 씨는 누옥을 방문해주셔서 감사하다며 격식을 갖춰 인사를 했고, 아내가 손님들에게 마실 것을 권할 때마다 같은 말을 꼬박꼬박 반복했다.

엘리자베스는 콜린스 씨가 한껏 우쭐해할 것이라고 예상했지만, 실제로 그가 거실의 크기와 모양, 가구를 자랑할 때는 마치 자신의 청혼을 거절함으로써 그녀가 잃은 게 무엇인지 똑똑하게 보라는 듯한 느낌이 들었다. 전체적으로 깔끔하고 안락해 보이기는 했지만, 엘리자베스는 후회의 한숨을 내쉼으로써 그를 기쁘게 할 생각은 없었다. 오히려 그런 남편과 살면서 여전히 유쾌함을 잃지 않는 친구가 다시 보였다. 콜린스 씨는 아내가 창피하게 여길 만한 말을 자주 했는데, 그럴 때마다 엘리자베스는 자기도 모르게 샬럿 쪽으로 시선이 갔다. 현명한 샬럿은 남편의 말에 처음에는 살짝 얼굴을 붉혔으나 나중에는 못 들은 척하고 넘어갔다. 일행이 거실의 장식장에서부터 벽난로에 두른 철망에 이르기까지 온갖 가구들에 일일이 감탄하고, 여행 이야기와 런던에서 있었던 이야기까지 모두 끝내자, 콜린스 씨는 정원으로 산책을 나가자고 청했다. 널찍하고 잘 가꾸어진 정원은 콜린스 씨가 스스로 가꾼 것으로, 정원을 가꾸는 것이 즐기는 취미 중의 하나라고 했다. 이어 샬럿이 정원을 가꾸는 것은 운동도 되어 건강에도 좋기 때문에 가능한 한 자주 그에게 일을 하게 한다고 말했는데, 엘리자베스는 샬럿의 침착한 표정을 보며 감탄했다. 콜린스 씨는 그들에게 모든 산책로의 갈림길을 빠짐없이 걷게 하면서 찬탄하길 원했는데, 본인이 이런저런 걸 너무 상세하게 설명하느라 정작 정원 풍경을 감상하는 일은 완전히 뒷전이 되었다. 콜린스 씨는 자기네 정원에서 보면 동서남북으로 밭뙈기가 얼마나 되는지, 저 멀리 보이는 수풀의 나무가 몇 그루가 되는지도 보인다고 말했다. 하지만 자기 집 정원이나 그 고장, 아니 나라 전체를 뒤진다 해도 로징스처럼 확 트인 전망을 찾아보기는 힘들 것이라고 덧붙였다. 완만하게 구릉이 진 언덕에 자리잡고 있는 로징스는 현대식 건물로 어마어마했다.

정원을 안내한 콜린스 씨는 목초지 두 군데까지 일행을 데려가고 싶어 했다. 그러나 여자들은 구두를 신고 있어서 하얀 서리가 남아 있는 길을 걸을 수 없었으므로 집으로 돌아와야만 했다. 윌리엄 경은 콜린스 씨를 따라갔고, 그 두 사람이 목초지를 둘러보는 동안 샬럿이 동생과 친구를 집 안으로 안내했다. 남편이 없는 사이 집을 보여줄 기회가 생겨서인지 샬럿은 몹시 기분이 좋아 보였다. 집은 그리 넓지는 않았으나 튼튼하고 편리하게 꾸며져 있었다. 가구는 전체적으로 깔끔하고 조화롭게 배치되어 있었는데, 엘리자베스가 보기에 이는 샬럿의 감각이었다. 이 집에서 콜린스 씨만 잊을 수 있다면 분위기는 더없이 안락했다. 샬럿이 진정으로 이런 분위기를 즐기는 것으로 보아, 콜린스 씨라는 존재를 머리에서 지울 때가 많은가 보다고 생각했다.

엘리자베스는 캐서린 여사가 아직 런던으로 떠나지 않았다는 사실을 알고 있었는데, 저녁 식사 중에 콜린스 씨가 다시 한 번 그 사실을 일깨워주었다. "그렇습니다. 엘리자베스 양, 오는 일요일에 교회에서 캐서린 드보어 여사님을 만나 뵐 수 있을 것입니다. 당신도 좋아할 만한 분이라는 것은 굳이 강조하지는 않겠습니다. 그분께서는 정말이지 다정하고 겸손하시니 예배가 끝나면 당신에게도 인사를 건네는 영광을 베풀어주실 것입니다. 당신과 제 처제 머라이아가 이곳에 머무는 동안 우리를 초대하는 영광을 베푸실 때마다 당신과 머라이아도 함께 초대하실 것입니다. 그분은 샬럿에게도 정말 잘해주십니다. 우리는 매주 두 차례 로징스에서 정찬을 나누는데, 그때마다 그분은 마차를 준비해주십니다."

"캐서린 여사님은 아주 지체 높고 분별 있는 분이세요. 이웃 사람들을 자상하게 보살펴주시고요." 샬럿이 맞장구를 쳤다.

"그렇고말고. 여보, 내 말이 그 말이오. 그런 분께는 아무리 넘치는 존경을 바쳐도 모자라지요."

그날 저녁은 주로 편지에서 주고받았던 하트퍼드셔 이야기를 했다. 방으로 돌아온 엘리자베스가 조용히 생각해보니 샬럿은 나름대로 자신의 생활에 만족하고 있는 것 같았다. 남편을 다루는 솜씨나 남편을 대할 때 보이는 자제심은 특히 높이 살만했다. 전체적으로 모든 것이 아주 잘 굴러간다는 느낌이 들었다. 엘리자베스는 자신이 이곳에 머무는 동안 어떻게 보낼 것인지 그림이 그려졌다. 보통 때는 조용히 지내다 가끔 콜린스 씨가 끼어들어 당혹스럽게 만들 것이 분명했고, 로징스 사람들과의 사교는 요란스러울 것이라고 예상되었다. 그녀의 풍부한 상상력은 앞으로의 일을 순식간에 그려냈다.

이튿날 정오 즈음, 엘리자베스가 산책 나갈 준비를 하고 있을 때, 아래층에서 시끌벅적한 소리가 들렸다. 잠시 귀를 기울이고 있으려니까 누군가가 계단을 뛰어 올라오는 소리와 함께 자신의 이름을 부르는 소리가 들렸다. 엘리자베스가 문을 열자 층계참에 서 있던 머라이아와 마주쳤는데, 그녀는 흥분해서 숨가쁜 소리로 외쳤다.

"오! 일라이자! 서둘러서 식당으로 가봐. 정말 굉장해. 뭔지는 말 안 할래. 어서 내려가봐."

엘리자베스가 무슨 일이냐고 물어봐도 소용없었다. 머라이

아가 더 이상 아무 말도 하지 않으려 했기 때문에 엘리자베스가 아래층으로 뛰어 내려가 오솔길이 바라보이는 식당으로 들어갔다. 밖을 보니 나지막한 페이튼 마차에 두 숙녀가 타고 있었다.

"겨우 이런 일로 소동을 피운 거야? 나는 돼지 떼가 정원으로 들이닥친 줄 알았잖아. 캐서린 여사님 모녀밖에 더 있어?" 엘리자베스가 큰 소리로 말했다.

"저런, 일라이자, 캐서린 여사님이 아니야. 나이 많은 사람은 그들과 함께 살고 있는 젠킨슨 부인이야. 그리고 한 사람은 캐서린 드보어 양이고. 저 여자 좀 봐. 너무너무 조그맣지? 누가 저렇게 가냘프고 작을 거라고 상상이나 했겠어?" 머라이아가 놀란 얼굴로 말했다.

"고약한 사람들이네. 바람이 이렇게 부는데 샬럿을 밖에 세워 놓다니!"

"아이! 샬럿이 그러는데 드보어 양은 집 안에 잘 들어오지 않는대. 그녀가 집 안으로 들어오는 건 최고의 호의를 베푸는 거라는데?"

"저 여자 용모가 아주 마음에 드는걸." 무슨 생각을 했는지 엘리자베스가 말했다. "병약하고 신경질적으로 보여. 어쩐지 그 남자랑 아주 잘 어울릴 것 같네. 그 남자 신붓감으로 안성맞춤일 것 같다고!"

콜린스 씨와 샬럿이 나란히 정원 입구에 서서 손님들과 대화를 나누고 있었고, 윌리엄 경은 현관에 서서 고귀한 분을 열심히 바라보다가 드보어 양이 이쪽으로 고개를 돌릴 때마다 계속해서 굽실거려서 엘리자베스를 즐겁게 했다.

마침내 대화가 끝나자 두 숙녀분은 마차를 타고 떠났고, 남은 사람들은 집 안으로 들어왔다. 콜린스 씨는 두 아가씨를 보자마자 운이 좋았다며 축하 인사를 하기 시작했다. 샬럿의 설명에 따르면 자기네 모두가 다음날 로징스의 정찬에 초대받았다는 것이었다.

6

캐서린 여사의 정찬 초대를 받은 콜린스 씨는 기고만장했다. 그는 손님들 앞에서 후견인의 위엄과 사치스런 생활을 과시했고, 자기네 부부가 후견인에게 얼마나 존중받고 사는지 보여주길 원했는데, 그 기회를 이렇게 빨리 얻을 수 있었던 것 자체가 여사님의 자애로움을 보여주는 것이니, 캐서린 여사님의 자비심은 아무리 존경을 해도 모자란다고 말했다.

콜린스 씨가 말했다. "솔직히 말해 그분이 일요일 저녁 로징스에 와서 차나 들자고 했다면 별로 놀라지 않았을 겁니다. 그분의 다정하신 성품을 익히 알고 있는 저로서는 그 정도는 예상했기 때문입니다. 한데 이 같은 배려를 베풀 줄 누가 알았겠습니까! 여러분들이 도착하고 이렇게 빨리 정찬에 초대해주실 줄 누가 상상이나 했겠습니까!"

"나는 이번 일이 그다지 놀랍지는 않다네. 내 신분 덕분에 진짜 귀족들의 매너가 어떤지 알고 있었으니 말일세. 궁정 주변에서는 그 같은 기품 있는 예의범절을 드물지 않게 볼 수 있지." 윌리엄 경이 대답했다.

그날 내내, 아니 다음날 아침까지도 그들은 로징스 방문에 대한 것 외에 다른 이야기는 하지 않았다. 흥분한 콜린스 씨는 로징스의 방들이 얼마나 멋진지, 캐서린 여사님이 부리는 하인은 또 얼마나 많으며, 그곳의 정찬은 얼마나 호화로운지에 대해 이야기했다.

숙녀들이 옷을 갈아입으려고 일어서자 콜린스 씨가 엘리자베스에게 말했다.

"옷차림은 걱정하지 마세요, 엘리자베스. 캐서린 여사님께서는 우리가 그분이나 따님께 어울리는 우아한 옷차림을 해야 한다고 생각지는 않으시니까요. 그냥 당신이 가진 옷 중에서 가장 좋은 것을 입으시면 됩니다. 캐서린 여사님께서는 옷차림이 소박하다고 안 좋게 보지는 않으십니다. 그분께서는 신분 차이를 지키는 것을 좋아한답니다."

사람들이 옷을 차려입는 동안 콜린스 씨는 두세 차례나 이 방 저 방을 두드리며 캐서린 여사님께서는 저녁 식사가 늦어지는 걸 몹시 싫어하신다며, 빨리 옷을 입으라고 독촉했다. 귀부인의 생활 방식에 대한 이토록 엄청난 설명은 사교에 익숙지 않은 머라이아를 겁주기에 충분했다. 그녀가 로징스에서 여사와의 첫 만남을 기다리는 것은 아버지가 세인트 제임스 궁에서 국왕과 알현할 날을 기다리던 때만큼이나 떨렸다.

날씨가 화창해서 일행은 대정원을 가로질러 약 반 마일을 기분 좋게 산책했다. 정원은 그곳이 어디든 나름의 아름다움이 있다. 엘리자베스도 로징스에서 보는 경치가 꽤 아름답다고 생각했다. 그러나 콜린스 씨가 느껴 마땅하고 기대하는 만큼 황홀한 것은 아니었다. 콜린스 씨가 저택 전면을 차지하는 창문의 수를 하나하나 세어보며 유리를 끼우느라 루이스 드보어 경이 얼마나 큰돈을 썼을지 이야기하는 것을 들어도 그다지 감탄스럽지는 않았다.

그들이 현관 앞 계단을 올라가는 동안 머라이어의 놀라움은 점점 커졌고, 윌리엄 경마저도 침착성을 잃은 것 같았다. 하지만 엘리자베스만은 호화로운 건물이며 정원을 보면서도 비교적 담담했다. 그녀는 캐서린 여사가 대단하다는 이야기는 들어보았지만, 지혜롭다거나 선량하다는 이야기는 여태껏 들어보지 못했음을 상기했다. 엘리자베스는 돈과 지위가 가진 힘에 결코 주눅 들지 않았다.

일행이 현관에 들어서자 콜린스 씨는 찬탄해 마지않는다는 표정으로 거대한 현관의 세련된 장식을 가리켜 보였다. 그곳에서 하인들의 안내를 받아 캐서린 여사와 영애, 그리고 젠킨슨 부인이 있는 방으로 들어갔다. 자애로운 캐서린 여사는 자리에서 일어나 그들을 맞이했다. 남편과 상의 끝에 콜린스 부인이 일행의 소개를 맡기로 했는데, 그녀는 너저분한 변명이나 감사의 말을 생략한 채 자신의 임무를 수행했다.

윌리엄 경은 세인트 제임스 궁에서 국왕을 알현한 사람임에도 장중한 분위기에 압도된 나머지 한마디도 말을 못한 채 자리에 앉았다. 머라이아는 의자 끝에 간신히 체중을 싣고 정신을 잃을 정도로 겁을 집어먹고 있었다. 그러나 위엄을 주는 분위기에 그다지 주눅이 들지 않은 엘리자베스는 침착하게 자기 앞에 앉아 있는 세 여자를 바라보았다. 캐서린 부인은 키가 크고 우람한 체격에 젊은 시절 한때는 예쁘다는 소리를 들었을 법한 외모였다. 그러나 중년의 그녀 얼굴에 드러난 거만함은 손님의 신분이 자기보다 열등하다는 사실을 좀처럼 잊지 못하게 만들었다. 가만히 있어도 위엄 있어 보이는 얼굴이 아니었고, 그녀가 내뱉는 말 역시 더없이 권위적이었다. 엘리자베스는 문득 위컴이 생각났다. 그날 관찰한 것을 종합해 보건대 캐서린 여사는 위컴이 묘사한 그대로라는 느낌이 들었다.

엘리자베스는 캐서린 여사를 보며 다아시 씨와도 닮은 데가 있다는 걸 확인하고는 여사의 딸에게로 눈을 돌렸다. 그런데 그 딸이 너무나 마르고 작은 걸 보고 머라이아만큼이나 놀랄 뻔했다. 그녀는 몸매로 보나 얼굴로 보나 어머니와 닮은 데라고는 찾을 수가 없었다. 드보어 양의 이목구비는 특별히 예쁘다거나 못생긴 것은 아니었다. 그녀는 젠킨슨 부인에게만 나지막하게 귓속말을 하는 것 외에는 거의 말을 하지 않았다. 젠킨슨 부인의 외모는 특별히 눈에 띄는 점은 없었고, 오직 드보어 양의 말에만 귀를 기울이며 눈앞의 차폐막을 적절한 방향으로 옮기는 데에 정신이 팔려 있었다.

잠시 후, 캐서린 여사로부터 바깥 경치를 구경하라는 명령이 떨어졌다. 콜린스 씨는 창문까지 따라와서 아름다운 풍경들을 가리켜 보였고, 캐서린 부인은 이곳의 여름 풍경은 놓치기 아까울 정도로 멋지다고 설명해주었다. 정찬은 더없이 훌륭했고, 하인들의 숫자나 요리의 종류도 콜린스 씨가 말한 대로였다. 콜린스 씨는 캐서린 여사의 청에 따라 식탁 맨 끝 주빈 자리에 앉았는데, 생애 최고의 순간을 맞은 사람처럼 보였다. 그는 기쁨에 넘치는 사람 특유의 경쾌한 동작으로 썰고 먹고 칭찬했다. 새로운 요리가 나올 때마다 콜린스가 한 차례 칭찬을 늘어놓으면, 윌리엄 경이 뒤이어 칭찬 세례를 퍼부었다. 윌리엄 경은 사위가 무슨 말을 하건 그대로 따라 할 정도의 안정을 되찾은 것 같았다. 엘리자베스는 캐서린 여사가 이런 그들의 태도를 어떻게 참아내는지 궁금했다. 그러나 그녀는 남자들의 과도한 찬사에 흡족한 듯했다. 특히 이런 음식은 난생처음 먹어보는 것이라고 하자, 너그러운 미소를 지어 보이며 좋아했다. 전체적으로 대화가 풍성한 모임은 아니었다. 엘리자베스는 기회가 오면 대화에 참여해보려고 했으나 샬럿과 드보어 양 사이에 앉아 있다 보니 여의치 않았다. 샬럿은 캐서린 여사의 말에 귀를 기울이느라 바빴고, 드보어 양은 식사 시간 내내 엘리자베스에게 한마디도 하지 않았다. 젠킨슨 부인이 하는 일은 드보어 양의 식사 양이 얼마나 되는지 지켜보고 있다가 자신이 권하는 음식을 먹지 않으면 다른 음식을 권하며 그녀의 건강을 걱정했다. 머라이아의 경우 대화에 끼어드는 건 상상할 수도 없었고, 남자들은 음식을 먹고 칭찬하는 것 외에는 아무 할 일이 없었다.

응접실로 들어선 숙녀들은 캐서린 여사의 말을 경청해야 했는데, 그녀는 커피가 나올 때까지 쉬지 않고 이야기를 주도했다. 그녀는 어떤 화제든 자신의 입장에서 결론을 내렸는데, 그런 태도로 보아 그녀는 그 누구에게도 반박당해본 적이 없는 듯했다. 샬럿네 집안일을 자기네 집안일이나 되는 것처럼 꼬치꼬치 캐묻더니, 여차여차한 일은 이러저러하게 처리해야 한다고 일일이 충고해주었다. 샬럿네처럼 규모가 작은 살림살이는 어떠해야 하는지에 대해 훈계를 했고, 암소와 닭 등은 어떻게 돌봐야 하는지도 일러주었다. 엘리자베스가 보아하니 지체가 높으신 캐서린 여사는 사람들에게 명령할 기회가 주어지면 제아무리 하찮은 일도 그냥 넘기는 법이 없었다. 여사는 콜린스 부인과 대화를 나누는 중간중간에 머라이어와 엘리자베스에게도 여러 가지 질문을 했다. 콜린스 부인이 전하기로는, 집안은 잘 모르겠지만 그만하면 얌전하고 예쁜 엘리자베스에게 더 많은 관심을 표했다고 했다. 캐서린 여사가 엘리자베스에게 질문한 내용은, 자매가 몇이냐, 그중 언니는 몇이고 동생은 몇이냐, 자매 가운데 누가 가장 먼저 결혼할 것 같으냐, 자매들의 외모는 어떠냐, 교육은 어디서 받았느냐, 아버지는 어떤 마차를 가졌느냐, 어머니의 처녀 적 성은 무엇이냐는 등등이었는데, 엘리자베스는 그녀의 질문이 조금 무례하다고 느꼈으나 차분하게 대답해주었다. 이어서 캐서린 여사가 물었다.

"부친의 토지가 콜린스 씨에게 한정 상속된다지 아마?" 그러고는 샬럿을 향해 고개를 돌리면서, "콜린스 부인을 생각하면 잘

된 일이야. 하지만 여자들에게 돌아갈 재산을 한정 상속하는 건 잘못됐다고 봐. 루이스 드보어 경 집안에서는 그럴 필요를 못 느꼈지. 연주와 노래도 하나, 베넷 양?"

"조금 합니다만."

"아, 그래? 언제 시간 있으면 연주와 노래를 듣고 싶군. 우리 집 피아노는 아주 비싼 제품이야. 어디 내놔도 이보다 나은 건 아마……. 언니나 동생들은 어때?"

"동생들 중 한 명만 연주할 줄 압니다."

"다른 자매들은 배우지 못했다고? 모두 배웠어야지. 웨브 씨네 딸들은 모두 연주를 하는데. 그 아버지의 수입이 아가씨 아버지만큼 많지도 않은데 말이야. 그럼 그림은 배웠나?"

"아니요. 못 배웠어요."

"아니, 아무도 그림을 못 그린단 말이야?"

"예, 아무도……."

"그것 참 희한한 일이군. 하긴 기회가 없었겠지. 모친께서 봄마다 런던에 자식들을 데리고 가서 좋은 선생의 지도를 받게 했어야 하는 건데."

"어머니는 그렇게 하는 데 이의가 없으셨지만 아버지가 싫어하셨습니다."

"가정교사를 두지 않았나?"

"저희 집에서는 한 번도 가정교사를 둔 적이 없습니다."

"가정교사를 둔 적이 없다고? 가정교사 없이 딸 다섯을 교육시키다니, 어떻게 그럴 수가 있지! 그렇다면 모친이 완전히 노예였군그래."

엘리자베스는 어머니가 자식 교육을 도맡았던 것은 아니라고 밝히면서 터져 나오려는 웃음을 겨우 참았다.

"그렇다면 누가 자식들을 가르쳤다는 거지? 누가 챙겨주고? 가정교사가 없었다면 틀림없이 방치됐을 텐데."

"다른 가족과 비교하면 방치됐다고 할 수 있겠지요. 그러나 우리 중에서 배우고 싶은데 방법을 몰라서 못 배운 사람은 없어요. 언제나 책을 읽도록 분위기를 조성해주셨고, 선생님이 필요한 경우에는 찾아가서 배울 수 있도록 주선해주셨거든요. 물론 배우고 싶지 않은 사람은 게으름을 피울 수 있었지만요."

"그러면 그렇지. 가정교사라는 건 그럴 때를 대비해서 필요한 거야. 내가 진작 어머니를 알았더라면 가정교사를 한 사람 고용하라고 말해주었을 텐데. 꾸준하고 규칙적인 가르침 없이는 제대로 된 교육이 이루어질 수 없다는 게 내 지론이거든. 가정교사만이 그걸 할 수 있지. 내가 얼마나 많은 가정에 가정교사를 구해줬는지 몰라. 젊은 사람들에게 좋은 일자리를 구해주는 것도 즐거운 일이니까. 젠킨슨 부인의 조카딸 네 명도 내 덕분에 좋은 집에 자리를 얻었지. 바로 며칠 전에도 우연히 젊은 사람이 한 명 있다는 말을 듣고 어느 집에 추천해줬는데, 역시 아주 만족했다는 얘길 내가 했나, 콜린스 부인? 멧칼프 부인이 고맙다는 인사를 하려고 어제 들렀다는 얘기 말이야. 포프 양을 보물이라고 하더라고. '캐서린 여사님, 저에게 보물을 하나 주셨어요.' 라고 말하더라니까. 동생들 중에 사교계에 선보인 아가씨가 있나, 베넷 양?"

"예, 모두들 나갑니다."

"모두 나간다고? 아니, 다섯 명이 한꺼번에 사교계에? 참 희한한 일이군. 아가씨야 둘째니까 그렇다 쳐도, 언니들이 결혼도 하기 전에 동생들이 사교계에 출입하다니! 동생들은 아주 어릴 텐데."

"네, 막내가 열여섯도 안 됐습니다. 그 애의 경우에는 조금 어리지 않나 싶어요. 하지만 여사님, 현실적으로 언니가 일찍 결혼할 수 없거나 결혼할 의향이 없을 경우에도 동생들에게 사교계 출입을 금한다면 너무 가혹한 처사가 아닐까요? 맏이나 막내 모두가 젊음을 즐길 권리는 있으니까요. 단지 나중에 태어났다는 이유로 뒤로 밀린다면 자매간의 우애도, 아끼는 마음도 길러지지 않을 거라고 생각합니다."

"세상에! 거 참, 자기주장 한번 확실하군. 그래, 아가씨는 나이가 몇인가?"

"다 큰 동생이 셋이나 있는데, 설마 제 입으로 나이를 밝히길 바라는 건 아니시겠죠?" 엘리자베스가 미소를 지으며 대답했다.

캐서린 여사는 엘리자베스의 당돌한 태도에 몹시 놀란 듯했다. 엘리자베스는 그토록 무례한 질문에 농담으로 대응할 용기를 가진 사람은 아마 자신이 처음일 거라고 생각했다.

"내가 보기에 아직 스물을 넘지 않은 것 같은데. 솔직히 말해봐요."

"아직 스물한 살이 안 됐습니다."

이윽고 남자들이 응접실로 모여들자 카드 테이블이 마련되었다. 한쪽에서는 캐서린 여사, 윌리엄 경, 콜린스 부부가 카드리유를 하려고 자리를 잡았다. 그리고 다른 쪽에서는 드보어 양이 카지노*를 하겠다고 했다. 엘리자베스와 머라이어는 젠킨슨 부인 옆에 앉아 드보어 양과 카드놀이를 하는 영광을 누렸다. 그녀들의 테이블은 숨이 막힐 정도로 따분했다. 카드놀이와 무관한 말은 단 한마디도 나오지 않았고, 젠킨슨 부인은 드보어 양에게 춥지 않느냐, 덥지 않느냐 따위의 말을 계속했다. 다른 쪽 테이블에서는 훨씬 많은 이야기가 오갔다. 캐서린 여사는 잠시도 쉬지 않고 주변 사람의 실수를 지적했다. 콜린스 씨는 그녀가 하는 말이라면 무조건 맞장구를 쳤고, 자신이 게임에서 이길 때는 고맙다는 인사를 했다. 윌리엄 경은 말이 별로 없었다. 여사님이 들려주는 일화들과 귀족들의 이름을 외우느라 정신없었기 때문이다.

캐서린 여사와 그녀의 딸이 싫증날 만큼 카드놀이를 하고 나자 테이블이 모두 치워졌다. 캐서린 여사가 콜린스 부인에게 마차를 내주겠다고 제안했고, 이 제안에 감사의 인사가 전해지자 즉시 마차를 대령하도록 명령이 내려졌다. 마차가 준비되는 동안 일행은 벽난로 주변에 둘러서서 캐서린 여사의 내일 날씨 예보를 들어야 했다. 드디어 마차가 준비되었다는 소리가 들리자, 콜린스 씨는 계속해서 감사의 인사를 올렸고, 윌리엄 경은 콜린

* 둘, 셋, 혹은 네 사람이 하는 카드놀이로 카드리유보다 단순하다.

스 씨의 인사만큼 여러 차례 경례를 올리는 가운데 마차에 올라탔다. 마차가 문 앞을 떠나자마자 콜린스 씨가 엘리자베스에게 로징스에서 받은 인상이 어땠느냐고 질문했다. 그녀는 샬럿의 입장을 생각해 다소 과장되게 감탄을 늘어놓았다. 그러나 그녀의 칭찬이 나름대로 신경을 쓴 것이었음에도 불구하고 콜린스 씨는 만족하지 못했는지 이내 캐서린 여사의 칭찬을 늘어놓기 시작했다.

7

윌리엄 경이 딸네 집에 머문 것은 1주일에 불과했지만, 딸이 보기 드물게 훌륭한 남편과 이웃을 얻었다고 확신했다. 콜린스 씨는 윌리엄 경이 자신의 집에 머무는 동안 자신의 이륜마차에 장인을 태워 근방을 구경시켜주었다. 윌리엄 경이 떠나자 모두들 평소의 일상으로 돌아왔다. 엘리자베스는 윌리엄 경이 없어 콜린스 씨를 더 자주 봐야 하는 것은 아님을 알고 내심 안도했다. 아침 식사를 마친 콜린스 씨는 정찬 때까지의 시간을 대부분 정원을 손보거나 독서와 편지 쓰기, 혹은 도로에 면해 있는 서재에서 창밖을 내다보면서 지냈다. 숙녀들이 지내는 거실은 뒤쪽에 있었다. 엘리자베스는 샬럿이 식당을 거실로 겸용하지 않는 것이 처음에는 의아하게 여겨졌다. 식당이 크고 전망도 좋았기 때문이다. 그러나 엘리자베스는 곧 그녀의 결정에 충분한 이유가 있음을 알게 되었다. 만약 그들이 머문 거실이 서재처럼 쾌적했다면 콜린스 씨가 자기 방에서 훨씬 더 적은 시간을 보냈을 게 뻔했기 때문이다. 그런 방 배정은 샬럿의 현명함을 돋보이게 했다.

응접실에서는 오솔길이 잘 보이지 않았기 때문에 그들은 콜린스 씨를 통해 지금 어떤 마차가 지나갔는지, 드보어 양이 사륜마차를 타고 몇 번이나 지나갔는지 알 수 있었다. 드보어 양의 사륜마차는 그 오솔길을 거의 매일 지나다녔는데, 콜린스 씨는 그때마다 손님들에게 그 사실을 알려주었다. 드보어 양이 목사관 앞에 마차를 세우고 샬럿과 잠깐이나마 이야기를 나누는 일은 간혹 있었지만, 마차에서 내려 들어왔다 가라는 권유는 좀처럼 받아들이지 않았다.

콜린스 씨는 로징스에 가지 않는 날이 거의 없었고, 그의 아내 역시 마찬가지였다. 엘리자베스는 그 집안에서 나눠줄 성직록이 더 있을지도 모른다는 걸 생각하기 전까지는 그들이 왜 그렇게 많은 시간을 희생해야 하는지 이해할 수 없었을 것이다. 캐서린 여사는 영광스럽게도 몸소 목사관을 방문하기도 했는데, 그럴 때면 모든 것이 그녀의 관찰 대상이었다. 그녀는 그들이 무슨 일을 했는지 조사하고, 어떤 결과가 나왔는지 점검했으며, 다음에는 달리 해보라고 충고했다. 그 외에도 가구의 배치가 마음에 안 든다고 흠을 잡았고, 가정부가 소홀히 한 일을 찾아내기도 했다. 그리고 어쩌다가 가벼운 식사라도 대접하겠다고 했을 때 승낙한 이유는 콜린스 부인이 자기네 형편에 안 맞게 너무 큰 고

깃덩어리를 준비한다는 사실을 지적하기 위해서였다.

엘리자베스가 그곳에 머무르며 느낀 것은 이 지체 높은 귀족 부인이 교구 안에서 가장 정력적인 치안판사라는 사실이었다. 콜린스 씨는 교구에서 발생하는 사건들을 시시콜콜 보고했다. 보고를 들은 캐서린 여사는 마을 농사꾼 중 말썽의 소지가 있거나 불만을 가진 자, 혹은 극빈 상태에 놓인 사람이 있으면, 마을로 출격해서 견해 차이를 조정해 불평을 잠재우거나 말썽꾼을 꾸짖어 사이좋고 풍족하게 살게 했다.

로징스에서의 만찬은 1주일에 두 번 정도 있었다. 윌리엄 경이 빠지면서 카드 테이블이 하나만 차려진다는 사실을 제외하면 모든 것이 첫 만찬 때와 똑같았다. 게다가 로징스에 가는 일 말고는 특별히 할 일도 없었다. 이웃 사람들의 생활 방식은 콜린스 씨 내외가 넘볼 수 없는 것이었다. 그러나 엘리자베스에게는 그게 그리 나쁘지는 않았다. 이따금 샬럿과 반시간씩 즐거운 대화를 나눴고, 때아닌 화창한 날씨 덕분에 가끔씩 산책을 나가는 것도 큰 즐거움이었다. 다른 사람들이 캐서린 여사를 뵈러 가고 없는 동안 엘리자베스는 자신이 좋아하는 산책로를 걸었다. 이 산책로는 대정원의 한쪽 가장자리를 따라 걸을 수 있는 오솔길이었는데, 숲 밖에서는 보이지 않아 아늑했다. 그녀 외에는 아무도 이 오솔길을 찾는 사람이 없었는데, 캐서린 여사의 호기심도 거기까지는 미치지 못한 것 같았다.

엘리자베스가 헌스퍼드에 머무른 지도 어느덧 2주가 흘렀다. 부활절이 얼마 남지 않았을 즈음, 얼마 후면 로징스에 손님이 찾아올 예정이라는 소식이 들렸다. 그곳은 교제의 범위가 제한된 곳이다 보니 사람 하나 느는 것이 굉장히 중요한 일일 수밖에 없었다. 엘리자베스는 그곳에 도착한 직후 다아시 씨가 수주 내로 로징스를 방문할 예정이라는 소식을 들었다. 그녀로서는 다아시 씨만큼 멀리 하고 싶은 사람도 없었지만, 어쨌든 그가 오면 로징스 모임에 새로운 볼거리가 생기겠다는 생각이 들었다. 게다가 캐서린 여사가 그의 배필로 정해놓은 드보어 양을 대하는 태도를 보고, 빙리 양이 얼마나 허망한 계획을 세웠는지 확인하는 기쁨을 누릴 수도 있을 것 같았다. 캐서린 여사는 대단히 흐뭇해하며 다아시 씨가 곧 방문할 예정이라고 알렸다. 그녀는 최대의 찬사를 동원해서 다아시 씨의 이야기를 했지만 루커스 양과 엘리자베스가 이미 여러 번 만난 적이 있다는 사실을 알고는 거의 화가 난 것처럼 보였다.

다아시 씨가 도착했다는 소식은 순식간에 목사관에 알려졌다. 아침나절에 문지기가 사는 헌스퍼드 오솔길의 오두막이 보이는 곳으로 산책을 나갔던 콜린스 씨가 대정원으로 접어드는 마차에다 대고 허리 숙여 예의를 표한 후, 부리나케 집으로 뛰어와 이 엄청난 소식을 알려주었다. 다음날 아침, 콜린스 씨는 문안 인사를 드리러 로징스로 갔다. 캐서린 여사의 조카로서, 콜린스 씨에게 문안 인사를 받아야 할 대상은 두 명이었다. 다아시 씨가 외삼촌 ○○경의 차남인 피츠윌리엄 대령과 함께 와 있었던 것이다. 콜린스 씨가 두 신사와 함께 집으로 와서 모두들 깜짝 놀랐다. 마침 남편의 방에 있던 샬럿이 그들이 길을 건너오는 것을 보고 놀라 엘리자베스와 머라이어가 머무는 방으로 달려왔다. 그녀는 누가 왕림하는지 알려주면서 덧붙였다.

"엘리자베스, 이런 예우를 받다니 네게 고맙다고 해야겠어. 그들이 나한테 인사하려고 이렇게 급히 찾을 리는 없잖아."

엘리자베스가 뭐라고 말할 틈도 없이 현관 벨이 울리면서 손님들이 들이닥쳤다. 앞장서 들어온 사람은 피츠윌리엄 대령이었다. 서른 살쯤 된 그는 그다지 잘생긴 얼굴은 아니었지만 풍채로 보나 언행으로 보나 그야말로 신사의 전형이었다. 다아시 씨는 하트퍼드셔에서 보았을 때와 똑같은 모습으로 콜린스 부인에게 간단한 인사를 했고, 콜린스 부인의 친구에 대해서는(엘리자베스가 어떤 감정이었는지는 모르지만) 완벽하게 침착한 모습을 보였다. 엘리자베스는 아무 말 없이 가볍게 인사만 했다.

피츠윌리엄 대령은 교양 있는 신사답게 편안하고 유쾌하게 대화를 이어갔다. 반면 다아시 씨는 샬럿에게 집 구조와 마당을 보고 느낀 인상을 간단히 말한 다음 조용히 앉아 있었다. 한참을 그렇게 앉아 있던 다아시 씨가 예의를 차려야겠다는 생각이 들었는지 엘리자베스에게 가족의 안부를 물었다. 그러자 엘리자베스는 담담하게 대답하고는 잠시 쉬었다가 덧붙였다.

"저희 언니가 런던에 머문 지 석 달이 됐는데, 혹시 만나보지 못하셨나요?"

엘리자베스는 다아시 씨가 언니를 만난 적이 없다는 걸 분명히 알고 있었다. 그러나 빙리 집안 남매들과 제인 사이의 일을 모를 리 없는 다아시 씨가 그 사실을 알고 있음을 무심결에 내비치지 않을까 주시했다. 실제로 엘리자베스는 다아시 씨가 베넷 양을 만나지 못했다고 대답할 때, 다소 당황스러워한다는 사실을 분명히 확인할 수 있었다. 그들은 이 문제에 대해 더 이상 이야기하지 않았다. 잠시 후 신사들은 돌아갔다.

8

목사관에서는 피츠윌리엄 대령의 태도에 찬사가 쏟아졌다. 숙녀들은 모두 대령님 덕분에 로징스의 저녁 모임이 꽤 즐거워질 것 같다고 확신했다. 그러나 며칠간은 로징스의 정찬 초대가 없었다. 손님이 왔으니 아쉬울 것이 없었던 것이다. 신사들이 도착한 뒤 거의 1주일이 지나 부활절이 되어서야 영광스러운 초대를 받았으나, 그것도 예배가 끝난 저녁 시간을 함께 보내자는 권유였다. 지난 한 주 동안 그들은 캐서린 여사님과 그녀의 딸을 거의 보지 못했다. 그동안 피츠윌리엄 대령은 목사관을 여러 차례 방문했지만 다아시 씨는 교회에서 보는 것 말고는 코빼기도 볼 수 없었다.

초대는 물론 받아들여졌고, 모두들 늦지 않게 캐서린 여사의 응접실에 도착했다. 캐서린 여사는 정중하게 일행을 맞았지만 반가운 기색은 없었다. 여사의 관심은 온통 조카들에게 쏠려 있었는데, 특히 다아시 씨만 보면 어쩔 줄 몰라 했다.

피츠윌리엄 대령은 일행의 방문을 진심으로 반겼다. 한적한 로징스에 머물다 보니 누굴 만나든 구세주처럼 반가웠을 테지만, 특히 콜린스 부인의 아름다운 친구에게는 완전히 마음을 빼앗기고 말았다. 그는 줄곧 엘리자베스 옆에 붙어 앉아 싹싹한 목소리로 켄트와 하트퍼드셔, 여행이며 집안에서의 생활, 새로 나온 신간과 음악에 대해서 유쾌하게 이야기했다. 엘리자베스는 로징스에서 이토록 기분이 좋아본 적은 처음이었다. 그들의 대화가 활기를 띠자 다아시 씨뿐 아니라 캐서린 여사도 관심을 보이기 시작했다. 여사가 소리쳤다.

"피츠윌리엄, 너 지금 무슨 객쩍은 소리를 그리도 하니? 베넷 양 앞에서 뭘 그리 떠들어대는지 나도 한번 들어보자."

대답을 피할 수 없다고 생각한 대령이 말했다. "음악 이야기를 하고 있었어요."

"음악이라고? 그럼 큰 소리로 이야기해보려무나. 내가 제일 좋아하는 화제가 음악 아니니? 이 잉글랜드 땅에서 나보다 음악적 감수성이 뛰어난 사람도 드물 거다. 내가 제대로만 배웠다면 음악의 대가가 됐을 텐데……. 우리 앤도 건강하기만 했다면 멋진 연주자가 됐을 테고 말이다. 다아시야, 네 동생은 실력이 좀 늘었니?"

다아시 씨는 우애 있는 오빠답게 동생의 연주 실력에 대해 칭찬을 아끼지 않았다.

"실력이 늘었다니 다행이구나. 그럼 내 말 좀 전해줘라. 연습을 제대로 하지 않으면 뛰어난 실력을 기대할 수 없다고 말이야." 캐서린 여사가 말했다.

그러자 다아시 씨가 대답했다. "제가 보증하는데요, 이모님, 그 애한테 그런 충고는 필요 없어요. 아주 꾸준히 연습하고 있으니까요."

"그렇다면 더욱 잘됐구나. 연습은 많이 할수록 좋으니까. 다음번 편지에 어떤 이유로든 연습을 게을리해선 안 된다고 일러야겠구나. 나는 아가씨들한테 꾸준한 연습 없이는 음악적 성취를 기대해선 안 된다고 말하곤 해. 베넷 양한테도 더 연습하지 않으면 절대 명연주자가 될 수 없다고 여러 번 말해줬어. 콜린스 부인도 악기가 없다고 핑계 대지 말고 젠킨슨 부인 방에 있는 피아노로 연습하는 게 어때? 대환영이야. 그 방에 있으면 누구에게도 방해가 되지 않으니까."

그러자 다아시 씨는 이모의 교양 없는 태도가 창피한 듯 아무런 대꾸도 하지 않았다.

찻잔이 정리된 뒤 피츠윌리엄 대령이 엘리자베스에게 약속한 연주를 들려달라고 채근했다. 엘리자베스는 곧장 피아노 앞에 앉았고, 대령은 그녀 가까이로 의자를 바짝 끌어당겨 앉았다. 캐서린 여사는 연주를 절반쯤 듣다가 다아시 씨에게 연이어 말을 걸었다. 그러자 조카는 못 들은 척하고 아름다운 연주자의 얼굴이 정면에서 바라보이는 자리로 옮겼다. 다아시 씨를 보며 짓궂은 미소를 띤 엘리자베스가 말했다.

"다아시 씨, 이렇게 엉망인 연주를 들으려고 오시다니요! 그렇게 엄숙한 얼굴을 보니 어째 저를 기죽이실 것 같은걸요? 하지만 저는 고집이 있어서 누가 겁준다고 주눅 들지는 않아요. 오히려 용기가 솟구친다고요."

"굳이 변명하지는 않겠습니다. 제가 정말 겁을 줄 의도가 있다고는 믿지 않으실 테니까요. 그만하면 저도 당신을 제법 안다고 할 수 있어서 말하는데, 당신이 가끔 마음에도 없는 소리를 즐기신다는 건 알고 있어요."

다아시 씨의 말에 엘리자베스는 한바탕 웃음을 터뜨린 다음 피츠윌리엄에게 말했다. "대령님의 사촌께선 저에 대해 대단히 곤란한 말씀을 하실 것 같네요. 제가 하는 말은 한마디도 믿지 말라고 일러주실 것 같은걸요. 저는 정말 운도 없는 사람이에요. 여기까지 와서 제 정체를 폭로하는 사람을 만났으니 말예요. 다아시 씨, 하트퍼드셔에 계실 때 제 약점을 알게 되셨다고 해서 여기서 그걸 폭로하시다니, 저도 같은 식으로 복수하고 싶어지는군요. 친척분들이 들으면 깜짝 놀랄지도 모르는데."

"저는 전혀 겁나지 않는데요." 다아시 씨가 미소를 띠며 말했다.

"다아시의 평소 행실이 어떤지 어서 듣고 싶군요." 피츠윌리엄 대령이 외쳤다. "다아시가 처음 만나는 사람들 사이에서 어떤 평판을 받는지 궁금하네요."

"그러시다면 들어보세요. 그렇지만 너무 끔찍한 얘기니까 각오를 단단히 하셔야 될걸요. 제가 다아시 씨를 처음 본 것은 어느 무도회장에서였어요. 신사라고는 구경하기가 쉽지 않은 그곳에서 글쎄, 어떻게 한 줄 아세요? 춤을 겨우 네 번밖에 추지 않는 거예요. 이렇게 충격적인 말씀을 드려서 죄송해요. 하지만 정말로 그러셨다니까요. 젊은 아가씨들이 파트너가 없어 자리에 그냥 앉아 있었는데도 말이죠. 이런 사실을 부인할 수는 없겠지요, 다아시 씨?"

"당시 그곳에서 저희 일행 말고는 어떤 아가씨와도 아는 영광을 누리지 못했습니다."

"그건 맞아요. 그리고 무도회장에서는 새로운 사람을 소개받을 수도 없었을 테고요. 피츠윌리엄 대령님, 다음에는 무슨 곡을 연주할까요? 제 손가락이 당신의 명령을 기다리고 있는걸요."

"어쩌면 제가 먼저 소개해달라고 청했어야 옳았는지도 모르겠군요. 하지만 저는 낯을 가리는 성격이라서……." 다아시 씨가 말했다.

"어째서 그쪽으로 소질이 없으신지 사촌께 여쭤봐도 될까요? 지성과 교양을 갖추신 분이 처음 보는 사람과 안면 트는 데 영 소질이 없으시니 궁금해서요." 엘리자베스가 피츠윌리엄 대령에게 물었다.

"그런 질문이라면 제가 답해드릴 수 있어요. 다아시는 끙끙거리며 노력하는 걸 별로 좋아하지 않아요."

"처음 보는 사람과 쉽게 친해지는 사람도 있습니다만, 제게는 그런 재주가 없어요. 다른 사람의 논조를 맞추지도 못하고, 그들의 관심사에 흥미 있는 척 장단도 못 맞추거든요. 그런 일에 탁월한 재주가 있는 사람들이 종종 있던데." 다아시 씨가 말했다.

"손끝으로 멋지게 건반을 누비는 사람들을 봅니다만 저는 그렇지가 못합니다. 제 손가락은 힘도 없고, 날렵하지도 않고, 또 그만한 표현력도 없어요. 전 그걸 항상 제 잘못이라고 생각해왔어요. 힘들게 연습할 생각을 하지 않았으니까요. 제가 다른 여자들처럼 탁월한 연주를 못하는 이유를 손가락 탓이라고는 생각하지 않는다는 뜻이지요." 엘리자베스가 말했다.

"백번 옳은 말입니다. 베넷 양은 저에 비해 시간을 훨씬 유용하게 사용하고 계시네요. 당신의 연주를 듣고 누구도 당신의 연주 실력이 부족하다고 말하지는 않을 테니까요. 당신이 모르는 사람들 앞에서 연주하지 않듯이, 나도 모르는 사람들과 어울리지 않는 거죠." 다아시가 얼굴 가득 여유로운 미소를 지으며 말했다.

두 사람의 대화는 여기서 끊겼다. 캐서린 여사가 끼어들어 무슨 이야기를 하느냐며 소리를 질렀기 때문이다. 엘리자베스는 아무 일도 없었다는 듯 다시 피아노를 치기 시작했다. 캐서린 여사가 몇 분 동안 연주를 듣더니 다아시에게 말했다.

"베넷 양은 연습을 좀 더 해서 런던의 대가에게 수업을 받는 것이 좋겠어. 운지법도 잘 알고 있으니 말이야. 감수성은 우리 앤에게 미치지 못해. 앤이 몸만 건강했다면 훌륭한 연주자가 되었을 텐데."

엘리자베스는 다아시가 사촌 앤을 칭찬하는 말에 어떤 반응을 보이는지 보려고 슬쩍 그의 얼굴을 바라보았다. 하지만 그의 얼굴에서는 어떤 사랑의 징조도 발견할 수 없었다. 드보어 양을 대하는 그의 태도를 보면서 엘리자베스는 빙리 양에게 위로가 될 만한 결론을 끌어냈다. 빙리 양이 다아시와 친척 관계이기만

했어도 다아시가 빙리 양과 결혼할 가능성은 드보어 양 못지않았을 것 같았다.

캐서린 여사는 엘리자베스의 연주를 잇달아 논평하면서 수시로 연주법과 표현법을 기르는 방법을 알려주었다. 엘리자베스는 오로지 예의를 지키기 위한 인내심으로 이를 받아들였다. 그녀는 여사가 일행을 집으로 데려다주기 위해 마차를 준비시킬 때까지 신사들의 청에 따라 피아노 곁을 떠나지 않았다.

9

다음날 아침, 콜린스 부인과 머라이아가 마을에 일을 보러 나간 사이 엘리자베스 혼자 남아 제인에게 편지를 쓰고 있었다. 그때 현관의 초인종 소리가 나서 엘리자베스는 깜짝 놀랐다. 마차 소리를 듣지 못했지만 캐서린 여사일 것 같다는 생각이 들었으므로 그녀의 주제넘은 질문을 피해야겠다는 생각에 반쯤 쓰다 만 편지를 치웠다. 그때 열린 문 사이로 세상에, 다아시 씨가, 그것도 혼자서 응접실로 들어오는 게 아닌가.

다아시 씨 역시 그녀 혼자 있는 것을 보고 적잖이 놀란 눈치였다. 그는 불쑥 찾아온 무례를 사과하면서 그녀 혼자 있을 줄 몰랐다고 말했다.

다아시 씨가 자리를 잡고 앉자 엘리자베스는 그에게 로징스 사람들의 안부를 물었다. 자칫 어색한 침묵에 빠지지나 않을까

두려웠던 그녀로서는 뭐든 말을 해야 한다는 필수불가결한 임무를 느꼈다. 그녀는 하트퍼드셔에서 그를 마지막으로 보았을 때의 일을 기억해냈다. 상대방이 당시의 상황을 뭐라고 해명할 것인지 궁금했던 그녀가 물었다.

"다아시 씨, 지난 11월에는 모두들 무엇 때문에 네더필드를 떠나신 거예요? 빙리 씨가 떠나고 난 뒤 다들 곧장 뒤따라갔잖아요. 그렇게 금세 모두를 만나게 되어 빙리 씨는 의외로 기뻤겠네요. 제 기억이 맞다면 빙리 씨는 그 전날 떠났지요, 아마? 런던에 계시는 동안 빙리 씨와 누이들을 자주 만났을 텐데, 모두 잘 지내시겠죠?"

"아주 잘 지내고 있습니다. 덕분에요."

잠시 침묵이 찾아오자 그녀가 재빨리 말했다.

"빙리 씨는 네더필드로 다시 돌아올 의향이 없다고 들은 것 같은데요."

"빙리가 직접 그런 말을 하는 걸 들은 적은 없습니다. 하지만 앞으로 네더필드에서 시간을 보낼 일은 거의 없을 것 같긴 해요. 그 친구는 워낙 발이 넓은데다가 지금은 사교상의 교제가 늘어나는 시기니까요."

"그분이 네더필드에 머물 생각이 없다면 그 집을 차라리 내놓는 게 이웃을 위해 낫지 않을까요? 그래야 우리도 정착한 가정을 이웃으로 둘 테니까요. 하긴 빙리 씨가 그 집에 세를 든 건 이웃을 위해서라기보다는 스스로를 위해서일 테니까, 그 집에 계속 살든 그 집을 떠나든 본인의 뜻에 따라야겠죠."

"적당한 세입자가 나서면 빙리도 집을 내놓을 것 같습니다."
다아시가 말했다.

엘리자베스는 입을 다물었다. 그의 친구에 대해 길게 이야기하기가 겁이 났기 때문이다. 이제 정말이지 더 이상 할 이야기가 없어지자 새로이 이야기를 짜내는 고역을 다아시 씨한테 넘긴 것이다.

엘리자베스의 생각을 눈치챈 다아시 씨가 이렇게 말문을 열었다. "이 집은 아주 아늑해 보이는군요. 콜린스 씨가 처음 헌스퍼드에 왔을 때 이모님이 집에 신경을 많이 쓴 걸로 알고 있습니다만."

"그러셨겠지요. 여사님이 베푼 은혜에 콜린스 씨만큼 뜨거운 감사를 표한 사람도 드무니까요."

"콜린스 씨는 부인을 잘 만난 것 같더군요. 어쨌든 행운아예요."

"예, 그렇긴 해요. 분별 있는 여자라면 그분의 청혼을 수락하기가 쉽지 않았을 테니까요. 콜린스 씨를 행복하게 해줄 사람이 드문 상황에서, 콜린스 씨가 바로 그 드물게 훌륭한 여자를 만났으니 축하받는 것은 당연하죠. 제 친구는 아주 생각이 깊어요. 그녀가 콜린스 씨와 결혼한 것이 현명한 판단이었다고는 생각하지 않아요. 하지만 본인이 행복해하는 데다가 현실적으로 따져봤을 때 좋은 결정인 것 같기는 해요."

"콜린스 부인도 이곳이 마음에 드실 거예요. 친정 식구나 친구들도 가볍게 왕래할 수 있을 테니 말예요."

"여기가 가까운 거리라고 생각하세요? 자그마치 50마일이나 되는데요."

"길만 좋으면 50마일이 대순가요? 기껏해야 반나절 거린데요. 저는 아주 가까운 거리라고 생각합니다."

"제 생각은 달라요. 50마일이라는 거리가 결혼을 잘한 이유 중 하나라고는 생각하지 않아요. 샬럿은 자신이 친정 가까이로 시집갔다고 생각해본 적이 없을 거예요." 엘리자베스가 말했다.

"그건 베넷 양이 하트퍼드셔에 애착을 갖고 있기 때문입니다. 그래서 롱본만 벗어나도 멀다고 느끼는 겁니다."

다아시는 이렇게 말하면서 보일 듯 말 듯한 미소를 지었는데, 엘리자베스는 그 말의 의미를 알 듯했다. 자신이 제인과 네더필드를 염두에 두고 한 말이라는 걸 눈치챘음을 알고 엘리자베스는 얼굴을 붉힌 채 대답했다.

"여자가 결혼해서 사는 곳이 친정과 가까우면 좋다는 의미로 그런 말을 한 건 아니에요. 멀고 가까운 건 상대적이고, 그걸 결정하는 것에는 다양한 변수가 작용하겠죠. 재산이 엄청나게 많아서 여행비용 정도는 대수롭지 않게 생각한다면 거리가 문제될 게 없겠지만, 이곳은 사정이 달라요. 콜린스 씨 부부에게 안정된 수입이 있기는 하지만 수시로 여행을 다닐 만큼 넉넉하지는 않아요. 친정과의 거리가 지금의 절반 정도라고 해도 자신이 친정 가까이에 산다고 말하지는 않을 거예요."

다아시 씨가 그녀 쪽으로 의자를 살짝 당기면서 말했다. "고향에 그렇게 집착해서는 안 될 텐데요. 롱본에 영원히 사실 것도 아니면서."

엘리자베스는 깜짝 놀란 듯했다. 다아시 역시 짧은 순간 미묘한 감정의 변화가 일었다. 그는 냉정을 되찾으려고 의자를 다시 뒤로 옮기더니 테이블에서 신문을 집어 들고는 말했다.

"켄트가 마음에 드나요?"

두 사람은 켄트를 화제로 삼아 짧게 몇 마디 더 나누었다. 그러나 그것도 산책을 마치고 돌아온 샬럿 자매 때문에 금방 끝나고 말았다. 그녀들은 두 사람이 앉아 있는 것을 보고 다소 놀란 눈치였다. 다아시 씨는 두 분이 계시는 줄 알고 찾아왔다가 공연히 베넷 양을 방해했다고 말하고는 몇 분 더 앉아 있다가 가버렸다.

다아시 씨가 떠나자 샬럿이 물었다. "도대체 어떻게 된 거야, 일라이자! 다아시 씨가 너를 사랑하는 것 아니니? 틀림없어. 그러지 않고서야 이렇게 허물없이 찾아올 리가 없잖아."

두 사람에 대해 약간의 의혹을 가졌던 샬럿은 엘리자베스로부터 그가 시종일관 침묵만 지켰다는 이야기를 듣고는 '달리 할 일을 찾지 못해 방문한 것'으로 결론 내렸다. 계절이 계절이니만큼 충분히 그럴 수 있는 일이었다. 사냥과 낚시 철이 지나 집 안에는 캐서린 여사와 책과 당구대밖에 없으니, 종일 틀어박혀 있을 수는 없었을 것이다. 그런데다 목사관이 가까웠기 때문인지, 혹은 산책로가 좋았기 때문인지, 아니면 그곳에 사는 사람들이 좋았기 때문인지, 로징스의 두 사촌은 시도 때도 없이 목사관으로 이어진 산책로를 거닐고 싶은 유혹을 느꼈다.

두 신사는 주로 아침 식사 후에 들렀는데, 시간은 일정하지 않았다. 제각기 따로 올 때도 있었고, 함께 올 때도 있었는데, 가끔은 자신들의 이모를 대동하고 찾아올 때도 있었다. 피츠윌리엄 대령은 목사관에 와서 사람들과 어울리는 것을 즐겼는데, 모두들 그를 몹시 좋아했다. 대령은 엘리자베스에게 호감을 표했고, 엘리자베스 역시 그와 함께 있는 것을 싫어하지 않았다. 엘리자베스는 대령을 생각하며 조지 위컴을 떠올려보았다. 그리고 두 사람을 비교해보면서 피츠윌리엄이 사람의 마음을 사로잡는 힘은 약하지만, 박식하다는 점에 있어서는 그를 따를 사람이 없다는 생각이 들었다.

하지만 다아시 씨가 왜 그렇게 뻔질나게 목사관을 방문하는지는 납득하기 어려웠다. 말동무를 얻기 위해서는 아닌 듯했다. 10분이 넘도록 입 한 번 안 떼고 앉아 있는 일이 종종 있었고, 말을 하더라도 선택이 아닌 필요—좋아서 한다기보다 예의상 필요한 희생—에 의해서인 듯했다. 게다가 다아시 씨는 거의 항상 멍해 보였다. 피츠윌리엄 대령이 왜 그렇게 멍하냐고 웃으며 말하는 것으로 보아 다아시 씨가 늘 그렇지는 않겠지만, 실제로 어떤지는 콜린스 부인으로서는 알 수가 없는 노릇이었다. 콜린스 부인은 그런 변화가 사랑 때문이고, 그 사랑의 대상은 자기 친구 일라이자일지도 모른다고 믿고 싶은 마음에 작심하고 그 증거를 찾으려 해보았다. 그래서 일행이 모두 로징스를 방문했을 때나, 그가 헌스퍼드에 왔을 때 주의 깊게 관찰해보았지만 별 성과가 없었다. 다아시 씨가 자주 자신의 친구를 바라보기는 했지만 그 표정이 사랑에 빠진 사람의 표정인지 아닌지는 의심스러웠다. 친구를 바라보는 눈길이 아무리 진지하다고 해도 거기에 흠모의 마음이 담겨 있는지는 짐작하기 어려웠기 때문이다. 때로는 그저 방심해 있는 얼굴 그 이상도 이하도 아니었다.

콜린스 부인은 엘리자베스에게 다아시 씨가 좋아하는 것 같다고 한두 번 떠보았지만 그녀는 말도 안 되는 소리라며 무시했다. 콜린스 부인은 더 이상 그 문제를 캐지 않기로 했다. 공연히 기대를 갖게 했다가 실망으로 끝날 위험이 있었기 때문이다. 엘리자베스는 다아시 씨가 싫다고 했지만, 그가 자신을 사랑하고 있다는 사실을 알게 되면 미움은 순식간에 증발해버릴 것이라는 게 그녀의 생각이었다.

친구가 잘 되기를 바라는 마음으로 이런저런 공상에 빠져들었던 샬럿은 일라이자가 피츠윌리엄 대령과 결혼하는 것이 좋겠다는 생각이 들었다. 그는 다아시 씨와 비교해보았을 때 훨씬 호감 가는 남자였고, 일라이자를 흠모하는 것이 확실했으며, 사회적으로나 경제적으로나 상당히 좋은 조건을 갖추고 있었다. 그러나 다아시 씨에게는 온갖 불리한 조건을 상쇄할 엄청난 능력이 있었다. 그것은 바로 성직 임명권이었다.

10

대정원을 산책하던 엘리자베스는 놀랍게도 다아시 씨와 마주쳤다. 그러고 보니 그와의 만남이 한두 번이 아니었다. 엘리자베스는 여태까지 누구도 찾지 않았던 그곳에 하필이면 다아시 씨라니, 정말 운도 없다고 생각했다. 그래서 그녀는 일부러 그에게 이 길은 자신이 자주 산책하는 곳이라고 단단히 못박았는데도 그와 두 번이나 마주쳤다는 사실이 놀라웠다. 그런데 그런 일이 심지어 세 번이나 되풀이되었다. 문제는 그것이 상대를 괴롭히기 위한 것이거나 자발적인 고행처럼 보였다는 사실이다. 왜냐하면 그가 형식적인 안부 인사만 건네고, 어색한 침묵을 지키다가 가버리는 것이 아니라 구태여 가던 길을 되돌아와서 그녀와 함께 걸었기 때문이다.

다아시 씨는 말을 많이 하지는 않았으므로 엘리자베스도 새로운 화재를 생각해내려고 노력하지는 않았다. 그러나 그들이 세 번째로 우연히 만났을 때는 다아시 씨가 별 생각 없이 질문을 던지고 있다는 사실을 알아챘다. 예컨대 '헌스퍼드에서 지내는 것이 즐겁냐?' '혼자 산책하는 걸 좋아하느냐?' '콜린스 내외가 행복해 보이느냐?' 같은 유의 질문이었다. 다아시 씨가 로징스 이야기를 할 때 엘리자베스가 그 저택에 대해 자세히는 모른다고 하자, 그녀가 켄트에 다시 오면 거기서도 묵기를 기대하는 것 같았다. 그래서 엘리자베스는 생각했다. 이건 피츠윌리엄 대령을 염두에 둔 말일까? 굳이 헤아리자면 자신과 피츠윌리엄 대령 사이에 무슨 일이 생길 수도 있다는 말일 듯 싶었다. 그러나 그런 생각은 엘리자베스를 다소 지치게 했으므로, 목사관 맞은편의 울타리가 눈에 들어오자 한시름 놓였다.

그날도 엘리자베스는 산책을 하던 중에 언니가 의기소침해서 쓴 것으로 보이는 몇몇 편지 구절에 대해 곰곰이 생각에 잠겨 있을 때였다. 인기척이 느껴져 고개를 들어보니, 맞은편에서 피츠윌리엄 대령이 걸어오고 있었다. 그녀는 곧바로 편지를 치운 뒤 미소를 지으며 말을 건넸다.

"이쪽 길로 산책하시는 줄은 몰랐네요."

"정원을 한 바퀴 돌고 있던 중입니다. 대정원 일주는 해마다 한 번씩 하지요. 한 바퀴 돌고 나서 목사관에 가려던 참이었는데, 당신은 좀 더 가실 건가요?" 대령이 물었다.

"아니에요. 저도 막 돌아가려던 참이었어요."

그러고 나서 엘리자베스는 발걸음을 돌렸고, 두 사람은 목사관을 향해 천천히 걸었다.

"토요일에 켄트를 떠나신다면서요?" 엘리자베스가 물었다.

"네, 다아시가 더 이상 연기하지 않는다면요. 그 친구는 자기 마음이 움직이는 대로 행동하거든요. 일정은 다아시 마음대로 조정해요."

"그렇다면 다아시 씨는 일정이 썩 만족스럽지 않을 경우에도 최소한 자신이 결정권을 쥐고 있으니 그런대로 흡족해하겠네요. 자기 뜻을 관철시키는 걸 다아시 씨보다 흡족해하는 사람을 못 본 것 같아요."

"그는 언제나 자기 뜻을 관철시키고야 맙니다. 그러나 그것은 누구나 원하는 감정 아닐까요? 다만 다아시는 부자에다 장남이니까 그럴 수 있는 권한이 조금 더 많이 부여된 것뿐이죠. 솔직히 말씀드려 차남은 금욕 생활과 의존적 삶에 익숙해져야 하니까요."

"제 생각엔 백작의 차남이라면, 그 두 가지에 대해서 그다지 아는 게 없으실 것 같은데요. 자, 솔직하게 말씀해보세요. 금욕 생활과 의존적 삶에 대해 뭘 알고 계시는지! 그리고 갖고 싶은 걸 포기해본 적이 있으신가요?"

"정곡을 찌르는 질문이시는군요. 저는 그런 일로 곤란을 겪지는 않았습니다. 그러나 많은 중요한 일에서 돈 문제로 고통받을 가능성이 아주 없는 것은 아닙니다. 차남들은 자신이 좋아하는 여자와의 결혼이 벽에 부딪힐 때가 있어요."

"마음에 드는 여자가 돈이 많다면 달라지겠지요. 실제로 차남들이 좋아하는 여자는 돈이 많은 경우가 대부분이잖아요."

"소비 습관도 우리를 의존적이게 해요. 풍족하게 살다 보니 독립하기가 어려우니까요. 저와 같은 신분을 가진 사람들은 돈 문제를 고려하지 않는 결혼은 생각하기가 어렵습니다."

엘리자베스는 순간적으로 '나더러 어쩌라는 거야?'라고 생각하고는 얼굴을 붉혔다. 하지만 곧 냉정을 되찾고 활달하게 말했다. "그렇다면 백작의 차남은 보통 몸값이 얼마나 되나요? 장남이 아주 병약하지 않다면 5만 파운드 이상은 요구하지 않을 것으로 봅니다만."

대령은 엘리자베스와 똑같이 농담조로 말을 받았고, 대화는 잠시 끊겼다. '내가 아무 말도 하지 않으면 자기 이야기에 상심했다고 생각할지도 몰라.' 이렇게 생각한 엘리자베스는 침묵을 깨뜨리기 위해 서둘러 말했다.

"사촌분이 대령님과 함께 온 이유는 순종적인 사람이 필요해서가 아닐까 싶군요. 그런 분이 왜 결혼을 안 하는지 모르겠네요. 결혼을 하게 되면 영원히 그런 분과 함께 지낼 수 있을 텐데. 하지만 당분간은 여동생만으로도 충분하겠죠. 다아시 씨가 동생분의 유일한 보호자니 뭐든 본인 마음대로 해도 되겠네요."

"그렇지 않습니다. 저도 다아시 양의 공동 후견인이라서 다아시와 함께 그녀를 돌볼 책임이 있습니다." 피츠윌리엄 대령이 말했다.

"어머, 그러세요? 후견인이라면 어떤 일을 하세요? 피후견인이 애를 먹이지는 않나요? 그 또래의 아가씨들은 다루기가 힘들 텐데. 또 다아시 가문의 혈통을 타고났다면 제멋대로 하길 좋아할 테고요."

순간 엘리자베스는 피츠윌리엄 대령이 자신을 심각한 얼굴로 바라보고 있다는 걸 느꼈다. 그는 엘리자베스의 이야기가 끝나기가 무섭게 왜 다아시 양이 보호자를 힘들게 할지도 모른다는 생각을 했느냐고 물어보았는데, 엘리자베스는 그 말투에서 아픈 곳을 찔렀다는 느낌이 들었다.

"그렇게 놀라실 건 없어요. 그녀에 대해 나쁜 소문을 들은 적은 없으니까요. 저는 다아시 양이 이 세상에서 가장 온순한 사람일 수 있다고 생각해본 적은 있어요. 제가 잘 아는 허스트 부인과 캐럴라인 양이 그녀를 무척 좋아했거든요. 대령님도 그분들을 안다고 한 적이 있는 것 같던데요?"

"네, 조금은 압니다. 그 두 사람의 오빠가 다아시의 절친한 친구니까요."

엘리자베스가 아무렇지도 않은 목소리로 말했다. "맞아요. 다아시 씨는 빙리 씨를 남달리 아끼고, 살뜰하게 챙겨주더라고요."

"살뜰하다고요? 맞아요. 다아시는 그 친구를 매우 살뜰히 챙겨주는 것 같더라고요. 여기로 오면서 다아시가 내게 이야기한 게 있었어요. 뭐 자세히 이야기한 것은 아니지만, 빙리 씨가 다아시한테 큰 도움을 받은 것 같더라고요. 그 사람이 빙리였다고 단정할 수 없으니까, 이런 말은 자칫 그분에게 실례일 수 있어요. 어디까지나 제 추측일 뿐이지만."

"추측이라니요?"

"조금 미묘한 상황이라 다아시 입장에서는 사람들에게 널리 소문이 나는 걸 바라지는 않을 것입니다. 만일 그 아가씨 쪽 가족이 알면 불쾌해할 일이니까요."

"그런 걱정은 하지 않으셔도 돼요. 마음 놓고 말해보세요."

"다시 한 번 말씀드리지만 제가 말씀드린 사람이 빙리 씨라고 단정해서는 안 돼요. 다아시가 말하기를 최근에 한 친구가 곤란한 결혼을 할 위기였는데, 자신이 구해줬다고 했어요. 하지만 당사자가 누구인지 이름을 밝힌 것도 아니고, 자세하게 이야기한 것도 아닙니다. 다만 빙리 씨라면 그런 식의 곤란을 당할 수도 있겠다 싶었고, 지난여름 빙리 씨와 다아시가 내내 붙어 다녔으니 그럴 가능성이 높다고 해야겠지요."

"다아시 씨가 그 결혼을 반대했던 이유를 말씀하시던가요?"

“아가씨 쪽에 몇 가지 심각한 문제가 있다고 들었어요.”

“다아시 씨는 두 사람 사이를 어떻게 갈라놓았다고 했나요?”

“그건 말하지 않았어요. 방금 말씀드린 것 외에는 아무 말도 안 했어요.” 피츠윌리엄이 미소를 지으면서 말했다.

그 이야기를 듣는 순간 엘리자베스는 아무 말도 하지 않았지만 화가 머리끝까지 치밀어 올랐다. 그녀를 지켜보던 피츠윌리엄은 무얼 그리 골똘히 생각하느냐고 물었다.

“지금 하신 말씀에 대해 생각하고 있었어요. 다아시 씨의 행동이 제겐 좀 거슬리는군요. 왜 남의 일에 감 놔라 배 놔라 하는지 모르겠군요.” 그녀가 말했다.

“다아시의 행동이 주제넘는다고 생각하세요?”

“그렇잖아요. 자기가 무슨 자격으로 친구의 감정에 이래라 저래라 판단하고, 결정하고, 지시하는지 저로서는 이해할 수가 없군요.” 엘리자베스는 흥분을 가라앉힌 뒤 말을 이어갔다. “하지만 자세한 내막을 모르니 다아시 씨를 비난하는 것도 공정한 처사가 아니라는 생각이 드는군요. 당사자들 사이에 애정이 깊지 않았다고 보는 게 옳겠죠.”

“뭐 그렇다고 봐야죠. 그렇지만 그게 사실이라면 제 사촌이 좋은 일을 했다고 자랑삼아 떠벌릴 일은 못 되는군요.” 피츠윌리엄이 말했다.

대령은 이 말을 농담으로 했지만 엘리자베스는 그것이 다아시 씨의 행동을 아주 정확하게 꼬집었다고 여겼기 때문에 따로 응대할 생각이 없었다. 그래서 화제를 바꾸어 목사관에 도착할 때까지는 그저 일상적인 대화만 나누었다. 엘리자베스는 피츠윌리엄 대령이 목사관을 떠나자마자 자신의 방에 틀어박혀 방금 들은 이야기를 곰곰이 되새겨보았다. 그 이야기의 주인공이 다른 사람일 리가 없었다. 다아시 씨가 그렇게 무한한 영향력을 행사할 수 있는 사람이 빙리 말고 누가 있겠는가! 빙리 씨와 언니를 갈라놓은 공작에 그가 관여했다고는 생각지도 못했다. 지금까지는 악역을 맡은 주인공이 빙리 양일 거라고 생각하고 그녀를 미워했는데, 다아시가 그 주동자라니! 그것이 사실이라면 그 남자가, 그 남자의 오만과 변덕이 언니가 이제껏 겪고 있는 크나큰 고통의 원인이었던 것이다. 이 세상 누구보다도 다정하고 고결한 품성을 지닌 언니가 꿈꾸는 소망과 행복을 잔인하게 짓밟아버린 사람이 다아시였다니…….

그 아가씨와의 결혼을 반대할 만한 심각한 이유가 몇 가지 있었던 것으로 안다고 말했었다. 이모부가 지방의 사무 변호사이고, 외삼촌이 런던에서 장사를 하는 것을 두고 하는 말이었다.

엘리자베스가 외쳤다. "제인 언니만 놓고 보면 나무랄 데가 없어. 얼굴도 예쁘고 마음씨도 고우니까. 게다가 총명하고 교양 있고 예의도 바르잖아. 아버지의 경우 말투가 조금 특이하긴 하지만 문제될 건 없어. 아버지는 다아시 씨도 업신여기지 못할 지적 능력을 갖추었으니까, 아버지 때문에 반대했을 리는 없어." 그러나 어머니 생각을 하자 자신감이 수그러들었다. 하지만 어머니의 별난 성격이 결혼을 막았던 중대한 사유가 된다고는 생각되지 않았다. 다아시 씨의 자존심이 친구의 처가 사람들로 인해 상처를 입었다면, 그것은 그들의 지각 결핍이라기보다는 지위 결핍 때문일 것이라는 생각이 들었다. 그리하여 마침내 이렇게 결론내렸다. 다아시 씨가 친구의 결혼을 반대한 첫 번째 이유는 돼먹지 않은 오만 때문이고, 다른 하나는 자기 누이의 신랑감으로 빙리 씨를 챙겨두려는 것이라고.

그 일로 흥분해 있다 보니 머리가 아프고 눈물이 났다. 저녁무렵에는 극심한 두통에 시달리면서 다아시 씨라면 보기도 싫어 로징스에서의 티타임에 참석하지 않았다. 콜린스 부인은 친구가 몸이 안 좋은 것을 보고 굳이 참석하라고 권하지 않았으며, 남편의 강권도 힘닿는 데까지 막아주었다. 그러나 콜린스 씨는 그녀가 참석하지 않아서 캐서린 여사님이 불쾌하게 여기지나 않을까 내내 걱정했다.

11

사람들이 목사관에서 나가자, 엘리자베스는 켄트에 도착한 후 언니에게서 받은 편지를 모조리 꺼내어 천천히 읽어보았다. 다아시 씨에 대한 분노가 폭발해서였다. 편지에는 불평도 없었고, 과거의 일을 상기시키는 구절도 없었으며, 현재의 고통을 하소연하는 구절도 없었다. 하지만 언니의 편지에서 언제나 묻어나는 특유의 쾌활함이 사라지고 없었다. 스스로에게 느끼는 만족감, 타인의 호의를 받고 솟구치는 기쁨, 그리고 그늘이라고는 모르는 유쾌함 등이 없었다. 대신 그 자리에는 근심이 깔려 있었다. 다아시 씨가 파렴치하게도 타인에게 큰 고통을 준 것을 자랑처럼 떠들어댔다는 사실을 깨닫자 언니의 아픔이 더욱 뼈저리게 느껴졌다. 그나마 숨통이 트이는 것은 다아시 씨가 모레면 로징스를 떠난다는 사실이었다. 엘리자베스는 보름 후에 언니를 만나 활기를 되찾도록 도와줘야겠다고 생각하자 조금은 위안이 되었다.

엘리자베스는 다아시 씨가 켄트를 떠난다면 그의 사촌도 함께 떠날 예정이라고 한 말을 기억해냈다. 그러나 피츠윌리엄 대령은 그녀에게 청혼할 생각이 전혀 없음을 분명히 했다. 대령이 꽤 괜찮은 사람이긴 했지만 그를 놓쳤다고 해서 슬프지는 않았다.

엘리자베스가 대령 생각을 하고 있을 때, 초인종 소리가 들렸다. 그녀는 방문객이 피츠윌리엄 대령일지도 모른다고 생각하자 가벼운 동요가 일었다. 그러나 방문객이 다아시 씨였으므로 피츠윌리엄 대령에 대한 생각은 금세 뇌리에서 사라졌고, 기분도 완전히 달라졌다. 그는 집으로 들어서자마자 무척 서두르며 몸이 좀 어떠냐고 물어보았다. 엘리자베스는 최소한의 격식만 갖추어 괜찮다고 대답했다. 다아시 씨는 몇 분 동안 아무 말 없이 앉아 있다가 벌떡 일어서더니 방 안을 서성거리기 시작했다. 엘리자베스는 깜짝 놀랐지만 아무 말도 하지 않았다. 그렇게 몇 분간 침묵이 흐른 뒤 그가 엘리자베스에게 다가와서 흥분한 목소리로 말하기 시작했다.

"아무리 애를 써보았지만 소용이 없어요. 제 감정을 도저히 어찌할 수가 없습니다. 제가 당신을 얼마나 동경하고 사랑해왔는지 말씀드리지 않을 수가 없군요."

엘리자베스의 놀라움은 말로 다할 수 없었다. 그녀는 달아오른 얼굴로 눈을 동그랗게 떴는데, 자신의 귀가 의심스러울 정도로 놀랐기 때문에 아무 말도 할 수가 없었다. 그런 그녀의 모습이 용기를 주었는지 다아시 씨는 그동안 그녀에게 느껴온 사랑의 감정을 솔직하게 털어놓기 시작했다. 그의 말솜씨는 좋았으나, 그가 털어놓은 고백은 사랑과 관련된 것만은 아니었다. 그는 자신이 품고 있던 사랑을 이야기할 때보다 자존심에 대해 말할 때 훨씬 더 열변이었다. 그녀와 신분 차가 난다는 것, 그로 인해 불명예를 감수해야 하며, 가족의 반대가 있을 것이라는 것 등을 격한 어조로 피력했다. 지금까지 분별력을 잃지 않기 위해 스스로를 억제해왔다는 사실을 열의를 다해 토로했으나 그의 청혼은 설득력이 없었다.

엘리자베스는 상대방에 대한 뿌리 깊은 혐오감에도 불구하고 자신이 대단한 사람의 관심의 대상이 되었다는 사실이 영광스러웠다. 다아시 씨의 청혼을 받아들일 생각은 없었지만, 그가 감내해야 할 부담감을 안고 사랑을 고백했다고 생각하자 안쓰러운 마음도 들었다. 그러나 그녀는 이어지는 그의 열변을 듣는 동안 그를 향한 연민이 깡그리 사라지고 말았다. 엘리자베스는 감정을 최대한 자제하려고 애쓰면서 상대방의 말이 끝나기를 기다렸다. 다아시 씨는 자신의 사랑은 더 이상 어찌해볼 수 없을 정도로 강렬하다며, 엘리자베스가 자신의 구혼을 받아들인다면 더 이상 바랄 게 없을 것이라는 말로 끝냈다. 다아시 씨의 고백을 듣는 동안 엘리자베스는 그가 자신에게서 당연히 긍정적인 대답을 듣게 될 거라고 믿고 있다는 걸 깨달았다. 말로는 걱정이 된다느니 불안하다느니 했지만 실제로는 여유만만했기 때문이다. 그런 그의 자신감이 그녀를 더욱 화나게 만들었다. 엘리자베스는 붉게 상기된 얼굴로 말했다.

"사랑을 고백받았을 경우 사랑의 감정이 없더라도 고백한 사람에게 감사를 표하는 것이 관례잖아요. 당연히 책임감을 느껴야 하니까요. 제가 고마움을 느꼈다면 당장이라도 감사의 표시를 했을 거예요. 하지만 도저히 그럴 수가 없군요. 저는 한 번도 당신이 제게 호감을 갖길 바란 적이 없었으니까요. 다아시 씨 역시 제게 호감을 품게 된 것을 썩 내켜 하지 않는 것 같아 보이니 어쩌죠? 제가 누군가에게 고통을 주었다니 마음이 아프네요. 하지만 그건 제가 의식하지 못하는 상황에서 일어난 일이니, 그 고통이 오래 가지 않기를 바랄 뿐입니다. 방금 말씀하신 대로 저에 대한 호감을 스스로 인정하지 못하게 만든 감정이 있는 데다 제 마음까지 알게 되셨으니 괴로움을 극복하는 것도 어렵지 않을 것 같네요."

벽난로 선반에 기대서서 엘리자베스의 얼굴을 응시하던 다아시 씨는 당황스러움을 넘어 분노를 느끼기 시작했다. 창백해진 낯빛 위로 마음의 동요가 그대로 드러났다. 그는 냉정을 되찾기 위해 엄청난 노력을 하고 있었는데, 스스로 냉정을 되찾았다고 확신할 때까지 입을 열지 않기로 작정한 듯했다. 엘리자베스에게는 두 사람을 가로지르는 침묵의 순간이 너무나 끔찍하게 느껴졌다. 마침내 그가 가까스로 목소리를 가다듬으며 입을 열었다.

"제게 해주실 대답이 고작 이건가요? 괜찮으시다면 왜 이렇게 무례하게 제 청혼을 거절하는지 알고 싶습니다."

"그렇다면 저도 물어볼 말이 있어요. 저를 모욕하고, 상처 주고 싶다는 것은 알겠는데, 왜 그걸 방패삼아 저를 좋아한다고 고백하셨나요? 저를 좋아한다고요? 자신의 의지를 거스르면서, 자신의 이성을 거스르면서, 심지어 자신의 성격을 거스르면서까지 저를 좋아한다고요? 제가 무례했다면 그럴 만한 이유가 있기 때문이에요. 게다가 제가 화를 낸 까닭은 이것 말고도 있어요. 제가 누구보다 아끼는 언니의 행복을 짓밟아버린 사람이 바로 당신이란 걸 알았기 때문이에요. 그런 사람의 청혼을 제가 받아들일 것 같아요?" 엘리자베스가 말했다.

다아시 씨의 안색이 조금씩 변해갔다. 그러나 그것은 잠깐이었고, 계속되는 그녀의 이야기에 조용히 귀를 기울였다.

"저한테는 당신을 나쁘게 생각할 만한 이유가 차고 넘쳐요. 당신이 저지른 부당하고 편협한 행동은 그 동기가 무어든 변명으로밖에 안 들리니까요. 당신이 두 사람을 갈라놓은 장본인이잖아요. 아니라면 아니라고 말해보세요. 혼자 꾸민 일이 아니라면 그걸 주동했다는 사실은 부인하지 못하겠죠. 당신 때문에 한 사람은 변덕스럽고 우유부단하다는 비난을 받게 되었고, 다른 한 사람은 실연의 고통을 감수해야 했다고요."

엘리자베스는 잠시 말을 멈추고 다아시 씨를 바라보았는데, 전혀 마음의 동요가 없어 보이는 것을 보고 적잖게 분개했다. 그는 짐짓 믿을 수 없다는 표정으로 미소까지 띠며 그녀를 바라보았다.

"당신이 그 일을 한 게 아닌가요?" 엘리자베스가 추궁했다.

그러자 다아시 씨가 침착하게 대답했다. "맞습니다. 제가 가진 모든 권한을 이용해 빙리를 당신의 언니와 헤어지게 만들었습니다. 다행히 성공을 거둔 것은 사실입니다. 스스로를 위해서 할 수 없었던 일을 친구를 위해서는 해낸 셈이지요."

엘리자베스는 이 예의 바른 말의 속뜻을 모른 척했다. 게다가 그런 말로 마음이 풀릴 것 같지도 않았다.

"제가 당신을 싫어하는 이유는 이 문제 때문만은 아니에요." 엘리자베스가 말을 이었다. 이미 오래전에 당신이 어떤 사람인지 알았으니까요. 몇 달 전 위컴 씨한테서 들은 이야기가 있어요. 당신의 인격이 고스란히 드러나는 내용이었지요. 그와 관련해서 어떤 대답을 할지 궁금하군요. 실재하지도 않은 우정을 들먹이며 변명하실 건가요? 아니면 이번에도 사실을 왜곡해 사람을 기만할 셈인가요?"

"당신은 위컴에게 관심이 많군요." 다아시 씨가 상기된 얼굴로 말했다.

"그분이 겪은 불운을 아는 사람이라면 관심을 갖지 않을 수 없을 거예요."

"그가 불운을 겪었다고요? 하긴 이만저만한 불운이 아니었죠." 다아시 씨가 경멸스럽게 말했다.

"당신 때문이잖아요. 당신이 그분을 가난으로 몰아넣었잖아요. 그 사람이 가져야 할 당연한 권리를 고의로 박탈했어요. 인생의 절정기에 소득이 완전히 끊겨버렸다고요. 그 사람에게 주어져야 할 마땅한 소득인데 말이에요. 당신이 그 모든 일을 하셨다고요! 그래놓고도 그분이 불행하다는 말에 경멸과 조롱으로 일관하시네요."

다아시가 빠른 걸음으로 응접실을 가로질러가며 큰 소리로 말했다. "그러니까…… 바로 이게 저에 대한 당신 생각이군요. 당신 생각을 분명히 밝혀주셔서 고맙습니다. 당신 말씀대로라면 저는 엄청난 잘못을 저지른 사람이군요." 그는 걸음을 멈추더니 그녀를 향해 고개를 돌리며 덧붙였다. "만약 제가 당신 자존심을 긁어놓지 않았다면 그 죄도 어쩌면 용서받을 수 있었겠군요. 오랫동안 마음을 정할 수 없었다는 제 솔직한 고백에 자존심이 상해 깐깐하게 나오시는 것 아닙니까? 제가 좀 더 전략적으로 행동했다면 당신이 이처럼 신랄한 비난을 퍼붓지는 않았겠지요? 마음의 갈등은 없었습니다. 당신을 향한 제 마음은 절대적입니다. 이성적으로 생각해보아도 마찬가지입니다, 심사숙고한 결과도 마찬가지입니다, 당신은 어느 모로 보나 완벽한 분입니다. 만약 제가 이런 식의 사탕발림으로 구워삶았다면 대답은 달라졌겠지요. 하지만 저는 거짓말을 싫어합니다. 제가 드러낸 감정이 부끄러운 것이라고 생각하지도 않습니다. 제게 일어난 감정은 자연스러운 거니까요. 경제적으로나 사회적으로 저보다 신분이 한참 아래인 사람들과 인척 관계를 맺는 걸 춤이라도 추면서 반길 줄 알았나요?"

엘리자베스는 그의 말을 듣고 참을 수 없을 정도로 화가 치밀었지만 침착하게 대응하려고 노력했다. "다아시 씨, 당신의 고백 방식 때문에 저의 대답이 달라졌다고 생각한다면 오해예요. 좀 더 신사다운 태도를 보였다면 거절하는 제 마음이 아팠겠죠. 하지만 당신의 고백 방식 덕분에 마음 아플 일은 없을 것 같네요."

엘리자베스는 다아시 씨가 흠칫 놀라는 것을 보았지만, 계속해서 말했다.

"당신이 어떤 태도로 청혼을 했다 해도 그걸 받아들이고 싶은 마음은 없었을 거예요."

또다시 그는 깜짝 놀라는 것 같았다. 그는 믿을 수 없고 억울하다는 듯한 얼굴로 엘리자베스를 바라보았다. 그녀는 계속했다.

"처음 만났을 때, 처음 알게 된 그 순간이라 해도 좋을 것 같군요. 당신에게서 거만하고, 잘난 체하며, 자기 생각에만 빠져 남의 감정을 무시하는 사람이라는 인상을 받았어요. 그 뒤로 일어난 일들을 보면서 당신을 안 좋게 보았던 마음은 확고부동하게 자리를 잡았어요. 그래서 당신을 안 지 한 달도 채 되지 않아 당신 같은 사람과는 절대로 결혼하지 않겠다고 결심했어요."

"당신의 생각을 충분히 알았습니다. 엘리자베스 양, 이제 저는 부끄러워할 일만 남았군요. 시간을 뺏어 죄송합니다. 부디 건

강하시고 행복하십시오."

다아시 씨는 이렇게 말한 다음 재빨리 방에서 나가버렸고, 곧 이어 현관문을 열고 나가는 소리가 들렸다.

순간 엘리자베스는 가슴의 흥분이 통증으로 느껴질 정도로 격렬했다. 온몸에서 기운이 빠져 나가면서 더 이상 몸을 지탱할 수 없어 의자에 털썩 주저앉아 삼십 분 동안이나 엉엉 울었다. 잠시 후, 냉정을 되찾은 엘리자베스는 방금 전에 일어난 일을 생각하면 생각할수록 놀라웠다. 다아시 씨에게 청혼을 받다니! 그가 그렇게 여러 달 동안이나 자신을 사랑해왔다니! 사랑을 가로막는 온갖 부정적인 이유에도 불구하고 자신과 결혼하기를 원했다니! 믿을 수가 없었다. 그리고 자신이 한 남자에게 그토록 강렬한 사랑의 감정을 불러일으켰다고 생각하자 기분이 나쁘지는 않았다. 그러나 그는 오만했다. 지독하게 오만했다. 자신이 언니에게 한 행동을 뻔뻔스럽게 시인했다. 그것을 인정할 때의 오만한 얼굴을 절대 용서할 수 없었다. 또한 위컴의 이름을 거론할 때의 표정은 싸늘했고, 그에게 잔인하게 행동했던 과거의 일을 부인하려 들지도 않았다. 이런 것들이 다아시 씨를 향해 순간적으로 솟아났던 애정을 빠르게 앗아가 버렸다. 그녀가 심란해하며 이런저런 생각에 빠져 있을 때, 캐서린 부인의 마차 소리가 들렸다. 순간 샬럿의 눈빛을 감당할 수 없다고 생각한 엘리자베스는 서둘러 자기 방으로 들어가 버렸다.

12

이튿날 아침, 잠에서 깨어난 엘리자베스의 머릿속에는 어제 일이 생생하게 펼쳐졌다. 전날 밤 잠을 이루지 못했던 것도 그 생각 때문이었다. 그녀는 마음이 진정되지 않아 아침식사를 끝내자마자 산책을 해야겠다고 결심했다. 즐겨 찾는 산책로로 들어선 그녀는 문득 그곳으로 다아시 씨가 가끔 출몰한다는 생각이 떠오르자 얼른 방향을 돌려 대정원 입구에서 떨어진 오솔길로 접어들었다. 그 길 역시 대정원의 울타리가 한쪽 경계를 이루고 있었는데, 그곳에서도 대정원으로 들어갈 수 있는 입구가 여럿 있었다.

엘리자베스는 오솔길을 두세 번 왔다 갔다 하다가 대정원의 상쾌한 아침 기운에 마음을 빼앗겨 잠시 멈춰 서서 안쪽을 바라보았다. 그녀가 켄트에서 지낸 5주일 동안 그곳의 풍경은 몰라보게 변했는데, 새싹이 돋았나 했더니 어느새 무성해진 잎이 계절을 재촉하고 있었다. 그녀가 다시 걸음을 옮기기 시작할 즈음, 대정원의 가장자리를 둘러싸고 있는 키 작은 나무 울타리 사이로 한 남자의 모습이 얼핏 보였다. 다아시 씨일지도 모른다 싶어 그녀는 잽싸게 방향을 틀었다. 그녀를 향해 성큼성큼 걸음을 옮기던 남자는 순식간에 그녀를 따라잡더니, 그녀의 이름을 부르며 발걸음을 재촉했다. 엘리자베스는 자신의 이름을 부르는 소리를 듣고 돌아설 수밖에 없었다. 그녀에게 편지 한 통을 내민 다아시 씨는 침착한 얼굴로 말했다. "당신을 만나고 싶어 한참 덤불숲을 찾았어요. 부탁이니 제 편지를 읽어주시는 영광을 베풀어주시겠습니까?" 그러고는 가볍게 목례를 한 다음 덤불숲 속으로 사라져버렸다.

엘리자베스는 기분 좋은 내용은 아닐 것이라는 예감이 들었지만, 다른 한편 강렬한 호기심이 생기는 것은 인정했다. 봉투 속에는 편지지 두 장이 들어 있었는데, 두 장 다 빽빽한 글씨로 채워져 있었다. 심지어 봉투에도 글씨가 가득 씌어져 있었다. 엘리자베스는 오솔길을 따라 걸어가면서 편지를 읽기 시작했다. 편지를 쓴 시간은 로징스에서 아침 여덟 시라고 적혀 있었고, 내용은 다음과 같았다.

걱정 마십시오. 엘리자베스 양, 어젯밤 당신을 그토록 불쾌하게 했던 고백과 청혼을 다시 듣게 될까봐 걱정하지 않으셔도 됩니다. 저는 지나간 희망을 편지로 들춰내 당신을 괴롭히고 저 자신을 비하할 생각은 없으니까요. 엘리자베스 양, 제가 편지를 쓰는 의도는 우리가 행복해지기 위해서는 과거의 희망은 되도록 빨리 잊는 것이 좋을 것 같았기 때문입니다. 그 일이 저의 인격과 관련되어 있지 않았다면 이렇게 힘겹게 편지를 쓰지도 않았을 것이고, 당신은 수고스럽게 편지를 읽으실 필요도 없었을 것입니다. 그러니 편지를 읽어주십사 하는 저의 요구를 뿌리치지 마시기 바랍니다. 물론 편지를 읽고 싶은 마음이 없겠지만, 당신이 공정한 분이라면 반드시 읽으셔야 합니다.

어젯밤 당신은 성격도 전혀 다르고, 비중도 전혀 다른 두 가지 잘못에 대해 저에게 책임을 추궁했습니다. 첫 번째는 제가 빙리와 당신의 언니를 갈라놓았다는 것이고, 다른 하나는 제가 위컴 씨의 이런저런 권리를 가로챔으로써 장래를 망쳐놓았다는 것이었습니다. 지금부터 이 두 문제에 대해 해명하려 합니다.

어린 시절 친구이자 제 아버지가 아끼셨던 젊은이, 우리에게 성직록을 받는 것 말고는 달리 의지할 데라고는 없는 청년, 그 청년의 권리를 제가 아무 이유 없이 내쳤다면 그것은 지독한 악행이라고 봐야겠지요. 그것에 비하면 고작 2, 3주 정도 사랑을 키웠을 뿐인 젊은 남녀를 떼어놓은 일은 악행 언저리에도 못 간다고 해야 할 것입니다. 어쨌든 전후 사정을 알게 되면 더 이상 어제 저녁과 같은 신랄한 비난은 하지 않을 거라는 게 제 믿음입니다. 그리고 제 입장에서 말씀드리다 보니 불가피하게 당신의 감정을 상하게 해드릴지도 모르겠군요. 그 점에 대해서는 사과의 말씀을 드리고 싶습니다.

제가 하트퍼드셔에 간 지 얼마 되지 않아 빙리가 당신의 언니를 좋아한다는 사실을 알았습니다. 하지만 네더필드의 무도회 밤까지는 그의 감정이 진지하다는 생각이 들지 않았습니다. 그가 전에도 자주 사랑에 빠지는 것을 봐왔기에 그리 심각하게 생각하지 않은 것입니다.

그런데 그 무도회에서 제가 당신과 춤을 추는 사이에 윌리엄 루커스 경이 우연히 들려준 이야기를 듣고, 당신 언니에 대한 빙리의 관심이 어쩌면 결혼으로 이어질지도 모른다는 생각을 하게 되었습니다. 루커스 경이 두 사람의 결혼을 기정사실인 것처럼 이야기했기 때문입니다. 날짜 잡는 일만 남았다는 투였지요. 그 순간부터 저는 친구를 주의 깊게 지켜본 결과 당신 언니에 대한 그의 관심이 제가 생각한 것 이상임을 알게 되었습니다. 다른 한편으로는 당신의 언니도 주의깊게 지켜봤습니다. 베넷 양의 태도는 유쾌하고 솔직하고 다정다감했지만, 빙리를 각별하게 생각하는 기미는 안 보였습니다. 그날 저녁 내내 베넷 양을 지켜보았지만 제 생각은 바뀌지 않았습니다. 당신 언니는 빙리가 관심을 보이자 기쁘게 받아들이기는 했지만, 별나게 그의 관심을 유도하려고 애쓰는 것 같지는 않았기 때문입니다. 언니의 마음에 대해서는 당신이 틀렸거나 제가 틀렸거나 둘 중 하나겠지요. 당신 언니는 당신이 더 잘 아실 테니 제가 틀렸을 가능성이 크겠군요. 만일 저의 잘못된 판단으로 일을 그르쳤고, 그로 인해 그분께 고통을 드렸다면 당신의 분개가 터무니없는 것은 아니라고 생각합니다. 그러나 제가 자신 있게 단언하는 것은 당신 언니의 표정과 태도가 워낙 침착했기 때문에, (아무리 관찰력이 뛰어난 사람이라 해도) 다정다감하긴 해도 쉽사리 남에게 마음을 주는 사람은 아니라고 확신했습니다. 물론 저는 베넷 양이 제 친구에게 무심했기를 믿고 싶었습니다. 그러나 감히 말씀드린다면, 제 개인적 바람이나 염려가 제가 조사하여 결정한 일에 영향을 주는 일은 별로 없습니다. 제가 베넷 양이 무심하다고 믿은 것은 제 바람 때문이 아닙니다. 그것은 객관적 근거가 있다고 생각했기 때문입니다. 저의 바람이 이성적이었던 만큼 제 판단 역시 공정했다고 자부합니다.

이제 제가 그 결혼에 반대한 이유를 밝히겠습니다. 우선 어제저녁 제가 솔직하게 말씀드렸던 이유들이 있습니다. 그런 이유들을 머릿속에서 몰아내기 위해 얼마나 크나큰 열정이 필요했는지는 말씀드린 바와 같습니다. 그러나 그게 전부가 아닙니다. 빙리에게 여자 쪽 집안의 사회적 지위는 저에 비해 그다지 큰 문제는 아닙니다. 제가 빙리의 결혼에 반대한 결정적 이유는 다른 것입니다. 아직 해결되지 않은 이 문제는 저의 경우에도 빙리 못지않게 심각했지만, 당면한 문제가 아닌지라 잊어버리려고 노력했습니다. 이제 그 이유들을 간략하게 밝히겠습니다. 당신 어머니 쪽 집안도 문제라면 문제가 되겠지만, 당신 여동생들이 빈번히, 아니 한결같이 드러내 보였고, 당신 아버지도 이따금 한몫하셨던 완벽한 무교양에 비하면 아무것도 아닙니다.—이런 말씀드려서 죄송합니다—당신의 마음을 상하게 하는 일은 저도 싫습니다. 가족들의 결함을 떠올리는 것도 괴로운데 타인에게서 그런 지적을 들으면 견디기 힘드시겠지만 위안의 말씀을 드리지요. 사람들은 당신과 당신 언니는 분별력을 지닌 훌륭한 인품의 소유자라고 칭찬합니다. 그것이 두 분의 지성과 성품에 영예가 되었다는 걸 아신다면 위안이 되실 것입니다. 이 문제를 제가 분명히 말씀드리고 싶었던 이유는 그날 저녁에 당신 가족을 지켜보면서 당신 가족들에 대한 저의 판단이 옳다는 것을 확인했기 때문에 빙리의 불행한 결혼을 막아야겠다는 생각이 더욱 확고해졌습니다. 당신도 분명 기억하실 테지만 빙리는 런던으로 떠났습니다. 물론 잠시 다녀올 계획이었죠.

이제 제가 한 일에 대해 설명드릴 차례입니다. 당시 빙리의 누이들도 오빠를 염려하는 마음은 저와 마찬가지였으므로, 우리는 서로의 생각이 일치한다는 사실을 알게 되었습니다. 이어 한시라도 빨리 두 사람을 떼어놓아야겠다는 생각에 빙리를 뒤쫓아 런던으로 가기로 결정했던 것입니다. 런던에 도착하자마자 저는 빙리에게 베넷 양과 결혼할 경우 수반될 갖가지 문제점을 알려주었습니다. 제 설득에 빙리는 머뭇거리며 결심을 접는 듯했습니다. 이때 제가 베넷 양이 빙리를 좋아하지 않는 것 같다고 말하지 않았더라면, 어쩌면 결혼을 추진했을지도 모릅니다. 제 말을 듣기 전까지 빙리는 베넷 양도 자신을 사랑하고 있다고 믿었습니다. 자기처럼 열렬한 사랑은 아닐지라도 진실한 애정으로 자신의 사랑에 답한다고 믿었지요. 그러나 근본적으로 겸손했던 빙리는 자신의 판단보다는 제 판단에 더 의존했습니다. 그래서 베넷 양이 그를 사랑하고 있다는 생각은 착각일 뿐이라고 납득시키는 일은 그다지 어렵지 않았습니다. 일단 그에게 확신을 주고 나자, 그를 설득해 하트퍼드셔로 돌아가지 못하게 하는 일은 식은 죽 먹기였지요. 거기까지는 제가 잘못한 일이 없다고 생각합니다. 단지 그 일을 돌이켜봤을 때 마음에 걸리는 것이 한 가지 있습니다. 빙리에게 베넷 양이 런던에 있다는 사실을 갖가지 방법을 동원해 모르게 했던 것입니다. 그는 아직도 모르고 있습니다. 두 사람이 다시 만난다 해도 별탈이 없을 것입니다. 그러나 제가 보기에 그가 베넷 양을 만나도 아무런 위험이 없을 만큼 그의 애정이 식은 것 같지는 않았습니다. 이렇게 사실을 숨기고 빙리를 속인 것은 평소의 제 성격과는 맞지 않는 일이었습니다. 하지만 그때 저는 그렇게 하는 것이 최선이라고 생각했지요. 그 문제에 대해서는 더 이상 드릴 말씀이 없으며, 사과드릴 일도 없다고 생각합니다. 제가 만약 당신 언니의 마음에 상처를 입혔다면 그건 모르고 한 일입니다. 그리고 제 행동의 동기가 당신 입장에서는 비난받아 마땅한 일이겠지만 저로서는 아직도 그 일이 왜 비난을 받아야 하는지 모르겠습니다.

두 번째, 제가 위컴 씨에게 피해를 주었다는 문제에 대해 밝히겠습니다. 그가 어떤 식으로 저를 비난했는지는 모르겠군요. 그러나 제 말이 진실이라는 사실을 증명할 신뢰할 수 있는 증인을 한 사람 이상 불러낼 수 있습니다. 위컴의 아버지는 매우 덕망 있는 분으로, 오랜 기간 펨벌리의 토지를 관리했습니다. 그분은 자신이 맡은 임무를 책임감 있게 해냈기 때문에 아버지는 그에 합당한 대가를 지불하고 싶어 하셨습니다. 그래서 당신의 대자代子인 위컴에게 중등 교육을 거쳐 케임브리지에서 공부할 수 있도록 배려해주었습니다. 아버지의 도움은 매우 요긴했습니다. 당시 위컴 집안은 어머니의 낭비벽으로 살림이 궁핍해서 그가 신사의 교육을 받을 형편이 못 되었거든요. 제 아버지는 예의 바르고 매력적인 이 젊은이와 즐겨 대화를 나누셨을 뿐 아니라 그를 아주 좋게 보셔서, 성직자가 되고 싶다는 그에게 목사 자리를 줄 생각까지 했습니다. 그러나 저는 오래 전부터 그를 전혀 다르게 보았습니다. 제가 보기에 위컴은 비윤리적이고 무원칙주의자였습니다. 위컴은 제 아버지에게 자신의 본 모습을 숨기려고 애썼지만 또래인 제 눈까지 속일 수는 없었지요. 저는 그가 방심했을 때를 목격할 수 있었지만, 아버지는 그럴 기회가 없었거든요. 지금부터 또다시 당신께 고통을 안겨드릴 이야기를 해야 할 것 같습니다. 그 고통이 어느 정도일지는 당신만이 아시겠지요. 위컴이 당신에게 어떤 감정을 불러일으켰는지 모르지만, 그 감정을 고려해서 그의 본성에 대한 이야기를 묻어둘 생각은 없습니다. 정체를 밝혀야 할 이유가 오히려 하나 더 추가됐다고 해야겠지요. 제 아버지는 5년 전쯤에 돌아가셨습니다. 돌아가시기 전에 아버지는 저에게 어떻게 해서든 그를 도와주라고 부탁하셨습니다. 그리고 만약 그가 목사직을 원한다면 수입이 좋은 자리가 나는 대로 임명하라는 말씀을 남기셨습니다. 게다가 그에게 따로 1,000파운드의 유산까지 남기셨습니다.

아버지가 세상을 떠난 지 반년도 되지 않아 위컴은 제게 성직자가 되지 않기로 결심했으니, 자신이 받기로 한 성직 우선권 대신 당장 쓸 수 있는 현금을 받았으면 좋겠다고 했습니다. 절대 불합리한 요구라고 생각하지 말라는 말과 함께요. 그러고 나서 자신은 앞으로 법률을 공부하겠다면서 금전적 요구를 했습니다. 유산으로 받은 1,000파운드의 이자로는 등록금과 생활비를 충당하기 부족하다는 것이었지요. 저는 그를 신뢰할 수 없었지만 한번 믿어주기로 했습니다. 저는 그가 성직자가 되어서는 안 된다는 것을 알고 있었기에 그에게 기꺼이 3,000파운드를 건네주었습니다. 그는 그 돈을 받는 대가로 성직록을 비롯한 일체의 도움을 포기하기로 약속했습니다. 이제 저는 그에게 더 이상 상관하지 않아도 되는 듯했습니다. 저는 그를 좋지 않게 생각했기 때문에 이후 펨벌리로 초대하지 않았고, 런던의 집으로도 찾아오지 못하게 했습니다. 당시 그는 런던에서 생활했는데, 법학을 공부한다는 것은 핑계에 불과했습니다. 그때부터 위컴은 모든 제약으로부터 벗어나 나태와 방탕 속에서 생활했습니다. 3년가량 그의 소식을 들을 수 없었습니다. 그런데 그가 목사직을 승계하기로 했던 교회의 목사님이 돌아가시자, 제게 편지를 보내 그 자리를 자기에게 달라고 했습니다. 그는 자신이 극도로 곤란한 상황에 처해 있다고 했는데, 그럴 만도 했지요. 그리고 그는 자신에게는 법률 공부가 안 맞는다는 걸 깨달았다, 만약 자신을 그 자리에 추천해준다면 이제 누가 뭐래도 성직에 있을 생각이다, 달리 추천할 만한 사람도 없을 것이니 자신을 추천해달라는 것이었습니다. 돌아가신 아버지를 생각해서라도 그렇게 해야 하지 않겠느냐고 하면서요. 저는 그의 부탁을 물리쳤고, 이후에도 여러 차례 부탁해왔지만 매번 거절했습니다. 그러자 그는 저에 대한 분노를 키워갔습니다. 제 앞에서는 물론이고 제가 없는 곳에서도 무섭게 저를 매도했습니다. 그때 이

후로 그와 저 사이에 모든 형태의 교류가 끊겼습니다. 그래서 저는 그가 어떻게 살아왔는지 전혀 모르고 있습니다.

그런데 지난여름, 그가 또다시 제 삶에 뛰어들어 제게 아주 큰 고통을 주었습니다. 지금부터 드리는 말씀은 지금과 같은 경우가 아니면 밝히고 싶지 않은 가족 문제입니다. 당신은 제 비밀을 지켜주시리라 확신하기 때문에 털어놓습니다.

저에게는 저보다 열 살 아래인 누이동생이 한 명 있는데, 제 모친의 조카인 피츠윌리엄 대령과 제가 그 아이의 후견인입니다. 1년 전 그 아이가 학업을 마치자 우리는 그 아이가 지낼 수 있는 집을 런던에서 구했습니다. 조지아나는 지난여름부터 교육을 맡은 영 부인과 함께 램스게이트로 갔습니다. 그런데 알고 보니 위컴도 거길 따라간 것이었습니다. 그것이 계획적이었다는 건 의심의 여지가 없었습니다. 그와 영 부인이 알고 지내는 사이였다는 것이 나중에 밝혀졌습니다. 불운하게도 우리가 영 부인한테 속았던 거지요. 위컴은 영 부인의 묵인과 협조를 얻어 조지아나의 호감을 샀고, 그 아이로 하여금 사랑에 빠졌다고 믿게 만들어 도피행에 동의하도록 설득했습니다. 조지아나는 다정다감한 성격인 데다 그가 어렸을 때부터 친절했던 기억이 남아 있었기 때문에 그런 일이 가능했지요. 게다가 당시 제 동생은 겨우 열다섯이었으니, 아직 사리분별 능력이 부족했습니다. 불행 중 다행으로 동생이 제게 그 사실을 알려주었습니다. 그들이 야반도주를 하기로 약속한 이틀 전에, 제가 찾아간다는 사실을 알리지 않고 여동생을 만나러 갔습니다. 저를 만난 동생은 평소 오빠가 아버지처럼 보살펴주었는데 은혜도 모르고 야반도주를 한다면 몹시 슬퍼할 거라고 생각했는지, 제게 모든 계획을 털어놓았습니다. 동생의 말을 듣고 제 기분이 어땠을지, 그리고 어떤 조치를 취했을지는 충분히 상상하실 수 있을 것입니다. 제 동생의 명예와 감정을 고려해서 그 일을 공개적으로 폭로하지는 않았지만 위컴에게 편지를 썼습니다. 그는 즉각 그곳을 떠났고, 영 부인은 파면시켰습니다. 위컴의 주된 목표는 3만 파운드에 달하는 제 동생의 유산이었습니다. 거기에는 저를 향한 복수심도 크게 작용했을 것이라고 생각합니다. 그의 복수는 정말 완벽할 뻔했습니다. 엘리자베스 양, 이것이 우리가 함께 관심을 가져왔던 모든 사건에 대한 충실한 제 해명입니다. 만일 제 말이 허위라고 생각하지 않으신다면 이제부터는 제가 위컴한테 잔인했다는 혐의는 거두어주셨으면 합니다. 위컴이 어떤 거짓말로 당신을 속였는지는 모르지만, 아무것도 모르는 당신이 속은 것도 무리는 아닙니다. 이 모든 사실을 왜 어젯밤에 말씀드리지 않았는지 의아해하실 것입니다. 그러나 그때는 저 자신도 너무 흥분해서 진실을 어디까지 밝혀야 할지, 또 밝혀도 될 일인지 갈피를 잡을 수가 없었습니다. 이 내용이 진실임을 확인해줄 증인으로 피츠윌리엄 대령을 추천하고 싶습니다. 그는 가까운 친척으로, 제 부친의 유언 집행자의 한 사람이었기에 그동안 있었던 일을 세세히 알고 있습니다. 설혹 저에 대한 혐오감 때문에 제 말이 의심스러울 경우 제 사촌과 허심탄회한 대화를 나눌 수 있도록 이 편지가 오늘 오전 중에 당신의 손에 들어가도록 최선을 다해 노력하겠습니다. 더불어 신의 가호가 당신과 함께 하기를 빕니다.

— 다아시 올림

13

다아시 씨가 편지를 건네주었을 때, 엘리자베스는 편지 내용에 대해서는 아무 짐작도 할 수 없었다. 설마 다시 청혼을 하랴 싶었고, 다른 것은 기대도 하지 않았다. 그러나 내용이 심각했던 만큼 그녀가 얼마나 열심히 편지를 읽어 내려갔겠는지, 그리고 편지를 읽으며 얼마나 모순된 감정을 느꼈는지는 짐작하기 어렵지 않을 것이다. 편지를 읽는 내내 마음이 착잡하기만 했다. 처음에는 다아시 씨가 자신의 행동에 변명의 여지가 있다고 생각하는 것을 알고 어처구니가 없었다. 그가 부끄러움을 아는 사람이라면 차라리 입을 다물고 있는 편이 나았다고 생각했기 때문이다. 무슨 소리를 하는지 들어나 보자는 심정으로 네더필드에서의 일에 대한 그의 해명을 읽기 시작했을 때는 모든 것이 허황된 이야기라는 편견에 사로잡힌 상태였다. 흥분해 있다 보니 내용을 제대로 이해할 수 없었고, 조급한 마음에 다음 문장으로 넘어가다 보니 내용에 몰입할 수가 없었다. 언니가 빙리 씨에게 마음이 없는 줄 알았다는 내용은 당연히 거짓말일 거라 생각했고, 다아시 씨가 그 결혼에 반대한 가장 큰 이유라고 한 부분은 너무나 화가 난 상태에서 읽어서 그런지 그가 옳을 수도 있다는 사실은 생각조차 하기 싫었다. 다아시는 자신이 한 일에 대해 아무런 유감도 표시하지 않았다. 뉘우치기는커녕 오만불손 그 자체인 문투도 거슬렸다.

그러나 위컴에 대한 이야기로 넘어가자 엘리자베스는 조금 더 차분한 상태에서 편지를 읽을 수 있었다. 편지 내용이 사실이라면 자신이 위컴에게 품고 있었던 호감을 뒤집고도 남을 내용이었다. 편지 내용과 위컴이 했던 이야기는 실제로 놀라울 정도로 일치했다. 엘리자베스는 편지를 읽는 동안 괴롭고 착잡했고, 경악과 불안감, 그리고 두려움이 마음을 짓눌렀다. 편지의 내용을 모두 무시하고 싶은 기분이어서, "이건 거짓말이야. 그럴 리가 없어! 말도 안 되는 비열한 거짓말이야."라고 수없이 혼잣말을 되뇌었다. 다 읽고 난 뒤에는 맨 마지막 한두 줄의 내용은 거의 파악하지도 못한 상태에서 황급히 접어놓고는 다시는 안 보겠다고, 다시는 거들떠보지도 않겠다고 맹세했다.

엘리자베스는 주체할 수 없을 정도로 흥분한 마음을 달래려고 방 안을 왔다 갔다 해보았지만 마음은 쉬 가라앉지 않았다. 30초도 지나지 않아 그녀는 편지를 다시 펼쳤고, 마음을 가다듬으며 위컴과 관련된 부분을 샅샅이 검토하는 작업에 들어감으로써 최소한 문장의 뜻은 이해할 수 있을 정도의 평정심을 되찾았다. 편지에서 위컴과 펨벌리 집안의 관계에 대한 설명은 위컴의 말과 정확히 일치했다. 또한 돌아가신 다아시 씨가 위컴에게 얼마나 친절을 베풀었는지에 대한 내용도 위컴이 전해준 말과 똑같았다. 두 사람의 이야기가 들어맞는 것은 여기까지였다.

그러나 유언과 관련된 대목에 이르자 두 사람의 이야기가 크게 엇갈렸다. 목사직과 관련된 위컴의 말들이 아직도 그녀의 기억 속에 선명하게 남아 있었으므로, 그가 쓴 단어 하나하나를 떠올리며 지금 두 사람 가운데 한 사람은 거짓말을 하고 있다고 볼 수밖에 없었다. 그녀는 잠시 자신의 기대가 어긋나지 않았다며 의기양양하기도 했다. 그러나 바로 다음 부분, 위컴이 목사직을 포기하는 대신 3,000파운드라는 거액을 받았다는 대목을 되풀이하여 읽고 난 뒤에는 다시 한 번 생각에 잠겼다. 그녀는 편지를 내려놓고, 주어진 상황을 최대한 공정하게 살펴보고, 진술의 개연성 여부를 따져보았지만 도무지 판단을 내릴 수가 없었다. 양쪽 모두 자기주장만 할 뿐이었다. 그녀는 계속해서 편지를 읽어 내려갔다. 그러나 아무리 읽어보아도 다아시 씨의 이야기가 거짓말이라고 할 만한 증거를 찾을 수가 없었다. 처음에는 다아시 씨가 파렴치한 행동을 했다고 생각했는데, 편지를 읽을수록 그에게는 아무 잘못이 없다는 생각이 들었다.

특히 위컴 씨가 무절제하고 방탕한 생활을 해왔다고 비난한 내용은 큰 충격이었다. 그것이 부당한 비난이라고 할 만한 근거를 찾을 수 없었기에 충격은 더 컸다. 엘리자베스는 그가 부대에 들어가기 전에 어떻게 살았는지에 대해서는 누구에게도 들어본 적이 없었고, ○○부대에 들어간 것도 런던에서 한두 번 만난 청년의 권유였다는 이야기밖에 들은 게 없었다. 자신의 지난 일에 대해서는 그 스스로 이야기한 것 외에는 아무것도 알려진 것이 없었기 때문이다. 그가 어떤 사람인지 직접 알아볼 기회가 있었다 해도 그래야 한다는 생각은 한 번도 해보지 않았다. 엘리자베스는 위컴과 같은 표정과 목소리, 몸가짐을 지닌 남자라면 당연히 인격도 훌륭할 것이라고 생각했다. 엘리자베스는 위컴 씨의 선행이나 그가 남달리 강인하고 훌륭한 인격자였다는 사례를 기억해내려고 애썼다. 그래야 다아시 씨의 비난을 일축할 수 있을 테고, 혹 위컴 씨의 잘못—다아시 씨의 규정에 따르면 여러 해에 걸친 나태와 방종이지만, 엘리자베스의 소망은 사소한 실수였다—이 비난을 피할 수 없다고 해도, 좋은 모습을 보인 것이 잘못보다 눈에 띄게 많다면 비난이 상쇄될 것이었기 때문이다. 하지만 엘리자베스를 도와주는 기억은 그 무엇도 떠오르지 않았다. 위컴의 매력적인 몸가짐이나 말하는 태도는 즉각 눈앞에 그려졌지만, 실질적인 장점은 단 한 가지도 기억나지 않았다. 기껏해야 동네에서 사람들의 호감을 샀다는 것과 사교술 덕분에 군대 식당의 총아로 군림했다는 것 정도였다. 엘리자베스는 이 대목에서 한 차례 숨을 돌린 뒤 계속해서 편지를 읽어 내려갔다. 그런데 세상에! 그가 재산을 노리고 계획적으로 다아시 양을 유혹했다는 대목은 어제 아침 피츠윌리엄 대령과 나눈 대화의 내용 일부와 일치했다. 다아시 씨는 피츠윌리엄 대령이 이와 관련된 내용의 자세한 내막을 증명해 줄 인물이라고 하지 않았던가. 그녀는 피츠윌리엄 대령에게 모든 것을 물어볼까 생각했지만 그만두기로 했다. 사촌이 자신의 주장을 뒷받침해줄 것이라는 자신이 없었으면 무모하게 그런 제안을 했을 리가 없었기 때문이다.

엘리자베스는 필립스 이모부의 집에서 위컴을 처음 만난 날 저녁에 나누었던 대화의 내용을 기억하고 있었다. 그가 사용한 단어 하나하나까지도 기억 속에 생생하게 되살아났다. 그러다 문득 처음 만난 사람에게 자신의 속마음을 모조리 털어놓을 만큼 그가 가벼운 사람이었다는 데 생각이 미쳤다. 전에는 이런 점을 눈치채지 못했다는 사실이 의아할 정도였다. 또한 가만히 생각해보니 그가 말하는 태도도 교양과는 거리가 멀었고, 언행이 일치하지도 않았다. 그는 다아시 씨를 만나는 게 전혀 두렵지 않다고 떠벌렸다. (다아시 씨가 동네를 떠나면 떠났지 자기는 한 발짝도 물러서지 않을 것이라고 했었다.) 그러나 바로 한 주 뒤에 열린 네더필드 무도회에 참석하지 않으려고 그 고장을 떠났던 사실을 기억해냈다. 또한 베넷가 일행이 런던으로 떠나기 전에는 그녀에게만 자신의 이야기를 했던 반면, 떠나고 나자 어디서나 그의 이야기가 거론되었다. 그때 그는 돌아가신 다아시 씨를 존경하기 때문에 아들의 죄를 들추어내는 짓은 결코 하지 않을 것이라고 분명하게 말해놓고도 아무 거리낌 없이 다아시의 명예를 실추시키는 이야기를 했다는 것도 생각났다.

위컴과 관련된 모든 일이 이제 전혀 다르게 보이기 시작했다. 그가 킹 양에게 관심을 보인 것은 가증스럽게도 순전히 돈 때문이었다. 그녀의 유산이 대단한 것이 못 된다는 사실은 그가 별 욕심이 없는 사람이라는 걸 증명하는 것이 아니라 닥치는 대로 붙잡으려 했음이 증명됐다. 이제 그가 자신에게 관심을 보인 동기도 의심스러웠다. 그녀가 분별없이 드러냈던 호감을 자극하여 자신의 허영심을 채우려 했던 게 분명했다. 그를 되도록 좋은 쪽으로 생각하고 싶다는 마음도 차츰 사라져버렸다.

게다가 다아시 씨의 말을 증명해줄 사례들이 연거푸 생각났다. 예전에 제인이 빙리 씨에게 위컴 씨의 일을 물었을 때, 다아시 씨가 잘못한 건 없다고 단언했었다. 또한 다아시 씨의 언행이 오만불손하기는 했지만, 원칙이 없다거나 부도덕하다거나 불경스럽다거나 풍기가 문란하다는 느낌은 한 번도 받은 적이 없었다. 게다가 주변 지인들은 모두 그를 존경했고, 높은 미덕의 소유자로 평가했으며, 동생에 대해 말할 때는 더없이 다정했다. 그가 만일 위컴이 묘사한 인물이었다면 세상사람들이 그렇게 파렴치한 인간을 못 본체 지나칠 리가 없었다. 그리고 그런 파렴치한 짓을 할 수 있는 사람과 빙리 씨처럼 좋은 사람 사이에 우정이 존재하기는 불가능했을 것이었다.

이 모든 일을 생각하자 엘리자베스는 몹시 부끄러웠다. 다아시를 생각해도 그렇고, 위컴을 생각해도 그렇고, 자신이 몹시 비이성적이고 불공평했으며 편견을 가지고 있었다는 사실을 통감했다. "나는 너무 한심하게 처신했어. 스스로를 통찰력 있는 사람이라고 착각하고 언니의 순수하고 솔직한 성격을 깎아내리기까지 했어. 그런 식으로 허영심을 채웠었지. 이리도 부끄러운 일이 있을까? 사랑에 빠져 있었다 한들 이보다 기막히게 눈이 멀 수는 없을 거야. 나는 사랑이 아니라 허영심을 채우려고 어리석은 행동을 했어. 처음 만났을 때 한 사람은 나를 무시해서 상처를 받았고, 다른 한 사람은 내게 특별한 호감을 보여서 기뻐했어. 편견과 무지 때문에 두 사람과 관련된 일에서 이성을 잃었던 거야. 지금 이 순간까지도 나는 나 자신에 대해 제대로 모르고 있었어!" 엘리자베스가 소리쳤다.

이렇게 스스로에 대해 생각하다가 제인과 빙리를 차례로 떠올려본 엘리자베스는 제인과 빙리의 문제를 바라보는 다아시 씨의 해명이 부족하다고 느꼈던 것을 생각해내고 다시 한 번 그 부분을 읽어갔다.

두 번째로 읽기 시작하자 처음 읽었을 때와는 느낌이 사뭇 달랐다. (위컴과 관련된 주장의 신빙성을 인정하자 제인과 관련된 주장도 믿음이 갔다.) 다아시 씨는 베넷 양이 빙리에게 애정을 품고 있는 줄은 몰랐다고 했다. 여기서 엘리자베스는 샬럿이 누누이 했던 말을 기억하지 않을 수 없었다. 그러고 나자 다아시 씨가 제인을 보고 느낀 인상이 잘못되었다고 할 수가 없게 되었다.

제인은 자신의 열정을 겉으로 드러내지는 않았다. 누구에게나 사근사근했지만 상대를 진심으로 아끼는 경우는 그리 많지 않았다. 그런 점은 엘리자베스도 인지하고 있었다.

자신의 가족이 언급된 부분은 틀림없이 굴욕적이었지만 다아시 씨의 비난은 도저히 부인할 수 없었다. 그는 네더필드의 무도회가 베넷가에 대한 부정적인 인상을 확인하는 계기가 되었다고 말했는데, 그때 일로 괴롭기는 다아시 씨보다 자신이 더했다.

자신과 언니를 추어올리는 내용이 위로가 되기는 했으나 그것으로 나머지 가족들이 자초한 경멸감을 보상해주지는 못했다. 제인의 희망을 꺾은 가장 중요한 이유가 가족들의 행실 문제였다고 생각하자 마음이 무거워졌다.

엘리자베스는 갖가지 상념에 잠긴 채 두 시간 동안 오솔길을 거닐었다. 그간 있었던 일들을 다시 생각해보았고, 이리저리 머리를 굴려보면서 중대하고 급작스러운 변화에 적응하기 위해 애를 썼더니 피로가 엄습해 와서 집으로 발길을 돌렸다. 평소처럼 쾌활하게 보이기 위해 그녀는 머릿속의 상념을 눌러주어야겠다고 생각했다.

엘리자베스가 집으로 들어서자 로징스의 두 신사가 따로따로 그녀를 찾아왔었다는 소식이 기다리고 있었다. 다아시 씨는 작별 인사를 하기 위해 몇 분간 머물다 갔지만, 피츠윌리엄 대령은 한 시간 동안이나 그녀를 기다리다가 대정원으로 그녀를 찾아나서기까지 했다는 것이었다. 그를 못 만나 안타까운 척하는 것이 엘리자베스가 할 수 있는 일의 전부였다. 실은 다행이었다. 피츠윌리엄 대령은 더 이상 그녀의 관심사가 아니었기 때문이다. 그녀의 머릿속에는 오로지 편지 생각밖에 없었다.

14

다음날 아침 두 신사는 로징스를 떠났다. 그들에게 작별인사를 하기 위해 소작인들의 오두막 근처에서 기다리던 콜린스 씨는 흡족한 표정으로 돌아왔다. 두 신사분은 몹시 건강해 보였다, 로징스에서 슬픈 작별의 인사를 나눈 걸 감안한다면 그런 대로 괜찮아 보였다는 반가운 소식을 안고 집으로 돌아왔다. 잠시 후 그는 캐서린 여사가 너무나 무료한 나머지 그들 모두를 정찬에 초대한다는 소식을 전했다.

엘리자베스는 캐서린 여사를 보자 만약 다아시 씨의 청혼을 받아들였다면 지금쯤 조카며느릿감으로 이 자리에 와 있었을지도 모른다는 생각이 들었다. 그랬다면 캐서린 여사가 그 일로 노발대발했을 것을 생각하자 자신도 모르게 미소가 떠올랐다. '뭐라고 말했을까? 어떤 식으로 대했을까?'

그들의 첫 번째 화제는 로징스의 정찬 인원이 줄었다는 것이었다. "정말 너무 허전해." 캐서린 여사가 말했다. "말벗이 떠났을 때 나만큼 허전해하는 사람도 없을 거야. 게다가 그 두 조카는 내가 특별히 아끼는 애들이거든. 그 애들도 나를 위한다는 건 알고 있어! 하긴 떠날 때는 언제나 그랬지. 대령은 그나마 끝까지 쾌활했는데, 다아시는 어쩐지 아쉬워하는 것 같더라니까. 작년보다 더 심하게 말이야. 로징스에 대한 애착이 해마다 더 커지는 게 확실해."

그때 콜린스 씨가 끼어들어 자신이 관찰한 내용을 보탰고, 캐서린 모녀는 친절한 미소로 답했다.

저녁 식사 후 캐서린 여사는 베넷 양의 기분이 안 좋아 보인다면서, 집으로 돌아갈 날이 얼마 남지 않아서일 것이라고 멋대로 추측하며 이렇게 덧붙였다.

"만일 그 때문이라면 모친께 편지를 써서 좀 더 머물게 해달라고 말씀드리는 게 좋지 않아? 콜린스 부인도 아가씨하고 함께 있는 걸 좋아할 테니 말이야."

"배려해주셔서 감사합니다. 하지만 일정을 정해놓아 다음 토요일까지는 런던에 가야 해요." 엘리자베스가 대답했다.

"맙소사! 그렇다면 겨우 6주 동안 머무는 셈이군. 두 달은 머물 거라고 기대했는데. 아가씨가 오기 전에 콜린스 부인에게 두 달 정도 머문다면 좋을 것 같다고 말해뒀는데. 그렇게 빨리 가야 할 이유가 있는 건 아니잖아. 아가씨가 보름 정도 더 있다 간다 해도 어머니가 안 된다고 하지는 않을 것 같은데."

"하지만 아버지가 안 된다고 하실걸요. 지난주에도 편지로 빨리 오라고 하셨거든요."

"거 참! 어머니에게 지장이 없다면 아버지야 두말할 나위도 없지. 아버지에게 딸들이 뭐 그리 중하다고. 그리고 만일 온전히 한 달을 더 머문다면 두 사람 중 한 사람은 내가 런던까지 데려다줄 수도 있어. 6월 초에 거기서 1주일 정도 머물 예정이거든. 도슨더러 버루슈*에 앉으라고 하면 되니까. 아가씨들 중 한 명은 탈 자리가 있어. 만일 날씨만 시원하다면 아가씨들 덩치가 그리 크지 않으니 둘 다 태워도 돼."

"감사한 말씀입니다만, 역시 원래의 계획을 따라야 할 것 같습니다."

캐서린 여사는 단념한 듯했다.

"콜린스 부인, 하인을 한 명 딸려 보내. 난 하고 싶은 말을 마음속에 담아두지 못해. 아가씨들이 자기들끼리 역마차로 여행하는 걸 보고만 있을 수가 없어. 그건 용납할 수 없는 일이야. 누구든 딸려 보내도록 해. 내가 제일 싫어하는 게 그런 거야. 젊은 아가씨들은 항상 신분에 맞는 적절한 보호와 시중을 받아야 해.

---

* 4인승 대형 쌍두 포장마차이며, 도슨은 하인의 이름.

작년 여름에 내 조카딸 조지아나가 램스게이트에 갈 때도 내가 하인 두 명을 데리고 가라고 했어. 펨벌리의 고 다아시 씨와 앤 여사님의 영애가 하인도 없이 대중 앞에 나서는 것은 격에 맞지 않으니까. 이 아가씨들한테 존을 딸려 보내게. 마침 생각나서 다행이야."

"제 외삼촌께서 하인 한 명을 보내실 예정이랍니다."

"오호! 아가씨 외삼촌이 하인을 데리고 있나 보군. 가족 중에 그런 생각을 하는 이가 있다니 다행이야. 말은 어디서 갈아탈 건가? 아! 물론 브럼리에서겠지. 거기 있는 벨 식당에서 내 이름을 대면 잘 해줄 거야."

캐서린 여사는 아가씨들의 여행에 대해 그 밖에도 많은 질문을 했는데, 자신이 질문을 해놓고도 아무 말도 하지 않을 때도 있었기 때문에 주의를 기울여야 했다. 엘리자베스는 그게 오히려 다행스러웠다. 그러지 않았더라면 편지 생각에 사로잡혀 자신이 어디에 있는지도 잊어버릴 지경이었기 때문이다.

엘리자베스는 깊은 생각에 잠기는 일은 혼자 있을 때를 위해 남겨두었다. 혼자 있게 되면 비로소 마음껏 생각할 수 있었는데, 생각하는 일이야말로 최고의 휴식이었다. 엘리자베스는 늘 혼자 산책했다. 불쾌한 일들을 회상하는 즐거움을 만끽하기 위해서였다.

엘리자베스는 다아시 씨의 편지를 읽고 또 읽는 바람에 거의 외우다시피 할 정도가 되었다. 문구 하나하나를 꼼꼼히 뜯어보는 동안 다아시 씨에 대한 생각이 달라지기 시작했다. 다아시 씨가 청혼할 때의 모습을 떠올리면 여전히 화가 났지만, 자신이 무턱대고 비난했다고 생각하자 스스로에게 화가 났다. 그가 낙심했을 것을 생각하자 안타깝기도 했다. 그의 애정에 감사했고, 그의 사람됨에 존경심을 품었지만, 마음으로 받아들일 수는 없었다. 그의 청혼을 거절한 걸 후회한 적은 없었고, 다시 그를 만나고 싶은 마음도 없었다. 자신이 다아시 씨에게 했던 일을 생각하면 속이 상하고 후회가 되었고, 가족들 문제를 생각하자 답답하기만 했다. 해결책을 찾을 수 없었기 때문이다. 아버지는 어린 딸들의 경박하고 들뜬 행동을 제지하려고 노력하기보다 수수방관하며 재미있어 했고, 어머니라는 위인은 자신의 처신이 올바르지 않으니 딸들의 처신에는 완전히 무감각했다.

엘리자베스가 제인과 힘을 합쳐 캐서린과 리디아의 경박한 행동을 고쳐보려고 해보았으나 어머니가 감싸고도는 바람에 결국 포기하고 말았다. 마음이 약하고 성미가 급해 리디아에게 휘둘리는 캐서린은 언니들이 충고라도 할라치면 화부터 발끈 냈다. 늘 제멋대로인 데다 경솔한 리디아는 언니들의 이야기를 귓등으로도 듣지 않았다. 두 동생은 무지하고 나태했으며, 허영심만 가득 차 있었다. 장교가 있는 곳이면 거기가 어디든 리디아와 캐서린이 빠지는 법이 없었다. 롱본에서 걸어갈 수 있는 거리인 메리턴에는 장교들로 넘쳐났다.

엘리자베스는 언니 역시 걱정스러웠다. 다아시 씨의 해명으로 빙리 씨가 훌륭한 청년이라는 확신이 생기면서 언니가 좋은 인연을 잃은 게 너무나 속이 상했다. 빙리 씨의 애정은 진지했음이 분명했고, 친구에 대한 맹목적 신뢰를 비난한다면 모를까, 그의 행동을 비난할 수는 없는 노릇이었다. 어느 모로 보나 부족할 것 없고, 행복이 보장된 자리를 가족들의 어리석은 행실로 놓쳤다고 생각하자 더욱 가슴이 아팠다.

이틀 동안 일어난 사건은 너무나 엄청났으므로 엘리자베스는 타고난 낙천적인 기질에도 불구하고 내내 우울함을 떨치지 못했다.

헌스퍼드에 머무르는 마지막 주에 그들은 처음 도착했을 때만큼이나 자주 로징스를 방문했다. 떠나기 바로 전날에도 그곳에서 저녁을 보냈는데, 캐서린 여사는 그들의 여행과 관련해 또다시 꼬치꼬치 캐어물었고, 올바르게 짐 싸는 법에 대해 세세히 설명했다. 야회복을 꾸릴 때는 반드시 이러저러해야 한다며 자신의 지론을 펼쳤는데, 머라이아는 아침 내내 싸두었던 짐을 풀고 여행 가방을 다시 싸는 도리밖에 없다고 생각할 정도였다.

헤어질 때 캐서린 여사는 황송하게도 여행을 잘 하고 내년에 다시 헌스퍼드에 놀러오라고 초청해주었다. 드보어 양은 여행자들에게 무릎까지 굽히며 인사를 한 뒤 손을 내밀어 악수를 청했다.

15

토요일 아침, 엘리자베스와 콜린스 씨는 다른 사람들이 나타나기 몇 분 전에 식당에서 마주쳤다. 콜린스 씨는 지금이야말로 절대 놓쳐서는 안 될 작별 인사의 좋은 기회라고 생각했다.

"엘리자베스 양, 제 아내가 이곳을 찾아주신 것에 대한 감사의 인사를 드렸는지 모르겠지만, 떠나시기 전에 틀림없이 감사의 인사를 듣게 될 것입니다. 저희 집에 머물러주셔서 진심으로 감사드립니다. 이렇게 누추한 곳에 모셔서 부끄럽습니다. 먹고사는 것도 단조롭고, 집은 좁고, 하인도 별로 없고, 나들이를 할 기회도 없었으니 헌스퍼드에서 지내기가 몹시 지루하셨겠죠. 하지만 당신의 방문에 우리가 얼마나 감사해하는지 모른다는 사실을 알아주시기 바랍니다." 콜린스 씨가 말했다.

엘리자베스는 정말 고마웠고, 너무나 즐겁게 지냈다고 진심을 다해 말했다. 또한 지난 6주 동안 샬럿과 함께 있어서 좋았고, 이렇게 환대를 받았으니 감사해야 할 사람은 오히려 자기라고 말했다. 콜린스 씨는 그 말에 흡족한 미소를 띠며 엄숙하게 대답했다.

"재미없게 지내지 않으셨다는 말씀을 들으니 한없이 기쁩니다. 저희가 최선을 다했다는 건 분명합니다. 게다가 운이 좋게도 로징스와의 인연으로 보잘것없는 저희 집에서 벗어나 여러 차례 기분 전환을 할 수 있었으니 따분하지는 않았을 것이라고 자부해도 좋을 듯싶군요. 캐서린 여사님의 가족과 이렇게 가까이 지내는 건 실로 예외적인 혜택이자 축복입니다. 저희가 그 댁과 얼마나 친밀한 관계인지, 얼마나 지속적으로 왕래하고 있는지 이제 아셨을 겁니다. 사실 이 초라한 목사관이야 여러 가지로 불편했겠지만, 저희 집안의 손님 자격으로 로징스 분들과 친분을 나눌 수 있었으니 따분한 여행이라고는 말 못할 것입니다."

콜린스 씨는 한껏 고양된 기분을 말로 표현할 수 없었기 때문인지 쉼 없이 식당을 왔다 갔다 했다. 그 사이에 엘리자베스가 짧은 두 개의 문장에 예의와 진심을 결합시키려 애썼다.

"친애하는 엘리자베스 양, 하트퍼드셔에 가시면 저희들이 아주 잘 지내고 있다고 전해주시면 좋겠습니다. 캐서린 여사님이 제 아내를 얼마나 각별하게 배려하는지 날마다 확인했을 테니까요. 여러모로 보아 저는 당신의 친구가 잘못된 선택을 했다고는……. 그러나 이 점에 대해서는 아무 말 안 하는 게 좋겠지요. 다만 엘리자베스 양도 저희처럼 행복한 결혼생활을 하기를 충심으로 기원할게요. 사랑스러운 샬럿과 저는 오직 한마음 한뜻입니다. 성격이나 생각 등 모든 면이 신기할 정도로 비슷하지요. 그야말로 천생연분이 아닐까 생각합니다."

엘리자베스는 두 사람이 그렇게 마음이 잘 맞으니 얼마나 행복하냐고 말했는데, 이는 진심이었다. 또한 콜린스 씨가 행복한 가정을 꾸린 걸 보니 진심으로 기쁘다고 말한 것 역시 진심이었다.

행복한 가정의 주인공인 콜린스 씨의 연설은 콜린스 부인의 입장과 동시에 중단되었지만, 엘리자베스는 아쉽지 않았다. 불쌍한 샬럿! 그녀를 이런 사람들 사이에 두고 떠나야 한다고 생각하자 서글펐다. 하지만 그것은 그녀가 두 눈을 멀쩡히 뜨고 선택한 결정이었다. 그런데 샬럿은 손님들이 떠나는 것을 서운해하는 것은 분명했지만, 동정을 구하는 느낌은 없었다. 그녀의 집과 살림살이, 교구와 닭들, 그리고 그에 따르는 여러 일들이 아직은 매력을 잃지 않았던 것이다.

마침내 마차가 도착하자 크고 작은 짐들을 마차 위에 묶거나 안에 싣자 떠날 준비가 끝났다. 엘리자베스는 샬럿과 애정 어린 작별 인사를 나눈 후 콜린스 씨의 안내를 받아 마차로 향했다. 정원을 따라 내려가는 동안 콜린스 씨는 엘리자베스의 가족 모두에게 안부 인사를 전해달라고 부탁했다. 또한 지난겨울 롱본에 갔을 때 받았던 환대에 감사드리는 것은 물론 가디너 부부에 대한 안부도 잊지 않았다. 그런 뒤 그는 두 여행객이 마차에 올라타는 것을 도와주었다. 마차 문이 막 닫히려는 찰나 콜린스 씨가 갑자기 소스라치게 놀란 표정으로 그녀들이 로징스의 귀한 분들에게 인사 말씀을 남기지 않았다는 것을 상기시켜주었다.

"물론 두 분은 여기 계시는 동안 그 댁에서 보여주신 친절에 대해 심심한 감사의 말씀과 안녕히 계시라는 인사를 전해드리고 싶겠지요."

엘리자베스는 이의를 제기하지 않았다. 그제야 문을 닫는 것이 허용되는 것과 동시에 마차가 출발했다.

"아아, 세상에! 우리가 여기 온 지 겨우 며칠 지난 것 같은데, 얼마나 많은 일들이 있었는지!" 몇 분 동안 말이 없다가 머라이아가 소리쳤다.

"정말 많은 일이 있었지." 엘리자베스가 한숨을 내쉬며 말했다.

"로징스에서 아홉 번이나 점심 식사를 한 데다 두 번이나 다과 모임을 가졌어. 사람들에게 할 얘기가 얼마나 많은지 몰라."

엘리자베스가 혼잣말을 중얼거렸다. '그리고 내가 감춰야 비밀은 또 얼마나 많은지…….'

엘리자베스와 머라이아는 여행 내내 거의 말이 없었고, 위험한 일도 없었다. 헌스퍼드를 출발한 지 네 시간 만에 가디너 씨 댁에 도착했다. 며칠간 그곳에 머물 예정이었다.

제인은 건강해 보였는데, 외숙모가 주선한 갖가지 모임에 참석하느라 언니의 기분을 차분하게 살펴볼 기회가 없었다. 언니와 함께 롱본으로 돌아갈 예정이었으므로, 일단 집에 가서 언니의 의중을 떠볼 생각이었다.

엘리자베스는 다아시 씨에게서 청혼받은 사실을 언니에게 털어놓고 싶었지만, 롱본에 도착할 때까지 참느라 여간 힘이 들지 않았다. 언니가 들으면 기절할 만큼 놀라운 소식인 데다 엘리자베스도 허영심이란 것이 있었기에 자랑할 일이 아니라고 생각하면서도 자랑하고 싶어 입이 근질거렸다. 게다가 어디까지 이야기를 해야 할지 망설여졌고, 혹여 잘못 이야기하는 바람에 빙리 씨 일을 입에 올렸다가 언니에게 고통을 안겨줄지도 모른다는 두려움이 없었다면, 당장 이야기하고 싶은 유혹을 도저히 떨칠 수 없었을 것이다.

16

5월 둘째 주였다. 세 명의 아가씨들은 함께 그레이스처치가를 출발하여 하트퍼드셔의 ○○읍에 있는 한 여관으로 향했다. 베넷 씨의 마차가 마중 나오기로 되어 있는 여관에 채 닫기도 전에 키티와 리디아가 위층 식당에서 창밖을 내다보는 모습이 눈에 띄었다. 마부가 시간을 잘 지킨 모양이었다. 이 두 아가씨는 거기서 한 시간 넘게 기다리면서 건너편의 모자 가게에 들렀다가 보초 서는 군인을 구경하기도 하고 오이 샐러드에 소스를 뿌리면서 즐겁게 시간을 보내는 중이었다.

키티와 리디아는 언니들과 인사를 나눈 후, 여관의 식당에서 흔히 볼 수 있는 냉육이 차려진 식탁을 의기양양하게 보여주며 큰 소리로 말했다. "근사하지 않아? 깜짝 선물이야."

"언니들한테 한턱 쏠게." 하고 리디아가 덧붙였다. "하지만 언니들이 돈을 빌려줘야 해. 우리가 가진 돈은 저 가게에서 몽땅 써버렸으니까." 그러더니 구입한 물건들을 보여주었다. "이것 봐. 보닛을 샀어. 그리 예쁘지는 않지만 일단 사두는 게 좋을 것 같았어. 집에 가는 대로 다 뜯어서 다시 예쁘게 만들어보려고."

언니들의 반응은 신통치 않았지만 리디아는 아랑곳하지 않고 말을 계속했다. "알아! 하지만 가게에는 이것보다 훨씬 이상한 것이 두세 개나 있었다니까. 색깔 고운 새틴을 사서 장식하면 그런 대로 봐줄 만할 거야. 그리고 올 여름엔 어떤 모자를 쓰든 상관없어. 2주일 뒤면 군부대가 메리턴을 떠나고 없을 테니까."

"정말이야?" 엘리자베스가 크게 기뻐하며 소리쳤다.

"브라이턴 근처에 주둔할 거래. 여름에 아빠가 우리를 그곳으로 데려가 주시면 얼마나 좋을까? 그러면 너무너무 신날 테고 돈 들 일도 별로 없을 텐데. 엄마도 만사를 제쳐놓고 가고 싶어 하실 거야. 그게 아니라면 이번 여름이 얼마나 시시할지 생각 좀 해보라고!"

'좋기도 하겠다. 너무너무 신날 테지. 우리 집은 끝장날 테고. 맙소사! 브라이턴이라고! 텐트마다 군인들이 득실거릴 텐데! 메리턴의 월례 무도회만으로도 집안이 온통 난리법석인데.' 엘리자베스는 속으로 생각했다.

"언니들에게 전해줄 깜짝 뉴스가 있어." 모두 식탁에 앉았을 때 리디아가 말했다. "뭘까요? 멋진 뉴스지요. 중대 뉴스기도 하고. 우리 모두가 좋아하는 어떤 사람에 관한 뉴스지요."

제인과 엘리자베스는 잠시 서로를 쳐다보고 나서 웨이터더러 가도 좋다는 신호를 보냈다. 리디아가 깔깔거리고 웃더니 말했다. "에이, 언니들은 너무 격식을 차리는데다 지나치게 조심스럽다니까. 웨이터가 들으면 안 된다고 생각했지? 우리가 하는 말에 누가 관심이나 갖는다고! 내가 지금 하려는 말보다 더한 것도 숱하게 들었을 텐데 뭘. 그렇지만 못생겼어. 가버려 다행이야. 저렇게 긴 턱은 보다보다 처음이야. 그건 그렇고, 이제 뉴스를 중계할게. 위컴 씨 이야긴데 웨이터가 듣기엔 아까울 정도로 멋진 것 아냐? 위컴 씨가 메리 킹하고 결혼할 염려가 없어졌어. 그녀가 리버풀에 있는 자기 삼촌한테로 내려갔대. 아예 그곳에 눌러 있으려고 말이야. 위컴 씨는 이제 무사해."

"메리 킹이 무사하다고 해야겠다. 위컴의 재산을 고려하고 경솔한 관계를 맺지 않은 게 어디야." 엘리자베스가 정색을 하며 말했다.

"양쪽 다 서로 열렬히 좋아했다면서 가버리다니, 메리 킹은 바보 아냐?"

"양쪽 모두 별로 애정이 없었다고 봐야 하지 않을까?" 제인이 말했다.

"위컴이 메리 킹을 열렬히 사랑하지 않은 것은 확실해. 위컴은 그 여자를 발톱의 때만큼도 여기지 않았어. 그렇게 성질 더럽고 짜리몽땅하고 주근깨투성이인 계집애를 누가 좋아하겠어?"

그 말을 듣고 엘리자베스는 충격을 받았다. 그 정도의 험한 표현이야 쓰지 않았지만 험하기로 말하면 자신도 동생과 다를 바 없었기 때문이다. 더구나 얼마 전만 해도 엘리자베스는 그런 감정을 개방적인 것이라고 믿지 않았던가!

식사를 마치고 언니들이 계산을 끝내자 바로 마차를 불렀다. 이리저리 물건들을 정돈한 뒤 키티와 리디아가 사들인 달갑지 않은 짐까지 모조리 마차 안에 넣었다.

"자리에 빈틈이 없는걸." 리디아가 어린아이처럼 들썩거리며 말했다. "보닛을 사서 정말 기뻐. 상자가 하나 더 생긴 덕분에 빈자리도 없어졌고. 자, 그럼 모두 편안하게 자리잡고 신나게 떠들며 가자고요. 언니들 이야기 좀 해줘. 연애 사건 같은 건 없었어? 두 언니 중 한 명은 남편감을 데리고 올 거라고 기대했는데. 제인 언니가 노처녀가 되는 것은 한순간이겠는걸. 스물셋이 다 됐으니 말이야. 오, 하느님. 내가 스물셋이 될 때까지 결혼하지 못하면 얼마나 창피할까! 필립스 이모는 언니들이 남편감을 구하길 얼마나 고대하는지 몰라. 리지 언닌 콜린스 씨의 청혼을 받아들였어야 했대. 하지만 그 결혼이 무슨 재미가 있었겠어? 아유! 내가 언니들보다 먼저 결혼해 버릴까보다. 그러면 무도회 때마다 언니들의 보호자 노릇을 할 텐데. 맞다! 저번에 포스터 대령 댁에서 얼마나 재미있었는지 몰라. 그날 낮에 약속한 대로 키티와 둘이서 거길 갔었지. (포스터 부인이랑 내가 그만큼 친해진 거 있지.) 포스터 부인은 해링턴 씨 딸 둘을 무도회에 데리고 오라고 했는데, 해리엇이 몸이 아픈 바람에 펜이 혼자 올 수밖에 없었어. 그래서 우리가 어떻게 했을 것 같아? 챔버레인한테 여장 행세를 하게 했어. 얼마나 웃겼을지 생각해보라고! 대령이랑 포스터 부인, 키티랑 나만 빼고는 아무도 그걸 몰랐다니까, 글쎄! 아 참, 이모는 알았어. 이모 웃옷을 하나 빌려야만 했거든. 여장이 얼마나 잘 어울렸는지 상상도 못할 거야. 데니와 위컴, 프렛, 또 남자 두세 명이 더 왔었는데 전혀 알아보질 못했어. 얼마나 웃겼는지 몰라! 포스터 부인이 우스워 죽겠다고 웃어젖히는 바람에 남자들이 뭐가 있구나, 의심을 하면서 결국 들통나고 말았어."

리디아는 롱본으로 가는 내내 일행에게 이런저런 모임에서 무슨 일이 있었고, 얼마나 장난을 쳤는지 모른다고 이야기했다. 키티도 힌트를 주거나 한두 마디 보태면서 거들었다. 엘리자베스는 대충 한 귀로 듣고 흘려버렸지만 위컴의 이름이 여러 번 언급되자 귀를 막고 있었다.

집으로 돌아오자 살가운 환대가 기다리고 있었다. 베넷 부인은 제인이 여전히 아름다운 것을 보고 기뻐했고, 베넷 씨는 식사 도중 한 번도 아니고 여러 번 이렇게 말했다. "리지, 네가 오니까 좋구나."

식탁에는 많은 사람들이 둘러앉아 있었다. 머라이아를 만나 새로운 소식을 들으려고 루커스네 식구들도 거의 전부 찾아왔다. 화제는 풍성했다. 루커스 여사는 식탁 건너편에 앉은 머라이아에게 샬럿의 안부며 닭들에 대해 물었고, 베넷 부인은 제인으로부터 런던의 최신 유행 패션에 대해 듣고는 이를 곧바로 루커스 집안의 어린 딸들에게 전해주느라 정신이 없었다. 리디아는 누구보다도 큰 소리로 아침나절에 있었던 일들을 늘어놓았다.

"아유! 메리 언니." 리디아가 말을 이었다. "언니도 우리하고 같이 갈 걸 그랬어. 얼마나 재미있었다고! 글쎄, 가는 길에 키티하고 난 차양을 모두 내렸어. 마차에 아무도 없는 것처럼 보이려고 말이야. 키티가 멀미를 하지 않았다면 내내 그렇게 갔을 거야. 조지 여관으로 가서 키티랑 내가 한턱냈어. 언니들 둘에 머라이아까지 세 명에게 세상에서 가장 맛난 냉육 요리를 대접했다니까. 언니도 갔더라면 우리한테 얻어먹을 수 있었을 텐데. 그리고 여관에서 나왔을 때 얼마나 웃겼는데. 나는 마차 안에 짐을 다 싣지 못할 거라 생각했다니까. 게다가 집에 오는 내내 정말이지 즐거웠어. 얼마나 큰 소리로 웃고 떠들어댔던지 10마일 밖에서도 들렸을 거야."

그 말을 듣고 메리는 진지하게 말했다. "얘, 막내야, 나도 그런 즐거움을 굳이 평가 절하할 생각은 없어. 그런 일은 일반적으로 여자의 사고에 어울리는 재미니까. 하지만 솔직히 말해서 나한테는 그런 게 전혀 매력적이지 않다는 걸 알려주고 싶구나. 난 책이 훨씬 더 좋거든."

그러나 리디아는 한마디도 듣지 않았다. 그녀는 어떤 말이든 30초 이상 차분히 듣는 경우가 드물었고, 메리의 말에 신경을 쓴 적도 없었다.

오후에 리디아가 다들 메리턴으로 산보를 나가서 사람들이 어떻게 지내는지 보자고 성화였지만, 엘리자베스는 한사코 싫다고 했다. 베넷 집안 딸들이 집으로 온 지 반나절도 안 되어 장교들 뒤꽁무니를 쫓아다닌다는 소문이 날 수 있었기 때문이다. 그녀가 반대한 이유는 그게 다는 아니었다. 위컴을 다시 만나는 것이 두려워 되도록 피하고 싶었다. 연대가 곧 이동한다는 소식은 그녀에게 이루 말할 수 없이 큰 위안이었다. 그들은 보름 안으로 떠난다고 하니, 일단 떠나고 나면 그 사람 때문에 성가실 일은 더 이상 없기를 바랐다.

집으로 온 지 몇 시간 지나지 않아 엘리자베스는 리디아가 여관에서 얼핏 언급한 브라이턴으로의 여행 문제를 두고 양친이 수시로 논쟁을 하고 있다는 사실을 알았다. 엘리자베스는 아버지가 그 문제를 승낙할 의사가 손톱만큼도 없다는 것을 바로 알아차렸지만, 아버지의 답변이 워낙 애매모호하다 보니 어머니는 낙심했다가도 여행에 대한 희망을 버리지 않았다.

17

엘리자베스는 그동안 있었던 일을 더 이상 속으로 누를 수가 없어서 언니와 관련된 부분만 빼놓고 털어놓기로 했다. 다음날 아침 엘리자베스는 언니에게 깜짝 놀랄 만한 이야기를 들려주겠다는 말로 운을 뗀 뒤 다아시 씨와 자신 사이에 있었던 일을 간략하게 들려주었다.

제인은 무척 놀란 듯했으나 금세 진정되었다. 그녀는 동생이 충분히 매력적인 여자라고 생각했기 때문에 남자의 흠모를 받았다는 놀라움은 금세 잦아들었고, 얼마 후에는 다른 감정들 틈에 완전히 묻히고 말았다. 그녀는 다아시 씨가 자신의 감정을 그렇게 서툰 방식으로 전한 것이 안타까웠지만, 그보다는 동생의 거절로 고통스러워했을 것을 생각하자 딱하게 여겨졌다.

"너무 자신만만했던 게 잘못이야. 설사 그렇다손 치더라도 그런 티를 내서는 안 되는데. 그래서 실망도 컸을 테지." 제인이 말했다.

"언니 말이 맞아. 나도 그런 생각이 들어. 하지만 그 사람한테는 나에 대한 호감을 금방 씻어버릴 만한 다른 감정도 있으니까 금세 정리가 되겠지. 그건 그렇고, 언니는 내가 다아시 씨의 청혼을 거절했다고 나무라진 않겠지?" 엘리자베스가 물었다.

"나무라긴? 너처럼 현명한 애가 어련히 알아서 했을까!"

"하지만 위컴 이야기를 그렇게 흥분해서 말한 건 나무라고 싶을걸."

"아니야. 네가 뭘 잘못했다는 건지 모르겠어."

"그렇다면 바로 그 다음날 일어난 일을 말해줄게. 그러면 생각이 달라질지도 몰라."

잠시 후 엘리자베스는 편지 이야기를 해주며, 조지 위컴과 관련된 내용을 솔직하게 털어놓았다. 모든 사실을 안 제인은 엄청난 충격에 휩싸였다. 가엾은 제인! 이 정도의 사악함은 한 사람 속에서가 아니라 인류 역사 속에 존재하는 모든 악을 통틀어도 그 정도에는 미치지 못할 것이라고 믿으면서 평생을 살아도 좋았을 텐데 말이다. 다아시 씨가 나쁜 사람이라는 누명이 벗겨진 것은 다행이었지만, 그렇다고 위로가 되지는 못했다. 선량한 제인은 위컴의 입장에서 이해해보려고 안간힘을 썼다.

"소용없어. 어떻게 해도 둘 다 좋은 사람이 될 수는 없으니까. 한 사람만 선택해. 당연히 한 사람은 포기해야 하고. 싸우고 있는 두 사람 중 한 사람만 착한 사람이야. 최근 들어 한쪽이 이기는 중이야. 나는 다아시 씨가 착한 사람이라고 생각하는데 언니는 어떨지 모르겠네." 엘리자베스가 말했다.

그러나 제인의 입에서 미소가 나온 것은 한참이 지나서였다.

"이보다 충격적인 일은 난생처음이야. 위컴 씨가 그렇게 나쁜 사람이라니, 도저히 믿기지가 않아. 그리고 다아시 씨는 정말 안됐네. 리지, 너도 그 사람이 얼마나 괴로웠을지 한번 생각해봐.

거절당한 아픔에다가 천하에 나쁜 인간 취급을 당했으니 말이야. 게다가 여동생에 관한 부끄러운 과거까지 털어놓아야 했고! 너도 그렇게 느꼈겠지만 말이야." 제인이 말했다.

"어머, 언니가 그 사람 일에 그렇게 신경 쓰는 걸 보니 내게 남아 있던 슬픔과 연민도 사라지고 말았어. 언니가 감정을 낭비한 덕분에 난 아끼게 된 거라고. 언니가 당분간 무거운 마음을 가져준다면 나는 깃털만큼 가벼워질 텐데."

"위컴도 안됐네. 인물만 보면 얼마나 착해 보이니! 신사답고 소탈한 매너는 또 어떻고!"

"그 두 청년을 교육시킬 때 문제가 있었나봐. 한쪽은 착한데 전혀 착해 보이지 않고, 한쪽은 전혀 착하지 않은데, 착해 보이고."

"너는 다아시 씨가 전혀 착해 보이지 않는다고 생각했니? 나는 그렇게 생각해본 적이 없는데."

"내가 그 사람을 싫어하기 시작한 것은 그럴 만한 이유가 있어서가 아니야. 그저 남보다 똑똑해지기 위해서였어. 누군가를 싫어하다 보면 자신의 재능을 촉진시킬 수 있고, 위트를 마음껏 발휘할 수 있지. 욕만 바가지로 퍼붓는 사람은 끝까지 옳은 말 한마디 못하지만, 줄기차게 비웃다 보면 이따금 재치 있는 소리를 한마디 할 수 있거든."

"리지야, 처음 편지를 읽었을 때는 너도 지금처럼 명랑하지는 못했을 거야."

"당연하지. 정말이지 불편했어. 아니, 불행했다고 하는 편이 옳아. 게다가 털어놓고 얘기할 사람 하나 없었으니 말이야. 그때 언니라도 있었다면 네가 그렇게 아둔하고 엉터리는 아니니, 그렇게 자책할 필요 없다고 따뜻하게 위로해주었을 텐데. 그때만큼 언니의 존재를 크게 느낀 적은 없었어."

"다아시 씨한테 위컴 이야기를 그렇게 지독하게 했다니, 무슨 망신이니! 위컴이 그런 말을 들을 만한 가치가 있는 사람도 아닌데 말이야."

"맞아. 그러나 그렇게 심하게 말한 것도 잘못이지만, 애초에 편견을 키운 것부터가 잘못이야. 언니가 조언해줬으면 하는 게 하나 있어. 우리가 아는 사람들에게 위컴의 진짜 면모를 알려야 할지 말아야 할지 듣고 싶어."

제인은 잠깐 생각하더니 대답했다. "그렇게 무참하게 개인의 인격을 폭로할 필요가 있을까? 네 생각은 어때?"

"나도 그러지 않는 게 좋겠어. 다아시 씨도 자신이 한 얘기를 다른 사람에게 알려도 된다고 허락하지는 않았으니까. 특히 여동생에 관한 일은 비밀을 지켜달라고 했어. 그런데 그 부분을 빠뜨리면, 위컴이 그리 바른 사람이 아니라고 아무리 외쳐봤자 누가 믿겠어? 많은 사람들이 다아시 씨에게 극단적 편견은 갖고 있으니 섣불리 좋게 말했다가는 메리턴의 선량한 주민 절반이 가만있지 않을 거야. 나는 그걸 감당할 자신이 없어. 위컴은 곧 가버릴 테고, 그러면 그 사람이 어떤 사람이건 상관없는 일이 되지 않을까? 언젠가 모든 것이 밝혀지면 우리는 그것도 몰랐느냐고 사람들의 어리석음을 비웃을 수도 있겠지. 그러니 지금은 아무 말 않겠어."

"그래, 그게 좋겠어. 그의 과거가 밝혀지면 그 사람을 영원히 파멸시킬지도 몰라. 그 스스로도 지금은 자신이 한 짓을 후회하고, 올바른 사람으로 거듭나고 싶어 할 수도 있는데. 그러니 그를 절망에 빠지게 해서는 안 돼."

엘리자베스는 혼란스러웠던 마음을 언니에게 털어놓자 한결 가벼워졌다. 그녀는 보름 동안 마음을 짓눌렀던 비밀 중 두 가지를 이참에 털어버렸고, 언제든 다시 이야기하고 싶어지면 언니가 기꺼이 들어주리라는 확신이 생겼다. 그러나 엘리자베스는 신중을 기하느라 아직 말하지 못한 것이 하나 남아 있었다. 언니를 향한 빙리의 마음이 얼마나 진실했는지는 도저히 말할 수가 없었다. 그것은 그야말로 누구에게도 말해줄 수 없는 것이었다. 당사자들 사이에 완전한 이해가 있을 때만이 이 마지막 거추장스러운 비밀을 발설하는 것이 용납될 것 같았다. 그녀는 생각했다. '그런 날이 올 것 같지는 않지만 혹시라도 온다면 구태여 내가 말할 필요도 없겠지. 빙리 씨가 자기 입으로 말하는 것이 훨씬 좋을 테니까. 입을 열 자유가 생겼을 때에는 이미 그런 말이 아무 쓸모가 없게 될 테지.'

집으로 돌아온 엘리자베스는 그제야 언니의 심리 상태를 차분하게 살필 수 있었다. 언니는 결코 행복해 보이지는 않았지만 빙리를 향한 사랑만은 고이 간직하고 있었다. 단 한 번도 사랑에 빠졌다는 생각조차 해본 적이 없었던 그녀는 빙리에게 첫사랑의 열정을 품고 있었다. 나이로 보나 성향으로 볼 때 그녀에게 한 번 생긴 열정은 여느 사람의 첫사랑과는 달리 좀처럼 식을 줄 몰랐다. 빙리와의 추억을 소중하게 간직한 그녀는 이 세상에 빙리 만한 남자는 없다고 생각했다. 만약 그녀가 자신이 가진 사리분별 능력과 주변 사람들을 배려하지 않았다면 회한의 수렁에 빠져서 결국 건강을 해치고 주변 사람들을 불편하게 했을 것이다.

어느 날 어머니가 물었다. "리지야, 나는 이 일을 두 번 다시 입 밖에 낼 생각이 없다만 말하지 않을 수가 없구나. 지난번 제인이 런던에 갔을 때 그 인간 코빼기도 못 본 것 같더구나. 이제 제인이 그 인간을 붙잡을 가능성은 눈곱만큼도 없어졌어. 빙리가 여름에 네더필드로 온다는 소식이 없으니 말이야."

"빙리 씨는 앞으로 네더필드에서 살지 않을 것 같은걸요."

"그럴까? 그야 자기 마음이겠지. 그따위 인간은 온다고 해도 누구도 반기지 않을 거야. 그 인간이 내 딸한테 얼마나 몹쓸 짓을 했는지 두고두고 이야기해서 괴롭혀야지. 그나마 위안이라면 제인이 상심 끝에 죽을 게 뻔하고, 그러면 그 인간이 후회하게 될 거라는 거야."

그러나 엘리자베스는 어머니의 말에서 아무런 위안도 얻을 수가 없었으므로 대답하지 않았다. 그러자 어머니가 말을 이었다.

"그런데 리지, 콜린스 씨 댁은 잘 살고 있더냐? 형편이 좋아지길 바랄 뿐이다만. 식사는 할 만했어? 샬럿은 살림을 아주 야무지게 할 거야. 자기 어머니 반만큼만 약아도 돈을 꽤 모을 텐데.

낭비라고는 모를 걸, 아마?"

"낭비는 없어요, 전혀."

"야무지게 꾸려나가겠지. 장담해. 절대 헤프게 쓰지는 않을 거야. 그러니 돈 때문에 곤란을 당할 일은 없겠지. 음, 수시로 롱본을 입에 올렸을 테지. 너희 아버지가 죽고 나면 롱본 땅이 자기네들 차지가 될 거라면서 말이야."

"제 앞에서야 그런 이야기를 못하지요."

"그렇겠지. 그랬다면 이상했을 테지. 자기들끼리는 자주 그런 말을 할 거야. 틀림없어. 법적으로 자기네 것도 아닌 재산을 챙기는 게 아무렇지도 않다면 인격이 의심스러운 거지. 잘됐지 뭐. 나 같으면 한정 상속으로 재산을 물려받는 게 부끄러워서 얼굴도 못 들 텐데 말이다."

18

제인과 엘리자베스가 집으로 돌아온 지 1주일이 훌쩍 지나고, 새로운 주가 시작되었다. 두 번째 주는 군부대가 메리턴에 머무르는 마지막 주였다. 이제 근방의 젊은 아가씨들이 급속도로 실의에 빠져갔다. 아무렇지도 않게 식사를 하고 잠을 자는 아가씨는 베넷가의 첫째딸과 둘째딸밖에 없었다. 슬픔에 빠진 키티와 리디아는 제인과 엘리자베스의 무심한 태도를 도저히 이해할 수가 없었다.

"맙소사! 우린 이제 어떻게 되는 거지? 무얼 하며 살아야 하지? 리지 언닌 이런 상황에서 어떻게 웃을 수가 있는 거야?"라며 두 동생은 통한의 비명을 질러댔다. 인정 많은 어머니도 딸들의 슬픔을 함께 나누었다. 그녀는 25년 전 자신이 겪었던 경험을 생각해냈다.

"당시 밀러 대령이 지휘하던 연대가 떠나고 나서 이틀을 그냥 울면서 지냈단다. 가슴이 터지는 줄 알았다니까."

"정말 내 가슴이 터질 것 같아." 리디아가 말했다.

"우리가 브라이턴으로 갈 수 있다면 좋을 텐데." 베넷 부인이 자신의 소망을 드러냈다.

"그러게 말이에요. 하지만 아빠가 좀 까다로우세요."

"잠시라도 바닷물에 몸을 담그고 오면 기운이 펄펄 날 텐데 말이야."

"필립스 이모가 나한테는 해수욕이 도움이 될 거라고 말했어." 키티도 가세했다.

엘리자베스는 입에서 입으로 이어지는 지루한 탄식을 들으며 걷잡을 수 없는 수치심에 빠졌다. 그녀는 새삼 다아시 씨가 언니와 빙리 씨의 결혼을 반대한 것도 납득할 만했다. 그가 친구의 일에 개입한 것은 충분히 수긍이 갔기 때문이다.

리디아에게 드리웠던 먹구름은 얼마 안 가 깨끗이 걷혔다. 연대장의 아내인 포스터 부인이 브라이턴으로 가면서 리디아더러 함께 가자고 권했기 때문이다. 아직 어린 이 새댁은 늘 들떠 있었는데, 리디아와 안 지 석 달 만에 절친한 친구가 되었다.

포스터 부인의 여행 권유에 리디아가 얼마나 기뻐서 날뛰었고, 베넷 부인이 이 일을 얼마나 열렬히 환영했는지, 그리고 키티가 얼마나 울분을 토해냈는지는 말로 표현할 수 없을 정도였다. 리디아는 키티의 기분 따위는 아랑곳하지 않고 온 집안을 휘젓고 다니며 축하해달라고 졸라댔다. 그러자 키티는 응접실에 죽치고 앉아서 내팽개쳐진 자신의 운명을 한탄했다.

"포스터 부인은 왜 리디아만 초대하고 나는 부르지 않은 거야. 나와 친하지는 않지만 리디아를 초대했다면 당연히 나도 초대해야 마땅한 거 아냐. 게다가 내가 두 살이나 나이가 많은데."

엘리자베스가 알아듣게 말해주고, 제인이 단념하도록 달랬지만 아무 소용이 없었다. 실상 엘리자베스가 이번 초대를 바라보는 시각은 어머니나 리디아와는 상반되는 것이었다. 엘리자베스가 보기에 리디아는 이번 일로 자칫 상식적인 사람으로 살아갈 가능성이 완전히 사라져버릴 것 같았다. 만약 자신의 소행이 알려지면 엄청난 미움을 사겠지만, 엘리자베스는 아버지에게 리디아를 보내지 않는 것이 좋겠다고 조언했다. 제멋대로 행동하는 리디아가 포스터 부인과 사귀어서 득 될 것이 없다는 점, 그리고 브라이턴처럼 유혹거리가 널려 있는 곳에 가게 되면 분명 탈이 날 것이라며 조목조목 납득시켰다. 엘리자베스의 말을 듣고 있던 아버지가 말했다.

"리디아는 어디든 남의 시선을 받는 곳으로 가야 직성이 풀리는 애야. 지금 같은 경우가 아니면 언제 리디아가 그렇게 사람 많은 곳엘 가겠니? 게다가 가족한테 돈을 요구하지도 않고 불편도 끼치지 않으니 좀 좋으냐?"

"리디아가 구설수에 오르는 행동이라도 해서 우리 모두가 입게 될 피해는 어떡하고요. 아니, 벌써 구설수에 올랐어요. 그러니 이번 일에 대해서는 조금 더 숙고해주세요."

"벌써 그런 피해를 입었다고? 너희 애인들 중에 리디아를 보고 놀라서 달아난 사람이라도 있었단 말이냐? 가엾은 리지, 너무 낙담 마라. 집안에 어리석은 사람 하나 있다고 결혼을 꺼리는 녀석이라면 떠난다고 서운해할 것도 없지 않니? 자, 리디아가 어리석게 행동했다고 도망친 시시한 녀석들 명단이나 좀 보자." 베넷 씨가 되뇌었다.

"잘못 짚으셨어요. 제가 그런 피해를 입었다는 것이 아니에요. 제가 말씀드리는 것은 리디아의 평소 행실이 문제가 있다는 거예요. 고삐 풀린 망아지처럼 날뛰는 그 애의 행실을 바로잡아 주지 않으면 남들 눈에 우리 가족 모두가 우습게 보일 수 있다고요. 이런 말씀 드려 죄송하지만 솔직히 말씀드릴게요. 아버지가 나서서 남자들 뒤꽁무니나 쫓아다니면서 인생을 보낼 거냐고 타이르지 않으면, 그 아이를 돌이킬 수 없는 궁지에 몰아넣을 수 있다고요. 지금 하는 짓이 습관으로 굳어버릴 것이고, 열여섯 나이에 자기 자신과 가족 모두를 웃음거리로 만들어버릴 거라고요. 지독한 바람둥이가 될 것 같다고요. 그것도 천박하기 짝이 없는 최악의 바람둥이 말이에요. 어리다는 것과 몸매가 봐줄 만하다는 것 말고는 아무 매력도 없는 아이에요. 남자한테 혈안이 되었다고 모두들 한마디씩 할 텐데, 그렇게 무식하고 텅 빈

머리로 무슨 변명이나 하겠어요? 키티도 마찬가지로 위험해요. 그 아이는 리디아가 하는 대로 따라 하고 있어요. 교양 없고, 게으르고, 허영심 강하고, 완전히 제멋대로인 그 애들을 대체 누가 존중해주겠어요? 그 애들은 어딜 가나 욕이나 먹고 멸시당할 테고, 그 파장은 우리에게 올 거예요."

베넷 씨는 딸이 동생들 문제로 너무 걱정한다고 생각했는지, 다정하게 손을 잡으며 말했다.

"얘야, 너무 걱정 마라. 너와 제인은 어딜 가나 존중받고 귀여움을 받을 테니 말이다. 비록 두 동생이 천방지축이기는 하지만 그 애들이 너희들의 장래를 망치지는 않을 거다. 지금 리디아가 브라이턴으로 가지 않으면 온 집안이 시끄러울 거야. 그러니 그냥 보내주자. 포스터 대령은 지각 있는 사람이니 그 애를 잘 보호해줄 거야. 게다가 재산도 없는 리디아를 누가 노리겠니? 브라이턴으로 가면 자신이 보잘것없는 아가씨라는 사실을 금세 깨닫게 될 거다. 그러니 그런 경험을 통해 인생을 조금 배우지 않을까? 조금 더 심해지면 그때는 평생 가둬놓든지 무슨 방법을 생각해보자꾸나."

아버지의 대답이 만족스럽지는 않았지만 엘리자베스는 물러날 수밖에 없었다. 하지만 그녀는 괴로움을 곱씹으며 고통 속에 자신을 방치하는 성격은 아니었다. 이제 자신의 의무를 다했다는 생각이 들자 마음이 편안해졌다.

리디아와 어머니가 엘리자베스와 아버지가 나눈 대화를 들었다면 모녀의 입심을 합쳐도 자신들의 분노를 표출하기엔 부족했을 것이다. 리디아 생각에 브라이턴으로 간다는 것은 지상의 행복을 모조리 다 누린다는 의미였다. 그녀는 환상에 사로잡혀 장교들로 북적이는 흥겨운 해변과 수십 명의 장교들에게 주목의 대상이 된 자기 자신을 그려보았다. 그리고 아름답고 질서 정연하게 열을 지어 늘어선 막사, 진홍색 제복을 입은 유쾌한 군인들, 막사 아래에서 적어도 여섯 명이 넘는 장교들과 함께 둘러서서 시시덕거리는 모습을 상상함으로써 상상력은 막을 내렸다.

리디아는 언니가 이런 현실로부터 자신을 떼어놓으려 했다는 사실을 알았다면 기분이 어땠을까? 그 기분을 이해할 수 있는 사람은 오직 어머니뿐이었다. 어머니도 딸과 똑같은 감정을 느꼈으니 말이다. 베넷 부인은 리디아가 브라이턴으로 가는 것에 은근히 위안을 얻었다. 그러나 남편이 그곳에 갈 생각이 전혀 없다는 것을 알게 되자 시름에 잠겼다.

베넷 부인과 리디아는 남편과 둘째딸 사이에 무슨 일이 있었는지 전혀 모르고 있었다. 리디아가 집을 떠나는 바로 그날까지 두 사람의 환희는 멈출 줄 몰랐다.

엘리자베스가 위컴 씨를 더 이상 보지 않아도 될 날이 눈앞으로 다가왔다. 집으로 돌아온 후 그녀는 여러 번 위컴 씨와 어울리는 자리가 있었기 때문에 마음의 동요는 어느 정도 가라앉았고, 한때 설레었던 감정은 완전히 사라졌다. 이제 그녀는 한때 자신을 기쁘게 했던 그의 싹싹함에서조차 가식과 지루함을 느꼈다. 더욱이 자신을 대하는 태도에서도 불쾌감을 느꼈다. 위컴은 그녀와 처음 알게 되었을 때의 설렘을 되살려보려고 노력했으나, 이후 많은 일을 겪은 엘리자베스에게는 그런 일이 성가실 뿐이었다. 엘리자베스는 자신이 이토록 무의미하고 경박한 연애질의 대상이 되었다는 것을 알고는 위컴 씨에 대한 일체의 관심을 끊었다. 위컴은 자신이 상대에 대한 관심을 어떤 이유에서 끊었든지 간에, 언제라도 다시 관심을 보여주기만 하면 다시 한 번 사랑의 불씨를 되살릴 수 있을 것이라고 믿었다. 엘리자베스는 그런 위컴의 허영심을 키운 데에는 자신의 책임도 있다고 느꼈다.

연대가 메리턴에 주둔하는 마지막 날, 위컴은 다른 장교 몇 명과 함께 롱본에서 식사를 했다. 좋은 기분으로 헤어지고 싶은 마음이 별로 없었던 엘리자베스는 헌스퍼드에서 어떻게 지냈느냐는 그의 물음에, 피츠윌리엄 대령과 다아시 씨가 3주일 동안 로징스에서 머물렀다는 말을 하고는 대령을 아느냐고 물었다.

위컴은 아연실색하여 어찌할 바를 모르더니 재빨리 냉정을 되찾고는 미소 띤 얼굴로 예전에 자주 봤다고 말했다. 덧붙여 매우 신사다운 사람이라고 말한 뒤, 어떤 인상을 받았느냐고 물었다. 엘리자베스는 정말 좋은 사람처럼 보였다고 대답했다. 위컴은 무심한 척하며 덧붙였다. "그분이 로징스에 계셨다고 했지요?"

"3주 가까이 있었어요."

"그분을 자주 봤습니까?"

"그럼요. 거의 매일 봤어요."

"자기 사촌하고는 아주 달랐을 겁니다."

"예, 아주 달랐어요. 그렇지만 다아시 씨도 자주 만나보니 꽤 괜찮던걸요."

"그래요!" 위컴이 외쳤는데, 엘리자베스는 이때 그의 얼굴에 떠오른 표정을 놓치지 않았다. "그렇다면 어떤 점이?" 하고는, 얼른 마음을 가다듬은 뒤 한결 가벼운 어조로 덧붙였다. "말솜씨가 나아졌던가요? 평소와는 달리 정중하게 예의를 차리기라도 했단 말인가요?" 그러고는 좀 더 진지하고 나지막한 어조로 말을 이었다. "본질적인 면에서 나아졌으리란 기대는 차마 못하겠네요."

"아, 맞아요! 본질적인 면에서는 옛날 그대로라고 생각해요." 엘리자베스가 말했다.

엘리자베스의 말에 위컴은 기뻐해야 할지 숨은 뜻을 의심해야 할지 헛갈리는 표정이었다. 그녀의 얼굴빛에는 그로 하여금 두렵고 불안한 심정으로 귀를 기울이게 만드는 무언가가 있었다. 그녀는 이어서 이렇게 말했다.

"제가 다아시 씨를 만날수록 괜찮다고 한 것은 그 사람의 태도가 좋아졌다는 것이 아니라, 좀 더 알게 되면서 그 사람의 성격을 더 깊이 이해하게 되었다는 의미예요."

그녀의 말에 너무나 놀란 위컴은 붉게 달아오른 얼굴로 시선을 어디에 둬야 할지 몰랐다. 그는 얼어버린 듯 한동안 침묵을 지키더니 당혹감을 애써 떨쳐내며 다시 그녀에게로 고개를 돌리며 부드러운 어조로 말했다.

"제가 다아시 씨를 어떻게 생각하는지 잘 아실 테니까, 그 사람이 겉으로라도 올바르게 행동하는 것을 얼마나 바라는지 아실 겁니다. 그 사람이 그런 식으로라도 자존심을 세운다면 자기 자신에게는 아닐지라도 다른 사람들한테는 득이 되겠지요. 적어도 저한테 한 것처럼 부당하게 남을 괴롭히는 짓은 하지 않을 테니 말입니다. 제 생각에, 조금 전에 말씀드린 것 같은 조심성은 자기 이모 댁을 방문할 때만 보이는 행동 같습니다. 다아시 씨는 이모한테 잘못 보일까봐 전전긍긍하니까요. 그는 이모가 두려워서인지 이모 앞에서는 태도가 달라지더군요. 드보어 양과 결혼을 하고 싶어 하는 것이 틀림없어요."

엘리자베스는 그의 말에 웃음이 나오려는 것을 참을 수가 없었으나, 가볍게 머리를 끄덕이는 것으로 대답을 대신했다. 그가 해묵은 앙심 쪽으로 대화를 끌어들이려 했으나 그녀는 그에게 동조할 기분이 아니었다. 그날 저녁 위컴 씨는 겉으로는 평소의 쾌활함을 유지했으나, 엘리자베스에게 친근감을 드러내지는 않았다. 이윽고 두 사람이 작별을 고할 때, 최소한의 예절은 지켰지만 되도록 서로를 피하고 싶다는 심정으로 헤어졌다.

모임이 파하자 리디아는 포스터 부인과 함께 메리턴으로 갔다. 이튿날 아침 일찍 브라이턴으로 출발할 예정이었기 때문이다. 리디아와 식구들 사이의 이별은 서운하다기보다 시끄러웠다. 눈물을 흘린 사람은 키티뿐이었는데, 그녀가 운 것은 속상하고 시샘이 났기 때문이었다. 베넷 부인은 즐거운 여행이 되기를 빈다는 말을 끝없이 쏟아냈고, 즐길 기회가 있으면 한껏 즐기라고 신신당부를 했다. 리디아는 어머니의 충고를 따르겠다고 굳게 결심했다. 리디아가 하도 신이 나서 요란스럽게 작별을 고하는 바람에 언니들의 작별 인사는 들리지도 않았다.

19

엘리자베스의 사고가 자신의 가족을 토대로 형성되었더라면 행복한 결혼이며 안락한 가정 같은 긍정적인 것과는 거리가 멀었을 것이다. 베넷 씨는 젊은 시절 점찍은 아가씨가 젊고 아름다운데다 마음씨까지 착하다고 생각하고 결혼했는데, 짧지 않은 시간에 교양도 없고 미련한 여자라는 사실을 깨달았다. 그러다 보니 아내를 향한 애정은 일찌감치 식어버렸고, 행복한 가정을 이루고 싶다는 기대 역시 사라져버렸다. 베넷 씨는 자신의 경솔했던 결정에 대해 크게 낙심하긴 했지만, 불행해진 사람들이 스스로를 위안하기 위해 찾는 도락 따위에 빠지지는 않았다. 그는 자신이 살고 있는 마을의 자연 경관을 사랑했고, 책 읽기를 좋아했으므로, 거기에서 삶의 보람을 찾았다. 자기 아내로부터는 무지와 어리석음이 주는 재미 외에는 아무것도 기대할 수 없었다. 이는 일반적으로 남편이 아내에게서 기대할 수 있는 유의 행복은 아니었지만, 달리 즐길 거리가 없는 처지라면 주어진 여건에서 취할 것을 취하는 행동이야말로 진정한 현자의 태도일 것이다.

엘리자베스는 어머니를 대하는 아버지의 태도가 바람직한 남편의 자세는 아니라고 생각했다. 하지만 아버지의 개성을 존중했고, 자신을 애정 어린 눈으로 바라봐주는 것이 고마워서 '부부 사이의 의무와 예절이 파괴되는 상황'을 되도록 못 본 척했다. 아내가 자식들에게 무시당하는 걸 방관하는 아버지의 태도가 못마땅하기는 했지만 그녀는 어울리지 않는 결혼으로 태어난 자식들이 얼마나 마음고생을 해야 하는지 지금처럼 생생하게 실감한 적도 없었고, 재능이 방향을 잘못 잡은 데에서 생기는 해악을 이토록 절실하게 느낀 적도 없었다. 베넷 씨가 재능을 올바로 사용했다면 아내의 마음을 편안하게 해주지는 못했을망정 적어도 딸들만큼은 어디 내놓아도 부끄럽지 않게 키울 수 있었을 것이다.

엘리자베스는 위컴이 떠난 것은 기뻤으나 연대가 사라졌다고 해서 특별히 만족할 만한 이유는 찾지 못했다. 동네 모임은 전보다 줄어들었고, 사는 게 따분하다고 투덜거리는 어머니와 동생들은 집안 분위기를 어둡게 만들었다. 키티는 마음을 산란하게 했던 것들이 눈앞에서 사라지자 그럭저럭 마음의 안정을 찾는 듯싶었다. 그러나 평소의 성격으로 보아 무슨 짓을 저지를지 모르는 리디아 쪽은 해수욕장과 군대 주둔지라는 이중의 위험에 처한지라 어리석음과 뻔뻔스러움이 곱으로 더해질 것 같았다. 전체적으로 보자면, 전에도 가끔씩 느낀 바 있지만 조바심치며 기다렸던 일이 일어나더라도 처음 예상한 만큼의 만족감을 얻기는 힘들 것이라고 생각했다. 따라서 진정한 행복이 시작될 시점을 다시 정하는 것은 엘리자베스에게 매우 중요한 일이었다. 소망을 기원하는 날짜를 다시 정한 뒤, 기대에서 비롯되는 기쁨을 다시 한 번 맛보면서, 그 힘으로 현재의 자신을 위로하고 또 다른 실망에 대비하는 수밖에 없었다. 호수 지방으로의 여행은 생각하는 것만으로도 설레고 흥분되었다. 어머니와 키티에게 불만스러울 때도 여행에의 기대는 큰 위안거리가 되었다. 이 계획에 언니를 포함시킬 수만 있다면 더 바랄 것이 없었을 것이다.

'하지만 아쉬운 것이 있어서 다행이야.' 엘리자베스는 생각했다. '모든 계획이 완벽하다면 분명히 실망하게 될 테니까. 그래, 언니가 함께 갈 수 없는 것이 아쉬움으로 남는다면 나머지 바람이 모두 실현될 것이라고 기대해도 되겠지? 어느 것 하나 부족함이 없는 계획은 성공할 리가 없어. 기대했던 것이 완전히 무너지는 것을 피하려면 사소한 일로 속상해하는 것으로 방패를 삼는 수밖에 없어.'

리디아는 브라이턴으로 떠나면서 어머니와 키티한테 그곳에서 돌아가는 상황을 상세하게 편지로 알려주겠다고 약속했다. 그러나 리디아의 편지는 늘 오래 기다려야 도착했고, 짧기까지 했다. 어머니에게 보낸 편지에는 자기네 일행이 지금 도서관에서 돌아오는 길인데, 도서관에 갔을 때 이러저러한 장교가 따라왔다, 도서관에서 자신을 열광하게 할 만큼 아름다운 장식물을 보았다, 새 드레스와 새 파라솔을 샀는데, 그것에 대해 자세히 설명하고 싶지만 포스터 부인이 불러서 급히 가봐야 한다, 아마 부대로 가게 될 것 같다는 등의 내용이 전부였다. 키티에게 보낸 편지는 조금 더 길긴 했지만 단어들 밑에 줄을 잔뜩 쳐놓아 공개할 수 없도록 되어 있었다.

리디아가 집을 떠난 지 2, 3주일 정도 지나자 롱본에는 건강한 활기가 되살아나 기쁨이 넘쳤다. 겨우내 런던에 가 있었던 가족들도 다시 돌아왔고, 화려한 여름옷과 각종 모임에 대한 화제가 사람들 입에 오르내리기 시작했기 때문이다. 베넷 부인은 평소의 수다스러운 모습을 되찾았고, 6월 중순경이 되자 키티도 눈물 없이 메리턴에 갈 수 있을 정도가 되었다. 이로써 엘리자베스는 키티가 오는 크리스마스 때쯤이면 하루에 한 번씩 장교 한 명의 이름을 입에 올리지 않을 정도의 분별력이 생길지도 모른다는 희망찬 기대를 하기에 이르렀다. 다만 육군성이 심통을 부려서 메리턴에 또 다른 연대를 주둔시키지 않는다면 말이지만.

북부 지방으로의 여행을 떠나기로 정한 날짜가 겨우 보름밖에 남지 않은 어느 날, 가디너 부인에게서 편지가 왔다. 가디너 씨가 업무상 바빠 7월 둘째 주 이후에나 출발할 것 같고, 여행 일정이 조금 단축되었다는 것이었다. 여행 일정이 단축되다 보니 호수 지방으로 가는 것은 취소하고 북쪽으로 더비셔까지밖에 못 갈 것 같다고 했다. 가디너 부인은 예전에 몇 년간 살았던 이 도시가 자신에게는 매틀록, 체스워스, 도브데일, 피크 지역 따위의 명승지만큼이나 의미가 있다고 했다.

엘리자베스는 이만저만 실망한 것이 아니었다. 호수 지방에 대한 기대에 차 있었기 때문이다. 엘리자베스는 사정이 있다 하더라도 굳이 계획을 바꿀 필요가 있었는지 아쉬웠다. 그러나 그녀로서는 변경된 계획에 만족할 수밖에 없었다. 눈앞의 현실을 받아들이고 행복해하는 것은 그녀의 성격적 특징이기도 했다.

그래서 다시 만사가 곧 제자리를 찾았다.

더비셔라는 지역은 많은 것을 연상시켰다. 엘리자베스는 그곳을 떠올리는 순간 펨벌리와 그 주인이 생각났다. '내가 그 사람이 사는 고장으로 가서는 안 될 법은 없잖아. 그 사람에게 들키지 않고도 목화석 몇 개는 훔쳐 올 수 있을 거야.' 하고 그녀는 생각했다.

기다리는 시간이 이제 두 배로 늘어났다. 외삼촌과 외숙모가 오려면 4주나 기다려야 했다. 시간이 흘러 이윽고 가디너 씨 부부가 네 명의 자녀들을 데리고 롱본에 모습을 드러냈다. 여섯 살짜리와 여덟 살짜리 두 계집아이와 어린 남동생 둘은 제인이 돌보기로 했다. 아이들은 하나같이 제인을 따랐는데, 사려 깊고 자상한 그녀를 좋아하지 않을 수 없었기 때문이다. 그녀는 아이들을 돌보는 데 아주 적격이었다.

가디너 씨 부부는 롱본에서 하룻밤 묵은 다음날 아침 엘리자베스와 함께 신선한 기쁨을 누리기 위해 집을 나섰다. 세 사람이 이번 여행을 통해 깨달은 것은 마음 맞는 사람들끼리 여행한다는 것은 큰 즐거움이라는 사실이었다. 마음이 맞으면 크고 작은 불편함을 즐겁게 감수할 수 있고, 실망스러운 상황에서도 사소한 즐거움을 발견할 수 있기 때문이다.

이 소설이 추구하는 목적은 더비셔나 그곳으로 가는 길에 마주치는 명승지를 소개하려는 것은 아니다. 옥스퍼드, 블레넘, 워릭, 케닐워스, 버밍엄 등은 충분히 알려져 있다. 이 작품의 관심사는 더비셔의 극히 일부 지역이다. 가디너 부인이 전에 살던 곳은 램턴이라는 작은 마을이었는데, 부인은 최근 그곳에 아직도 아는 사람이 몇몇 살고 있다는 소식을 들었다. 일행은 눈이 휘둥그레질 정도의 명승지를 구경한 뒤 램턴으로 발길을 옮겼다. 엘리자베스는 외숙모로부터 램턴에서 5마일 안쪽에 펨벌리가 있다는 이야기를 들었다. 펨벌리로 거쳐갈 계획은 아니었지만, 그곳은 지나는 길에 불과 1~2마일만 더 가면 있었다. 저녁나절에 다음날 일정을 논의하던 중 가디너 부인은 펨벌리에 가보고 싶다고 했다. 가디너 씨가 동의하면서 엘리자베스에게 동의를 구했다.

"얘, 너 그렇게 귀에 못이 박히도록 들었던 곳에 가보고 싶지 않니? 네가 아는 사람들과 관련된 곳이기도 해. 너도 잘 알 거야. 위컴도 그곳에서 어린 시절을 보냈으니까." 외숙모가 말했다.

엘리자베스는 난처했다. 자신은 펨벌리에 갈 일이 없다고 생각했기 때문이다. 하지만 솔직하게 털어놓고 싶지 않아 여기저기 다니는 바람에 이제 호화로운 저택 같은 건 구경하고 싶지 않다고 말했다.

그러자 외숙모는 바보 같은 생각 말라며 조카를 나무랐다. "거기서 비싼 가구나 양탄자를 구경하자는 게 아니야. 나도 그저 호화롭기만 한 저택이라면 관심 없었을 거야. 하지만 펨벌리 주변의 자연 경관은 정말 아름다워. 이 지역에서 가장 멋진 숲이 있거든. 너도 보면 감탄할 거야."

엘리자베스는 더 이상 아무 말도 못했지만 펨벌리 방문이 내키지 않는 건 사실이었다. 펨벌리를 구경하다가 다아시 씨라도 만나면 어쩐단 말인가. 그 일을 생각하는 것만으로도 얼굴이 후끈 달아올랐다. 그런 위험을 감수하느니 차라리 외숙모한테 터놓고 이야기하는 편이 나을 것 같다는 생각까지 들었다 그러나 막상 이야기하려고 보니 그 역시 쉬운 일이 아니었다. 그래서 그녀는 펨벌리 주인이 있는지 알아본 뒤 주인이 있다는 대답을 들으면 그때 외숙모에게 이야기하기로 마음먹었다.

잠자리에 들기 전에 엘리자베스는 객실 하녀에게 펨벌리가 정말 훌륭한 곳인지, 소유주의 이름이 무엇인지 물어보았다. 그리고 적잖게 불안한 심정으로 펨벌리 식구들이 여름을 지내러 와 있는지 물어보았다. 이 마지막 질문에 반갑게도 주인이 없다는 대답이 돌아왔다. 그제야 불안감이 사라지면서 펨벌리 하우스를 보고 싶은 호기심이 일었다. 다음날 아침, 외삼촌 내외가 그 문제를 재차 거론하면서 다시 엘리자베스의 의향을 물었을 때 그녀는 시치미를 뚝 떼고 그 계획이 특별히 싫은 건 아니라고 대답했다. 그리하여 마침내 일행은 펨벌리로 향했다.

제 3 부

1

엘리자베스는 외삼촌 내외와 마차를 타고 가는 내내 초조하게 펨벌리 숲이 나타나기를 기다렸고, 마침내 대정원으로 들어서자 마음이 크게 동요했다.

대정원은 무척 넓었고, 지형도 다양했다. 저택으로 통하는 여러 입구 가운데 가장 낮은 곳으로 통과한 마차는 넓게 펼쳐져 있는 아름다운 숲을 가로지르며 한참을 달렸다.

엘리자베스는 대화를 나누기 어려울 정도로 머릿속이 복잡했지만 전망 좋은 곳이 나타나자 감탄이 절로 나왔다. 마차는 완만한 언덕배기를 반마일 정도 올라가 상당히 높은 산마루에 도착했는데, 그곳에서부터 숲이 끊기고 반대편의 골짜기 너머로 펨벌리 저택이 눈에 들어왔다. 저택은 크고 위풍당당한 석조 건물로, 언덕을 배경으로 보기 좋게 자리잡고 있었는데, 뒤로는 나무가 울창한 구릉이 가로놓여 있었다. 저택 앞으로 흐르는 시내는

폭을 넓혀놓았지만 인공적이라는 느낌은 전혀 없었다. 양쪽 둑은 대칭을 고집하지 않았고, 그렇다고 어색하게 꾸민 것도 아니었다. 엘리자베스는 주변 경치를 기분 좋게 만끽했다. 자연과 이토록 조화롭게 어울리는 저택, 아니 자연의 아름다움이 조악한 인간의 취향에 훼손당하지 않은 저택을 일찍이 본 적이 없었다. 일행은 감탄사를 연발하며 경치에 넋이 나갔다. 그 순간 그녀는 펨벌리의 안주인이 된다는 것이 예삿일이 아니라는 것을 새삼 느꼈다.

마차는 언덕을 내려와 다리를 건너 저택으로 향했다. 저택을 바라보면서 엘리자베스는 혹시 이 저택의 소유자와 마주치면 어쩌나 두려웠다. 객실 하녀가 잘못 안 것이 아닐까 하는 걱정이 몰려왔기 때문이다. 일행이 집 안을 구경해도 되겠느냐고 물어보자 곧바로 현관 안으로 안내를 받았다. 하녀장을 기다리는 동안 마음의 여유가 생긴 엘리자베스는 자신이 이곳에 와 있다는 사실이 새삼 신기했다.

잠시 후 나이 지긋하고 점잖아 보이는 하녀장이 왔는데, 상상했던 것보다 세련미는 없었지만 몹시 친절했다. 일행은 하녀장을 따라 정찬실로 들어갔다. 정찬실은 넓고 가구 배치가 잘된 방이었다. 엘리자베스는 정찬실을 쭉 훑어보고 나서 창가로 다가가 바깥경치를 즐겼다. 조금 전 마차로 내려온 언덕 뒤쪽으로는 숲이 펼쳐져 있었다. 멀리서 바라보이는 산의 가파른 지형은 그 자체가 하나의 예술품이었다. 엘리자베스는 냇가며 둑 위에 드문드문 서 있는 나무들이며, 구불구불한 계곡 등 눈길이 닿는 전경들을 기분 좋게 바라보았다. 창문을 통해 펼쳐진 전경은 보는 위치에 따라 제각각이었으나, 어디에서 보아도 고유의 볼거리가 있었다. 천장이 높은 방들에는 주인의 재력에 어울리는 고급 가구들로 채워져 있었다. 불필요하게 크거나 화려하지 않은 가구들을 보며 엘리자베스는 주인의 심미안에 감탄했다. 이곳의 가구는 로징스의 가구들에 비해 소박했지만 품위가 느껴졌다.

'내가 이 집의 안주인이 될 수도 있었는데.' 엘리자베스는 생각했다. '지금처럼 손님으로 이 집을 구경하는 것이 아니라 이곳을 내 집이라 생각하고 외삼촌 내외를 맞이할 수 있었는데.' 하지만 금세 냉정을 되찾았다. '아니야. 그건 불가능한 일이야. 외삼촌, 외숙모를 잃어버리고 말았겠지. 초청을 허락받지도 못했을 테니.'

그런 생각이 든 것은 정말 다행이었다. 하마터면 후회 비슷한 걸 할 뻔했으니 말이다.

엘리자베스는 하녀장에게 이곳 주인이 없는 게 확실하냐고 묻고 싶었지만 차마 물어볼 용기가 나지 않았다. 마침 때맞춰 외삼촌이 같은 질문을 하인장에게 하자, 엘리자베스는 레이놀즈 부인의 대답을 듣고 흠칫 놀라 돌아섰다. 그녀는 주인이 출타중이라고 하며 이렇게 덧붙였다. "하지만 내일은 오신다고 했습니다. 친구분들도 여러 명이 함께 오시기로 했어요." 그 말을 듣고 엘리자베스는 이번 여행 일정이 하루 더 미뤄지지 않은 것을 천만다행이라 여겼다.

그때 외숙모가 그림을 좀 보라며 엘리자베스를 불렀다. 벽난로 위에 서너 점의 세밀화들 사이로 위컴 씨의 초상화가 걸려 있었다. 외숙모는 웃는 얼굴로 엘리자베스에게 그림이 어떠냐고 물었다. 이때 하녀장이 나서서 이 신사분은 작고하신 선대 주인이 교육비를 지원해준 집사의 아드님이라고 설명했다. "지금은 군대에 가 있는데 아주 방탕하게 사는가 봐요." 하고 덧붙였다.

가디너 부인이 미소를 띠며 조카를 바라보았으나 엘리자베스는 차마 마주 보며 웃을 수가 없었다.

"이 초상화의 주인공이 주인 나리예요. 실물이랑 아주 비슷하답니다. 그림이 그려진 시기는 8년쯤 전이에요." 하녀장이 초상화를 가리키며 말했다.

"주인분의 인물이 준수하다는 말은 많이 들었어요. 미남이시군요." 가디너 부인이 그림을 보면서 말했다. "리지, 넌 저 그림이 주인을 닮았는지 아닌지 알 수 있겠구나."

레이놀즈 부인은 엘리자베스가 자기 주인을 안다고 하자 그녀에게 더욱 공손하게 대하는 듯했다.

"저, 아가씨께서 다아시 씨를 아세요?"

엘리자베스는 얼굴을 붉히며 말했다. "약간요."

"그렇다면 그분이 아주 잘생긴 신사라고 생각하지 않으세요, 아가씨?"

"네, 아주 잘생기셨어요."

"저는 이렇게 잘생기신 분은 한 번도 못 봤어요. 하지만 이층 복도에는 이 초상화보다 더 멋지고 큰 그림이 있지요. 이 방은 작고하신 주인어른께서 좋아하시던 방이어서 그림들도 생전에 있던 그대로입니다."

그 말을 듣고서야 엘리자베스는 위컴 씨의 초상이 여기에 끼여 있는 이유를 알게 되었다.

잠시 후 레이놀즈 부인은 일행에게 다아시 양의 초상화를 가리켜 보였다. 여덟 살 때의 초상화라고 말했다.

"다아시 양도 오라버니처럼 인물이 좋은가요?" 외숙모가 물었다.

"아, 물론이지요. 제가 보아온 여성 가운데 이렇게 어여쁜 아가씨는 못 봤어요. 아주 교양 있는 아가씨지요. 하루 종일 피아노를 연주하며 노래 연습을 한답니다. 옆방에 가면 새로 도착한 악기가 있어요. 주인님이 선물하신 거지요. 참, 아가씨도 내일 주인님과 함께 오십니다."

가디너 씨는 소탈하고 유쾌한 사람이라 하녀장의 이야기에 맞장구를 치기도 하고, 스스럼없이 질문을 던지기도 했다. 하녀장은 자기네 주인 나리에 대해 자부심도 강하고 애정도 있어 주인 나리 이야기를 하는 걸 좋아하는 것 같았다.

"주인께서는 연중 이곳에서 어느 정도 머무르세요?"

"저는 주인께서 이곳에 좀 오래 머무셨으면 합니다만, 1년의 절반 정도만 이곳에 계신답니다. 아가씨는 여름에는 언제나 이곳에 계십니다."

'램스게이트에 갈 때를 빼고 그렇겠군.' 엘리자베스는 생각했다.

"주인께서 결혼하시면 이곳에 더 오래 머무시겠네요."

"그러게요. 하지만 그런 날이 언제가 될지 모르겠군요. 그분에게 어울릴 만한 배우자가 계시기나 할지."

외삼촌 내외는 미소를 지었다. 이때 엘리자베스는 한마디하지 않을 수 없었다. "그런 말을 듣고 보니 주인 되시는 분이 대단히 훌륭한 분인 것 같네요."

"저는 있는 그대로를 말한 것뿐이고, 그분을 아는 사람이라면 누구나 그렇게 말한답니다." 레이놀즈 부인이 대답했다. 엘리자베스는 아무리 자기 주인 이야기라지만 조금 심하다고 생각했고, 하녀장의 다음 말을 들으면서 더욱 놀랐다. "저는 주인님이 네 살 되던 해부터 모시고 있었지만, 한 번도 언짢은 소리를 들어본 적이 없답니다."

하녀장의 찬사는 엘리자베스가 생각해왔던 그의 이미지와 상반되는 것이어서 놀라웠다. 그가 성격이 무던한 사람이 아니라는 것이 머릿속에 확고하게 자리잡고 있었기 때문이다. 관심에 불이 붙은 그녀는 그에 대해 더 많은 것을 듣고 싶어 하던 차에 마침 외삼촌이 고맙게도 이렇게 말해주었다.

"세상에는 그 정도의 칭송을 받는 사람도 드물 겁니다. 그런 주인을 모시다니 운이 좋으시군요."

"그렇지요. 세상 어딜 가도 우리 주인 나리보다 좋은 분은 없을걸요. 제가 항상 하는 말이지만 어릴 때 무던한 아이는 커서도 무던하답니다. 주인 나리께서는 어렸을 때 정말이지 마음씨 곱고 정 많은 아이였습니다.

엘리자베스는 눈이 휘둥그레졌다. '이게 지금 다아시 씨 얘기

가 맞나!'

"선친이 훌륭하신 분이셨어요." 가디너 부인이 말했다.

"그렇답니다, 부인. 정말 맞는 말씀을 하셨습니다. 아드님도 그분과 꼭 같다고 생각하면 맞으실 겁니다. 아버지가 그러셨듯 가난한 사람들에게 따뜻하게 대하실 거예요."

엘리자베스는 레이놀즈 부인의 말에 귀를 기울이는 동안, 다아시 씨가 그럴 리가 없다고 생각했다가 어쩌면 그럴 수도 있겠다는 생각이 들어 조바심이 났다. 그녀는 다아시 씨와 관련없는 이야기에는 전혀 흥미를 느낄 수 없었다. 레이놀즈 부인은 그림의 내용, 방의 크기, 가구의 가격 등에 대해 말해주었는데, 엘리자베스의 귀에는 아무것도 들리지 않았다. 가디너 씨는 레이놀즈 부인이 주인에게 지나친 찬사를 보내는 것은 가족 편애가 그 원인이라고 생각하며 화제를 그쪽으로 몰고 갔다. 레이놀즈 부인은 일행과 계단을 함께 올라가면서도 주인의 수많은 장점들을 열정적으로 열거했다.

"지주로서, 또 주인 나리로서 그렇게 훌륭하신 분은 없을 거예요. 자기밖에 모르는 요즘의 막돼먹은 젊은 사람들하고는 달라요. 그분의 소작인이나 하인치고 그분을 나쁘게 말하는 사람은 한 사람도 없답니다. 그분더러 거만하다고 하는 사람이 더러 있는데, 저는 한 번도 그런 모습을 뵌 적이 없어요. 제 생각에는 그분이 다른 젊은이들처럼 함부로 입을 놀리는 일이 없기 때문에 그런 소리를 듣는 것 같아요."

'이런 말을 들으니 정말 좋은 사람인 것 같네.' 엘리자베스는 생각했다.

“그 사람에 대해 말하는 걸 보니 가엾은 우리 친구에게 한 짓과는 영 딴판이네.” 조카와 나란히 걸으면서 외숙모가 소곤댔다.

“우리가 속았는지도 모르죠.”

“그렇지 않을 거야. 당사자에게서 직접 들은 정보니까.” 외숙모가 대답했다.

위층의 널찍한 복도로 올라온 일행은 아름다운 거실로 안내되었다. 최근에 가구를 들인 그곳은 아래층의 방들보다 우아하고 밝게 꾸며져 있었다. 레이놀즈 부인 말로는, 지난번에 다아시 양이 펨벌리에 왔을 때 이 방을 특별히 마음에 들어 했기 때문에 다아시 양을 기쁘게 하기 위해 새로 꾸몄다고 했다.

“좋은 오빠인가 봐요.” 창문 쪽으로 걸어가면서 엘리자베스가 말했다.

레이놀즈 부인은 다아시 양이 방을 보면 기뻐할 거라고 말했다. “그분은 늘 이런 식이세요.” 하고 그녀가 덧붙였다. “ 동생을 즐겁게 하는 일이라면 발 벗고 나서지요.”

아직 구경하지 못한 곳은 복도와 두세 개의 침실 정도였다. 복도에는 좋은 그림이 많았다. 그러나 엘리자베스는 미술에 대해서는 아는 것이 없었기 때문에, 아래층에서도 예술품보다는 좀 더 흥미롭고 이해하기 쉬운 주제를 다룬 다아시 양의 크레용 그림들에 눈길이 갔다.

위층 복도에는 이 집안사람들의 초상화가 여러 점 걸려 있었지만 외부인이 관심을 가질 만한 것은 못 되었다. 엘리자베스는 아는 얼굴을 찾아 계속 발걸음을 옮기다가 마침내 그림 한 점이 그녀의 시선을 붙잡았다. 다아시 씨를 놀라울 정도로 닮은 미소를 짓고 있는 초상화를 보면서 다아시 씨가 자신을 바라볼 때 머금었던 미소가 떠올랐다. 그녀는 뚫어져라 그림을 응시하면서 한동안 그림 앞에 서 있었다. 일행이 다 함께 복도를 뜨기 전에 그녀는 다시 한 번 그림 앞으로 갔다. 레이놀즈 부인은 일행에게 그 그림은 다아시 씨의 부친이 생존해 계실 때 그린 것이라고 알려주었다.

그 순간 엘리자베스의 마음속에 다아시 씨를 향한 다정한 감정이 솟구쳤다. 그들이 한창 만날 때 느꼈던 감정보다 훨씬 더 부드러운 감정이었다. 다아시 씨에 대한 레이놀즈 부인의 찬사는 결코 가볍게 볼 것이 아니었다. 총명한 하인의 칭찬보다 더 소중한 찬사가 있을까? 오빠로서, 지주로서, 저택의 주인으로서 그는 얼마나 많은 사람들의 행복을 좌우할까! 또한 얼마나 큰 고통과 얼마나 큰 기쁨을 안겨줄 능력이 있을까! 그를 통해 얼마나 큰 선과 악이 행해질 것인가! 하녀장이 묘사한 그의 모습은 하나같이 훌륭한 인품과 관련된 것이었다. 엘리자베스는 다아시 씨가 그려진 화폭 앞에 서서 그의 눈길을 받으며, 그가 자신에게 베푼 호의를 생각하며 깊은 감사를 느꼈다. 뒤이어 그의 열정을 떠올리며, 부적절했던 표현들에 대해서는 접어두기로 했다.

저택에서 외부인에게 공개된 곳을 모두 구경하고 난 뒤 일행은 아래층으로 내려와 하녀장과 작별한 후 현관에서 기다리던 정원사의 안내를 받았다.

일행이 잔디밭을 가로질러 시냇가로 가던 중에, 엘리자베스는 다시 한 번 저택을 보기 위해 뒤로 돌아섰고, 외삼촌과 외숙모도 걸음을 멈추었다. 그리고 외삼촌이 저택이 지어진 시기를 추정하고 있는데, 느닷없이 이 저택의 주인이 대정원에 모습을 드러냈다. 그가 온 길은 저택 뒤편에서 마구간과 이어져 있었다.

그는 바로 20미터 앞에 서 있었는데, 워낙 급작스럽게 나타나는 바람에 그의 눈길을 피하기란 불가능했다. 곧 두 사람의 눈길이 마주쳤고, 순식간에 두 사람의 뺨이 붉게 달아올랐다. 놀란 기색이 역력한 다아시 씨는 잠시 그 자리에 굳어버린 듯했다. 그러나 잠시 후 마음을 다잡고는 엘리자베스에게 인사를 건넸는데, 그리 침착하다고 할 수는 없었지만 지극히 공손했다.

엘리자베스는 다아시 씨를 보는 순간 본능적으로 돌아섰지만, 그가 다가오자 뒤돌아서서 인사를 나누었다. 당혹스러움을 감추기란 불가능했다. 나머지 두 사람도 자신들 앞에 서 있는 사람이 다아시 씨라는 사실을 알아챘다. 첫인상을 보고 직감이 왔고, 방금 구경하고 나온 초상화 속의 인물과 꼭 닮은 데다가 주인 나리를 보고 깜짝 놀라는 정원사의 표정을 보고는 확신을 가질 수 있었다. 외삼촌 내외는 다아시 씨가 조카에게 말을 건네는 동안 약간 거리를 두고 서 있었는데, 조카는 놀라고 혼란스러운 나머지 감히 눈을 들어 상대방의 얼굴을 바라보지 못했다. 그가 정중하게 가족들의 안부를 물었지만 무슨 말을 하는지도 모르는 채 두서없이 대꾸했다. 지난번 헤어진 이래 다아시 씨의 태도가 달라진 것에 놀란 그녀는 그가 한마디할 때마다 더욱 당황했다. 게다가 자신이 이곳에서 그의 눈에 띄었다는 사실이 견딜 수 없었는데, 그 생각이 머릿속을 꽉 채워 그와 함께 있었던 몇 분간은 그녀의 일생을 통틀어 가장 불편한 시간이었다. 다아시 씨 역시 결코 편안해 보이지는 않았다. 그의 목소리에는 평소의 침착함은 찾을 수가 없었다. 롱본을 떠난 시기며 더비셔에는 언제까지 머물 것이냐고 서둘러서 몇 번이고 물어보는 품이 그 역시 생각의 갈피를 못 잡고 있는 게 분명했다.

나중에는 아무런 생각이 나지 않는지 한참을 아무 말 없이 서 있더니 불현듯 정신을 차리고는 작별을 고했다.

그때 외삼촌 내외가 엘리자베스 곁으로 다가와 다아시 씨가 훤칠하게 잘생겼다면서 찬탄을 늘어놓았지만, 그녀의 귀에는 한마디도 들어오지 않았다. 엘리자베스는 수치심과 당혹감에 사로잡혀 어찌할 바를 몰랐다. 자신이 이곳으로 온 것이 너무나 바보 같은 짓이었다는 생각이 들었기 때문이다. 그토록 거만한 남자에게 이렇게 허둥거리는 모습을 보였다니, 그야말로 망신살이 뻗쳤다고 할 수밖에 없었다. 자신이 일부러 찾아왔다고 생각하면 어쩐단 말인가! 아아! 내가 왜 여길 왔을까! 다아시 씨가 예정보다 하루 일찍 집으로 돌아오지만 않았어도, 아니, 자신이 10분만 일찍 떠났어도 이런 불상사가 일어나지는 않았을 텐데……. 그 사람은 바로 그때 도착해서 말이나 마차에서 막 내린 것이 분명하니까. 그녀는 이상하게 꼬여버린 만남을 생각하면서 얼굴을 붉히고 또 붉혔다. 그런데 눈에 띄게 달라진 그의 태도는 무얼 의미하는 걸까? 자기에게 먼저 말을 건 것부터가 놀라운 일이었다. 거기다 그토록 정중한 말투로 가족들의 안부를 묻다니! 이 예기치 않은 만남에서 다아시는 평소의 권위를 완전히 내려놓은 것 같았다. 그가 그토록 부드러운 말투로 말을 걸어온 적은 없었다. 그녀는 이 모든 것을 어떻게 받아들여야 할지 알 수가 없었다.

일행은 시내를 낀 아름다운 산책로로 접어들었다. 그러나 엘리자베스가 주변의 풍경을 제대로 감상하기 시작한 것은 한참이 지난 뒤였다. 주변 풍경을 보며 연신 감탄사를 연발하는 외삼촌 내외에게 무의식적으로 몇 마디 내뱉기는 했지만 마음은 오직 펨벌리 하우스의 한 장소, 어딘지는 몰라도 다아시 씨가 있을 그곳에 온통 마음이 빼앗겨 있었다. 지금 그 사람은 무슨 생각을 할까, 자신을 어떻게 생각할까, 자신이 여전히 그에게 소중한 존재일까, 그녀는 그런 것들이 몹시 궁금했다. 그의 태도는 더없이 정중했지만 목소리는 결코 편안하지 않은 무엇이 있었다. 그가 자신을 보고 무슨 생각을 했는지는 알 수 없었지만 담담하지만은 않은 것만은 분명했다.

잠시 후 동행인들이 왜 그렇게 얼이 빠져 있느냐고 묻는 말에 문득 정신을 차린 엘리자베스는 평소처럼 행동해야겠다고 생각했다.

숲으로 들어선 일행은 시내를 뒤로 하고 조금 더 높은 지대로 올라갔다. 시야가 확 트인 산등성이에 올라서자 골짜기의 멋진 풍경과 나무가 울창한 맞은편 능선이 눈에 들어왔고, 나무들 사이로 언뜻언뜻 시냇물이 보이기도 했다. 가디너 씨는 펨벌리 대정원 전체를 모두 돌아보고 싶긴 했지만 걷기에는 무리일지 모르겠다고 걱정했다. 그러자 정원사가 자랑스러운 미소를 지으며 둘레가 10마일이라고 말했다. 이로써 행로가 정해졌고, 그들은 순환로를 따라 우거진 숲을 얼마간 걸어 내려와서 냇가에 다다랐다. 그곳은 냇물의 폭이 가장 좁은 곳이었다. 그들은 주변 풍경과 잘 어우러진 소박한 다리를 건넜는데, 그곳은 지금까지 봤던 어떤 곳보다 꾸밈이 없었다. 계곡이 좁아지면서 시내를 낀 무성한 덤불숲 사이로 좁은 산책로 하나가 나 있었다. 엘리자베스는 구불구불한 계곡 길을 계속 걷고 싶었지만 가디너 부인은 더 이상 걷는 것이 힘에 부치는지 빨리 마차로 돌아가고 싶어 했다. 그래서 일행은 지름길을 택해 시냇물 맞은편에 있는 저택 쪽으로 발길을 돌렸다. 일행이 걷는 속도는 매우 느렸다. 낚시를 몹시 좋아하면서도 낚시할 기회가 없었던 가디너 씨가 이따금 개울에 나타나는 송어를 보면서 정원사와 이야기를 나누느라 거의 멈춰서 있었기 때문이다.

이렇게 느릿느릿 걸어가던 일행은 다아시 씨가 멀지 않은 곳에서 다가오고 있는 것을 보고 다시 한 번 놀랐다. 엘리자베스의 놀라움은 첫 번째 만남 못지않았다. 이쪽의 산책로는 건너편에 비해 시야가 트여 있어 그를 한눈에 볼 수가 있었다. 엘리자베스는 놀라긴 했지만 적어도 첫 번째보다는 마음의 준비가 되어 있어 그가 정말 자기네 일행을 만나러 오는 것이라면 침착하게 행동해야겠다고 마음먹었다. 잠시 동안 그녀는 그가 다른 길로 접어들 수도 있다고 생각했다. 구부러진 산책로 때문에 그의 모습이 잠시 시야에서 사라졌던 몇 초간이었다. 모퉁이를 지나자 곧바로 다아시 씨와 마주쳤다. 그녀는 다아시 씨가 첫 번째 만남 때와 마찬가지로 진중하다는 것을 알아채고는 그의 공손함을 그대로 흉내 내며 아름다운 펨벌리에 찬사를 보내기 시작했다. 물론 '근사하다' '멋지다' 수준의 감탄사였다. 그러다가 문득 자신이 펨벌리 저택에 찬사를 보내는 것이 괜한 오해를 불러일으킬지도 모른다는 생각이 들자 낯빛을 바꾸며 조용히 입을 다물어버렸다.

가디너 부인은 조금 뒤에 서 있었다. 엘리자베스가 말을 멈추자마자 다아시 씨가 같이 온 일행을 소개해준다면 고맙겠다고 말했다. 엘리자베스로서는 전혀 예상치 못한 일이었다. 그가 자신에게 청혼하며 오만하게 반감을 표했던 바로 그 사람들과 안면을 트려 한다는 사실에 미소가 떠오르는 걸 간신히 참았다. '누군지 알게 되면 얼마나 놀랄까? 설마 상류 사회 사람으로 착각한 건 아닐 테지?' 그녀는 생각했다.

엘리자베스는 다아시 씨 부탁대로 외삼촌 내외를 소개하면서 그의 반응을 살펴보았다. 자신의 친척을 부끄럽게 여겼으니 되도록 빨리 자리를 뜰 것으로 생각했다. 다아시 씨가 엘리자베스의 소개에 조금 놀란 것은 분명했다. 그러나 그는 인사를 나눈 후에도 자리를 떠나기는커녕 외삼촌과 대화를 나누기 위해 방향을 바꾸어 걷기 시작했다. 그런 모습을 보며 엘리자베스는 뿌듯했다. 자신에게도 부끄러워하지 않아도 될 친척이 있다는 것이 위안이 되었다. 그녀는 두 사람 사이에 오가는 이야기를 주의 깊게 경청하며 지성과 안목, 예의가 드러나는 외삼촌의 표현과 문장 하나하나에 뿌듯함을 느꼈다.

낚시가 두 남자의 대화 주제로 떠올랐다. 다아시 씨가 외삼촌에게 낚시하러 오시라고 초대하는 말소리가 들려왔다. 근처에 머무르는 동안 낚시를 하고 싶으면 언제라도 와도 좋다, 낚시 도구를 빌려드리겠다, 고기가 많이 잡히는 곳은 근처 몇몇 곳이라며 일러주었다. 엘리자베스와 팔짱을 끼고 걷고 있던 가디너 부인은 놀라워하며 조카를 바라보았다. 엘리자베스는 겉으로 내색하지는 않았지만 한없이 기분이 좋았다. 다아시 씨가 호의를 베푸는 것은 자신을 배려해서라는 생각이 들었기 때문이다. 엘리자베스는 놀라서 되뇌었다. '왜 저렇게 달라졌지? 도대체 원인이 뭘까? 태도가 저렇게 부드러워진 게 나 때문일 리는 없어. 나를 위해서일 리가 없어. 헌스퍼드에서 내가 했던 비난이 이런 변화를 초래했을까? 저 사람이 아직도 나를 사랑한다는 건 있을 수 없는 일이야.'

여자들은 앞서 걷고 남자들은 뒤에서 걷던 대형이 한동안 유지되었는데, 신기하게 생긴 수중 식물을 가까이서 보려고 강가로 내려갔다 온 뒤 변화가 생겼다. 발단은 가디너 부인이었다. 대낮의 대활약으로 지친 부인이 엘리자베스의 팔에 더 이상 의존할 수 없다고 생각했는지 남편에게 다가가는 바람에 다아시 씨가 엘리자베스와 짝을 이뤄 걷게 되었다. 잠시 침묵이 흐른 후, 여자 쪽에서 먼저 말을 꺼냈다. 엘리자베스는 자신이 이곳에 오기 전에 그가 없다는 사실을 확인하고 왔다는 사실을 알리고 싶었으므로, 그의 도착이 무척 의외였다는 말부터 꺼냈다. "하녀장 말로는 내일까지는 분명 이곳에 오지 않을 거라고 했어요. 실은 베이크웰에서 출발할 때 당신이 당분간은 내려오지 않을 거라는 걸 알고 있었다고요." 그러자 다아시 씨는 모두들 그렇게 알고 있었지만 집사와 상의할 일이 좀 있어서 여행하던 일행보다 몇 시간 먼저 오게 되었다고 말했다. "그 사람들은 내일 일찍 올 겁니다. 일행 가운데는 당신이 알고 있는 분들도 있어요. 빙리 씨와 그의 누이들이지요."

엘리자베스는 가볍게 고개를 끄덕였다. 순간 그녀는 빙리 씨의 이름이 그들 사이에서 마지막으로 언급되었을 때의 기억 속으로 빠져들었다. 그의 표정으로 미루어보건대 그 역시 전혀 다른 생각을 하는 것 같지는 않았다.

"일행 중에는 당신과 인사를 나누고 싶어 하는 사람이 있어요. 제 여동생을 당신에게 소개해드려도 될까요? 무리한 부탁이 아니라면 그렇게 하고 싶군요."

그런 부탁을 하다니! 그녀는 자신의 귀를 의심했다. 자신과 알고 지내고 싶다는 다아시 양의 소망은 오빠가 불어넣었다는 것을 곧바로 눈치챘다. 더 생각할 것도 없이 기분 좋은 일이었다. 자신을 원망이야 했겠지만 정말로 나쁘게 생각하지 않는다는 걸 알게 되었기 때문이다.

두 사람은 각자의 생각에 골몰한 채 말없이 걸었다. 엘리자베스는 마음이 편치는 않았지만 그의 배려가 싫지는 않았다. 여동생을 소개하고 싶다니! 여동생을 소개하고 싶다는 것은 자신에게 더욱 친밀한 존재가 되고 싶다는 의미가 아니고 뭐겠는가! 그들은 다른 일행보다 한참 앞서 걷고 있었다. 그들이 마차에 도착했을 때 외삼촌 내외는 8분의 1마일이나 뒤처져 있었다.

다아시 씨는 집 안으로 들어가서 기다리자고 제안했다. 하지만 엘리자베스가 피곤하지 않다고 분명히 말했으므로, 두 사람은 잔디밭에서 기다렸다. 이럴 때는 많은 말이 오갈 수도 있었지만 그들은 침묵을 지키고 있었다. 그녀는 무슨 말이라도 하고 싶었으나 생각나는 것은 하나같이 피해야 할 주제들이었다. 엘리자베스는 자신이 여행 중이라는 것을 생각해내고는 매틀록과 도브데일을 주제로 간신히 대화를 이어갔다. 그러나 시간은 너무도 느리게 흘렀고, 외숙모 역시 느릿느릿 걸어오고 있었다. 그녀의 인내심과 대화 주제는 외삼촌 내외가 나타나기 한참 전에 바닥이 났다. 다아시 씨는 외삼촌 내외가 나타나자마자 모두 집 안으로 들어가 시원한 것이라도 마시자고 권했으나 일행은 정중하게 사양했다. 다아시 씨는 여자들이 마차에 오르는 것을 도와주었으며, 마차가 출발하자 엘리자베스는 그가 집을 향해 천천히 걸어가는 모습을 바라보았다. 외삼촌과 외숙모의 대화가 시작되었다. 두 사람은 다아시 씨가 예상했던 것과 달리 너무나 훌륭한 젊은이라고 입을 모아 칭찬했다.

"약간 무게를 잡으려는 기색이 보이긴 했지만 결코 무례하지는 않았어요. 하녀장 말처럼 그를 거만하다고 말하는 사람도 있지만, 나는 그런 구석은 전혀 찾을 수 없었어요." 외숙모가 말했다.

"그 사람이 우리를 대하는 걸 보고 놀랐소. 단순히 정중한 정도가 아니라 정말 세심하게 마음을 써줬잖소. 그렇게 마음 쓸 필요까지는 없었는데 말이오. 엘리자베스와 친분이 있다지만 그리 대단한 사이도 아니고."

"리지야, 분명한 건 그 사람 인물은 위컴만 못해. 아니, 인상이 위컴만 못하다는 거야. 이목구비야 아주 번듯하더구나. 그런데 넌 왜 그 사람이 그렇게 불쾌하다고 했니?" 외숙모가 말했다.

엘리자베스는 다아시 씨를 오해했던 것 같다고 변명하면서 진땀깨나 흘렸다. 켄트에서 만났을 때는 전보다 더 나아졌다고만 생각했는데, 그가 오늘 아침처럼 싹싹하게 구는 모습은 처음이라고 말했다.

"그 사람 변덕이 좀 있나 보구나. 상류 사회 사람들이 흔히 그렇듯이 말이야. 그러니 낚시 얘긴 치렛말이라고 생각해야겠네. 다음번엔 마음이 변해서 자기 땅에서 나라가고 할지도 모르니 말이야." 외삼촌이 대답했다

엘리자베스는 두 사람이 그의 성격을 잘못 알고 있는 것 같다고 감지했으나 아무 말도 하지 않았다.

가디너 부인이 말을 이었다. "우리가 다아시 씨를 아무것도 모르는 상황에서 만났다면 그 사람이 누군가에게 그렇게 지독한 짓을 했으리라는 건 상상도 못했을 거야. 불쌍한 위컴을 그렇게 만들었는데, 겉보기엔 전혀 심술궂게 보이지 않았으니 말이야. 정반대야. 말할 때 입매에는 상냥함이 어려 있고, 전체적으

로 품위가 있었어. 그러니 집을 구경시켜준 그 부인이 주인에 대해 부풀려서 말한 게 분명해. 몇 번이나 웃음이 터질 뻔해서 참느라 혼났다니까. 어쨌든 너그러운 주인 같기는 했어. 하인들이 보기에는 관대한 주인이 최고니까."

다아시 씨가 위컴 씨에게 한 행동에 대해 해명을 해야 할 것 같은 의무를 느낀 엘리자베스는 다아시 씨를 감싸기 시작했다. 켄트에서 다아시 씨의 친척에게서 들은 이야기에 따르면 다아시 씨를 전혀 달리 해석할 수 있다, 하트퍼드셔에서는 다아시 씨는 괴팍한 사람이고 위컴은 좋은 사람이라고 알려졌지만 실제로는 그렇지 않다는 것이었다. 이를 입증하기 위해 그녀는 증인의 이름을 구체적으로 밝히지는 않았지만 믿을 만한 사람에게서 들은 이야기라며 둘 사이에 있었던 금전 거래 내용을 소상히 말해주었다.

가디너 부인은 놀라움과 우려를 동시에 드러냈지만, 예전에 즐겁게 지냈던 장소가 가까워지자 머리를 복잡하게 하는 생각에서 벗어나 회상에 빠져들었다. 그녀는 남편에게 추억 어린 장소들을 손으로 가리켜 보이며 이야기하느라 정신이 없어서 다른 일은 생각할 겨를이 없었다. 외숙모는 한낮의 산책으로 지쳐 있었지만 식사를 마치자마자 다시 옛 친구들을 찾아 나섰다. 그리고 저녁에는 여러 해 만에 만난 친구와 우정을 나누었다.

엘리자베스는 그날 일어났던 일들에 마음이 쏠려 있어서 새로 만난 사람들에게는 특별히 주의를 기울이지 못했다. 그녀는 다아시 씨의 환대와 그의 여동생과 알고 지냈으면 좋겠다고 말했던 것 말고는 아무것도 머리에 들어오지 않았다. 이상하게도 말이다.

2

엘리자베스는 다아시 씨가 여동생이 펨벌리에 도착한 다음날쯤 자신을 찾을 것이라고 생각했다. 그래서 그날 아침나절에는 외출을 하지 말아야겠다고 마음먹었다. 그러나 그녀의 예상은 빗나갔다. 방문객이 찾아온 것은 엘리자베스 일행이 램턴으로 돌아온 바로 다음날이었기 때문이다. 엘리자베스 일행은 새롭게 사귄 사람들과 주변을 산책하다가 막 여관에 들어서던 참이었다. 옷을 갈아입은 후 이들 일행과 정찬을 함께 할 예정이었기 때문이다.

바로 그때 마차 소리가 들려 창가로 다가간 일행은 신사와 숙녀를 태운 이륜마차가 오는 것을 보았다. 엘리자베스는 한눈에 하인의 제복을 알아보고 상황을 짐작했다. 그녀는 외삼촌 내외에게 방문이 예상되는 사람들이 누군지 밝힘으로써 적잖은 놀라움을 선사했다.

외삼촌 내외는 이만저만 놀라는 눈치가 아니었다. 두 사람은 당황하여 어쩔 줄 모르는 엘리자베스의 태도며, 전날 있었던 일들로 미루어보아 이번 일의 새로운 의미를 깨닫기 시작했다. 다아시 씨가 지금과 같은 관심을 보이는 것은 자기 조카에 대한 사랑이라고밖에 달리 설명할 방법이 없었다.

외삼촌 내외가 새로운 상황에 직면해 있는 사이 엘리자베스의 마음의 동요는 시시각각 더해갔다. 그녀는 요동치는 마음을 걷잡을 수 없었는데, 이런 자신의 모습에 그녀 자신도 꽤 놀랐다. 불안의 원인은 다양했는데, 다아시 씨가 자신을 향한 애정 때문에 누이에게 자신을 너무 좋게만 말했으면 어떡하나 하는 것도 그 중 하나였다. 또한 손님을 잘 대접해야겠다는 조바심에 일을 망쳐버리면 어쩌나 걱정되기도 했다.

엘리자베스는 창가에서 물러섰다. 밖에서 자신의 모습이 보일까봐 두려워서였다. 그녀는 방 안을 왔다 갔다 하며 마음을 진정시키려고 애썼는데, 외삼촌 부부가 자신에게 뭔가를 물어보고 싶어 하는 기색이 엿보이자 마음의 동요는 더욱 심해졌다. 드디어 다아시 양과 그녀의 오빠가 나타났고, 두려워 마지않던 소개가 이루어졌다. 놀랍게도 엘리자베스는 상대편 역시 자기만큼이나 당황해하고 있다는 사실을 알아챘다. 램턴에 도착한 이후 엘리자베스는 다아시 양이 거만하기 짝이 없다는 말을 들어왔으나 실제로 만나 보니 굉장히 수줍음이 많은 아가씨라는 사실을 알게 되었다. 그녀에게서 '예' 또는 '아니요'를 빼고는 제대로 된 단어 하나 끌어내기가 어려웠다.

다아시 양은 키가 크고 몸집도 엘리자베스보다 컸다. 열여섯이 채 안 되었지만 다 자라 있었고, 여성스러운 기품이 있었다. 그녀는 오빠보다 인물은 못했지만 얼굴에 총기와 선의가 드러나 있었고, 태도는 겸손하고 부드러웠다. 엘리자베스는 그간 봐왔던 다아시 씨처럼 동생 역시 날카롭고 침착한 성격일 것이라고 예상했다가 이렇게 성격이 다르다는 것을 알고는 크게 안도했다.

소개가 끝나고 얼마 지나지 않아 다아시 씨는 빙리도 방문할 것이라고 알려주었다. 엘리자베스가 방문객을 맞이할 준비를 채 하기도 전에 벌써 빙리의 빠른 발걸음 소리가 계단에서 들렸고, 곧이어 그가 방으로 들어섰다. 엘리자베스가 빙리에게 느꼈던 분노는 사라진 지 오래였다. 설혹 아직 앙금이 남아 있다 한들 자신을 보자마자 진심으로 반가워하는 그를 보고 화를 내기는 어려웠을 것이다. 빙리 씨는 엘리자베스에게 가족의 안부를 물었다. 누구를 염두에 둔 인사는 아니었지만 더없이 다정했는데, 표정과 말투가 예전과 다름없이 싹싹하고 편안했다.

가디너 씨 부부도 엘리자베스 못지않게 빙리 씨에게 관심이 많았다. 오래전부터 빙리 씨를 보고 싶어 했으니 말이다. 사실 이들 부부는 방문객 모두에게 강렬한 호기심을 느꼈다. 다아시 씨와 자기네 조카의 관계에 의심을 품고 있던 그들은 조심스럽지만 세밀히 그들을 관찰했다. 그 결과 두 사람 중 한 사람은 적어도 사랑이 무엇인지 알고 있다고 확신했다. 여자 쪽의 감정에 대해서는 약간 의심의 여지가 있었지만, 남자 쪽은 사모하는 마음이 넘치고 있다는 것이 분명했다.

엘리자베스 역시 분주했다. 방문객들의 마음을 일일이 헤아리고, 차분하고 따뜻하게 대접하고 싶었기 때문이다. 그녀는 실수할까 봐 걱정한 이 두 번째 임무에서 성공을 확신했다. 손님들이 엘리자베스에게 호의를 비쳤기 때문이다. 빙리는 유쾌하게 행동할 태세가 되어 있었고, 조지아나는 유쾌해지기를 간절히 바랐으며, 다아시는 유쾌해지기로 결심하고 있었으니까.

빙리를 보자 엘리자베스의 마음은 자연히 언니에게로 날아갔다. 아! 그녀는 빙리의 마음이 자기와 같은 방향을 향해 있기를 얼마나 간절히 원했는지 모른다. 빙리는 전에 비해 말수가 줄었다는 생각이 들었고, 자기를 쳐다볼 때도 누군가와 닮은 점을 찾으려 한다는 생각에 기쁨이 잠시 스치기도 했다. 이런 생각이 단지 엘리자베스의 상상일지는 몰라도 제인의 경쟁자로 알려진 다아시 양을 대하는 빙리의 태도에는 오해의 여지가 없었다. 어느 쪽에서도 특별하게 호감을 보여주는 기색은 찾을 수 없었기 때문이다. 빙리 양의 희망을 뒷받침해줄 만한 일은 그 어떤 것도 일어나지 않았다. 그 사실을 확인한 엘리자베스는 안심이 되었다. 그리고 그들이 떠나기 전에 두어 번 정도, (엘리자베스의 간절한 소망이 가미된 해설에 따르면) 제인에 대한 애정이 깃든 듯한 추억 어린 말이 얼핏 스치기도 했고, 제인의 이름을 언급하는 대화를 이어갔으면 하는 소망이 엿보이기도 했다. 내방객들이 자기네들끼리 대화하는 틈을 타 빙리가 회한이 어린 목소리로, "언니를 뵙는 기쁨을 누린 지가 정말 오래됐네요."라고 말했다. 그리고 엘리자베스가 대답을 하기도 전에 이렇게 덧붙였다. "8개월이 넘었군요. 다 함께 네더필드에서 춤을 췄던 11월 26일 이후로 못 만났으니까요."

엘리자베스는 빙리가 그날을 정확히 기억한다는 사실을 알고 무척 기뻤다. 그는 사람들이 한눈파는 틈을 타 언니와 동생들은 다들 잘 있느냐고 물었다. 안부를 묻는 표정이나 태도가 사뭇 의미심장했다.

엘리자베스는 빙리 씨와 대화를 나누는 틈틈이 다아시 씨를 바라보았다. 다아시 씨의 얼굴에는 예전의 거만한 기색은 사라지고 없었다. 또한 몇 개월 전만 해도 관계를 갖는 것 자체를 부끄럽게 여겼을 법한 사람들에게 교제를 청하며, 호감을 주려고 최선을 다하는 모습을 보였다. 엘리자베스는 헌스퍼드 목사관에서 격렬하게 싸웠던 기억을 회상하면서 그의 변화된 모습에 충격을 받았다. 다아시 씨는 다른 사람에게 호감을 주려고 애썼고, 교만한 모습은 눈을 씻고 찾으려 해도 없었으며, 완고한 침묵은 훌훌 털어낸 듯했다. 그녀는 그에게서 여태껏 그런 모습을 한 번도 본 적이 없었다. 네더필드에서 가까운 친구들과 함께 있을 때나 로징스의 고귀한 친척들과 함께 있을 때조차도 이 정도는 아니었다. 더구나 지금 그는 엘리자베스 일행에게 호감을 주는 데 성공한다 할지라도 그다지 얻을 것도 없었다. 오히려 네더필드와 로징스 양쪽 여자들의 조롱과 비난이 기다리고 있을 뿐이었다.

방문자들이 반시간 남짓 머물다 떠나려고 일어섰을 때, 다아시 씨는 여동생에게 가디너 씨 부부와 베넷 양이 이 마을을 떠나기 전에 펨벌리의 정찬에 한 번 초대하자고 말했다. 다아시 양은 이런 일에 익숙지 않은 탓에 쭈뼛거리긴 했지만, 기꺼이 오빠의 뜻에 따르겠다고 했다. 가디너 부인은 이 초대와 관련 있는 자기 조카의 의향을 알고 싶어서 조카를 바라보았다. 이때 엘리자베스는 외숙모의 시선을 의식적으로 회피했다. 그러자 외숙모는 조카가 이 제안을 받아들이기 싫어하는 것이 아니라 일시적으로 당황한 것 같다고 판단했다. 사교를 좋아하는 남편이 다아시 씨의 요청을 선뜻 받아들일 것이라고 생각한 그녀는 참석하겠다고 약속했다. 날짜는 이틀 후로 정해졌다.

빙리는 엘리자베스를 만나 너무나 기쁘다며, 그녀에게 할 이야기도 많고, 하트퍼드셔 사람들에 대해서도 물어볼 것이 많다고 말했다. 엘리자베스는 빙리의 말을 언니 이야기를 듣고 싶다는 뜻이라고 해석하자 기분이 좋아졌다. 물론 다른 이유도 있었겠지만, 그 때문에 그들이 머물던 30분을 기분 좋게 돌아볼 수 있었다. 그러나 엘리자베스는 정작 손님들과 함께 있을 때에는 그리 즐겁지 않았다. 손님들이 돌아가고 난 뒤 엘리자베스는 혼자 있고 싶은 마음도 있고, 외삼촌 내외가 자신의 마음을 떠보기 위해 이것저것 물어볼 것만 같아 빙리에 대한 칭찬까지만 듣고 옷을 갈아입겠다며 물러났다.

하지만 엘리자베스가 외삼촌 내외의 호기심을 두려워할 이유는 없었다. 두 사람은 조카에게 억지로 말을 시킬 생각이 없었기 때문이다. 단지 조카가 자기들이 생각했던 것 이상으로 다아시 씨와 각별한 사이임이 분명하다는 것과 다아시 씨가 조카를 무척 사랑하고 있다는 것을 알 수 있었지만, 그렇다고 대놓고 물어볼 수는 없는 노릇이었다.

이제 외삼촌 내외는 다아시 씨를 좋게 생각하지 않고는 배길 수가 없었다. 직접 만나보니 흠잡을 데가 없었기 때문이다. 그들은 다아시 씨의 예의 바른 태도에 적잖이 감동을 받은 것 같았다. 만약 다른 어떤 설명도 빌리지 않고 자신들의 느낌과 하녀장의 이야기만으로 다아시 씨의 성격에 대해 이야기한다면, 하트퍼드셔 사람들은 절대 그럴 리가 없다고 믿지 못했을 것이었다. 하지만 이제는 하녀장의 말에 믿음이 생겼다. 다아시 씨가 네 살 때부터 모셔온 점잖은 하녀장의 평가를 무시할 수 없었기 때문이다. 사실 다아시 씨의 문제점이라고 지적할 만한 것은 거만함이었는데, 이런 소문은 다아시 씨 집안과 전혀 왕래가 없는 저잣거리 주민들에게서 나왔을 가능성이 컸다. 그러나 그가 너그러운 사람이며, 가난한 사람들에게 많은 선행을 베풀었다는 사실은 인정받고 있었다.

한편 엘리자베스 일행은 이곳에서 위컴에 대한 평판이 그다지 좋지 않다는 것을 알게 되었다. 후원자의 아들과 위컴 사이에 무슨 일이 있었는지는 모르지만 그가 많은 빚을 남긴 채 더비셔를 떠났고, 다아시 씨가 후에 그 빚을 갚아주었다는 것이 알려져 있었다.

그날 밤 엘리자베스는 전날 밤보다 펨벌리를 훨씬 많이 생각했다. 하룻밤을 생각을 하며 지낸다는 것은 길고 긴 시간일 수도 있었지만 저택에 있는 한 사람의 감정을 가늠하기에는 턱없이 모자랐다. 그녀는 잠자리에 들어서도 꼬박 두 시간이나 자신의 감정을 헤아리는 데 보냈다. 그를 미워하는 것은 아니었다. 절대 미워하는 것은 아니었다. 아니, 미움은 오래전에 사라졌고, 그 사람에 대해 반감을 느꼈다는 것을 부끄럽게 여긴 지도 그에 못지않게 오래 되었다. 또한 처음에는 그의 장점들을 확인하면서 생겨난 존경심을 마지못해 인정했지만, 시간이 흐르면서 이제는 그것도 옛이야기가 되었다. 주변 사람들이 그에게 호감 어린 존경심을 품고 있다는 사실을 알게 되자 그에게 좀 더 우호적인 감정이 생겨났다. 그러나 그녀가 다아시 씨에게 호감을 가지게 된 데에는 단순한 존경과 존중을 넘어서는 분명한 동기가 존재했다. 그것은 감사였다. 한때 자신을 사랑했다는 것에 대한 감사였으며, 그의 청혼을 거절하면서 그토록 건방지고 무례하게 퍼부은 비난을 용서하고 자신을 향한 사랑을 간직해준 것에 대한 감사였다. 자신을 원수처럼 여기고 피하리라 생각했던 사람이 이 우연한 해후에 마음을 다해 친분을 유지하기를 바랐고, 두 사람의 지난 일이 드러나는 일이 없도록 조심하면서도 외삼촌 내외에게 호감을 사려 노력했으며, 누이까지 소개해주려고 마음을 썼던 것이다. 자존심이 대단한 사람이 이렇게 변했다는 사실이 놀라운 걸 넘어서 감사하는 마음이 생기게 한 것이다. 사랑, 그것도 열렬한 사랑 때문임이 분명했다. 그런 변화를 겪으며 엘리자베스에게 일어난 감정은 정확히 꼬집어 말할 수는 없지만, 불쾌하기보다는 계속 키워가고 싶은 감정이었다. 그녀는 그를 존경했고, 높이 평가했으며, 감사했고, 진정으로 행복하기를 바랐다. 이제 그녀가 차분히 생각해봐야 할 것은, 자신이 그의 행복을 좌우하는 사람이 되기를 얼마나 바라는지, 그 사람으로 하여금 다시 한 번 청혼하게 만들 경우 (엘리자베스는 자신에게 그럴 힘이 있다고 느꼈다.) 그것이 두 사람의 행복에 얼마나 기여할 것인지였다.

그날 저녁 외숙모와 조카는 다아시 양이 펨벌리에 도착한 바로 그날 자기네를 방문함으로써 보여준 놀라운 관심에 대한 보답으로 다음날 아침 펨벌리를 방문하는 것이 마땅한 도리라는 데 의견을 모았다.

가디너 씨는 아침 식사를 마친 직후 아내와 조카를 남겨놓고 외출했다. 그 전날 낚시 계획이 세워져 있었으므로 정오에 펨벌리에서 신사분들과 합류하기로 되어 있었기 때문이다.

3

엘리자베스는 빙리 양이 자신을 싫어하는 이유가 질투심 때문임이 분명했기 때문에 자신이 펨벌리에 나타나면 무척 껄끄럽게 여길 것이라고 생각했다. 또한 옛 지인에게 그녀가 어느 정도 예의를 차릴지 궁금하기도 했다.

저택에 도착한 일행은 현관을 지나 응접실로 안내받았는데, 응접실은 북향이어서 쾌적했다. 마당 쪽의 창문으로 멋진 자연경관이 눈에 들어왔고, 저택 뒤편으로 보이는 능선에는 울창한 수목이 우거져 있었다. 그리고 마당에서 언덕으로 이어지는 잔디밭 곳곳에는 참나무와 스페인 밤나무가 심어져 있었다. 응접실에서 일행을 맞은 이는 다아시 양이었다.

그곳에는 허스트 부인과 빙리 양, 그리고 런던에서 다아시 양과 함께 지내는 앤즐리 부인이 앉아 있었다. 조지아나가 손님들을 정중하게 맞이하긴 했지만 어쩔 줄 몰라 하는 기색이 역력했다. 이는 타고난 수줍은 성격에 실수라도 저지르지 않을까 하는 두려움 때문이었지만 신분을 의식하는 쪽에서는 거만하고 붙임성 없는 사람으로 오인할 법했다. 그러나 가디너 부인과 엘리자베스는 그녀를 충분히 이해하고 동정했다.

허스트 부인과 빙리 양은 가디너 부인과 엘리자베스에게 무릎을 굽히는 것으로 인사를 대신했다. 그들이 자리에 앉자 잠시 어색한 침묵이 흘렀다. 먼저 침묵을 깬 사람은 앤즐리 부인이었는데, 품위 있고 인상 좋은 그녀가 어떻게든 이야기를 하려고 애를 쓰는 것으로 보아 빙리 자매에 비해 훨씬 본데 있는 여자 같았다. 잠시 후 앤즐리 부인과 가디너 부인 사이에 대화가 이루어졌고, 가끔 엘리자베스가 한마디씩 거들기도 했다. 다아시 양도 대화에 참여하고 싶어 했지만 용기를 내지 못하는 듯한 표정이었다. 그녀는 거의 들리지 않을 정도의 작은 소리로 이따금 한마디씩 거들었다.

빙리 양은 엘리자베스를 뚫어져라 주시하고 있더니, 다아시 양에게 한마디라도 할라치면 촉각을 곤두세웠다. 엘리자베스는 다아시 양과 멀리 떨어져 있어 말을 건네기가 어려웠는데, 그렇다고 해서 안타까울 것은 없었다. 머릿속을 채운 갖가지 상념들로 분주했기 때문이다. 엘리자베스는 이 저택의 주인이 금방이라도 불쑥 들이닥칠 것 같았다. 그녀의 마음속에는 이 저택의 주인이 들어오기를 바라는 마음과 마주치기를 두려워하는 마음이 공존했는데, 이 두 개의 감정 중에 어느 쪽이 더 강한지는 판단할 수 없었다. 엘리자베스가 생각에 잠겨 있을 때, 빙리 양이 냉담하게 가족의 안부를 물어왔다. 만난 지 15분만에 그녀의 질문을 받고 정신이 번쩍 든 엘리자베스는 상대방과 똑같이 냉담하고 짤막하게 대꾸했다. 빙리 양은 더 이상 질문을 하지는 않았다.

하인들이 냉육이며 케이크, 온갖 제철 과일을 들고 오자 앤즐리 부인이 다아시 양에게 주인의 역할을 상기시키기 위해 여러 번 의미심장한 시선과 미소를 보냈다. 어쨌든 이제는 모든 참석자들이 함께 해야 할 일이 생긴 것이다. 함께 대화를 나눌 수는 없었지만 함께 먹어야 했기 때문이다. 그리하여 모두들 포도, 승도, 수밀도를 피라미드처럼 아름답게 쌓아올린 테이블 주변으로 모여들었다.

과일을 먹는 중에 엘리자베스는 다아시 씨가 나타나는 것이 두려워하는 마음이 더 큰지, 나타나기를 바라는 마음이 더 큰지 판단할 기회를 얻었다. 그 순간의 느낌이 관건이었는데, 조금 전까지만 해도 다아시 씨가 나타나기를 바라는 쪽이 지배적이라고 믿었으나 막상 그가 나타나자 나타나지 않았다면 더 좋았을 것 같다는 마음이 컸다.

다아시 씨는 가디너 씨와 시간을 보내고 있다가(가디너 씨는 지금까지 이 집 신사들과 한창 낚시를 하던 중이었다) 가디너 부인과 엘리자베스가 조지아나를 방문한다는 말을 전해 듣고 급히 돌아왔던 것이다.

다아시 씨가 나타나자마자 엘리자베스는 현명하게도 아주 편안하고 차분해지기로 마음먹었다. 모든 사람이 두 사람의 관계에 의혹을 갖고 있는 데다가, 사람들의 눈이 다아시 씨의 일거수일투족을 지켜보고 있다는 것을 알아차린 그녀는 차분해지지 않을 수 없었다. 이때 빙리 양은 노골적인 호기심을 그대로 드러냈는데, 그럼에도 그 호기심의 대상에게 말을 건넬 때에는 으레 만면에 미소를 띠었다. 그때까지만 해도 질투 때문에 필사적이 된 것도 아니었고, 다아시 씨의 관심을 끌려고 노력하고 있었다. 다아시 양은 오빠가 들어오자 대화에 동참하려고 더욱 애를 썼다. 엘리자베스는 다아시 씨가 자기 여동생과 자신이 친해지기를 바라는 마음에 두 사람에게 말을 시키려고 애를 쓴다는 것을 알아차렸다. 이때 분별력을 잃은 빙리 양이 화가 난 나머지 엘리자베스에게 비아냥거리며 안부를 물었다.

"저 일라이자 양, ○○부대가 메리턴에서 철수했다면서요? 댁의 가족들에게는 타격이 컸겠어요."

그녀가 다아시 씨 앞이라 차마 이름을 밝히지는 못했지만 위컴 이야기를 하고 있다는 걸 충분히 알 수 있었다. 위컴과 관련된 기억들로 인해 엘리자베스는 일순간 괴로웠으나 상대의 심술궂은 공격에 차분하게 대응하기로 했다. 말을 하는 동안 얼굴을 들어 다아시 씨를 바라보자 그의 얼굴이 붉게 상기되어 있었고, 다아시 양은 겁에 질려 어쩔 줄 몰라 하고 있었다. 자신이 무심코 던진 말이 사랑하는 이에게 얼마나 큰 타격을 입혔는지 깨달았다면 빙리 양은 절대 그런 말을 하지 않았을 것이다. 빙리 양은 그저 엘리자베스를 화나게 만들어 다아시 씨가 그녀를 포기하도록 할 생각밖에 없었다. 그래서 다아시 씨에게 군인들의 꽁무니나 쫓아다니는 한심한 엘리자베스의 동생들을 환기시킨 것이다. 빙리 양은 다아시 양이 위컴과 야반도주를 기도했던 사건에 대해서는 들은 바가 없었다. 그 일은 엘리자베스를 제외하고는 누구도 모르는 일이었다. 다아시 씨는 이 일이 빙리의 집안 사람들에게 알려질까 봐 각별히 신경을 썼는데, 이는 엘리자베스가 오래전부터 짐작한 대로 누이동생을 빙리 집안의 일원이 되게 하려는 소망 때문이었다. 빙리를 제인과 떼어놓으려고 한 것이 순전히 그 문제 때문이라고는 할 수 없겠지만, 다아시 씨가 친구의 행복에 노심초사한 것은 그 같은 계획이 어느 정도 영향을 미쳤다.

엘리자베스의 침착한 대처로 다아시 씨의 불편한 심기는 곧 가라앉았다. 예상했던 것과는 달리 난처해진 빙리 양이 위컴의 '위'자도 꺼내지 못했기 때문에 조지아나는 점차 안정을 찾아갔다. 그녀는 오빠와 눈이 마주칠까봐 두려워했지만 정작 오빠는 동생이 이 문제와 연관되어 있다는 것을 거의 알아채지 못했다. 다아시 씨를 엘리자베스로부터 떼어놓으려는 꿍꿍이로 그런 상황이 연출되었으나 바로 그 때문에 다아시 씨는 오히려 엘리자베스에게 더욱 인간적인 끌림을 느꼈다.

앞에서 말한 질문과 대답이 있고 얼마 안 되어 가디너 부인과 엘리자베스는 자리에서 일어났다. 다아시 씨가 두 숙녀분을 마차까지 배웅 나간 사이에 빙리 양은 엘리자베스의 외모며 몸가

짐, 처신 등에 대해 트집을 잡으며 쌓아두었던 분노를 터뜨리기 시작했다. 그러나 조지아나는 한마디도 거들지 않았다. 오빠의 추천만으로도 엘리자베스의 편이 되기에 충분했던 것이다. 오빠를 어느 누구보다 신뢰하는 다아시 양이 볼 때 베넷 양은 예쁘고 상냥한 여자였다. 다아시 씨가 응접실로 돌아오자 빙리 양은 그의 누이에게 했던 말을 일부 되풀이했다.

"일라이자 베넷 양은 오늘 아침 안색이 정말 안 좋아 보이네요. 다아시 씨! 지난겨울 이후 어쩌면 그렇게 변했을까요? 피부가 거무튀튀해서 그런지 다른 데서 마주쳤다면 몰라볼 뻔했어요. 루이자 언니도 그러더라고요."

다아시 씨로서는 이런 말을 듣고 기분이 좋을 리 없었지만, 자기로서는 햇볕에 조금 그을린 것 외에는 특별히 달라진 점은 모르겠다, 여름철에 여행을 하다 보면 피부가 타는 것은 당연한 일 아니냐고 냉정하게 대답하는 정도로 넘어갔다.

"저는 한 번도 그 여자한테 예쁜 구석이 있다고는 생각해본 적이 없어요. 얼굴은 비쩍 말랐고, 피부는 윤기가 없어요. 이목구비도 어디 한 군데 내세울 데가 없고요. 코도 개성이 없고, 콧날이 오뚝한 것도 아니고, 치아는 그런대로 봐줄 만하다 해도 그저 평범하고, 눈을 두고 예쁘다고들 합니다만 저로선 뭐 특별한 매력을 찾지 못하겠더라고요. 저는 날카롭고 심술궂은 눈빛을 좋아하지 않거든요. 게다가 차림새는 가관이잖아요. 촌뜨기 주제에 자만심은 있어가지고 정말 못 봐주겠어요." 빙리 양이 말했다.

다아시 씨가 엘리자베스를 좋아한다는 것을 알고 있는 빙리 양의 이런 행동은 그의 환심을 사기 위한 최선의 방법은 아니었다. 그러나 성난 사람은 늘 현명하지 못한 선택을 하게 마련이다. 다아시 씨가 얼핏 자극을 받은 듯한 인상이었으므로, 빙리 양은 소기의 목적을 달성했다고 생각했다. 그러나 다아시 씨가 입을 꾹 다물고 있었기 때문에, 어떻게든 입을 열게 하려고 이렇게 말했다.

"우리가 하트퍼드셔에서 처음 그녀를 알게 되었을 때가 기억나는군요. 미인이라고 소문난 여자라는 것을 알고 얼마나 놀랐는지 몰라요. 네더필드에서 엘리자베스네 식구들이 정찬을 하고 간 날 밤에 다아시 씨가 한 말이 생각나네요. '그 여자가 미인이라고? 차라리 그 여자의 어머니를 지성미가 넘친다고 해야겠는걸!' 이러셨잖아요. 다아시 씨는 그 이후 그녀에게 호감을 느꼈나봐요? 제법 예쁘게 봐주는 걸 보면."

"그랬지요. 처음에는 그랬어요. 하지만 아는 여자들 중에서 엘리자베스가 가장 예쁘다고 생각한 지 여러 달 됐는걸요." 더 이상 참을 수 없다고 생각한 다아시 씨가 대답했다.

다아시는 말을 마치자마자 거실에서 나가버렸다. 빙리 양은 다른 누구도 아닌 스스로에게 고통만 안겨줄 뿐인 발언을 다아시에게 억지로 하게 만들었다는 걸 깨닫고 뒤늦은 후회를 했다.

돌아오는 길에 가디너 부인과 엘리자베스는 펨벌리에서 일어난 일에 대해 이야기를 주고받았지만, 장작 자신들이 각별히 관심을 두고 있는 사람에 대해서는 아무 말도 하지 않았다. 방문

중에 보았던 모든 사람들의 표정과 행동거지를 두고 이런저런 말을 했지만 그들의 주의를 끌었던 가장 중요한 인물에 대해서는 일언반구도 하지 않은 것이다. 그들은 그 사람의 동생이라든가 친구라든가 저택이라든가 과일이라든가, 하여간 그 사람을 제외한 모든 것에 대해 이야기했다. 그러나 엘리자베스는 외숙모가 그 사람을 어떻게 생각하는지 진심으로 알고 싶었고, 외숙모도 조카가 그 사람 이야기를 끄집어내주길 무척이나 바랐다.

4

엘리자베스가 램턴에 도착했을 때, 언니에게서 편지가 와 있지 않아 무척 실망했다. 실망감은 다시 두 번의 아침을 지나는 동안 되풀이되었다.

그러나 세 번째 날 아침에 언니가 보낸 두 통의 편지를 한꺼번에 받게 됨으로써 불평은 사라졌다. 한 통은 다른 곳으로 잘못 배달되었다가 되돌아왔다는 표시가 있었다. 제인이 주소를 제대로 쓰지 않았으니 놀랄 일은 아니었다.

편지를 받은 것은 일행이 산책 준비를 막 마쳤을 때였다. 외삼촌 내외는 엘리자베스가 조용히 편지를 읽도록 그녀를 남겨두고 외출했다. 엘리자베스는 잘못 배달된 편지부터 먼저 읽었다. 닷새 전에 쓴 편지였다. 앞부분에는 소규모 파티라든가 모임과 약속들, 그리고 시골에서 늘 있는 시시콜콜한 소식을 전하고 있었다. 하지만 하루 뒤의 날짜가 적힌 후반부에는 심란한 마음이 그대로 드러나 있어서 정신을 바짝 차리고 읽어야 했다.

사랑하는 리지,

위의 글을 쓰고 나서 예상치 못한 큰 일이 일어났어. 놀라진 마. 우리 모두 건강하니까. 내가 말하려는 큰 일이란 가련한 리디아 이야기야. 가엾은 리디아! 가족이 모두 잠자리에 든 밤 열두 시에 속달이 왔어. 포스터 대령에게서 온 급신이었지. 리디아가 그의 부하 장교와 스코틀랜드로 도망쳤다는구나, 글쎄. 어쩌니! 그 장교가 바로 위컴이야. 우리가 얼마나 놀랐을지 상상이 가겠지? 그런데 키티는 이 일이 예상 못한 일은 아닌 모양이야. 이렇게 딱한 일이 있을까? 서로가 득 될 게 하나도 없는데. 하지만 이왕 일어난 일이니 가급적 좋은 쪽으로 생각하려고 해. 그리고 그 사람 인격을 오해해온 것이라고 믿고 싶어. 나도 그가 생각이 짧고 신중하지 못하다고 생각하지만, 이런 일을 저지를 정도면 심성이 악독한 사람은 아니라고 봐야겠지. (그러니 그 점을 기쁘게 여기자꾸나.) 그 사람 선택에 최소한 사심은 없었으니까. 아버지가 리디아에게 한 푼도 못 준다는 걸 알고 있을 테니 말이야. 어머니는 완전히 시름에 잠기셨어. 아버지는 그럭저럭 견디시고. 그 사람에 대한 좋지 않은 이야기를 부모님께 전해드리지 않은 것이 얼마나 다행인지 몰라. 우리도 그런 이야기는 잊어버려야겠지. 둘은 토요일 밤 열두 시쯤 출발한 모양이지만, 어제 아침 여덟 시까지 아무도 몰랐대. 대령은 곧장 우리 집으로 급신을 보냈고. 리지야, 글쎄, 그들이 여기서 10마일도 안 되는 곳을 지나갔는데도 몰랐구나. 포스터 대령은 곧 이곳으로 찾아오겠다는 의사를 밝혔어. 리디아가 대령님 부인한테 자기네 계획에 관해 몇 줄 적어놓고 간 모양이야. 이제 그만 줄여야겠구나. 가엾은 어머니를 혼자 오래 있게 해서는 안 되니 말이야. 편지가 두서없어서 네가 이해나 할 수 있을지 모르겠구나. 사실 나도 내가 뭐라고 썼는지 잘 모르겠어.

첫 번째 편지를 읽은 후 엘리자베스는 곧바로 두 번째 편지를 집어 들었다. 그리고 생각을 정리하거나 자신의 감정이 어떤지 헤아릴 여유도 없이 초조한 마음으로 편지를 개봉했다. 첫 번째 편지의 뒷부분을 쓴 다음날의 편지였다.

사랑하는 리지,

지금쯤이면 내가 서둘러 쓴 편지를 받아봤겠지. 이번 편지는 저번 편지보다 이해하기 쉬웠으면 좋겠구나. 시간이 제한된 것도 아니건만 머릿속이 뒤죽박죽이어서 제대로 쓸 수 있을지 모르겠다. 사랑하는 리지, 뭐라고 말해야 할지 모르겠어. 하여튼 좋지 않은 소식이 있는데, 전해야 할 것 같구나. 위컴 씨와 가련한 리디아의 결혼이 아무리 분별없는 짓이라 해도, 우리는 두 사람의 결혼이 이루어지길 바라는 입장이야. 여러 정황을 놓고 봤을 때 아무래도 그 애들이 스코틀랜드*로 가지 않은 것 같아서 말이야. 어제 포스터 대령이 오셨어. 그제 브라이턴을 출발했다는데, 우리가 속달을 받은 지 몇 시간 지나지 않아 이곳에 도착했어. 대령 부인께 남긴 리디아의 짧은 메모에 그레

---

* 당시 스코틀랜드에서는 미성년자의 결혼에 부모의 동의가 필요 없었다. 잉글랜드와의 접경에 있는 그레트나그린은 그런 경우에 흔히 갔던 마을이다.

트나그린으로 간다는 식으로 쓰여 있었지만, 데니가 말하길 위컴은 그곳으로 갈 생각이 전혀 없을 거라고 했대. 그리고 리디아와 결혼할 생각은 더더욱 없을 거라고 했대. 브라이턴에서 데니를 불러 자초지종을 확인한 포스터 대령은 큰일났다고 생각하고 즉시 그 둘을 찾으러 떠났대. 그런데 클래펌까지는 추적이 가능했지만 그 이후부터는 단서를 찾을 수가 없었대. 두 사람은 엡섬에서부터 클래펌까지 타고 온 임대마차를 돌려 보내버린 모양이야. 이후 알려진 거라곤 런던으로 가는 도로에서 두 사람을 본 적이 있다는 것이 다야. 대체 어떻게 된 일일까? 포스터 대령은 클래펌에서 런던으로 가는 길을 샅샅이 뒤졌고, 이후 하트퍼드셔로 와서 바넛과 햇필드의 통행세를 받는 곳이며 여관을 샅샅이 뒤졌대. 하지만 헛수고였다는 거야. 그들이 지나가는 것을 본 사람이 없대. 친절하게도 롱본까지 찾아오셨는데, 진심으로 걱정하는 눈치셨어. 포스터 대령과 그 부인이 어떤 심정일지 이해가 가는 만큼 두 분을 탓할 수는 없었어. 사랑하는 리지, 우리 가족은 깊은 슬픔에 빠져 있어. 부모님께서는 최악의 사태를 예상하시지만 난 그 사람이 그렇게 나쁘게 생각되지는 않아. 그럴 만한 사정이 생겨서 원래의 계획을 포기하고 런던에서 비밀리에 결혼하는 것이 낫겠다고 생각했을지도 모르잖아. 그리고 설사 그 사람이 리디아 같은 양갓집 처녀를 상대로 그런 음모를 꾸몄다 하더라도(물론 그럴 리야 없겠지만) 그 애가 그렇게까지 모를 수 있겠니? 말도 안 돼. 하지만 포스터 대령은 두 사람이 결혼하지 않았을 거라고 생각한다니 슬퍼져. 내가 두 사람이 결혼했을 것 같다고 말했더니 고개를 저으면서 위컴은 믿을 만한 사람이 못 된다는 거야. 가련한 어머니는 병이 나서 꼼짝도 못하셔. 기운을 좀 냈으면 좋으련만, 그걸 기대할 수도 없어. 게다가 아버지가 그렇게 슬퍼하시는 모습은 난생처음 봐. 가련한 키티는 그런 비밀을 숨겼다고 부모님께 꾸중을 들었지만 이제 와서 뭘 어쩌겠니? 사랑하는 리지, 네가 이 고통으로 가득 찬 집에 없는 게 차라리 다행이야. 그렇지만 이제 충격에서 웬만큼 벗어났으니 네가 집으로 돌아오기를 기다릴게. 하지만 돌아올 수 없는 상황이라면 강요하지는 않겠어. 안녕. 내가 다시 펜을 든 것은 방금 내가 안 하겠다고 한 말을 하기 위해서야. 사정이 사정이니만큼 외삼촌 내외분께 서둘러 와달라고 간청하지 않을 수 없구나. 소식 들으면 당장이라도 달려오실 테지. 아버지가 곧 포스터 대령과 같이 그 애를 찾으러 런던으로 떠나실 거야. 뭘 어떻게 하시려는지 나도 모르지만, 극도의 슬픔에 빠져 계시다 보니 안전하면서도 최선의 방법을 택하기는 어려울 것 같아. 포스터 대령은 내일 저녁때까지는 브라이턴으로 돌아가셔야 한다는구나. 이런 위급한 때에 외삼촌의 충고와 도움만한 것이 어디 있겠니? 외삼촌은 내 마음을 바로 이해하실 것이고, 도와주시리라 믿어.

"아, 외삼촌을 찾아야 해. 지금 당장." 엘리자베스는 편지를 다 읽자마자 외삼촌을 찾아야 한다는 생각에 자리에서 벌떡 일어났다. 그러나 문 앞에 다다랐을 때 하인이 여는 문 사이로 다아시 씨가 나타났다.

다아시 씨는 엘리자베스의 창백한 얼굴과 서두르는 몸짓을 보고 흠칫 놀라는 눈치였다. 그러자 그녀가 떨리는 목소리로 말했다. "죄송하지만 지금 가봐야겠어요. 한시가 급한 일이에요. 외삼촌을 찾아야 해요."

"이런, 도대체 무슨 일입니까?" 예절보다는 감정이 앞서서 그가 소리를 질렀다. 잠시 후 그가 정신을 가다듬으며 말했다. "시간을 뺏을 생각은 없습니다만 외삼촌을 찾는 일은 저나 하인을 시키세요. 안색이 안 좋아 보이니 혼자 나가서는 안 돼요."

엘리자베스는 잠시 망설였다. 무릎이 덜덜 떨려 몸을 가눌 수가 없었으므로, 외삼촌을 찾으려고 나가봤자 몇 발짝 걷지도 못할 것 같았다. 그래서 그녀는 하인을 불러 다급한 목소리로 주인 내외를 집으로 모셔오라고 지시했다.

하인이 방에서 나가자 그녀는 그대로 바닥에 주저앉았다. 다아시는 엘리자베스의 안색이 좋지 않다는 생각에 동정을 담은 부드러운 어조로 말했다. "하녀를 부르겠습니다. 무얼 좀 드셔야 하지 않을까요? 포도주를 한 잔 갖다드릴까요? 많이 안 좋아 보이네요."

"아니, 됐어요. 감사합니다만 전 아무렇지도 않아요. 롱본에서 온 끔찍한 소식 때문에 견딜 수가 없어요." 기운을 차리려고 애를 쓰면서 엘리자베스가 대답했다.

엘리자베스가 문제의 사건을 말하려는 순간 눈물이 쏟아져 한동안 입을 뗄 수가 없었다. 영문을 몰라 답답해하던 다아시 씨가 할 수 있는 일이라고는 두서없는 말을 중얼거리다가 안쓰러운 얼굴로 그녀를 지켜보는 것이 다였다. 마침내 엘리자베스가 입을 열었다. "언니한테서 방금 편지를 받았는데, 끔찍한 소식이 담겨 있었어요. 이제 모두들 알게 되겠지요. 막내가 우리를 버리고 달아났어요. 야반도주요. 위컴 씨한테 몸을 던졌다는군요. 같이 브라이턴에서 사라졌대요. 그 사람을 잘 아시니까 나머지는 짐작하시겠지요. 그 애는 돈도 없고, 내세울 친척도 없어요. 그 사람이 붙잡을 만한 것은 아무것도 없다고요. 그 애는 이제 완전히 끝장났어요."

다아시 씨는 놀라서 돌처럼 굳어버렸다. 엘리자베스는 더욱 흥분해서 덧붙였다. "제가 그걸 막을 수도 있었는데! 그가 어떤 사람인지 알고 있었으니까요. 가족들에게 제가 아는 것의 일부라도 알려주었더라면! 가족들이 그가 어떤 사람인지 알았다면 이런 일은 일어나지 않았을 텐데. 하지만 이제 너무, 너무 늦었어요."

"정말 마음이 아픕니다. 감당 못할 충격입니다. 그런데 그게 확실한가요. 정말 확실한 일인가요?" 다아시 씨가 물었다.

"아, 물론이에요! 그들은 일요일 밤에 브라이턴을 떠났고, 런던으로 간 것까지는 확인했는데, 그 이상은 확인이 안 된다나 봐요. 두 사람이 스코틀랜드로 가지 않은 것은 확인됐대요."

"동생분을 찾아와야 할 텐데. 누가 찾으러 갔나요? 어떻게 할 생각이랍니까?"

"아버지가 런던으로 가셨고, 제인이 외삼촌의 도움을 청하는 편지를 보냈어요. 우리는 30분 내로 여기서 떠날 거예요. 별일 없으면요. 하지만 무슨 소용이에요. 엎질러진 물인데요, 뭘. 두 사람을 어디에서 찾죠? 찾을 수나 있을까요? 희망이 없어요. 정말이지 끔찍해요!"

다아시는 말없이 동의하며 머리를 내저었다.

"아, 내가 그 사람의 정체를 알렸어야 했는데. 조금만 용기를 냈더라면 이런 일은 일어나지 않았을 텐데! 그때는 몰랐어요. 그렇게까지 하는 게 두려웠던 거죠. 실수예요. 끔찍한 실수!"

다아시는 아무런 대꾸도 하지 않았다. 그는 그녀의 말이 들리지 않는 듯, 깊은 생각에 빠져 방 안을 서성거렸는데, 얼굴이 어둡게 변해 미간을 찡그리고 있었다. 엘리자베스는 다아시를 보면서 그가 무슨 생각을 하고 있는지 알아차렸다. 자신의 매력이 무너지고 있었던 것이다. 가족의 치욕이 이처럼 적나라하게 드러난 지금 무너지지 않을 매력이 있기나 할까! 엘리자베스는 그렇다 해도 이해 못할 일도 아니고 비난할 일도 아니라고 생각했다. 그러나 다아시가 감정을 자제하는 것이 마음의 위안을 주지도 못했고, 비통한 심정을 덜어주지도 못했다. 오히려 엘리자베스에게 원하는 것이 무엇인지 정확하게 깨닫게 해주었다. 제아무리 열정적인 사랑도 소용없어진 지금에 와서야 거짓 없이 다아시 씨를 사랑할 수 있을 것 같았다.

그러나 자기 생각에 오래 빠져 있을 수는 없었다. 리디아를 생각하자, 동생이 가족에게 안겨준 수치와 비참함이 개인적인 걱정을 삼켜버려 그녀는 손수건으로 얼굴을 가렸다. 한참 후 옆 사람의 목소리를 듣고서야 자신이 처한 현실을 깨달았다. 다아시 씨는 걱정스럽기는 하나 절제된 목소리로 말했다.

"당신은 아까부터 제가 돌아가 주었으면 하는 것 같고, 저 자신도 진심으로 걱정하고 있다는 것밖에는 여기 머물러 있을 명분이 없네요. 이렇게 고통스러워할 때 위안이 될 만한 말을 해드릴 수 있다면 얼마나 좋을까요. 하지만 공치사나 늘어놓으며 당신을 괴롭히고 싶지 않군요. 염려해주어 고맙다는 말로 들릴 수 있으니까요. 유감스럽게도 오늘 제 누이동생은 당신을 뵙지 못할 것 같군요."

"아, 그래요. 다아시 양에게 우리를 대신해 사과해주세요. 급한 용무로 집으로 가게 되었다고요. 이 불행한 사실은 가급적 비밀로 해주시고요. 별로 오래 가지는 않겠지만요."

그는 선뜻 비밀을 지킬 것을 약속했다. 다시 한 번 이번 일에 안타까움을 표했으며, 상황이 잘 마무리되기를 바란다고 했다. 그러고는 친척 분에게 안부를 전한다는 말을 남기고, 진지한 작별의 눈인사를 하고 떠났다.

다아시가 방에서 나가자, 엘리자베스는 다시는 더비셔에서 그를 봤던 때의 따스한 관계로 돌아갈 수 없음을 깨달았다. 모순과 변화로 가득 차 있었던 그간의 만남이 주마등처럼 뇌리를 스치자 저도 모르게 한숨이 나왔다. 예전 같았으면 교제가 끝난 것을 홀가분해했을 테지만 지금은 교제가 지속되기를 바라고 있었다.

감사와 존경이 애정의 좋은 토대라면 엘리자베스의 감정 변화는 이해할 수 없는 일도, 비난받을 일도 아니었다. 감사나 존경에서 비롯되는 호의가 처음 만나 몇 마디 나누기도 전에 솟아나는, 이른바 첫눈에 반한 사랑에 비해 더 불합리하거나 부자연스럽다면 어떤 말로도 엘리자베스를 감싸줄 말이 없었을 것이다. 다만 그녀가 위컴을 좋아하는 동안 두 번째 방법을 시도하다가 성공을 거두지 못하자, 이번에는 비교적 덜 흥미로운 방식의 사랑을 시도해볼 권한을 얻은 것 아니겠냐고 생각해볼 수도 있을 것이다. 어쨌든 엘리자베스는 다아시가 떠나는 모습을 안타까운 심정으로 바라보았다. 리디아의 수치스러운 행실 때문에 벌써부터 이렇게 고통을 당하고 보니, 더 이상 그 일을 생각하기도 싫었다. 언니의 두 번째 편지를 읽은 후, 엘리자베스는 위컴이 리디아와 결혼할 가능성은 거의 없다는 생각이 들었다. 그녀가 보기에 언니 외에는 그런 기대로 마음을 달랠 수 있는 사람은 누구도 없을 것 같았다. 사태가 이렇게 전개된 것에 대해 놀랄 일은 아무것도 없었다. 첫 편지를 읽을 때만 해도 많이 놀랐다. 위컴이 경제적으로 보장이 되지 않는 여자와 결혼한다는 사실이 놀라웠고, 리디아가 어떻게 그의 마음을 얻었는지도 이해할 수 없었다. 그러나 이제 모든 것이 명백하게 드러났다. 그런 종류의 사랑이라면 리디아의 매력으로도 충분했기 때문이다. 그리고 리디아가 결혼할 의사도 없이 도피행각을 벌였다고는 생각되지 않았지만, 사실 리디아의 도덕심으로 보나 이해력으로 보나 누군가의 희생물이 되기에 충분하다는 생각이 들었다.

엘리자베스는 연대가 하트퍼드셔에 주둔하고 있을 때에는 리디아가 위컴을 좋아한다는 사실을 눈치채지 못했지만, 사실 그녀는 상대방이 관심을 보이기만 하면 누구와도 사랑에 빠질 수 있었다. 자기에게 관심을 보이는 사람이면 누구든 관계없이 친절했으니까. 그러다 보니 연애 대상이 없었던 적은 없었다. 그런데도 방치한 채 응석을 받아주었으니, 재앙이 닥칠 수밖에 없었는지 모른다. 아! 그녀는 이제 그 사실이 통탄스러웠다.

엘리자베스는 당장 집으로 돌아가고 싶었다. 두 눈으로 직접 보고 들을 수 있는 현장으로 가서 언니와 마음의 짐을 나누고 싶었다. 아버지는 안 계시고, 어머니는 오히려 보살핌을 받아야 할 처지였으니 말이다. 리디아를 위해서 어떻게든 대책을 세워보고 싶었지만 뾰족한 방법이 없었다. 그나마 외삼촌이 문제 해결의 실마리를 찾아줄 것 같아 기다리자니 조바심이 났다. 한편 가디너 씨 부부는 하인에게서 자초지종을 듣고 조카가 갑자기 병이 난 게 아닌가 싶어 서둘러 돌아왔다. 엘리자베스는 아픈 것은 아니라고 안심을 시켜드렸다. 그러고는 두 통의 편지를 소리 내어 읽은 뒤 두 번째 편지의 추신을 떨리는 목소리로 또박또박 읽어 내려갔다. 외삼촌 내외는 리디아를 그다지 좋아하지는 않았지만 크게 상심했다. 이 일은 리디아 한 사람의 문제가 아니라 모두의 일이었기 때문이다. 외삼촌은 처음에는 놀라고 기막혀하며 탄성을 내지르더니, 곧 무슨 일이든 힘닿는 대로 도와주겠다고 약속했다. 외삼촌의 대답은 예상했던 대로였지만 엘리자베스는 눈물을 흘리며 감사를 표했다. 세 사람은 여행을 중단하고 최대한 빨리 떠나기로 결정했다. “펨벌리 일은 어떡하지?” 가디너 부인이 말했다. “존이 그러던데, 네가 우리를 부르러 보낼 때 다아시 씨가 여기 있었다면서? 맞아?”

“네, 우리 쪽에서 약속을 못 지키게 되었다고 말씀드렸어요. 그 문제는 모두 해결됐어요.”

“모두 해결되었다고!” 외숙모는 자신의 방으로 들어가며 되되었다. "저 아이가 그 사람과 속마음을 털어놓을 정도의 관계란 말인데! 아유, 대체 어떻게 되어가는지 궁금하네!"

그러나 그런 궁금증은 기껏해야 분주하게 떠날 채비를 하는 한 시간 동안 가디너 부인에게 생각할 거리를 제공하는 정도였다. 한편 엘리자베스도 한가하고 여유로운 때였다면, 자기만큼 비참한 사람은 어떤 일도 손에 잡히지 않았을 것이라고 생각했겠지만, 그녀 역시 외숙모만큼이나 할 일이 많았다. 그러는 가운데 램턴에 있는 지인들에게 갑작스럽게 떠나게 됐다며 적당히 둘러대는 쪽지도 보내야 했다. 가디너 씨가 여관비를 정산하고 나자, 떠나는 일만 남았다. 오전 내내 비참한 심정이었던 엘리자베스는 예상보다 빨리 마차에 올라 롱본으로 떠났다.

5

"엘리자베스, 다시 한 번 진지하게 생각해봤는데, 네 언니 판단을 믿고 싶구나. 보호자나 친지가 없는 것도 아니고, 거기다 자기 상관 집에 머물고 있는 여자에게 어떤 남자가 그런 흉계를 꾸미겠니? 그러니 좋은 쪽으로 생각하자. 그도 사람인데 일가친지들이 나설 줄 몰랐겠어? 게다가 포스터 대령의 체면을 완전히 구겨놓고도 부대에서 인정받길 기대했겠어? 그런 위험을 무릅쓰고 여자를 유혹할 수는 없지." 마차가 마을을 벗어나자 외삼촌이 말했다.

"정말 그렇게 생각하세요?" 잠시나마 엘리자베스의 목소리가 밝아졌다.

"그렇고말고. 나도 네 외삼촌과 같은 생각이야. 그 사람이 그런 죄를 저질렀다면 체면도 안 서고 명예도 실추될 뿐 아니라 이해관계에서 신뢰를 상실할 게 아니니? 난 위컴을 그렇게까지 나쁜 사람이라고 생각하고 싶지 않아. 네 생각은 어떠니? 그 사람을 그렇게 나쁜 사람이라고 생각하는 건 아니겠지?" 외숙모가 말했다.

"이해관계를 완전히 무시하지는 않겠지요. 그러나 다른 문제는 충분히 무시할 수 있는 사람이라고 생각해요. 말씀하신 대로라면 오죽이나 좋겠어요! 하지만 저는 좋은 쪽으로 생각하기가 어렵네요. 그렇다면 왜 두 사람은 스코틀랜드로 가지 않은 걸까요?"

"두 사람이 스코틀랜드로 가지 않았다는 확실한 증거는 없어." 가디너 씨가 대답했다.

"아, 참! 마차를 버리고 삯마차를 탄 걸 보면 스코틀랜드로 갔을 리가 없잖아요. 게다가 바닛 도로에서 두 사람을 봤다는 사람도 없었고요."

"좋아, 그렇다면 두 사람이 런던에 있다고 가정해보자. 다른 고약한 목적이 있어서라기보다 단순히 숨고 싶어서 그곳으로 갔을 수도 있잖아. 두 사람 모두 돈이 별로 없었을 거야. 그러니 스코틀랜드보다는 런던에서 결혼하는 편이 시간은 좀 걸려도 경제적이라는 생각을 했을지도 모르지."

"그렇다면 왜 이렇게 숨어 있는 걸까요? 발각될까 봐 겁나서? 왜 아무한테도 알리지 않고 자기들끼리 결혼하려고 했을까요? 아! 아니에요. 결혼할 것 같지도 않아요. 언니 편지를 보셨겠지만 그 사람과 각별하게 지내는 친구가 위컴은 그 애와 결혼할 생각이 없다고 했다잖아요. 위컴은 돈 없는 여자와는 절대 결혼하지 않을 거예요. 그럴 수도 없고요. 젊고 건강하고 명랑하다는 것 말고 리디아에게 무슨 매력이 있다고 위컴이 한몫 잡을 기회를 놓치겠어요? 그리고 명예가 실추되는 것이 두려워 도주는 못할 거라고 했는데, 글쎄, 저로선 납득이 잘 안 가네요. 이런 짓을 저지른 사람이 무슨 일을 당하는지 아는 바가 없으니까요. 그리고 외삼촌의 의견도 저는 받아들일 수가 없어요. 리디아 일에 발 벗고 나설 만한 오빠도 없고, 아버지는 집안에서 무슨 일이 일어나든 나 몰라라 하잖아요. 위컴은 자기네 일에 아버지가 나서는 일은 없을 거라고 안심했겠지요."

"하지만 리디아가 사랑에 목숨을 걸고 그 남자에게 매달릴 거라고 생각하니? 결혼도 하기 전에 그 남자와 사는 걸 승낙할 것 같니?"

"이런 문제로 동생의 체면과 정조 관념을 의심해야 하다니, 정말 억장이 무너지네요. 그 문제는 뭐라고 드릴 말씀이 없어요. 제가 동생을 잘못 알고 있을지도 모르니까요. 그렇지만 그 아이는 너무 어려서 중대한 문제를 해결하는 방법을 배운 적이 없어요. 지난 반년 간, 아니 1년 열두 달을 노는 것과 으스대는 것밖에 모르고 지냈다고요. 게으르고, 경박하고, 듣기 좋은 말만 믿었어요. 집에서는 아무렇게나 방치됐고요. ○○부대가 처음 메리턴에 주둔한 이후 그 아이의 머릿속에는 사랑이니 남녀 간의 연애, 장교 따위로 가득 차 있었어요. 그렇지 않아도 성격이 격한 애가 완전히 그 남자에게 무릎을 꿇고 말았다고요. 게다가 위컴은 여자를 꾀는 데 선수잖아요." 엘리자베스가 눈물을 글썽이며 대답했다.

"하지만 제인은 위컴을 그렇게까지 나쁘게 생각하지 않잖니?" 외숙모가 말했다.

"언니가 누구를 나쁘게 생각한 적이 있었나요? 과거 행실이 어땠던지 간에 언니는 세상에 나쁜 짓을 저지를 사람은 없다고 생각하는걸요. 하지만 언니도 위컴이 어떤 사람인지는 저만큼 잘 알고 있어요. 불성실하고 염치가 없는 인간이라는 것도요. 거짓과 기만으로 남의 환심이나 사려 한다는 것도 잘 알고 있다고요."

"너 정말 잘 알고 하는 소리니?" 가디너 부인이 목소리 톤을 높였다. 엘리자베스가 그 모든 걸 어떻게 알았는지 궁금했기 때문이다.

"네, 알고말고요. 그 사람이 다아시 씨에게 얼마나 파렴치한 짓을 했는지 말씀드린 적이 있잖아요. 그리고 외숙모도 롱본에서 그 사람이 다아시 씨에 대해 어떻게 이야기하는지 직접 들었을 테고요. 말씀드릴 수 없는 내용도 있어요. 하긴 말씀 드릴 가치도 없는 일이지만요. 아무튼 그 사람은 펨벌리 집안에 대해 끝도 없이 험담을 늘어놓았어요. 그 사람은 다아시 양이 오만하고 까칠한 사람인 것처럼 이야기했잖아요. 하지만 정작 그 사람 자신은 다아시 양이 좋은 사람이라는 걸 누구보다 잘 알고 있었다고요." 엘리자베스는 얼굴을 붉히며 답했다.

"그런데 리디아는 위컴에 대해 아무것도 몰랐을까? 너와 제인이 그렇게 잘 알고 있는데 걔가 어떻게 모를 수 있니?"

"그걸 생각하면 괴로워요. 저도 켄트에서 다아시 씨와 그분의 친척인 피츠윌리엄 대령과 가까이 지내면서 그 사실을 알았으니 말이에요. 제가 집으로 돌아갔을 때, ○○부대가 1, 2주일 내에 메리턴을 떠난다고 했어요. 일이 그렇게 돌아가자 저는 언니에게 위컴 일을 털어놓았어요. 고민 끝에 언니와 저는 우리가 아는 사실을 다른 사람들에게 굳이 알릴 필요는 없겠다고 결론 내렸어요. 모든 사람들이 그를 좋게 생각하는데 굳이 나서서 사람들 생각을 뒤집을 필요가 있을까 싶었거든요. 리디아를 브라이턴으로 보내주기로 했을 때도, 리디아한테 그 사람의 정체를 제대로 알려주어야 한다고는 생각지 못했어요. 리디아가 그런 속임수에 걸려들 거라고는 상상도 못했으니까요. 이런 결과가 생길 줄은 꿈에도 몰랐다고요."

"그러니까 다들 리디아가 브라이턴으로 갈 때까지만 해도 그 두 사람이 서로 좋아할 거라고는 생각지 못했다는 거구나."

"손톱만큼도요. 제가 기억하기에 어느 쪽에도 애정의 징후 같은 건 보이지 않았거든요. 그런 낌새가 보였다면 우리가 그냥 넘길 리가 없잖아요. 처음 그 사람이 부대에 왔을 때, 리디아도 그 사람을 아주 좋아했어요. 그렇지만 그때는 우리 모두가 그랬거든요. 여자란 여자는 하나같이 처음 두 달은 그 사람이라면 정신을 못 차렸으니까요. 게다가 그 사람이 별 관심을 보이지 않자 얼마간 호들갑을 떨던 리디아도 마음이 식었고, 자기를 좀 더 알아주는 연대의 다른 사람을 다시 좋아하게 되었어요."

이번 일에 대해 같은 이야기를 되풀이한다 해도 그들의 걱정이나 기대, 추측이 달라지는 것은 없었겠지만, 중대한 관심사인지라 여행하는 내내 이 일이 화제의 중심이 되었다. 다른 이야기를 하다가도 금방 리디아 관련 주제로 되돌아갔다. 엘리자베스의 뇌리에서는 그 문제가 한순간도 떠나지 않았다. 고뇌 중에서도 가장 뼈아픈 고뇌인 자책감에 사로잡힌 그녀는 한순간도 마음이 편치 않았다.

그들은 최대한 빨리 집으로 돌아가기 위해 마차 안에서 하룻밤을 지낸 덕분에 다음날 저녁 식사 무렵에는 롱본에 도착했다. 엘리자베스는 언니를 너무 오래 기다리게 하지는 않았다고 스스로를 위안했다.

그들이 마당으로 들어서자 가디너 씨 댁 아이들이 마차가 오는 모습을 보기 위해 집 계단에 서 있었다. 마차가 현관 앞에 닿자 아이들은 얼굴이 환해져서 깡충거리며 뛰느라 야단이었다. 이는 그야말로 진정한 환영의 인사였다.

엘리자베스는 아이들 한 명 한 명에게 급히 입맞춤을 한 뒤 서둘러 현관으로 들어가는 동안 제인이 동생을 맞으러 나왔다. 어머니의 방에 머물던 제인은 마차가 오는 것을 보고 계단을 달려 내려왔던 것이다. 두 자매는 눈물을 글썽이며 애정 어린 포옹을 나누었고, 엘리자베스는 곧바로 도망친 사람들에게서 소식이 없었느냐고 물었다.

"아직 없어. 하지만 외삼촌이 오셨으니 잘 되겠지." 제인이 대답했다.

"아버지는 런던에 계셔?"

"그래, 편지에도 썼지만 화요일에 가셨어."

"종종 소식은 있어?"

"한 번밖에 못 받았어. 수요일에 몇 줄 적어 보내셨는데, 무사히 도착했다는 것과 계신 곳 주소를 보내주셨어. 내가 특별히 부탁을 드린 결과야. 하지만 내가 부탁한 내용 말고 전할 만한 소식이 있기 전에는 편지를 안 쓰시겠다고 하셨어."

"그리고 어머닌? 어머닌 어떠셔?"

"어머닌 그럭저럭 괜찮으셔. 크게 낙심해 계시긴 하지만. 이층에 계시는데, 너나 외삼촌 내외분이 오신 걸 알면 굉장히 반가워하실 거야. 아직도 침실 곁방에서 나오시질 않으셔. 메리와 키티는 아주 좋아. 다행이지 뭐!"

"그런데 언니는, 언니는 괜찮아? 얼굴빛이 안 좋은걸. 혼자서 힘들었지." 엘리자베스가 외쳤다.

그러나 제인은 괜찮다고 동생을 안심시켰다. 아이들을 돌보던 가디너 부부가 자매에게 다가오자 자매들의 대화가 끊겼다. 제인은 외삼촌 내외에게 다가가 눈물을 글썽이며 고마움을 표했다.

응접실에 자리잡은 외삼촌 내외는 엘리자베스가 이미 물어보았던 질문을 제인에게서 재차 확인하며 새로운 소식이 없다는 답변을 들었다. 하지만 제인은 인간적 신의에서 오는 낙관적 희망을 거두지 않고 있었다. 그녀는 언제라도 리디아에게서든 아버지에게서든 일이 진행되는 소식이나 결혼 소식을 알리는 편지가 오면서 모든 것이 잘 마무리될 것으로 기대하고 있었다.

두 조카와 외삼촌 내외가 잠시 이야기를 나눈 후에 다들 베넷 부인의 방으로 들어가자 예상했던 반응을 보였다. 후회의 눈물을 쏟으며 한바탕 한탄을 늘어놓더니, 위컴이 야비하다며 욕설을 퍼부어댔다. 이어 그 녀석 때문에 이렇게 고통을 겪고 있다고 하소연을 늘어놓았다. 요컨대 딸을 제멋대로 날뛰게 만든 장본인은 쏙 빼놓고 나머지 모두를 비난했다.

"내 말대로 가족 모두가 함께 브라이턴으로 갔더라면 이런 일은 없었을 거야. 불쌍한 우리 리디아를 돌봐줄 사람 하나 없다니! 포스터 부부는 도대체 뭘 한 거지? 그 사람들이 신경을 안 써서 그리 된 거야. 잘 보살펴줬더라면 그런 짓을 할 애가 아닌데. 난 그 사람들에게 우리 애를 맡기는 게 불안했어. 진즉 알아봤다고. 불쌍한 내 새끼! 이제 애들 아버지도 가버렸어. 어디선가 위컴을 만나면 결투를 신청할 테고, 그러면 죽임을 당하겠지. 이제 우리는 어떻게 되는 거니? 애들 아버지의 무덤이 채 마르기도 전에 콜린스네가 우릴 쫓아낼 텐데, 동생네마저 우릴 거두지 않으면 우린 어떻게 되는 거지?" 그녀가 말했다.

모두들 입을 모아 그런 끔찍한 생각은 하지 마시라고 아우성을 쳤다. 가디너 씨는 누님과 누님 가족 모두에 대한 사랑을 확인시킨 후, 바로 다음날 자신이 런던으로 가서 매형을 도와 리디아를 찾는 일에 백방으로 알아보겠다고 말했다.

"괜한 걱정 마세요. 최악의 사태에 대비하는 거야 백번 옳겠지만, 그렇다고 희망을 버리지는 마세요. 그들이 브라이턴을 떠난 지 1주일도 채 되지 않았어요. 며칠 지나면 뭔가 소식이 있을 겁니다. 두 사람이 결혼을 하지 않았고, 결혼할 계획이 없다는 것이 드러나기 전까지는 지레 포기하지는 마세요. 런던에 도착하자마자 매형을 찾아 집으로 모시고 와서 어떻게 할 건지 같이 의논해볼게요." 외삼촌이 말했다.

"아유! 그래, 얘. 그게 바로 내가 가장 원했던 거야. 그럼 런던에 도착하면 애들이 어디 있는지 좀 찾아봐줘. 그리고 그때까지 애들이 결혼 안 했으면 결혼을 시켜줘. 결혼 예복 같은 것 때문에 기다리지는 말게 해. 리디아한테는 결혼한 다음에 뭐든 사라고 해. 돈은 줄 테니. 그리고 무엇보다도 매부가 결투를 못하게 막아줘. 내가 지금 어떤 상태인지 말해주고. 놀라서 정신이 아득한 데다 온몸이 와들와들 떨리고, 옆구리에 경련이 일어나고 있어. 게다가 머리가 아프고 가슴이 콩닥거리니, 밤이고 낮이고 한시도 편할 날이 없어. 그리고 리디아한테는 나를 만날 때까지 옷을 주문하지 말라고 해. 그 애는 좋은 옷가게를 모르니까. 어이구, 얘야, 정말 고맙다. 네가 잘 처리해줄 거라 믿어." 베넷 부인이 대답했다.

가디너 씨는 성심껏 찾아보겠다고 재차 다짐했지만, 지나치게 기대하지 말라는 말을 안 할 수가 없었다. 가족들은 베넷 부인과 이런저런 이야기를 나누다가 자리를 떴다. 일행이 떠나자 베넷 부인은 자신을 보살펴주는 가정부에게 속마음을 모조리 쏟아냈다.

동생네 부부는 누이가 가족과 격리되어 있어야 할 이유가 없다고 생각했지만 굳이 입 밖에 내어 말하지는 않았다. 하인들이 식사 시중을 드는 동안 베넷 부인이 하인들 앞에서 입조심할 만한 분별력이 없다는 것을 알고 있었으므로, 신임할 만한 하녀가 여주인을 다독여주는 것이 낫겠다고 판단했기 때문이다.

잠시 후 그들은 식당에서 메리와 키티를 만났다. 그때까지 두 아가씨는 너무 바빠 자기 방에서 나오지 못했기 때문이다. 메리는 책을 읽느라 바빴고, 키티는 화장을 하느라 바빴다. 그녀들은 둘 다 얼굴이 멀쩡했다. 다만 자신이 좋아하던 동생이 없어서인지, 아니면 그 일로 인해 화가 나서인지 키티의 억양에 짜증이 섞여 있었다. 메리는 자못 어른스러운 표정을 짓고 있었다. 다들 식탁에 앉자마자 메리가 자못 진지한 훈계조로 엘리자베스에게 속삭였다.

"이번 일은 매우 불행한 사건이라서 앞으로 꽤나 말들이 많을 거야. 그러나 우리는 비열한 적의에 맞서 서로의 상처 입은 가슴에 자매다운 위로의 향유를 부어야 해."

그러나 엘리자베스에게서 대꾸할 기미가 없음을 알아차린 메리는 이렇게 덧붙였다. "이 사건은 리디아에게는 불행한 일임에 틀림없지만 우리는 여기서 유용한 교훈을 끌어낼 수 있어. 여성에게 정조 상실은 돌이킬 수 없다는 것, 한번 발을 잘못 들여놓으면 영원한 파멸에 빠진다는 것, 여성의 평판이란 것은 아름다움만큼이나 부서지기 쉽다는 것, 여성은 무가치한 남성 앞에서 아무리 몸가짐을 조심한다 해도 지나치지 않다는 것 말야."

엘리자베스는 놀라서 눈을 치켜떴으나 기가 막힌 나머지 뭐라고 대꾸할 기력이 없었다. 그러나 메리는 뭐가 그리 좋은지 이런 종류의 도덕적 교훈들을 계속 읊어댔다.

오후에 베넷가의 맏딸과 둘째딸은 반시간 정도 둘만의 시간을 가질 수 있었다. 엘리자베스는 기회를 놓치지 않고 즉각 언니에게 궁금했던 질문을 쏟아냈고, 제인도 진심을 다해 대답해주었다. 엘리자베스는 이 사건이 끔찍한 결과로 이어질 것이 분명하다고 확신했고, 제인도 완전히 부인하지는 않았다. 이어 엘리자베스가 언니에게 물었다. "이 일에 관해서 모든 걸 다 털어놔봐. 내가 알고 있는 것 말고도 말이야. 포스터 대령이 뭐라고 했어? 도망치기 전에 무슨 낌새는 못 챘대? 늘 같이 있는 걸 봤을 테니 말이야."

"포스터 대령은 리디아 쪽에서 더 좋아하는 것 같기는 했지만 걱정할 정도는 아니라고 생각했대. 대령도 참 난처한가봐. 그분은 주의 깊고 친절했어. 두 사람이 스코틀랜드로 가지 않았을 거라고는 꿈에도 생각 못했대. 여기로 온 것은 자기도 신경 쓰고 있다는 걸 알려주기 위해서였나봐. 주변에서 걱정하는 걸 보고 걸음을 재촉하신 거고."

"그나저나 데니는 위컴이 결혼하지 않을 거라고 단언했다면서? 그 사람은 둘이 달아날 걸 알고 있었대? 포스터 대령은 데니를 직접 만났대?"

"만났대. 대령이 두 사람 일을 캐묻자 자신은 아무것도 모른다면서 입을 다물어버리더래. 둘이 결혼할 리가 없다는 자신의 생각을 밝히고 싶지 않았던 거지. 그렇다면 데니가 뭔가 잘못 안 게 아닐까? 그렇다면 좋을 텐데."

"그럼 포스터 대령이 방문하기 전까지 집에서는 두 사람이 결혼하지 않은 상태일 수 있다는 걸 의심하지 않았어?"

"우리가 어떻게 의심할 수 있었겠니, 글쎄! 사실 난 약간 불안하긴 했어. 내 동생이 그 사람하고 결혼해서 행복할지 두려웠거든. 그 사람이 반듯한 사람이 아니란 걸 알고 있었으니까. 아버지와 어머닌 그런 것을 모르고, 이 결혼이 얼마나 경솔한 일인가만 생각하셨어. 그러는 와중에 키티가 우쭐대며 하는 말이, 리디아가 보낸 마지막 편지를 보고 이렇게 될 줄 알았다는 거야. 키티는 몇 주 전에 이미 두 사람이 서로 사랑하는 사이란 걸 알았나 봐."

"하지만 브라이턴으로 가기 전부터는 아니겠지?"

"그럼, 그건 아니겠지."

"포스터 대령도 위컴을 나쁘게 생각하는 것 같았어? 그분은 위컴이 어떤 사람인지 아셔?"

"솔직히 말하면 전만큼 위컴을 좋게 말하진 않으셨어. 경솔하고 낭비벽이 심하다고 했어. 그리고 이런 불행한 일이 일어난 이후 들리는 소문에 의하면, 그가 메리턴에 빚을 잔뜩 남기고 떠났다는 말이 들리고 있어. 사실이 아니길 바라지만."

"오, 언니. 우리가 너무 감추지 말고, 아는 걸 다 말해주었더라면 이런 일이 일어나지 않았을 텐데!"

"그랬으면 더 낫기야 했겠지. 하지만 과거에 잘못을 저질렀다고 해서 현재의 마음이 어떤지도 모르면서 그의 치부를 폭로하는 것은 도리에 어긋난다고 생각해. 우리는 최대한 선의로 처신했어." 제인이 대답했다.

"리디아가 포스터 대령 부인에게 남긴 쪽지에 뭐라고 썼대? 상세히 말해줬어?"

"우리한테 보여주려고 가져왔었어."

제인은 수첩에서 쪽지를 꺼내 엘리자베스에게 건넸다. 내용은 이러했다.

사랑하는 헤리엇 언니,

제가 어디로 가버렸는지 안다면 언니는 한바탕 웃음을 터뜨릴 거예요. 그리고 내일 아침, 제가 없어진 것을 알고 언니가 놀랄 일을 생각하니 웃음을 참을 수가 없네요. 저는 지금 그레트나그린으로 가고 있어요.

만약 제가 누구랑 같이 있는지 아직도 짐작하지 못하셨다면 언니를 바보라고 생각하겠어요. 왜냐하면 제가 이 세상에서 가장 사랑하는 사람은 오직 한 사람뿐이니까요. 그이는 천사예요. 오, 저는 그이 없이는 절대 행복할 수가 없어요. 그러니 그 사람과 떠난다고 해서 너무 슬퍼하지 마세요. 마음이 내키지 않으면 롱본에 있는 가족들에게 제 근황을 알리지 않아도 돼요. 제가 가족들에게 편지를 쓴 뒤 '리디아 위컴'이라고 서명을 해서 놀라게 해줄 작정이니까요. 너무너무 재미있을 것 같아요. 생각만 해도 웃음이 나오는군요.

프랫에게 오늘 밤 춤추기로 한 약속을 지키지 못해 미안하다고 전해주세요. 모든 걸 알게 되면 이해할 거라고, 다음 무도회에서 만나면 기꺼이 같이 춤을 추겠다고 전해주세요. 제가 롱본에 도착하는 대로 그리로 사람을 보낼게요. 옷을 찾아와야 하니까요. 하지만 짐을 싸기 전에 샐리한테 말해서 수놓은 모슬린 드레스의 터진 곳을 수선해달라고 부탁해주세요. 안녕. 포스터 대령님께도 안부 전하시고요. 저희들의 여행을 위해 축배를 들어주세요.

— 언니의 다정한 벗 리디아 베넷.

"이런 철딱서니 없는 것 같으니라고! 그런 끔찍한 짓을 저지르는 와중에 이따위 편지를 쓰다니! 하지만 리디아가 여행 목적만은 진지하게 생각했네. 그 사람이 나중에 리디아에게 무슨 짓을 하게 만들지 모르지만, 리디아 쪽에서 치욕당할 일을 꾸민 것은 아닐 거야. 불쌍한 아버지! 정말이지 억장이 무너졌을 거야." 편지를 읽고 난 엘리자베스가 소리쳤다.

"얼마나 충격을 받으셨던지, 내 생전 그런 모습을 보는 건 처음이야. 리디아의 소식을 듣고 아버지는 무려 10분 동안이나 입을 열지 못하셨다니까. 어머니는 곧바로 병이 나셨고. 온 집안을 쑥대밭으로 만들어놓은 거야."

"언니, 하인들 중에 그날 우리 집에 무슨 일이 일어났는지 모르는 사람이 하나도 없겠네."

"잘 모르겠어. 하나도 없지는 않겠지. 하지만 이런 와중에 조심한다는 건 쉽지 않잖아. 어머니는 히스테리 상태였거든. 힘닿는 데까지 도와드리려고 애를 썼지만, 지금 생각하면 많이 부족했던 것 같아. 하지만 그때는 무슨 일이 일어날지 모른다는 생각에 몸에서 힘이 다 빠져버리고 머릿속은 텅 빈 것 같았다니까."

"엄마를 보살펴드리는 일은 언니 혼자서는 벅차지. 언니도 안색이 안 좋은걸. 혼자서 엄마 간호를 도맡았으니 그렇지……. 내가 같이 있었더라면 좋았을 텐데."

"메리와 키티도 착한 애들이야. 진심으로 도움을 주고 싶어 했지만 걔들한테까지 부담을 지우는 것이 부담스러웠어. 키티는 너무 약하고, 메리는 공부하는 아이라 쉬는 시간을 빼앗을 수 없었거든. 아버지가 떠난 뒤 화요일에 이모가 롱본에 오셔서 집안일을 도와주기도 하고 위로를 해주셨어. 그리고 루커스 부인도 수요일 아침에 여기까지 오셔서 소용이 닿는다면 자기 딸들 중 누구라도 보내주겠다고 하셨어."

"루커스 부인은 집에 그냥 계시는 것이 도와주는 거였는데. 진심으로 걱정하는 마음에서 오셨는지는 모르지만, 큰일을 당한 입장에서는 이웃이 모르는 체해주는 게 최고로 돕는 거거든. 위안을 받는 것도 껄끄러운 일이니까. 멀리서 우릴 보면서 승리감을 만끽하면 된 거 아냐?" 엘리자베스가 한숨을 내쉬며 말했다.

그러고는 아버지가 런던에서 어떤 방법으로 딸을 찾으려 하느냐고 물었다.

"내 생각에 아버지는 두 사람이 마지막으로 마차를 갈아탄 엡

섬이란 곳의 마부들한테서 단서를 찾을 수 있지 않을까 생각하시는 것 같았어. 아버지는 우선 클래펌에서 두 사람을 태운 마차의 번호를 알아낼 생각이셔. 그 마차가 런던에서 오는 손님을 태우고 왔으니, 아버지는 남녀가 함께 마차를 갈아타는 것이 눈에 띄었을 수도 있다고 생각하신 거야. 그래서 클래펌에서 탐문할 생각인 거지. 마부가 런던에서 태우고 온 손님을 내려준 곳이 어딘지 알아내는 것은 어려운 일이 아닐 거라고 생각하시는 것 같았어. 그 밖에 무슨 다른 계획이 있는지는 모르겠어. 너무 서둘러 떠나시는 바람에 이 정도도 힘들게 알아냈어." 제인이 대답했다.

6

다음날 아침, 모두들 베넷 씨에게서 편지가 오기를 기대했으나 우편물을 받아보니 베넷 씨가 보낸 전갈은 단 한 줄도 없었다. 가족들은 평소에 그가 편지 쓰는 걸 무척 싫어한다는 것은 알고 있었으나 때가 때인만큼 조금은 노력해주기를 기대했던 것이다. 편지를 기다리는 입장에서는 별다른 소식이 없다는 것만이라도 확인했으면 하는 마음이었다. 가디너 씨가 출발하지 않은 것은 편지를 기다리고 있었기 때문이다.

가디너 씨가 런던으로 떠나자 이제 적어도 일이 어떻게 진행되는지 전해들을 수 있는 사람이 확보된 셈이었다. 가디너 씨는 매형이 빨리 롱본으로 돌아올 수 있도록 조처하겠다고 약속해 주어 누이를 안심시켰다. 베넷 부인은 남편이 결투를 해서 살해당하지 않는 유일한 방법은 집으로 돌아오는 것이라고 생각했으니까.

가디너 부인은 자신이 조카들 곁에 있어주는 것이 도움이 될 것이라는 생각에 며칠 더 하트퍼드셔에 머물렀다. 그녀는 조카들과 교대로 베넷 부인을 돌봤고, 시간이 날 때에는 조카들의 기운을 북돋아주었다. 필립스 이모도 자주 찾아왔다. 자기 말로는 조카들을 위로해주기 위해서라고 했지만 올 때마다 위컴이 무절제하고 부도덕한 사람임을 증명하는 새로운 소식을 물어다주다 보니 이모가 다녀가고 나면 대체로 기분이 더 울적해졌다.

불과 석 달 전만 해도 거의 빛의 천사나 다름없었던 위컴이 이제는 온 메리턴 사람들의 비난의 대상이 되었다. 그도 그럴 것이 거의 모든 메리턴 상인들이 위컴에게 외상이 있다는 사실이 밝혀졌기 때문이다. 게다가 그의 술수는 그것이 끝이 아니었다. 유혹이라는 타이틀을 단 불명예스러운 기운을 상인들의 가정에까지 뻗쳤다는 사실이다. 모두들 하나같이 세상에 그렇게 악독한 청년이 어디 있느냐고 떠들어대면서도, 자기만은 그의 그럴듯한 겉모습을 신용하지 않았다고 주장했다. 엘리자베스는 떠도는 소문을 절반도 믿지 않았지만, 그럴 수도 있겠다고 생각되는 소문만으로도 동생이 확실히 신세를 망쳤다는 생각이 들었다. 이런 소문을 믿지 않았던 제인마저 거의 희망줄을 놓아버리고 말았다. 두 사람이 스코틀랜드로 갔으리라는 희망을 완전히 버린 적이 없었던 제인이었지만 소식이 와야 할 시점이 지나자 절망에 빠져들었다.

가디너 씨는 일요일에 롱본을 떠났는데, 화요일에 가디너 부인이 남편에게서 편지를 받았다. 그는 편지에서 런던에 도착하자마자 바로 매형이 있는 곳으로 찾아가서 그레이스처치가로 모셔왔다고 했다. 자신이 도착하기 전에 매형이 엡섬과 클래펌으로 찾아갔으나 만족할 만한 정보를 얻지 못했으며, 이제 시내에 있는 주요 호텔들을 수소문해볼 작정이라는 것이었다. 매형은 두 사람이 처음 런던에 와서 마땅한 거처를 구하기 전에 호텔에 들렀을 수도 있을 것이라고 예상했는데, 자기는 그런 방법으로는 별로 성과를 거둘 수 있을 것 같지 않았지만 매형이 워낙 열심인지라 같이 다닐 예정이라고 했다. 그리고 매형은 지금 런던을 떠날 생각이 조금도 없는 것 같다고 덧붙이고는 곧 다시 편지를 쓰겠다고 약속했다. 마지막으로 이런 내용의 추신이 있었다.

"내가 포스터 대령에게 편지를 보냈소. 연대에 있는 위컴의 친구들에게서 그가 시내 어디쯤 숨어 지내는지 알 만한 친척이나 친지가 있는지 알아봐 달라고 말이오. 혹시 단서를 줄 만한 사람이 나타나면 큰 수확을 거둘 것 같소. 지금으로서는 오리무중이오. 모르긴 해도 포스터 대령은 이런 일이라면 힘닿는 데까지 도와주려 할 거요. 그런데 이제 생각해보니 그 청년에게 생존해 있는 친척이 있는지는 누구보다 리지가 잘 알지 않을까 싶소."

엘리자베스는 자신이 믿을 만한 소식통이라고 대접받는 연유를 모르는 바는 아니지만 그런 대접에 걸맞은 만족스러운 정보를 제공할 능력이 없었다.

엘리자베스는 위컴에게 친척이 있다는 이야기를 들어본 적이 없었다. 여러 해 전에 양친이 세상을 떠났다는 이야기를 들은 것이 전부였다. 그렇지만 엘리자베스는 ○○부대 동료들 가운데서 그에 대한 정보를 알아낼 가능성이 아주 없는 것은 아니라고 했다. 그런 식으로 알아보는 일에 큰 기대를 걸고 있지는 않았지만 서둘러 알아보는 게 좋겠다고 했다.

롱본에서는 이제나저제나 하는 초조한 기다림의 연속이었다. 하루 중 가장 초조한 시간은 집배원이 오는 시간이었다. 특히 편지가 도착하는 아침은 조바심을 치며 기다렸다. 좋은 소식이든 나쁜 소식이든 편지로 알 수 있으니 아침이 지나면 다시 중요한 소식이 도착할 다음날을 기다렸다.

가디너 씨에게서 새로운 소식을 듣기 전에 베넷 씨 앞으로 편지 한 통이 도착했다. 콜린스 씨에게서 온 편지였는데, 제인이 편지를 읽었다. 제인은 아버지가 안 계시는 동안 아버지 앞으로 오는 편지를 모두 개봉하라는 지시를 받은 터였다. 그리고 엘리자베스는 그의 편지가 그야말로 걸작일 것이라는 걸 짐작하고 있었으므로 어깨 너머로 같이 읽었다. 내용은 다음과 같았다.

삼가 올립니다.

우리의 친분과 사회적 신분을 고려할 때, 지금 겪고 계시는 쓰라린 고통을 위로해드려야 한다는 의무를 절감하고 있습니다. 아저씨가 처한 상황에 대해서는 어제 하트퍼드셔에서 온 편지를 보고 알았습니다. 지금 겪고 계신 절망감은 그 무엇과도 비교할 수 없을 만큼 끔찍할 것이라고 생각합니다. 시간이 아무리 흐른다고 해도 절망감의 근본 원인이 사라지는 것은 아니기 때문입니다. 아저씨께 위로가 될 수 있다면 무슨 말이라도 해드리고 싶습니다. 부모의 가슴에 이렇게 큰 대못을 박은 딸이라면 차라리 세상을 떠나주는 편이 축복이지 않을까요? 아내의 말을 들어보니, 따님의 방탕한 생활의 근원은 지나친 응석받이로 자랐기 때문이라고 하던데, 그래서 더욱 통탄스러울 따름입니다. 허나 동시에 아저씨와 아주머님께 위안을 드리고자 하는 의미에서 하는 말씀이지만, 저로서는 따님이 본디 악한 성품을 타고났다고 믿고 싶습니다. (단지 가정교육을 잘못 받았다는 이유로 그토록 어린 나이에, 그토록 엄청난 짓을 저지르지는 못했을 것이라고 생각하기 때문입니다.) 이유야 어떻든 심심한 위로의 말씀을 전하는 것이 마땅한 도리라고 생각합니다. 이런 의견에 대해서는 제 처뿐 아니라 제가 이 문제를 말씀드린 캐서린 여사님이나 영양께서도 동의하시는 바입니다. (그분들께 이번 일에 대해 말씀을 드렸지요.) 제가 그분들께 딸자식 하나가 이렇게 그릇된 길로 들어섰으니 다른 딸들의 장래도 우려스럽다고 말씀드렸더니, 그렇다고 말씀하셨습니다. 이런 가문의 자식과 누가 사돈을 맺으려 하겠느냐고 하셨습니다.

이번 일을 당하고 보니, 작년 11월의 저의 처신에 다행스러운 마음이 더해집니다. 일이 달리 풀렸다면 저 또한 아저씨가 겪는 슬픔과 치욕에 끼어들었을 것이 분명하니 드리는 말씀입니다. 그러니 아저씨께서는 가급적 마음을 편히 하시고 무가치한 아이에게서 아버지의 애정을 영원히 거두어버리시어, 자신이 뿌린 가증스러운 죄악의 열매를 스스로 거두게 하십시오. 그럼 이만 총총.

— 아저씨의 영원한 벗 올림

가디너 씨는 포스터 대령에게서 답장을 받고서야 롱본으로 두 번째 편지를 보내왔는데, 반가운 소식은 아무것도 없었다. 위컴이 관계를 유지해온 친척이 없다는 것이 밝혀짐으로써 생존해 있는 근친이 없는 것이 분명해졌다. 예전에는 위컴과 알고 지낸 사람들이 많았지만 그가 입대한 뒤로는 각별히 친하게 지내는 사람이 없다는 것이었다. 그리고 그가 모습을 감춘 결정적인 이유는 리디아 쪽의 친척에게 들킬까봐서라기보다 재정이 파탄 났기 때문이라는 것이 유력한 동기였다. 그에게 엄청난 액수의 노름빚이 있다는 것도 밝혀졌다. 포스터 대령은 위컴이 브라이턴에서 진 빚을 청산하려면 1,000파운드 이상이 필요할 것이라고 했다. 상인들에게 진 빚도 많았지만 신용으로 꾼 노름빚 역시 엄청나다는 것이었다. 가디너 씨는 롱본의 가족들에게 이런 소상한 사정을 구태여 감추려 하지 않았다. 제인은 이 사실을 알고는 경악했다. "도박꾼이라니! 정말 너무 뜻밖이야. 이럴 수는 없어."

가디너 씨는 편지 끝부분에 매형이 다음날 집에 도착할 거라고 덧붙였는데, 다음날이면 토요일이었다. 그는 매형에게 부디 두 사람을 찾는 일은 자신에게 맡기고 가족들 곁으로 돌아가시라고 청하자 기운이 떨어진 매형이 자신의 말에 따르기로 했다는 것이었다. 이 소식을 전해 들은 베넷 부인은 얼마 전만 해도 남편이 목숨을 잃을까봐 전전긍긍하더니, 막상 돌아온다는 소식을 듣자 그다지 기꺼워하지도 않았다.

"뭐 혼자 집으로 오겠다고? 가엾은 내 새끼는 어쩌고! 그 양반이 와버리면 누가 위컴과 결투를 하고, 누가 그 애를 결혼시킨담?" 베넷 부인이 소리쳤다.

가디너 부인은 이제 돌아가야겠다고 생각했다. 그래서 베넷 씨가 런던을 떠나오는 바로 그 시간에 가디너 부인과 아이들은 런던으로 출발하기로 했다. 그래서 마차가 그들을 첫 번째 역까지 데려다주고, 주인을 태우고 다시 롱본으로 돌아왔다.

가디너 부인은 엘리자베스와 그녀의 더비셔 친구에 대해 내내 궁금했지만, 결국 궁금증을 풀지 못한 채 떠났다. 조카가 가족들 앞에서 그 사람 이름을 언급한 일은 한 번도 없었다. 가디너 부인은 그 사람의 편지가 롱본으로 곧장 오지 않을까 살짝 기대했지만 그런 일은 끝내 일어나지 않았다. 엘리자베스가 롱본에 도착한 이후 펨벌리에서는 편지 한 장 오지 않았다.

집안 꼴이 말이 아니다 보니 엘리자베스가 기운이 없는 이유를 다른 데서 찾을 것도 없었다. 그래서 가디너 부인은 조카의 의기소침한 모습만으로는 아무것도 짐작할 수 없었다. 최근 엘리자베스는 자신의 감정 상태를 웬만큼 알게 되었다. 만약 다아시란 사람을 몰랐더라면, 리디아가 수치스러운 짓을 저질렀을지도 모른다는 두려움을 지금보다는 훨씬 견디기 쉬웠을 테고, 그랬다면 잠 못 이루는 밤이 반으로 줄었을지도 모른다고 생각했다.

집에 도착한 베넷 씨는 겉보기에는 여느 때와 다름없이 달관한 사람의 태도를 보였다. 런던에서 있었던 일에 대해서는 입을 다물고 있었다. 자신이 집을 나서게 했던 일에 대해서도 입도 벙긋하지 않았다. 딸들이 이번 일에 대해 이야기를 하게 된 것은 베넷 씨가 돌아오고 나서 시간이 조금 지난 후였다.

오후에 아버지가 차를 마시러 나왔을 때, 엘리자베스가 리디아 이야기를 꺼냈다. 아버지가 얼마나 마음고생을 했을지 생각하면 마음이 아프다고 했더니, 베넷 씨가 대답했다. "그런 말 하지 마라. 나는 괴로워해도 마땅한 사람이니까. 다 내 책임이다."

"그렇게 자책하지 마세요." 엘리자베스가 대답했다.

"자책 말라니, 인간이 자책에 빠지기가 그리 쉬운 줄 아니? 아니다, 리지. 내 평생 한 번만이라도 내가 얼마나 큰 잘못을 저질렀는지 느끼게 내버려다오. 자책감이 들어봐야 얼마나 들겠니? 금방 사라지겠지."

"두 사람이 런던에 있다고 생각하세요?"

"그래, 그렇게 숨어 있을 데가 런던밖에 더 있겠니?"

"맞아요. 리디아는 늘 런던에 가보고 싶어 했으니까." 키티가 끼어들었다.

"그렇다면 잘됐구나. 거기서 꽤 오래 지낼 모양이니." 아버지는 아무렇지도 않다는 듯이 말했다. "필시 거기서 꽤 오래 살 모양이다." 그러고 나서 잠시 말을 끊었다가 계속했다. "리지야, 지난 5월에 네가 했던 충고가 옳았구나. 이런 일을 겪고 보니 네 생각이 깊다는 걸 비로소 알았어."

바로 그때 어머니에게 가져갈 차를 가지러 온 제인 때문에 두 사람의 이야기는 중단되었다.

"시위 한번 잘한다. 뭐 그리 떠벌릴 일이라고 드러누워 시위를 한다니! 저러니까 불행을 당해도 품격이라는 게 있다는 거지. 나도 언젠가는 네 어머니와 똑같이 해볼 거다. 파자마를 입은 채 서재에 들어앉아 옹고집을 부려야겠다. 아니면 키티가 도망칠 때까지 연기를 할까?" 아버지가 못마땅한 심기를 드러냈다.

"저는 도망치지 않을 거예요. 만약 제가 브라이턴에 갔더라면 리디아보다는 얌전하게 처신했을 거예요." 키티가 말했다.

"뭐? 네가 브라이턴에? 넌 브라이턴 근처에도 얼씬거리지 마라. 이스트본도 안 돼. 설령 50파운드를 준다고 해도 말이야. 키티, 아빠는 이제 신중하게 행동해야 한다는 걸 배웠으니 따끔한 맛을 보게 될 거다. 앞으로 우리 집에 장교는 출입 금지다. 아니, 녀석들이 우리 동네를 지나가지도 못하게 할 거다. 언니들이 동행하지 않으면 무도회도 안 된다. 또한 하루 10분씩이라도 조신하게 행동했다는 걸 증명하기 전에는 외출도 금지다."

아버지의 협박을 심각하게 받아들인 키티가 훌쩍거리며 울기 시작하자 그제야 딸을 달래주었다.

"괜찮아, 괜찮아. 그렇게 슬퍼 마라. 앞으로 네가 10년만 얌전하게 굴면 그때는 군대 열병식에도 데리고 가마."

7

베넷 씨가 돌아온 지 이틀이 지났다. 제인과 엘리자베스는 집 뒤편의 덤불숲을 산책하다가 하녀장이 자기네 쪽으로 걸어오는 것을 발견했다. 그들은 어머니가 불렀을 것이라고 생각하며 그녀에게 다가갔는데, 어머니의 호출이 아니었다. 하녀장이 베넷 양에게 말했다. "아가씨, 산책을 방해해서 죄송해요. 런던에서 온 좋은 소식을 들었을 것 같아서 실례를 무릅쓰고 여쭈어보려는 거예요."

"그게 무슨 말이야? 런던에서 소식이 오다니?"

"아가씨, 30분 전에 가디너 씨한테서 속달 우편이 온 걸 모르세요? 반시간 전에요. 주인어른께서 편지를 받으셨어요." 힐 부인이 몹시 놀라며 외쳤다.

두 자매는 달리기 시작했다. 빨리 가야 한다는 생각에 말도 아꼈다. 복도를 지나 식당으로 들어간 다음, 서재를 향해 달려갔다. 그러나 아버지는 보이지 않았다. 어머니와 함께 있는 게 아닌가 싶어서 위층으로 올라가려는 순간 집사와 마주쳤다.

"주인어른을 찾고 계세요? 주인어른은 지금 덤불숲 쪽으로 가시는 것 같던데요."

그 말을 듣자마자 두 자매는 잔디밭을 가로질러 달리기 시작했다. 아버지는 마구간 한쪽 옆에 있는 덤불숲 쪽으로 천천히 걸어가고 있었다.

엘리자베스만큼 몸이 가볍지 못한 제인은 얼마 못 가 걸음을 늦추었다. 그 사이 엘리자베스가 숨을 헐떡거리며 큰 소리로 말했다.

"아휴, 아버지, 무슨 소식이에요? 외삼촌한테서 소식이 왔다면서요?"

"우리가 더 이상 무슨 좋은 소식을 기대할 수 있겠니? 어쨌든 너도 편지 내용이 궁금한 모양이구나?" 아버지가 호주머니에서 편지 한 장을 꺼내며 말했다.

엘리자베스는 아버지 손에서 재빨리 편지를 낚아챘다. 그제야 제인도 그곳에 당도했다.

"소리 내어 읽어봐라. 나는 당최 무슨 소린지 모르겠으니."

엘리자베스가 편지를 읽기 시작했다.

그레이스처치가 8월 2일 월요일

친애하는 매형,

드디어 조카 소식을 전할 수 있게 되었습니다. 이 소식은 매형께서도 만족하실 것이라고 믿습니다. 지난 토요일, 매형이 떠난 직후 운이 좋게도 저는 조카와 그 젊은이가 있는 곳을 찾아냈습니다. 자세한 것은 만나서 알려드리겠습니다. 일단 두 사람을 찾아냈다는 것만 알아두세요. 저는 둘을 모두 만나보았습니다.

"그럴 줄 알았어. 역시 결혼했던 거야." 제인이 소리쳤다.

엘리자베스가 계속 읽어 내려갔다.

두 사람은 함께 있었습니다. 그들은 아직 결혼은 하지 않았는데,

제 생각으로는 그럴 의사가 없는 것 같습니다. 하지만 매형께서 억지로라도 결혼시킬 의향이 있으시다면 오래지 않아 두 사람의 결혼이 성사되리라 믿습니다.

그러기 위해 매형께서 우선 해주셔야 할 일은 첫째, 매형과 누님이 돌아가시면 자녀들 몫으로 돌아갈 5,000파운드의 배당액 가운데 5분의 1을 리디아에게 지급한다는 것을 약정해야 합니다. 둘째 매형이 생존해 계시는 동안 리디아에게 매년 100파운드를 주겠다고 약속해주십시오. 이상이 조건인데 모든 것을 고려해볼 때 제게 그만한 권한이 있다고 생각해서 매형을 대신하여 그 조건을 수락했습니다. 지체 없이 답장을 보내주셨으면 하는 마음에 속달로 보내드립니다. 편지 내용을 통해서 이미 짐작하셨겠지만 위컴 씨가 처해 있는 상황은 소문으로 들리는 것처럼 심각하지 않습니다. 사람들에게는 그 사실이 잘못 알려져 있습니다. 위컴의 빚을 청산하고 나서도 조카의 재산에 보탤 돈이 조금은 남는다는 사실을 알려드리게 되어 기쁩니다. 당연히 그래주실 거라고 생각하지만, 만약 매형이 이 문제의 전권을 제게 맡겨주신다면 즉각 해거스턴에게 지시해서 적절한 양도 절차를 밟도록 조처하겠습니다. 다시 상경하실 일이 없도록 제가 알아서 처리하겠으니, 저를 믿고 롱본에서 기다리십시오.

매형, 편지를 받는 즉시 답장을 주시되 분명한 의사가 전달되도록 정확한 표현에 신경 써주십시오. 우리는 조카가 저희 집에서 결혼하는 것이 최선이라고 판단하는데, 매형께서도 동의해주시리라 믿습니다. 리디아는 오늘 저희 집으로 옵니다. 다른 새로운 소식이 있으면 바로 연락드리겠습니다. 그럼 이만 총총.

— 에드워드 가디너 올림

"이게 꿈이야 생시야! 위컴이 리디아와 결혼하겠다니?" 편지를 읽고 난 엘리자베스가 소리쳤다.

"그렇다면 위컴은 우리가 생각한 것만큼 파렴치범이 아니네요." 제인이 말했다. "아버지, 축하드려요."

"아버지, 답장은 하셨어요?" 엘리자베스가 물었다.

"아니. 하지만 이제 보내야지."

그러자 엘리자베스는 더 이상 시간을 낭비하지 말고 답장을 쓰라고 당부했다.

"아버지, 당장 들어가서 편지를 쓰세요. 이런 경우에는 한시가 급하다는 걸 아셔야지요." 엘리자베스가 소리 질렀다.

"제가 대신 써드릴게요. 쓰기 싫다면요." 제인이 말했다.

"무척 싫지만 쓰긴 써야지." 베넷 씨가 말했다.

그러고는 딸들과 함께 집으로 향했다.

"아버지 생각은 어때요? 제 생각엔 그쪽에서 제시한 조건에 동의해야 할 것 같은데요?" 엘리자베스가 물었다.

"동의해야 한다고 했니? 위컴이 그런 푼돈을 요구한 것이 창피할 뿐이다."

"결혼을 하긴 해야겠지요. 하지만 그런 남자와 결혼이라니!"

"그건 그래. 하지만 결혼해야지 달리 도리가 없잖니. 나는 지금 두 가지 문제를 확인하고 싶구나. 하나는 이 일을 성사시키기 위해 네 외삼촌이 돈을 얼마나 썼느냐이고, 다른 하나는 어떻게 그 돈을 갚느냐는 거야."

"돈이라고요? 외삼촌이 돈을 쓰다니요? 아버지, 그게 무슨 말씀이세요?" 제인이 이해할 수 없다는 듯이 물었다.

"내 말은 정신이 제대로 박힌 사람이라면 내가 살아 있는 동안에는 연 100파운드, 죽고 나서는 연 50파운드라는 보잘것없는 유혹에 넘어가 리디아와 결혼하지는 않을 거라는 뜻이다."

"듣고 보니 그렇네요. 미처 그 생각을 못했군요. 빚을 청산하고 나면 돈이 얼마 없을 텐데. 아하! 외삼촌이 하신 일이 틀림없어요. 마음도 좋으시지! 한두 푼 가지고 해결될 일이 아닌데." 엘리자베스가 말했다.

"아무렴. 1만 파운드도 안 되는 돈으로 리디아를 데려간다면 위컴은 바보야. 장인 될 사람이 사위 될 사람을 바보라고 생각한다면 딱한 일 아니냐?" 베넷 씨가 말했다.

"1만 파운드라고요? 한데 그 돈을 무슨 수로 갚아요? 그 절반만 갚는다고 해도 벅찰 텐데요."

베넷 씨는 아무 대답도 하지 않았다. 세 사람은 제각기 깊은 생각에 잠긴 채 아무 말도 하지 않았다. 집에 도착한 아버지는 서재로 들어가 편지를 쓰기 시작했고, 두 딸은 조찬실로 향했다.

"이제 정말로 결혼하는구나." 둘만 남게 되자 엘리자베스가 말했다. "뭐, 이런 이상한 일이 다 있지? 게다가 이 일을 다행스럽게 여겨야 하다니! 행복하게 해줄 가능성도 희박한 돼먹지 못한 남자와의 결혼을 기뻐해야 하다니! 아, 리디아 이 계집애!"

"난 나름대로 위안을 찾았어." 제인이 말했다. "그 남자가 진심으로 사랑하지 않는다면 리디아와 결혼하지 않았을 거야. 외삼촌이 그 남자의 빚 청산에 약간의 도움을 주셨겠지만 1만 파운드까지 내놓지는 못했을 것 같아. 아이들도 커 가는데 무슨 수로 1만 파운드를 뚝 떼어줬겠어?"

"위컴의 빚이 얼마였는지, 위컴이 지참금을 얼마나 요구했는지 알게 되면 외삼촌이 얼마나 썼는지 알 수 있을 텐데. 위컴의 수중에는 한 푼도 없었을 테니 말이야. 외삼촌과 외숙모에게 뭘로 보답해야 할지 모르겠네. 리디아의 낯을 세워주느라 그렇게 큰 희생을 치르다니, 두고두고 감사해도 모자라겠어. 지금쯤 리디아가 외삼촌 댁에 도착했을 텐데. 이런 친절에도 자신이 못할 짓을 했다는 생각이 안 들면 불행해도 싸지 뭐. 외숙모를 처음 봤을 때 기분이 어땠을까!" 엘리자베스가 말했다.

"두 사람에게 일어났던 일은 잊어버려야 해. 나는 그 두 사람이 행복했으면 해. 또 그러리라 믿고. 리디아와 결혼하기로 마음먹은 것은 그 사람이 올바른 생각을 하게 되었다는 증거 아닐까? 그렇게 믿고 싶어. 서로의 사랑이 결혼 생활을 잘 유지하게 해줄 거야. 조용히 살림을 차리고 그럭저럭 살아준다면 지각 없는 행동을 했던 과거사도 잊힐 거라고 봐."

"두 사람이 저지른 짓은 언니도 나도, 아니 그 누구도 절대 잊지 못할 거야. 말해봐야 무슨 소용이겠어." 엘리자베스가 대꾸했다.

그제서야 두 딸은 어머니가 이 일에 대해 아무것도 모른다는 사실에 생각이 미쳤다. 그래서 아버지에게 어머니한테 이 일을 알려도 되는지 물었다. 편지를 쓰고 있던 아버지는 고개를 들지도 않은 채 말했다. "그러든지."

"외삼촌 편지를 가져가도 될까요? 엄마한테 읽어드리려고요."

"그러려무나. 이제 그만들 나가봐라."

엘리자베스가 책상 위의 편지를 집어 들고 제인과 나란히 위층으로 올라갔다. 마침 메리와 키티가 어머니와 함께 있어서 한꺼번에 새로운 소식을 알릴 수 있었다. 제인은 어머니에게 반가운 소식이 있다는 말과 함께 편지를 읽기 시작했다. 베넷 부인은 완전히 흥분 상태에 빠져들었다. 외삼촌이 리디아의 결혼을 언급한 대목에 이르자 어머니는 탄성을 지르기 시작했고, 다음 문장을 읽어나갈 때마다 광분은 도가 더해갔다. 지금까지는 화가 나서 안절부절못했다면 이제는 기뻐서 안절부절못했다. 그녀는 그저 딸이 결혼한다는 사실만으로도 더 바랄 게 없었다. 딸의 장래에 대한 걱정이라든가 과거의 잘못 따위를 부끄러워하는 마음은 눈곱만큼도 없었다.

"우리 리디아, 내 아가!" 베넷 부인이 소리쳤다. "정말 기쁘구나. 걔가 결혼하다니, 열여섯 살에 결혼하다니. 착한 내 동생, 인정이 많기도 하지! 이렇게 될 줄 알았어. 걔 손에만 가면 뭐든 일사천리니까. 리디아가 보고 싶구나. 우리 위컴도. 그런데 드레스는, 웨딩드레스는 어쩐다니? 외숙모에게 곧바로 편지를 써야겠다. 그 문제를 상의해야겠으니. 키티, 어서 종을 울려. 힐 좀 불러 주렴. 당장 옷을 입어야겠다. 리디아! 우리 아가! 그 애를 만나면 얼마나 즐거울까!"

제인은 어머니에게 외삼촌한테 큰 신세를 졌다는 사실을 일깨워줌으로써 어머니의 흥분을 식혀보려고 노력했다.

"이렇게 행복한 결말이 난 것은 외삼촌 덕택이에요. 외삼촌이 돈을 써서 위컴 씨를 도와야겠다고 나선 게 틀림없어요." 맏딸이 말했다.

"당연히 그래야지." 베넷 부인이 소리쳤다. "외삼촌이 아니면 누가 그런 일을 하겠니? 외삼촌이 결혼만 안 했다면 그 돈은 모두 나랑 너희들 차지가 됐을 텐데. 사실 이날 이때까지 네 외삼촌이 우리한테 해준 게 뭐 있니. 달랑 선물 몇 개 준 것 빼고는 우리에게 뭘 해준 것은 이번이 처음이야. 아무튼 좋아. 난 너무 행복하구나. 조금만 있으면 딸 하나를 시집보내는구나. 위컴 부인이라! 참 듣기 좋네. 게다가 걔는 지난 6월에야 열여섯이 됐어. 제인, 가슴이 너무 두근거려서 글을 못 쓰겠구나. 내가 부를 테니 대신 받아 적으렴. 돈 문제는 네 아버지와 이다음에 결정해도 늦지 않지만 물건은 지금 바로 주문을 해야 하거든."

그러고 나서 그녀는 옥양목, 모슬린, 흰색 무명 따위를 줄줄이 주워섬겼다. 제인이 아버지가 틈이 날 때 함께 상의드릴 수 있을 때까지 기다리자고 설득하지 않았다면 엄청난 양의 물건을 받아 적었을 것이다. 제인이 하루 정도 지체해도 별 문제 없다고 말하자 어머니는 행복에 겨워 있어서 여느 때처럼 고집을 부리지는 않았다. 게다가 다른 생각들이 계속 머리에 떠올랐다.

"얘, 메리턴으로 가야겠다. 이모에게도 이 기쁜 소식을 전해줘야겠어. 돌아오는 길에 루커스 부인과 롱 부인한테도 들를 생각이야. 키티, 어서 내려가서 마차를 불러라. 바람을 좀 쏘이면 건강에 도움이 될 테니까. 암, 그렇고말고. 얘들아, 필요한 걸 말해. 메리턴에 가서 사줄 테니. 아, 힐이 오는구나. 힐, 자네도 들었지? 리디아가 결혼하게 됐다는걸. 잔치 때 자네들한테도 펀치 한 잔씩 돌릴 거야."

힐 부인은 즉각 축하한다는 말을 했다. 엘리자베스는 힐 부인의 축하를 받는 순간, 이런 바보짓에 신물이 나서 숨을 돌리기 위해 자기 방으로 잠시 피신했다.

리디아의 처지는 아무리 좋게 생각하려 해도 좋게 받아들여지지 않았다. 다만 더 나빠지지 않은 것을 다행으로 여겼을 뿐이었다. 사실 엘리자베스는 그나마 다행이라는 생각이 들었다. 비록 리디아의 앞날을 생각하면 일상적 행복도 물질적 풍요도 기대할 수가 없었지만, 불과 두 시간 전에 가족들이 큰 시름에 잠겨 있었던 것과 비교하면 그야말로 감지덕지였다.

8

베넷 씨는 지금의 나이가 되기 전부터 저축을 해야겠다고 생각했었다. 수입 가운데 일정액을 저축하게 되면 자신이 세상을 떠나더라도 아이들이나 아내에게 좀 더 넉넉한 돈을 물려줄 수 있을 거라는 생각에서였다. 그는 여윳돈이 지금처럼 절실했던 적이 없었다. 만약 자신이 좀 더 착실히 저축했더라면 리디아의 체면과 평판을 세워주기 위해 처남에게 신세질 필요는 없었을 것이다. 그랬다면 대영 제국에서 가장 한심한 청년 하나를 구워삶아 사위로 맞이하는 만족감을 제대로 맛보았을지도 모른다.

이처럼 누구에게도 이득이 되지 않는 일을 추진하는 비용을 처남에게 떠안겼다는 사실이 베넷 씨는 못내 마음에 걸렸다. 그래서 그가 부담한 금액이 얼마인지 알아내 조속한 시일 내에 채무를 갚아야겠다고 결심했다.

베넷 씨는 결혼할 때만 해도 돈을 아껴 써야겠다는 생각을 하지 않았다. 당연히 아들을 낳을 것이라고 믿었기 때문이다. 그 아이가 성년이 되면 한정 상속의 제한을 받지 않으므로, 아내와 자녀들의 생활비 걱정은 할 필요가 없었다. 그러나 아들을 한 명도 얻지 못한 채 딸만 내리 다섯을 낳고 말았다. 막내딸을 낳은 뒤 아들을 얻는 것에 대한 미련은 말끔히 버렸지만, 저축을 시작하기에는 너무 늦어 있었다. 게다가 아내는 천성적으로 씀씀이가 헤펐는데, 그나마 그가 적당히 제동을 걸었기에 지금의 생활을 유지해오고 있는 형편이었다.

결혼 약정서에 따라 베넷 부인과 아이들에게 양도된 재산은 5,000파운드였다. 그러나 이 금액을 어떻게 나눌 것인지는 부모의 뜻에 달려 있었다. 바로 이 점이 리디아와 관련해 해결하고 넘어가야 할 문제였다. 베넷 씨는 처남의 제안을 수락함으로써 리디아의 상속 문제를 말끔히 해결했다. 그는 자신이 위컴을 구슬려 리디아와 결혼하게 만든다 해도 지금처럼 일이 수월하게 풀리지는 않았을 것이라는 생각이 들었다. 리디아에게 매년 100파운드씩 준다고 하더라도 지출 변동은 거의 없었다. 왜냐하면 결혼 전에도 리디아가 양쪽 부모에게 받는 용돈을 합치면 그보다 액수가 많으면 많았지 적지는 않았기 때문이다.

별로 애쓰지 않고도 일이 잘 풀린 것은 더없이 반가운 일이었다. 그가 바라는 가장 큰 소원은 이 일로 가급적 신경을 쓰지 않는 것이었다. 처음에는 화가 머리끝까지 치밀어 이리저리 딸을 찾아다니기도 했지만, 분노가 잦아들자 본래의 나태한 인간으로 돌아갔다. 베넷 씨의 편지는 즉시 발송되었다. 일을 시작하는 것이 더뎠지 처리는 신속했기 때문이다. 베넷 씨는 처남에게 자신이 돌려주어야 할 빚이 얼마나 되는지 상세하게 알려달라고 부탁했다. 하지만 리디아에게는 너무 화가 난 나머지 안부 한마디 전하지 않았다.

이 희소식은 온 집안에 순식간에 퍼졌고, 이웃에도 그에 상응하는 속도로 퍼져나갔다. 이웃들은 이 소식을 시큰둥하게 받아들였다. 리디아 베넷 양이 창녀라도 되어서 런던 어딘가에 처박혀 있었다면, 아니, 임신을 해서 세상 저 끄트머리에 있는 시골 농가에 숨어 지낸다는 소식을 들었다면 훨씬 대화 내용이 풍요로웠을 것이다. 그러나 리디아 베넷 양의 결혼에 대해서도 떠들어댈 말이 많았다. 메리턴에 사는 심술궂은 노부인들은 상황을 주시하면서 리디아 베넷 양이 행복해지기를 기분 좋게 빌어주었고, 상황이 이처럼 뒤바뀐 뒤에도 그 마음을 그대로 유지했다. 남편의 됨됨이로 보아 리디아의 불행은 불 보듯 뻔하다고 생각했기 때문이다.

사건이 터진 지 2주일 만에 아래층으로 내려온 어머니는 날

아갈 듯 가뿐한 기분으로 식탁의 상석에 앉았다. 그녀는 기운이 펄펄 넘쳤다. 의기양양한 그녀의 모습에는 수치심이라고는 찾아볼 수가 없었다. 머릿속은 온통 우아한 결혼식, 고급 모슬린, 새 마차, 하인들, 그리고 리디아의 신혼집에 관한 생각뿐이었다. 그녀는 딸이 살 만한 '아늑한 보금자리'가 있는지 알아보기로 했다. 하지만 딸자식 내외의 수입은 고려하지 않고 집이 작다느니 넓았다느니 불평만 늘어놓았다.

"헤이파크라면 괜찮겠는데, 굴딩네가 이사를 간다면 말이야. 아니면 스토크의 저택도 괜찮긴 한데 거실이 좀 좁아. 그러나 애쉬워스는 너무 멀어! 리디아랑 10마일 이상 떨어져 살 수는 없어. 퍼비스 별장의 경우 다락이 형편없고."

베넷 씨는 하인들이 있는 자리에서는 아내가 마음대로 떠들도록 내버려두었다. 이윽고 하인들이 물러나자 참고 참았던 울화를 쏟아내기 시작했다. "여보, 당신이 애들 신혼집을 어떤 걸 사주든 나는 관심 없소. 하지만 명심하기 바라오. 나는 그 둘을 이 집에 단 한 발짝도 못 들여놓게 할 거라는걸. 그런 수치스런 아이를 어떻게 롱본에 머물게 한단 말이오."

베넷 씨가 이 같은 성명을 발표한 후 오랫동안 언쟁이 오갔다. 하지만 베넷 씨는 단호했다. 그는 곧 이어 두 번째 성명을 발표했다. 딸의 의상비를 한 푼도 지급하지 못하겠다는 것이었다. 남편의 선언을 듣고 베넷 부인은 망연자실했다. 뒤이어 베넷 씨는 리디아가 자신에게 어떤 애정 표시도 받지 못할 것이라고 선언했다. 베넷 부인은 도무지 이해할 수가 없었다. 아무리 화가 나도 그렇지, 딸에게 옷을 안 사주겠다니 도무지 이해할 수가 없었다. 대체 뭘 입고 결혼하란 말인지, 그녀의 머리로는 납득할 수가 없는 일이었다. 그녀는 딸이 결혼 전에 야반도주를 해서 보름이나 동거했다는 사실보다도 결혼식 때 새 옷을 입히지 못한다는 사실이 더 창피하고 신경 쓰였다.

일이 어느 정도 마무리되자 엘리자베스는 다아시 씨에게 리디아의 일을 말한 것을 뼈저리게 후회했다. 순간의 고통을 이기지 못하고 집안의 치부를 알려준 것이 몹시 후회스러웠다. 리디아의 도피행각은 결혼으로 종지부를 찍었으므로, 불미스러운 일을 굳이 떠벌릴 필요는 없었던 것이다.

이번 일이 다아시 씨의 입을 통해 소문이 날까봐 걱정되는 것은 아니었다. 다아시 씨의 입이 무겁다는 것을 알고 있었기 때문이다. 하지만 다른 사람도 아닌 다아시 씨가 가족의 치부를 알고 있다는 사실에 견딜 수 없는 굴욕감을 느꼈다. 그렇다고 그 일이 그에게 알려짐으로써 무슨 불이익이 돌아올 것을 염려했던 것은 아니었다. 이제 다아시 씨와 자신 사이에는 넘을 수 없는 장벽이 생겼다고 느껴졌다. 설혹 리디아의 결혼이 가장 명예로운 방식으로 마무리된다 해도, 다아시 씨가 굳이 이런 집안과 인연을 맺고 싶지는 않을 것 같았다. 다른 모든 문제들에 더해 그가 지극히 경멸해온 남자와 가장 가까운 친인척간이 되게 생겼으니 말이다.

엘리자베스는 다아시 씨가 자기네 집안과 인연 맺기를 꺼리는 것은 당연하다고 생각했다. 더비셔에서는 자신의 호감을 사려 한다는 걸 확신했지만, 이런 수치스러운 일이 일어났으니 여전히 예전과 같은 마음을 품고 있기를 기대한다는 것은 제정신으로는 불가능했다. 콧대가 꺾인 그녀는 서글퍼졌다. 무엇 때문인지는 자신도 딱히 몰랐지만 후회가 됐다. 이제 다아시 씨에게 더 이상 호의를 기대할 수 없다는 사실을 인정하자, 전에 없이 그에게 관심을 받고 싶은 마음이 간절해졌다. 다아시 씨 이야기를 들을 수 있는 가능성이 거의 없어진 이때, 그의 소식이 궁금했다. 다아시 씨를 더 이상 만나지 못할 것 같은 이때, 그와 함께라면 행복할 수 있을 것 같다는 확신이 생겼다.

불과 넉 달 전만 해도 거만하게 청혼을 물리쳤던 그녀가 이제 기쁘고도 고맙게 이를 수락할 것을 안다면 그가 얼마나 의기양양해할까! 엘리자베스는 종종 이런 생각을 했다. 그가 제아무리 너그러운 인격의 소유자라고 해도 그도 인간인데 승리감이 왜 없겠는가!

그제야 엘리자베스는 지성으로 보나 인품으로 보나 그 사람이 자신에게 얼마나 잘 어울리는 상대인지 깨달았다. 그의 견해와 기질은 자신과 달랐지만 자신의 바람을 충족시켜줄 것 같다는 생각이 들었다. 그와의 결합은 두 사람 모두에게 이로울 것이라는 생각이 들었다. 자신의 활달하고 소탈한 성격은 그의 마음을 한결 부드럽게 변화시킬 것이며, 그의 올바른 판단력과 지성, 세상을 바라보는 안목은 자신이 세상을 살아가는 데 큰 도움이 될 것 같았다.

그러나 지금은 그런 행복한 결혼을 통해서 많은 사람들의 감탄을 자아내며 진정한 부부의 행복이 무엇인지 가르쳐줄 일은 없게 되었다. 베넷 집안에서는 바람직한 결합의 가능성을 밀어내는 대신 이와는 사뭇 다른 결합이 이루어지게 된 것이다.

위컴과 리디아가 남의 신세를 지지 않고 독립적으로 살아갈 수 있을지는 상상할 수도 없는 일이었다. 감정이 미덕보다 강하다는 이유 하나로 결합된 부부에게 지속적인 행복이 가능할 리 없다는 것은 쉽게 추정할 수 있는 일이었다.

가디너 씨는 매형에게 곧 편지를 썼다. 가족 모두가 행복하길 바란다는 말로 베넷 씨의 인사에 답한 뒤, 이 문제는 앞으로 다시는 거론하지 말아달라는 간청으로 끝맺었다. 가디너 씨가 편지를 쓴 주된 목적은 위컴 씨가 민병대를 떠나기로 했다는 소식을 알리기 위한 것이었다. 그는 이렇게 덧붙였다.

그것은 결혼이 확정되는 것과 동시에 제가 바라는 일이었습니다. 그리고 부대를 떠나는 것이 그를 위해서나 조카를 위해서나 바람직하다고 생각하는데, 매형도 제 생각에 동의하시리라 믿습니다. 위컴 씨는 정규군에 들어갈 생각이라고 합니다. 그가 육군에 들어가겠다고 하면 옛날 친구들 가운데 그를 도와줄 능력이 있는 사람이 몇 있다고 하더군요. 현재 북부에 주둔하고 있는 ○○장군 연대의 소위 자리를 약속받아 놓았는데, 그 부대는 이 지방과 아주 많이 떨어져 있는 것도 이점입니다. 위컴 씨가 단단히 약속한 것도 있고, 저도 바라는 바인데, 두 사람이 자기네 과거를 모르는 낯선 사람들 사이에서 살게 되면 체면을 지키기 위해서라도 좀 더 신중하게 행동하지 않을까 기대해봅니다. 포스터 대령에게도 편지를 보내어 지금까지 합의한 사항을 알려주었습니다. 위컴 씨가 빚을 지고 있는 브라이턴이나 그 근교 여러 채권자들에게 제가 신속하게 빚 청산을 보증해줄 테니 안심하라고 말해놓았습니다. 매형도 성가시겠지만 메리턴에 있는 채권자들에게 같은 말을 전해주시기 바랍니다. 채권자 명단은 위컴 씨가 알려주는 대로 뒤에 첨부해놓겠습니다. 위컴 씨는 자기 빚이 얼마나 되는지 고백했는데, 적어도 우리를 기만하지는 않았기를 바랍니다. 해거스턴에게 지시했으니까 1주일이면 모두 처리될 것입니다. 이제 두 사람은 위컴 씨의 부대가 있는 곳으로 떠나게 됩니다. 제 안사람 말로는 리디아가 북부를 떠나기 전에 식구들을 보고 싶어 한다는군요. 그 아이는 몸 성히 잘 있고, 매형과 누님께 안부 전해달라고 합니다. 이만 총총.

— E. 가디너 올림

베넷 씨와 딸들은 위컴이 ○○부대에서 나오는 것이 어느 모로 보나 바람직한 일임을 가디너 씨만큼이나 잘 이해하고 있었다. 그러나 베넷 부인은 별로 좋아하지 않았다. 리디아를 곁에 두고 사람들에게 뽐낼 생각이었는데, 북부에 정착한다고 하니 실망스러웠기 때문이다. 리디아는 부대 안에 있는 장교들을 죄다 알고 있는 데다, 좋아하는 장교들은 또 얼마나 많은가! 딸이 그곳을 떠난다는 것은 정말이지 가슴 아픈 일이었다.

"리디아가 포스터 부인을 그렇게 좋아하는데, 그 아이를 떠나보내야 하다니, 정말 충격일 거야. 또 걔가 무척 좋아하는 청년들도 몇 명 있어. ○○ 장군 연대의 장교들은 그다지 재미없을지도 몰라."

북부로 떠나기 전에 가족들을 만나고 싶다는 리디아의 부탁을 베넷 씨는 단호하게 거절했다. 하지만 제인과 엘리자베스가 동생의 마음을 봐서라도, 아니 장래를 위해서라도 부모님께 결혼 인사를 드리도록 해야 하지 않겠느냐고 간곡하게 설득하여 베넷 씨의 승낙을 받아냈다. 그리고 어머니는 딸이 결혼한 것을 (딸이 북부로 추방당하기에 앞서) 이웃에 자랑해야겠다는 생각에 마음이 들떴다. 베넷 씨는 다시 처남에게 편지를 보내 딸 부부의 내방을 허락한다고 알렸다. 이로써 리디아 부부는 예식이 끝나는 대로 롱본으로 오기로 일정이 잡혔다. 하지만 엘리자베스는 위컴이 이런 계획에 동의했다는 것부터가 놀라웠다. 자기 기분만 놓고 본다면 세상에서 위컴과 만나는 것만큼 싫은 일도 없었다.

9

동생의 결혼식 날이었다. 제인과 엘리자베스는 결혼 당사자보다 더 큰 감회를 느꼈다. 그들은 정찬 시간에 맞춰 오기로 되어 있었으므로 롱본에서는 정찬시간에 맞춰 마차를 ○○으로 보냈다. 손위 언니 둘은 그들의 도착이 두려웠는데, 특히 제인이 더 했다.

제인은 만약 자신이 죄인이었다면 어떤 심정일지 상상해봤고, 리디아가 바로 그런 심정일 것이라고 추측하자 가슴이 아팠다.

두 사람이 도착할 무렵 가족들은 조찬실에 모여 있었다. 마차가 문 앞에 당도하자 베넷 부인이 환하게 웃었다. 남편은 속을 알 수 없는 근엄한 표정이었고, 딸들은 긴장이 되어 그런지 불편한 듯했다.

마침내 현관에서 리디아의 목소리가 들려오고, 뒤이어 문이 활짝 열리면서 그녀가 방 안으로 들어왔다. 어머니가 달려나가 딸을 껴안았고, 뒤따라 들어온 위컴에게 다정한 미소를 지으며 손을 내밀었다. 그러고는 딸 내외에게 선선히 축하의 인사를 건넸다. 막내딸 부부가 행복하다는 것에 추호의 의심이 없는 듯했다.

신혼부부는 다음으로 베넷 씨에게로 몸을 돌렸는데, 그에게서는 그다지 따뜻한 환대를 받지 못했다. 베넷 씨는 굳은 얼굴로 입도 벙긋하지 않았다. 그는 아무 일 없었다는 듯 뻔뻔하게 행동하는 막내딸 부부를 보자마자 화가 치밀었다. 그들을 지켜보던 엘리자베스는 비위가 상했고, 제인조차 충격을 받았다. 그러나 리디아는 역시 리디아였다. 세상 무서울 것이 없는 그녀는 당당했고, 제멋대로였으며, 시끄러웠다. 그녀는 언니들 사이를 돌아다니며 자신의 결혼을 축하해달라고 졸라댔다. 마침내 모두가 자리에 앉자 방을 기웃거리더니 뭔가 변화가 있다는 것을 발견한 리디아는 활짝 웃으면서 이곳에 온 지 참으로 오랜만이라고 말했다.

위컴도 그녀만큼이나 뻔뻔스러웠다. 하긴 태도가 워낙 사근사근해서—그렇게 돼먹지 못한 인간이고, 이번 결혼과 관련해 문제를 일으키지만 않았다면—집안 식구로 받아들여진 위컴의 미소와 스스럼없는 언변은 모두를 즐겁게 했을 것이다. 엘리자베스는 위컴이 이렇게까지 뻔뻔스러울 줄은 전에는 상상도 못했다. 위컴의 후안무치한 언행을 목도한 그녀는 뻔뻔한 인간의 행동은 예측이 불가능하다는 생각이 들었다. 위컴을 바라보던 엘리자베스와 제인은 절로 얼굴이 붉어졌다. 그러나 정작 남을 당혹스럽게 한 장본인들의 뺨에는 색채의 변화가 전혀 일어나지 않았다.

화젯거리는 동나는 법이 없었다. 신부와 어머니는 쉼 없이 수다를 떨었다. 어쩌다 보니 위컴은 엘리자베스 가까이에 앉게 되었는데, 더없이 싹싹한 태도로 지인들의 안부를 묻기 시작했다. 엘리자베스는 그의 질문에 대답을 하면서도 도저히 평정심을 유지할 수가 없었다. 신혼부부는 세상에서 가장 행복한 기억을 간직한 사람처럼 보였다. 과거의 일을 돌이켜보아도 괴로운 일이 하나도 없었다. 리디아는 언니들이 세상없어도 묻어두고 싶은 화제를 입에 올렸다.

"생각 좀 해봐." 리디아가 소리쳤다. "내가 집을 떠난 게 석 달이 지났다는 것 말이야. 보름밖에 안 지난 것 같아. 하지만 그 사이에 너무 많은 일이 일어났어. 아유, 세상에! 내가 떠날 때만 해도 결혼한 몸으로 집으로 돌아올 거라고는 생각지도 못했는데.

그렇게 되면 참 재미있을 거라는 생각은 했지만."

아버지는 그런 리디아를 보며 눈을 치켜떴고, 제인은 당혹스러워 어쩔 줄 몰라 했으며, 엘리자베스는 경고의 눈빛을 보냈다. 하지만 리디아는 그런 것쯤이야 깡그리 무시하는 성격이라 쾌활하게 말을 이어갔다. "아 참! 엄마, 이곳 사람들도 내가 오늘 결혼했다는 걸 알고 있을까? 조금 전에 우리가 탄 마차가 윌리엄 굴딩이 타고 있던 쌍두마차를 앞질렀을 때 유리문을 내리고 장갑 벗은 손을 창문턱에 척 내려놓았어. 결혼반지가 보이게 말이야. 그러고는 인사를 하고 활짝 웃어주었지."

엘리자베스는 리디아의 속물적인 언행을 더는 듣고 있기가 괴로워서 자리를 박차고 나와버렸다. 잠시 후 모두들 현관을 지나 식당으로 가는 소리를 듣고서야 들어갔다. 식구들이 합류하자 리디아가 한껏 거들먹거리며 어머니의 오른편 자리를 버젓이 차지하고는 제인에게 말했다. "제인 언니, 이제 내가 언니 자리를 차지하게 됐어. 언니는 저 아래로 내려가야겠는걸. 나는 이제 결혼한 몸이잖아."

리디아는 워낙 뻔뻔한 성격이었는데, 시간이 흐른다고 해서 바뀌지는 않았다. 그녀는 갈수록 스스럼없고 기운이 넘쳤다. 게다가 그녀는 필립스 이모와 루커스 집안사람들을 비롯해 모든 이웃들로부터 '위컴 부인'이라는 호칭을 듣고 싶어 했다. 식사를 마친 리디아는 힐 부인과 두 명의 하녀에게 반지를 보여주며 결혼했다는 것을 뽐냈다.

모두들 조찬실로 돌아왔을 때 리디아가 말했다. "엄마, 제 남편 어때요? 멋지죠? 언니들은 나를 너무너무 부러워하겠지. 언니들이 내 반만큼이라도 괜찮은 남편감을 찾는다면 좋으련만. 모두들 브라이턴으로 가야 해. 남편감을 얻는 곳으로는 최고니까. 엄마, 그때 왜 모두 안 갔는지 모르겠어. 정말 유감이지 뭐야."

"그러게 말이다. 내 말을 들었어야 하는데. 그런데 리디아, 네가 그렇게 먼 곳으로 가버리다니 정말 싫구나. 꼭 그래야 하니?"

"원, 세상에! 당연하지 뭐예요. 난 너무 좋아. 엄마, 아빠, 언니들, 모두 우릴 보러 와요. 우린 겨우내 뉴캐슬에 있을 거고, 무도회도 자주 열 거야. 무도회 때 언니들에게 좋은 파트너를 주선해 줄게."

"그런다면야 얼마나 좋겠니." 어머니가 말했다.

"엄마가 가실 때 언니 한둘은 두고 가요. 겨울이 끝나기 전에 남편을 구해줄 테니까."

"네 호의는 고맙다만 네 방식으로 남편감을 고르고 싶지는 않아." 엘리자베스는 더 이상 참을 수 없다는 듯 말했다.

두 사람의 방문 기간은 열흘이었다. 위컴 씨가 런던을 떠나기 전에 임명을 받았고, 보름째 되는 날 연대에 들어가야 했다.

베넷 부인을 제외하고 그 누구도 이 신혼부부가 떠나는 것을 아쉬워하지 않았다. 베넷 부인은 시간을 최대한 활용하기 위해 그 기간 동안 딸을 동반하고 이웃을 방문하거나 집에서 파티를 열었다. 가족들 모두가 파티를 환영했다. 가족끼리 얼굴을 맞대고 긴 시간을 보내는 것이 괴로웠기 때문이다.

리디아에 대한 위컴의 애정은 엘리자베스가 예상했던 대로였다. 위컴의 애정은 리디아에 비해 훨씬 못 미쳤다. 엘리자베스는 그들의 도피 행각이 리디아의 사랑의 힘으로 이루어졌다는 것을 분명히 알 수 있었다. 위컴은 재정 형편상 도피 행각을 택할 수밖에 없었는데, 그런 자신과 동참하겠다는 여성의 제의를 뿌리칠 위인이 못 되었던 것이다. 엘리자베스에게 그 같은 확신이 없었다면, 그가 리디아를 열렬하게 사랑하는 것도 아니면서 무엇 때문에 도피 행각에 그녀를 동참시켰는지 이해할 수 없었을 것이다.

리디아는 위컴을 너무나 좋아했다. '내 사랑 위컴'이라는 말을 입에 달고 살았다. 위컴과 견줄 만한 사람은 이 세상에 아무도 없었다. 그는 무슨 일이건 세상에서 가장 잘 해내는 사람이었고, 9월 1일에는 대영제국에서 어느 누구보다도 많은 새를 잡을 것이라고 확신했다.

신혼부부가 도착한 지 얼마 되지 않은 어느 날 아침, 자매들과 함께 앉아 있던 리디아가 엘리자베스에게 말했다.

"리지 언니, 언니는 내 결혼식 얘기 못 들었지? 엄마하고 다른 식구들한테 이야기할 때 언니가 자리에 없더라고. 궁금하지 않아?"

"아니, 전혀. 그 얘기라면 되도록이면 듣고 싶지 않아."

"어머! 이상하네. 하지만 난 말해주고 싶어. 언니도 알겠지만 우린 세인트 클리먼트 교회에서 결혼식을 올렸어. 위컴이 그 교구에 살잖아. 그곳으로 열한 시까지 가기로 되어 있었어. 외삼촌이랑 외숙모, 그리고 내가 먼저 가고, 다른 사람들은 교회에서 만나기로 했어. 근데 토요일 아침이 되자 막 조바심이 나는 거 있지. 무슨 일이 일어나서 연기되면 어떡하나 걱정되어서였어. 만약 그랬더라면 난 미치고 말았을 거야. 그런데 외숙모는 내가 옷을 입는 내내 잔소리를 하는 거 있지. 목사님 설교가 따로 없었다니까. 하지만 난 열 마디 중에 한 마디도 듣지 않았어. 언니들도 짐작할걸? 내 사랑 위컴을 생각하고 있었으니까. 그이가 결혼식에 푸른색 제복을 입고 나올지 궁금해서 견딜 수가 있어야지. 아무튼 그날 우리는 평소처럼 열 시에 아침을 먹었어. 식사 시간이 얼마나 길게 늘어지던지. 그런데 외삼촌과 외숙모는 이번에 정말 마음에 안 들었어. 거짓말 하나 안 보태고 나를 문 밖에 한 발짝도 못 나가게 했다니까. 보름이나 거기 있었는데, 외출 한 번 못했어. 파티도 한 번 없었고. 런던이 좀 한산하긴 했지만 소극장은 열려 있었는데 말이야. 하여간 그때 마차가 문 앞에 도착했을 때 스톤 씬가 뭔가 하는 사람이 외삼촌을 불러내는 거야. 그러고는 두 사람이 나가더니 소식이 없는 거 있지. 그러니 내가 얼마나 초조했겠어. 나를 신랑 손에 넘겨주어야 할 사람이 시간 안에 도착하지 못하면 결혼식을 다음으로 미뤄야 하게 생겼으니 그렇지. 그런데 다행히 외삼촌이 10분만에 돌아와서 우린 가까스로 출발했어. 근데 나중에 생각해보니, 외삼촌이 못 왔다고 해도 결혼식을 연기할 필요는 없었겠더라고. 다아시 씨가 해주었을 테니까."

"다아시 씨라고!" 엘리자베스가 깜짝 놀라서 되뇌었다.

"그렇다니까! 다아시 씨가 위컴하고 같이 거길 오기로 했었대. 어 참, 내가 왜 이러지. 깜박 잊었네. 그 일에 대해선 입도 벙긋하지 말라고 했는데! 위컴이 뭐라고 할까? 이런, 정말 비밀이었는데!"

"그게 비밀이라면 더 이상 한마디도 하지 마. 더 캐묻지 않을 테니까." 제인이 말했다.

"그래, 앞으로 우린 한마디도 물어보지 않을 거야." 호기심으로 얼굴이 달아오른 엘리자베스가 말했다.

"고마워. 언니들이 물어보면 난 다 말해버릴 테고, 그러면 위컴이 화를 낼 거야." 리디아가 말했다.

그 말은 물어보라는 말이나 다름없었으니, 엘리자베스가 궁금증을 누르기 위해서는 그 자리를 피할 수밖에 없었다.

하지만 그런 문제를 모른 체한다는 것은 불가능했다. 다아시 씨가 리디아의 결혼식에 왔다니! 보는 눈도 있었을 텐데, 무슨 생각으로 거기엘 왔을까? 엘리자베스의 머릿속에는 온갖 추측이 어지럽게 난무했지만 만족할 만한 이유를 찾을 수는 없었다. 그녀가 이럴 수도 있지 않을까, 라고 예상한 추측은 다아시 씨의 행동을 극히 고결하게 해석한 것이었지만, 신빙성이 극히 낮았다. 이처럼 불확실한 상태를 참을 수 없었던 엘리자베스는 서둘러 외숙모에게 짤막한 편지를 썼다. 리디아가 얼핏 발설한 것에 대한 설명을 부탁하는 내용이었다. 비밀이라면 하는 수 없지만 괜찮다면 알려달라고 했다. 그리고 이렇게 덧붙였다.

'우리 식구 가운데 어느 누구와도 관계없고, 우리 가족에게

(엄밀히 따지자면) 생판 남이 무슨 일로 가족들 사이에 있었는지 궁금해요. 외숙모도 제가 궁금해하는 이유를 이해해주시리라 믿어요. 속히 답장 보내주세요. 어떻게 된 일인지 저도 좀 알게요. (리디아가 생각하는 것처럼) 무슨 긴한 사정으로 비밀에 부쳐야 할 일이 아니라면 저도 알려고 애쓰지 말아야겠지요.'

그러고는 혼잣말로 중얼거렸다. '외숙모, 체면을 지키신다고 제게 말씀 안 해주시면 창피하지만 온갖 술수와 책략을 동원해서라도 알아내고야 말 거예요.'

제인은 체면이 뭔지를 아는 사람인지라 리디아가 무심코 내뱉은 말을 가지고 엘리자베스와 따로 이야기하려고 하지는 않았다. 엘리자베스로서는 다행이었다. 만족스러운 답신을 얻을 때까지는 마음을 털어놓을 사람이 없는 편이 차라리 나았기 때문이다.

10

외숙모에게서 신속한 답장이 왔다. 편지를 받은 엘리자베스는 서둘러 작은 덤불숲으로 가서 벤치에 자리를 잡은 다음 궁금증을 해소할 마음의 준비를 했다. 편지의 길이로 보아 거절이 아님이 확실했기 때문이다.

그레이스처치가 9월 6일

사랑하는 조카에게,

방금 네 편지를 받았어. 아침에는 다른 일을 모두 접고 너에게 답장을 쓰기로 했다. 너에게 전해야 할 말은 한두 줄로는 부족할 테니 말이다. 네 편지를 받고 솔직히 많이 놀랐어. 네가 그 일을 모르고 있을 거라고는 생각 못했으니까. 그렇다고 내가 화가 났다고는 생각지 마. 내 말은 네 쪽에서 그 일을 물어볼 필요가 없었을 것이라고 생각했던 것뿐이야. 네가 나를 이해해주고 싶지 않다면 부디 주제넘은 나를 용서하렴. 나도 놀랐지만 네 외삼촌도 나만큼 놀랐단다. 네 외삼촌은 너도 이 일에 관여한 줄 알았으니까. 만약 그렇게 생각하지 않았다면 이번 일을 그렇게 처리하지는 못했을 거야. 네가 정말 아무것도 모르고 있었다면, 내가 말을 좀 더 분명하게 해야겠어. 내가 롱본에서 돌아온 바로 그날, 네 외삼촌은 의외의 손님을 맞았어. 바로 다아시 씨였지. 그는 네 외삼촌과 여러 시간 밀담을 나눴어. 내가 도착했을 때에는 모든 일이 끝나 있었던 터라 궁금증 같은 것에 시달릴 필요도 없었으니 운이 좋았다고 해야겠지. 내가 알기로 다아시 씨가 네 외삼촌을 찾아온 이유는 리디아와 위컴 씨가 어디 있는지 알아냈고, 두 사람을 만나 이야기했다는 걸 전하기 위해서였어. 위컴 씨하고는 여러 번, 리디아하고는 한 번 이야기를 나눴다고 했어. 다아시 씨는 우리가 떠난 바로 다음날 두 사람을 찾으려고 더비셔를 떠나 런던으로 갔대. 다아시 씨는 이번 일이 발생한 것은 자기 탓이라는 생각에서 나서게 됐다고 했어. 위컴이 어떤 사람인지 알리기만 했어도 점잖은 집안의 아가씨가 그런 자를 믿고 사랑에 빠지는 일은 없었을 거라는 거야. 모든 일이 자신이 교만했기 때문이라고 하는 것으로 보아 다아시 씨의 사람됨을 알 수 있었어. 위컴의 비행을 세상에 알리는 것은 체면이 깎이는 일로 생각했대. 그의 비행은 자연스럽게 알려질 거라고 믿었나봐. 결국 다아시 씨는 자기 때문에 생긴 문제니 자신이 해결해야겠다고 결심한 거지. 다아시 씨가 이번 일에 발 벗고 나선 것에 대해서는 설사 다른 이유가 있었다 해도 그의 위신을 떨어뜨리지는 않을 것으로 믿어. 아무튼 다아시 씨는 런던에 도착해서 며칠 수소문한 끝에 두 사람을 찾아냈다고 했어. 위컴 씨의 행방을 찾을 만한 단서가 있었던 거지. 다아시 씨 말로는 영 부인이라는 여자가 다아시 양의 가정교사로 일한 적이 있었는데, 불미스러운 일로 해고당했대. 그 뒤 그 여자는 에드워드가에 큰 집을 구해서 하숙을 치면서 생계를 꾸려왔다고 했어. 영 부인이 위컴과 친하다는 것을 알고 있었던 다아시 씨는 런던에 도착하자마자 정보를 얻으려고 그 여자를 찾아가 위컴의 행방을 물었다는구나. 하지만 그 여자는 2, 3일이 지나서야 위컴의 소재를 털어놓더래. 내 생각엔 뇌물을 받기 전에는 의리를 지킬 생각이었던 것 같아. 위컴은 런던에 도착하자마자 그 여자를 찾아왔다는 거야. 그 여자 집에 남는 방이 있었다면 두 사람은 그곳을 거처로 삼았을 테지. 아무튼 우리의 친절한 다아시 씨는 드디어 원하는 주소를 손에 넣게 됐지. 두 사람이 있었던 곳은 ○○가였대. 다아시 씨는 위컴을 만났고, 실랑이 끝에 리디아도 만났다고 했어. 처음에는 리디아에게 집으로 돌아가라, 이제 수치스러운 생활을 그만 접어라, 가족들에게 잘 말해서 문제 없게 해주겠다고 설득할 참이었대. 하지만 막상 리디아를 만나고 보니, 그곳에 머물겠다는 마음이 확고하더라는 거야. 그 애는 가족이고 뭐고 필요 없다, 당신의 도움도 필요 없다, 위컴을 떠나라는 말만 하지 말아달라고 했다는

구나. 리디아는 자기들이 언젠가 결혼하게 될 것이라고 확신하고 있었고, 시기는 크게 중요하게 생각지 않더래. 그 애의 생각이 그러니 남은 일은 결혼을 확정 짓고 서두를 수밖에 없다고 생각했대. 하지만 다아시 씨는 위컴 쪽에서 결혼할 의사가 전혀 없다는 것을 알게 됐대. 위컴은 노름빚 독촉이 심해 도저히 부대에 있을 수 없었다고 실토하면서, 리디아가 자기와 함께 도주한 것은 그 애의 어리석은 선택의 결과였다고 서슴없이 말하더래. 그 사람은 당장 장교직을 내놓을 생각이다, 앞날의 일은 될 대로 되라는 식이더래. 어디로든 가야 하는데, 어디로 가야 할지 모르겠고, 생계를 꾸려갈 방도도 없다는 걸 본인이 잘 알더래. 다아시 씨가 왜 당장 리디아하고 결혼하지 않느냐고 물어보았대. 베넷 씨가 아주 부자는 아니지만 결혼하게 되면 뭔가 살아갈 방도를 마련해줄 테니, 상황이 나아지지 않겠느냐고 하면서. 그런데 위컴은 다른 지방으로 가서 괜찮은 여자를 만나 한밑천 잡겠다는 희망을 품고 있더라는 거야. 바닥으로 추락했으니 당장 급한 불을 꺼줄 유혹을 이기기는 어려웠겠지. 그는 두 사람을 여러 번 만났대. 의논할 문제가 많았겠지. 위컴은 처음에는 무리한 요구를 했지만 결국 적당한 선에서 물러서더래. 위컴과 합의를 본 다아시 씨는 네 외삼촌을 만나 모든 사실을 알려줬어. 다아시 씨가 처음으로 그레이스처지가를 찾아왔던 것은 내가 집으로 오기 전날이었어. 그러나 네 외삼촌이 손님을 만날 수 없는 상황이라는 것을 전해 들은 다아시 씨는 주인장이 언제 집에 계시느냐고 묻던 중에 너희 아버지가 우리 집에 와 계시며, 다음날 아침에 런던을 떠나기로 했다는 사실을 알게 되었다는구나. 다아시 씨는 이번 일을 의논할 상대로 너희 아버지보다 외삼촌이 적당하다고 판단했고, 외삼촌을 만나는 일은 아버지가 런던을 떠난 후로 연기하기로 했던 거야. 다아시 씨는 이름을 남기지 않고 갔기 때문에, 다음날까지 한 신사분이 사업 관계로 방문했다고만 알려져 있었대. 토요일에 다아시 씨가 다시 왔지. 너희 아버지는 롱본으로 떠났고, 외삼촌은 집에 있었는데, 내가 아까 말했던 것처럼 그렇게 만나 밀담을 나눈 거야. 두 사람은 일요일에 다시 만났어. 그리고 그때는 나도 다아시 씨를 봤어. 월요일이 되어서야 모든 일이 결정나서 바로 롱본에 속달을 보냈어. 그런데 우리를 방문한 다아시 씨는 고집이 세더구나. 내 생각이다만 리지야, 그 고집은 그 사람의 성격상 큰 결함이 아닐까 해. 그 사람 성격을 놓고 말이 많지만 고집이 세다는 것만은 정말이었어. 자신이 이 문제에 따르는 모든 비용을 부담한다면서 누구의 도움도 받지 않겠다고 했다지 뭐니. 하지만 나는 확신해. (인사받으려고 하는 말은 아니니 거기에 대해선 아무 말 마라.) 만약 다아시 씨가 양보만 했다면 너희 외삼촌이 자기 힘으로 모든 비용을 처리했을 거야. 두 사람은 한동안 옥신각신했어. 당사자인 위컴과 리디아를 생각하면 과분하지만 말이야. 하지만 결국 너희 외삼촌이 양보하고 말았어. 너희 외삼촌은 조카를 위해 한 것도 없는데 혼자서 생색을 내는 것이 영 불편한가봐. 오늘 아침에 외삼촌이 네 편지를 받고 몹시 기뻐하더라. 너의 궁금증을 풀어주게 되면 좋은 일을 한 사람의 진짜 주인공이 누구인지도 밝혀질 테니 말이야. 하지만 리지야, 이건 너만 알고 아무한테도 말하지 마라. 제인한테야 어떻겠냐만, 그 이상은 안 돼. 그 젊은이를 위해서 한 일이 무엇인지 넌 잘 알고 있으리라고 생각한다. 내 생각으로는 1000파운드는 족히 넘는 위컴의 빚을 청산해주었고, 리디아의 몫에다 1000파운드를 더 얹어주고, 위컴의 장교 자리까지 주선해주었어. 이 모든 일을 왜 그분 혼자서 떠맡기로 했는지는 앞에서 내가 말한 것이 이유야. 사람들이 위컴의 됨됨이를 제대로 알지 못한 채 환대하고 주목하게 된 것이 모두 자기 탓이라는 거야. 완전히 틀렸다고 할 수는 없겠지. 하지만 이런 일이 생긴 것이 그의 실체를 밝히지 않은 다아시 씨 탓으로만 돌릴 수 있는지는 의문이야. 하지만 리지, 이것만은 알아두렴. 네 외삼촌이 양보했던 것은 그분이 주장한 그럴듯한 구실들 때문이 아니라, 이번 일에 그분이 나선 데에는 남모르는 이유가 있을 것으로 믿었기 때문이야. 모든 일이 결정된 후 그분은 지인들이 기다리고 있는 펨벌리로 돌아갔어. 이후 결혼식에 맞춰 런던으로 돌아와 금전적 문제를 마무리짓겠다고 했어. 자, 이만하면 모든 궁금증이 소상하게 밝혀졌지? 이번 일로 네가 크게 놀랐겠지만, 최소한 불쾌감은 느끼지 않았으면 좋겠구나. 일을 치르면서 리디아를 우리 집에 와 있게 했고, 위컴도 수시로 집으로 오도록 허락해주었어. 위컴은 내가 하트퍼드셔에서 알았을 때와 조금도 달라진 데가 없더구나. 그러나 우리랑 같이 지낼 때 리디아가 얼마나 못마땅하게 행동했는지 몰라. 제인의 편지를 보았더니 집에서 한 짓도 그에 못지않았나 보더라. 그러니 내가 이런 말을 한다고 해서 새삼스러울 건 없겠지? 그날 리디아한테 되풀이해서 진지하게 이야기했단다. 본인이 얼마나 끔찍한 짓을 저질렀는지, 가족들에게 얼마나 큰 불행을 안겨주었는지 말이다. 그 아이가 내 말을 알아들었다면 좋으련만, 내가 보기엔 도무지 마이동풍이었어. 어떤 때는 정말 화가 치밀었는데, 너와 제인을 생각하고 참았어. 다아시 씨는 정확히 약속한 시간에 런던으로 돌아왔고, 리디아가 말한 것처럼 결혼식에 참석했어. 그는 다음날 우리와 식사를 하고 수요일인가 목요일인가에 런던에서 떠난다고 했어. 리지야, 내가 다아시 씨를 얼마나 좋아하는지 말하면 화를 낼지 모르지만 난 그 사람이 좋단다. (전에는 이런 말을 할 엄두도 못 냈었지.) 다아시 씨는 우리를 정말 기분 좋게 해주었어. 그의 행동은 더비셔에서와 다름이 없었어. 그의 판단력과 소신은 어찌 그리도 내 마음에 쏙 들던지. 아쉬운 것은 조금만 생기가 있었으면 좋겠다는 거야. 하지만 그 사람이 결혼을 신중하게 한다면 부인이 가르쳐줄지도 모르지. 그 사람은 아주 능청스러운 데가 있더라. 네 이름은 입밖에도 내지 않았어. 그렇지만 요즘은 능청스러운 것이 유행인 것 같더구나. 내가 주제넘었다면 용서해다오. 아니면 최소한 나를 P(펨벌리를 염두에 둔 말)에서 추방하는 형벌은 내리진 마. 그 정원을 다 둘러보기 전까지는 완전히 행복하다고 못할 테니까. 작고 멋진 망아지 한 쌍이 끄는 나지막한 사륜마차라면 바랄 게 없겠구나. 이제 더 이상 못 쓰겠다. 아이들이 반시간 내내 나를 불러대서 그래. 이만 줄인다.

— 가디너 외숙모

편지 내용은 엘리자베스의 가슴을 설레게 했지만 기쁨이 더 큰지 슬픔이 더 큰지는 단정짓기 어려웠다. 다아시 씨가 동생의 결혼을 성사시키기 위해 무언가 조치를 취하지 않았을까 하는 불안한 의심을 품은 적은 있었다. 그러나 그렇다고 보기에는 그가 베푼 호의가 너무 지나쳤기에 차마 기대를 품을 수는 없었다. 게다가 다른 한편으로 이렇게 신세를 지면 어쩌나 두렵기만 했던 의혹이 부정할 수 없는 현실로 드러난 것이다. 그는 그 두 사람을 붙잡기 위해 런던으로 갔고, 갖은 수고와 굴욕을 감수했던 것이다. 자신이 혐오하는 여자를 찾아가 사정했고, 그 이름을 입

밖에 내는 것이 형벌이었던 남자를 만나 설득하고 권유하는 것으로도 모자라 매수까지 했던 것이다. 그는 호감도 존중심도 갖기 어려운 한 여자를 위해 이 모든 일을 했다. 그녀의 마음이 속삭였다. '나를 위해서였어.' 그러나 이내 희망적인 생각은 다른 생각에 꺾이고 말았다. '그 사람은 위컴과 엮인다는 생각만으로도 진저리를 칠 거야. 그런데 내가 아무리 허영심이 많은 여자라고 해도, 믿을 것이라고는 나에 대한 그의 사랑밖에 없는데, (사실 난 이미 그를 거절하지 않았는가!) 그 사람이 그 같은 혐오감을 나에 대한 사랑으로 극복해주기를 바라는 것은 지나친 기대가 아닐까. 위컴과 동서가 돼야 하는데! 그렇게 오만한 사람이, 그렇게 자존심이 센 사람이 어떻게 그 일을 참는단 말인가!' 그가 한 일은 분명 대단했다. 그녀는 그의 용기를 생각하자 수치스러웠다. 게다가 그는 자신이 개입한 일에 대한 이유를 밝혔고, 그 이유가 그 모든 것을 헤아리기에 불충분한 것은 아니었다. 그가 자신의 잘못이라고 느꼈다는 것은 일정부분 타당한 면이 있었다. 그는 너그러운 데다가 그 너그러움을 실천할 만한 수단도 있었다. 그녀는 그가 그 일에 나선 동기가 순전히 자신 때문이라고 내세우고 싶지는 않았지만, 자신에 대한 미련도 어느 정도 작용했을 것이라고 짐작했다. 자신의 가족이 그에게 신세를 지고 있는데도 불구하고 그 사람은 감사를 받지 못하는 상황이었으므로, 이 모든 걸 알고 있는 엘리자베스는 이루 말할 수 없을 정도로 괴로웠다. 리디아를 되찾고, 그녀의 평판을 지킬 수 있었던 것은 모두 그 사람 덕분이었다. 아! 그녀는 자신이 지금까지 품고 키웠던 온갖 배은망덕한 감정, 그를 향해 쏘아댔던 무례한 말들을 생각하자 가슴이 사무쳤다. 그녀는 콧대가 꺾였다. 그러나 한편으로는 연민과 도의를 위해 자존심을 버린 그가 자랑스러웠다. 그녀는 외삼촌 내외가 다아시 씨와 자신 사이에 애정과 신뢰가 존속한다고 굳게 믿고 있다고 생각하자 안타깝기는 해도 흐뭇했다.

그때 누군가가 다가오는 소리에 놀라 자리에서 일어나면서 복잡한 상념에서도 깨어났다. 그러나 다른 길로 접어들 새도 없이 위컴이 뒤따라왔다.

"혼자 산책을 즐기시는데 방해했나요, 처형?" 함께 걷기 시작하며 그가 말했다.

"네, 맞아요. 그렇다고 환영하지 않겠다는 말은 아니에요." 그녀는 웃음을 띠며 대꾸했다.

"제 방해가 반가운 방해였으면 좋겠습니다. 우린 늘 좋은 친구였잖아요. 지금은 그 이상이고요."

"그렇네요. 다른 사람들도 산책하러 나오나요?"

"모르겠어요. 장모님과 리디아는 마차를 타고 메리턴으로 갈 모양이에요. 그런데 저, 처형, 외삼촌 내외분의 말씀을 들으니 처형이 펨벌리에 다녀왔다던데."

엘리자베스는 그렇다고 대답했다.

"저도 가보고 싶어요. 하지만 거길 갔다가 마음만 아플까봐 참습니다. 뉴캐슬로 가는 길에 들러볼까도 했지만 그만두기로 했어요. 그곳 하녀장도 만나보셨겠지요? 레이놀즈 아주머니가 옛날부터 저를 무척 아꼈거든요. 하지만 그분이 제 이름을 언급하지는 않았겠죠."

"아니요, 했어요."

"뭐라던가요?"

"댁이 군대에 들어갔는데, 뭐 결과가 썩 좋지 않다고 걱정하더군요. 하긴 멀리 있다 보면 말이 잘못 옮겨지는 수도 있으니까요."

"물론 그렇지요." 위컴은 입술을 깨물면서 대답했다. 엘리자베스는 이것으로 그가 입을 다물 것이라고 생각했는데, 그는 곧바로 이렇게 말했다.

"지난달 런던에서 다아시를 보고 놀랐어요. 서너 번 마주쳤거든요. 거기서 대체 무슨 할 일이 있었는지 모르겠어요."

"드보어 양하고의 결혼 때문인가 보죠. 필시 뭔가 특별한 볼일이 있지 않고서야 이런 시기에 런던에 있었을 리가 없잖아요." 엘리자베스가 말했다.

"그렇네요. 램턴에 갔을 때 다아시를 봤습니까? 같이 만났다는 이야기를 외삼촌 내외분께 들었습니다."

"그래요. 그분이 동생을 소개해주셨어요."

"그래, 마음에 들던가요?"

"아주 좋은 사람 같던걸요."

"요 한두 해 사이에 많이 좋아졌다고들 했어요. 내가 마지막으로 봤을 때는 좋아질 기미가 없었는데, 처형이 좋아하신다니 기쁩니다. 훌륭한 숙녀가 될 것 같군요."

“당연하죠. 아주 힘든 시기를 넘겼으니까요.”

“혹시 킴프턴이라는 마을을 지났습니까?”

“글쎄요, 기억이 안 나는군요.”

“그 마을은 제가 성직록을 받기로 되어 있던 곳이라서 말씀드렸어요. 아주 멋진 곳이지요. 목사관도 훌륭하고. 그곳만큼 제게 어울리는 지역도 없을 거예요.”

“설교하는 일이 힘들지 않았을까요?”

“천만에요. 그걸 저의 의무로 생각했을 테니, 별로 힘들이지 않고 해냈을 거예요. 이미 끝난 일이긴 하지만 저한테 그토록 잘 맞는 자리도 없을 겁니다. 조용하고 한적한 그곳에서 일생을 보낸다면, 제가 생각하는 행복의 조건이 모두 충족되었을 테지요. 하지만 일이 꼬여버렸어요. 켄트에 머물 때 혹시 다아시가 당시 상황을 말하지 않던가요?”

“다아시 씨 못지않게 믿을 만한 분한테서 듣기로는, 그 자리에 대한 제부의 권리는 조건부였고, 실제 권리는 성직 수여권자에게 일임되어 있다고 하던데요.”

“들었군요. 아주 틀린 말은 아닙니다. 우리가 처음 그 이야기를 나눌 때도 제가 그렇다고 말씀드렸는데, 기억하실는지 모르지만.”

두 사람은 벌써 문 앞에 당도했다. 엘리자베스가 위컴을 떨쳐버리려고 빨리 걸었던 까닭이다. 동생을 위해 그를 자극하지 않으려고 상냥한 미소를 지으며 이 정도로만 말했다.

“자, 위컴 씨. 우린 한 식구잖아요. 지난 일로 다투지 말아요.

우리 앞으로는 항상 한마음으로 잘해보자고요."

엘리자베스는 악수를 청했고, 위컴은 기사도 정신을 발휘해 그녀가 내민 손에 입을 맞추었다. 하지만 그는 눈을 어디다 둬야 할지 몰랐다. 이렇게 두 사람은 산책을 마치고 집 안으로 들어갔다.

11

처형과 몇 마디 대화를 나누는 동안 처형의 생각을 알게 된 위컴은 더 이상 불유쾌한 주제를 입에 올려 분위기를 난감하게 만들지는 않았다. 엘리자베스도 위컴이 다시는 그런 말을 못하도록 자신의 생각을 충분히 전했음을 알고 만족했다.

어느새 위컴과 리디아가 떠날 날이 다가왔다. 베넷 부인은 딸과의 작별을 받아들이지 않을 수 없었다. 다 같이 뉴캐슬을 방문하자는 계획을 세워보았지만 남편은 들은 척도 하지 않았기 때문에 이제 막내딸을 보려면 적어도 열두 달은 기다려야만 할 것 같았다.

"오! 우리 리디아, 이제 헤어지면 언제 만나니?" 베넷 부인이 울먹이며 말했다.

"아이, 정말! 내가 어떻게 알아. 2, 3년 안에는 못 보겠지, 뭐."

"자주자주 편지해라, 얘야."

"되도록 자주 할게요. 하지만 엄마도 알잖아. 결혼한 여자들은 편지 쓸 시간이 없다는 것 말야. 언니들이 나한테 편지를 쓰면 되겠네. 따로 할 일도 없을 테니까."

위컴 씨의 작별 인사는 그의 아내보다는 다정했다. 그는 환하게 미소를 지었고, 잘나 보였고, 듣기 좋은 말을 많이 했다.

"나 참, 저렇게 멋진 친구는 보다보다 처음이야." 두 사람이 집 밖으로 나가자마자 베넷 씨가 말했다. "능글능글, 유들유들, 이 집 식구들이 모두 자기 애인인 줄 아는 놈이라니까. 난 저 사람이 자랑스러워 죽겠어. 윌리엄 루커스 경도 나보다 더 값진 사위를 보지는 못할 게다, 아마."

딸을 떠나보낸 베넷 부인은 며칠간 울적해했다.

"요즘 부쩍 이런 생각이 들어. 가족과 헤어지는 것보다 괴로운 일은 없을 것이라고. 옆에 붙어 지내던 사람들이 떠나니 정말 쓸쓸하구나." 베넷 부인이 말했다.

"딸자식 시집보낸다는 게 이런 것 아니겠어요? 나머지 딸 넷은 아직 미혼이니까 섭섭해하지 마세요." 엘리자베스가 말했다.

"그런 게 아니야. 리디아가 떠난 것은 결혼했기 때문이 아니라 남편 부대가 멀다 보니 그런 거야. 부대가 좀 가까웠다면 그렇게 바로 떠나진 않았을 텐데."

의기소침해 있던 베넷 부인은 얼마 안 가 활력을 되찾았다. 동네에 떠돌기 시작한 새로운 소식으로 그녀의 마음은 또다시 요동치기 시작했다. 네더필드의 가정부가 주인 나리의 도착을 준비하라는 언질을 받았다는 것이었다. 주인이 하루이틀 내에 도착해서 몇 주간 사냥을 할 것이라고 했다. 베넷 부인은 안절부절뭇했다. 그녀는 맏딸을 바라보며 잠시 미소를 짓는가 했더니 머리를 절레절레 흔들었다.

"그래그래. 그래서 빙리 씨가 내려온단 말이지, 동생?" (필립스 부인이 가장 먼저 소식을 가져왔다.) "글쎄, 온다면야 나야 좋지. 하긴 내가 상관할 일은 아니지만. 우리하고는 아무 관계가 없는 사람이잖아. 그리고 난 말이야, 그 사람 더는 보고 싶지 않아. 하지만 자기가 자기 집에 온다는데 누가 말리겠어. 하긴, 무슨 일이 생길지 알 수 없는 일이지? 사실 우리랑은 아무 상관도 없는 일이지만, 동생, 자네도 알다시피 우린 오래전에 그 문제에 대해서는 입을 다물기로 약속했어. 그런데 정말 오기는 온단 말이야?"

"틀림없다니까. 니콜스 부인이 어젯밤 메리턴으로 나왔었어. 그 여자가 문 밖을 지나가길래 내가 빙리 씨가 온다는 소문이 사실이냐고 물어봤지. 그러니까 맞다고 말해주던걸. 수요일이면 올 것 같다는 거야. 아무리 늦어도 목요일에는 내려올 거라고 했어. 자기는 수요일에 맞춰 고기를 주문하려고 푸줏간에 가는 길인데, 그날 잡기 딱 좋은 오리를 여섯 마리 구했다고 했어." 필립스 부인이 대답했다.

빙리 씨가 온다는 소식을 듣고 베넷 양은 저도 모르게 얼굴이 붉어졌다. 엘리자베스에게 그의 이름을 입에 올리지 않은지도 수개월이나 되었다. 둘만 남게 되자 제인이 말했다.

"리지, 이모가 우리한테 그 소식을 알려주었을 때, 너 나를 유심히 살펴보더라. 나도 알아. 내가 어색한 표정을 짓고 있었다는 걸. 그렇지만 내가 무슨 어리석은 생각을 하고 있었다고는 생각지 말아줘. 잠시 당황했던 것뿐이니까. 다들 나를 쳐다보는 것 같았거든. 분명히 말해두지만 그 소식은 나한텐 기쁨도 고통도 주지 않았어. 그 사람이 혼자 온다는 것 한 가지는 기뻐. 그 사람을 볼일이 별로 없을 거니까 말이야. 그 사람을 만나는 일이 두려운 게 아니라 다른 사람들이 이러쿵저러쿵하는 게 겁나."

엘리자베스는 빙리 씨의 등장을 어떻게 해석해야 할지 알 수가 없었다. 빙리 씨를 더비셔에서 보지 않았더라면 단순히 사냥하러 오는 거라고 생각했을 것이다. 그러나 빙리 씨는 여전히 언니를 좋아하고 있다는 생각이 들었다. 그녀가 정작 궁금했던 것은 빙리 씨가 자기 친구인 다아시 씨의 허락을 받고 오는지, 아니면 그냥 오는지였다.

'거 참, 빙리 씨도 힘들겠어. 자기 집에 오는 걸 가지고 이리도 말이 많으니 말야. 나도 이제 쓸데없는 생각 말아야지.' 엘리자베스가 생각했다.

빙리 씨가 온다는 말에 언니는 반가울 것도 없고 괴로울 것도 없다면서 담담한 척했지만, 엘리자베스가 보기에는 그렇지가 않았다. 평소의 언니답지 않게 불안정했기 때문이다.

꼭 1년 전에 부모님이 그토록 뜨거운 격론을 벌였던 의제가 새삼 다시 제기되었다.

"빙리 씨가 오면 방문할 거지요, 여보." 베넷 부인이 물었다.

"아니, 안 할 거요. 작년에 억지로 시켜서 거길 갔었는데, 당신이 뭐랬소. 내가 거길 방문하면 그가 우리 딸들 중 하나랑 결혼할 거라고 하지 않았소. 그런데 아무 성과도 없었으니 다시는 그런 광대 짓은 안 할 거요."

그러자 베넷 부인은 빙리 씨가 네더필드로 돌아오면 이웃 남자들이 그 정도의 환대는 해야 하는 것 아니겠냐고 말했다.

"나는 그런 식의 예절을 경멸하오. 우리랑 사귀고 싶다면 자기가 찾아오라고 해요. 우리가 어디에 살고 있는지 잘 알고 있을 테니까. 나는 이웃이 타지로 나갔다 돌아올 때마다 쫓아다니느라 시간을 허비하고 싶지 않으니까." 베넷 씨가 말했다.

"나 참, 인사를 안 가겠다니! 하여튼 이것만 알고 있으라고요. 그 사람을 방문하지 않는 건 무례한 짓이라는걸요. 아무리 그래도 난 그 사람을 우리 집 정찬에 초대할 거예요. 롱 부인이랑 굴딩 씨 부부도 한번 초대할 때가 됐어요. 그러면 우리 식구하고 열셋인데, 식탁에 그 사람 자리가 딱 하나 남네."

베넷 부인은 빙리 씨를 초대하겠다고 결심하자 자기 남편의 무례함에 너그러워졌다. 하지만 남편이 빙리 씨에게 인사를 가지 않아 동네에서 꼴찌로 만나게 될지 모른다고 생각하자 굴욕감이 느껴졌다. 그의 도착 날짜가 다가오자 제인이 말했다.

"그 사람 차라리 오지 말았으면 좋겠어. 별일 아닐 게 뻔해. 그 사람을 만나도 아무 감흥도 없을 것 같아. 하지만 어머니가 자꾸 그 사람 얘기만 하는 건 정말이지 못 참겠어. 물론 좋은 의도로 하는 말이겠지만, 당신이 하는 말 때문에 딸자식이 얼마나 괴로워하는지 모르는 것 같아. 그 사람이 네더필드를 떠나는 게 차라리 마음 편할 것 같아."

"언니를 위로해주고 싶은데 내가 무슨 말을 해도 힘이 되어주지 못할 것 같아. 언니도 그걸 느끼겠지. 사람들은 흔히 힘들어하는 사람에게 참고 견디라고 설교를 늘어놓으면서, 자신이 대단한 조언을 해주었다고 생각하잖아. 하지만 나는 그게 잘 안 돼. 사실 언니는 이미 너무 오래 참아왔으니 말이야." 엘리자베스가 위로했다.

빙리 씨가 도착했다. 베넷 부인은 하인들의 도움으로 그 소식을 가장 먼저 입수했지만, 그래 봤자 불안과 초조감에 시달리는 기간만 늘린 꼴이었다. 베넷 부인은 초대장을 보내는 것이 예의가 아닐까 고민했고, 얼마나 남았는지 헤아려보았다. 그 전에 빙리 씨를 보는 것은 단념했다. 그러나 그가 하트퍼드셔에 도착한 지 사흘째 되던 날 아침, 베넷 부인은 자신의 옷방 창문으로 빙리 씨의 모습을 보았다. 말을 타고 마당에 들어선 빙리 씨가 현관으로 들어오고 있었던 것이다. 그녀는 환희를 주체할 수 없어 딸들을 불러댔다. 제인은 단호하게 자기 자리를 지켰지만 엘리자베스는 어머니의 기분을 맞춰주기 위해 창문으로 다가갔다. 바깥을 내다보니 빙리 씨와 함께 다아시 씨가 오는 것이 보이자 그만 언니 곁에 앉아버렸다.

"엄마, 빙리 씨 옆에 다른 남자가 있어요. 대체 누굴까?" 키티가 말했다.

"빙리 씨가 아는 사람이겠지. 얘, 난 모르겠구나."

"저것 봐요! 전에 빙리 씨랑 같이 다니던 그 남자 같아. 이름이 뭐더라. 그 키 크고 거만한 남자 말이야." 키티가 대꾸했다.

"원 세상에! 다아시 씨야! 그래, 분명해. 뭐, 빙리 씨의 친구라면 누구라도 여기 오는 건 환영해. 하지만 그 친구만은 꼴도 보기 싫다만, 어쩌겠니?"

제인은 놀라움과 걱정이 뒤섞인 눈으로 엘리자베스를 바라보았다. 그녀는 동생과 다아시 씨가 더비셔에서 만났다는 사실을 몰랐으므로 다아시 씨의 해명 편지를 받고 처음 만나는 줄 알고 있었다. 그래서 자기 동생이 얼마나 마음이 불편할까 싶어 안쓰러웠다.

자매는 정말이지 마음이 편치 않았다. 서로가 상대에 대해 안쓰러워했고, 당연히 스스로도 견딜 수 없을 정도로 불편해했다.

그때 어머니가 자기는 다아시 씨를 싫어하지만 빙리 씨의 친구니 예의를 차리겠다고 말했지만, 두 자매의 귀에는 아무것도 들리지 않았다. 게다가 엘리자베스가 느끼는 불편함은 제인으로서는 상상할 수조차 없는 것이었다. 언니에게 외숙모의 편지를 보여주지도 못했고, 다아시 씨에 대한 자신의 감정 변화를 이야기해줄 용기도 없어 혼자만 끙끙 앓고 있었기 때문이다.

제인이 보기에 다아시 씨는 동생에게 청혼을 거부당한 사람으로, 동생이 별로 좋지 않게 생각하는 사람일 뿐이었다. 그러나 더 많은 것을 알고 있는 엘리자베스에게 다아시 씨는 온 가족이 큰 은혜를 입은 사람이자 자신이 관심을 갖고 있는 사람이었다. 엘리자베스가 다아시를 생각하는 마음은 언니가 빙리 씨에게 느끼는 것만큼 다정하지는 않았지만 끈끈한 유대감은 훨씬 강했다.

엘리자베스는 다아시 씨가 네더필드를 거쳐 롱본까지 자신을 찾아왔다는 사실에 크게 놀랐다. 놀라움의 정도는 더비셔에서 그의 태도가 바뀐 것을 처음 보았을 때 못지않았다. 엘리자베스의 얼굴에서 사라졌던 혈색이 30초 정도 지나 다시 발그레해졌다. 그 짧은 찰나의 순간에 다아시 씨의 사랑과 소망이 흔들리지 않았음이 분명하다는 확신에서 오는 기쁨의 미소가 그녀의 눈에 광채를 더했다. 그러나 아직 안심하기에는 일렀다.

'일단은 그이가 어떻게 나오는지 지켜봐야겠어.' 엘리자베스는 생각했다. '그때 가서 기대해도 늦지 않아.'

엘리자베스는 평정심을 유지하려고 뜨개질에 열중했다. 처음에는 감히 눈을 들어 밖을 쳐다보지도 못하다가, 문밖에서 하인의 발소리가 들리자 호기심을 누를 수 없어 언니의 얼굴을 쳐다보았다. 제인은 평소보다 얼굴빛이 창백해 보이긴 했지만 침착했다. 남자들이 나타나자 제인은 가볍게 얼굴을 붉혔으나 그런대로 편안해 보였다. 싫어하는 기색도, 그렇다고 지나친 공손함도 없이 손님을 맞았다.

엘리자베스가 다아시 씨를 바라본 것은 딱 한 번이었다. 다아시 씨는 평소의 모습 그대로 진지해 보였다. 펨벌리에서보다 하트퍼드셔에서 보았던 모습에 더 가까웠다. 그러나 어머니 앞이어서 그런지 외삼촌과 외숙모와 함께 할 때와는 다를 것이라는 생각이 들었다. 그런 추측을 하는 것이 괴롭기는 했지만 터무니없다는 생각은 들지 않았다. 그녀는 빙리를 살짝 보았는데, 즐거워하면서도 어쩔 줄 몰라 하는 기색이 역력했다.

빙리 씨를 맞이하는 베넷 부인의 태도를 보고 두 자매의 얼굴이 달아올랐다. 친구 다아시 씨에게는 차갑고 의례적인 무릎 인사를 건넨 것과 너무나 대조적이었기 때문이다. 엘리자베스는 어머니가 애지중지 여기는 막내딸의 씻을 수 없는 수치를 면하게 해준 다아시 씨를 냉대하는 것을 보고 속상했다.

다아시는 엘리자베스에게 외삼촌 내외의 안부를 물었는데, 그녀는 몹시 당황해하며 잘 있다고 대답했다. 안부를 물어본 뒤로 그는 거의 입을 닫고 있었다. 다아시의 자리가 엘리자베스의 자리에서 멀었기 때문일 수도 있었다. 그러나 더비셔에서는 그러지 않았다.

그곳에서는 엘리자베스에게 할 말이 없을 때는 그녀의 일행에게 말을 걸었다. 한데 지금은 5분이 넘도록 목소리를 듣기가 어려웠다. 가끔 호기심을 억누를 수 없어서 다아시 씨의 얼굴을 보노라면 제인을 보고 있을 때가 자신을 볼 때만큼이나 많았고, 그 외에는 그냥 멍하니 방바닥만 내려다보고 있었다. 지난번 만났을 때보다 더 생각이 많아 보였고, 유쾌하게 어울릴 생각이 별로 없는 것 같았다. 그녀는 그의 태도에 실망했는데, 사실 그런 자신에게 더 화가 났다. '아, 내가 바보지. 가당치도 않은 일이야. 그런데 저 사람은 도대체 왜 온 거지?'

엘리자베스는 그 사람 외에는 누구와도 대화를 나누고 싶지 않았는데, 그렇다고 그에게 말을 붙일 용기도 없었다. 겨우 누이 동생의 안부를 묻고는 더 이상 아무 말도 할 수 없었다.

"빙리 씨, 오랜만에 뵙네요." 베넷 부인이 말했다.

그는 바로 그렇다고 했다.

"혹시 다시 돌아오지 않으면 어떡하나 걱정했답니다. 사람들이 그러던걸요. 빙리 씨가 미가엘 축일에 이곳을 아주 뜰 거라고요. 하지만 저는 설마 했어요. 빙리 씨가 떠난 후에 이곳에는 참 많은 변화가 있었어요. 루커스 양이 결혼해서 가정을 이루었고, 제 딸 가운데 하나도 결혼했어요. 들으셨을 거라고 생각하는데, 아, 신문에서 봤겠네요. 〈타임스〉하고 〈쿠리어〉에 났으니까요. 뭐 제대로 실리지는 않았지만 말이에요. 이렇게만 나왔어요. '최근 조지 위컴 님과 리디아 베넷 양 화촉'이라고요. 아버지의 존함이며 주소 같은 건 없었어요. 그건 제 동생 가디너가 작성했는데, 일을 어떻게 그렇게 대충 했는지 모르겠어요. 보셨나요?"

빙리 씨는 보았다고 대답하고 축하한다고 말했다. 엘리자베스는 고개를 들 수가 없었다. 그래서 다아시 씨가 어떤 얼굴을 하고 있는지도 알 수 없었다.

"딸을 좋은 데로 시집보낸 것이 좋긴 하지만, 그렇게 멀리 떨어져 있어야 하니 속상해요. 빙리 씨," 하고 어머니가 계속해서 말했다. "그 애들은 뉴캐슬로 가버렸어요. 아주 북쪽 끝에 있는 모양이에요. 그곳에서 얼마나 머물지 모르겠어요. 사위 부대가 그곳에 있답니다. 제 사위가 ○○시민군에서 나와 정규군에 들어갔다는 이야기는 들으셨죠? 정말 다행이에요. 제 사위가 친구복이 있어요. 기꺼이 도와주는 친구요."

그가 바로 다아시 씨라는 걸 알고 있는 엘리자베스는 너무나 창피해서 그대로 앉아 있을 수가 없었다. 하지만 상황이 이렇다

보니 어머니의 입을 막아야겠다는 절박한 마음에 간신히 입을 열었다.

그녀는 빙리에게 이 고장에서 얼마나 체류할 생각인지 물어보았다. 빙리는 몇 주일 있을 것이라고 대답했다.

"빙리 씨, 네더필드에서 새를 다 쏘시고 나면 이리로 오세요." 어머니가 다시 말을 시작했다. "여기서는 얼마든지 잡으셔도 된답니다. 빙리 씨가 온다면 우리 주인 양반도 무척 기뻐할 거예요. 댁을 위해서 최고로 통통한 새는 남겨둘게요." 이렇게 불필요하고 공연한 배려를 베풀다니, 엘리자베스는 시간이 갈수록 비참해졌다. 1년 전 그들의 마음을 부풀게 했던 것과 똑같은 상황이 찾아왔지만 결말은 실망스러울 것이라고 생각되었다. 그 순간 엘리자베스는 느꼈다. 언니나 자신이 아무리 긴긴 시간 행복을 누린다 해도 지금같이 끔찍하고 난처한 순간을 보상해주지는 못할 것이라고.

그리고 생각했다. '내가 진정으로 바라는 것은 이 두 남자를 두 번 다시 만나지 않는 거야. 이 사람들과 만나는 것이 아무리 즐겁다 해도 지금의 비참한 심정을 보상해주지는 못할 테니까.'

그러나 그토록 비참했던 기분도 얼마 안 가 많이 누그러졌다. 언니의 아름다운 미모가 옛 연인의 마음에 사랑의 불을 지폈음을 알았기 때문이다. 처음에는 언니에게 거의 말을 걸지 못했던 빙리 씨가 어느새 급속도로 관심을 보이기 시작했다. 제인이 지난해 보았을 때와 다름없이 아름다운 아가씨라고 느꼈기 때문이다. 빙리 씨는 제인이 말수는 조금 줄었지만 지난해와 다름없이 상냥하고 꾸밈이 없다는 것을 알게 되었다. 제인은 예전과 달라진 것이 없음을 보여주고 싶어 했고, 자연스럽게 대화하려고 노력했다. 그러나 머릿속은 복잡한 생각으로 꽉 차 있어 자신이 입을 다물고 있다는 사실을 알아채지 못했다.

두 신사가 그만 가보겠다고 일어섰을 때, 초대를 하는 것이 예의라고 생각한 베넷 부인은 두 신사에게 수일 내에 롱본의 정찬 모임에 와달라고 초대했다. 그러자 두 사람 모두 선선히 그러겠다고 했다.

"빙리 씨, 저한테 빚진 게 있어요. 지난겨울 런던으로 떠날 때, 돌아오자마자 우리 가족이랑 식사하기로 했잖아요. 보시다시피 전 잊지 않고 있어요. 그동안 얼굴도 안 보이고, 약속도 안 지켜 무척 실망했어요." 베넷 부인이 말했다.

베넷 부인의 말에 빙리는 약간 멍한 표정이었으나 곧 일이 생겨서 그렇게 됐다고 사과했다. 두 신사는 금방 떠났다.

베넷 부인은 두 사람을 붙들고 정찬을 하고 가라고 하고 싶은 마음이 굴뚝 같았다. 베넷가의 식탁은 항상 풍성했기 때문이다. 하지만 그녀는 사위로 점찍은 남자에게 제대로 대접하기 위해서든 1년에 1만 파운드를 버는 남자의 자존심을 지켜주기 위해서든, 최소한 두 가지 코스 요리는 준비해둬야겠다고 생각했다.

12

두 남자가 떠나자 엘리자베스는 산책을 나섰다. 기운을 차리기 위해서라고 했지만 정확히 말하면 기운 빠지게 만들 것이 분명한 문제들에 대해 방해받지 않고 생각하기 위해서라는 것이 맞다. 다아시 씨의 태도는 그녀를 놀라게 하고 화나게 만들었다.

'그렇게 입을 꾹 다물고, 엄숙하게 있으려면 여긴 뭣하러 온 거지?' 엘리자베스는 생각했다.

아무리 생각해봐도 속시원한 해답을 찾을 수 없었다.

'런던에서 외삼촌, 외숙모에게는 사근사근하고 유쾌하게 굴더니 왜 나한테는 안 그러는 거지? 내가 겁난다면 여긴 왜 왔지? 나에게 마음이 식었다면 왜 솔직히 말을 안 해? 골치 아픈 사람이야, 정말! 이제 그 사람에 대해선 생각도 말아야지.'

엘리자베스가 자신의 결심을 잠시나마 지키게 된 것은 언니가 다가왔기 때문이었다. 제인은 밝은 표정이었다. 동생과는 달리 손님들이 꽤나 만족스러웠던 것 같았다.

"첫 대면이 끝나니까 마음이 편해. 내가 강하다는 것도 알게 되었고. 다시 그 사람이 온다면 당황하지 않을 거야. 화요일에 여기 와서 식사하기로 해서 좋아. 그때는 모두들 우리가 무덤덤하다는 걸 확인할 수 있을 거야." 제인이 말했다.

"그럼 아주 무덤덤한 사이지. 하지만 언니, 조심해야 할걸." 엘리자베스가 웃으며 말했다.

"리지야, 내가 또다시 위험해질 거라고 생각하니? 나를 그렇게 나약하다고 생각하는 거야?"

"언니는 위험해. 그 사람이 언니를 사랑에 빠뜨릴 위험은 예전이나 지금이나 마찬가지라고."

베넷가 사람들은 화요일이 되어서야 두 신사를 다시 만났다. 그 사이 베넷 부인은 반시간의 방문에서 보여준 빙리의 명랑함과 예절 바른 모습에 크게 고무되어 갖가지 행복한 계획들을 세우기에 바빴다.

화요일에는 롱본에 많은 사람들이 모였다. 베넷 집안 사람들이 마음을 졸이며 기다리던 두 손님은 제시간에 맞춰 도착했다. 손님들이 식당에 들어서자 엘리자베스는 빙리 씨가 예전에 항상 앉았던 언니 옆자리에 앉는지 눈여겨보았다. 엘리자베스와 같은 생각을 하고 있던 어머니는 빙리 씨를 자기 옆에 앉히려던 욕심을 눌렀다. 방으로 막 들어선 빙리 씨는 잠시 머뭇거리는 듯했으나 때마침 식당 안을 둘러보던 제인이 싱긋 미소를 보내자 그것으로 상황 종료였다. 빙리는 제인 옆에 앉았다.

엘리자베스는 의기양양해서 빙리 씨의 친구 쪽을 바라보았다. 다아시 씨는 초연한 얼굴로 조용하게 앉아 있었다. 엘리자베스는 빙리가 우려 섞인 웃음을 머금은 채 다아시 씨 쪽을 보는 것을 목격하지 않았더라면 다아시 씨가 빙리 씨에게 행복을 허락해준 줄 알았을 것이다.

정찬 시간 내내 빙리가 제인에게 보인 태도를 볼 때, 제인을 사랑하고 있다는 것이 역력했다. 전에 비해 조심스럽기는 했지만, 옆에서 방해하는 사람만 없다면 제인과 빙리의 행복이 보장되는 날도 머지않은 것처럼 보였다. 섣불리 결과를 장담할 수는 없었지만, 엘리자베스는 빙리의 태도를 지켜보며 기운을 냈다. 사실 그녀는 그다지 기운 낼 상황은 아니었다. 다아시 씨는 식탁을 사이에 두고 그녀와 가장 먼 자리에 있는 어머니 옆에 앉아 있었다. 엘리자베스는 이런 자리 배치는 다아시와 어머니 모두에게 고역이며, 양쪽의 약점이 그대로 드러날 수밖에 없다고 생각했다. 그녀의 자리에서는 두 사람의 대화가 잘 들리지 않았다. 다아시 씨와 어머니는 지극히 형식적인 대화를 나누었고, 태도는 냉랭했다. 그녀는 어머니의 무례한 태도를 보면서 자기네 식구들이 다아시 씨에게 얼마나 큰 빚을 졌는지 생각하자 속이 상했다. 그녀는 다아시 씨에게 감사를 표할 자격을 얻는다면 어떤 희생인들 감수하지 못하랴 싶은 생각이 이따금 솟구쳤다.

엘리자베스는 저녁 식사가 끝나면 다아시 씨와 함께할 수 있는 기회가 올 것으로 기대했다. 그가 처음 들어왔을 때 의례적인 인사를 나눈 뒤 한마디도 못한 상황이었으므로, 그가 돌아가기 전에는 기회가 올 것이라고 기대했다.

불안하고 초조해진 엘리자베스는 여자들끼리 응접실에서 보내는 시간이 지루하고 따분했기 때문에 남자들이 오기만을 기다렸다. 그날 저녁의 벅찬 기쁨을 누릴 수 있는 기회가 오느냐 마느냐가 달린 문제였으니 그럴 만도 했다.

'이번에도 내게로 안 온다면 그때는 영원히 그이를 포기해버릴 거야.' 엘리자베스는 혼잣말을 했다.

신사들이 들어왔다. 엘리자베스는 다아시 씨가 자기의 기대에 응답할 것이라고 생각했다. 그러나 이를 어쩐다! 탁자 주변으로 여자들이 갑자기 우글거리며 모여들었다. 제인이 차를 타고, 엘리자베스가 커피를 따랐기 때문에 그녀 옆에는 의자 하나 들여놓을 공간도 없었다. 신사들이 다가오는 것을 보자 한 아가씨가 엘리자베스에게 바짝 다가서며 속삭였다.

"남자들이 우릴 떼어놓지 못하게 할 거예요. 우리끼리 뭉치자고요. 저 남자들 필요 없지 않아요, 네?"

다아시는 응접실 반대편으로 가버렸다. 엘리자베스는 눈으로 그를 좇으며 그가 말을 건네는 사람을 얼마나 부러워했던지, 커피 따르는 일도 힘겨울 정도로 초조해졌다. 그러고는 그토록 바보같이 구는 스스로에게 화가 났다.

'한 번 거절당했던 남자인데! 그의 사랑이 다시 되살아나길 기대하다니, 그런 바보가 있을까! 같은 여자한테 두 번씩이나 청혼하는 쓸개 빠진 인간이 있을라고! 남자에게 그처럼 끔찍한 모욕도 없을 텐데.' 이때 다아시 씨가 커피잔을 직접 가져오는 것을 보고 기운을 내어 말했다.

"동생분은 아직 펨벌리에 계세요?"

"네, 크리스마스 때까지 있을 겁니다."

"아니, 혼자서 말이에요? 친구들이 모두 떠나고 없는데?"

"앤즐리 부인이 함께 있어요. 다른 사람들은 스카버러에 간 지 3주 정도 됩니다."

엘리자베스는 더 이상 무슨 말을 해야 할지 알 수가 없었다.

하지만 다아시 씨가 그녀와의 대화를 원했다면 마다할 리 없겠지만, 몇 분간이나 아무 말 없이 옆에 서 있다가 그 젊은 여자가 엘리자베스에게 다시 소곤거리기 시작하자 결국 자리를 옮겨버렸다.

차 도구가 치워지고 카드 테이블이 마련되었다. 여자들이 모두 일어났다. 엘리자베스는 이제 곧 다아시 씨와 자리를 함께하겠거니 기대했는데, 그녀의 바람은 결국 물거품이 되고 말았다. 휘스트 놀이에서 사람 수를 채우려고 어머니가 다아시 씨를 낚아채 갔기 때문이다. 기대와 희망으로 부풀어올랐던 저녁 시간은 물거품처럼 사라지고 말았다. 두 사람은 저녁 내내 각기 다른 테이블에 붙잡혀 있었으므로, 그녀로서는 어떤 기대도 할 수 없었다. 엘리자베스는 다아시 씨의 눈길이 자주 자기 쪽으로 향했으므로, 그도 자기처럼 게임에서 져주기를 바라는 것이 할 수 있는 것의 전부였다. 베넷 부인은 네더필드에서 온 두 신사를 저녁식사 때까지 붙들 속셈이었으나 운이 없게도 그들의 마차가 제일 먼저 준비되었다.

"자, 애들아." 손님들이 떠나고 식구들만 남자 베넷 부인이 말했다. "오늘 어땠니? 모든 것이 순조로웠지? 정찬이 오늘처럼 잘 차려지긴 처음이야. 사슴 고기도 알맞게 구워져서 손님들이 그렇게 통통한 고기는 처음 먹어본다고 했어. 수프는 지난주 루커스네에서 먹은 것보다 50배는 더 맛있던걸. 다아시 씨까지도 자고새 요리가 훌륭하다고 인정하지 않았니. 그 댁에는 프랑스 인 요리사가 적어도 두셋은 있을 텐데 말이야. 그리고 애 제인, 네가 오늘처럼 예쁜 적이 없었어. 롱 부인도 그러더라. 그런데 롱 부인이 또 뭐라고 말했는지 아니? '베넷 부인, 드디어 따님을 네더필드에서 보게 되겠군요.' 이랬다니까. 롱 부인만큼 인간성 좋은 분도 드물 거야. 부인의 조카들도 얼마나 조신한지 몰라. 인물이야 좀 없지만 난 그 아이들이 너무너무 좋아."

베넷 부인은 기분이 날아갈 듯했다. 빙리가 제인을 대하는 태도를 보고, 마침내 빙리를 손에 넣었다고 확신했다. 기분이 좋아진 그녀는 자기 가족에게 유리한 쪽으로만 상상의 날개를 펼치는 정도가 지나쳐서, 바로 다음날 그가 청혼하러 오지 않자 아주 낙담을 하고 말았다.

"정말이지 기분 좋은 날이었어. 초대 손님도 썩 잘 고른 것 같고. 서로 잘 맞는 것 같았거든. 자주 이런 만남을 가졌으면 좋겠어." 베넷 양이 엘리자베스에게 말했다.

엘리자베스는 미소를 지었다.

"리지, 너 그러면 안 돼. 날 의심하면 억울해. 분명히 말해두는데, 나 이제 그 사람을 기분 좋고 양식 있는 청년으로 대할 준비가 됐어. 더 이상의 바람은 없어. 지금 그 사람의 태도로 봐서 내게 사랑을 구하는 것 같지 않아 좋아. 단지 그 사람은 다른 남자들보다 사근사근하게 말하고 누구에게나 친절한 것뿐이야."

"언닌 너무 잔인해. 나더러 웃지 말라더니 자꾸 웃기면 어떡해." 엘리자베스가 말했다.

"아무리 믿어달라고 해도 도저히 안 되는 경우도 있어."

"믿음을 주기가 아예 불가능한 경우도 있지!"

"하지만 넌 왜 내가 아니라는데도 자꾸 나한테 그 이상의 감정을 가지고 있다고 설득하려 드니?"

"그건 나도 뭐라고 대답해야 할지 모르겠어. 사람들은 남에게 가르치기를 좋아하잖아. 우리가 가르칠 수 있는 것은 굳이 몰라도 되는 것들인데 말이야. 그리고 그렇게 무관심을 고집하겠다면 나를 더 이상 연애 상담자로 생각하지 말았음 해."

13

이번 방문이 있고 며칠 후, 빙리 씨가 다시 베넷가로 찾아왔다. 혼자였다. 빙리 씨의 친구는 그날 아침 런던으로 떠나 열흘이 지나서야 돌아온다는 것이었다. 빙리 씨는 그날 가족들과 한 시간 넘게 앉아 있었는데, 아주 기분이 좋아 보였다. 베넷 부인이 같이 식사하자고 청했으나 그는 아쉬워하면서 선약이 있다고 털어놓았다.

"다음번에 오실 때에는 함께 식사할 수 있는 기회를 주세요." 베넷 부인이 말했다.

빙리 씨는 초대해주시면 언제라도 기쁘게 응하겠다며 인사치레를 늘어놓더니, 허락해주시면 빠른 시일 내에 방문할 기회를 얻고 싶다고도 했다.

"내일 올 수 있어요?"

빙리 씨는 좋다고 했다. 내일은 아무런 약속도 없다면서. 베넷 부인의 초대는 시원스럽게 받아들여졌다.

다음날 빙리 씨가 왔다. 얼마나 시간을 잘 지켰던지 여자 중에 제대로 옷을 갖춰 입은 사람이 아무도 없었다. 베넷 부인은 가운을 입은 채 머리 손질을 하다 말고 딸 방으로 뛰어 들어가며 소리를 질렀다.

"얘 제인, 서둘러 내려가. 그 사람이 왔단 말이야. 빙리 씨가 왔다고. 정말 왔어. 사라, 당장 들어와. 여기 베넷 아가씨에게 드레스 좀 입혀줘. 리지 아가씨 머릴랑 신경 쓰지 말고."

"준비되는 대로 내려갈게요. 하지만 엘리자베스나 저보다 키티가 빠를 거예요. 반시간 전에 이층으로 올라갔으니까요." 제인이 말했다.

"어이구! 키티 이름이 왜 거기서 나와! 걔가 무슨 상관있다고? 빨리 해, 빨리! 얘, 너 허리띠는 어딨어, 제인?"

그러나 어머니가 나간 후 제인은 동생들 가운데 하나를 대동하지 않고는 절대 내려가려 하지 않았다.

베넷 부인은 저녁에도 빙리와 제인을 단둘이 있게 하기 위해 눈에 띄게 신경을 썼다. 차 마시는 시간이 끝나자 베넷 씨는 습관처럼 서재로 갔고, 메리는 위층 피아노실로 올라갔다. 다섯 딸들 가운데 두 장애물이 이렇게 제거되자, 베넷 부인은 한참을 엘리자베스와 캐서린을 바라보며 눈을 끔뻑였지만, 그녀들은 도대체 눈치라는 게 없었다. 엘리자베스는 외면해버렸고, 마침내 엄마의 눈짓을 알아차린 키티는 순진하게시리 이렇게 말했다. "무슨 일이야, 엄마? 왜 나보고 눈을 끔뻑거리고 그래? 뭘 어떻게 하라고?"

"아무것도 아니다, 얘. 아무것도! 너한테 깜빡이지 않았어." 그러고는 5분을 더 앉아 있었다. 하지만 이토록 소중한 시간을 더는 낭비할 수가 없었던 베넷 부인은 갑자기 자리에서 일어나 키티에게, "이리 좀 오너라, 얘야. 네게 할 말이 있어서 그래."라고 말하며 밖으로 끌고 나가버렸다. 제인은 곤혹스러운 눈빛으로 엘리자베스에게 시선을 던졌다. 너만은 어머니의 계략에 동참하지 말라고 간청하는 눈짓이었다. 몇 분 뒤 베넷 부인이 문을 반쯤 열고 딸을 불러냈다.

"리지야, 너하고 할 말이 좀 있다."

엘리자베스는 가지 않을 수 없었다.

"쟤들끼리 단둘이 있게 하는 게 좋잖아, 응? 키티랑 나는 위층 내 방에 있을게." 복도로 나오는 엘리자베스에게 어머니가 말했다.

엘리자베스는 어머니에게 왈가왈부하고 싶지 않아 그저 현관에 가만히 서 있다가 어머니와 키티가 사라지자 응접실로 들어갔다.

베넷 부인의 계획은 완전히 실패했다. 빙리 씨는 모든 면에서 흡족하게 굴었으나 자기 딸의 연인임을 공식 선언하지는 않았다. 빙리 씨는 편안하고 쾌활하게 행동하여 베넷가의 저녁 식사 자리를 더없이 풍요롭게 만들어주었다. 어머니가 주책없이 나서는 것을 참아주었고, 온갖 바보 같은 소리를 해도 싫은 내색 없이 들어주었다. 맏딸은 그것이 그저 고마울 뿐이었다.

빙리는 밤참을 들고 가라는 말에 기다렸다는 듯이 좋다고 대답했다. 그리고 집으로 돌아가기 전에는 자신도 원하고, 어머니의 뜻도 있고 해서 다음날 아침 베넷 씨와 같이 사냥을 가기로 약속했다.

그날 이후 제인은 빙리 씨에게 더 이상 무관심하다는 말을 하지 않았다. 제인과 엘리자베스는 빙리에 관해서는 한마디도 하지 않았지만, 엘리자베스는 그날 밤 흡족한 기분으로 잠자리에 들었다. 만약 다아시 씨가 예정보다 빨리 돌아오는 일만 생기지 않으면 모든 일이 신속하게 마무리될 것이라고 생각하고 있었기 때문이다.

빙리 씨는 약속 시간에 맞추어 왔고, 약속한 대로 베넷 씨와 아침나절을 함께 보냈다. 베넷 씨는 빙리 씨가 예상했던 것보다 훨씬 괜찮은 사람이라는 생각이 들었다. 빙리는 주제넘게 행동하는 바보가 아니었으므로, 베넷 씨로부터 조롱을 당하거나 경멸 어린 침묵에 시달릴 필요도 없었다. 베넷 씨는 그간 빙리가 보아왔던 것보다 말을 많이 했고, 그리 괴팍하지도 않았다. 두 사람은 정찬 시간에 맞추어 돌아왔다. 그리고 저녁이 되자 베넷 부인은 빙리 씨와 맏딸만 남겨두고 모든 사람을 치우려는 계략을 꾸미기 시작했다. 엘리자베스는 편지를 써야 했으므로 다과 시간이 끝나자 바로 조찬실로 들어갔다. 다른 사람들이 모두 카드놀이를 하려고 자리를 잡은 참이어서 자신이 굳이 어머니의 계획을 방해하는 데 끼일 필요는 없었던 것이다.

그러나 편지를 다 쓰고 거실로 돌아오자마자 엘리자베스는 어머니의 영리함에 두 손을 들고 말았다. 문을 열자마자 언니와 빙리 씨가 난로 앞에 서서 진지한 대화를 나누느라 여념이 없었던 것이다. 단지 이 모습만으로 특별하게 진전된 남녀 사이라고 할 수는 없었지만, 황급하게 문 쪽을 돌아보며 멀찌감치 떨어질 때 두 사람의 얼굴에 떠오른 표정으로 보아, 그들이 꽤 거북한 상황을 맞았다는 것을 알 수 있었다. 그러나 엘리자베스 쪽에서 보면 자신의 처지가 훨씬 난감했다. 어느 쪽에서도 일언반구가 없어서 엘리자베스가 방에서 나가려는 찰나 빙리 씨가 갑자기 자리에서 일어나 언니에게 몇 마디 소곤대고는 밖으로 나가버렸다.

제인은 속마음을 털어놓지 않고는 배길 수가 없었다. 그렇게 하는 것만으로도 흐뭇할 것 같았기 때문이다. 제인은 동생을 끌어안으며 감정에 북받쳐서 자신은 세상에서 가장 행복한 사람이라고 고백했다.

"너무나 벅차! 정말 너무 벅차. 아! 내가 이렇게 행복할 자격이 있을까? 내가 이렇게 행복해도 되는 걸까?" 제인이 덧붙였다.

엘리자베스는 진심에서 우러나오는 열렬한 축하를 전했다. 제인은 동생에게서 진심이 담긴 따뜻한 축하의 인사를 받고 새록새록 행복감에 젖어들었다. 그러나 제인은 동생하고만 시간을 보낼 여유가 없었다. 하고 싶은 이야기를 절반도 하지 못했지만 자리에 일어났다.

"어머니한테 가야겠어." 제인이 소리쳤다. "어머니가 애면글면 힘써주셨는데 빨리 알려드려야 해. 다른 사람을 통해서가 아니라 내 입으로 전해드리고 싶어. 그이는 이미 아버지한테 갔어. 오! 리지, 내가 전하게 될 일이 우리 가족 모두에게 이렇게 큰 기쁨을 주다니! 가슴이 벅차서 감당할 수가 없어."

그런 뒤 제인은 서둘러 어머니에게로 갔다. 카드 게임을 진작에 그만둬버린 어머니는 키티와 위층에 앉아 있었다.

혼자 남게 된 엘리자베스가 슬며시 미소를 지었다. 여러 달에 걸쳐 애태웠던 일이 이렇게 신속하고도 수월하게 해결되었다고 생각하자 웃음이 나왔던 것이다.

'흥, 그 사람 친구가 이것저것 재면서 온갖 걱정을 해대더니 결국은 일이 이렇게 마무리되었네. 빙리 양의 책략도 종말을 맞겠군! 가장 행복하고 현명하며, 그러면서도 합리적인 결말이야.' 엘리자베스가 생각했다.

잠시 후 빙리가 엘리자베스가 있는 응접실로 돌아왔다. 아버지와의 면담은 설명이 필요 없을 정도로 짧고도 무난하게 끝난 모양이었다.

"언니는 어디 있습니까?" 빙리가 문을 열면서 급하게 물었다.

"위층에 어머니랑 있어요. 아마 곧 내려올걸요."

그러자 빙리가 문을 닫고 엘리자베스 쪽으로 다가와 앞으로 잘 부탁한다고 말하자, 엘리자베스는 형부를 맞게 되어 기쁘다고 말했다. 그것은 진심에서 우러나오는 인사였다. 두 사람은 진심이 깃든 악수를 나누었다. 그러고 나서 엘리자베스는 제인이 내려오기 전까지 빙리가 쏟아내는 이야기를 들어주었다. 자신은 너무나 행복하고, 제인은 정말이지 완벽한 여자라는 것이 주요 골자였다.

엘리자베스는 빙리가 사랑에 빠져 있었으나, 행복에의 기대가 이성적 판단에 의한 결과라는 걸 알 수 있었다. 제인의 탁월한 이해심, 탁월하다는 말로도 부족한 성품, 그리고 그들 두 사람의 감수성과 취향이 전반적으로 비슷했으니 그럴 만도 했다.

그날 저녁은 모두에게 기쁜 저녁이었다. 기분이 좋아서인지 베넷 양의 얼굴에는 달콤하고 생기 넘치는 광채가 어려 있었는데, 이는 어느 때보다 그녀를 아름답게 보이게 만들었다. 키티는 거의 얼빠진 미소를 짓고 있었다. 자기 차례가 멀지 않았다고 생각해서였다. 베넷 부인은 30분에 걸쳐 결혼을 승낙한다는 말과 함께 훌륭한 사위를 얻게 되어 기쁘다고 했지만, 어쩐지 자기감정을 온전히 표현하지 못한 듯한 느낌이었다. 밤참 시간에는 베넷 씨도 합류했는데, 그의 목소리나 태도로 보아 맏딸의 결혼이 더없이 만족스럽다는 것을 알 수 있었다. 하지만 그는 밤이 깊어 방문객이 작별을 고할 때까지 그 일에 대해서는 한마디도 입에 올리지 않았다. 그러나 사윗감이 돌아가자 딸을 보며 말했다.

"제인, 축하한다. 넌 아주 행복한 아내가 될 거다."

제인은 바로 아버지에게 다가가 키스하고 감사의 인사를 했다.

"넌 착한 아이잖니. 네가 행복한 보금자리를 꾸리게 될 걸 생각하니 정말 기쁘구나. 아버진 너희들이 잘살 거라는 걸 조금도 의심하지 않는다. 너희 둘은 성향이 비슷해서 잘살 거야. 둘 다 귀가 여리니 아무것도 결정되는 것이 없을 거고, 따질 줄을 모르니 하인들에게 쉽게 속아 넘어갈 거고, 너무 손이 커서 들어오는 돈보다 나가는 돈이 더 많을 거다."

"전 그런 일이 있어서는 안 된다고 생각해요. 금전 문제에서 경솔하거나 무분별한 태도는 용납할 수 없는 일이니까요."

"나가는 돈이 많을 거라니! 아니 여보, 무슨 말씀을 하시는 거예요? 그 사람 연수입이 4,000~5,000파운드, 아니 그 이상이 될 것이 분명한데," 베넷 부인이 소리쳤다. "아유! 제인아, 엄만 너무 행복하구나. 오늘 밤엔 한숨도 못 잘 것 같다, 얘. 이렇게 될 거라고 짐작했어. 결국에는 이렇게 되고 말 거라고 내가 그랬잖니. 넌 인물값을 할 거라고 생각했어. 기억나는구나. 그 사람이 작년에 처음 하트퍼드셔에 들어왔을 때, 난 그 사람을 보자마자 직감했지. 우리 딸이랑 짝이 될 사람이구나, 하고 말이야. 아무렴! 빙리보다 잘생긴 청년은 세상에 없지!"

베넷 부인에게 위컴과 리디아는 까맣게 잊혀졌다. 이제 제인은 두말할 것도 없이 가장 아끼는 딸이었다. 그 순간 그녀에게 다른 딸자식들은 눈에 들어오지도 않았다. 동생들은 빠르게 머리를 굴려 언니에게서 자신들이 쟁취해내고 싶은 것들을 생각해냈다.

메리는 네더필드의 서재를 이용하게 해달라고 부탁했고, 키티는 그곳에서 몇 차례 겨울 무도회를 열어달라고 졸랐다.

빙리는 그날 이후 매일같이 롱본에 드나들었다. 아침 식사 전에도 예사로 방문했고, 당연히 밤참을 먹고 돌아갔다. 몸서리치도록 싫어하는 염치없는 이웃이 그를 정찬에 초대하는 일이 있었는데, 그런 날은 유일한 예외였다. (빙리는 거절하면 안 된다고 생각했다.)

엘리자베스는 이제 언니와 대화를 나눌 수 있는 시간이 거의 없었다. 빙리가 와 있는 동안 제인은 다른 누구에게도 관심을 가질 수 없었으니까. 그러나 그들이 가끔 떨어져 있는 동안에는 두 사람 모두에게 자신이 상당히 쓸모 있는 존재라는 사실을 깨달았다. 빙리는 제인이 없을 때면 엘리자베스 곁에서 제인 이야기를 하느라 여념이 없었고, 제인 또한 혼자 있을 때는 같은 이유로 엘리자베스를 찾았다.

"그이 말을 듣고 얼마나 기뻤는지 몰라. 글쎄, 지난봄에 내가 런던에 있었다는 걸 전혀 몰랐다지 뭐야. 설마 그러리라고는 생각지도 못했는데." 어느 날 저녁 제인이 말했다.

"나는 그럴 거라고 생각했어. 그런데 그 일에 대해 뭐라고 했어?" 엘리자베스가 물었다. "게다가 빙리 씨는 어떻게 그걸 모를 수 있었지?"

"누이들이 숨겼겠지. 그녀들은 내가 그이와 사귀는 것이 못마땅했을 테니까 이상할 것도 없지 뭐. 그이는 여러 면에서 나보다 훨씬 나은 상대를 고를 수 있었으니까. 하지만 자기네 오빠가 나랑 있을 때 행복하다는 걸 알게 되면 그이의 선택을 기꺼이 받아들일 거야. 그러면 우리는 다시 관계를 회복할 수 있을 테고. 예전과 같은 관계로 회복하지는 못하겠지만 말이야."

"언니한테 들었던 말 가운데 가장 야박한 소리군. 착하기도 하시지! 언니가 빙리 양의 거짓 우정에 다시 속아 넘어가면 나는 정말 속상할 것 같아." 엘리자베스가 말했다.

"리지야, 넌 믿을 수 있겠니? 지난 11월에 런던에 갔을 당시에 그이는 나를 정말 사랑하고 있었는데, 내가 자기에게 관심이 없는 줄 알았대. 네더필드로 오지 않은 이유는 그게 다였대!"

"한참 잘못 아셨네. 하지만 그건 겸손하다는 의미 아니겠어?"

이야기가 이렇게 흘러가자 제인은 빙리의 겸손을 칭찬하기 시작했다. 정말이지 괜찮은 사람인데도 자기 자신의 장점을 하찮게 여긴다는 둥의 찬사였다.

엘리자베스는 빙리의 친구가 그 일에 개입했다는 사실을 밝히지 않았음을 알고 천만다행이라 여겼다. 제인이 아무리 마음이 넓다 해도 그런 사실을 안다면 빙리 친구에 대해 좋지 않은 편견을 갖게 될 것이었다.

"세상에 나보다 운이 좋은 사람이 있을까! 오! 리지, 우리 식구들 가운데 나만 선택받아서 이토록 큰 행복을 누리다니! 너도 나만큼 행복해지는 걸 봤으면 좋겠어! 너한테도 빙리 같은 남자가 생긴다면 좋으련만!" 제인이 소리쳤다.

"언니가 나한테 그런 남자 마흔 명을 준다고 해도 언니만큼 행복해지지는 않을 거야. 언니의 품성, 언니 같은 선량함을 갖기 전에는 언니 같은 행복감을 누리기 힘들 테니까. 아냐, 아냐. 내 힘으로 어떻게든 해봐야지. 누가 알아, 운이 좋으면 머잖아 제2의 콜린스 씨를 만나게 될지."

롱본 가족에게 일어난 일이 오래 비밀로 남아 있을 수는 없었다. 베넷 부인은 어머니로서의 권리를 이용해 필립스 부인에게 비밀을 소곤대는 특권을 누렸고, 필립스 부인은 허락도 받지 않고 메리턴의 모든 이웃들에게 자신이 들은 소문을 퍼뜨렸다.

불과 수주일 전 리디아가 달아났을 때만 해도 불운을 당했다고 사람들의 입방아에 올랐던 베넷 집안은 단기간에 세상에서 가장 복 받은 집안이라는 말을 듣게 되었다.

14

제인과 빙리가 약혼한 지 1주일 정도 지난 어느 날 아침, 빙리가 베넷가의 여자들과 식당에 앉아 있을 때였다. 갑자기 마차 소리가 들려 모두의 시선이 창문 쪽으로 쏠렸다. 그들은 잔디밭을 올라오는 사두마차 한 대를 보았다. 방문객이 찾아오기에는 너무 이른 아침이기도 했고, 마차도 처음 보는 것이었다. 말은 역마였고, 마차를 모는 하인의 복장도 낯설었다. 방문객이 곧 들이닥칠 것이라고 생각한 빙리는 즉시 베넷 양에게 내방객에게 붙잡히는 것은 싫으니 잡목 숲으로 산책을 나가자고 설득했다. 두 사람이 나간 뒤, 남은 세 자매는 방문객이 누구일지에 대해 갖가지 추측을 해봤지만 별다른 수확이 없었다. 그때 문이 열리면서 의외의 방문객이 들어왔다. 바로 캐서린 드보어 여사였다.

다들 놀랄 준비가 되어 있었지만 현실은 예상을 뛰어넘었다. 캐서린 여사를 처음 보는 베넷 부인과 키티도 엘리자베스만큼 놀라지는 않았다.

그녀는 평소보다 무뚝뚝한 태도로 거실로 들어오더니, 엘리자베스의 인사에 고개만 까닥했다. 그녀는 자리에 앉으면서도 아무런 말도 하지 않았다. 엘리자베스는 캐서린 여사로부터 소개해달라는 청은 없었지만 어머니에게 그녀의 이름을 일러둔 상태였다.

베넷 부인은 이렇게 지체 높은 분을 손님으로 맞게 된 것이 뿌듯하기는 했지만 너무 놀라워 얼떨떨했다. 잠시 말없이 앉아 있던 캐서린 여사는 엘리자베스에게 아주 딱딱한 톤으로 말했다.

"잘 지냈나, 베넷 양. 이분이 어머니신가 본데."

엘리자베스는 그렇다고 짤막하게 대답했다.

"그리고 저쪽은 동생 가운데 하나인가 보군."

"그렇습니다, 부인." 캐서린 여사에게 말을 건네게 된 것을 기뻐하며 베넷 부인이 말했다. "저 아이는 끝에서 둘째랍니다. 막내는 최근에 결혼했고, 맏딸은 곧 한 가족이 될 청년이랑 산책 중이지요."

"이 집은 정원이 정말 작군." 잠시 말없이 앉아 있던 캐서린 여사가 대답했다.

"송구스러운 말씀이지만 로징스에 비한다면야 아담하지요. 허나 윌리엄 루커스 경네 정원보다는 훨씬 넓답니다."

"이 집 거실은 여름 저녁을 보내기에는 답답할 것 같아. 창문이 정서향이니 말이오."

베넷 부인은 정찬 후로는 거실에 머무르는 일이 거의 없다고 답변하고는 이렇게 덧붙였다.

"외람된 말씀이지만 콜린스 씨네는 잘 있는지 여쭈어도 될까요?"

"아주 잘 있어요. 그저께 밤에 봤어요."

엘리자베스는 곧 캐서린 여사가 샬럿이 자기한테 보낸 편지를 꺼낼 것으로 예상했다. 그녀가 방문한 동기가 그 일밖에 없다고 생각했기 때문이다. 그러나 편지를 건네줄 생각을 않자 엘리자베스는 도무지 영문을 알 수 없었다.

베넷 부인은 매우 정중하게 뭐라도 좀 드시라고 권했으나 캐서린 여사는 예의를 차리고 싶은 마음이 없다는 듯, 아주 단호하게 아무것도 먹지 않겠다고 거절했다. 그러고는 일어서면서 엘리자베스에게 말했다.

"베넷 양, 잔디밭 한쪽에 아담한 풀밭이 있던데, 동행해준다면 그곳을 한 번 둘러보고 싶군."

"동행해드리렴. 모시고 가서 부인께 산책로를 구경시켜드려. 작은 관목숲을 보시면 틀림없이 좋아하실 거야." 어머니가 큰 소리로 말했다.

엘리자베스는 어머니의 명을 받들었다. 방으로 달려가 양산을 갖고 나와 귀하신 손님을 모시러 아래층으로 내려왔다. 홀을 지날 때 캐서린 여사는 식당과 거실로 통하는 문을 열어보고는 방들이 꽤 좋아 보인다고 말하며 밖으로 나갔다.

캐서린 여사의 마차는 문 옆에 있었는데, 엘리자베스는 마차 안에 하녀가 타고 있는 것을 보았다. 두 사람은 덤불숲으로 이어진 자갈길을 따라 말없이 걸었다. 엘리자베스는 평소보다 더 무례하고 불쾌하게 구는 사람과 구태여 대화를 나누려고 애쓰지 않기로 작정했다.

'이런 여자를 조카랑 닮았다고 생각했다니!' 캐서린 여사의 얼굴을 바라보며 엘리자베스는 생각했다.

두 사람이 작은 숲으로 들어서자마자 캐서린 여사가 용건을 꺼냈다.

"베넷 양, 내가 이곳으로 오게 된 이유가 뭔지 알겠지. 양심이란 게 있으면 알 거야."

엘리자베스는 놀란 표정으로 바라보았다.

"저, 잘못 아셨습니다. 저는 여기서 여사님을 왜 뵙는지 전혀 모르고 있습니다."

"베넷 양." 캐서린 여사가 노기 띤 어조로 말했다. "알아두어야 할 것은 나를 우습게 봐서는 안 된다는 거야. 아가씨가 위선을 떤다고 해서 내가 어수룩하게 넘어갈 것 같은가. 내가 성실하고 솔직한 사람이라는 것은 세상 사람들이 다 알아. 그리고 지금 이 시점부터 나는 성격대로 처신할 거야. 아주 놀라운 소식 하나를 이틀 전에 들었어. 자네 언니가 아주 훌륭한 조건을 가진 남성과 결혼하게 됐는데, 엘리자베스 베넷, 자네도 다아시하고 곧 맺어질 거라더군. 그런 소문 자체가 내 조카의 위신을 떨어뜨린다는 것을 모르지는 않겠지? 그래서 바로 아가씨에게 내 기분이 어떤지 알려야겠다고 결심했지."

"사실일 리가 없다고 믿으신다면 왜 이렇게 멀리까지 발걸음을 옮기셨는지 모르겠네요. 무슨 말씀을 하시러 오신 건가요?" 엘리자베스는 놀라움과 모멸감에 얼굴을 붉히며 말했다.

"그런 소문이 터무니없다는 걸 밝히라는 말을 하러 왔어."

"저와 제 가족을 만나러 롱본에 오시는 바람에 오히려 소문이 사실로 확인될 것 같네요, 만약에 그런 소문이 존재한다면 말씀입니다만." 엘리자베스가 냉정하게 말했다.

"만약에라고! 그럼 그걸 모른다고 시치미 뗄 건가? 그게 아가씨 입으로 부지런히 퍼뜨린 소문이 아니란 말이야? 그런 소문이 쫙 퍼져 있다는 걸 모른다고?"

"그런 소문은 들어본 적 없습니다."

"그래, 그렇다면 그게 근거 없는 소문이라고 분명히 말해줄 수 있나?"

"저는 여사님만큼 솔직하다고는 말씀드리기 어려울 것 같은데요. 질문하시는 거야 자유이시지만 제가 반드시 모든 질문에 대답해드릴 의무는 없다고 생각합니다."

"이거 정말 참을 수가 없군그래. 베넷 양, 난 알아야겠어. 그래, 그 사람이, 내 조카가 청혼했나?"

"여사님께서 그건 불가능하다고 잘라 말씀하셨잖습니까?"

"그야 당연하지. 그 애가 이성을 지니고 있는 한 있을 수 없는 일이지. 하지만 아가씨가 온갖 교활한 술수로 유혹했다면 얼이 빠져서 가문의 의무를 망각했을 수도 있지 않겠어? 아가씨가 그 애를 꾀었을 수도 있고."

"설령 그랬다고 해도 그걸 제 입으로 자백할 것 같은가요?"

"베넷 양, 날 뭘로 아나? 난 그따위 건방진 말을 듣는 것에 익숙지 않아. 난 이 세상에서 그 애의 가장 가까운 친척이고, 그 애한테 일어난 중요한 일은 모두 알 권리가 있어."

"그렇다고 제 일까지 아실 권리는 없으십니다. 더구나 이런 태도로는 제게서 아무것도 못 알아낼 것입니다."

"내 말 잘 들어. 아가씨가 주제넘게 넘보는 내 조카와의 결혼은 성사될 수 없어. 없고말고. 다아시는 내 딸이랑 이미 약혼한 사이니까. 그래도 할 말이 있나?"

"한 가지만 말씀드리지요. 다아시 씨와 따님이 약혼한 게 사실이라면 그분이 제게 청혼할 이유가 없을 텐데요."

캐서린 여사는 잠시 망설이다가 이렇게 대답했다.

"그 애들의 약혼은 특별한 경우야. 어린 시절부터 짝지어주기로 되어 있었던 거라고. 내 소망이기도 했지. 요람에 있을 때부터 어머니들끼리 둘을 맺어주기로 약속했어. 아이들의 결혼으로 우리 자매의 소망이 실현되려는 순간에 비천한 태생에, 내세울 것도 없고, 우리 가문하고는 아무 관계도 없는 여자가 나타나 방해하다니! 가족들이 기대하는 것도 있고, 드보어 양과는 약혼한 것이나 다름없는데, 자네가 그걸 무시해도 된다고 생각하나? 세상에는 법도라는 게 있고, 지켜야 할 품위라는 것도 있는데 그걸 깡그리 무시하겠다고? 그 사람이 아주 어릴 때부터 사촌과 정혼한 사이라고 내가 했던 말 듣지 못했나?"

"아니요. 전에 들었습니다. 하지만 저와 그 일이 무슨 상관이죠? 만약에 제가 여사님의 조카분과 결혼해서 안 되는 이유가 그것뿐이라면, 그분 모친과 이모님이 두 사람의 결혼을 기대했었다는 것을 알았다고 해서 그분과 결혼 못할 까닭은 없다고 생각해요. 두 분 어머니는 결혼을 성사시키기 위해 할 만큼 하셨어요. 하지만 그 결혼이 성사되느냐 마느냐를 결정하는 것은 결혼할 당사자들 몫이라고 생각해요. 만약에 다아시 씨가 사촌분을 책임져야 한다거나 깊이 사랑한다면 모르지만, 그렇지 않다면 다아시 씨가 다른 사람을 선택해서 안 될 이유라도 있나요? 그리고 만에 하나 제가 선택을 받았다면 어째서 그분을 받아들여서는 안 된다는 건가요?"

"왜냐하면 명예, 예의, 분별, 아니야, 이해관계가 그걸 금하기 때문이지. 베넷 양, 그걸 이해관계라는 거야. 만약에 아가씨가 고집을 부려서 모든 사람의 뜻에 거스르는 행동을 한다면, 그 사람 가족이나 친지들한테 인정받을 생각은 접어야 해. 결국 아가씨는 그 사람과 관계된 모든 사람들에게 비난받고 무시당하고 경멸당할 거야. 사람들은 아가씨 편이 되는 걸 수치로 알 테니까. 우리들 가운데 어느 누구도 아가씨 이름을 입 밖에 내지 않을 거라고."

"커다란 불행이겠군요. 하지만 다아시 씨의 부인이 된다면 그만한 자리에 따르는 권위가 주어질 테니, 전체적으로 봐서 후회할 이유가 없을 것 같은데요." 엘리자베스가 대답했다.

"이런 고얀 것 같으니! 보고 있는 내가 다 부끄럽군! 지난봄에 내가 베푼 친절을 이런 식으로 갚다니! 나한테 이렇게 막 대해도 된다고 생각하나? 잠시 앉지, 베넷 양. 아가씨가 꼭 알아두어야 할 것은 내 결심을 관철시키려고 단단히 마음먹고 여기 왔다는 거야. 난 한 발짝도 물러서지 않을 거야. 난 누구 고집 때문에 내 뜻을 꺾을 사람이 아니야."

"그러시다면 지금 같은 상황이 정말 힘드시겠네요. 그렇다고 제가 고분고분하지는 않을 테니까요."

"내가 말할 때 끼어들지 마. 잠자코 좀 듣고 있으란 말이야. 내 딸하고 조카는 서로 천생연분이야. 두 사람 다 외가 쪽이 귀족 가문이지. 친가 쪽은 작위는 없지만 점잖고 유서 깊은 가문이야. 양가 모두 재산도 엄청나지. 각자의 집안사람들이 모두 입을 모아 두 사람을 맺어주기로 했는데, 왜 아가씨가 둘을 갈라놓겠다는 건가? 가문도 보잘것없고, 변변한 친척 한 사람 없고, 재산 하나 없는 아가씨가 튀어나와 뭘 어쩌겠다는 거야? 내가 그냥 두고 볼 것 같은가! 그래서는 안 되지. 안 되고말고. 아가씨한테 무엇이 득인지 안다면 아가씨가 자라온 환경의 테두리를 벗어나길 원치 않을 텐데."

"여사님의 조카와 결혼한다고 해서 제가 환경의 테두리를 벗어난다고는 생각지 않습니다. 그분은 신사고 저도 신사의 딸이니까 그 점에서 우리는 동등해요."

"그래, 아가씨의 아버지는 신사지. 하지만 아가씨 어머니는 어떤가? 아가씨의 외삼촌과 외숙모는 어떻고? 내가 그 사람들 신분을 모른다고 생각하지는 않겠지?"

"제 친척들이 무슨 일을 하건 여사님의 조카분이 이의가 없다면, 여사님이 상관해서는 안 된다고 생각해요." 엘리자베스가 말했다.

"여러 말 할 것 없어. 그 애하고 결혼하기로 약속했나?"

엘리자베스는 캐서린 여사의 궁금증을 해결해주기 위해서였다면 그녀를 답답하게 하는 편을 택했을 것이다. 하지만 잠시 생각을 해본 뒤 이렇게 말할 수밖에 없었다.

"안 했습니다."

캐서린 여사는 기뻐했다.

"그럼 나한테 약혼은 안 하겠다고 약속해줄 수 있나?"

"약속드릴 수 없습니다."

"베넷 양이 이렇게 무례한 아가씨일 줄은 꿈에도 몰랐네. 하지만 내가 이대로 물러설 거라고는 속단하지 마. 자네가 약속할 때까지 난 여기서 꼼짝도 안 할 테니 그리 알아."

"분명히 말씀드리지만 저는 그런 약속 절대 못 드립니다. 저는 협박당한다고 해서 말도 안 되는 억지 약속을 지킬 생각은 없으니까요. 여사님은 다아시 씨와 따님의 결혼을 위해 저더러 약속을 하라고 하시지만, 그런다고 다아시 씨가 여사님의 따님과 결혼하려 할까요? 그분이 저를 사랑하는데, 제가 그분의 청혼을 거절한다고 해서 따님한테 청혼하고 싶어지겠어요? 이런 말씀드려 죄송한데요, 캐서린 여사님! 이런 부탁 자체가 워낙 납득할 수 없는 데다가 제가 약속을 해야 하는 이유라는 것도 굉장히 피상적이군요. 제게 이런 식의 설득이 통할 거라고 생각하셨다면 저를 잘못 보신 겁니다. 여사님의 조카분이 자기 문제에 끼어드는 것을 어느 정도 허용하실지는 모르지만, 제 일에 관여할 권리는 분명 없으십니다. 그러니까 이 문제로 더 이상 저를 성가시게 하지 말아주십시오."

"그렇게 서두를 건 없어. 난 아직 끝나지 않았으니까. 내가 이 결혼을 반대하는 진짜 이유는 아직 말하지 않았어. 난 아가씨 막냇동생의 야반도주 사건에 대해서 속속들이 알고 있는 사람이야. 전모를. 그 청년이 막내하고 결혼한 것은 아가씨 부친과 외삼촌이 돈을 써서 적당히 수습했다는 것도 말이지. 그런데 그런 여자가 내 조카의 처제가 되겠다고? 그 아가씨의 남편, 즉 작고한 부친의 집사 아들과 동서를 맺는다고? 원 세상에! 도대체 무슨 야심을 품고 있는 거야? 펨벌리 숲을 그렇게 오염시켜도 좋다고 생각해?"

"이젠 더 하실 말씀이 없으시겠죠. 여사님은 갖은 방법을 동원해서 저를 모욕하셨어요. 이제 집으로 돌아가게 해주시기 바랍니다." 엘리자베스는 화가 나서 자리에서 일어섰고, 캐서린 여사도 일어섰다. 캐서린 여사 역시 몹시 화가 나 있었다.

"그렇다면 아가씨는 내 조카의 명예와 평판이 땅에 떨어져도 좋다는 건가? 무정하고 이기적인 사람 같으니라고! 내 조카가 아가씨하고 연을 맺으면 세상 사람들이 그 애의 면전에서 명예에 먹칠할 것이라는 생각이 안 드나?"

"여사님, 저는 더 이상 드릴 말씀이 없습니다. 제 생각은 이미 말씀드렸으니 알고 계시겠지요."

"그래, 그 애를 차지하기로 작정했다, 이 말인가?"

"저는 그런 말씀 드린 적 없습니다. 저는 저와 아무 상관이 없는 사람들의 의견은 마음에 두지 않습니다. 그 사람이 여사님이라도 마찬가지입니다. 저는 제가 행복해질 수 있는 방법을 찾아 행동할 것입니다."

"좋아, 내 말을 안 듣겠다 이거군. 아가씬 자신의 의무와 명예와 은혜를 내팽개치겠다는 것 아냐. 그 애가 친지들 사이에서 망신을 당하고, 세상 사람들의 비웃음거리가 되게 하려고 작정한 거야."

"이번 일에서 의무니 명예니 은혜를 아는 것과 제 행동이 배치되는 것은 없다고 생각해요. 제가 다아시 씨하고 결혼한다고 해서 의무며 명예, 은혜를 저버린다고 생각하진 않아요. 그리고 그분 가족이 분개하고, 세상 사람들이 분개할 거라고 하시는데, 설령 제가 그분과 결혼해서 그분 집안사람들이 정말 그런 식으로 행동한다고 해도 그건 저와는 상관없는 일이라고 생각합니다. 세상 사람들도 양식이 있는데, 집안사람들과 연계해서 분개하지는 않을 거라고 생각하니까요." 엘리자베스가 대꾸했다.

"그래, 그것이 아가씨의 속내로군. 어디 한번 해보겠다 이거야? 좋아, 이제 어떻게 해야 할지 알 것 같군. 베넷 양, 아가씨 마음대로 야심을 충족시킬 수 있을 것이라고는 생각지 마. 설마 했는데 역시 예상했던 대로야. 지각 있는 여자이기를 바랐는데. 어쨌든 아가씨 마음대로 되는 일은 없을 테니 그리 알아."

그런 식으로 캐서린 여사의 말은 계속 이어졌는데, 둘은 어느새 마차 문 앞까지 와 있었다. 여사는 마차를 타기 전에 서둘러 뒤돌아보며 이렇게 덧붙였다.

"베넷 양, 작별 인사는 않겠어. 아가씨 모친한테도 인사 차리고 싶은 마음이 없고. 자네들은 그런 대접을 받을 가치가 없으니까. 난 심히 불쾌해."

엘리자베스는 대답하지 않았다. 그리고 캐서린 여사에게 집에 잠깐 들렀다 가시라고 권하고 싶은 생각도 없었다. 엘리자베스가 혼자 집으로 묵묵히 들어가 층계를 오르고 있을 때, 마차가 달려 나가는 소리가 들렸다. 어머니는 옷방 문에서 초조하게 딸을 맞으며 캐서린 여사님이 왜 들어오셔서 쉬다 가시지 않느냐고 물었다.

"들어오고 싶지 않으신지 그냥 가시겠대요." 엘리자베스가 대답했다.

"정말 멋진 분이셨어. 이곳까지 방문해주시다니, 친절하시기도 하지. 콜린스 내외가 잘 지낸다고 알려주시려고 들른 걸 테니까 말이야. 어딘가로 가시던 길인 것 같던데, 메리턴을 지나다가 널 찾아볼까 하고 들른 거구나. 리지, 너한테 별말씀 없으시던?"

이렇게 되자 엘리자베스는 하는 수 없이 약간의 거짓말을 하지 않을 수 없었다. 두 사람 사이에 오간 대화를 알려줄 수는 없는 노릇이었으니까.

15

이 뜻밖의 방문객이 엘리자베스에게 던진 마음의 파문은 쉽게 가라앉지 않았다. 다른 일을 생각하고 싶었지만 몇 시간이고 끊임없이 그 일만 생각났다. 캐서린 여사가 이곳까지 찾는 수고를 마다하지 않은 것은 자신이 다아시 씨와 했을지도 모를 약혼을 깨려는 것이 주요 목적인 듯했다. 왜 그렇게 설치는지는 알고도 남을 듯했다. 그러나 자신이 약혼했을 것이라는 소문의 발원지에 대해서는 감을 잡을 수가 없었다. 그러다가 문득 다아시가 빙리의 친구이고, 자신이 제인의 동생이다 보니, 빙리와 제인의 혼인을 기다리던 사람들이 또 다른 혼사가 이루어졌으면 하는 바람이 그런 소문으로 이어진 것이 아닌가 하는 생각이 들었다. 엘리자베스 자신도 언니가 결혼하면 다아시와 만나는 일이 수월해질 것이라는 생각을 해본 적이 있었다. 그러니 그녀가 언젠가 있을 수도 있겠다고 염원하던 일을 루커스가 사람들은 머지않아 일어날 사실로 결론내린 것 같았다. (엘리자베스는 캐서린 여사에게 말을 전한 사람은 콜린스 씨 내외일 것 같다고 짐작했다.)

그러나 캐서린 여사가 내뱉은 말들을 곱씹던 엘리자베스는 그녀가 계속 나서서 간섭할 경우 어떤 결과를 초래할지 몰라 아무래도 불안했다. 캐서린 여사가 두 사람의 결혼을 막겠다고 결심한 이상 자기 조카에게도 압력을 행사할 것이 분명했다. 자신과의 결혼으로 수반되는 문제를 캐서린 여사를 통해 듣게 된 다아시 씨가 어떤 반응을 보일지에 대해서는 생각하기도 싫었다. 그가 이모를 얼마나 사랑하는지, 이모의 판단력을 얼마나 신뢰하는지는 정확하게 알 수 없었으나 캐서린 여사에 대한 그의 평가가 자신보다는 훨씬 긍정적일 것이라는 생각이 들었다. 그리고 캐서린 여사는 조카가 너무 처지는 집안과 혼인을 맺게 될 경우 겪게 될 불행을 낱낱이 열거함으로써 조카의 가장 약한 구석을 찌르고 나올 것이 분명했다. 엘리자베스 입장에서 볼 때는 캐서린 여사의 주장이 어리석어 보일지 모르지만, 체통과 품위를 중시하는 다아시의 입장에서 보면 이모의 주장이 대단한 양식과 탄탄한 논리가 있다고 생각할 수도 있었다.

그는 눈앞에 닥친 일에 대해 쉽게 결정짓지 못하는 것처럼 보일 때가 많았다. 어쩌면 친척의 충고와 간청이 갈팡질팡하는 마음을 잠재워 가문에 먹칠하는 일은 삼가야겠다는 쪽으로 기울게 만들 수도 있었다. 그가 고고한 품격을 유지할 때 느껴지는 만족감을 택할지도 모를 일이었다.

그럴 경우 그는 다시는 돌아오지 않을지도 몰랐다. 캐서린 여사가 런던을 지나는 길에 다아시를 만날 수도 있었기 때문이다. 그는 빙리에게 네더필드로 다시 오겠다고 했지만, 이미 물 건너간 일일지도 몰랐다. '그러니 그가 친구에게 약속을 지키지 못하게 되었다는 변명이 담긴 편지를 보내오면 일이 어떻게 돌아가는지는 안 봐도 뻔해. 그때는 그가 변함없을 것이라는 기대를 말끔히 버려야지. 그가 마음만 먹는다면 바로 나의 사랑을 얻을 수 있는 순간에(청혼하는 순간 승낙인데) 놓치기 아까운 여자였다는 선에서 물러선다면 나도 오래 아쉬워하진 않을 거야.' 엘리자베스는 생각했다.

가족들은 방문객이 누구였는지 알고는 무척 놀랐다. 그러나 그들도 베넷 부인이 호기심을 진정시킨 것과 같은 유의 추측을 하는 선에서 만족했다. 덕분에 성가신 질문으로 엘리자베스를 곤란하게 하지는 않았다.

다음날 아침, 아래층으로 내려간 엘리자베스는 편지 한 통을 들고 서재에서 나오던 아버지와 마주쳤다.

"리지야, 마침 널 찾으러 가던 중이다. 내 방으로 잠시 오너라." 아버지가 말했다.

엘리자베스는 아버지를 따라 서재로 들어갔다. 그녀는 아버지가 하려는 말이 편지와 연관이 있다는 것을 짐작하고 호기심이 커졌다. 문득 그 편지가 캐서린 여사에게서 온 것이 아닐까 하는 생각이 뇌리를 스쳤다. 엘리자베스는 어쩌면 갖은 변명을 늘어놓아야 할지도 모른다는 생각에 난감했다.

두 사람이 자리에 앉자 아버지가 말했다.

"오늘 아침에 편지 한 통을 받고 정말 놀랐다. 일차적으로 너와 관련된 일이니 너도 그 사실을 알아야 할 것 같구나. 두 딸이 결혼을 앞두고 있다는 걸 몰랐구나. 네게 축하해야겠다. 아주 굉장한 사람의 마음을 사로잡았더구나."

그 순간 엘리자베스는 편지를 보낸 사람이 이모가 아니라 조카라는 생각이 들자 뺨이 확 달아올랐다. 그녀는 다아시가 자신의 뜻을 밝힌 것을 기뻐해야 할지, 편지를 자기에게 보내지 않은 것에 화를 내야 할지 결정을 못 내리고 있는데, 아버지가 말했다.

"너도 알고 있는 모양이구나. 젊은 여자들이란 이런 문제에는 통찰력이 대단하다니까. 한데 네가 아무리 영민하다 해도 너를 숭배하는 사람의 이름은 못 맞힐 거다. 이 편지는 콜린스 씨한테서 왔다."

"콜린스 씨라고요! 그 사람이 뭘 안다고!"

"아주 중요한 것을 알고 있더구나. 편지의 앞부분은 다가오는 맏이의 결혼식을 축하한다는 말로 시작했는데, 사람 좋은 수다쟁이인 루커스네의 누군가에게서 들은 모양이야. 그 사람이 거기에 대해 뭐라고 말했는지 읽어주어 너의 인내심을 시험할 생각은 없다. 너와 관련된 대목은 다음 내용이야. '귀댁의 경사에 저희 내외의 심심한 축하 인사를 드리면서, 이제 다음 주제에 대해 간단한 말씀을 올릴까 합니다. 이 또한 베넷 양의 일을 알려주신 분에게서 들은 것입니다. 첫째따님께서 베넷이라는 성을 버린 후, 둘째따님인 엘리자베스도 얼마 안 가 성을 버리게 될 것으로 사료됩니다. 둘째따님에게 선택받은 운명의 동반자는 이 나라에서 으뜸가는 인물이라고 보아 마땅한 분입니다.' 리지야, 누굴 말하는지 짐작할 수 있겠니? '이 젊은 신사분은 인간의 마음이 바라 마지않는 모든 것, 즉 재산, 고귀한 친척, 광범위한 성직 수여권을 갖고 계신 분입니다. 하지만 이 모든 탐나는 조건들을 가졌음에도 불구하고, 제 사촌 엘리자베스와 아저씨는 제 훈계를 귀담아 들으셔야 합니다. 이 신사분의 청혼을 경솔하게 받아들였다가 자초하게 될 재앙에 대비해야 하기 때문입니다. 물론 아저씨께선 목전의 이익을 포기하기 힘들 것입니다.' 이 신사분이 누구인지 모르겠니, 리지야? 이제 곧 나올 거다. '제가 아저씨께 훈계의 말씀을 드리게 된 동기는 다음과 같습니다. 그분의 이모이신 캐서린 드보어 여사님께서 이 결혼을 곱게 보지 않으십니다.' 다아시 씨가 바로 그 사람이다. 알겠니? 자, 리지야, 너도 놀랐겠지. 콜린스 씨도 그렇고 루커스네도 그렇고, 이건 좀 심했다. 소문이랑 현실이 이렇게 안 맞는 경우도 처음 보는구나. 다아시 씨라니! 여자를 보기만 하면 반드시 흠을 찾아내고야 마는 남자 아니냐? 너한테 지금까지 눈길 한번 준 적이 없을 텐데. 그러니 더 놀라운 상상이지."

엘리자베스는 아버지의 익살에 장단을 맞추려고 했으나 웃음밖에 나오지 않았다. 아버지가 내쏘는 재치가 이렇게 듣기 거북했던 적도 없었다.

"재미없니?"

"어머! 아니에요. 계속 읽어주세요."

"'어젯밤 여사님께 이 결혼이 사실인 듯하다고 말씀드렸더니, 여사님께선 여느 때처럼 친절하게도 그 일에 대해서 느끼시는 바를 즉시 피력하셨습니다. 제 사촌 쪽의 몇 가지 문제 때문에 이 치욕스러운 결혼은 절대 승낙하지 않으실 것이 분명합니다. 저는 이 사실을 사촌에게 조속히 알리는 것이 의무라는 생각이 들었습니다. 이 편지를 보시면 사촌과 사촌의 고귀하신 숭배자께 자신들이 무슨 일을 저지르고 있는지 깨우치게 해주셔서, 인정받지 못할 결혼을 부디 멈추라고 해주십시오.' 콜린스 씨는 이런 말까지 하고 있구나. '저는 사촌 리디아와 관련된 통탄스러운 사건이 무난히 무마된 점을 진심으로 기뻐하는 바입니다. 다만 걱정스러운 것은 결혼 전에 동거했다는 사실이 너무 널리 알려지지 않을까 하는 것입니다. 게다가 저는 아저씨께서 그 젊은 부부가 결혼하자마자 집으로 맞아들였다는 소식을 듣고 얼마나 놀랐는지 모릅니다. 그것은 악행을 조장하는 행동입니다. 제가 롱본의 목사였다면 기필코 그런 죄인들을 집으로 들이지 못하게 했을 것입니다. 기독교인으로서 그들을 용서하는 것은 옳으나 죄인들이 눈에 띄게 해서는 안 되고, 죄인의 이름이 귀에 들리게 해서도 안 됩니다.' 이 사람이 생각하는 기독교적 용서란 건 이런 것이구나! 편지의 나머지 부분은 자기 처 샬럿이 지금 임신 중이고, 자기가 아이 아버지가 될 거라는 이야기군. 그런데 리지야, 난 이게 별로 재미없구나. 너는 새침을 떨면서 허황된 소문에 기분 상한 척하면 안 된다. 이웃을 위해서 기꺼이 놀림감이 돼주고, 다음번엔 우리가 비웃어주지 않으면 무슨 낙으로 살겠니?"

"아이! 저는 정말 재미있어요. 그렇지만 참 이상해요!" 엘리자베스가 외쳤다.

"그렇지. 그러니까 재미있다는 거지. 사람들이 다른 남자를 찍었다면 아무 재미도 없었을 것 아니니? 그런데 재미있는 것은 그 사람은 널 소 닭 보듯 하는 데다 넌 그 사람을 벌레보다 싫어하니, 도대체 말이나 되는 소리냐! 편지 쓰기가 정말이지 싫지만 콜린스 씨하고는 무슨 일이 있어도 편지 왕래를 포기하지 않을 거다. 아냐, 그 사람 편지를 읽을 때면 위컴보다 한수 위라는 생각이 드는구나. 내 사위의 무례함과 위선도 무척 높이 평가하지만 말이다. 그런데 리지야, 캐서린 여사님은 이 소문에 대해서 뭐라고 하더냐? 승낙하지 않겠다고 방문한 거겠지?"

이 질문에 딸은 웃음으로 대신했고, 아버지 역시 웃음으로 화답했다. 아버지가 어떤 의심도 품고 있지 않다는 것을 안 엘리자베스는 아버지의 웃음에 슬퍼하지는 않았다. 다만 자신의 속마음을 드러내지 않으려 이렇게까지 애를 쓴 적은 처음이었다. 울어도 시원치 않을 판에 웃지 않으면 안 되었으니 말이다. 아버지는 다아시 씨가 딸에게 냉담하다는 사실을 상기시킴으로써 딸에게 잔인한 실망감을 주었으니, 어쩌면 이렇게도 통찰력이 부족한지 의아해하다가도 혹시 아버지에게 보는 눈이 없는 것이 아니라 자신의 상상력이 지나친 것이 아닌지 의구심이 들기도 했다.

16

엘리자베스는 빙리 씨가 다아시 씨로부터 못 오겠다는 변명의 편지를 받아 올 것이라고 예상했는데, 뜻밖에도 다아시 씨를 롱본으로 데려왔다. 캐서린 여사가 다녀간 지 며칠 지나지 않아서였다. 신사들은 이른 시간에 도착했는데, 엘리자베스는 어머니가 다아시 씨에게 그의 이모를 뵈었다는 이야기를 할까 봐 좌불안석이었다. 제인과 단둘이 있고 싶었던 빙리가 밖으로 산책을 나가자고 제안하자 모두들 그의 말에 따랐다. 베넷 부인은 산책이 습관화되어 있지 않았고, 메리는 시간을 낼 수 없었기에 나머지 다섯이 산책길에 나섰다. 하지만 빙리와 제인은 일행이 자기네를 추월하도록 놓아두었으므로, 엘리자베스와 키티, 다아시가 산책길의 길동무가 되었다. 처음에는 세 사람 모두 입을 굳게 다물고 있었다. 키티는 너무 어려워서 말을 못 꺼냈고, 엘리자베스는 남몰래 필생의 결심을 하고 있었는데, 아마 다아시 역시 마찬가지 아니었을까?

키티가 머라이어를 보고 싶다고 해서 세 사람은 루커스네 집을 향해 걷기 시작했다. 키티가 앞서가자, 모두가 머라이어를 보고 싶어 하는 것은 아님을 일깨우며, 엘리자베스가 과감히 다아시와 보조를 맞추며 걷기 시작했다. 지금이야말로 자신의 결심을 실행할 때라고 생각했으므로 용기가 잦아들기 전에 얼른 말했다.

"다아시 씨, 저는 무척 이기적인 사람이에요. 저 한 사람 마음 편하자고 당신 기분이 상하는 건 개의치 않으니까요. 보잘것없는 제 동생에게 그토록 큰 친절을 베풀어주셔서 감사드립니다. 그 사실을 알고 난 뒤 고맙다는 인사를 꼭 전해드리고 싶었어요. 저희 가족들도 알았더라면 모두들 감사의 말씀을 전했을 테지만, 지금은 저 혼자만 감사의 인사를 전해드리게 됐네요."

"미안합니다. 정말 미안합니다. 불쾌하게 생각할 수 있는 일이라서 모르게 하고 싶었습니다. 가디너 부인이 그렇게 믿지 못할 분인 줄은 몰랐습니다." 다아시는 놀란 마음을 진정시키며 격한 어조로 대답했다.

"저희 외숙모를 탓하지 마세요. 리디아가 경솔하게 당신이 이 문제와 관련 있다는 사실을 먼저 누설했으니까요. 그리고 저 역시 상세한 내용을 알고 싶어 가만있을 수가 없었고요. 우리 리디아를 넓은 아량으로 가련하게 여겨주신 것을 가족을 대신해 감사드려요. 두 사람을 찾으려고 그토록 수고하시고, 갖은 굴욕까지 감수하셨으니 말이에요."

"제게 고마워하고 싶으시면 혼자서만 하십시오. 제가 그 일을 한 데에는 다른 동기가 있었습니다. 당신을 행복하게 해드리고 싶은 소망이 거기에 영향을 주었다는 걸 부정하지 않겠습니다. 그러니 당신의 가족을 생각해서 그런 행동을 한 것은 아니라는 거지요. 당신 가족을 무척 존경합니다만, 당시 저에게는 당신 생각뿐이었습니다." 하고 다아시가 대답했다.

엘리자베스는 너무나 당황하여 한마디도 할 수 없었다. 잠시 말이 없던 다아시가 이렇게 덧붙였다. "당신은 너그러우신 분이니 제 말을 진지하게 들어주실 거라 믿어요. 당신의 감정이 지난 4월 그대로라면 당장 그렇다고 말씀해주십시오. 제 사랑과 소망은 변함이 없습니다. 하지만 당신이 한마디만 하시면 저는 이 문제를 다시는 입에 올리지 않겠습니다."

엘리자베스는 다아시가 긴장해서 어색해하고 있음을 알고 애써 말을 했다. 그녀는 유창하지는 않았지만 다아시가 말한 지난 4월 이래 자신의 감정이 근본적인 변화를 겪어, 지금은 그가 한 말을 고맙고도 기쁘게 받아들인다는 사실을 알렸다. 그녀의 대답이 가져다준 행복감은 다아시가 일찍이 한 번도 경험하지 못한 것이었다. 다아시는 자신의 생각을 털어놓았는데, 열렬한 사랑에 빠진 남자라면 누구나 그랬을 법한 논리와 열정이 담겨 있었다. 엘리자베스가 그의 눈을 마주 볼 수 있었다면 마음에서 우러나온 기쁨의 표정이 얼마나 멋진지 알 수 있었을 것이다. 그러나 비록 눈을 볼 수는 없었지만 소리는 들을 수 있었는데, 다아시의 목소리를 통해 자신이 얼마나 소중한 존재인지 새삼 깨달았고, 그와 함께 그의 사랑이 얼마나 소중한지도 매순간 느꼈다.

그들은 어디로 가는지도 모르는 채 마냥 걸었다. 생각하고 느끼고 말할 것이 너무 많아서 다른 것에는 관심을 기울일 수가 없었기 때문이다. 엘리자베스는 두 사람이 이렇게 서로의 마음을 헤아리게 된 것은 다아시 이모 덕분이라는 것을 알게 되었다. 케서린 여사는 런던을 지나가면서 조카를 방문해 롱본에서 엘리자베스와 무슨 이야기를 나누었는지 털어놓았다. 특히 엘리자베스의 고집과 뻔뻔스러움이 두드러진다고 생각되는 부분을 소상히 전해주었다. 그녀는 조카가 엘리자베스의 실체를 안다면, 엘리자베스가 약속드릴 수 없다고 했던 그것을 조카가 약속해 주리라고 믿었던 것이다. (캐서린 여사에게는 안된 일이지만) 그러나 결과는 정반대로 나타났다.

"이모의 말을 듣고 희망을 가져도 되겠다고 생각했습니다. 그때까지만 해도 저는 희망을 가져볼 꿈도 못 꾸었거든요. 저는 생각했습니다. 만약 당신의 거절이 돌이킬 수 없는 것이라면, 당신은 저희 이모에게도 저를 거절하겠다는 최종적 결심을 밝혔을 것이라고 믿었기 때문입니다." 다아시가 말했다.

엘리자베스는 얼굴을 붉히며 웃었다. "그래요, 제가 그럴 만큼 솔직한 부분이 있지요. 당신의 면전에 대고 볼썽사나운 폭언을 퍼부었으니, 당신 친척들에게 당신을 비난하는 것쯤이야 아무것도 아니었겠지요."

"저에 대해 하신 말씀 중에 틀린 말은 없었습니다. 당신의 비난은 근거 없고 잘못된 전제에서 나온 것이었지만, 당시 제가 당신에게 보여준 행동은 아무리 가혹한 비난을 받는다 해도 할 말이 없는 것이었어요. 도저히 용서할 수 없는 것이었지요. 그 일을 생각하면 끔찍합니다."

"그날 저녁 누구의 잘못이 더 컸는지는 따지지 말기로 해요. 엄격하게 따져보면 어느 쪽의 행동도 비난을 면할 수는 없을 테니까요. 하지만 그 후로 우리 두 사람은 여러 면에서 더 나아진 것 같은걸요." 엘리자베스가 말했다.

"저는 그 정도로 간단히 넘어갈 수가 없었어요. 그날 저녁 제가 했던 말, 태도, 표현을 돌이켜보며 말로 표현할 수 없을 정도로 괴로웠습니다. 지난 몇 달 내내 지독한 고통을 겪었습니다. 정곡을 찔렀던 당신의 비난을 절대 잊지 못할 것입니다. 너무나 옳은 말이라서요. 당신은 '만약에 좀 더 신사다운 태도를 보이셨더라면'이라고 말씀하셨어요. 그 말을 생각하며 제가 얼마나 괴로워했는지 상상도 못하실 겁니다. 솔직히 말씀드려서 그 말이 옳다는 것을 시인할 정도로 사리분별이 생긴 것은 한참이 지나서였지만요."

"제 말이 그토록 강렬한 인상을 주었으리라고는 상상도 못했어요. 그렇게 고통을 줬으리라고는 더더욱 몰랐고요."

"그러실 겁니다. 당시 당신은 저라는 사람이 올바른 생각을 가진 사람인지 의심했을 테니까요. 분명 그랬습니다. 제가 어떤 식으로 말했다 해도 당신은 저를 받아들일 마음이 없었을 것입니다. 그때의 당신 표정을 저는 잊지 못합니다."

"아! 그때 제가 했던 말은 더 이상 듣고 싶지 않아요. 다시 생각해서 어쩌시려고요. 그때 일을 저는 정말 부끄럽게 생각하고 있는걸요."

다아시는 자신이 건넸던 편지 이야기를 꺼냈다. "그 편지를 읽고 저에 대한 생각이 바뀌었나요? 편지를 막 읽고 났을 때, 내용에 믿음이 갔나요?"

그녀는 그 편지가 자신에게 어떤 영향을 주었는지 이야기했으며, 과거 자신이 가졌던 편견들을 어떻게 깼는지 설명해주었다.

"제가 쓴 편지가 당신을 힘들게 할 것이라는 건 알았지만 어쩔 수 없었습니다. 편지를 없앴기를 바랍니다. 특히 한 부분을, 서두 부분 말입니다만, 혹 당신이 다시 읽을까봐 두렵습니다. 아직도 기억나는 문구가 있어요. 그 글을 읽으시면 다시 저를 싫어할지도 모릅니다." 다아시가 말했다.

"편지를 태워야 제 마음이 변치 않을 거라 생각한다면 태우겠어요. 하지만 제 판단이 요지부동하지 않다는 것 정도는 당신이나 저나 모르는 바는 아니지만, 과거의 편지를 읽고 마음이 바뀔 만큼 변덕스럽지는 않다고 봐요."

"그 편지를 쓸 때는 저 자신이 아주 평온하고 냉정한 상태라고 믿었습니다. 그러나 나중에 생각해보니 끔찍할 정도로 기분이 상한 상태에서 썼다는 걸 알게 되었습니다." 다아시가 대답했다.

"시작은 기분이 상한 상태에서 했겠지만 마지막 인사는 너그럽기 짝이 없던걸요. 이제 편지 생각은 그만해요. 썼던 사람의 마음도, 받았던 사람의 마음도 예전과는 판이하게 달라졌으니, 그 편지에 따라다니는 불쾌한 기분은 잊어버리자고요. 제가 신봉하는 철학 가운데 이런 문구가 있어요. 즐거운 일만 생각하라. 어때요?"

"그런 종류의 철학이라면 저는 신뢰하지 못해요. 당신의 경우 아무리 되짚어보아도 비난받을 일을 한 적이 없거든요. 그러니 거기서 얻는 만족감은 철학(앎)에서 나왔다기보다 (철학보다 바람직한) 무지에서 나왔다고 봐요. 하지만 저의 경우는 달라요. 물리칠 수도 없고, 물리쳐서도 안 되는 고통스러운 기억들이 수시로 끼어드니까요. 저는 지금까지 이기적인 인간으로 살았습니다. 윤리적인 기준으로 봤을 때는 어떨지 몰라도 실제로는 이기적인 인간이었습니다. 어린 시절 저는 무엇이 옳은지는 배웠지만, 마음을 바르게 가져야 한다는 가르침은 못 받았어요. 훌륭한 규범에 대해서는 배웠지만, 오만과 자만심에 사로잡혀 그것을 실행했지요. 불행하게도 외아들이었던 까닭에 (여러해 동안 하나뿐인 자식이기도 했고요.) 응석받이로 자랐습니다. 부모님은 훌륭하신 분들이었지만(특히 제 부친은 더할 나위 없이 자비롭고도 따뜻한 마음씨의 소유자였는데), 제게 이기적이고 거만하게 행동해서는 안 된다고 하지는 않았습니다. 오히려 그 부분을 독려했다고 해도 과언이 아닙니다. 결국 저는 이기적이고 교만한 사람으로 자라났습니다. 집안사람 외에는 신경 쓰지 않았고, 세상 사람들을 죄다 경멸했으며, 모두가 저에 비해 머리도 나쁘고 비천하다고 여겼습니다. 저는 그런 사람이었습니다. 여덟 살 때부터 스물여덟 살 때까지 변함이 없었습니다. 만약 당신을 만나지 못했다면, 엘리자베스, 지금도 여전히 변함이 없었을 것입니다. 당신은 저의 은인입니다. 처음에는 가혹하다고 생각했지만 다시없이 유익한 교훈을 주었습니다. 당신 덕분에 저는 겸손해졌습니다. 제가 당신에게 청혼하러 갔을 때 저는 당연히 승낙할 것이라고 여겼습니다. 저는 여자를 기쁘게 해줄 모든 조건을 갖춘 남자라고 생각했거든요. 그런데 당신은 제가 얼마나 모자라는 사람인지 일깨워주었습니다."

"제가 당신을 싫어할 리가 없다고 생각했군요?"

"물론이죠. 제 허영심이 어느 정도였는지 모르셨군요. 당신은 제가 청혼하기를 기다린다고 믿었습니다."

"저의 태도에 잘못된 점이 있었어요. 하지만 고의는 아니었다고 말씀드리고 싶어요. 일부러 당신에게 오해를 불러일으킬 생각은 없었으니까요. 저는 기분에 휩쓸려 엉뚱한 짓을 저지를 때가 있어요. 그날 저녁 이후 제가 많이 미웠겠죠?"

"미워하다니요! 당치 않아요. 물론 처음에는 화가 났던 게 사실입니다. 하지만 제 분노는 곧 방향을 제대로 잡기 시작했어요."

"펨벌리에서 만났을 때 저를 보고 무슨 생각을 했는지 지금도 묻기가 두려워요. 저 사람이 왜 여길 왔나 생각했어요?"

"아니요. 조금 놀랐을 뿐입니다."

"당신이 아무리 놀랐다 해도 그곳에서 당신 눈에 띈 저보다는 덜했을 거예요. 저는 한 짓이 있으니 특별 대우를 해주시리라고는 기대하지도 않았어요. 솔직이 당신이 그렇게 예의를 다해 대접해주실 줄은 몰랐어요."

"그 당시 저의 목적은 최대한 예의를 갖추는 것이었습니다. 제가 과거 일에 연연해서 꽁해 있는 옹졸한 인간이 아님을 보여드리고 싶었죠. 당신의 책망을 흘려듣지 않았다는 것을 보여드림으로써 용서를 구하고, 저에 대한 오해도 풀어주기를 바랐습니다. 그리고 또 다른 소망이 생겨난 것이 언제쯤인지 말씀드리긴 어렵지만, 당신을 만난 지 대략 반시간 정도 지나서가 아닌가 생각합니다." 다아시가 그녀의 말을 받아서 말했다.

그러고 나서 다아시는 동생이 엘리자베스를 알게 된 것을 얼마나 기뻐했는지, 갑작스럽게 엘리자베스가 떠나 얼마나 섭섭해했는지 모른다고 말했다. 이야기는 자연스럽게 엘리자베스가 급하게 떠난 이유로 옮아갔다. 그는 엘리자베스가 떠난 뒤 곧바로 리디아를 찾아 나섰는데, 이는 이미 여관에서 그렇게 하기로 작정했다고 말했다. 그가 여관에서 골똘한 생각에 빠져 있었던 것은 일을 추진하다 보면 따르게 마련인 갖가지 문제들을 해결하기 위한 방법을 구상 중이었기 때문이라고 했다.

그녀는 다시 고마움을 표했으나, 이 일은 두 사람 모두에게 고통스러운 주제라서 더 이상 이야기하지는 않았다.

이렇게 몇 마일을 천천히 걸으며 대화를 나누느라 정신이 팔려 있던 두 사람은 시계를 보고서야 집에 도착해 있어야 할 시간임을 알았다.

"빙리 씨와 제인은 어떻게 되었을까?"라는 의문으로 시작해 그들 두 사람이 대화의 주제로 떠올랐다. 다아시는 두 사람이 약혼하게 되어 진심으로 기쁘다고 말했다. 빙리는 자신의 약혼 소식을 친구에게 가장 먼저 알렸던 것이다.

"놀라셨겠죠?" 엘리자베스가 물었다.

"전혀요. 여길 떠날 때 곧 그렇게 될 거라고 느꼈습니다."

"그렇다면 허락하셨단 말이군요. 저도 짐작했어요." 다아시는 허락이라는 말에 항의했지만 엘리자베스는 그 말이 크게 틀리지 않았음을 알았다.

"런던에 가기 전날 저녁에 빙리한테 고백했습니다. 좀 늦은 고백이었지요. 그간 제게 있었던 일을 고백하자 빙리는 몹시 놀라며 제가 주제넘게 자신의 일에 간여했다고 생각한 거죠. 그는 그런 줄은 꿈에도 몰랐다고 하더군요. 제가 그 친구에게 당신 언니가 무관심한 것 같다고 한 건 판단 착오였다고 말해주었어요. 빙리가 언니를 여전히 사랑하고 있다는 것을 한눈에 알 수 있었기 때문에, 둘이 결혼한다면 행복할 거라는 확신이 섰지요." 다아시가 말했다.

엘리자베스는 다아시가 친구 빙리를 너무 쉽게 다룬다는 생각에 절로 미소가 떠올랐다.

"언니가 그분을 사랑한다는 것은 직접 관찰한 결과인가요, 아니면 지난번에 제게서 이야기를 듣고 확신한 것인가요?"

"전자입니다. 최근 이곳을 두 번 방문하는 동안 언니를 면밀히 관찰했습니다. 그 결과 언니가 빙리를 사랑한다는 확신을 갖게 되었습니다."

"그러니까 다아시 씨의 확신을 믿고 빙리 씨가 결정한 거군요."

"그렇습니다. 빙리는 겸손하고 꾸밈없는 친구입니다. 겸손하다 보니 제인이 자신을 사랑한다는 것을 자신의 판단으로는 믿기 어려웠던 거지요. 그런데 제가 확신한다는 말을 듣고 보니 만사가 분명해진 거지요. 한 가지 고백할 것이 있는데, 빙리가 저에게 한동안 기분이 상해 있었어요. 제인이 지난겨울 석 달 동안이나 런던에서 지냈는데, 제가 그것을 알고도 자신에게 알리지 않았다는 것 때문이지요. 빙리가 화를 내더군요. 하지만 제인의 마음을 확인하는 순간 그 친구의 분노는 눈 녹듯 녹아버리고 말았습니다. 이제 그 친구는 저를 진심으로 용서했습니다."

엘리자베스는 빙리 씨가 아주 좋은 사람이라는 것과 친구 말이라면 무조건적인 믿음을 갖고 있으니, 참으로 소중한 사람이라는 말이 목구멍까지 차올랐지만 입 밖에 내지는 않았다. 다아시야말로 남의 비웃음을 당해봐야 한다고 생각했지만 아직은 일렀다. 다아시는 빙리가 진정한 행복을 누릴 것이라고 예상하며(물론 자기보다 더 큰 행복을 누리지는 못할 것이라는 식으로) 대화를 이어갔다. 어느새 집에 도착한 그들은 현관에서 헤어졌다.

17

"얘, 리지야. 너 대체 어딜 갔었니?" 엘리자베스가 방에 들어서자마자 제인이 물었고, 식탁에 자리를 잡고 앉자 모두들 같은 질문을 던졌다. 엘리자베스는 돌아다니다 보니 저도 모르게 멀리까지 가게 됐다고 대답했다. 그러면서 얼굴을 붉혔는데, 누구도 수상한 낌새를 알아채는 사람은 없었다.

그날 저녁은 별일 없이 조용히 지나갔다. 공인된 연인은 웃고 떠들었지만, 공인되지 못한 연인은 조용히 있었다. 다아시는 행복한 기분을 시끄럽게 표현하는 성격이 아니었고, 엘리자베스는 동요되고 혼란스러운 상태에서 마음으로 행복을 느끼기보다는 머리로 그것을 감지했다. 당장의 거북함도 거북함이었지만 앞으로 겪어야 할 일도 만만치 않았다. 그녀는 자신의 연애 사실이 알려지면 가족들이 어떤 반응을 보일지 충분히 예상되었다. 가족 중에 다아시를 좋아하는 사람은 제인뿐이었다. 나머지 가족들은 그의 재산과 지위로도 어찌할 수 없는 혐오감을 품고 있는 것이 아닌지 걱정될 정도였다.

그날 밤, 엘리자베스는 언니에게 자신의 속마음을 털어놓았다. 남의 말을 의심하는 것은 언니의 평소 습관이 아니었지만 이번 일만큼은 도무지 믿지 못했다.

"너 농담하고 있지, 리지야. 이걸 믿으라고? 다아시 씨하고 결혼을 약속했다니! 아냐, 아냐. 난 안 넘어가. 그게 있을 수 없는 일이라는 걸 아니까."

"시작부터 정말 너무하네! 언니만은 믿어줄 거라고 생각했는데, 언니마저 안 믿어주면 누구더러 믿어달라고 해야 하지? 하지만 난 진지해. 있는 그대로를 말하는 거라고. 그 사람은 나를 사랑하고, 우리는 결혼을 약속했어."

제인은 의심스러운 눈초리로 동생을 쳐다보았다. "오, 리지! 그럴 리가 없어. 네가 그 사람을 얼마나 싫어하는지 내가 알잖아."

"언니는 이번 일에 대해서 제대로 몰라. 그건 다 과거 일이야. 예전에는 내가 그 남자를 지금처럼 사랑하지 않았어. 하지만 지금 같은 경우 기억력이 좋다는 건 용서 못할 죄악이야. 나는 이제 과거의 일은 모두 잊어버릴 거야."

제인은 여전히 놀란 상태에서 깨어나지 못했다. 엘리자베스는 다시 한 번 진지하게 그것이 사실임을 확인시켜주었다.

"세상에! 어쩜 그럴 수가 있어! 하지만 이제 널 믿어야겠구나. 얘, 리지야, 축하하고 싶어. 아니, 축하한다. 그런데 확신하니? 이런 질문하는 거 용서해줘. 너 그분과 행복할 수 있다고 확신하는 거야?" 제인이 외쳤다.

"그 점에 대해서는 한 점의 의혹도 없어. 우리 두 사람은 벌써 얘기가 끝났으니까. 세상에서 가장 행복한 짝이 되자고 말이야.

그런데 언니도 기뻐? 제붓감으로 어때?"

"너무너무 좋아. 빙리나 나한테 이보다 기쁜 소식은 없을 거야. 사실 우리도 그 문제를 생각해보고 얘기도 해봤지만 불가능하다고 결론을 내렸거든. 그런데 너 정말 그분을 사랑하는 거니, 리지! 애정 없는 결혼은 안 돼. 너 정말로 그분을 사랑한다고 확신하니?"

"그럼, 물론이고말고! 모든 걸 털어놓으면 언니는 내가 그 남자를 지나치게 좋아한다고 생각할지도 몰라."

"지나치게?"

"음, 고백할게. 내가 빙리보다 그분을 더 사랑한다고 말이야. 언니가 화낼까 걱정이지만."

"얘, 얘, 제발 좀 진지하게 이야기해봐. 나는 진지하게 대화하고 싶단 말이야. 엉뚱한 소리 그만하고 어찌된 일인지 자세히 얘기해봐. 어서! 언제부터 그 사람을 사랑하게 된 거니?"

"아주 서서히 일어난 일이라 나도 언제부터 시작되었는지 모르겠어. 내 생각에는 펨벌리에서 그 사람의 아름다운 정원을 처음 보았을 때부터가 아닌가 싶어."

제인은 동생에게 진지하게 말해달라고 다시 한 번 부탁했고, 이번에는 그 효과가 있었는지 엘리자베스는 언니의 부탁을 받아들였다. 그리고 자신이 얼마나 그 사람을 사랑하는지 엄숙하게 고백해 제인을 만족시켰다. 그 사실을 확인하자 제인은 더 이상 바랄 게 없었다.

"이제 난 정말 행복해. 너도 나만큼 행복할 테니 말이야. 난 그분을 늘 괜찮게 봐왔어. 그분이 너를 사랑했었다는 이유만으로도 이제 달리 보일 것 같아. 그분은 빙리의 친구이자 너의 남편이 될 사람이니, 이제 나에게 빙리 다음으로 소중한 사람이 됐어. 그렇지만 리지, 너 정말 엉큼하구나. 나한테 일언반구도 없었으니 말이야. 펨벌리와 램턴에서 있었던 일을 한마디도 해주지 않았잖아! 이번 일을 알게 된 것도 다른 사람을 통해서 들었으니." 제인이 말했다.

엘리자베스는 비밀로 할 수밖에 없었던 이유를 설명했다. 언니에게 빙리의 이름을 언급하고 싶지 않았고, 자기 자신의 감정이 불확실한 상태였으므로 다아시의 이름도 입에 올리고 싶지 않았다고 했다. 그러나 이제 리디아의 결혼에 다아시가 애써준 일을 언니에게 더 이상 감출 이유가 없었다. 모든 것을 털어놓았고, 자매는 밤중까지 이야기를 나누었다.

"맙소사!" 다음날 아침 창문 앞에 서 있던 베넷 부인이 소리를 질렀다. "저 기분 나쁜 다아시 씨가 빙리하고 또 같이 오네. 뭘 어쩌려고 우리 집에 이렇게 들락거리는 거지? 사냥을 가거나 뭐라도 하지, 왜 저 사람이랑 같이 다녀서 우리를 불편하게 하는지 모르겠네. 저 사람을 어떻게든 치워버려야 할 텐데? 리지야, 빙리를 방해하지 못하게 네가 저 사람하고 산보를 가는 게 어떻겠니?"

엘리자베스는 어머니의 시의적절한 제안에 웃음이 나왔다. 하지만 어머니가 그의 이름 앞에 늘 '기분 나쁜'이라는 형용사를 붙이는 것에는 화가 났다.

다아시와 함께 집으로 들어온 빙리는 의미심장한 눈으로 엘리자베스를 바라보더니 열정적으로 악수를 하면서 기쁨을 내비쳤다. 그의 태도로 미루어 볼 때 빙리는 모든 사실을 알고 있는 것이 틀림없었다. 잠시 후 그는 큰 소리로 말했다. "베넷 부인, 리지가 길을 잃어버릴 만한 오솔길이 주변에 더 없습니까?"

"오늘 아침, 다아시 씨가 리지랑 키티와 함께 걷기 좋은 산책로가 있어요. 오컴 언덕으로 가는 건 어떠세요? 산책로로 그만이에요. 게다가 다아시 씨는 그쪽 경치를 보지 못했을 테니까요."

"그곳이 산책하기에 그만이겠지만 키티에게는 무리가 아닐까? 안 그래, 키티?" 빙리 씨가 물었다.

키티는 자기는 차라리 집에 있겠다고 했다. 다아시가 오컴 언덕에서 내려다보이는 경치를 보고 싶다고 하자, 엘리자베스가 말없이 동의했다. 그녀가 산책 나갈 준비를 하러 위층으로 올라갈 때 베넷 부인이 따라오며 말했다.

"미안하다, 리지야. 저 보기 싫은 인간을 네가 맡게 됐으니 말이다. 하지만 괜찮겠지? 다 제인을 위해서니까. 가끔 한두 마디 받아주고 말면 그뿐 아니겠니? 그러니 너무 부담스럽게 생각하지 마라."

다아시와 엘리자베스는 산책을 하면서 그날 저녁에 베넷 씨에게 결혼 허가를 받기로 합의했다. 어머니의 동의를 얻는 일은 엘리자베스가 맡기로 했다. 엘리자베스는 어머니가 이 일을 어떻게 받아들일지 판단하기가 쉽지 않았다. 평소에 그렇게 싫어하던 사람이 가진 굉장한 재산과 지위에 마음이 움직일지 의심스러웠기 때문이다. 어쨌든 맹렬하게 반대를 하건 맹렬하게 날뛰건 양식 있는 사람의 반응을 기대하기는 어려웠다. 엘리자베스는 어머니의 입에서 튀어나올 열렬한 기쁨의 말이든 격렬한 반대의 말이든 그것이 다아시 씨의 귀에 들어간다고 생각하자 견딜 수 없었다.

그날 저녁, 베넷 씨가 서재로 물러난 뒤, 엘리자베스는 다아시 씨가 자리에서 일어나 아버지 뒤를 따르는 것을 보았다. 이를 확인한 엘리자베스는 안절부절못했다. 그녀는 아버지가 반대하리라고는 믿지 않았지만 슬퍼할 것이 걱정되었다. 가장 아끼는 자식인 자신의 결혼 문제로 아버지에게 슬픔을 안겨드리는 것은 아닌지, 아버지에게 걱정과 회한을 안겨드리는 것은 아닌지 속을 태우며 상념에 빠졌다. 얼마 후 마침내 다아시 씨가 미소 짓는 얼굴로 나타나자 안심이 되었다. 다아시 씨는 엘리자베스와 키티가 앉아 있는 탁자로 다가왔다. 그러고는 키티의 작품을 감상하는 척하면서 속삭였다. "아버님께 가봐요. 서재에서 기다리십니다." 엘리자베스는 곧바로 서재로 향했다.

아버지는 심각하고 걱정스러운 얼굴로 서성이고 있었다. "리지야, 도대체 어떻게 된 셈이야? 그 남자와 결혼하겠다니, 정신이 나갔니? 늘 그 사람을 미워했잖니?" 아버지가 물었다.

그제야 엘리자베스는 후회가 밀려왔다. 조금만 더 이성적으로 생각했더라면 좋았을 텐데! 조금만 더 온건한 표현을 썼더라면 좋았을 텐데. 그랬다면 이토록 어색하게 구구절절 설명할 필요가 없었을 텐데. 하지만 이젠 어쩔 수 없었다. 엘리자베스는 당황스럽긴 했지만 다아시 씨를 사랑한다고 분명히 말했다.

"그러니까, 그 사람을 택하기로 결심했다 이 말이군. 그 사람은 분명 부자야. 그러니 넌 제인보다 더 훌륭한 옷이랑 마차를 갖게 될 테지. 하지만 그런 것이 과연 너를 행복하게 해줄까?"

"제가 좋아하지 않는다는 사실 외에 다른 반대할 이유는 없으세요?" 엘리자베스가 물었다.

"아무것도 없다. 모두가 그 사람이 거만하고 불쾌하다고 생각하지만 너만 좋다면 아무것도 아니지."

"정말 좋아해요. 좋아한다고요. 저는 그이를 사랑해요. 사람들은 그이가 오만하다고 하지만 충분히 그럴 만한 자격이 있어요. 알고 보면 그는 너무나 좋은 사람이에요. 아버지는 그이가 어떤 사람인지 모르세요. 그러니 제발 그런 투로 말씀하셔서 절 괴롭히지 말아주세요." 엘리자베스가 눈물을 글썽이며 말했다.

"리지야, 난 그 사람한테 승낙했다. 그 사람이 몸소 청혼을 해왔는데 감히 내가 어떻게 거절하겠니? 네가 마음으로 그 사람을 택하기로 결심했다면 결혼을 승낙하마. 하지만 더 잘 생각해보라고 충고하고 싶구나. 리지, 네 성격을 내가 아는데, 넌 진심으로 남편 되는 이를 존중하지 않으면 행복해질 수도, 체면을 지킬 수도 없는 아이야. 네가 행복해지려면 너보다 훌륭한 남편을 만나야 해. 너처럼 재기발랄한 아이가 못난 남편을 만나는 것만큼 위험한 일도 없으니까. 불명예를 감수해야 하고 비참해진다고 봐야지. 얘야, 네가 일생의 반려자를 존경하지 않는다면 이 아비는 몹시 슬플 거야. 넌 네가 무슨 짓을 하려는지 아직 몰라." 아버지가 말했다.

엘리자베스는 마음이 착잡해져서 열의를 다해 대답했다. 다아시 씨와 결혼하고 싶다고 거듭 주장했고, 그에 대한 감정이 서서히 변화해온 과정을 소상하게 설명했으며, 그에 대한 사랑은 하루아침에 생겨난 것이 아니라 수개월에 걸쳐 검증된 것임을 보증했다. 그리고 그의 장점들을 힘주어 열거했다. 그제야 아버지는 불신을 거두고 우려를 털어냈다.

"그렇다면 얘야, 내가 더 이상 무슨 할 말이 있겠니?" 엘리자베스가 말을 마치자 아버지가 말했다. "사실이 그렇다면 그 사람은 네 짝이 될 자격이 충분하구나. 그 정도의 가치도 없는 인간에게 널 내줄 성싶으냐?"

다아시 씨에 대한 좋은 인상을 굳히려고 엘리자베스는 다아시 씨가 리디아의 결혼을 위해 힘썼던 일을 얘기해주었다. 아버지는 그 이야기를 듣고 깜짝 놀랐다.

"오늘 저녁은 놀랄 일뿐이로구나! 그래, 다아시 씨가 모든 걸 처리했다 이거지? 결혼을 성사시키려고 돈을 대고, 그 친구의 빚을 갚아주고, 장교 자리를 얻어주고! 그렇다면 잘됐네. 돈 한 푼 안 들이고 골치 아픈 일이 해결됐으니 말이다. 네 외삼촌이 쓴 돈이었다면 당연히 갚아야 했고, 아니 어떻게든 갚았을 것이다. 하지만 사랑에 빠진 젊은이들은 뭐든 자기 멋대로 하려 들잖니? 내일 그 사람한테 돈을 갚겠다는 제안을 해보겠다. 그러면 그 사람은 너를 사랑해서 한 일이라면서 법석을 떨겠지. 그걸로 그 일은 마무리가 되는 거야."

그러고 나서 베넷 씨는 며칠 전 콜린스 씨의 편지를 읽었을 때 딸이 얼마나 곤란했을지 생각해내고 한참을 웃더니, 마침내 나가도 좋다고 말했다. 그녀가 방을 나설 때 아버지가 말했다.
"메리나 키티를 찾는 젊은이가 오면 들여보내라. 난 지금 한가하니 말이다."

엘리자베스는 이제 무거운 짐을 내려놓은 기분이었다. 반시간 동안 방에서 조용히 마음을 가라앉힌 후에야 다른 사람들과 어울릴 수 있었다. 기쁨을 실감하기에는 아직 일렀지만 그런대로 저녁을 평화롭게 보냈다. 이제는 걱정해야 할 중대사가 더 이상 없었고, 때가 되면 편안한 친숙함이 느껴질 터였다.

그날 밤, 엘리자베스는 어머니가 내실로 올라갈 때 뒤따라가서 중요한 소식을 알렸다. 어머니의 반응은 참으로 별스러웠다. 베넷 부인은 처음 딸의 이야기를 듣고 아무 말도 못했다. 게다가 한참이 지나도록 자신이 무슨 소리를 들었는지 제대로 이해하지 못하는 눈치였다. 자기네 식구한테 유익한 일이 있거나 딸들의 연인이 생기면 몹시 기뻐했는데 말이다. 겨우 정신을 차린 그녀는 앉은자리에서 한참 동안 몸을 들썩이다가 일어서더니 다시 제자리에 앉아 어찌할 줄 몰라 하며 그 일을 믿어도 되느냐고 했다가 하느님께 감사를 드린다는 둥 난리를 쳤다.

"주님 감사합니다. 이런 일이! 어쩌면! 다아시 씨라고! 누가 이런 일이 있을 줄 알았겠니! 한데 그게 사실이야? 오, 예쁜 내 새끼, 리지야! 넌 엄청난 부자로 살겠구나! 대단한 신분이 되겠어! 용돈이며 보석이며 마차를 넘치게 갖겠구나! 너한테 비하면 제인은 아무것도 아니네. 아니고말고! 엄마는 정말 기쁘구나. 정말로 행복해. 그렇게 매력적인 남자가! 그렇게 잘생긴 남자가! 키는 또 얼마나 훤칠하니! 오, 귀여운 리지! 전에 내가 그 사람 그렇게 싫어했던 것 정말 미안하다고 좀 전해다오. 그런 것쯤이야 아무렇지도 않게 넘길 거야! 우리 리지, 우리 리지! 런던에 집이 생겼네! 멋진 것은 모조리 갖췄잖아! 딸 셋이 결혼을 하다니! 1년에 1만 파운드! 오, 하느님! 이러다 나 어떻게 되는 것 아니니? 정신이 나가겠어."

이것으로 어머니의 승낙은 의심할 필요도 없다는 것이 입증되었다. 엘리자베스는 어머니의 격렬한 반응을 자기 혼자서 들은 것을 다행스러워하며 얼른 방에서 나왔다. 그러나 3분도 채 지나지 않아 어머니는 딸의 방으로 뒤따라 들어왔다.

"얘야!" 베넷 부인이 소리를 질렀다. "다른 생각을 할 수가 없구나! 연 수입 1만 파운드라니! 아냐, 그 이상일 거야! 왕족과 다름없지 뭐냐! 게다가 특별 허가*도 있고! 넌 특별 허가를 받아서 결혼해야겠지. 그건 그렇고, 얘, 얘, 다아시 씨가 특별히 좋아하는 음식이 뭔지 알려줘봐. 내일 준비하려고 그래."

---

* 주교나 추기경으로부터 받는 결혼 허가. 보통 귀족 집안의 사람에게만 주어지므로 사회적 지위와 신분을 말해주는 지표 구실을 했다.

불행히도 이런 반응은 베넷 부인이 앞으로 어떤 태도를 취할 것인지 알려주는 슬픈 전조였다. 엘리자베스는 다아시 씨의 뜨거운 사랑을 확인했고 양친의 허락도 얻었지만, 완전히 마음을 놓은 상황은 아니었다. 그러나 다음날은 예상 외로 잘 지나갔다. 베넷 부인이 사윗감을 무척 어려워하는 바람에 말도 못 붙였다. 기껏해야 상냥하게 웃는다거나 그의 의견에 동조를 하는 것이 전부였다.

엘리자베스는 아버지가 예비 사위와 친해지려고 애쓰는 것을 보고 마음이 놓였다. 베넷 씨는 딸에게 갈수록 그 사람이 괜찮아 보인다고 일러주었다.

"우리 사위 셋은 정말이지 대단한 녀석들이야. 가장 마음에 드는 놈은 위컴이지만, 머지않아 네 남편도 제인 남편 못지않을 정도로 좋아질 것 같구나." 베넷 씨가 말했다.

18

장난기가 발동한 엘리자베스는 다아시 씨에게 자신을 사랑하게 된 연유를 알려달라고 졸랐다. "어쩌다 그렇게 된 거죠? 일단 시작되니까 묵묵히 밀고 나가던걸요. 처음 마음이 움직이게 된 계기는요?"

"언제 어디서 시작되었는지, 장소라든가 표정이라든가 말이라든가 하는 것을 꼭 집어낼 수는 없어요. 너무 오래전 일이라서요. 시작됐구나, 하고 깨달았을 때는 한참이 지난 뒤였어요."

"제 외모는 처음부터 인정하지 않으셨고, 늘 무례하게 행동했잖아요. 말을 건넸다 하면 그냥 지나치는 법 없이 당신의 속을 긁었으니 말이에요. 이제 속내를 털어놓아 보세요. 도도한 제 태도가 마음에 드셨나요?"

"당신의 생기 넘치는 지성 때문이었어요."

"우회적으로 말하지 않아도 돼요. 사실 그 말이 그 말이잖아요. 제가 설명해볼까요? 당신은 예의를 차리는 언행에 싫증이 났어요. 당신을 떠받들고 시중들어주는 것에 염증이 나 있었던 거예요. 언제나 당신에게 인정받으려 말을 건네고, 바라보고, 생각하는 여자들에게 염증이 나 있었어요. 제가 당신의 관심을 끈 것은 그런 여자들과 너무 달랐기 때문이에요. 당신은 알고 보면 소탈한 사람이에요. 그래서 제가 싫지 않았던 거고요. 당신은 자신의 진짜 모습을 감추려고 애썼지만, 공명정대한 사람이었기 때문에 잘 보이려고 애쓰는 사람들을 경멸했던 거지요. 자, 어때요. 당신 생각을 정확하게 짚어냈죠? 아무리 따져보아도 이렇게 합리적인 설명을 하기도 쉽지 않을걸요. 당신은 사실 저한테 어떤 좋은 점이 있는지도 몰랐어요. 하지만 사랑에 빠지면 상대에게 어떤 좋은 점이 있는지 따위를 생각하는 사람은 없다고요."

"네더필드에서 언니가 병이 났을 때 언니를 따뜻하게 보살폈던 당신의 진정 어린 행동이야말로 좋은 점 아닐까요?"

"아, 제인 언니! 제인 언니한테 그 정도 못할 사람이 어디 있겠어요? 아니, 아니에요. 부디 그걸 저의 미덕이라고 생각해주세요. 제 장점은 모두 당신 생각에 달렸으니, 가능한 한 그걸 과장해주세요. 그러면 그 보답으로 가능한 한 자주 당신에게 집적거려 싸울거리를 찾는 일은 제가 맡을게요. 그러면 바로 제 역할을 시작하겠어요. 어째서 결국에는 하고 말 일을 그렇게 미적거리셨나요? 처음 방문했을 때 왜 저를 그렇게 피한 건가요? 그리고 그 후에 식사하러 왔을 때도? 특히 처음 방문했을 때 왜 저한테는 아무런 관심이 없는 것처럼 행동했어요?"

"당신이 무거운 얼굴로 침묵을 지키고 있어서 용기가 안 났기 때문이죠."

"저는 몹시 당황해 있었어요."

"저도 그랬습니다."

"정찬을 하러 왔을 때는 저한테 말할 기회가 있었을 텐데요."

"마음이 평화로웠다면 기회가 있었겠죠."

"당신은 이치에 맞는 대답만 하고, 저 또한 논리적인 사람이라 당신의 생각에 수긍할 수밖에 없으니 싸움이 일어날 일이 없겠는걸요. 다시 묻겠어요. 제가 나서지 않았다면 과연 혼자서 끝까지 밀고 나갔을까요? 제가 말해달라고 하지 않았다면 과연 당신이 그 말을 했을까요! 리디아에게 베푼 친절에 감사드려야겠다는 제 결심은 분명 큰 효과를 본 것 같네요. 그 일을 생각하면 마음이 편치 않아요. 약속을 어긴 것이 도리어 우리에게 기회를 가져다준 셈이니, 이제 도덕은 설 자리를 잃었는걸요. 리디아 일에 대해 당신에게 아는 척 안 하기로 외숙모와 약속했거든요."

"그렇게 걱정하실 필요 없습니다. 도덕적인 문제는 없을 테니까요. 제가 결혼을 결심한 것은 우리를 갈라놓으려는 이모님의 이해할 수 없는 노고 덕분이에요. 지금 제가 누리는 행운은 당신이 약속을 깨고 감사를 표했기 때문이 아니라는 거죠. 당시 저는 당신이 신호를 보내기를 기다리지는 않았어요. 저희 이모가 전해준 소식이 희망적이었기 때문에 당장 그 모든 것을 알아봐야겠다고 마음먹었습니다."

"그렇게 큰 도움을 주셨으니 캐서린 여사님께서 아시면 기뻐하시겠어요. 그분은 누군가에게 도움 주는 걸 좋아하니까요. 이제 다음 질문을 드리겠어요. 왜 네더필드로 오셨나요? 말을 타고 롱본으로 오셔서 쩔쩔매시려고요? 아니면 더욱 중대한 계획이라도 있었나요?"

"제 방문의 진짜 목적은 당신의 사랑을 얻는다는 희망을 품어도 되는지 알아보려는 것이었어요. 그것이 제가 네더필드로 온 이유예요. 하지만 제가 표면적으로 내세운 목적은—아니 저 자신에게 내세운 것입니다만—당신 언니가 아직도 빙리를 사랑하고 있는지 살피려는 것이었어요. 만약 그렇다면 제 친구에게 사실대로 털어놓으려 했고요. 이미 그 사실을 알렸습니다."

"캐서린 여사님께도 앞으로 닥칠 일에 대해 말씀드려야 할 텐데, 알려드릴 용의는 있으신가요?"

"엘리자베스, 제게 부족한 건 용기가 아니라 시간입니다. 하지만 어차피 해야 할 일이니 종이 한 장만 주신다면 바로 행하겠습니다."

"저도 편지를 써야 해요. 그 일만 아니라면 언젠가 다른 젊은 여자 분이 그랬던 것처럼 당신 옆에 앉아서 글씨가 고르다고 칭찬해드릴 텐데 말이죠. 하지만 제게도 더 이상 편지 쓰는 걸 미룰 수 없는 친척이 한 분 계세요."

엘리자베스는 다아시 씨와 자신의 친분이 얼마나 과장된 것인지 고백하기가 싫어서 외숙모의 긴 편지에 아직 답장을 해주지 못했다. 그러나 외숙모와 외삼촌이 크게 환영할 만한 소식을 확보한 지금 벌써 사흘간이나 기쁜 소식을 전하지 못했다는 생각에 부끄러워서 당장 이렇게 썼다.

외숙모, 감사의 인사가 늦었네요. 친절하게도 상세한 진행 상황을 편지로 알려주셔서 감사드립니다. 덕분에 궁금증을 풀 수 있었어요. 그러나 제가 편지를 읽었을 때는 답장을 쓸 기분이 아니었어요. 외숙모께선 실제 이상으로 부풀려서 상상하셨거든요. 하지만 이젠 무슨 상상을 하셔도 돼요. 공상을 마음껏 풀어놓으시고, 그 주제로 가능한 온갖 상상의 날개를 펼치세요. 제가 이미 결혼했다는 것만 아니면 크게 다르지 않을 테니까요. 빨리 답장해주세요. 편지에 그이 칭찬 많이 해주셔야 해요. 호수 지방으로 가지 않기로 한 결정 거듭거듭 감사드려요. 거길 가고 싶어 했다니, 제가 얼마나 어리석었는지! 조랑말이 끄는 사륜마차를 타고 정원을 둘러보자는 말씀은 대환영이에요. 우리 매일 정원을 돌아다니자고요. 저는 세상에서 가장 행복한 사람이에요. 다른 사람들도 이런 말을 했겠지만, 이 세상 누구와 비교해도 저만큼 행복한 사람은 없을 거예요. 저는 심지어 제인 언니보다도 더 행복해요. 언니는 미소만 짓지만 저는 활짝 소리 내어 웃으니까요. 다아시 씨가 외숙모의 가정에 사랑을 전하래요. 제가 받을 사랑은 빼고 보내드릴게요. 두 분 모두 크리스마스에 펨벌리로 오셔야 해요. 그럼 이만 줄일게요.

캐서린 여사에게 보내는 다아시 씨의 편지는 형식이 조금 달랐고, 지난번 콜린스 씨가 보낸 편지에 대한 베넷 씨의 답장은 두 사람 모두의 것과도 아주 달랐다.

콜린스 씨,
번거롭겠지만 축하해주기 바라오. 엘리자베스는 곧 다아시 씨의 아내가 된다오. 캐서린 여사를 능력껏 위로해주시오. 그러나 나라면 조카 편에 서겠소이다. 그쪽이 더 많은 걸 갖고 있지 않소.
그럼 이만.

빙리 양이 오빠에게 보낸 축하의 편지는 다정했으나 형식적이었다. 그녀는 제인에게도 편지를 보냈는데, 기쁘다는 인사에 뒤이어 온갖 입에 발린 치렛말을 늘어놓았다. 제인은 빙리 양의 편지에 믿음이 가지는 않았지만 마음이 전혀 움직이지 않은 것은 아니었으므로, 분수에 넘치는 친절한 답장을 써 보냈다. 빙리 양이 그만한 자격이 없다는 것을 알고 있었으면서도.

다아시 양이 오빠에게 보낸 편지는 빙리 양과 달랐다. 소식을 알리는 오빠의 편지에 담긴 기쁨이 진심이었듯 그녀의 편지 역시 오빠만큼이나 진심이 담겨 있었다. 오빠의 결혼을 축하하는 기쁨과 새언니에게 사랑받고 싶은 따스한 소망이 담겨 있었는데, 편지지 넉 장으로도 모자랄 정도로 길었다.

콜린스 씨 내외에게서 축하 인사를 받기도 전에, 이들 부부가 루커스 별장으로 와 있다는 전갈이 왔다. 그들이 왜 그토록 갑작스러운 방문을 했는지는 곧 밝혀졌다. 캐서린 여사가 조카에게서 편지를 받고 극도로 화가 나 있어 샬럿은 폭풍이 잠잠해질 때까지 떠나 있는 것이 좋겠다고 생각했던 것이다. 그녀는 친구의 결혼을 진심으로 기뻐했다. 엘리자베스는 샬럿을 만나는 동안, 다아시 씨가 콜린스 씨의 겉치레인사에 진저리를 치는 것을 보며 친구를 만나는 것에 대한 대가가 너무 비싸다는 생각이 들었다. 하지만 다아시 씨는 감탄할 정도로 침착하게 대처했다. 심지어 윌리엄 루커스 경이 다아시 씨가 이 마을에서 가장 빛나는 보석을 낚아챘다는 찬사의 말과 함께 거드름을 피우며 세인트 제임스 궁에서 다들 자주 만나게 되길 염원한다는 말을 할 때도 공손하게 귀를 기울여주었다. 다아시 씨가 어깨를 으쓱한 것은 윌리엄 경이 시야에서 사라지고 난 뒤였다.

필립스 부인의 저속한 언행은 다아시 씨가 참아내야 할 또 다른 큰 시련이었다. 필립스 부인 역시 자기 언니와 마찬가지로 다아시 씨를 어려워해서 빙리 씨처럼 허물없이 말을 건네지는 못했지만, 일단 입을 열었다 하면 저속한 말이 마구 튀어나왔다. 다아시 씨에 대한 이모의 존경심은 스스로를 조금 더 조용하게 하기는 했지만 더 품위 있게 해주지는 못했다. 엘리자베스는 다아시 씨가 어머니와 이모의 눈에 띄는 것을 막기 위해 최대한 노력했다. 이런 일로 인한 불편한 감정이 약혼 기간의 기쁨을 빼앗아갔지만 미래의 희망을 밝혀주었다. 엘리자베스는 자신에게나 다아시 씨에게 그리 달갑지 않은 무리에서 벗어나 펨벌리에서 보내게 될 아늑하고 격조 높은 날을 고대했다.

19

자신이 가장 자랑스럽게 생각하는 두 딸이 출가한 날, 베넷 부인은 어머니로서 더없이 행복했다. 이후 그녀가 맏딸 빙리 부인을 방문할 때나 둘째딸 다아시 부인에 대해 말할 때 얼마나 우쭐거렸는지는 짐작하고도 남는다. 베넷 부인은 자녀들이 살아갈 방편을 마련해주고 싶다는 간절한 소망이 이런 식으로 풍성하게 이루어졌으니 '지각 있고 상냥하고 유식한 여자로 남은여생을 보내게 되었습니다'라고 말했으면 좋으련만, 베넷가에 그런 복은 없었다. 베넷 씨로서는 아내가 여전히 신경 타령이나 하고 변함없이 어리석은 행동을 하는 것이 차라리 다행한 일인지도 몰랐다.

베넷 씨는 둘째딸을 몹시 그리워했는데, 딸을 향한 그리움에 그는 자주 집을 비웠다. 그는 펨벌리로 가는 것, 특히 아무 예고도 없이 딸네 집으로 들이닥치는 것을 꽤나 즐겼다.

빙리 씨와 제인이 네더필드에서 지낸 것은 딱 열두 달이었다. 어머니와 메리턴의 친척들과 그토록 가까운 거리에 사는 것은 빙리 씨의 넉넉한 마음으로도, 제인의 상냥한 성격으로도 버터낼 수가 없었다. 덕분에 빙리 씨 누이들의 염원이 이루어졌다. 빙리 씨는 더비셔 옆 동네에 저택을 구입했다. 제인과 엘리자베스는 많은 행복한 일들 외에도 서로 30마일 이내에 산다는 사실이 더없이 만족스러웠다.

키티는 두 언니들과 시간을 보내는 사이 한층 성숙해졌다. 그동안 알고 지낸 사람들보다 훨씬 나은 사람들과 어울리게 됨으로써 저도 모르게 변화가 온 것이다. 키티는 리디아만큼 통제 불능인 성격은 아니라서 적절한 관심과 감독을 받자 덜 조급해하고, 덜 무식했으며, 남을 지루하게 하는 일도 없어졌다. 물론 더 이상 리디아와 어울리는 불리한 여건에 빠지지 않도록 늘 보살핌을 받았다. 위컴 부인이 자기네 집으로 오면 무도회도 마음껏 갈 수 있고, 젊은 남자도 만나게 해줄 테니 오라고 거듭 요청했지만 베넷 씨는 키티가 동생네 집에 가는 것을 허락하지 않았다.

메리는 집에 남아 있는 유일한 딸이었다. 그녀는 혼자 있는 걸 참을 수 없어 하는 어머니 때문에 공부를 방해받았다. 이제 메리는 세상 사람들과 조금 더 자주 섞일 수밖에 없었는데, 매일 아침 이웃집을 방문하는 동안 갖가지 교훈을 얻을 수 있었다. 그리고 더 이상 언니들과 미모를 비교당함으로써 속을 끓일 필요도 없었으므로, 아버지의 생각으로는 셋째가 별 거부감 없이 변화를 받아들이는 것으로 보였다.

위컴 부부는 제인과 엘리자베스가 결혼했다고 해서 크게 달라진 것은 없었다. 위컴은 엘리자베스가 이제 자신의 배은망덕한 행위를 모두 알게 되었을 것이라고 확신했지만, 현자의 달관을 발휘해 양심의 가책을 이겨냈다. 그는 갖가지 사건을 일으켰음에도 불구하고 아직도 다아시를 구슬리면 한재산 마련할 수 있을지도 모른다는 희망을 놓지 않았다. 리디아가 보낸 결혼 축하 편지를 읽으면서 엘리자베스는 그와 같은 희망이, 위컴의 마음은 아니라 하더라도 그 아내의 마음속에 소중하게 간직되어 있음을 확인했다. 편지의 내용은 다음과 같았다.

리지 언니에게,

결혼을 축하해요. 언니는 내가 위컴을 사랑하는 마음의 반만큼만 다아시 씨를 사랑한다면 분명히 행복해질 거예요. 그렇게 부자가 되다니 너무나 좋아. 다른 할 일이 없으면 우리들 생각도 좀 해주세요. 위컴이 궁정에 자리를 얻고 싶어 하는데 급한가 봐. 우리는 남의 도움 없이 살아가기가 어려울 정도로 힘들어. 1년에 300~400파운드는 있어야 하지만, 형부한테 말하고 싶지 않으면 하지 마세요. 그럼 안녕.

엘리자베스는 다아시 씨에게 그런 부탁을 하는 것이 싫었기 때문에, 답장을 쓰면서 다시는 이런 종류의 청탁이나 기대를 하지 못하게 하겠다고 결심했다. 하지만 돈이 모이면 수시로 동생에게 보내주었다. 그러나 엘리자베스가 늘 걱정해왔듯이, 리디아 부부는 빤한 수입으로 장래는 생각지도 않고 탐나는 것들을 사들였으니 늘 돈에 쪼들렸다. 부대가 이동할 때마다 두 사람은 빚을 청산해야 한다면서 도움을 요청해왔다. 평화가 찾아와 부대가 해산된 후에도 이들의 생활은 극도로 불안정했다. 그들은 늘 싼 집을 찾아 이곳저곳으로 이사를 다녔고, 늘 지출이 과도했다. 리디아에 대한 위컴의 사랑은 무관심으로 변했고, 리디아의 사랑 역시 그보다는 지속 기간이 조금 길었을 뿐이다. 리디아는 아직 어리고, 행실도 여전했지만 결혼으로 획득한 평판까지 내동댕이치고 싶지는 않았다.

다아시는 위컴을 펨벌리로 맞아들이는 일은 절대 용납하지 않았다. 다만 엘리자베스를 생각해서 일자리를 얻도록 도움은 주었다. 리디아는 자기 남편이 런던이나 바스에 놀러 가고 없을 때 가끔 펨벌리를 방문했다. 위컴과 리디아는 빙리네 집에 눌러앉아 지내는 일이 잦아서 성격 좋은 빙리조차도 견디지 못하고 돌아가 달라고 말할 정도였다.

빙리 양은 다아시의 결혼에 분개했으나 펨벌리를 방문할 권리를 유지하는 편이 낫겠다는 판단에 마음을 가라앉혔다. 그녀는 그전보다 조지아나를 더 좋아했고, 다아시에게는 지금까지와 다름없이 싹싹하게 굴었으며, 엘리자베스에게는 밀린 빚을 갚듯 뒤늦게 예의를 차렸다.

조지아나는 펨벌리를 떠나는 일이 거의 없었다. 그리고 다아시가 바라던 대로 올케와 시누이는 서로를 아꼈다. 그들은 애초부터 상대에게 잘해야겠다고 마음먹어서인지 자신들이 바라는 만큼 서로를 좋아했다. 조지아나는 엘리자베스를 극진히 받들었다. 처음에는 올케 언니가 오빠에게 발랄하고 장난스럽게 대하는 것을 보고 혼비백산했다. 자신에게 오빠는 더없는 존경의 대상이었는데, 그런 오빠가 언니와는 터놓고 농담을 했기 때문이다. 예전 같았으면 꿈도 꾸지 못했던 일이 자신에게 일어났다. 엘리자베스의 태도(오빠가 열 살 이상 손아래인 누이동생에게 늘 허용하는 것은 아닐 테지만)를 보고 다아시 양은 아내도 남편에게 스스럼없이 대할 수 있다는 사실을 깨달았다.

캐서린 여사는 조카의 결혼에 극도로 분개했다. 결혼 예정을 알린 편지를 받고 보낸 답장에서 평소의 진솔한 성격을 마음껏 발휘하여 호되게 비난했는데, 그것은 주로 엘리자베스를 향한 것이었다. 이로써 한동안 이모와 조카 사이에 완전히 교류가 끊어졌다. 그러나 엘리자베스의 설득으로 다아시 씨는 이모의 무례함을 눈감아주고 화해를 청했다. 한편 이모 쪽에서는 약간 더 고집을 부렸지만 결국 노여움을 풀었는데, 이는 조카에 대한 애정 때문인지 아니면 조카며느리가 어떻게 처신하는지 알고 싶은 호기심 때문이었는지는 알 수 없었지만, 어쨌든 그녀의 마음이 수그러들었다. 그리하여 그녀는 몸소 펨벌리까지 행차했다. 안주인이 잘못 들어와서 펨벌리 숲을 더럽혔다, 런던에 산다는 안주인의 외삼촌 내외 때문에 펨벌리의 숲이 오염되었다고 아우성을 칠 때는 언제였냐 할 정도였다.

가디너 내외와 엘리자베스와 다아시는 변함없이 친밀한 관계를 유지했다. 엘리자베스는 물론이고 다아시도 가디너 씨 내외를 진심으로 사랑했다. 엘리자베스를 더비셔로 데리고 옴으로써 자기네 부부를 맺어준 매개가 된 두 사람에 대해 다아시는 언제나 고마운 마음으로 지냈다.

작가의 생애와 작품 세계

작가의 생애 제인 오스틴은 1775년 12월 16일 영국 햄프셔 주 스티븐턴에서 교구 목사인 조지 오스틴과 커샌드라 리 오스틴 사이의 6남 2녀 중 일곱째 자식이자 둘째딸로 태어났다.

아버지는 옥스퍼드 대학을 졸업한 뒤 친척들의 영지에서 교구 목사로 지내면서 학생들을 개인 지도하였다. 전형적인 하층 양반 계급gentry이었던 아버지는 너그러운 성품의 소유자로, 농사일을 하는 틈틈이 독서를 했다고 한다. 양반 계급의 목사 딸로 태어난 어머니는 시를 즐겨 지었으며, 당대 주부들에게 흔했던 우울증에 시달렸던 것으로 전해진다.

아버지는 어린 제인을 옥스퍼드의 개인교사에게 보내 교육을 받게 하는 한편, 열 살 무렵에는 언니 커샌드라와 함께 기숙학교에 다니도록 했다. 그러나 가정형편이 어려워 1년 만에 집으로 돌아와야 했다. 당시 제인은 기숙학교에서 양반가의 아내에게 요구되는 과목인 음악, 미술, 자수, 외국어 등을 배웠다. 공식 교육은 그것으로 끝이었지만 독서와 예술을 사랑하는 가풍은 작가의 성장에 소중한 밑거름이 되었다.

1782년부터 1789년까지 거의 매년 제인 오스틴의 집안에서는 형제자매와 친척, 친지들이 모여 당대의 대표적인 희곡을 공연했다는 기록이 남아 있다. 일설에 의하면, 큰오빠가 옥스퍼드 대학에서 주간지를 편집하여 발행한 적이 있었는데, 제인이 여기에 독자 편지 형식의 기고를 했다고도 전해진다. 문학적 재능을 타고난 제인은 이런 집안 분위기 덕분에 열한 살 때부터 풍자 희곡이나 로맨스 등 다양한 장르의 단편을 쓰기 시작했다. 1787년부터 1793년까지 쓴 습작은 그녀가 사망한 뒤에 출판되었다.

한편 1792년, 처음으로 사교계에 얼굴을 내민 제인은 가난을 피하는 유일한 해결책인 결혼에 한동안 적극적이었다고 한다. 그녀를 옆에서 지켜본 한 지인은 제인의 인상을 다음과 같이 증언했다.

"내가 아는 남편 사냥감 중에 가장 예쁘고, 가장 예쁜 척하고, 가장 팔락대는 소녀였다."

그러나 자신만만하고 적극적이며, 낙천적이었던 이 아가씨는 이런저런 뼈아픈 경험을 겪는 동안 좋은 남편감을 고르는 일이 현실적으로 녹록지 않음을 깨달은 것 같다. 이러한 변화의 가장 큰 계기는 그녀가 스무 살 되던 해(1795년), 친척인 톰 르프로이와 결혼 직전까지 갔던 관계가 남자 쪽 부모의 방해로 무산된 일을 꼽을 수 있다. 이후 제인에게는 결혼할 기회가 한 번 더 있었다. 1802년에 만난 해리스 비그위더가 그 주인공이었는데, 돈 많은 상속자였지만 사랑을 느낄 수 없었다. 그녀는 일단 그의 청혼을 수락했다가 다음날 아침 결혼 약속을 철회했다. 제인은 사랑 없는 결혼보다는 비혼의 삶을 택한 것이다.

1800년 초 영국에서 여성이 비혼으로 살아간다는 것은 녹록지 않았다. 아버지가 사망한 뒤 제인은 어머니와 언니와 함께 여러 친척 집에 얹혀살며 고단한 삶을 영위해야 했다.

열한 살 때 이미 습작생활을 시작한 제인은 열여섯 살 무렵인 1791~1792년에 희곡 「찰스 그랜디슨 경」을 쓰기 시작했고, 1979년에는 이후 『오만과 편견』의 전신이 된 「첫인상」을 완성했다.
아버지는 딸이 쓴 「첫인상」을 가지고 여러 출판사와 접촉했으나 출판을 거절당했다. 그러나 이 소설은 1811년 『이성과 감성』이 출간된 2년 후인 1813년에 대대적인 개작을 거쳐 『오만과 편견』이라는 제목으로 출간되었다. 이어 『맨스필드 파크』(1814), 『에마』(1815) 등의 출판이 이어졌다. 이 책들은 출간 즉시 엄청난 인기를 얻었고, 작가로서의 명성도 확고하게 자리잡았다.
1817년, 『샌디션』을 집필하기 시작하면서 건강이 극도로 악화된 그녀는 결국 마흔두 살이라는 젊은 나이로 생을 마감했다. 『노생거 사원』과 『설득』은 사후인 1818년에 출판되었다.
제인 오스틴은 개인의 전기적 사실이나 작품 외적 견해를 기록으로 남긴 것이 거의 없다. 제인이 유명해지자 그녀의 언니와 조카들은 자신들이 살았던 빅토리아조 특유의 근엄한 도덕주의적 기준에 맞는 사실만 모아 전기를 펴내 그녀의 사후 100년 동안 제인은 '요절한 성녀'로만 알려졌다. 다행히 1932년 서간집을 새롭게 출간하고, 이후 그녀의 습작과 미완성작들이 연이어 출간되면서 오늘날 우리는 제인 오스틴의 다양한 면모를 접할 수 있게 되었다.
추가된 자료를 통해 알 수 있는 것은 제인 오스틴이 빅토리아조의 기준에 맞는 요조숙녀가 아니라 지적이고 활력 넘치며 개성이 강한 인물이었다는 것이다. 게다가 풍자에 능한 작가답게 주변의 속물근성을 지닌 사람들에게 비평과 조소를 날리는 걸 주저하지 않았다고 한다.

작가 제인 오스틴

20세기가 저무는 1999년 말, '지난 천 년간 최고의 문학가'를 뽑는 영국 BBC 설문조사에서 제인 오스틴은 셰익스피어에 이어 두 번째로 이름을 올렸다.

제인 오스틴의 사후 200년이 지난 지금에 이르기까지 이토록 막강한 영향력을 발휘하고 있는 것은 시대가 흘러도 변치 않는 보편적 감성으로 당대 여성들의 사랑과 연애를 당당하고 재기 넘치는 방식으로 이야기했기 때문이다.

시간과 공간을 초월해 제인 오스틴 소설만큼 자주 읽히고, 영화와 텔레비전 드라마 등을 통해 끊임없이 재해석되는 고전 작가도 드물 것이다. 이는 그녀의 소설이 고단한 현실을 살아가는 현대인들에게도 생생한 재미와 여유로움을 선사하기 때문일 것이다.

제인은 고전 작가이면서 연예인 팬덤에 가까운 마니아 독자들을 거느린 인기 작가다. 스스로 '제인 추종자Janeite'라고 일컫는 그녀의 팬들은 그녀의 6대 대표작으로 일컫는 『오만과 편견』, 『이성과 감성』, 『맨스필드 파크』, 『에마』, 『노생거 사원』, 『설득』은 물론이고, 미처 완성되지 못한 습작들과 작가 사후에 친척들이 남긴 짧은 에피소드까지 샅샅이 검색해서 작가의 작품세계에 관한 매우 독특하고도 설득력 있는 해설을 내놓고 있다.

작가로서의 제인 오스틴에 대해 대중이 잘못 알고 있는 것이 있다. 그녀가 집안일을 하는 틈틈이 수다 떨 듯 쓴 원고가 어쩌다 유명 작가의 반열에 올랐다는 것이다. 그러나 이는 잘못 알려진 사실이다. 제인 오스틴은 1811년 『이성과 감성』으로 등단하기까지 긴 습작 시기를 거쳤다. 그리고 잊어서는 안 될 것은 그녀의 작품들이 여러 차례의 수정, 보완 작업을 거쳐 나온 공들인 예술 작품이라는 사실이다. 『이성과 감성』은 이전에 「엘리너와 메리앤」이라는 제목으로 서간체로 썼던 소설을 두 번에 걸쳐 개작하여 발표한 것이다. 그리고 대표작인 『오만과 편견』 역시 1796년에 「첫인상」이라는 제목으로 완성했던 소설을 15년 뒤 완전히 새롭게 개작하여 발표한 것이다. 이러한 작업 과정을 비추어볼 때 그녀의 모든 작품은 장인 정신으로 갈고닦은 노력의 산물이라는 것을 알 수 있다. 각각의 작품들이 개작되었을 때 두 작품 사이의 문체가 현격히 차이가 나는 것은 이를 증명하고도 남는다.

제인에게 가족은 작가의 최초 독자이기도 했다. 10대 초반부터 시나 연극 대본, 짧은 소설 등을 써서 식구들에게 가장 먼저 읽어주었다. 이때 썼던 스물아홉 편의 작품은 '조기 작품집'이라는 표제로 묶었는데, 당대의 대중적 감성 소설들을 조롱한 '사랑과 우정' 그리고 역사책을 패러디한 '영국사' 등이 눈길을 끈다. 어쩌면 제인의 더 큰 재능은 로맨틱 코미디보다는 풍자와 패러디에 있었는지도 모른다. 실제로 그녀가 보여준 최초의 재능은 그쪽에 있었기 때문이다.

『오만과 편견』을 필두로 한 네 권의 소설이 연애와 결혼이라는 로맨틱 코미디 공식을 공유하고 있다. 이는 고독한 예술가가 선택한 결과라기보다 당대 독자들과 함께 호흡해야 했던 전업 작가의 신중한 모색의 결과라고 봐야 할 것이다.

당대의 독자들은 결혼만이 유일하게 '가난을 탈출하는 방책'인 아가씨가 어느 모로 보나 바람직한 남자의 청혼을 기다리면서도 자기의 마음이 사랑인지 아닌지 성찰하는 이야기에 열광했다.

오만과 편견에 대하여

『오만과 편견』은 로맨틱 코미디 문학의 효시다. 더 나아가 이 소설은 안정적인 결혼만이 여성의 유일한 생계 대책이던 시절, 한 여성 작가가 세상에 던진 일종의 독립선언서 같은 작품이기도 하다.

영국인이 가장 사랑한다는 소설 『오만과 편견』은 엘리자베스라는 당찬 아가씨와 귀족계급 청년 다아시가 결혼에 성공하기까지의 과정을 그린 내용이다. 『오만과 편견』이 독자들에게 강한 설득력을 갖는 이유는 관습적이고 유쾌한 로맨스 플롯을 활용하면서도 비교적 덜 관습적인 여자 주인공을 기용했기 때문이다.

이 소설이 돋보이는 것은 인간의 감정과 심리를 사실주의적 기법으로 정교하게 그려냈다는 점이다. 특히 섬세한 서정성과 개성 넘치는 인물 묘사, 치밀한 구성, 삶의 아이러니를 드러내는 위트와 유머는 시대가 변해도 그 가치는 더욱 빛을 발한다.

이 소설의 주인공이라고 할 수 있는 엘리자베스와 다아시는 이상적인 짝이다. 서로를 원하며, 정신적으로 동등한 인격체다. 이 소설에는 이들의 사랑 이야기와 함께 다른 세 쌍이 짝을 찾아가는 과정이 상세하게 서술되어 있다. 아름답고 온화한 제인과 성격 좋은 빙리의 성숙한 결합, 베넷가의 막내딸 리디아와 위컴의 불완전한 결합, 그리고 마지막으로 엘리자베스의 친구인 샬럿과 성직자 콜린스의 현실적 결합이 그것이다. 작가는 샬럿이 콜린스의 청혼을 받아들이는 장면에서 '교양은 있지만 이렇다 할 상속 재산이 없는 아가씨들에게 부끄럽지 않은 노후 대책으로 결혼만한 것은 없다'고 적고 있다.

샬럿의 결혼 이야기는 18, 19세기를 살아간 여성들의 냉혹한 현실을 그대로 보여준다. 당시의 여성들은 경제 활동을 전혀 할 수 없었기 때문에 결혼만이 최소한의 품위를 지키고 안정된 노후를 보장해주는 방편이었다.

이 작품에서 베넷 부부의 결혼생활이 매우 우스꽝스럽게 묘사되고 있다. 베넷 씨 입장에서 결혼생활은 삶과의 타협이다. 그는 젊고 아름다운 여자를 선택해 결혼했지만 짧은 시간 안에 자신의 아내가 몹시 어리석다는 사실을 깨닫고는 행복한 결혼생활에 대한 희망을 접어버린다. 이에 반해 외삼촌 내외의 결혼은 모든 점에서 모범적이다.

제인 오스틴은 이 작품에서 숭배자에 대한 사랑을 현실적으로 도달할 수 없는 허상이나 연모의 정을 불태우는 격정적 드라마로 묘사하지 않는다. 제인의 연인들은 사랑 때문에 미치지 않고, 대단히 이성적으로 행동한다. 그리고 도덕적인 자기 책망을 동반하지도 않는다. 사랑이 자살의 모티브가 되는 일도 없다. 제인이 묘사하는 사랑은 무정부적 혼란 상태가 아니라 일상을 마법으로 바꾸는 힘을 지닌다. 제인은 우리에게 사랑의 마술을 보여주는 것과 동시에 사랑의 현실과 허상을 그대로 보여준다. 그런 이유로 그녀의 소설은 가장 위대한 사랑 이야기라 하겠다.

작가 연보

1775. 12. 16	영국 햄프셔주 스티븐턴에서 목사인 아버지 조지 오스틴과 어머니 커샌드라 리 오스틴 사이에서 8남매 중 일곱째이자 둘째 딸로 출생.
1783~1786	언니 커샌드라와 함께 간헐적인 기숙학교 생활 시작.
1787~1793	습작 생활.
1793~1795	「수잔 마님」 집필.
1795	「엘리너와 메리앤」 을 집필.
1795~1797	「첫인상」 집필. 이 원고를 런던의 한 출판사에 보여주었으나 거절당함.
1797~1798	「엘리너와 메리앤」을 「이성과 감성」으로 개작.
1799~1800	「찰스 그랜디슨 경」 완성.
1801	아버지가 은퇴하자 어머니, 언니와 함께 서머싯 주의 주도인 바스로 이사.
1802	해리스 비그위더의 청혼을 수락했다 번복함.
1803~1804	「왓슨 가의 사람들」 집필.
1805	아버지 사망.
1811	「이성과 감성」 출판. 「맨스필드 파크」 집필 시작.
1811~1812	「첫인상」을 『오만과 편견』으로 개작.
1813	『오만과 편견』 출판, 「맨스필드 파크」 완성.
1814	『맨스필드 파크』 출판.
1814~1815	『에마』 집필.
1815	섭정 동궁을 알현한 뒤 『에마』를 그에게 헌정. 『설득』 집필 시작.
1816	『수잔』의 판권을 되사다. 『맨스필드 파크』 재판 인쇄. 『설득』 완성.
1817	『샌디션』 집필을 시작한 뒤 병이 들어 중단. 7월 18일 새벽 사망. 그해 12월 『노생거 수도원』과 『설득』 출판.

편역 뉴트랜스레이션

뉴트랜스레이션은 세계적 명성을 자랑하는 고전을 현대인이 읽기 쉽게 편역하는 사람들의 모임이다. 아름다운 우리말의 운율과 품격을 최대한 살려 독서의 매력을 극대화시키는 것이 그 목적이다.

오만과 편견

초판 1쇄 인쇄 | 2019년 1월 8일
초판 1쇄 발행 | 2019년 1월 14일

지은이 | 제인 오스틴
편 역 | 뉴트랜스레이션
발행인 | 강민자
펴낸곳 | 다상출판사
등 록 | 2006년 2월 7일
주 소 | 서울시 성북구 북악산로 3길 38-7
전 화 | 02-365-1507
팩 스 | 0303-0942-1507
이메일 | dasangbooks@hanmail.net

ISBN 979- 11-961818-6-4
ISBN 979- 11-957642-3-5(세트)